Emma Elsie

# Am anderen Ende des Nordlichts

Emma Elsie

# Am anderen Ende des Nordlichts

Ein Island-Roman

FSC
www.fsc.org
MIX
Papier aus verantwortungsvollen Quellen
Paper from responsible sources
FSC® C105338

Bibliografische Information der Deutschen Nationalbibliothek:
Die Deutsche Nationalbibliothek verzeichnet diese Publikation in der Deutschen Nationalbibliografie; detaillierte bibliografische Daten sind im Internet über http://dnb.dnb.de abrufbar.


www.emma-elsie.com

Lektorat u. Korrektorat: Christine Weber
www.textomio.de


Herstellung und Verlag: BoD – Books on Demand, Norderstedt

ISBN: 978-3-751-969-192

*Für Luki,*

*mein Schatz am anderen Ende des Nordlichts*

*„Nicht der Beweis zählt am Ende, sondern nur, dass wir den Zauber der Welt erfahren konnten.“*

# *Prolog*

## Silvesterabend 1959, Südengland

Die Augen vor etwas zu verschließen war oft der einfachste Weg. Aber nicht immer der richtige. Obwohl die Scheibenwischer hin- und herfegten, blieben die Eiskristalle kleben und schränkten seine Sicht ein. Angestrengt kniff er die Augen zusammen, um etwas zu erkennen. Die Straße war über und über mit Neuschnee bedeckt, obwohl sie heute Morgen geräumt worden war, seit Tagen hatte es nicht aufgehört zu schneien. Dieser Winter war arktisch im Vergleich zu den Vorjahren. Die Welt glitzerte wie in einem Weihnachtsmärchen, die Leute saßen gemütlich in ihren Cottages am Kamin, während draußen die klirrende Kälte ihre eisigen Finger um den letzten Hauch Wärme schloss. Wie durch einen Schleier tat sich die enge Straße vor ihm auf. Am besten auch hier die Augen verschließen, dachte er grimmig, während er den Wagen weiter durch die ungemütliche Dunkelheit lenkte.

Hinter einer Kurve tauchten plötzlich rote Rücklichter auf, direkt vor ihnen. Hastig trat er auf die Bremse.

„Der ist ja verrückt! Das war knapp, wir wären fast aufgefahren!" Seine Begleiterin warf ängstlich einen Blick nach hinten auf den Rücksitz, doch der Kleine schlief ganz ruhig, in Decken eingewickelt, und hatte von alledem nichts mitbekommen. „Überhol ihn doch", schlug sie vor.

Na toll, sie waren mal wieder spät dran, und das heute, an Silvester. Er nickte. Den anderen zu überholen war vermutlich das Sinnvollste. Er gab Gas und fuhr, so zügig es bei diesem

Wetter eben ging, an dem schwarzen Volvo vorbei. Wie Jane warf auch er einen neugierigen Blick hinein, um zu sehen, welcher Opa da so langsam daherschlich. „Oh mein Gott“, entfuhr es ihm, als er den Fahrer erkannte. Vor Schreck riss er das Lenkrad herum.

„Pass doch auf“, schrie Jane, doch zu spät. Der Volvo prallte gegen ihre Beifahrerseite und geriet ins Schlittern. Sie kreischte, im nächsten Moment war das Auto neben ihnen verschwunden.

Fast automatisch hielt er an, Schweißperlen auf der Stirn. Sein Mund war trocken, und das dringende Bedürfnis, sich zu übergeben, übermannte ihn. Besorgt warf er einen Blick nach hinten, wo sein Sohn Frósti unbeirrt weiterschlief.

Sekundenlang saß er einfach nur da und starrte auf seine Hände. Endlich bemerkte er Janes Blick.

„Wir … wir sollten nachschauen“, hauchte sie.

Er nickte benommen. Sie hatte recht. Zitternd öffnete er die Fahrertür, und sofort schlug ihm ein eiskalter Wind entgegen. Schneeflocken verfingen sich in seinem Haar. Am Straßenrand erspähte er eine kleine Haltebucht, hinter der ein Abhang lag. Er sah die Spuren des Wagens, die sich kurz vor dem Abgrund verloren.

„Mist“, murmelte er, und sie eilten zum Straßenrand. „Wir können da nicht runter“, fuhr er Jane an, die schon hinabzuklettern versuchte. Er stapfte ein paar Schritte weiter, wo von aus er besser hinunterblicken konnte. Die Schneedecke erhellte die Umgebung.

Er sah er ihn sofort. Der Wagen lag auf der Seite, die Lichter waren erloschen. Nur die Erinnerung an den Moment auf der Straße wies darauf hin, dass sich eben erst ein Unglück ereignet hatte.

„Jane, was soll das?“, rief er, als er sah, wie seine Freundin den Abhang hinunterschlitterte.

„Wir müssen nachschauen“, schrie sie ihm verzweifelt zu.

Ein letztes Mal warf er einen Blick zurück zu seinem Wagen, in dem Frósti friedlich schlummerte.

„Mach dir keine Gedanken“, rief Jane von unten. „Er schläft.“

Er fluchte innerlich. Den schönen Jahresabschluss konnten sie wohl vergessen. Hastig kletterte er hinter Jane her, wobei er fast einen Meter tief in den kalten Schnee einsank. Fast hatte er vergessen, wie sehr er die weiße Pracht einmal geliebt hatte. Seit er in England wohnte, hasste er dieses Schneechaos.

Jane war bereits am Unfallwagen angekommen. Trotz des Schneetreibens konnte er sehen, wie sie kniete und durch die kaputte Fensterscheibe versuchte, Kontakt zum Fahrer aufzunehmen. Keuchend kam er neben ihr zum Stehen.

Sie sah zu ihm auf, in ihren dunklen Augen stand ein wildes Funkeln. „Er lebt noch“, murmelte sie.

Er beugte sich zu ihr und sah durch die Fensterscheibe. Tatsächlich – der Mann regte sich und schien nicht so stark verletzt, wie der Blechschaden vermuten ließ. Einen kurzen Moment verfluchte er das Schicksal. Die Sache hätte so leicht sein können …

Der Mann blickte sie mit großen Augen an. „Helft mir“, ächzte er. Schürfwunden übersäten sein Gesicht, sein Arm war unnatürlich gekrümmt, er schien aber bei vollem Bewusstsein und sonst keine weiteren größeren Verletzungen zu haben. Bestimmt würde der Mann über Silvester im Krankenhaus bleiben müssen, aber danach ganz gewiss ohne bleibende Schäden ins neue Jahr starten.

Jane erhob sich und eilte zum Kofferraum des Autos, der bei dem Unfall aufgesprungen war. Sie kehrte mit einem Wagenkreuz in den Händen zurück. Ihre Finger waren blau angelaufen vor Kälte, doch beherzt schlug sie die Scheibe ein.

„Pass auf", murmelte er, als sie vorsichtig hineinlangte und den Mann sanft an der Schulter berührte.

„Hörst du mich?", fragte sie leise. Der Mann gab ein röchelndes Geräusch von sich.

„Ist er stark verletzt?"

Jane musterte ihn, in ihrem Blick lag etwas Düsteres. „Nicht stark genug", raunte sie.

Es dauerte vermutlich nur eine Sekunde, doch es fühlte sich an wie eine Ewigkeit. Er sah es wie in Zeitlupe ablaufen: Ruhig und gelassen umklammerte sie das Wagenkreuz so fest, dass ihre Knöchel bläulich hervortraten, dann holte sie aus.

Der Aufprall klang dumpf, als das Wagenkreuz den Schädel traf. Dann spritzte das Blut in alle Richtungen. Die Frontscheibe, der Innenraum und die Schneereste an den Seitentüren des Wagens waren über und über mit roten Sprenkeln bedeckt.

„Jane", keuchte er erstickt.

Sie ließ das Wagenkreuz sinken. „Lass uns gehen", murmelte sie.

Er hörte ein Knirschen im Schnee und wandte sich erschrocken um.

„Daddy?" Sein Sohn stand vor ihm und blickte ihn mit großen Augen an.

## Silvesterabend 1959, England

Dicke weiche Schneeflocken wirbelten auf die Erde. Es hatte auch in diesem Jahr wieder weiße Weihnachten gegeben. Ich stand vor dem Fenster, sah in den schneetrüben Himmel und lächelte glücklich vor mich hin. Der Weg zum Cottage war kaum beleuchtet, doch auf dem vereisten Zufahrtsweg näherte sich ein Wagen. Vor den Scheinwerfern wirbelte die weiße Pracht umher. Hinter mir knarrten die Dielen, und ich drehte mich um. Zwei Ärmchen reckten sich mir entgegen.

„Emily", flüsterte ich liebevoll und nahm sie aus den Armen meiner Schwiegermutter.

„Em ist gerade wach geworden", sagte sie.

Das Auto hielt im Hof, selbst hier oben im Zimmer war zu hören, wie der Schnee unter den Reifen knirschte. Eine Autotür wurde zugeschlagen.

„Perfekt, dann ist sie ja munter für Papa. Nicht wahr, meine Kleine? Daddy ist gleich da, und dann werden wir alle gemeinsam Silvester feiern. Er hat es noch rechtzeitig aus London geschafft, wer hätte das gedacht …"

Meine Schwiegermutter nickte. „Dass er auch immer so viel arbeiten muss. Sogar zwischen den Jahren." Weihnachten war wundervoll gewesen. Wir waren die perfekte kleine Familie: Charles, Em und ich. An Heiligabend hatten wir die Andacht in der hiesigen Dorfkirche besucht, und am Morgen des ersten Weihnachtsfeiertages war Emily mit Geschenken überhäuft worden. Seit ihrer Geburt vor zwei Jahren feierten wir Weihnachten immer im alten englischen Cottage von Charles' Eltern. Er war zum Studieren nach Amerika gegangen, wo wir beide uns später kennengelernt hatten. Seine Eltern waren zuerst skeptisch gewesen, dass er mich –

eine Amerikanerin! – heiratete und dann auch noch zu ihr zog, doch seit die Kleine auf der Welt war, hatten sich die Wogen etwas geglättet. Es klopfte unten an der Haustür.

„Immerhin, jetzt ist er ja da. Ich mach ihm auf.“ Meine Schwiegermutter verließ das Zimmer.

Emily blinzelte und streckte den Zeigefinger in Richtung Fenster. „Da!“, rief sie.

Ich lächelte. „Was ist da? Ja, Schnee, ganz viel Schnee!“

Sie rieb mit ihren kleinen Fingerchen die beschlagene Scheibe frei. Ich schaute nach unten in den Hof, den eine dicke Schneeschicht bedeckte, die Reifenspuren waren schon wieder fast zugeschneit. Dann erstarrte ich. Das war nicht Charles' Auto, sondern ein Polizeiwagen. Ich hielt den Atem an. Sekunden verstrichen, die sich anfühlten wie Stunden.

„Amy?“, sagte jemand hinter mir. Langsam wandte ich mich um. Irgendetwas in mir schien die Wahrheit schon zu ahnen, doch etwas anderes wehrte sich vehement dagegen.

Ich starrte meine Schwiegermutter an. Ihr Gesicht sah weiß aus, ihre Augen waren unnatürlich geweitet.

Ungeduldig zerrte Em an meinem Pulli.

„Charles … er … hatte einen Unfall.“

Meine Schwiegermutter klang ganz ruhig und sachlich.

Ich wiederholte in Gedanken, was sie gesagt hatte, doch über meine Lippen kam nur ein unnatürliches Krächzen.

„Er … Amy, er ist tot …“

## Erster Advent 2017, England

Sanft strich sie über das in Leder gebundene Buch, auf dessen Vorderseite ein Rentier eingestanzt war. Seufzend fuhr sie sich durchs krause Haar, das mit den Jahren stumpf und grau geworden war, wie so vieles in ihrem Leben. Sie räusperte sich. Meine Güte, sie musste endlich aufhören, die Vergangenheit hervorzukramen, die Zukunft war voller Möglichkeiten! Sie musste endlich loslassen und die Narben der Vergangenheit das sein lassen, was sie waren: Narben, die sie zwar immer prägen würden, die jedoch verheilt waren und längst nicht mehr so schmerzten wie die frische Wunde von einst. Die Zukunft war das, was zählte. Und die saß direkt vor ihr.

„Kinder, heute möchte ich euch eine ganz besondere Adventsgeschichte erzählen."

Tim, Colin und Marlon begannen, aufgeregt durcheinanderzuschnattern.

Emily runzelte die Stirn. Oder waren es Tim, Colin und Freddie?

Sie hatte neun Enkel, davon waren sieben Jungs. Eine ungebändigte Rasselbande, die Jungs sahen sich teilweise zum Verwechseln ähnlich.

Und du wirst eben nicht jünger, schaltete sich eine kleine Stimme in ihrem Kopf ein. Sie räusperte sich erneut. „Ruhe!"

Sofort verstummten alle und versammelten sich um den Ohrensessel. Mit großen Augen starrten die Kleinen sie an und versuchten, nicht zu kichern oder gar zu atmen.

Mit einem Finger fuhr sie die Form des Rentiers nach, welches den Einband zierte. „Heute will ich euch die Legende einer jungen, traurigen Frau vorlesen, die ihre ganz eigene Weihnachtsgeschichte erlebt hat. Es ist die Geschichte einer

Frau, die ihr Lächeln wiedergefunden hat, als sie es am wenigsten erwartete. Die Geschichte eurer Urgroßmutter Amy."
Wer wohl vorlesen würde, wenn sie einmal nicht mehr war? Emily hoffte, dass die schöne Tradition nicht in Vergessenheit geraten würde. Auch wenn sie ihre eigenen Dämonen hatte, die sie mit der Geschichte verband, so tröstete sie doch das Gefühl, ihre Mutter Amy dadurch ein wenig am Leben zu erhalten. Sie schlug das Buch auf, aus dem sie jahrelang ihren eigenen Kindern vorgelesen hatte. Ja, ihre Kindeskinder schienen nur allzu bereit, in eine Welt zu tauchen, die ihnen das schönste Fest des Jahres ein Stück näherbringen würde.
Denn wenn Weihnachten eines war, dann Familie.

## Erster Advent 1960, England

Ein Jahr war vergangen. Wirklich ein ganzes Jahr? Der Frost hatte Eissterne an die Fensterscheiben gemalt. Behutsam legte ich die Zeigefingerspitze darauf, und sofort verschwand der Stern. Wie ich Charles' Wärme vermisste! Früher hatte ich immer gedacht, wenn ihm etwas passierte, dann würde auch ich sterben. Ich war sicher gewesen, ich würde es nicht aushalten, ohne ihn zu sein, mein Herz würde aufhören zu schlagen.

Doch nichts dergleichen war geschehen. Mein Herz schlug noch immer. Ich war noch immer hier. Ich hielt es noch immer aus. Irgendwie. Das letzte Jahr war wie in Trance verronnen, ich erinnerte mich kaum an Details. Aber ich lebte. Für Emily. Sie brauchte mich, sie gab mir einen Grund, weiterzuatmen. Die Angst war seitdem mein ständiger Begleiter, weckte mich morgens mit einem dunklen Kuss und begleitete mich den Tag über als Schatten meiner selbst.

Ich starrte aus dem Fenster, fast wie damals. Fast kam es mir vor, als könnte ich damit die Vergangenheit ungeschehen machen. Wenn ich nur lange genug hinausblickte, dann würde Charles irgendwann auftauchen.

Wie jedes Jahr war ich zu Besuch im Cottage meiner Schwiegereltern, doch Weihnachten und Silvester würden Em und ich dieses Mal nicht hier verbringen. Ich konnte es einfach nicht aushalten, länger hier zu sein.

Meine Schwiegermutter war außer sich vor Wut gewesen, doch mein Entschluss stand fest.

„Emily ist doch das Einzige, was mir von Charles noch geblieben ist", hatte sie geschluchzt.

Sie sollte sich nicht so sehr an die Kleine binden, dachte ich bitter. Eines Tages würde meine Tochter ihr eigenes Leben führen. Schmerzhaft war mir aber auch bewusst, dass ich mich selbst viel zu sehr an Em klammerte, weil ich so viel von Charles in ihr sah. Was würde aus mir werden, wenn sie erwachsen war?

„Amy?"

Ich wandte mich um. Vor mir stand eine junge Frau, mit dunkler sonnengeküsster Haut und rabenschwarzem Haar. Sara, meine beste Freundin – ich hatte sie mitgebracht. Im letzten Jahr hatte sie mir sehr beigestanden, auf jeden Fall empfand ich es so. Zwar konnte ich mich kaum an Einzelheiten erinnern, ich wusste nur, dass es stattgefunden hatte: das Jahr der Leere.

„Amy, magst du auch einen Tee? Deine Schwiegermutter hat einen zubereitet. Und es gibt Scones."

Ich schüttelte den Kopf. „Ich hab keinen Hunger." Das stimmte. Früher war ich nicht dünn gewesen, eine „Durchschnittsfigur" würde man wohl sagen. Ich hatte immer gerne gegessen. Doch es war, als ob Charles mein Hungergefühl mit ins Grab genommen hätte. Nach all den Monaten sah ich so abgemagert aus wie die meisten Topmodels.

„Du musst was essen", befahl Sara.

Ich seufzte. Sie war so fürsorglich und wich mir kaum von der Seite! Meine Freundin hatte mich nach England begleitet, doch meine Reise würde weitergehen. Es war an der Zeit, Sara musste dringend ihr eigenes Leben wieder aufnehmen, ich würde mit Emily die Vorweihnachtszeit und Weihnachten allein in Island verbringen.

Ich hatte einen Flug gebucht und mir ein kleines Cottage gemietet – zum Entsetzen aller. Doch es war mir egal. Ich musste fort. Fort von der gewöhnlichen Umgebung, fort von der schmerzvollen Erinnerung.

„Mein Flug nach Keflavík geht morgen schon sehr früh. Ich will mich noch ein wenig ausruhen.“ Ich sah den Argwohn in Saras Augen.

„Soll ich nicht lieber mitkommen?“, bot sie an.

Ich schüttelte den Kopf, drehte mich um und sah wieder aus dem Fenster. Diese Haltung war zur Gewohnheit geworden. Immer starrte ich zum Horizont, als ob ich darauf wartete, dass Charles jeden Moment angefahren kam. Doch er kam nicht. Mittlerweile hatte es heftig zu schneien begonnen, die Schneeflocken wirbelten im Wind.

„Vielleicht geh ich noch eine Runde spazieren. Em schläft noch?“

„Ein Sturm zieht auf!“, fuhr Sara mich an und trat neben mich. „Jetzt rauszugehen ist viel zu gefährlich!“

Ich schüttelte den Kopf und sah sie von der Seite an. „Mir passiert schon nichts. Ich bleib in der Nähe.“

Verzweiflung stand in ihren Augen, als sie mir eine Hand auf die Schulter legte. „Pass auf dich auf. Du wirst hier noch gebraucht“, flüsterte sie, strich über meine Wange und zog mit den Fingern die geradlinige Narbe nach, die ich seit einem Sturz in der Kindheit hatte, an den ich mich nicht mehr erinnern konnte.

Wenig später schlüpfte ich in meinen dicken Mantel und die Winterstiefel und ging hinaus. Endlich allein mit mir und meinen Gedanken. Am Anfang waren sie fort gewesen, ich hatte nur wie eine leblose Hülle existiert. Doch nach und nach kehrten sie zurück, die schmerzvollen Erinnerungen, die vielen Fragen nach dem Sinn.

Charles war ein aufleuchtender Stern bei seiner Zeitung gewesen, in New York als kleiner Redakteur schnell aufgestiegen und sehr erfolgreich geworden, sodass ihm am Ende sogar

Anteile des Zeitungsverlags gehört hatten. Er hatte die Weihnachtszeit bei seiner Familie in England stets genutzt, um zwischen den Jahren die Niederlassung in London aufzusuchen.

An dem Morgen hatten wir noch telefoniert. Er war glücklich gewesen, die Verhandlungen waren gut gelaufen, und er freute sich, nach Hause zu kommen, um mit der Familie ins neue Jahr hineinzufeiern. Stattdessen war der Wagen einen Abhang hinuntergerutscht. Das Cottage seiner Eltern lag auf einem Hügel, die Straße war uneben und eng. Am Abend hatte es Neuschnee gegeben, aber Charles war wohl trotzdem ziemlich schnell unterwegs gewesen. Ein junges Pärchen war hinter ihm gefahren. Warum waren nicht sie verunglückt, dachte ich oft egoistisch.

*Warum er?*

Ziellos stapfte ich weiter, minutenlang. Schnee rutschte mir in die Stiefel. Die Nässe an den Füßen störte mich nicht, im Gegenteil – so fühlte ich mich lebendig. Ich zog den Mantel enger, heftiger Wind wirbelte mir Schnee vors Gesicht. Die Landschaft war binnen Minuten in ein grelles Weiß getaucht. Schützend hielt ich mir eine Hand über die Augen. Längst bereute ich, hinausgegangen zu sein.

„Vorsicht!“

Eine Stimme riss mich aus den Gedanken. Abrupt hielt ich inne und sah mich um. Niemand war zu erkennen, die weiße Wand des Schneegestöbers machte es nicht leichter. Man konnte kaum mehr einen Meter weit sehen. Ich blickte nach unten und erschrak: Vor mir tat sich ein Abgrund auf. Unbewusst musste ich in die Richtung gelaufen sein, wo sich Charles’ Unfall ereignet hatte. Vor mir lag derselbe Abhang, den das Auto hinabgestürzt war.

„Oh mein Gott“, flüsterte ich.

Ich wollte gar nicht hier sein! Am Unfallabend waren wir hergefahren, doch ich hatte alles nur wie durch eine Nebelwand wahrgenommen. Zwar konnte ich nun vor lauter Schnee nicht viel sehen, aber allein der Gedanke, hier zu sein, wo mein Liebster sein Leben verloren hatte, nahm mir die Luft zum Atmen. Ich musste fort. Zurück zum Cottage. Ich drehte mich um und prallte fast gegen eine Frau. Sie stand dicht hinter mir, ihr dunkles Haar flatterte im Wind.

„Sie haben mich gewarnt", stellte ich fest und starrte sie an.

Die Fremde trug ein dünnes weißes Kleid, völlig unpassend bei diesen winterlichen Bedingungen. Ihre Augen schienen zu leuchten, sie wirkten unecht grünlich. Doch ihr Blick war wild, als sei sie aufgebracht. Ich erschauerte. Es war, als ob sich meine Brust zusammenzog. Unwillkürlich wich ich einen Schritt zurück und spürte zugleich kleine Schneebrocken den Abgrund hinabgleiten.

„Möchten Sie vielleicht meinen Schal?" Ich hatte das Gefühl, sie irgendetwas fragen zu müssen. Ob ich ihr meinen Mantel anbieten sollte? Sie sah so verfroren aus, wie ich mich fühlte, obwohl ich dicke Kleidung trug. Vielleicht versuchte ich aber nur, mich selbst abzulenken, um mein eigenes Unbehagen zu vergessen. Die Frau fixierte mich, als würde sie mich erst jetzt richtig wahrnehmen. Ihre Lippen bildeten eine schmale Linie.

„Nein, danke", murmelte sie. „Passen Sie auf, der Abgrund ist gefährlich. Hier sind schon Menschen ums Leben gekommen." Ein seltsamer Ausdruck huschte über ihr Gesicht. „Sie wollen doch nicht etwa die Nächste sein?", fragte sie leise. Ohne eine Antwort abzuwarten, wandte sie sich ab und verschwand im Schneetreiben.

Ich sah ihr hinterher und schmeckte erst dann die Schneeflocken in meinem offenen Mund. Sie zerschmolzen auf der

Zunge und schmeckten nach Winter. Ein seltsames Gefühl überkam mich, fast wie ein Déjà-vu. Verwirrt schüttelte ich den Kopf. Ich sah schon Gespenster! Wahrscheinlich sollte ich im neuen Jahr dringend meine Psychologin aufsuchen, die mich seit Charles' Tod betreute. Zwar hatte ich seitdem einige Sitzungen hinter mich gebracht, aber weder Medikamente noch verhaltenstherapeutische Maßnahmen hatten etwas bewirkt. Mein Herz war gebrochen, und selbst meine Tochter schaffte es nicht, es zu flicken.

❄

Es war ein Gefühl, wie von null auf hundert. Durch die Geschwindigkeit wurde ich in den Sitz gepresst. Ich griff nach der Hand meiner Tochter und starrte aus dem Flugzeugfenster. Die Welt zog immer schneller an uns vorbei, mit einem Ruck hoben wir ab. Regen hatte den restlichen Schnee tauen lassen, und es war bereits dunkel draußen. Kleine Tropfen, die sich an den Scheiben bildeten, sahen aus wie Tausende Sterne, die an uns vorbeiflogen. Die Lichter des Flugzeugs tauchten die Umgebung in ein feuriges Orange. Mir wurde schlecht. Wie oft war ich schon geflogen, und jedes Mal erlebte ich das gleiche Wechselbad der Emotionen: zuerst panische Angst, die Kontrolle zu verlieren, gepaart mit dem Gefühl der Unendlichkeit und Euphorie, wenn man die Wolken erreicht hat und die Welt an sich vorbeiziehen sieht.

Für einen Moment wünschte ich mir, wir würden abstürzen. Einfach am Boden zerschellen. Oder in der Luft explodieren und wie unzählige kleine Diamanten ins Meer rieseln. Glitzernde Edelsteine, leuchtend in der tiefen Dunkelheit und Weite des Ozeans. Eine schöne Vorstellung, so zu enden.

Aus ihren dunkelbraunen, grün gesprenkelten Augen sah Emily mich an. *Dieselbe Augenfarbe wie Charles …* – Ein Luftloch ließ das Flugzeug kurz nach unten sinken. Em schien das zu gefallen, sie entblößte ihre Zahnreihen, die noch unvollständig waren, und lachte laut los. Nein, ermahnte ich mich selbst. *Du darfst nicht ans Sterben denken. Die Kleine hat noch ihr ganzes Leben vor sich.* „Sieh nur, Mäuschen", raunte ich ihr zu. „Da draußen in den Wolken arbeiten die kleinen Wichtel an den Weihnachtsgeschenken! Sie kommen immer bei Nacht heraus, und für uns sieht es dann aus wie Tausende bunte Lichter am Nachthimmel."

Ich wusste nicht, wie ich auf die Idee kam, meiner Tochter solch einen Blödsinn zu erzählen, aber wenigstens sollte sie ein paar Märchen hören, bevor sie zu alt dafür war. Und da ich nicht in der Stimmung war, ihr Geschichten über die Prinzessin und den Prinzen zu erzählen, die glücklich bis ans Ende ihrer Tage lebten, mussten eben Wichtel herhalten.

Noch nie hatte ich die Polarlichter gesehen. Ein kleiner Lebenstraum von mir. Ich hatte mir immer gewünscht, sie eines Tages mit Charles zusammen zu erleben.

Rechts neben Emily saß meine Freundin Sara. Nach der Begegnung mit der seltsamen Frau im Schneesturm hatte ich mich doch dafür entschieden, Sara mit nach Island zu nehmen. Nun war mir wohler. Ich wusste nicht, was mit mir los war: Ich zweifelte seitdem an meiner Urteils - und Handlungsfähigkeit, und es erschien mir besser, jemand Vernünftigen dabei zu haben, der ein Auge auf Em werfen würde, wenn ich mal wieder Halluzinationen hatte. Seufzend lehnte ich mich zurück und schloss die Augen. Das sanfte Ruckeln des Flugzeugs ließ mich in einen seichten Schlaf sinken.

Er entflammte das Streichholz und hob es an den Kerzendocht. Eine warme Flamme stieg empor, und er verlor sich einen Moment in ihrem Anblick. Doch bevor seine Gedanken hätten wandern können, wandte er sich ab und sah aus dem Fenster. Der Schneefall hatte aufgehört. Geblieben war eine dicke Schneedecke, doch bald würden breite Hufe ihre Schönheit zerstören. Er warf einen Blick auf die Uhr in dem kleinen Arbeitszimmer. Schon nach acht. Frosti sollte längst da sein, dachte er gereizt und schlurfte zur Eingangstür. Draußen war die Schneeschicht noch völlig unberührt, Spannung lag in der Luft. Noch vier Wochen bis Weihnachten, und noch allerhand zu tun. Da ertönte ein Klingeln, süßer als tausend kleine Glocken. „Noch ein bisschen früh für den Weihnachtsmann“, murmelte er und verschränkte gespannt die Arme vor der Brust.

Frosti ließ sich seufzend vom Schlitten sinken und klopfte sich die Schneeschicht von der Hose und seinem ausladenden Bauch. Als er bemerkte, dass dies nichts half und er ohnehin am ganzen Körper voller Schnee war, schüttelte er sich wie ein nasser Hund.

„Du bist ganz schön früh dran“, meckerte sein Gegenüber und tätschelte einem der Rentiere den Rücken. „Ganz schön verschwitzt, der Gute“, sagte er anmaßend und sah Frosti kopfschüttelnd an.

Dieser verbeugte sich übertrieben und zog sich die rote Pudelmütze vom Kopf. „Dann fahr doch das nächste Mal selbst. Weißt du eigentlich, was das bei dem Wetter für eine Tortur ist?“

Ein lautes Lachen ertönte. „Klar. Ich mach den Job ja schon ein paar Jahre.“

Sein Freund seufzte.

„Komm, versorg die Tiere, und dann lass uns einen ordentlichen Trunk nehmen, der den Magen wärmt. Ich hab immer noch den alten Whiskey aus England." Er hielt inne und streichelte einem Rentier gedankenverloren über die Nase.

„Englischen Whiskey? Soso." Frosti grinste frech und erntete daraufhin einen wütenden Blick.

„Was soll dieser Ton?"

„Du vermisst sie immer noch, hab ich recht? Deine kleine Engländerin."

Sein Freund erwiderte nichts, doch Frosti kannte ihn gut genug, um zu wissen, dass er einen wunden Punkt getroffen hatte. Er zögerte, hielt sich aber zurück. Er wollte seinem besten Kumpel nicht noch mehr Sorgen aufbürden. Kurz dachte er an eine seltsame Begegnung zwei Nächten zuvor. Er war mit dem Schlitten unterwegs gewesen und hatte seine beiden liebsten Rentiere Mø und Plumb angespannt. Es hatte Neuschnee gegeben. Überall funkelte es, und der Schnee tauchte die Landschaft in ein helles Licht.

Hinter ihm im Schlitten stapelten sich Briefe über Briefe – allesamt an den Weihnachtsmann, obwohl viele der isländischen Kinder noch nicht derart amerikanisiert waren. Viele schrieben auch an die Feen, Elfen oder an die dreizehn Weihnachtsmänner. Manchmal öffnete Frosti einen der Briefe und las ihn heimlich.

Mø und Plumb waren außer Rand und Band gewesen und so schnell über den meterhohen Schnee hinweggaloppiert, dass er Probleme gehabt hatte, sie im Zaum zu halten. Er war mitten in der Wildnis unterwegs gewesen, weitab von Reykjavik oder irgendeiner anderen besiedelten Stadt. Die isländische Weite hatte ihn und die Rentiere umgeben: nichts als glitzernde

Sterne in der mondlosen Nacht und hin und wieder ein dunkler Strauch, der auftauchte.

Doch während die beiden jungen Rentiere im unberührten Schnee ihre ersten Spuren hinterließen, vernahm Frosti aus dem Augenwinkel eine Regung. Auch die Rentiere schienen es bemerkt zu haben, denn sie beschleunigten und warfen unruhig die Köpfe hin und her. Mit einem Mal war ein Schneesturm aufgezogen und hüllte den Schlitten in dichten Nebel. Kalter Eisregen peitschte ihm ins Gesicht. Mühsam versuchte er, mit einer Hand die Rentiere zu lenken – die taten, was sie wollten – und mit der anderen seine Wangen vor den kalten, stechenden Eiskristallen zu schützen. Der Wind kam von mehreren Seiten, er konnte kaum mehr sein Gespann sehen.

„Hey, ho! Mø, Plumb – halt!", rief er.

Die Tiere gehorchten widerwillig nach ein paar Sekunden und blieben stehen. Frosti zog den Nacken ein und ließ den eisigen Wind über sich hinwegpeitschen. Der legte sich genauso schnell, wie er gekommen war. Kein typischer Blizzard, dachte er. Etwas war anders. Die Rentiere scharrten ungeduldig mit den Hufen.

Vor ihnen erstreckte sich die schneebedeckte, endlose Fläche Islands. Selbst das Nordlicht war heute nicht zu sehen. Faule Wichtel, dachte Frosti genervt. Er verabscheute diese kleinen, garstigen Kreaturen, die durch ihre unfähigen Arbeiten das Nordlicht herbeizauberten. Es ärgerte ihn noch mehr, dass die Menschen dem Werkeln der Wichtel etwas Besonderes, Magisches zuschrieben, und von ihm hingegen wie von einer vergangenen Legende erzählten.

Ein leichter Windstoß trieb ihm Schneeflocken in die Augen, und er zwinkerte ein paarmal. Als sein Blick sich geklärt hatte, starrte er in zwei wilde dunkle Augen.

„Hab keine Angst“, flüsterte sie.

*„Hvaða“*, entfuhr es ihm. „Ich dachte, du bist –“

Sie legte einen Finger auf ihren zuckersüßen Mund. „Verrat es niemandem. Vor allem nicht *ihm.*“

Ihr langes dunkles Haar umwehte im Sturm der eisigen Nacht ihren schlanken Körper. *Wie ein Engel. Perfekt für Weihnachten.* Frosti spürte ein heißes Kribbeln im Bauch, als sie sich eine Haarsträhne hinter die Ohren klemmte, und er schämte sich gleichzeitig für seine Gedanken. So schnell, wie sie erschienen war, verschwand sie wieder.

Er schnalzte seinen Rentieren zu. „Auf nach Hause“, flüsterte er.

❄

Ich schrak hoch. Was für ein komischer Traum – von Weihnachtsmännern, Engeln und Rentieren! Verwirrt sah ich aus dem Flugzeugfenster, um mich zu orientieren, ob wir noch flogen oder schon abgestürzt waren. Ein seltsamer Schleier huschte vorbei, müde rieb ich mir die Augen.

Was war das denn gewesen? Träumte ich noch? Die Silhouette hatte ausgesehen wie ein Rentierschlitten aus meinem Traum, dachte ich amüsiert. So ein Blödsinn! Gewiss hatte die Geschichte über die Wichtel, die ich Em erzählt hatte, meine Träume beeinflusst. Und vielleicht auch mein Erlebnis mit der seltsamen Frau an der Stelle, wo Charles verunglückt war.

Verstohlen warf ich einen Blick zu Sara und Emily, beide schlummerten tief und fest. Ich atmete ein und sah auf meine Armbanduhr mit dem bronzefarbenen römischen Ziffernblatt und der Datumsanzeige. Charles hatte sie mir zum ersten Hochzeitstag geschenkt.

„Pass gut auf sie auf“, hatte er gesagt und gelächelt. „Sie ist wirklich wertvoll. Eines Tages werden unsere Kinder sie tragen, und dann deren Kinder.“

Ich spürte einen Stich in der Brust. *Charles.* Mit gebrochenem Herzen versuchte ich, mich auf die Gegenwart zu konzentrieren.

Noch eine Stunde bis zur Ankunft in Keflavík, dem Flughafen der Hauptstadt Reykjavík.

Mein Vater war während des Krieges und einige Zeit danach in Island stationiert gewesen. Wir hatten daraufhin drei Jahre in Folge Weihnachten dort verbracht, ich konnte mich jedoch kaum noch an die Zeit erinnern. Ich fragte mich, weshalb ich ausgerechnet Island für meine Flucht vor Weihnachten und Neujahr auserwählt hatte. Erst Jahre später würde ich die Antwort darauf bekommen.

„Amy?“ Sara war aufgewacht und riss mich aus meinen Gedanken. „Wie geht's dir?“, fragte sie mitleidig.

Nach Charles' Tod waren mir nicht viele Menschen geblieben, weil ich mich von ihnen abgewandt hatte. Sara hatte mir alles verziehen – meine Wutausbrüche, mein wochenlanges Schweigen, meine Apathie. Doch das größte Geschenk war ihre Art gewesen, mir nicht jedes Mal mit Mitleid zu begegnen. Sie hatte mich akzeptiert, wie ich war, was mir gut tat. Sie weinte mit mir, und wenn ich ab und zu nicht an Charles dachte, und über etwas Belangloses redete, um mich abzulenken, stimmte sie mit ein, ohne es zu hinterfragen.

Warum sah sie mich also jetzt so an?

„Mir geht's gut, danke.“ Ich sagte es eine Spur zu hart, und sofort tat es mir leid. Sara hatte auf Weihnachten mit ihrer Familie verzichtet, dafür war ich ihr unendlich dankbar. Erst vor ein paar Monaten hatte sie sich von ihrem Freund getrennt, nachdem sie herausgefunden hatte, dass er sie betrog. Erneut spürte ich einen Stich in der Brustgegend. Ich würde Charles jede Affäre verzeihen, wäre er doch nur am Leben!

„Du siehst nur so nachdenklich aus“, sagte Sara nun.

Ich zwang mich zu einem Lächeln, doch der Impuls verschwand schnell wieder, ich wusste, dass es maskenartig aussah. „Der Flug. Du weißt doch, das macht mir immer zu schaffen.“

„Willkommen in Island! Benötigen Sie einen Transport nach Reykjavik?“

Ich lehnte dankend ab. Erstaunlich, dass die Isländer solch ein perfektes Englisch sprachen.

In der Ankunftshalle stand eine Meute Abholer, ich hielt Ausschau nach einer Frau, die ein Schild mit unseren Namen in die Höhe halten sollte.

Emily zerrte ungeduldig an meiner Hand. Ich gab mir Mühe, nicht gereizt zu reagieren. Durch das Fliegen waren meine Augen ganz trocken, und meine Nase war verstopft. Der Druckausgleich in der Kabine machte mich jedes Mal fertig.

„Mummy, Hunger!“, schrie Emily verzweifelt, und ich verdrehte die Augen.

„Einen Moment, Schatz.“

Es war nicht nur Charles als Partner, der mir fehlte. In Situationen wie diesen fehlte er mir auch als Vater für Em. Ein Vater, der seine kleine Prinzessin auf den Arm nahm, ihr eine Weihnachtsgeschichte erzählte oder der sie einfach nur mit Süßigkeiten verwöhnte. Ein Vater, der mich unterstützte. Ein Vater eben, dachte ich wütend und schluckte den Kloß hinunter.

„Da!“, rief Sara begeistert und ging schnellen Schrittes auf eine rundliche Frau gehobenen Alters zu.

Arna war klein und füllig, hatte rotbraunes Haar und trug gelbe Gummistiefel und einen dicken Winternerz. Ihr strahlendes Lächeln erwärmte mein Herz. Ich fasste Emily an der kleinen Hand, und sie trottete lustlos hinter mir her.

Ich hatte eine Unterkunft mit Verpflegung gebucht, damit ich mich um Dinge wie Kochen oder den Haushalt nicht kümmern musste. Die alte Arna Stefansdóttir vermietete ihr kleines Cottage an der Westküste von Island inklusive Verköstigung und häuslichen Services. Auf den ersten Blick wirkte sie sehr freundlich, sie musterte mich neugierig. Sie kam mir seltsam bekannt vor, vermutlich erinnerte sie mich an meine Mutter. Nachdem wir uns einen Augenblick lang beäugt hatten, kam Arna auf mich zu, nahm mich in die Arme und drückte mich fester als erwartet.

„Schön, dich zu sehen“, säuselte sie mir ins Ohr.

Sich sogleich zu duzen war typisch für die Isländer. Sie roch nach Zimt, Apfel und frisch gebackenem Brot. Zum ersten Mal seit einem Jahr knurrte mir wieder der Magen.

„Da hat wohl jemand Hunger“, lachte Arna und begrüßte Emily, die sich in ihrer kindlichen Schüchternheit hinter meinen Beinen versteckte.

„Die Kleine wird schon auftauen.“ Sie schmunzelte und flüsterte dann so laut, dass Em es hören konnte: „Spätestens, wenn sie die kleinen Rentierkinder in meinem Vorgarten sieht.“

Der Köder war ausgelegt, Emily riss überrascht die Augen auf.

„Rentiere?“

„Hm“, brummelte Arna. „Seit Generationen züchten wir schon welche. Aber sie haben viel Platz zum Laufen, und wenn man nicht ruhig ist und sich ordentlich versteckt, dann sieht man sie nicht.“ Sie lachte herzlich.

Emily sah mich fragend an, und ich nickte ihr aufmunternd zu. „Ihr werdet bestimmt welche entdecken.“

Wir, verbesserte ich mich. Auch ich hatte schon seit Ewigkeiten keine Rentiere mehr gesehen.

Tatsächlich war Arna aber mit dem Auto und nicht per Rentierschlitten gekommen. Die Fahrt zur nordwestlichen Küste dauerte etwa vier Stunden und verlief ohne besondere Vorkommnisse. Arna erzählte ein wenig von sich, horchte uns aber kaum aus. Es war, als ob sie ein Gespür dafür hatte, was sie fragen konnte und was besser erst später angesprochen werden sollte. Seit vielen Jahren lebte sie auf der Halbinsel und war noch nie aus Island herausgekommen.

„Mich bringt niemand von Island weg. Ich bin hier geboren, und ich werde hier sterben“, sagte sie.

Unwillkürlich wanderten meine Gedanken wieder zurück zu Charles. Er war in England geboren worden und hatte immer damit gerechnet, in Amerika zu sterben, weil wir dort unser Leben aufgebaut hatten. Doch es war anders gekommen. Die Straßen in Island waren freigeräumt worden vom Schnee, doch ein heftiger Wind peitschte gegen das Auto. Arna lachte, als sie sah, wie betroffen wir dreinblickten.

„Ja, das Wetter hier kann ganz schön ruppig sein. Nehmt euch in Acht! Willkommen am Ende der Welt!“

Gedankenverloren sah ich aus dem Fenster. Ich konnte mich kaum mehr an meine Zeit in Island erinnern. Drei aufeinanderfolgende Jahre hatten wir meinen Vater hier besucht, Mom und ich. Beim letzten Mal musste ich etwa zwölf gewesen sein. Ich beobachtete die Landschaft mit ihren wundervollen Felsformationen vor der Küste, aus denen unzählige Bäche und Wasserfällen herausschossen. Je weiter wir uns von Reykjavik entfernten, desto verlassener wirkte die Umgebung. Immer wieder tauchte inmitten der Geröllwüste ein Einsiedlerhof auf. Am Rande der Straße ragten schneebedeckte Berggipfel auf, es herrschte eine unheimliche Winterdämmerung. Das Land wirkte wie eine eigene Welt, die dem Menschen keinen Zutritt erlaubte: fesselnd, düster und gespenstisch zugleich. Ich fragte mich, weshalb ich kaum mehr Erinnerungen an all dies hatte. Sagte man nicht immer, die Kindheit prägte einen am meisten? Sämtliche Erlebnisse meiner jungen Jahre waren wie in Watte gepackt, und ich konnte nur spärlich darauf zurückgreifen.

Wir erreichten das kleine Cottage, als es schon längst dunkel war. Im Dezember gab es in Island gerade einmal drei Sonnenstunden, hatten wir von Arna erfahren. Die Düsternis passte zu meiner Stimmung – ich begann zu befürchten, dass sie sich in den nächsten Tagen noch mehr trüben würde. Arna meinte jedoch, in diesen Wochen sei der beste Zeitpunkt, um die berühmten Nordlichter zu sehen.

„Kurz vor Weihnachten kommen die kleinen Wichtel aus ihrem Sommerschlaf und arbeiten unermüdlich in den Wolkenwerkstätten an den Weihnachtsgeschenken", flüsterte sie Emily zu, als wir auf die Tür zugingen. „Für uns auf der Erde sieht das dann aus wie Tausende bunte Lichter." Doch anstatt uns zuzuzwinkern, sah sie uns ernst an und zog eine Augenbraue hoch.

Ich wusste, dass die Isländer den alten Sagas von Feen, Kobolden und Weihnachtsmännern mehr Glauben schenkten als andere Nationen, doch ich selbst konnte damit nichts mehr anfangen. Als Kind hatte ich Märchen und Geschichten geliebt, nächtelang heimlich unter der Bettdecke gelesen und mir vorgestellt, ein Teil des Geschehens zu sein. Denn die Bücher hatten immer ein Happy End gehabt. Dann hatte ich Charles getroffen, und mein persönliches Märchen war erwacht. Ein Happy End hatte es jedoch nicht gegeben.

Arnas Aussage mit den Wichteln ließ mich aufhorchen. Hatte ich vor ein paar Stunden meiner Tochter nicht das Gleiche erzählt? Nun, Geschichten ähnelten sich eben immer wieder, wahrscheinlich hatte ich diese Version irgendwann einmal aufgeschnappt. Erwachsene hatten einfach nicht mehr so viel Fantasie und griffen auf vorhandenes Wissen zurück, um es dann etwas auszuschmücken.

Der Geruch von Kaminholz, das neben dem Eingang unter einem kleinen Dach aufgestapelt lag, stieg mir in die Nase.

Arna schloss auf, wandte sich im Hauseingang um und lächelte uns strahlend an. „Kommt rein, ich mach uns eine heiße Suppe, dazu gibt es frisch gebackenes Brot und Blaubeerwein. Danach werdet ihr schlafen wie Babys!“ Sie lachte auf, und kleine Fältchen erschienen um ihre Mundwinkel.

Als junge Frau musste sie einmal sehr schön gewesen sein, dachte ich und strich mir unbewusst über die Wangen. Seit ich selbst Mutter geworden war, war mir die Vergänglichkeit unseres Lebens umso bewusster geworden. Meine eigene Unbeschwertheit schwand von Jahr zu Jahr. Mittlerweile gab es nur noch eine große Last, die auf meinen Schultern lag und mich niederdrückte. Würde sie je wieder von mir abfallen? Würde ich jemals wieder so herzlich lachen können wie Arna?

Ich verschränkte die Arme vor der Brust und folgte den anderen ins Haus.

❄

Er stürzte den vierten Becher Blaubeerwein hinunter, nachdem sie bereits die Flasche englischen Whiskey geleert hatten.

„Warum ist das mit ihr nur so eskaliert?“, jammerte er.

„Wenn's doch nur anders gelaufen wäre. Dann hätte ich noch … Frosti!“ Mit dem Alkohol war offenbar auch das letzte Erinnerungsstück an sie verloren gegangen. Nun war sie endgültig fort. Gedankenverloren schnippte er sich einen Krümel von der Hose. Seine Mutter hatte ihm vor zwei Tagen *Skúffukaka* – einen isländischen Schokoladenkuchen – gebacken, von dem er sich die Reste einverleibt hatte. Leider war nicht mehr viel davon übrig gewesen. Immerhin hatte Frosti ihm den Kuchen nicht streitig gemacht. Sein bester Freund schlummerte tief und fest und schnarchte vor sich hin.

„Hey! Hey, Frosti!“ Laut knallte er den leeren Krug auf den Tisch, doch Frosti war nicht aufzuwecken. „Zu nichts mehr zu gebrauchen“, murmelte er grunzend, stand auf, schwankte ein wenig und öffnete dann die große Holztür.

Ein heftiger Windstoß wehte augenblicklich eine große Menge Schnee herein.

„Was ist dieses Jahr nur los?“, polterte er laut und drehte sich noch einmal zu Frosti um. Der hatte inzwischen alle viere von sich gestreckt und entblößte seinen kugelrunden Winterspeck-Bauch.

„Alles muss man alleine machen!“, zischte er, schüttelte den Kopf und trat hinaus.

Er stapfte einmal ums Haus und lugte kurz durchs Fenster, wo er erkennen musste, dass sein bester Freund sich noch immer keinen Zentimeter rührte. Murrend stiefelte er weiter und begutachtete die Rentiere, die hinter der Hütte unter dem Vordach ihres Paddocks standen und sich zum Schutz vor dem Wind eng aneinanderschmiegten.

„You know Dasher and Dancer and Prancer and Vixen … Rudolph the Red-Nosed Reindeer had a very shiny nose …“, sang er. „Blöde Amerikaner! Dass ihr auch immer alles für euch vereinnahmen müsst!“, knurrte er und kraulte sacht eines der Tiere hinter den Ohren. „Ach, Mø“, fügte er hicksend hinzu. „Wenigstens du bist mir noch treu.“ Wie zur Bestätigung stupste das Rentier ihn an und gab ein seltsames Geräusch von sich. Mø war eines seiner zuverlässigsten. Äußerst gutmütig, schien sich fast genauso viele Gedanken zu machen wie er selbst. Sogar die Augen waren von schwarzen Ringen umgeben, als fände Mø auch viel zu wenig Schlaf. Liebevoll zottelte er an dem langen Fell am Kinn des Rentiers herum.

„Ziegenbärtchen“, lallte er.

Ein Lichtschein am Horizont ließ ihn die Augen zusammenkneifen.

„Entschuldigt mich, Jungs“, murmelte er und schwankte leicht nach vorn. „Die Chefin ist da.“

❄

Die dampfende Suppe und das warme Brot weckten meine Lebensgeister. Ich fühlte mich wohl und begann, mich zu entspannen. Sofort überfiel mich das schlechte Gewissen und ich warf einen Blick auf Emily, die nach wenigen Bissen Brot eingeschlafen war und nun auf einem heimeligen Sofa vor dem Kamin döste.

„Was ist los, meine Liebe?“ Arna goss mir Beerenwein nach.

„Was für eine wunderbare Einrichtung“, gab ich ausweichend zurück und sah ihr in die warmen braunen Augen. Sie blinzelte nicht.

„Die Hütte ist schon lange im Familienbesitz. Früher haben wir sie nur als Domizil an Weihnachten genutzt, doch seit dem Tod meines Mannes lebe ich hier.“ Die alte Dame seufzte, dann warf sie mir einen vielsagenden Blick zu. „Ich konnte einfach nicht mehr dort leben, wo wir so viele gemeinsame Jahre verbracht haben. Johann war mein ein und alles. Doch man kann sich nicht in seiner Trauer vergraben. Wenn ein geliebter Mensch stirbt, muss man loslassen. Denn dann erst öffnen sich Türen in eine neue, unbekannte Welt.“

Was war nur los mit ihr? Als konnte sie hellsehen, legte sie mir ihre faltige Hand auf die Schulter und raunte: „Ich kenne den Blick einer Frau, die etwas Wertvolles verloren hat.“ Sie hielt inne und schmunzelte. „Außerdem konnte ich mir wirklich nicht vorstellen, dass du und Fräulein Sara ein Liebespaar seid – auch wenn wir heute natürlich in anderen Zeiten leben.“

Sie lachte herzlich auf, und ich grinste.

„Haben Sie denn Kinder?“, fragte Sara neugierig und nahm einen Schluck Wein. Ihre Lippen waren bereits leicht bläulich von den Beeren.

Arnas breiter Mund verzog sich erneut zu einem Lächeln.

„Oh, sieht man mir das nicht an?“

Sara lief rot an und senkte den Kopf.

Arna winkte ab, und ihr runder Körper wackelte immer noch vor Lachen, auch wenn ihre Gesichtszüge schon wieder ernster wirkten. „Ich habe eins, ja. Einen Buben. Er ist mein ein und alles", bemerkte sie seufzend. „Mein Mann hat sich immer eine Tochter gewünscht. Eine kleine Prinzessin", sagte sie mehr zu sich selbst als zu uns.

Das wurde mir zu viel. Eine Woge an Übelkeit stieg urplötzlich in mir auf, und ich erhob mich ruckartig. „Ich glaub, ich werfe draußen noch einen Blick in den Nachthimmel. Vielleicht seh ich ja die Polarlichter." Nachdenklich schaute ich hinüber zu Emily.

„Mach dir keine Sorgen um die Kleine. Pass du lieber auf dich auf, um die Jahreszeit sind die Weihnachtsmänner längst unterwegs."

Ich unterdrückte ein Glucksen. *„Die* Weihnachtsmänner? Plural?"

Arna hob eine Augenbraue. Ihr Blick blieb ernst. „Es ist wahr, Amy. Ihr Amerikaner denkt, ihr habt Santa Claus geschaffen, doch hier in Island sind die wahren Weihnachtsmänner unterwegs. Böse, garstige Gestalten, die frech sind wie Oskar und ab dem zwölften Dezember Unruhe stiften."

„Bloß gut, dass wir heute erst den zweiten Dezember haben", konterte ich.

Doch sie ließ sich nicht beirren. „Pass auf dich auf. Hier gibt es Wesen, die nicht eurer amerikanischen Hollywood-Leinwand entsprungen sind. Diese hier sind echt. Und manchmal auch gefährlich, wenn man sie ärgert. Also nimm dich in Acht!"

Sie sagte es mit solch einem Nachdruck, dass ich ihr fast Glauben schenkte. Ich eilte zu der kleinen Garderobe im Eingangsbereich und nahm meinen dicken Winterparka vom Bügel. In dem Moment streifte mich etwas Weiches, Flauschiges an den Beinen. Erschrocken schrie ich auf. Eine dicke schwarze Katze sah mich herausfordernd an. Noch nie hatte ich ein so hässliches Tier gesehen. Das Fell war lang und verfilzt, und die gelben Augen standen merkwürdig weit auseinander. Ihre Tatzen waren ziemlich groß, wie ich fand, und entblößten scharfe Krallen. Ein Ohr stand nach oben, während das andere an einer Stelle eingerissen und an der Spitze nach unten geklappt war. Ihre Fratze wirkte, als hätte die Katze ein gemeines Grinsen aufgesetzt. Ich war schon immer mehr der Hundemensch, dachte ich angewidert.

„Oh, entschuldigt, Mädchen." Arna hatte sich von ihrem Sessel erhoben und kam auf mich zu. „Das ist Jóla, mein Schmusekätzchen. Ich habe mich schon gefragt, wo sie steckt. Wahrscheinlich hat sie noch ein paar Trollen aufgelauert. Eigentlich gehört sie einer Freundin, aber meist ist sie bei mir. Ich hoffe, ihr habt kein Problem mit ihr?"

Entgeistert starrte ich die Katze an. Definitiv, sie grinste mich fies an! Sie entblößte ihre gelben Fangzähne und gähnte.

„Ein Labrador wär mir lieber gewesen", gestand ich ehrlich, immer noch geschockt von dem hässlichen Vieh.

Arna blinzelte mir zu. „Vielleicht entdeckst du ja draußen einen Polarfuchs."

Erschrocken sah ich sie an, doch dann warf ich einen letzten Blick auf Jóla und entschied, dass ein Polarfuchs gewiss die bessere Gesellschaft war.

❄

„Isländische Beeren haben von Natur aus einen gewissen Alkoholgehalt." Er hickste. Der Boden kam näher auf ihn zu. Weshalb bewegte sich der Untergrund? Etwa ein Erdbeben? Dicke Schneeflocken rieselten auf ihn herab. Er versuchte, sie mit der Zunge aufzufangen. Eine Flocke verirrte sich in seinen

Mund, und er ließ sie zerschmelzen. Schmeckt nach Winter, dachte er rührselig. Noch ein ganzes Stück entfernt flackerte das gelbe Licht in der Hütte. War er im Kreis gelaufen? *Nein.* Er schüttelte sich, und das Wasser der angeschmolzenen Flocken rann ihm unangenehm in den Nacken. Er zog den Kopf ein und sah zu, dass er schnell in Richtung Haus kam. Auf einmal prallte er gegen etwas Hartes. Erschrocken taumelte er nach hinten. Vor ihm stand eine Fee.

❄

Mein Herz setzte einen Moment aus. Ich war so in Gedanken gewesen, hatte den Zauber des glitzernden Schnees bewundert und den Blick immer wieder gen Himmel schweifen lassen in der Hoffnung, die ersehnten Nordlichter zu erblicken, dass ich den Mann gar nicht wahrgenommen hatte.

Nun hatte sich dieser Trunkenbold vor mir aufgebaut und mich beinahe umgeworfen. Ich hatte nicht damit gerechnet, hier draußen auf Gesellschaft zu treffen. Sprachlos starrte ich den Fremden an, den ich um einige Zentimeter überragte. Er trug einen abgetragenen braunen Mantel, vermutlich aus Leder. Das Haar des Mannes war aschblond und stand unter einer fleckenübersäten Mütze in sämtliche Richtungen ab. Mit offenem Mund starrte er mich an, die Zähne waren krumm und schienen genauso ungepflegt wie seine Haare. Allein die eisblauen Augen, die von dicken schwarzen Ringen untermalt waren, glänzten im Schimmer der eisigen Schneedecke. Mit unruhigem Blick musterte er mich von oben bis unten.

„Kannssu mir sagen, wo sie ist, liebe Fee?“, fragte er mich lallend, seine Stimme klang gebrochen, aber hoffnungsvoll.

Der Klang dieser Stimme kam mir bekannt vor. Sie war nicht aufgrund des Alkohols schwammig und verloren. Meine eigene klang seit Charles' Tod genauso …

Ich begann, laut zu lachen. „F-Fee?“

Er sah mich verwirrt an und schien dann einen Moment zu überlegen.

„Wie heißt du denn, du … Fee? Oh, warte, bestimmt darfssu mir deinen Namen nicht verraten.“

Ich lachte erneut auf. „Tut mir leid. Ich bin keine Fee. Mein Name ist Amy. Ich bin Amerikanerin und wohne über die Feiertage bei Arna Stefansdóttir.“

Die Enttäuschung war ihm anzusehen, als er sagte: „Oh. Freut mich, dich kennenzulernen, Amy.“

Mitleid stieg in mir auf. Er hatte doch nicht wirklich gedacht, ich sei eine Fee?

„Hassu schon … die Nordlichter gesehen, Amy aus Amerika?“

Ich zögerte. Ich hatte Schwierigkeiten, ihn zu verstehen. Er lallte, und sein Englisch war brüchig.

„Nein, leider nicht. Aber es ist ein Lebenstraum von mir“, gestand ich trocken.

Er schwankte, versuchte aber, das Gleichgewicht zu halten.

„Sind … sind ja auch wundervoll anzusehen. Man sieht sie nur zu dieser Jahreszeit. Wenn diese … diese lum… lumpigen Wichtel in ihr'n Werkstätten arbeiten und ma' wieder viel zu langsam sind, diese Bastarde!“

Ich erschrak über seine Ausdrucksweise. Offensichtlich glaubte er, wie Arna, an diesen Unsinn. Ich konnte mich nicht erinnern, dass mein Vater je von den Wesen Islands erzählt hatte, was vermutlich daran lag, dass ich während meiner Aufenthalte hier meist nur Kontakt zu anderen Amerikanern gehabt hatte. Den Isländern schien die Erhaltung ihrer Legenden enorm wichtig …

„Wenn du … hicks … wenn du möchtest, zeig ich sie dir“, murmelte er.

„Die Wichtel?“, gluckste ich.

„Nein, Mensch! Die Biester willst du lieber gar nich' seh'n. Die Nordlichter!“

Ich lächelte. „Gern …“, sagte ich höflich, erwartete aber nicht wirklich, dass der Betrunkene mir irgendwie weiterhelfen würde. Er konnte ja nicht wissen, dass ich mir immer gewünscht hatte, mit Charles eines Tages die Nordlichter zu sehen.

Da fiel mir auf, dass ich seinen Namen gar nicht kannte. Er sah mich verzaubert an, dann fiel sein Blick ins Leere – vermutlich aufgrund des Alkohols. Seine Augen waren so blau, ich musste ständig hineinstarren. Gerade setzte ich an, ihn nach seinem Namen zu fragen, als er sich abrupt umdrehte.

„'tschuldige mich“, murmelte er und setzte seinen Weg fort, ohne sich noch einmal umzusehen.

Erstaunt starrte ich ihm eine Weile hinterher. Er schwankte genau in die Richtung, in der Arnas Hütte lag. Vermutlich kannte er die alte Dame, gewiss kannte hier jeder jeden.

Aus dem Augenwinkel bemerkte ich eine Bewegung, ich wandte mich um, und mir stockte der Atem. Der Himmel, der soeben noch tiefschwarz gewesen war, erstrahlte plötzlich in einem Farbenmeer. Wie ein Schleier zogen sich grüne Lichtschwaden durch den klaren, sternenübersäten Nachthimmel und bahnten sich Schlangenlinien, als wollten sie einen Pfad zu einem mir unbekannten Ziel weisen. Plötzlich spürte ich, wie sich eine tiefe Beruhigung in meinem Herzen ausbreitete.

Es war, als stünde Charles neben mir und würde mir seine Hand auf den Rücken legen.

„Mir geht es gut", flüsterte er.

Ich schüttelte den Kopf. *So ein Blödsinn!* Ihm ging es nicht gut! Sein wunderbarer Körper musste mittlerweile von Maden zerfressen sein, vermutlich war inzwischen nur noch ein Skelett übrig. Bloße Knochen, die nicht von anderen zu unterscheiden waren.

„Asche zu Asche, Staub zu Staub", hatte der Pfarrer gesagt.

Die einzigen Worte jenen Tages, an die ich mich erinnerte. Ansonsten lagen diese Stunden völlig im Nebel. *Asche zu Asche, Staub zu Staub. Sternenstaub …* Ich erschrak. Konnte es wirklich sein, dass Charles zu Sternenstaub geworden war? *Energie verändert sich nur, sie verschwindet nicht.* Ich erinnerte mich an Worte, die ich einst gehört hatte. Mit einem Mal stieg die Gewissheit in mir auf, dass alles gut werden würde. Dass es Charles gut ging. Ich sah, wie die Lichter schwächer wurden, das Grün einem eisigen Blau wich. Demselben Eisblau wie die Augen des Fremden. Fasziniert starrte ich die Lichter an. Wie große schimmernde Tropfen fassten sie nach der Erde, ohne sie zu erreichen. Kurz bevor sie auf die unberührte Schneedecke trafen, verloren sie sich. Ich spürte den Drang, sie zu berühren, ihrem Pfad zu folgen. Am liebsten wollte ich sie mit den Händen einfangen und auf den Schnee legen, was ihnen selbst offenbar nie gelang. War Charles nun einer dieser Strahlen? Ein leuchtendes Polarlicht, das mir den Weg wies? Ein kalter Schauer lief mir den Rücken hinab. Sagte man nicht, am Ende jedes Regenbogens befände sich ein Schatz? Was befand sich am Ende der Nordlichter? Ob es darüber eine isländische Saga gab? Fröstelnd zog ich den

Kopf ein, ich hatte Gänsehaut am gesamten Körper. Zögerlich folgte ich den Lichtern.

❄

Das flaumige Haar war ein Überrest des unschuldigen Daseins als Baby, doch die Kleine grinste breit in die unsichere Zukunft, die jeder vor sich hatte. Sara strich sacht die Härchen hinter die leicht abstehenden Ohren.

„Du wundervolles Ding", flüsterte sie und küsste Emily sanft auf die Nase. „Ob ich jemals Kinder haben werde?", sprach sie den nächsten Gedanken laut aus.

„Alles zu seiner Zeit", murmelte Arna und drückte ihr die Schulter.

Ein Scharren an der Tür ließ beide herumfahren. Der offene Flur führte direkt vom Wohnzimmer zur Haustür.

„Das wird mein Sohn sein", stellte Arna fest, nachdem sie durch die beschlagene Fensterscheibe geschaut hatte. Ihre Vermutung bestätigte sich: Polternd strauchelte er in die Hütte und schüttelte sich wie ein nasser Hund, bevor er umständlich den Mantel auszog.

„Wusste nicht, dass du Gäste hast, Mutter", murmelte er auf Isländisch und stapfte sich den Schnee von den Schuhen.

„Es ist gut, dass du da bist", gab sie auf Englisch zurück, sodass Sara sie verstehen konnte. „Ich brauche deine Hilfe. Soeben kam einen Anruf, dass auf der Landstraße ein Auto im Schnee stecken geblieben ist. Könntest du mit mir kommen und den Leuten helfen?"

Er runzelte die Stirn und sah nicht sonderlich begeistert aus.

„Wenn's sein muss“, knurrte er und zog sich postwendend den Mantel wieder an. Er wirkte ziemlich betrunken und hatte Schwierigkeiten, die Knöpfe zu schließen.

„Kann ich auch helfen?“, bot Sara an.

Arna sah sie überrascht an. „Ja, tatsächlich könnten wir jede Hand gebrauchen. Mein lieber Sohnemann, holst du Frosti und kommst dann nach? Und bring auch Schaufeln und den ganzen Kram mit.“ Sie seufzte laut auf und half ihrem Sohn, den Mantel zu schließen. „Trink nicht immer so viel Blaubeerwein, Schätzchen“, murmelte sie und tätschelte ihm die Wange. Dann blickte sie zu Sara, die sich nicht von der Stelle gerührt hatte, aber mittlerweile Emilys Hand hielt.

„Keine Sorge, der Kleinen passiert nichts. Wir sind hier in Island. Sie kann einfach weiterschlafen.“

Sara nickte erleichtert.

❄

Ich war den Nordlichtern ein Stück gefolgt, bis sich plötzlich ein großer See vor mir aufgetan hatte, den einige Büsche umgaben und den die feinen Farben des Nordens in einen Schimmer aus Grün und Blau tauchten. So etwas Zauberhaftes hatte ich noch nie zuvor gesehen. „Gesehen“ war das falsche Wort. *Gespürt.* Denn all das war mehr ein Spüren gewesen als ein Sehen, Hören oder Riechen. Ein Rauschen hatte auf einen Wasserfall in der Nähe hingedeutet, der über eine scharfkantige, mit dicken Eiszapfen gepanzerte Felswand quoll, die aus dem See ragte. Das Felsplateau ganz oben lud zum Verweilen ein, um die Unendlichkeit zu genießen. Ein Bachzulauf schien in der Nähe in den See zu münden, ich stellte mir vor, dass er sich durch ganz Island schlängelte, vorbei an kochenden

Schlammtöpfen, heißen Quellen mit opalblauem Wasser und ewigen Geröllwüsten aus abgekühlter Lava. Ich ging näher und verspürte den Drang, die Seeoberfläche zu berühren und ganz hinten über die Felsen nach oben zu klettern. Die Sehnsucht, zu erfahren, was sich dort oben befand, war gewaltig. Es war fast, als würde mein Körper Dinge wollen, die meinen Geist überstiegen. Oder war es andersherum? Meine Psyche empfand, und mein Körper weigerte sich, etwas zu tun, was seiner Logik widersprach?

Doch dann spürte ich im Untergrund ein tiefes Brummen. Ein Vibrieren breitete sich in mir aus, und ich meinte, ein Summen zu hören. Ein seltsamer Geruch lag in der Luft. Schwefel? Verwirrt hielt ich nach dem Ursprung Ausschau. Ich wusste, dass es in Island immer wieder Vulkanausbrüche gab und auch Geysire, die Unmengen an heißem Wasser spien. Als mein Blick erneut auf die Wasseroberfläche fiel, hielt ich erschrocken inne. Die Nordlichter waren verschwunden, und mit ihnen der Zauber.

Meine Gedanken kehrten zurück und mit ihnen mein Bewusstsein, das durch die Lichter getrübt gewesen war. Wie aus dem Nichts zogen dicke Nebelschwaden über das Wasser. Alles um mich herum wurde binnen Sekunden schwarz, die zerklüfteten Felsen, die aus dem See emporragten, waren schon kaum mehr zu sehen, genau wie der Wasserfall. Der Nebel wurde immer dichter, bis der See fast nicht mehr zu erkennen war. Panik übermannte mich. Ich war so entsetzt über meine eigene Naivität, in einem fremden Land einfach ziellos durch die Dunkelheit zu spazieren, dass ich auf der Stelle kehrtmachte. Erleichtert seufzte ich auf, als sich die Lichter von Arnas Hütte in mein Sichtfeld schoben.

Doch als ich näherkam, wunderte ich mich, dass die Tür zur Hütte angelehnt war und durch den Wind immer wieder zurück in den Rahmen klapperte. Arna hatte zwar erzählt, dass Island weltweit die geringste Kriminalitätsrate hatte und als sicherstes Land der Welt galt, doch ich bezweifelte, dass die Leute deshalb freiwillig froren. Nervös hielt ich die Tür an der Klinke fest, blieb auf der Schwelle stehen und erwartete schon, ein Blutbad vorzufinden. Doch der Raum war leer und bis auf das Knistern des Kaminfeuers nichts zu hören. Nicht einmal die grässliche Katze war da.

Ich sah mich stirnrunzelnd um. „Arna?“, rief ich vorsichtig. Waren sie Brennholz sammeln gegangen? Ich durchquerte den Raum, öffnete vorsichtig die Tür zum Schlafzimmer von Emily und mir und spähte hinein. Die Betten waren frisch bezogenen, unsere Koffer standen noch unberührt in der Ecke. Unbehagen machte sich in mir breit. Wo war meine Tochter? Wieso nahmen zwei Frauen ein kleines Mädchen, das schon lange schlafen müsste, mit hinaus in den Schnee und die Kälte? Wo war Sara? Sie hätte nicht gehen dürfen, ich hatte ihr vertraut! Ich fröstelte. Die Panik begann im Bauch und breitete sich rasend schnell in meinem Körper aus. „Emily“, hechelte ich. Waren die anderen Kaminholz sammeln gegangen und hatten die Kleine unbesorgt zurückgelassen? War ein Einbrecher vorbeigekommen und – Ich konnte die Gedanken nicht weiterführen und versuchte, meinen unruhigen Atem zu kontrollieren, doch es gelang mir kaum. „Ruhig, ganz ruhig“, flüsterte ich immer und immer wieder.

Vielleicht war Em nur wach geworden, hatte gesehen, dass alle weg waren, und war hinausgerannt, um einen Schneemann zu bauen. Ich schüttelte den Kopf. Unsinn, irgendetwas stimmte nicht. Was, wenn sie in das Loch eines zugefrorenen

Sees gefallen war? Meine Gedanken rasten, ich stolperte zurück zur Haustür. Draußen fielen mir die kleinen Fußspuren auf.

„Emily!", brüllte ich heiser und folgte ihnen. Da bemerkte ich die Pfotenabdrücke direkt daneben. Ein Polarfuchs, dachte ich entsetzt und lief den Spuren weiter nach. Ziellos rannte ich erneut in die unbekannte Weite. Nach einigen Metern spürte ich nur noch Verzweiflung. Obwohl unzählige Sterne am klaren Himmel standen, schien es stockdunkel zu sein, der Wind hatte sich gelegt. Ich konnte kaum erkennen, was sich vor meinen Füßen befand. „Verdammt!", schrie ich und brüllte ein paar Mal Emilys Namen. Als ich mich im Kreis drehte, merkte ich, dass ich die Orientierung verloren hatte, die Hütte war nicht länger zu sehen. Ich erstarrte. Ich hatte mich verlaufen.

Wie war das möglich? Ich hatte mich doch nur ein paar Meter entfernt! Island hatte klare, saubere Luft – man konnte viel weiter sehen als anderswo auf der Welt. Außerdem gab es keine Bäume, die höher waren als man selbst. Arna hatte erzählt, wenn man sich in Island im Wald verirren sollte, müsse man nur aufstehen und nächstes Mal nicht mehr so viel trinken. Ich wünschte mir, jetzt darüber schmunzeln zu können, doch weder hatte ich viel Blaubeerwein getrunken, noch war mir nach Lachen zumute. Wo war Em? Ich fröstelte.

Eine gespenstische Stille umgab die Winterlandschaft, noch immer versuchte ich, ruhig zu atmen. Erneut kam Wind kam auf und wurde stärker, sodass die Schneeflocken um mich herumtanzten. Vielleicht konnte ich deshalb Arnas Hütte nicht sehen? Aus welcher Richtung war ich gekommen? Ich kniff die Augenlider zusammen und konzentrierte mich ganz auf meine Atmung. Plötzlich waren sie wieder da, schwächer als vorhin, nur ein schmaler Streifen grünes Licht erhellte den Himmel. Jahrelang hatte ich mir so sehr gewünscht, sie zu sehen, doch jetzt war ich beinahe enttäuscht. Es war nicht mehr als eine Erscheinung am Himmel, eine Explosion Tausender kleiner Teilchen. *Sinnlos.* Die Menschheit hatte es jahrhundertelang für etwas Besonderes gehalten. Mythen, Geschichten, Legenden rankten sich darum, doch das Polarlicht war lediglich eine kosmische Reaktion. Das Universum veräppelt uns, dachte ich grimmig. *Es gaukelt uns vor, dass wir – die Natur, die ganze Welt – etwas Einzigartiges, Wertvolles, Unendliches sind, dabei ist alles nur ein Witz. Eine Reaktion kleinen Stoffen. Weder magisch noch zauberhaft …*

Ich war so sehr in meinem negativen Gedankenstrudel gefangen, dass ich die Regung kaum bemerkte. Rasch wandte ich mich um und sah eine junge Frau in einigen Metern Entfernung stehen. Sie trug ein fast durchsichtiges weißes Kleid und war barfuß. Herrje, wie viel Blaubeerwein hatte ich wirklich getrunken? War das die ominöse Fee, nach der dieser komische Kauz von vorhin gesucht hatte?

Sie hatte helles, fast weißes Haar. Eine besondere Aura schien sie zu umgeben wie ein grelles Licht. Ich konnte spüren, wie mein Herz heftig schlug. War ich gestorben? Sprach man nicht von einem gleißenden Licht? Vielleicht war sie ein Engel? Ach was, ich glaubte nicht an solch einen Unfug!

Sie streckte eine Hand nach mir aus. „Komm, Amy. Ich möchte dir etwas zeigen."

Woher kannte sie meinen Namen? Sprach sie Englisch? – Ich war mir nicht sicher. Ich verstand sie einfach.

„Folge mir", flüsterte sie und schwebte langsam weiter. Ihr weißes Kleid hob sich kaum vom Schnee ab, ihr langes Haar wehte im Wind. Sie musste doch frieren! Verdutzt rieb ich mir die Augen und horchte in mich hinein. Wie betrunken war ich? Kapitulierte mein Gehirn? Zwei seltsame Erscheinungen innerhalb von wenigen Tagen … Man hörte ja oft davon, dass es vorkam, dass man sich nach Verlusten von geliebten Menschen nie mehr wirklich erholte und in einer eigenen Fantasiewelt steckenblieb, um irgendwie damit umzugehen …

„Folge mir, Amy."

Rauschte ihre Stimme, oder rauschten die Büsche?

Ich lief ihr hinterher, angezogen von der hellen Aura. Der Schnee knirschte unter meinen Sohlen, und meine Füße fühlten sich eisig an, doch ich hatte nur Augen für dieses wundervolle Wesen. Ich konnte den Blick nicht von der Frau abwenden und begann zu rennen, um mit ihr mitzuhalten. Mit einem Mal fühlte ich mich genauso leicht, wie sie sich bewegte. Plötzlich hielt sie inne und deutete auf den Boden. Angsterfüllt blieb ich stehen und fragte mich, ob Emily dort womöglich begraben lag. Ich ging zu der Stelle, auf die sie gedeutet hatte, sank auf die Knie und begann, mit den Händen den Schnee beiseitezuschieben. Meine Finger stachen vor Schmerz. Der Schnee war tief, und nach jeder Schicht, die ich durchbrach, tauchte eine neue auf. Es war hoffnungslos. Ich schluchzte auf und sah mich Hilfe suchend um. Die seltsame Frau war verschwunden. Stattdessen fiel mir auf, dass ich mich wieder an nahezu derselben Stelle befand wie bei meinem Spaziergang. Die Nebelschwaden waren verschwunden, der Wasserfall toste von den scharfkantigen Felsen, vor mir erstreckte sich der See. Die steile, mit dicken Eiszapfen gepanzerte Felswand ragte immer noch bedrohlich und geheimnisvoll vor mir auf, doch diesmal stand ich viel näher am Bachzulauf. Ich konnte sehen, dass er zu einer Quelle führte, die wie ein kleiner brodelnder Topf im dicken Schneepanzer eingebettet war, aus dem heißer Dampf emporstieg. Die seltsame Frau stand am Rande der Quelle und deutete mit ihren schlanken Fingern auf die Wasseroberfläche. Emily musste dort hineingefallen sein! Ich stürmte darauf zu, doch auf einmal zog es mir den Boden unter den Füßen fort.

Es fühlte sich an, als würde ich in irgendetwas hineinsinken. Wärme kroch an meinen eiskalten Beinen hinauf und der plötzliche Temperaturwechsel pikste auf meiner Haut wie unzählige kleine Nadelstiche. Ich stürzte in die Tiefe, und plötzlich war mein ganzer Körper von etwas umhüllt. Ich schrie auf und schluckte eine große Menge an Wasser. Es war warm, ja fast heiß und schmeckte nach Schwefel. Dann spürte ich einen Aufprall, ich fiel auf etwas Hartes. Würgend spuckte ich, ein Schwall ergoss sich aus meinem Mund.

„Oh Gott“, flüsterte ich.

Mein Magen schien zu kollabieren, doch nach ein paar Atemzügen beruhigte er sich. Ich sah mich um. Offenbar saß ich in einem kleinen dunklen Raum, ein sehr schwacher Lichtschein drang unter einer Tür herein. Wo zum Heiligen Olav war ich? Was war passiert? Ächzend rappelte ich mich auf und bewegte vorsichtig Hände und Füße, alles schien unverletzt. Nur mein Magen rebellierte immer noch. War ich etwa in die heiße Quelle gefallen? Quatsch, dann müsste ich ertrunken sein. Heiße Quellen hatten keine Hohlräume unter sich. Ich kniff die Augen zusammen, doch es war zu dunkel, um irgendetwas zu erkennen. Unsicher schlich ich zu der Tür. Vorsichtig drückte ich die Klinke hinunter, doch wie fast erwartet blieb sie verschlossen. Nun rüttelte ich fest daran.

„Hallo?“, rief ich laut. „Hört mich jemand?“ Nichts, ich saß in der Falle! Erneut stieg Panik in mir auf. Ich musste Emily finden, jede Sekunde zählte! Rastlos tigerte ich auf und ab. Wie lange würde es wohl dauern, bis Arna und Sara unser Verschwinden bemerkten?

Erschöpft ließ ich mich nach einer Weile neben der Tür auf den Boden sinken. Wie ich dort saß, erspürte ich eine kleine Erhebung unter der rechten Hand. Erstaunt fuhr ich über die Wölbung und ertastete einen Griff. Langsam zog ich daran. Ich hatte keine Angst, was mich erwarten würde, meine Lage war aussichtslos, also klammerte ich mich an jeden Strohhalm. Ein Fach mit einem handbreiten Hohlraum öffnete sich.

Vorsichtig fasste ich hinein, vielleicht war hier ja der Schlüssel für die Tür versteckt. Ich befühlte den Innenraum und stieß auf einen kleinen, harten Gegenstand. Neugierig holte ich ihn heraus und tastete ihn ab, denn der Lichtschein war zu schwach, um etwas sehen zu können. Es musste ein Spielzeugpferd oder etwas Ähnliches sein. Enttäuscht ließ ich es sinken. Ich verfluchte die Dunkelheit, griff noch einmal in den Hohlraum, doch er war leer.

Vielleicht war dieser unterirdische Raum einst von Bergarbeitern geschaffen worden? Ich spann die Idee weiter und stellte mir vor, dass einer der Arbeiter plötzlich Witwer geworden war und seitdem sein Kind immer mit hergebracht haben musste. Während er arbeitete, hatte sich das Kind womöglich hier aufgehalten und eines Tages sein Holzpferdchen vergessen …

Gedankenverloren drehte ich das Spielzeug in den Händen hin und her, da bemerkte ich einen kleinen spitzen Knopf an dessen Bauch. Ich drückte ihn, doch nichts passierte. Intuitiv drehte ich an der Erhebung, und plötzlich begannen kleine bunte Lichter an dem Pferd zu blinken.

„Wow!“, entfuhr es mir, als ich erkannte, dass ich kein Pferd, sondern ein Rentier in den Händen hielt. „Das würde

Em gefallen“, murmelte ich verträumt und betrachtete es näher.

Das Geweih war völlig krumm, vermutlich mit der Zeit verschlissen, das Tierchen lag bestimmt seit Jahren hier unten. Es kam mir seltsam bekannt vor … Ich blinzelte. Wo hatte ich so etwas schon einmal gesehen? Das Gefühl ließ mich nicht los. Ich erhob mich und leuchtete mit dem blinkenden Rentier den Raum aus. Doch außer Schmutz und Staub konnte ich nichts entdecken, alles war wie ausgestorben. Fieberhaft überlegte ich, was es wohl mit dem Rentier auf sich haben könnte, als es mir aus den Händen glitt und zu Boden fiel. Ich ging in die Hocke, um es aufzuheben, mit den Fingerspitzen fuhr ich über die Kanten des krummen Geweihs und erstarrte.

Es war, als würde ein Sog mich in die Tiefe reißen. Und plötzlich wusste ich, wo ich das Rentier schon einmal gesehen hatte.

## Weihnachten 1945, New York

„Mommy, ist der Krieg wirklich vorbei?"

„Ja, Amy. Wirklich." Meine Mutter drückte mir sanft einen Kuss auf die Stirn.

„Dann ist Papa also wieder da für uns? Tag und Nacht?" Ich war ganz aufgeregt. Mom beugte sich zu mir herunter und strich mir die strohblonden Strähnen aus dem Gesicht. Doch ihr Blick war ernst, schon seit Jahren brachte sie kein Lachen mehr zustande.

„Oh, Amy. Wenn das alles nur so einfach wäre."

Ich spürte mein Herz kräftig klopfen. „Du hast immer gebetet, dass der Krieg bald vorbei ist, damit wir Daddy wiederhaben!" Ich war verletzt. Hatte sie mich etwa angelogen? Der Krieg war offenbar schon seit einigen Monaten vorbei – manche meiner Freundinnen hatten ihre Väter schon längst wieder zurück. Ich starrte auf das Foto auf meinem Nachttisch. Es zeigte ihn mit mir als vierjähriges Mädchen, meine Eltern hatten viel Geld dafür bezahlt. Es hatte ein ernstes Bild werden sollen, das man Freunden und Bekannten zeigen konnte und welches sich auf dem Wohnzimmersims gut machte. Doch dann hatte Daddy niesen müssen und wir beide hatten laut aufgelacht. Der Fotograf drückte genau in diesem Augenblick ab, und mein Vater bestand darauf, Abzüge davon zu bekommen. Meine Mutter hatte geschimpft und den ganzen Abend kein Wort mit uns gesprochen. Doch es war und blieb mein absolutes Lieblingsfoto.

„Daddy muss leider noch eine Weile in Island stationiert bleiben. Auf unbestimmte Zeit", sagte Mom leise.

Ein seltsamer Ausdruck stand in ihren Augen. Erst Jahre später wurde mir klar, was er bedeutet hatte: Besorgnis – und

Angst vor einer ungewissen Zukunft mit dem Menschen, den man über alles liebte.

„Unbestimmte Zeit?“, fragte ich verwirrt.

Meine Mutter zuckte mit den Schultern. „Ein Monat, ein Jahr … Ich weiß es nicht, meine Kleine. Aber ich habe eine gute Nachricht“, sagte sie und erhob sich.

Einen Moment verbrachte sie damit, sich ihren strengen Dutt, den sie immer trug – ich kannte meine Mutter gar nicht anders – glatt zu streichen. Kurz leckte sie sich über die perfekt nachgezogenen roten Lippen und schloss dann den Mund wieder zu ihrem typischen Nicht-Lächeln-Ausdruck.

„Daddy hat uns ermöglicht, dass wir ihn über Weihnachten in Island besuchen.“ Sie ging zum Schrank und holte einen braunen Lederkoffer hervor.

Ich sah sie skeptisch an. „Liegt Island nicht am Nordpol?“

Meine Mutter brachte tatsächlich ein halbherziges Lachen zustande. „Na ja. Fast. Aber wir reisen dort mit dem Flugzeug hin! Ist das nicht toll? Du wolltest doch schon immer mal fliegen!“

Ich war noch nicht ganz überzeugt und verschränkte die Arme vor der Brust. „Und wir treffen Daddy dort? Sicher?“

„Ja, mein Schatz. Ganz sicher.“

„In Ordnung“, willigte ich schließlich ein. Dann sprang ich auf und machte mich daran, das Bild aus dem Rahmen zu nehmen, um es in meine Jackentasche zu packen. Es würde mich begleiten.

Am Flughafen von New York überprüfte ein missmutig dreinschauender Mann unsere Pässe.

„Wie alt sind Sie, Miss?“, fuhr er mich an.

Mein Magen verkrampfte sich noch mehr vor Aufregung.

„Elf, äh, zwölf, meine ich." Schnell schlug ich die Augen nieder. Plötzlich trat er neben mich und zog an einem meiner langen Zöpfe.

„Hey, was soll das?", rief meine Mutter und stellte sich schützend vor mich.

„Muss man kontrollieren", murrte der Mann. „Auf dem Foto hat sie kurze Haare."

Ich schluckte.

„Jetzt hören Sie aber auf, das sieht man ja wohl." Mom funkelte ihn wütend an und zog mich an der Hand hinter sich her.

„Amy, du darfst dich wehren, wenn ein Mann dich anpackt! Wie oft hab ich dir das schon gesagt!", herrschte sie mich an.

Ich senkte weiterhin den Kopf und tapste hinter ihr her. Zwar freute ich mich auf den Flug, aber ich bebte vor Aufregung. Meinen Vater hatte ich das letzte Mal vor vier Jahren gesehen. Ob er mich wiedererkennen würde? Ich hatte mich verändert und mit dem Mädchen auf dem Passfoto nicht mehr viel gemeinsam. Meine strohblonden Haare waren mittlerweile so lang wie die von Rapunzel, ich war in die Höhe geschossen, und die ersten weiblichen Formen machten sich bemerkbar. Ich zog das rosafarbene Jäckchen enger, das ich seit einer Weile nicht mehr zuknöpfen konnte. Hoffentlich hat er mich noch lieb, dachte ich verzweifelt. Mom hatte sich für mich aufgeopfert in den letzten Jahren, doch trotzdem war sie stets sehr streng mir gegenüber. Mit Daddy hingegen hatte mich immer ein freundschaftliches, lockeres Verhältnis verbunden, mit ihm konnte ich tatsächlich Spaß haben.

Ich fragte mich, wie es sein würde, wenn ich eines Tages Kinder hätte. Würde ich auch die strenge Mutter sein oder doch eher die beste Freundin und dem Mann das konsequente Erziehen überlassen? Ich verdrängte den Gedanken an einen

Mann. Dafür war ich nun wirklich noch zu jung, um darüber überhaupt nachzudenken!

Das Flugzeug war eng, und es roch streng. Anfangs sah ich neugierig aus dem Fenster, doch nach einer Weile konnte ich nicht mehr ruhig sitzen. Es war verdammt beklemmend. Nervös rutschte ich in meinem Sitz hin und her.

„Herrgott, Amy, was ist denn los?", fuhr meine Mutter mich an, die in der *New York Times* las.

Wie immer sah sie makellos aus, die Haare waren perfekt gestylt und zu ihrem typisch strengen Dutt hochgesteckt. Das Gesicht war dezent geschminkt, bis auf die knallroten Lippen, die nie lächelten. Keine Frage, sie war eine schöne Frau, meine Mutter. Ich allein wusste, dass sie nach außen hin immer perfekt erscheinen wollte, um ihre innere Gebrochenheit zu kaschieren.

Ein Ruck ging durchs Flugzeug.

„Was war das?", rief ich erschrocken.

„Ein Luftloch", erklärte ein Mann, der neben Mom saß.

„Ein was?" Ich sah ihn irritiert an.

„Du musst dir das vorstellen wie auf einer Straße. Auch der Himmel besteht aus Straßen, und manchmal sind sie uneben, dann wackelt es."

„Aha", sagte ich wenig überzeugt und starrte erneut aus dem Fenster.

Zugegeben, der Ausblick war fantastisch. Überall weiße Wolken. Ich stellte mir vor, wie ich direkt hineinsprang und wie kuschelig weich sie sein würden. Sanft strich ich über das Foto in meiner Jackentasche. Bald würde ich ihn wiedersehen. Ich konnte es kaum erwarten. Gleichzeitig zog es mir das Herz vor Angst zusammen.

Irgendwann schlief ich ein und träumte von weißen Schäfchen, die mit mir durch die Wolken tanzten. Als ich aufwachte, war es dunkel. Das Flugzeug wackelte und zitterte.

„Luftlöcher?“, fragte ich den Mann nervös.

Er zwinkerte mir zu. „Du brauchst keine Angst haben, Mädchen. Nie waren wir den Polarlichtern näher als jetzt. Schau nach draußen. Vielleicht siehst du ja welche.“

„Polarlichter?“ Jetzt war ich neugierig geworden. Mir fiel auf, dass der Mann einen ungewöhnlichen Dialekt sprach.

Er nickte und lächelte freundlich. „Es gibt hier oben kleine Wichtel. Die bereiten sich schon mal auf Weihnachten vor. Sie arbeiten in den Minen der Wolkenwerkstätten. Manchmal, wenn der Himmel klar genug ist, erstrahlen die Funken ihres Werkelns, und wir können das von der Erde aus sehen.“

Der Mann hielt kurz inne, dann fuhr er fort: „Vor vielen Polarnächten passierte mal ein Missgeschick. Einer der Wichtel ließ etwas fallen – man vermutet, eines seiner Werkzeuge. Es fiel auf die Erde, besser gesagt auf Island. Durch freigesetzte Energie beim Aufprall entstanden Leuchtwesen, sogenannte *Ljós,* die den Isländern seitdem in einsamen dunklen Wintern Licht spenden. Als vor vielen Polarnächten die Norweger Rentiere nach Island brachten, wurden diese zu den Boten der Nordlichter. Sie sind die einzigen Geschöpfe – zusammen mit ihren Hütern –, die ihnen folgen können.

„Weshalb folgen die Rentiere den Lichtern denn?“

„Um an ihr Ende zu gelangen.“

Ich war gebannt von der Geschichte und sah den Mann ehrfürchtig an.

„Das Ende der Nordlichter liegt an einem Wasserfall am Rande eines großen Sees“, fuhr er fort. „Der See hat einen kleinen Zulauf. Einen Bach, der später, nachdem er an ein paar heißen, brodelnden Quellen vorbeigeflossen ist, in einen großen Fluss übergeht. Er mündet in die Diamantengrotte."

„Diamantengrotte?", wiederholte ich staunend.

„Die Nordlichter haben eine so starke magnetische Kraft, dass sie einer Grotte im Norden des Landes eine spezielle Magie schenkten, in der sich seitdem Diamanten bilden."

„Aber warum können nur die Rentiere ans Ende der Nordlichter?"

Der Mann schmunzelte. „Der Wasserfall befindet sich vor einer steilen, mit dicken Eiszapfen gepanzerten Felswand. Er ist das Tor zum Verborgenen Volk."

„Oh." Ich hatte davon gehört. Vater hatte mir in seinen Briefen geschrieben, dass die Isländer nicht die einzigen Bewohner der Insel waren. Sie glaubten, dass ein verborgenes Volk aus Kobolden, Feen und vielen weiteren Geschöpfen mitten unter ihnen lebte.

„Und nur wenn man den Lichtern folgt, bekommt man die Gelegenheit, einem der Wesen zu begegnen."

„Wow, wirklich? Oh, wie gern würde ich die Polarlichter sehen!"

Die komplette Restzeit des Fluges verbrachte ich damit, hinauszuschauen. Von den Lichtern keine Spur.

„Eines Tages wirst du sie sehen. Wenn die Zeit reif ist", tröstete mich der Mann, als der Landeanflug angekündigt wurde und ich immer noch keine Lichter erblickt hatte.

„Es gibt sie gar nicht", fuhr ich ihn an.

„Amy!", herrschte meine Mutter.

Ich sah sie überrascht an. Sie hatte die ganze Zeit über gelesen, ich hatte geglaubt, sie hätte nicht zugehört. Aber natürlich entging ihr nichts.

„Entschuldigen Sie, Sir, meine Tochter hat keine Manieren."

Der Mann lächelte. „Zu zweifeln ist in Ordnung. Das zeugt von hoher Intelligenz. Es ist völlig legitim, nicht immer alles gleich zu glauben, sondern zu hinterfragen. Nur sollte man nicht sein Leben lang zweifeln. Eines Tages muss man darauf vertrauen, dass das, was wir wissen, nicht immer alles ist. Nicht der Beweis zählt am Ende, sondern nur, dass wir den Zauber der Welt erfahren konnten."

Ich schaute ihn fragend an.

„Eines Tages wirst du verstehen", sagte er.

Meine Mutter sah mich naserümpfend an und wandte sich dann an den Mann. „Entschuldigen Sie, Sie haben meine Tochter während des Fluges so wunderbar unterhalten. Ich habe mich gar nicht vorgestellt und auch nicht nach Ihrem Namen gefragt. Wie unhöflich von mir."

„Ich bin Johann."

Als wir unsere Koffer an der Gepäckausgabe erhalten hatten und die kleine Empfangshalle am *Keflavík Airport* durchquerten, sah ich mich suchend um. Wo war er? Würde ich ihn sofort erkennen? Ich bekam plötzlich Angst. Was, wenn er mich nicht mehr liebte? Was, wenn er in Island eine neue Familie gegründet hatte? Solche Geschichten hörte man selbst als Kind oft, seit der Krieg vorbei war.

Hilfesuchend schaute ich meine Mutter an, doch sie ließ den Blick ebenfalls durch die Menschenmenge schweifen. Was, wenn mein Vater gar nicht kam, um uns abzuholen? Plötzlich entdeckte ich einen Mann in grauem Mantel. Er hatte rotbraunes Haar, welches ordentlich zurückgekämmt war. Ich zog das Foto von meinem Nachttisch aus der Jackentasche. Der Mann auf dem Bild trug einen wilden Bart, die Haare waren dichter und standen unordentlich in alle Richtungen ab. Doch die treuen Rehaugen, das nervöse Lächeln – er war es!

„Daddy“, schrie ich und rannte auf den Mann zu. Meinen Koffer ließ ich achtlos auf den Boden fallen und ignorierte das empörte Zischen meiner Mutter.

Der Mann sah in meine Richtung und strahlte mich an. Dann eilte er auf mich zu.

„Amy! Meine Amy!“ Er packte mich und hob mich hoch.

Ich lachte wie ein kleines Kind, als er mich im Kreis herumwirbelte.

„Sieh dich an! Wie groß du geworden bist!“

Ich strahlte immer noch, als er mich wieder absetzte, betrachtete ihn aber nun genauer. Er wirkte durch die kurzen Haare und den glatt rasierten Bart sehr viel jünger, doch beim näheren Hinschauen erkannte ich tiefe Furchen in seinem Gesicht. Der Glanz in seinen sonst so strahlenden braunen Augen war verschwunden. Ich drückte ihn fest.

„Daddy, ich hab dich so vermisst!“

Er versenkte den Kopf in meinem langen Haar. „Du bist ja eine junge Frau geworden!“, murmelte er und lachte.

Dann begrüßte er Mutter.

Sie unterdrückte die Tränen. Wie immer hatte sie ihre Emotionen völlig unter Kontrolle, steif ließ sie sich von ihm umarmen. Er schien zu zittern und murmelte ihr liebevolle Worte ins Ohr.

Ich seufzte und sah mich um. Ich sollte meine Eltern nicht so anstarren, also ging ich ein paar Schritte Richtung Ausgang. Erleichterung durchströmte mich. Er hatte mich nicht vergessen!

Daddy hatte sich kaum verändert. Er liebte mich noch, oh Gott, war ich dankbar. Ich sah hinaus in die Morgensonne.

Kurz zuvor hatte ich einen Blick auf die Uhr erhaschen können. Es musste gegen zehn sein, New York lag in der Zeitzone hinter unserer, glaubte ich mich zu erinnern.

Vater hatte in seinen Briefen erwähnt, dass hier nie die Sonne schien, auf jeden Fall nicht im Winter. Ich blickte erstaunt nach draußen auf die grüne, felsige Landschaft. Das war also Island, hier hatte Daddy die letzten Jahre verbracht. Es sah so anders aus als die Stadtwüste New Yorks. Zwar hatten Mom und ich, wie früher mit Daddy, immer wieder Ausflüge in die Natur unternommen, aber das hier konnte man damit nicht vergleichen. Alles war moosbedeckt, hier und da entdeckte ich eine Steinformation.

Da bemerkte ich einen Jungen etwa in meinem Alter, der auf der Wiese vor dem Flughafen auf einem Stein saß. Ich war überrascht. Wieso saß er denn dort allein? Ich sah verstohlen zu meinen Eltern, die sich gerade küssten. Angewidert wandte ich mich ab und hüpfte hinaus aus der Eingangshalle.

Der Junge schien gelangweilt zu sein. Er saß einfach nur da und starrte ins Nichts. Wartete er auch auf seine Eltern? Ich ging auf ihn zu und betrachtete ihn interessiert. So sahen also isländische Kinder aus. Sein Haar war dunkelblond. Er trug löchrige, verschlissene Kleidung, die mit Schmutz bedeckt war. So würde Mutter mich nie aus dem Haus lassen!

„Hallo“, sagte ich, als ich vor ihm stand.

Er sah mich an und grinste plötzlich. „Hey. Was bist du denn für eine?“

Erbost sah ich ihn an. „Was soll denn das heißen?“

„Du siehst so anders aus.“ Er lachte laut.

Wütend verschränkte ich die Arme vor der Brust und blickte von meinem rosa Jäckchen auf seine alten Klamotten.

„Ach ja? Und du nicht? Du sitzt auf einem Stein, trägst alte Lumpen und guckst ins Leere. Was bist *du* denn für einer?"

Irritiert starrte er auf den Boden. „Es nieselt schon seit einer Weile. Warum sollte ich mich in das nasse Grass setzen?"

Ich machte große Augen. Aus welcher Welt kam der denn bitte schön? „Sitzt du hier öfter?", fragte ich fasziniert.

Er lächelte mich an, und ziemlich krumme Zähne kamen zum Vorschein.

Irgendwie niedlich, dachte ich, und mein Herz machte einen kleinen Hüpfer.

„Ich warte auf meinen Vater. Er ist mit dem Flugzeug gekommen."

„Tatsächlich? Ich hab meinen Vater vier Jahre lang nicht gesehen. Daddy war im Krieg hier stationiert. Ist", verbesserte ich mich.

Plötzlich erhob sich der Junge von dem Stein. Er war etwas kleiner als ich, seine Füße und Hände wirkten hingegen zu groß.

„Dann bist du Amerikanerin? Ihr habt unser Land mit in den Krieg reingezogen, wir wollten nie etwas damit zu tun haben." Wütend funkelte er mich an, seine Augen waren eisblau. Ich schluckte. Noch nie hatte ich so blaue Augen gesehen.

„Aber … da kann ich doch nichts dafür", wimmerte ich erschrocken.

„Ach nein?", herrschte er mich an.

„Nein! Ich hab meinen Daddy vier Jahre lang nicht gesehen wegen des blöden Kriegs!" Wütend stampfte ich mit einem Fuß auf und kämpfte gegen die Tränen an.

Er sah mich an. „Bitte zertritt das Moos nicht so unwirsch. Wir schätzen die Natur hier noch, im Gegensatz zu euch Amerikanern."

Traurig senkte ich den Blick. Ich fühlte mich wie Abschaum. Eine kleine Träne kullerte meine Wange hinab.

„Hey. So war das nicht gemeint", sagte er nun mit sanfter Stimme. Er war mir plötzlich ganz nah und wischte mit einem Daumen die Träne fort. „Verrat mir deinen Namen", flüsterte er.

Mein Bauch kribbelte. Ich konnte den Duft seiner Haare riechen und seinen warmen Atem spüren. Er roch nach Kiefernholz und Kaminfeuer und brachte mich völlig aus dem Konzept.

„Amy", konnte ich gerade noch so krächzen.

„Amy", wiederholte er liebevoll. „Mein Name ist Olav. Kommst du morgen wieder hierher?"

Ich sah ihn verblüfft an. „Gern, wenn meine Eltern mich lassen. Soll ich dann ein Kartenspiel mitbringen?"

Er sah mich erstaunt an.

„Spielt ihr in Island keine Karten?", wollte ich wissen.

Er runzelte die Stirn. „Ich weiß nicht."

„Olav!"

Eine männliche Stimme, die vom Flughafeneingang herüberschallte, riss uns auseinander.

„Mein Vater", raunte Olav. „Ich muss gehen. Er möchte nicht, dass ich mit … Amerikanern spreche."

„Oh", sagte ich erstaunt.

„Bis morgen, Amy!"

Damit lief er an mir vorbei in Richtung Abflughalle. Er verschwand zwischen all den Menschen, und ich verlor ihn aus den Augen. Dafür entdeckte ich meine Eltern, die mir aufgeregt entgegenkamen.

Ich ging ein paar Schritte in ihre Richtung bis zum Ende der Wiese.

„Amy, Schatz, wo warst du?“, rief Daddy, als er neben mir stand, und hob die Hand, um mein Haar zu berühren. Dann zögerte er und sah mich fragend an. Er schien genauso unsicher wie ich zu sein.

„Wir haben uns Sorgen gemacht!“, fuhr meine Mutter mich an.

„Ja, entschuldigt.“ Ich nickte Daddy zu und ließ zu, dass er mir über den Kopf streichelte.

„Was machst du denn dort mitten im Feld?“, fragte Mom entrüstet.

Ich spürte, dass sie empört darüber war, dass ich nur Augen für meinen Vater hatte.

„Da war ein Junge. Er saß auf dem Stein dort.“

Meine Eltern blickten neugierig auf den verlassenen kleinen Felsen, zu dem ich deutete.

„Ein Junge?“

„Ja. Er muss an euch vorbeigelaufen sein.“

„Red keinen Unsinn“, brauste meine Mutter erneut auf. „Hier sind nur deine Fußspuren im Schnee. Lüg nicht, Amy. Du weißt, das kann ich nicht ausstehen.“

Erstaunt sah ich auf die Wiese. Sie hatte recht – nur meine Schuhabdrücke waren zu sehen. Eine klare Linie an Spuren, die vor dem Stein abrupt endete. Keine Abdrücke, die zurück zur Abflughalle führten oder gar in eine andere Richtung.

„Seltsam“, murmelte ich.

„Halt uns nicht zum Narren! Wolltest du etwa auf eigene Faust ein fremdes Land erkunden?“, wütete Mutter weiter.

Mein Vater hob beschwichtigend die Hände. „Vielleicht war es ein Naturgeist“, stellte er sachlich fest.

„Bitte was?“, fuhr meine Mutter ihn an.

„Na ja, die Menschen hier glauben daran. Feen, Elfen, Trolle, Kobolde. Sie leben hier unter ihnen."

Sie warf ihm einen zornigen Blick zu. „Unterstützt du sie nun auch noch bei ihren Lügereien?" Dann wandte sie sich an mich. „Glaub diesen Unsinn nicht, Amy! Sonst wird dich keiner mehr ernst nehmen."

Die Stimmung blieb nur kurz gedämpft. Zu groß war die Freude darüber, dass Daddy endlich wieder in unserem Leben war. Doch heimlich nahm ich mir vor, den Jungen morgen am Treffpunkt wiederzusehen.

Zu meiner Ernüchterung stellte ich fest, dass Daddys Wohnung einige Stunden vom Flughafen entfernt war. Ich hatte irgendwann die Orientierung verloren. Es war bereits dunkel, als wir ankamen. Enttäuschung machte sich in mir breit, als mir bewusst wurde, dass ich die Verabredung nicht würde einhalten können.

Nachdem Dad uns isländische Spezialitäten kredenzt hatte, die wir gemeinsam genossen, legte ich mich in ein kleines Bett, ich hatte sogar ein eigenes Zimmer bekommen. Daddy hatte über Weihnachten eine Hütte gemietet, denn im Militärgebäude waren Mom und ich nicht erwünscht. Das Häuschen war eingeschossig, aber viel größer als unsere Wohnung in New York. Sogar einen Kamin gab es, vor dem ein kuscheliger Sessel stand.

Stöhnend hielt ich mir den schmerzenden Bauch. Ich hatte einen Bärenhunger gehabt, und dann hatte mein Vater uns allen Ernstes fermentierten Hai serviert, den er im Supermarkt besorgt hatte. Es war das Ekelhafteste gewesen, was ich je gegessen hatte. Doch nach dem strengen Blick meiner Mutter hatte ich höflich aufgegessen, mich auf Daddys Nachfrage hin auch noch bedankt und behauptet, es sei das beste Gericht der Welt gewesen. Vermutlich würde es morgen genau dasselbe geben. Danke, Mom, dachte ich zerknirscht. Ich konnte mir nicht vorstellen, dass es ihr geschmeckt hatte.

In der Nacht träumte ich von wilden Kobolden, die mich jagten. Ich fiel in einen Gebirgsfluss, der mich mehrere Kilometer mitschleifte und in dem fermentierte Haie lebten, die mich fressen wollten. Dann kam ich in einer hügeligen Gegend heraus, die mit schwarzen Steinen bedeckt war. Doch bevor ich die Umgebung näher erkunden konnte, weckte mich ein Kribbeln an der Nase.

Ich musste niesen, hielt jedoch die Augen geschlossen und schnüffelte ein wenig. Erneut das Kitzeln …

„Was soll das?“, murmelte ich verschlafen und öffnete die Augen.

„Ich dachte, wir wollten uns treffen“, sagte eine empörte Stimme.

Erschrocken setzte ich mich auf und musste mich erst mal orientieren. Ich war in der Hütte von Daddy. Ich blinzelte und machte die verschwommenen Konturen einer Gestalt aus.

„Was willst du denn hier?“ Auf der Bettkante saß Olav, der Junge von gestern.

„Wir waren doch verabredet“, tadelte er.

Ich traute meinen Ohren nicht. „Wie bist du in mein Zimmer gekommen?“, fragte ich verschlafen.

Doch mit einem Mal war ich hellwach. Woher wusste er, wo ich wohnte? Ich zog die Decke bis hoch zum Kinn.

„Durchs Fenster.“ Er grinste mich frech an.

Ich sah zum Fenster, vor dem dicke Schneeflocken vorbeitrieben. „Es schneit“, stellte ich fest.

„Und deshalb solltest du mit mir hinauskommen. Außerdem wolltest du mir Kadenspielen beibringen."

Ich lachte. „Kar-ten. Es heißt Karten, nicht Kaden. Das können wir aber drinnen. Bei 'ner Tasse Punsch, in dicke Wolldecken eingemummelt."

Olav breitete die Arme aus und strahlte mich an, wobei mir wieder seine krummen Zähne auffielen. „Super. Aber erst in Schneepracht! Los, zieh dir was an, ich warte draußen!" Er ging zum offenen Fenster und sprang mit einem großen Satz nach draußen.

Ich schlüpfte aus dem Bett und sah hinaus. Die Welt war eine weiße Winterlandschaft. Man konnte keine Straße ausmachen, nur hin und wieder ein paar Spuren im Schnee, die auf Leben hinwiesen.

Olav war auf beiden Füßen aufgekommen, allerdings war das Fenster nur etwa einen halben Meter hoch. Er sah zu mir herauf und winkte wie wild. Mir fiel auf, dass er dieselben abgetragenen Klamotten wie am Vortag trug. Ich duckte mich schnell. Er sollte mich doch nicht im Nachthemd sehen!

Ich wusch mich rasch und zog mir einen warmen Pullover und meine neue Cordhose an. Als ich das Zimmer verließ, saßen meine Eltern bereits am Frühstückstisch.

„Oh, wir dachten, du wolltest nach dem langen Flug ausschlafen." Mein Vater lächelte mich freundlich an.

„Hab ich doch. Es ist doch schon hell draußen", beeilte ich mich zu sagen.

Er streckte mir einladend eine Hand hin. „Komm, setz dich. Es gibt leckeres Frühstück."

Der Gedanke an das Abendessen bewirkte, dass sich mir der Magen umdrehte. Es konnte nur schlimmer werden. „Ich hab keinen Hunger. Habt ihr was dagegen, wenn ich im Schnee spielen gehe?“

„Ach, gibt es den etwa nicht in New York?“, fragte mein Vater gespielt streng und hob eine Augenbraue. Ich wurde rot und senkte den Blick. „Bitte, Daddy.“ Schnell schlüpfte ich ihm auf den Schoß und schlang die Arme um seinen Hals. Wie sehr hatte ich ihn vermisst! Ich schmiegte mich an seine breite Brust und genoss seinen Duft nach Zirbelholz und Zigarrenrauch.

Meine Mutter rümpfte die Nase. „Sollten wir nicht alle zusammen frühstücken?“

„Ach, lass sie doch“, murmelte mein Vater und streichelte mir zögerlich über den Kopf. „Sie wird bald erwachsen. Dann hat sie keine Augen mehr für den Zauber, den der Schnee und die Vorweihnachtszeit bereithalten. Dann ist es nur noch eine stressige Zeit, bei der man sich wünscht, dass sie schnell vorbeigeht. Nicht wahr?“

Meine Mutter nickte widerwillig. „Aber heute Mittag um zwölf essen wir gemeinsam. Denk daran, bis dahin zurück zu sein. Du hast doch deine Uhr um, oder?“

„Natürlich, Mutter.“

„Und lauf nicht zu weit weg!“

„Niemals, Mom.“

„In Sichtweite der Hütte bleiben!“

Ich zog mir Mantel und Stiefel an, rannte hinaus und genoss das weiche Knirschen des Schnees unter den Schuhen.

„Amy, deine Mütze!“, rief meine Mutter mir hinterher.

Ich drehte mich im Laufen um. „Ich brauch keine!“

„Oh doch. Komm sofort zurück!“

Widerwillig stapfte ich zu ihr und nahm murrend die dicke Wollmütze und auch ein paar Handschuhe entgegen.

„Und nicht zu weit weglaufen, ja?"

„Ja, Mommy", murmelte ich genervt.

Dann rannte ich einmal um die Hütte herum, wo Olav bereits auf mich wartete und ungeduldig mit den Füßen Muster in den Schnee malte.

„Da bist du ja, lahme Ente." Als er mich sah, hielt er inne und stemmte beide Hände in die Hüften.

„Woher wusstest du, wo wir wohnen?", wollte ich wissen.

„Die Hütte gehört meinem Opa. Er braucht sie nicht mehr, und deshalb vermieten wir sie. Er hat mir erzählt, dass er sie an einen amerikanischen Soldaten vermietet hat. Mein Vater fand das gar nicht so toll, ich dachte mir aber, dass kannst nur du sein! Deshalb habe ich mein Glück versucht."

„Ist dein Großvater gestorben?", fragte ich und dachte an meine eigenen Großeltern, die ich viel zu früh verloren hatte.

Olav grinste schief und schüttelte den Kopf. „Nein", rief er gedehnt. „Der doch nicht! Er braucht sie nicht mehr, er wohnt jetzt bei uns."

„Und wo wohnst du?", erkundigte ich mich neugierig.

Er lachte. „In den Westfjorden."

„Wo?", fragte ich irritiert.

„Das ist direkt um die Ecke. Ein paar Stunden mit dem Auto. Oder ein paar Minuten mit dem Rentierschlitten." Er zwinkerte mir zu.

Irgendwie glaubte ich ihm. Sein Wuschelhaar, die abstehenden Ohren, die geschwungenen Stiefel – etwas an ihm war anders. Er wirkte wie eine Märchenfigur auf mich.

„Ihr habt hier Rentiere?" Ich machte große Augen.

„Ja. Soll ich sie dir zeigen? Eigentlich leben sie im Osten, aber Opa hat hier welche gezüchtet“, fügte Olav zwinkernd hinzu.

„Oh! Ich würde zu gern welche sehen.“ Rührselig lächelte ich ihn an und dachte an die Geschichte, die der Mann mir im Flugzeug erzählt hatte. Ob wir auch Nordlichter sehen würden? Ich traute mich nicht, Olav danach zu fragen.

„Na dann, mir nach.“

Flink wie ein Wiesel huschte er über die Schneedecke, während ich angestrengt hinterherstapfte. „Hey, warte!“ Ich blieb mit einem Fuß stecken, sodass mir kalter Schnee in den Socken rutschte.

„Habt ihr keinen Schnee dort, wo du herkommst?“, lachte Olav ein Stückchen vor mir und wandte sich um.

Wütend blieb ich stehen und hob eine Hand voll Schnee auf. „Mistkerl“, fluchte ich. „Na warte!“ Ich rannte hinter ihm her und warf einen Schneeball nach ihm.

„In Amerika gibt's viel mehr Schnee als hier, hat meine Mom gesagt!“

Er blieb stehen, äffte mich nach und eilte dann weiter.

„Warte“, rief ich und blieb stehen.

„Was ist?“ Er drehte sich erneut um und kam zurück. Seine Wangen waren von der Kälte und vom Lachen gerötet, und vor seinem Mund bildeten sich kleine Atemwölkchen.

„Ich darf nicht so weit weg von der Hütte. Sonst krieg ich Ärger.“

„Spielverderberin. Du wolltest doch die Rentiere sehen.“

Zwiegespalten schaute ich abwechselnd zu ihm und hinter mich, wo das Häuschen kaum mehr zu erkennen war. „Na ja, ich glaub, ich bin sowieso schon zu weit weg. Auf die paar

Meter kommt's dann auch nicht mehr an, oder?", fragte ich schüchtern und spürte, wie mir die Röte in die Wangen stieg.

Normalerweise hielt ich mich immer streng an die Regeln, die meine Mutter mir auferlegte.

Olav grinste nur frech und streckte mir die Hände entgegen. „Du wirst es nicht bereuen", murmelte er.

Als ich zu ihm stapfte und seine Finger umschloss, zog er mich lachend zu Boden in die weiße Pracht und seifte mich ein.

„Du kleiner Idiot", rief ich und schniefte.

Nachdem wir uns ein paar Minuten im Schnee gewälzt hatten, lagen wir lachend und mit geröteten Wangen auf dem Rücken, beide völlig außer Atem.

„Mit dir kann man ganz schön viel Spaß haben, obwohl du Amerikanerin bist", lachte Olav.

Ich zog eine Schnute und drehte mich beleidigt zur Seite. Er rüttelte sanft an meiner Schulter. „Bist du sauer? Tut mir leid, war nicht so gemeint!"

Ich musste mir ein Grinsen verkneifen. Dann – ohne Vorwarnung – wandte ich mich zu ihm um und pfefferte ihm eine große Ladung Schnee ins Gesicht. Ich musste laut lachen, sprang auf und ergriff die Flucht.

„Na warte!", rief er und rannte mir hinterher.

Wir kabbelten uns noch eine Weile, bis Olav plötzlich stiller wurde. „Es ist nicht lange hell im Winter. Wenn du die Rentiere sehen willst, müssen wir jetzt los."

Eine Weile stapften wir schweigend durch die schneeverzauberte Landschaft, bis ich erschrocken aufschrie. Wir waren immer weiter in den Tiefschnee gelaufen, und ich war plötzlich bis zur Hüfte eingebrochen.

„Ich sag doch: In New York gibt's keinen echten Schnee." Olav lachte und reichte mir lässig eine Hand.

Ängstlich griff ich danach, und er hievte mich aus meiner Falle. „Ganz schön viel Schnee", keuchte ich verlegen. „Und gleich kommt noch mehr", murmelte er und blickte gen Himmel.

„Woher weißt du das?"

Er machte eine ausladende Handbewegung. „Sieh dich um."

Ich konnte aber nichts sehen außer einer glitzernden Schneedecke, die den Großteil der Welt unter sich begraben hatte. Doch kurz darauf schwebten unzählige weiße Flocken vom Himmel. „Du hattest recht", quietschte ich aufgeregt. „Ich hab eine Idee! Wer die meisten Schneeflocken gefangen hat, der bekommt ein Eis!", rief ich und begann, mit der Zunge so viele Flöckchen wie möglich zu erwischen. Fröhlich schlitterte ich über die Schneeoberfläche.

„Was?", rief Olav verwirrt, holte mich aber schnell ein und spielte mit. Ich hüpfte hoch, um die rieselnden Flocken vor ihm zu bekommen, und sank dann ständig in den Schnee ein.

„Siehst du, das hast du davon", kicherte er und drückte mich nach unten.

„Na warte!", brüllte ich. Wir spielten das Spiel eine Weile weiter, bis wir kaum noch Luft bekamen.

„So schmeckt der Winter", jauchzte ich, völlig außer Atem.

Olav griff nach meiner kleinen Hand, und unsere Finger berührten sich, als wir weitergingen.

Schüchtern warf ich einen Blick auf seine Hand und sah eine große Narbe, die sich über seinen Handrücken zog. „Was ist das?", fragte ich erschrocken.

„Ach, das.“ Er winkte mit der freien Hand ab. „Nur eine Narbe. Da hab ich mal nach einem Drachen gesucht.“

Ich starrte ihn an. „Und? Hast du einen gefunden?“

Er schenkte mir ein schiefes Grinsen.

„Wer's glaubt“, murmelte ich.

Die Sonne stand bereits viel tiefer – ich fragte mich, ob sie überhaupt höher als jetzt gestanden hatte –, und es herrschte eine friedliche, aber auch gespenstische Stille.

„Wir sind da“, sagte Olav.

Ich sah mich irritiert um. „Ich seh keine Rentiere“, stellte ich ernüchtert fest.

Da war es wieder, sein typisches Olav-Grinsen. Jedes Mal musste ich mich zusammenreißen, nicht laut loszulachen, so aberwitzig sah das aus. Er deutete nach unten, ließ mich los und verschränkte die Arme. Ich sah hinab und zuckte die Schultern. „Willst du mich veräppeln?“

„Nein, sieh doch!“ An einer Stelle war der Schnee geschmolzen, und Dampf stieg aus einem Loch im Boden empor.

„Eine heiße Quelle“, flüsterte er.

„Und hierher kommen die Rentiere zum Trinken?“, fragte ich halb ernst, halb im Spaß.

„Nicht ganz.“ Er zwinkerte mir zu, schob mit dem Fuß etwas Schnee beiseite und tauchte eine Hand in das dampfende Wasserloch.

Begeistert gesellte ich mich zu ihm und kniete mich nieder. Ich wollte auch meine eiskalten Finger in das dampfende Nass tauchen. Bei der Schneeballschlacht hatte ich dummerweise die Handschuhe ausgezogen, um bessere Kugeln formen zu können, das rächte sich nun.

„Halt!“, rief Olav und schob mich grob beiseite. „Du kannst da nicht reinfassen! Du verbrennst dich.“

Ich starrte ihn entgeistert an. „Aber du fasst doch auch hinein“, fauchte ich.

Er grinste mich frech an. „Ich bin ja auch was Besonderes.“

„Ach, und ich nicht?“

Er schüttelte den Kopf. „Nicht so besonders wie ich!“

„Du spinnst wohl! Mein Daddy sagt, ich bin das schönste und einzigartigste Mädchen auf der ganzen Welt.“

„Oh, sagt das dein Daddy. Du bist vielleicht das gewöhnlichste.“

Ich biss mir auf die Lippen. „Gewöhnlich, sagst du?“

Olav kicherte wie ein kleines Kind. „Na, das sieht man ja auf den ersten Blick, dass du kein Elfenmädchen bist. Nur ein *stinknormales* Mädchen.“ Er zog das Wort absichtlich in die Länge.

Ich stand wütend auf. „Du arroganter kleiner Gnom!“, schrie ich ihn an.

„Wie hast du mich gerade genannt?“

„Gnom! Du bist ein hässlicher kleiner Gnom. Steck dir deine heiße Quelle und die Rentiere doch sonst wohin.“ Ich stapfte durch den Schnee zurück und versuchte, die Fußspuren wiederzufinden, die mir den Weg zurück weisen würden.

„Du findest niemals allein nach Haus“, rief Olav, als könne er meine Gedanken lesen.

„Oh doch“, knurrte ich und ging erhobenen Hauptes in irgendeine Richtung weiter.

„Dann wirst du die Rentiere niemals sehen!“

„Mir doch egal.“ Wütend kämpfte ich mich weiter durch den Schnee.

Irgendwann drehte ich mich um, Olav war verschwunden. Ich bekam eine Gänsehaut. Er hatte recht gehabt: Ich hatte keine Ahnung, wie ich zurückfinden sollte. Tränen stiegen mir in die Augen. Die Sonne stand schon wieder sehr tief, obwohl es erst nach Mittag war, und tauchte alles in orangefarbenes Licht. Die Kälte zog bereits ihre Kreise, und ich fröstelte. Bald würde es dunkel sein, dabei war es noch nicht mal Nachmittag. Verzweifelt schlang ich die Arme um mich. Was sollte ich tun? Weiterlaufen, bis ich vielleicht irgendwo ein Haus erblickte? Stehen bleiben und abwarten, ob Olav mir gefolgt war?

Erschöpft ließ ich mich auf einen Baumstumpf sinken und starrte ins Nichts, als ich plötzlich eine Bewegung im Schnee wahrnahm. Ich blickte auf in der Hoffnung, Olav sei mir doch gefolgt. Doch es war nicht mein Freund, der mich anstarrte. Vor mir stand ein Eisbär.

**Erster Advent 2017, England**

„Du kannst doch jetzt nicht einfach aufhören!“, brüllte Tim wütend.

„Nicht in diesem Ton, junger Mann“, herrschte Emily.

„Entschuldige dich bei Oma.“ Colin stupste seinen Cousin an.

„’Tschuldigung, Omi.“

Emily nickte anerkennend.

„Aber ich dachte, in Island gibt es keine Eisbären“, setzte Colin an und rutschte unruhig auf dem Sitzkissen hin und her.

„Nun, so ganz stimmt das nicht. Tatsächlich verirrt sich alle zehn bis zwanzig Jahre ein Eisbär nach Island. Die Bären treiben zufällig mit einer Eisscholle Richtung Festland. Aber ihnen bleibt kaum eine Chance, zu überleben, da sie keinerlei Jagdmöglichkeiten haben. Außerdem schießen die Menschen sie aus Sicherheitsgründen ab.“

„Das ist ja gemein“, schimpfte Fynn. Oder war es doch Joe?

Emily rieb sich sanft die Augen.

„Nun gut, Kinderchen. Am zweiten Advent geht die Geschichte weiter.“

„Waaas?“, brüllten alle wie aus einem Mund. „Aber wir wollen wissen, wie Uroma Amy den Eisbären besiegt hat!“

„Ab ins Bett mit euch“, befahl Emily, und ihr Ton duldete keine Widerrede. Schwerfällig erhob sie sich von ihrem Sessel und strich liebevoll über das ledergebundene Buch, welches ihre Mutter ihr vererbt hatte.

Wenig später, als sie auf der Bettkante saß, musste sie schmunzeln. Nicht nur Amy hatte ein Abenteuer erlebt, auch sie hatte ihr persönliches Weihnachtsmärchen erfahren. Ächzend erhob sie sich und nahm ein kleines Notizbuch zur Hand.

Sie würde es nicht „erinnern“ nennen, aber sie träumte hin und wieder davon, und immer wenn sie die Geschichte ihrer Mutter las, wusste sie, dass die Erlebnisse der Wahrheit entsprachen. Nein, sie würde den Kindern nicht erzählen, was sie erlebt hatte. Das konnten die Kleinen später einmal selbst nachlesen, wenn sie es vollbracht und Amys Geschichte erzählt hatte. Tief atmete sie die klare Luft ein, die durchs geöffnete Fenster strömte. Dann grinste sie vergnügt. Ein wenig Nachtlektüre würde nicht schaden. Es war doch schön, in Erinnerungen zu schwelgen …

**Dezember 1960, Island**

Als die Erwachsenen die Hütte verlassen hatten, wälzte Emily sich unruhig hin und her. Ein Geräusch hatte sie geweckt. Verschlafen öffnete sie die Äuglein und blickte geradewegs in die schmalen Schlitze von Katzenaugen.

„Jóla!“, murmelte sie begeistert und streckte ein Ärmchen aus, um das weiche Fell zu berühren.

Doch das Tier dachte gar nicht daran, sich streicheln zu lassen, und hüpfte elegant von der Wohnzimmercouch. Emily kletterte aus dem Bett und stürzte hinterher.

„Jóla, warte! Warte!“, rief sie verzweifelt und rannte hinter der Katze her, die ungeduldig im Wohnzimmer an der Holztür kratzte, kurz darauf mit einem Satz hochsprang und die Klinke hinunterdrückte.

Knarrend ging die Tür auf, und Jóla schlüpfte durch den offenen Spalt nach draußen.

„Wart doch!“, schrie Emily und rannte nach draußen. Ungeachtet der Kälte tippelte sie auf ihren kleinen Beinen hinter der Katze her, ins tiefe Nichts der dunklen Nacht.

„Jóla! Jóla, halt!“, befahl sie der Katze abermals, aber das Tier hörte nicht auf sie und tapste mit großen Schritten vor ihr her. Schnee verirrte sich in Emilys Socken, und ihre Füße waren binnen Sekunden kalt und nass, da sie keine Schuhe anhatte.

Zum Glück trug sie wenigstens ihren kuscheligen Schlafi mit den Ponys drauf.

„Mieze, bitte!“ Emily war den Tränen nahe. Die Luft stach ihr im Brustkorb, und sie hatte das Gefühl, als sei sie schon viel zu weit weg von Mummy und Auntie Sara.

Plötzlich war die Katze verschwunden. Emily sah sich um und starrte in den sternenklaren Nachthimmel. Vor ihr erstreckte sich die dunkle Weite, nur der Schnee glitzerte und machte es möglich, die Umgebung zu erkennen.

Ein kehliger Laut entglitt ihr und ging in ein tiefes Schluchzen über. Plötzlich sah sie nicht weit vor sich Rauch aufsteigen. Neugierig ging sie darauf zu. Ohne Vorwarnung wurde sie in die Tiefe gezogen. Es kitzelte in ihrem Bauch, und Emily war zwischen Angst und Freude gefangen. Es machte Spaß, als würde sie rutschen oder ganz hoch schaukeln, gleichzeitig fürchtete sie sich vor der Dunkelheit, die sie umgab. Unsanft fiel sie auf einen harten Untergrund. Erschöpft begann sie zu weinen.

Als sie nach einer Weile merkte, dass niemand darauf reagierte, hielt sie inne und lauschte. Ein leises Tropfen beunruhigte sie, es klang unheimlich. Ein düsteres Gefühl beschlich sie.

„Mommy?“, rief sie vorsichtig. „Sara?“

Keine Antwort. Das Tröpfeln wurde lauter. Unsicher sah sie sich um, sie war in einem dunklen Raum gelandet. In einer Ecke lag eine Lampe, die jedoch kaum Licht spendete. Vorsichtig ging Emily darauf zu. Die Lampe entpuppte sich als kleine gläserne Schneekugel, neugierig hob sie diese auf. Die Kuller war groß und hart, und wenn man sie schüttelte, begann der Schnee darin herabzurieseln. In der Kugel befand sich ein kleiner Klotz, vor dem sich ein schmaler Weg entlangschlängelte. Irritiert starte Emily die Glaskugel an, schüttelte sie dann erneut und erfreute sich einen kurzen Moment an der weißen Pracht.

Im nächsten Moment hörte sie ein Maunzen.

„Jóla“, flüsterte sie begeistert.

Mit einem Mal wurde sie sich wieder ihrer Lage bewusst. Wo waren all die anderen? Sie wandte sich dem Geräusch zu und stand plötzlich vor einer Tür, deren Klinke jedoch unerreichbar schien. „Jóla! Mommy!“, rief sie verzweifelt und begann zu weinen.

Da öffnete sich die Tür wie von Zauberhand. Entgeistert starrte Emily in das Gesicht der Katze, die ihr freudig entgegentapste. Grelles Licht blendete sie, aus dem zwei Gestalten auf sie zukamen: eine Frau und ein Mann.

„Du hast da etwas, das uns gehört“, sagte die Frau liebevoll und deutete auf Emilys Hände.

Entsetzt starrte Emily erst auf die Fremde, dann auf die Schneekugel. Sie spürte, wie die Katze ihr um die Beine strich, dann hob jemand sie nach oben, und sie wurde davongetragen, mitten hinein in das gleißende Licht.

## Zweiter Advent 2017, England

Emily zündete eine Kerze an und warf einen strengen Blick auf die Schar an Enkelkindern, die sie erwartungsvoll anblickte.

„Sind alle vollzählig?“, fragte sie und räusperte sich.

Seit Tagen spürte sie ein unerträgliches Kratzen im Hals. Sie würde doch wohl nicht krank werden? Normalerweise genoss sie die Zeit mit ihren Enkeln, doch heute waren sie ihr eher lästig. Sie wünschte sich, die Märchenstunde ausfallen lassen zu können. Doch dann würde sie alle bitter enttäuschen, das wollte sie den Kleinen nicht antun.

Sie starrte für einen Moment aus dem Fenster, Schneeböen preschten vorbei. Der englische Winter war angebrochen. Da hörte sie ein zaghaftes Klopfen an der Wohnzimmertür.

„Herein“, brüllte die Bande. Aufgeregt kuschelten sie sich zusammen, wohl in der Hoffnung, dass der Weihnachtsmann sich an der Tür geirrt hatte und zu ihnen kam. Emily schmunzelte.

Die Tür öffnete sich vorsichtig, und eine schlanke Hand kam zum Vorschein. Dann lugte eine junge Frau herein.

„Stör ich?“, flüsterte sie.

„Fiona! Wie schön, dich zu sehen“, rief Emily.

Fiona war ihre Nichte, die Tochter ihrer Halbschwester Greta.

Wie eine wundersame Erscheinung betrat sie das Zimmer, und der ganze Raum schien mit einem Mal zu leuchten. Fionas Haar und ihre Haut waren hell wie der Mondschein, ihre Augen strahlten in einem kräftigen Blau, tief und unergründlich wie der Ozean. Seit einiger Zeit lebte Fiona in den USA und erklomm mit ihren knapp zwanzig Jahren gerade die Karriereleiter der Modewelt. Das Nachzügler-Kind ihrer jüngeren

Schwester war ein kleiner Stern am Modehimmel, und man konnte ihr es nicht verdenken. Sie war wunderschön. *Zauberhaft.* Genau wie ihre Mutter Greta, fand sich Emily mit dem Gedanken an ihre Schwester wieder, die im Alter noch immer wie eine Perle schimmerte. Sie selbst hatte die einstige Schönheit mit dem Alter eingebüßt. Ihr Haar, einst dunkel wie das des Vaters, war komplett ergraut, und ihre trockene Haut von vielen Falten durchzogen. Nur in ihren Augen schimmerte es noch spitzbübisch wie damals, als sie in Island ein unvergessliches Weihnachten erlebt hatte.

„Setz dich doch." Sie lächelte ihre Nichte an. „Wir erzählen heute Weihnachtsgeschichten. Nimm dir einen Keks."

Fiona lehnte dankend ab, nahm aber zwischen ihren kleinen Verwandten Platz.

„Ich wusste gar nicht, dass du schon hier bist. Ich dachte, du kommst erst zu Weihnachten."

Emilys Nichte nickte und faltete die Hände im Schoß. Sie saß da wie eine Königin.

„Mutter geht es nicht so gut, deshalb bin ich schon früher hier."

„Was ist mit Greta?", fragte Emily erschrocken. Warum erzählte ihr niemand etwas? Vermutlich, um ihr Herz zu schonen, dachte sie beleidigt. Seit sie vor ein paar Jahren eine kleine Attacke erlitten hatte, fütterte man sie kaum noch mit Informationen, die sie aufregen könnten.

Fiona seufzte und rieb sich mit einem Finger über die Stirn.

„Keine Sorge, Tante Em. Sie ist nur einfach nicht sie selbst in letzter Zeit."

„Ich kann mir denken, seit wann", murmelte Emily betroffen.

Ihre Schwester Greta war nach dem Schulabschluss nach

Island gegangen, hatte dort studiert, gelebt, eine Familie gegründet. Doch nachdem Fiona in Island keine Zukunft gesehen und die Insel verlassen hatte, um in die Staaten zu gehen, war Greta notgedrungen nach England zurückgezogen, da ihr sonst niemand mehr blieb, der sich um sie kümmern konnte. Fionas Vater war früh gestorben. Seitdem war es, als verlöre ihre Seele Tag für Tag ein Stückchen Frieden. Emily hatte ihre Schwester das letzte Mal vor einem Monat gesehen, da hatte diese nur in alten Fotoalben geblättert und ganz abwesend gewirkt. Sie hatte es für eine vorübergehende Traurigkeit gehalten, doch anscheinend war dem nicht so.

„Wieso sagt mir das keiner?“, brauste sie auf.

Ihre Enkel sahen sie mit großen Augen an, nur Fiona wich ihrem Blick aus. „Tut mir leid“, flüsterte sie.

„Wir wollten dein Herz nicht –“

„Mein Herz, mein Herz. Meinem Herzen geht es gut!“ Wütend erhob sie sich und starrte in die Runde. „Die Märchenstunde fällt heute aus. Ich muss mich um Greta kümmern.“ Damit verließ sie das Wohnzimmer und knallte die Tür wütend hinter sich zu. Zurück ließ sie einen Haufen blasser Nachkommen, die alle betreten zu Boden blickten.

Fiona raffte sich als Erste auf und ergriff das in Leder gebundene Buch. „Nun, dann lese ich heut eben vor. Wo habt ihr das letzte Mal aufgehört?“

Natürlich kannte sie die Geschichte über ihre Großmutter Amy und Tante Emily in Island. Auch ihr hatte man sie immer vorgelesen. Doch sie hatte sich nie viel daraus gemacht. Sie war in Island aufgewachsen, ihr Vater ein waschechter Isländer. Sie hatte all die Sagas gehört und wusste, dass ihre Oma eine blühende Fantasie gehabt und diese Gabe an Emily und

Greta weitervererbt hatte, denn beide liebten es, Geschichten zu erzählen. Je bunter, desto besser. Doch irgendwann hatte Fiona die Freude daran verloren, denn sie war erwachsen geworden und hatte sich mit den weltlichen Dingen auseinandergesetzt. Nun lebte sie in den USA, ihr derzeitiger Freund studierte Filmwissenschaften, und auch er liebte die abstrusesten Geschichten. Vielleicht sollte sie ihm einmal Großmutters Märchensammlung zeigen, dann könnte er aus dem Stoff ein Theaterstück inszenieren. Sie schmunzelte. Ja, sie war in der richtigen Welt angekommen, hatte endgültig ihr kindliches Dasein abgelegt. Sie und Roger führten eine intime Beziehung, sie lebte im Rausch des Zaubers der Vereinigten Staaten, und L. A. war für sie der Himmel auf Erden. Keine zehn Pferde würden sie zurück nach Island bringen …

Sie spürte ihr Smartphone in der Tasche vibrieren und warf einen Blick darauf. *Roge*. Er vermisste sie und schickte ihr ein Foto vom Strand. Neidisch sah sie es sich an, dann schaute sie verärgert aus dem Fenster, wo der Schneesturm tobte. Sie war heilfroh, wenn sie England wieder verlassen konnte, aber sie hatte ihrer Mutter nun mal versprochen, bis Weihnachten hierzubleiben. Bis Neujahr, korrigierte sie sich und klappte seufzend das Buch auf. Solange konnte sie sich die Zeit mit Geschichtenvorlesen vertreiben.

**Dezember 1945, Island**

Aus großen dunklen Augen starrte er mir entgegen. Er stand auf allen vieren, musterte mich, beobachtete mich, ließ mich innerlich zu Eis erstarren. Renn, renn, flüsterte eine Stimme in mir. *Renn um dein Leben*. Doch eine andere Stimme warnte mich: *Stell dich tot, dann erkennt er nicht, dass du Beute für ihn bist.*

Der Eisbär schwenkte den pelzigen Hals nach rechts und links, dann fing er an, mit den Pfoten auf der Stelle zu graben.

Olav, dachte ich flehend und wimmerte, bitte komm und hilf mir! Doch außer mir und dem Eisbären war niemand zu sehen. Er würde mich zerfleischen – nach vermutlich wochenlangem Hungern, so, wie er aussah.

*Oh Gott!*

Meine Gedanken überschlugen sich. Plötzlich machte das Riesentier einen Schritt auf mich zu. Das war zu viel, ich rannte los. Mein Instinkt riet mir, zu laufen – und zwar um mein Leben. Ich preschte durch die schneebedeckte Weite, Gestrüpp schlug mir ins Gesicht, und ich wagte es nicht, mich umzusehen. Jeden Moment rechnete ich damit, dass der Bär mich von hinten niederwerfen und mir das Genick zerbeißen würde. Doch nichts dergleichen geschah.

Als ich an einem Flussbett vorbeikam, welches nicht eingefroren war, warf ich kurz einen Blick über die Schulter. Der Eisbär war verschwunden. Hatte ich ihn mir nur eingebildet? Für einen Augenblick blieb ich stehen und atmete tief ein und aus. Er war mir nicht gefolgt! Erschöpft ließ ich mich auf die Knie sinken und fuhr mit einer Hand in das eiskalte Wasser. Es war kristallklar. Vater hatte in einem seiner Briefe geschrieben, dass das Wasser in Island, da es von den Gletschern kam, so sauber sei, dass man es bedenkenlos überall trinken konnte. Gierig senkte ich den Kopf begann zu trinken.

Das Wasser war so kalt, dass mein Magen stach, doch es war mir egal. Von meiner Stirn tropften Schweißperlen, das Rennen hatte mich völlig geschwächt. Dankbar klatschte ich mir das kühle Nass ins Gesicht. Wie wundervoll es sich anfühlte! Die Kälte auf den Wangen, auf der Zunge, die Wärme im Nacken … Moment mal, Wärme in meinem Nacken? Alarmiert hielt ich inne. Warme Luft blies die Härchen auf der Hinterseite meines Halses auf. Langsam wandte ich mich um. Er stand nur wenige Zentimeter vor mir und sah mich erwartungsvoll an. Dieses Mal würde er mich nicht entkommen lassen, ich konnte es in seinen Augen sehen.

❄

Missmutig schlug Olav einen Zweig aus seinem Gesicht. Diese Amy war einfach unmöglich! Wie konnte sie es wagen, einfach fortzurennen? Dann auch noch in einem Land, in dem sie sich nicht auskannte! Er hoffte nur, dass sie viel von der Natur verstand, ansonsten würde sie noch erfrieren, verhungern oder verdursten. Außerdem hatte er zuletzt Gerüchte vernommen, dass ein Eisbär gesichtet worden war. Das kam selten vor, aber wenn es passierte, dass sich einer aufs Festland verirrte, war er äußerst gefährlich.

Er hätte auf seinen Vater hören und sich nicht mit diesem frechen amerikanischen Mädchen treffen sollen. Dabei wollte er doch nur eine Freundin haben … Er war oft so einsam und allein. Wieso konnte er nicht einfach *normal* sein? Wütend kickte er einen kleines Stück Eisbrocken fort. Platschend landete es im Flussbett.

Nachdem Amy beleidigt davongestürmt war, hatte er erst einmal gewartet. Er rannte doch keinem sturen *Stelpa* hinterher! Sie würde sich schon wieder einkriegen und zurückkommen, hatte er gedacht. Doch sie war nicht wiedergekommen. Schließlich hatte er sich auf die Suche gemacht, und nun wanderte er ziellos umher. Sie konnte überall sein. Es war fast dunkel, die Chance, sie zu finden, ging gegen null. Als er eine Bewegung vor sich vernahm, erstarrte er.

Dort stand sie. Zitternd. Aber nicht vor Kälte, wie er sofort bemerkte. Es war Angst, die sie am ganzen Leib schlottern ließ.

„Amy!", war er schon versucht zu rufen, doch die Worte blieben ihm im Hals stecken, als er sah, wie ein Eisbär eine Tatze nach ihr ausstreckte.

Nun hieß es, klug und schnell zu handeln. Der Eisbär hatte ihm den Rücken zugewandt, Amys Augen waren vor Schreck aufgerissen. Ihr Gesicht war so weiß wie der Schnee, und sie stand da wie zu Eis erstarrt. Neugierig schnupperte der Eisbär an ihrem Gesicht. Bleib so stehen, Amy, dachte Olav. Wenn sie nun in Panik ausbrechen würde und sich aus ihrer Starre löste, war sie verloren.

Langsam ging er auf die beiden zu, darauf bedacht, kein Geräusch zu machen. Es schien nicht so, als ob Amy ihn sehen würde – zu sehr war sie von dem Tier abgelenkt. Auch der Eisbär hatte ihn offenbar noch nicht bemerkt. Als Olav kurz vor dem weißen Riesen angekommen war, weiteten sich Amys Augen vor Überraschung noch mehr. Sie hatte ihn entdeckt! Er hob einen Finger an die Lippen und bedeutete ihr, mucksmäuschenstill zu bleiben. Dann streckte er ganz langsam einen Arm in Richtung des Eisbären. Leise begann er, beruhigende Worte auf Isländisch zu flüstern.

Der Bär hielt abrupt inne und spitzte beide Ohren. Dann drehte er sich um und blickte ihn verträumt an.

„Komm“, murmelte Olav. „Komm!“ Er ging rückwärts, immer weiter seinen Singsang murmelnd. Sanftmütig wie ein Hund trottete der Bär hinter ihm her.

❄

„Was hast du zu dem Bären gesagt?“, fragte ich.

Wir saßen an einem kleinen Feuer, welches Olav problemlos entfacht hatte. Ich fragte mich, ob sich alle Kinder Islands in der freien Natur so geschickt anstellten. Die Dunkelheit hatte die Gegend um uns herum völlig verschluckt, nur das Feuer warf seinen Schein über uns hinweg.

Olav grinste mich frech an, dann stocherte er mit einem Zweig in der Glut herum. „Hab ihm gesagt, dass er dir nichts tun soll, weil du eine kleine Prinzessin bist, und denen darf man nichts anhaben.“ Er lachte.

„Und warum ist er dir gefolgt?“ Neugierig starrte ich ihn an.

„Ich bin anders als die anderen, Amy. Hast du das noch nicht bemerkt?“, gab er zurück, wobei er so ernst klang wie noch nie.

Ich schwieg. „Du lebst also hier draußen und kannst mit Eisbären sprechen? Na und! Ich find das toll“, sagte ich nach einer Weile.

„Wie gesagt, ich bin anders als die anderen Kinder. Ich hab nie wirkliche Freunde.“

„Hey, ich *bin* deine Freundin! Für immer!“

Er schüttelte nur den Kopf. „Bald wirst du nach Amerika zurückgehen.“

Plötzlich wurde ich traurig. „Aber noch nicht. Noch können wir doch die Zeit zusammen verbringen! Außerdem ist mein Daddy länger hier. Dann besuch ich dich nächstes Jahr wieder – wir könnten uns Briefe schreiben und –"

Er unterbrach mich mit einer Handbewegung. „Ach, May. Nächstes Jahr wirst du älter sein, und das Jahr danach noch älter. Du wirst … erwachsen werden."

„Na und?", prustete ich los und wunderte mich über den Spitznamen, den er mir gab.

Er sah mich zweifelnd an. „Deine Kinderseele wird verloren gehen und in eine erwachsene Seele übergehen. Du wirst nicht mehr das sehen, was du jetzt siehst."

„Du redest so geschwollen", murmelte ich. Er streckte eine Hand aus und strich mir eine Haarsträhne zurück hinters Ohr.

Wärme bereitete sich in mir aus. Ich glaubte nicht, dass sie vom Feuer kam. „Was werd ich nicht mehr sehen können?", wollte ich wissen.

Er zögerte. Schließlich sagte er: „Die wunderschöne Welt um uns herum."

Wir schwiegen. Ich sah zum Himmel hinauf, der Abend war sternenklar. „Gibt es sie wirklich, diese Nordlichter?", fragte ich leise.

Ich spürte, dass Olav näher zu mir heranrückte, und seine Schulter berührte meine fast.

„Was meinst *du* denn?", fragte er.

Beschämt kicherte ich. „Na ja, ich glaub, dass es unglaublich viele geheimnisvolle Dinge auf der Welt gibt." Ich spürte seinen Blick auf mir ruhen und sah ihm schüchtern in die eisblauen Augen.

„Eines Tages werd ich sie dir zeigen", wisperte er. „Versprochen?"

„Versprochen.“
Er streichelte meine Hand. Ich spürte die Hitze im Gesicht. Immer noch sah er mich durchdringend an. *Diese Augen … Als gehören sie in diese Landschaft.* „Zeigst du mir dann auch die Rentiere?“, fragte ich ausweichend.

Nun grinste er wieder frech. „Klar, hab ich dir doch versprochen.“ Er stand auf und reichte mir eine Hand, sie fühlte sich warm an. Meine Finger waren trotz des Feuers eiskalt.

„Du frierst ja, Schneeprinzessin“, murmelte er und rieb sacht über meine Hände. In Sekundenschnelle wurden sie warm.

„Danke“, hauchte ich.

Kommentarlos machte er kehrt und zog mich sanft hinter sich her. Woher wusste er nur, wohin wir gehen sollten? Als ob er in der Dunkelheit problemlos sehen konnte, wich er jedem Strauch, jedem Holzstück und jedem Hindernis aus, wohingegen ich es oft erst in letzter Sekunde wahrnahm, wenn er mich mit sich zog.

Plötzlich blieb Olav stehen und lauschte.

„Was ist? Kommt der Eisbär zurück?“, fragte ich panisch. Er lächelte mich im Glanz des Mondscheins an.

„Nein, keine Sorge, May. Ich hab den Eisbären zurück zum Meer geleitet.“

„Sag, warum nennst du mich so?“

Er grinste und reckte das Kinn nach vorn. „Na, so heißt du doch – A-may, oder?“

Als ich ihn am Nacken packte und zukniff wie bei einem Kaninchen, prustete er laut los.

„Weißt du, ich kann nach den Stimmen der Quellgeister lauschen, deshalb horche ich so genau hin“, sagte er, auf einmal wieder ernst.

Ich lachte laut auf. Wieso war er nur so sprunghaft mit seinen Gedanken? „Ich sag dir gleich, wer ein Quälgeist ist. Er steht direkt vor mir."

Er schüttelte den Kopf. „Quellgeister nennt man Wesen, die in den heißen Quellen leben und sie beschützen. Sie sind die Hüter der Tore. Man muss sie befragen, bevor man ein Tor betreten kann. Es ist echt schwer, einen Quellgeist ausfindig zu machen. Sie schlafen viel und genießen die Wärme ihrer Umgebung. Nur wenn sie singen, hören sie, wenn man mit ihnen spricht."

„Und wer kann mit ihnen sprechen? Solche Kobolde wie du?"

Er prustete erneut. „Ich bin doch kein Kobold! Eigentlich kann sie jeder hören. Aber Erwachsene verlieren die Fähigkeit, weil sie … na ja, eben alles anders sehen."

„Und was für Tore sind das?"

„Tore zu den heißen Quellen. Manche Leute baden dort drinnen, genießen die Wärme und das Abschalten vom Alltag. Aber *unter* den Quellen sind unglaublich viele Geheimnisse Islands verborgen! Die Erwachsenen sind einfach zu verbohrt, um sie wahrzunehmen. Deshalb hören sie auch die Quellgeister nicht mehr singen."

Ich war ganz aufgeregt. „Und warum kann ich die Quellgeister nicht hören?"

„Komm, reich mir mal deine Hände."

Ich streckte die Arme aus, und er umschloss meine Finger. Dann sollte ich die Augen zumachen.

„Lass einfach los", sagte er. „All deine Ängsten, all deine Sorgen. Horch tief in dich hinein. Spür das Glück, das dich seit jeher begleitet. Kannst du sie hören?"

Enttäuscht schüttelte ich den Kopf. „Ich höre nichts, nur das Blut in meinen Ohren rauschen."

Er kicherte und drückte meine Hände. „Keine Sorge. Das kriegen wir schon hin." Erneut forderte er mich auf, die Augen zu schließen. „Schalt mal all deine Gedanken aus. Gedanken stören euch Menschen viel zu sehr und lenken euch ab. Lass sie einfach fließen. Sie sind da, aber du musst ihnen keine Beachtung schenken. Hör auf dein Inneres. Urinstinkte nennt man das. Auch du hast sie! In dir drin spürst du mehr, als du denkst."

Ich war den Tränen nahe. „Es passiert nichts." Ich blinzelte. „Was soll das überhaupt heißen – euch Menschen?' Bist du etwa keiner?"

Olav seufzte und ignorierte meine Frage. „Ich weiß, der Krieg hat dich ziemlich schnell groß werden lassen. Denk jetzt nicht an deine Eltern oder an –"

„Sei ruhig", fuhr ich ihn plötzlich an. „Da ist etwas!"

„Du hörst sie?"

Ja, ich konnte sie hören! Oh, wie wundervoll sie klangen! Wie das Rauschen eines kleinen Baches, der sich den Weg durchs Gebirge suchte. Noch nie hatte ich etwas so Schönes gehört. Ein Chor aus tausend Engeln, so nah und doch so fern. Ich öffnete die Augen, und plötzlich fühlte ich, wie mich große Wehmut ergriff. Ich spürte das nahende Erwachsensein, und ich wusste, ich würde den Zauber dieses Moments eines Tages nicht mehr wahrnehmen können.

„Glaubst du, du kannst mich zu den Quellen führen?", fragte Olav spitzbübisch.

„Denke schon", antwortete ich heiser.

Ich kann nicht sagen, weshalb, aber ich wusste genau, wohin ich gehen musste. Und so wie Olav zuvor, wich ich nun

jedem Ast und jedem Stein geschickt aus. Dann, als mein Gefühl es mir sagte, blieb ich stehen. „Hier“, sagte ich. „Hier ist es.“
Was hier war, konnte ich nicht beschreiben. Aber ich empfand Vorfreude und Spannung zugleich, als ich die dampfende Quelle vor uns entdeckte. Ich ging in die Knie und berührte vorsichtig mit einer Hand das heiße Nass. Doch anstatt sie mir zu verbrennen, breitete sich ein wohlig-warmes Gefühl in meinem ganzen Körper aus. Das Wasser der Quelle spiegelte sich im Glanz der Sterne. Ich sah Olav begeistert an, der sich neben mir niederließ. „Es ist wunderschön“, flüsterte ich. „Hörst du ihren Klang?“

„Die Gesänge der Quellgeister“, murmelte Olav ebenfalls begeistert.

Plötzlich begann das Wasser zu sprudeln, und kleine Blasen tanzten auf der Oberfläche der Quelle.

„Was passiert da?“ Ich zog die Hand zurück.

„Das Tor ist offen. Wenn du möchtest, können wir hinein.“

Erstaunt sah ich zu, wie das Wasser in immer größer werdenden Wellen nach außen schwappte und sich im Kern der Quelle ein Strudel bildete. Der Wasserwirbel breitete sich aus, und ein angenehmes Summen schien davon auszugehen. Ich wollte am liebsten sofort hineinspringen, doch plötzlich verstummte das Geräusch, und der Strudel verschwand. Auch das Sprudeln hörte abrupt auf. Übrig blieb nur eine leicht aufgewühlte Wasserfläche, die ein wenig plätscherte. Ich sah Olav verwirrt an.

Er umschlang fest meine Hand und versteifte sich.

„Was ist?“, fragte ich ängstlich.

„Das Tor hat sich geschlossen“, raunte er.

„Warum?“

„Jemand Unberechtigtes muss hier sein."

Er hob den Kopf und sah aus wie ein Tier, das etwas witterte. Seine Nasenlöcher blähten sich auf, und mir kam es sogar vor, als wenn seine Ohren länger und spitzer wurden.

„Olav?", fragte ich leise.

„Pst", murmelte er und hob einen Finger an die Lippen. „Da ist jemand."

Kaum hatte er es gesagt, knackste es im Unterholz, und ein Mann trat auf uns zu. Erschrocken wich ich einen Schritt zurück.

„Guten Tag", sagte der Fremde auf Englisch. „Ich will euch nicht erschrecken, Kinder."

Er war groß, die Haare waren dunkel und glatt gekämmt, und er trug einen dunklen Mantel, der ihn irgendwie bedrohlich wirken ließ. Darunter lugte ein Pullunder hervor. Beschwichtigend hob der Mann die Hände. „Habt keine Angst vor mir."

Leicht gesagt, dachte ich zweifelnd.

„Was wollen Sie?", fragte Olav feindselig und stellte sich schützend vor mich.

„Euch näher kennenlernen."

Meine Eltern hatten mir beigebracht, dass man Fremden nicht trauen sollte. Auf jeden Fall keinem fremden Erwachsenen. Instinktiv wich ich einen weiteren Schritt zurück.

„Wie meinen Sie das? Sie sind ein erwachsener Mann. Warum sollten Sie uns näher kennenlernen wollen?" Olav hielt stand.

Der Mann lächelte freundlich, was ihm ein wenig die Bedrohlichkeit nahm. Sein Lächeln war einnehmend. Aus dunklen, hinter einer dicken Hornbrille verborgenen Augen sah er uns vertrauenserweckend an und bemühte sich offensichtlich, etwas Positives auszustrahlen. Doch all das konnte ein Trick sein.

„Ich würde gern mehr über euer Volk erfahren."

„Die Isländer?", fragte Olav provokant.

Der Mann hob den Kopf und reckte das Kinn. „Du weißt genau, was ich meine."

Olav zuckte die Schultern. „Tut mir leid, das weiß ich nicht. Wenn Sie nach Reykjavík gehen, gibt's sicherlich viele Leute, die Ihnen etwas über die Historie und das Volk Islands erzählen können. Ich wüsste nicht, weshalb zwei Kinder wie wir Ihnen dabei helfen sollten."

Der Mann schmunzelte. „Weil ihr keine Kinder seid. Kein Kind würde solche Worte wie du in den Mund nehmen. Sich so gewählt ausdrücken."

„Meine Eltern haben mich gut erzogen", erwiderte Olav, ohne mit der Wimper zu zucken.

„Wie alt seid ihr?"

„Zwölf, wenn Sie's genau wissen wollen." Olav tat gleichgültig.

Der Mann grinste breiter und warf mir einen Blick zu.

„Nun, eine Dame fragt man nicht nach dem Alter, ich weiß."

Sein Englisch klang britisch, doch ich konnte den Dialekt nicht zuordnen. Dafür hatte ich bisher zu wenig Kontakt nach Großbritannien gehabt. Einerseits war der Mann mir langsam sympathisch, gleichzeitig warnte mich eine innere Stimme, ihm zu antworten.

„Was ist mit dir, Mädchen? Bist du auch eine von ihnen?"

Ich zögerte.

„Sprechen Sie sie nicht an", herrschte Olav, bevor ich mich entscheiden konnte, zu antworten.

„Du bist ein Menschenkind", stellte der Mann fasziniert fest. „Ein Menschenkind, das vom Verborgenen Volk erfahren hat. Ey, ey, ey. Wenn das nicht interessant ist …"

„Was wollen Sie?" Olav verschränkte die Arme vor der Brust.

„Mehr über euch herausfinden", erklärte der Mann euphorisch und trat näher.

Wie er mich so ansah, strahlte er etwas aus, das mich faszinierte. Er war groß und schlaksig und sein Blick so … allwissend.

Wild gestikulierte er mit den Händen. „Ich will euch verstehen, euch kennenlernen, euch spüren! Ich will eure Geheimnisse erforschen, nachempfinden, was ihr erlebt – euer Verhalten erklären können! Wo kommt ihr her, wer seid ihr?" Er rückte sich die Hornbrille auf der Nase zurecht.

„Was glauben Sie denn, wer wir sind?", fragte Olav.

„Bei dem Mädchen bin ich mir nicht sicher. Doch du, du bist einer vom Verborgenen Volk. Dem *Huldufólk,* wie die Isländer es nennen. Davon bin ich überzeugt."

Olav wiegte den Kopf. „Was machen Sie, wenn ich Nein sage? Und was springt für mich heraus, wenn ich mit Ihnen kooperiere?"

Ich schluckte. Worauf wollte er hinaus? Und was war dieses Verbotene Volk, von dem er sprach?

„Und wieder wählst du diese Worte. Kein Kind würde so reden." Der Mann lächelte und rieb sich das Kinn. „Wenn du ablehnst, mir zu helfen, dann gehe ich, und ihr werdet nie mehr von mir hören." Er zögerte kurz. „Wenn du allerdings zusagst, biete ich dir im Gegenzug zu den Informationen, die du mir geben wirst, deine Freiheit."

„Meine Freiheit?" Olav sah ihn verwirrt an.

Der Mann nickte. Dann warf er mir einen langen Blick zu. „Es gibt etwas, das du nie bekommen wirst, wenn du dem Verborgenen Volk treu bleibst. Aber ich kann dich befreien und es dir ermöglichen."

Ich konnte Olavs Reaktion zuerst nicht deuten, aber etwas Merkwürdiges geschah mit ihm. Er begann, sich seltsam zu krümmen. Es wirkte, als umklammerte er seinen Oberkörper krampfhaft mit den Armen.

„Olav", flüsterte ich. Was war nur los?

Er schaute mich an, aber ich konnte nichts in seinem Gesicht lesen. Einige Sekunden verstrichen, in denen er mich durchdringend anblickte. Wollte er mir etwas sagen? Ich überlegte fieberhaft, was er mir vielleicht mitzuteilen versuchte. Eine Art Code, den der Mann nicht verstehen würde? Doch ich konnte mir keinen Reim darauf machen. Plötzlich kam Olaf auf mich zu, nahm meine Hand und drückte sie fest. Ein Kribbeln breitete sich in mir aus. Dann ließ er mich wieder los und schaute den Mann an.

„Es tut mir leid. Ich kann nicht. Bitte gehen Sie."

Der Fremde zuckte mit den Schultern. Er schien enttäuscht.

„Da kann man wohl nichts machen. Aber solltest du jemals deine Meinung ändern, dann wirst du mich finden." Damit wandte er sich ab und ging.

Entgeistert starrte ich Olav an. „Was ist das Verbotene Volk? Wovon redet der Mann?"

„Verborgen, nicht verboten. Eines Tages werde ich es dir erklären."

Ich erinnerte mich an die Legende, von der mir der Mann im Flugzeug erzählt hatte. Doch Olav sagte:

„So, die Tore sind wieder offen. Möchtest du mitkommen?"

Ich zögerte. Langsam wurde mir unbehaglich zumute. Was sich anfangs wie ein Abenteuer angefühlt hatte, wurde inzwischen immer seltsamer und beängstigender. Ein verborgenes Volk? Das konnte doch nicht wahr sein! Quellgeister? Wichtel?

Waren die Märchen etwa alle wahr?

„Was ist?“, unterbrach Olav meinen Gedankenstrudel. Er grinste schief und entblößte seine krummen Zähne.

„Jetzt denk mal nicht so viel“, fuhr er fort, als ich ihm nicht antwortete. „Genieß es einfach.“ Er zwinkerte mir zu und reichte mir die Hand.

Ich nickte stumm, er sank zuerst in die kleine Öffnung, und schon ließ ich mich von ihm in das warme Nass ziehen.

Es fühlte sich an, als wären wir mitten in einem Wirbelsturm. Ich wurde umhergeworfen und ständig gegen etwas Hartes geschleudert, bis ich auf einmal unsanft auf dem Hinterteil landete.

Ich sah mich um. Ein matter Schein aus einer Ecke des Raumes erhellte ein wenig die Umgebung.

„Olav?“, rief ich. Das angenehme Gefühl war verschwunden. Meine Lippen waren trocken, ich zitterte.

„Hier.“ Es hörte sich an, als wäre er einige Meter entfernt.

„Wo bist du?“, rief ich panisch. Da, tapsige Schritte in der unheimlichen Stille. Die Gesänge aus der Quelle waren verstummt. Plötzlich spürte ich eine Hand auf meiner Schulter. Erschrocken schrie ich auf.

„Pst, keine Angst“, murmelte er.

„Wo sind wir hier?“

Er antwortete nicht, sondern bewegte etwas auf dem Boden.

Ein buntes Lichtermeer ging an. Ein kleines Rentier, gerade einmal handtellergroß, schillerte in allen Farben und beleuchtete den kompletten Raum.

„Darf ich vorstellen: Sindri."

Ich starrte auf den glitzernden Gegenstand in seiner Hand.

„Ich dachte, du meinst echte Rentiere", sagte ich enttäuscht, besah mir aber dennoch fasziniert das leuchtende Spielzeug.

„Komm", sagte Olav nur und stand auf.

Ich folgte ihm zum Ende des Raumes, unter dessen Tür ein Licht schimmerte. Olav führte die Nase des Rentiers an ein kleines Loch unterhalb der Klinke, und die Tür sprang auf. Grelles Licht blendete mich, sodass ich die Hände schützend vor die Augen hielt. Vorsichtig blinzelte ich zwischen den Fingern hindurch. Vor uns stand ein lebendiges Rentier, das uns mit tiefbraunen Glubschaugen anschaute. Hinter ihm erstreckte sich ein Tunnel aus Schnee und Eis.

Olav grinste mich schief an. „Darf ich vorstellen: Sindri, in Großformat."

Das Rentier begann, mit seiner flauschigen, weichen Stupsnase an meinen Fingern zu schnuppern. Mein Herz klopfte wie wild, und eine Gänsehaut kroch mir über den Rücken. Ein echtes Rentier! Sein Fell war graubraun, und es hatte sogar dichtes Fell über den Hufen.

„Sindri heißt so viel wie ‚Funken sprühend'." Olav lächelte, trat neben das Tier und kraulte es hinter dem völlig krumm gewachsenen Geweih.

„Das kann er aber nicht, oder? Also, ich meine, Funken sprühen."

Überrascht sah Olav auf. „Was? Nein, natürlich nicht. Wie findest du ihn?"

Ich schluckte. „Ehrlich gesagt, das Geweih ist etwas merkwürdig ...“, murmelte ich.

Olav nickte. „Das ist bei vielen Rentieren so. Die Hörner wachsen jedes Jahr neu. Leider auch nicht immer an den typischen Stellen, wie man es kennt, sondern kreuz und quer, manchmal sogar auf der Stirn. Bei Sindri ist das der Fall. Es beeinträchtigt sogar seine Sicht.“

Ich versuchte, ein mitleidiges Gesicht zu machen. Olav schien die Tatsache, dass sein Rentier ein schiefes Geweih hatte, richtig mitzunehmen.

„Und warum hat er so viel Fell auf den Hörnern?“

„Das ist nur bei frischem Geweih der Fall.“

Übermütig stupste das Rentier abwechselnd Olav und mich an.

Olav lachte und packte das Tier an den Hörnern. „Jetzt ist aber gut, Kleiner. Du machst unserer Besucherin ja Angst.“ Dann flüsterte er dem Rentier ein paar beruhigende Worte in die graubraunen Ohren. Doch Sindri schien außer Rand und Band, schnaubte und riss immer wieder den Kopf hoch.

Olav sah mich erwartungsvoll an.

„Er … ähm … ist toll“, sagte ich stockend.

„Weißt du was? Ich zeig dir nachher mal die anderen. Muni, Plómur und Lifa sind etwas gelassener. Sindri ist ziemlich übermütig. Deshalb mag ich ihn aber auch so gern, mit ihm wird mir nie langweilig.“

Olav schob Sindri beherzt zur Seite, und das Rentier gab seltsame Geräusche von sich, bevor es uns widerwillig vorbeiließ.

„Und darf ich vorstellen: Das hier ist mein Papa.“

Ein großer Mann stand plötzlich vor uns und tätschelte dem Rentier den Rücken. Ich erstarrte. Es war der Herr aus dem Flugzeug!

„Hallo, Amy“, sagte er freundlich. „Hast du Lust, unseren kleinen Gletscher zu betreten?“

Er zwinkerte mir zu. „Keine Angst. Hier ist es nicht allzu kalt. Olavs Mutter wird dir einen Blaubeerpunsch zubereiten.“

Da erschien eine Frau und streckte mir einen dampfenden Becher entgegen. Ich konnte den Blick kaum abwenden. Sie hatte langes rotbraunes Haar, trug ein weißes, schimmerndes Kleid, und ihre Augen leuchteten in einem warmen Braun.

„Was ist, May?“, fragte Olav und trat breit grinsend an mir vorbei in den Tunnel.

Vorsichtig setzte ich einen Fuß vor den anderen und betrat den eisigen Untergrund.

„Ist das wirklich ein Gletscher?“ Ich rieb leicht mit der Fußspitze über den Boden. Es war nicht glatt, auch wenn es so wirkte. Alles glänzte und funkelte in einem hellen Blau. *Eine Höhle aus Eis.* Nur wenn man die Schicht des Untergrunds etwas abtrug, konnte man erkennen, dass sich darunter lavasteinartiges Geröll befand. Ich fröstelte und war dankbar für die Mütze und die Handschuhe, die meine Mutter mir aufgezwungen hatte.

„Hier, Mädchen, trink.“

Olavs Mutter reichte mir einen Becher mit dampfender Flüssigkeit. Ich schnupperte neugierig daran, es roch nach Beeren und etwas anderem. Kaminrauch? Ich probierte, und es schmeckte herrlich. Sofort begann sich Wärme im Körper auszubreiten. Meine Finger tauten auf, ein wohliges Gefühl entfaltete sich im Bauch und verteilte sich in jeder Zelle meines Körpers.

„Hunger hast du sicherlich auch? Du siehst so mitgenommen aus!“

„Danke“, murmelte ich verlegen.

Ehe ich mich versah, war ich in eine dicke Decke gehüllt und saß auf einem kleinen Holzstumpf. In der einen Hand hielt ich den Becher, der sofort mit der dampfenden Flüssigkeit nachgefüllt worden war, und in der anderen ein Stück warmes Brot mit dunkler Kruste, in das ich gierig hineinbiss. Mein Magen gluckerte, ich hatte ja nicht einmal gefrühstückt heute Morgen. Wie lange ich wohl schon auf den Beinen war? In all den Stunden hatte ich jegliches Zeitgefühl verloren. Ich musste bald nach Hause, meine Eltern machten sich gewiss längst ernsthaft Sorgen.

Nachdem ich meinen Punsch getrunken und das Brot gegessen hatte, kam Olav auf mich zu.

„Sieh mal, das ist mein bester Freund. Sag Hallo zu May, Fenris.“

Ich schrie erschrocken auf. Neben mir stand ein schafsgroßer Hund – oder war es ein schwarzer Wolf? Das Untier beugte den Kopf zu mir und schnupperte an meinem dicken Winterpulli. Offensichtlich interessierten ihn die Brotkrümel mehr, er schnappte gierig danach.

„Hey, hey, Fenris. Nicht so hastig!“, rief Olav lachend.

Ich holte tief Luft. „Fenris wie … dieser Fenriswolf aus den nordischen Geschichten?“

Als Daddy nach Island ging, hatten Mom und ich das Ritual entwickelt, uns abwechselnd jeden Abend Märchen und Legenden aus der nordischen Mythologie vorzulesen.

„Du bist ganz schön schlau, May“, sagte Olav und entblößte seine Zähne.

„Keine Sorge. Er ist harmlos. Ein Tollpatsch. Er ist mein bester Freund. Mit Sindri zusammen“, fügte er hastig hinzu.

Der Schafshund jaulte vergnügt und ließ sich schwerfällig auf den Rücken sinken. Offenbar erwartete er, dass ich ihn kraulte. Olav übernahm es und kitzelte ihn. Das Tier heulte unentwegt freudig auf und rollte sich hin und her. Auf einmal ertönte ein lautes Zischen. Fenris winselte, sprang auf und versteckte sich hinter Olav. Soweit das möglich war, denn er war fast genauso groß und zweimal so breit.

„Ganz ruhig“, murmelte Olav liebevoll. „Das ist bestimmt nur die böse Jóla.“

Ich senkte schüchtern den Blick. Irgendwie verstand ich das alles nicht. An etwas zu glauben war eine Sache, es mit eigenen Augen zu sehen eine ganz andere.

„Olav?“

Sein Vater kam zu uns, und sie unterhielten sich auf Isländisch. Es klang streng. In diesem Tonfall wies meine Mutter mich immer zurecht. Ich tat, als würde ich die Eishöhle betrachten, die mehrere Meter hoch war und bläulich schimmerte. Schmelzwasser tropfte hinab. Unwillkürlich fragte ich mich, ob es hier überhaupt sicher war. Aber ich vertraute Olav. Ein Kribbeln in meinem Bauch sagte mir, dass er mich nie in Gefahr bringen würde.

In einer Ecke standen geduldig und bewegungslos sechs Rentiere, die hin und wieder an etwas knabberten, das aussah wie Heu. Ein offenbar noch junges Tier stand nah bei seiner Mutter und beäugte mich mit wachsamem Blick, einer Mischung aus Neugier und Angst. Es hatte glänzende schwarze Hufe und dichtes, fast komplett weißes Fell, nur auf dem Rücken einen hellen braunen Streifen. Gegenüber standen mehrere kleine Holzschemel, auf einem saß Olavs Mutter, die mit ein paar Utensilien zum Backen und zum Aufbrühen von Tee hantierte. Daneben loderte ein kleines Lagerfeuer. Ich fragte mich, ob Olavs Familie hier drinnen lebte, aber ich sah keine Schlafplätze oder Ähnliches. Nur ein paar Decken lagen aufeinandergestapelt auf einem Haufen. Sie waren, wie die meine, offenbar aus Rentierfell gefertigt. Am Ende der Höhle wurde das Licht schummriger. Es kam mir vor, als ob weiter hinten ein enger Gang begann, der um eine Ecke führte. Was war das für ein Gang? Die Tür hinter mir, durch die wir gekommen waren, schien direkt ins Eis gemeißelt.

„Das hier ist ein Zufluchtsort, bei dem wir uns bei schlechtem Wetter verstecken können“, sagte Olavs Mutter, ohne aufzublicken.

Ich zuckte zusammen. Konnte sie etwa Gedanken lesen?

„Ist denn schlechtes Wetter?“, fragte ich etwas dümmlich.

Sie lächelte mit zusammengepressten Lippen. Sie faszinierte mich, ihre Aura war unglaublich anziehend. Durch die Lachfältchen wirkte ihre Haut etwas uneben, aber ihre Stirn war entspannt, nicht wie bei meiner Mom, die ständig eine Sorgen- oder Zornesfalte hatte. Mit schlechtem Gewissen stellte ich fest, dass sie so viel schöner war als meine Mutter.

„Dann lebt ihr also nicht hier unten?“, fragte ich.

Sie schüttelte den Kopf.

„Wo führt der Gang hin?“, bohrte ich neugierig weiter.

Sie blieb mir eine Antwort schuldig.

Olav hatte die Unterhaltung mit seinem Vater beendet und kam zu mir zurück. Er berührte leicht meine Schulter, woraufhin mir ein angenehmer Schauer den Rücken hinunterrieselte.

„Siehst du das kleine Rentier? Das ist Lyra, unsere Jüngste. Lifas Tochter. Sie hat immer einen wachsamen Blick, ihr entgeht nichts.“ Er lachte.

„Die ist mir auch schon aufgefallen“, gab ich zu.

„Mamma …“ Olav begann, mit seiner Mutter auf Isländisch zu sprechen. Die Worte, die sie zurückgab, klangen streng, fast belehrend. Trotzdem lächelte sie unentwegt und presste ab und zu die Lippen aufeinander. Plötzlich sah er mich freudestrahlend an. „May, hast du Lust auf eine Schlittenfahrt mit den Rentieren?“

Wir verließen die Gletscherhöhle wieder durch die Tür, durch die wir gekommen waren. Doch diesmal führte uns der Weg nicht durch die heißen Quellen. Stattdessen öffnete Olav erneut mit dem rentierförmigen Schlüssel eine separate Tür, die mir vorher gar nicht aufgefallen war. Wir gingen abwärts durch einen langen dunklen Gang, bis wir auf einmal in einer Art Kellerraum standen.

„Wir können von hier aus direkt nach draußen.“

Olav hatte mit der Hilfe seines Vaters zwei Rentiere eingespannt, die er mir als Plómur und Muni vorstellte. Nachdem ich etwas umständlich auf den Schlitten geklettert war, was mir sehr peinlich gewesen war, da Olav flink wie ein Wiesel hinaufsprang, schnalzte er mit der Zunge, was die beiden Rentiere in gemütlichem Gang lostrappeln ließ. Sindri hatte aufgrund seines krumm gewachsenen Geweihs eine so schlechte Sicht, dass er nicht eingesetzt werden konnte. Außerdem waren Plómur und Muni freundlichen Gemüts, nicht so übermütig und unberechenbar wie Sindri. Muni hatte dunkelbraunes Fell mit grauen Schattierungen und weiße Fesseln, das restliche Beinfell war in einem dunklen Braun gefärbt. Sein Gesicht war von einer weißen Blesse durchzogen, er besaß nur einen Geweihzweig. Tatsächlich war Muni viel sanfter und braver als Sindri, der selbst in der überschaubaren Gletscherhöhle ständig übermütig Bocksprünge gemacht hatte. Vielleicht hatte ihm ja aber nur der Auslauf gefehlt?

Plómurs Fellfarbe war graubraun, und bis auf eine weiße Schnauze war auch sein restliches Gesicht braun. Ebenso seine Fesseln, nur eine war weiß. Er schien sehr gemütlich, recht träge. Im Schlepptau hatten wir außerdem Lifa, ein weißes Rentier, definitiv das Schmuckstück unter allen Rentieren. Bis auf ein paar graue Flecken war ihr Fell von reinstem Weiß, sodass ich mich am liebsten an sie herangekuschelt hätte. Olav hatte mir erklärt, dass Lifa fast ein Albino sei. Ihre Vorderfüße und ihre Schnauze waren rosa, doch ihre Hinterläufe schwarz, weshalb sie nur *fast* ein Albino war.

„Weiße Rentiere werden von uns als heilig angesehen, deshalb essen wir ihr Fleisch auch nicht", hatte Olav erklärt. „Sie sind etwas Besonderes. In der freien Wildbahn können sie kaum überleben, da sie so schlecht hören und sehen. Ich nehme Lifa aber gern mit hinaus, damit sie etwas in Bewegung kommt. Sie ist sehr klug und mutig und versucht immer, alle zu beschützen. Außerdem bekommt sie bald Nachwuchs. Der Vater des Jungen ist Sindri", berichtete Olav mit stolz geschwellter Brust.

Ich kicherte.

„Lifa hat bereits ein Junges bekommen. Lyra. Die hast du ja in der Gletscherhöhle gesehen. Sie ist inzwischen aber alt genug, allein zu bleiben. Etwa anderthalb Jahre folgen die Jungen ihrer Mutter." Er bremste den Schlitten ab. „Siehst du, dort hinten?" Er deutete auf eine kleine Baumgruppe, die inmitten der Schneewüste bewies, dass Leben oft auch unter den schwierigsten Bedingungen möglich war.

„Siehst du die drei großen Steine vor den Bäumen? Wir nennen sie *Die wilden Trolle.* Dahinter hat Lifa ihr erstes Junges bekommen. Die Rentierdamen bringen ihre Kleinen immer an derselben Stelle zur Welt. Das heißt, wir gehen davon aus, dass sie sich wieder diesen Ort zum Gebären aussucht."

Ich hörte gespannt zu.

„Dann legt Lifa ihr Geweih dort ab, sie wird es mit Moos und Mulch-Gekröse bedecken, und nach mehreren Jahren wird es geleeartig sein und wieder von ihr gefressen werden."

Ich rümpfte die Nase. „Igitt", murmelte ich und warf dem weißen Rentier einen kurzen Blick zu.

Olav lachte laut auf. „Es ist reich an Natrium und Calcium."

Ich giggelte immer noch. „Pfui!"

Wir saßen im Rentierschlitten, und ich hatte eine dicke Felldecke umgelegt bekommen. Die Gletscherhöhle hatten wir inzwischen weit hinter uns gelassen und glitten fast geräuschlos durch die klare Polarnacht. Nur das Trappeln der Hufe war zu hören, und ab und zu knirschte der Schnee, über den die Schlittenkufen glitten. Ich beäugte meine Decke. „Dann … esst ihr also eure Rentiere?", fragte ich schüchtern.

Olav schnalzte mit der Zunge, aber Muni und Plómur machten keine Anstalten, schneller zu laufen. Gemütlich trotteten sie durch den Schnee. „Das wirklich Nahrhafte sind die Innereien. Das Steak ist für die Hunde, nicht wahr, Fenris?"

Olav streckte sich und streichelte seinen Schafshund, der natürlich auch mitgekommen war und sich neben uns in den Schlitten gedrückt hatte, sodass es ziemlich eng war.

Skeptisch beäugte ich das große Tier.

Olav seufzte. „Ja, May, wir essen sie. Aber nicht alle. Wie gesagt, die weißen sind heilig. Und die Weibchen, die essen wir auch nicht."

Ich schluckte.

„Aber wir nutzen auch alles. Wir werfen die Reste nicht in eine große Mülltonne, sondern verwenden die Knochen als Werkzeuge, das Fell als Decken. Aus dem getrockneten Geweih stellen wir Pulver her."

„Zum Essen?"

Er grinste schelmisch. „Es wirkt als Aphrodisiakum."

„Als was?", fragte ich verwirrt.

Olav lachte laut auf, sodass Muni und Plómur zusammenzuckten und kurzzeitig schneller wurden.

„Es wirkt betörend. Man kann andere dazu bringen, dass sie sich in einen verlieben." Er entblößte seine krummen Zähne.

Ich spürte die Hitze in meine Wangen steigen. Beschämt sah ich mir die Umgebung an. Inzwischen war tiefschwarze Dunkelheit übers Land gezogen, der Schnee hatte sich unregelmäßig über die einsame Geröllwüste gelegt, Lavaüberreste der letzten Vulkanausbrüche. Am Horizont war die Silhouette einer Bergkette zu erkennen, hin und wieder stiegen Dampfschwaden auf. Ich zitterte. Es war unheimlich, und gleichzeitig doch so schön.

„Ich frage mich, was dieser Mann an den heißen Quellen wollte", wechselte Olav das Thema.

Neugierig beäugte ich ihn. Sein Blick war konzentriert auf den Rücken der Rentiere gerichtet, ab und zu schielte er nach hinten, um zu schauen, dass mit Lifa alles in Ordnung war. Eine Leine verband sie mit dem Schlitten, und sie trottete gemütlich hinter uns her. Ihr Fell wirkte im Kontrast zum reinen, weißen Schnee fast schmutzig. Fenris gab merkwürdige Geräusche von sich und legte die Schnauze auf meinen Schoß. Ich wusste, dass Olav es mit der Schlittenfahrt gut gemeint hatte, doch Spaß war etwas anderes. Mir war mittlerweile ganz schön unbehaglich zumute. „Glaubst du, er wollte eure … ähm … geheimnisvolle Welt aufdecken?“

Olav nickte. „Ja.“

„Erzähl mir mehr von … euch“, forderte ich ihn auf.

Fenris jaulte laut auf und zog den Nacken ein. „Was ist?“, rief ich erschrocken. Auch die trägen Rentiere stoben mit einem Satz zur Seite und der Schlitten bekam kurz Schlagseite. Dann sah ich es.

Von der linken Seite näherte sich ein Tier. Ich konnte nur die Silhouette ausmachen, die der von Fenris sehr ähnelte.

Groß, schwarz, Unmengen an Fell.

„Ach, verdammt!“ Olav presste die Lippen aufeinander. „Das ist Jóla. Das Drecksvieh. Fenris hasst sie. Ich übrigens auch. Wenn man die beiden zusammenlässt, zerfleischen sie sich.“

Nun, da er den Schlitten angehalten hatte, schaute ich genauer hin und erkannte, dass es sich um eine unnatürlich große Katze handelte. Sie hatte riesige Tatzen, ihr Fell glänzte im Mondlicht. Sie musterte uns aus schlitzartigen Augen. Ihr Gesicht war zu einer hässlichen Fratze verzerrt, und es sah aus, als hätte sie ein fieses Dauergrinsen aufgesetzt. Ein Ohr war nach oben gestellt, das andere nach unten geklappt.

„Siehst du den Riss an dem einen Ohr? Das war Fenris.“

Der Schafshund winselte wie zur Bestätigung.

„Hau ab, Jóla“, knurrte Olav und schnalzte den Rentieren zu.

Diesmal beschleunigten sie ohne Umschweife. Ich drehte mich um und sah, dass Jóla uns dicht auf den Fersen war.

„Keine Sorge, sie kann uns nichts anhaben. Zugegeben, sie sieht etwas gruselig aus, aber eigentlich ist sie ziemlich feige. Solange Fenris bei uns ist, traut sie sich sowieso nicht ran.“

Ich versuchte, ihm zu glauben, aber schaute mich immer wieder ängstlich um.

„Also, du wolltest mehr über uns erfahren.“ Er begann zu erzählen.

Ich vergaß alles um mich herum und lauschte den Geschichten über die Wesen, die versteckt vor den Menschen im verborgenen Island lebten und mit der Natur im Einklang waren. Manche von ihnen hatten sogar magische Kräfte, die Wunden heilen ließen, erzählte er mir. Sämtliche Wesen aus den Geschichten gebe es wirklich – und noch viele mehr: Feen, Trolle, Kobolde …Oh, es war so faszinierend, dass ich sofort alles aufschreiben wollte, doch ich musste ihm das Versprechen abnehmen, niemals jemandem davon zu erzählen. Sollte je ein Mensch erfahren, wie man ohne Probleme zum Verborgenen Volk gelangte, wären sie in größter Gefahr.

„Aber dieser Mann hat uns ganz von allein gefunden“, wandte ich ein.

Olav nickte. „Das ist das Problem. Ich glaub, er hat es irgendwie rausbekommen. Es passiert immer wieder, dass Menschen wie er auf uns stoßen. Meist schaffen wir es, sie abzuwimmeln.“

„Olav –“, krächzte ich. „Ich bin auch so ein Mensch wie er!“

Er gluckste. „Na ja. Vater hat dir im Flugzeug ja schon so manches erzählt. Ich glaube, er war es satt, dass ich immerzu alleine war und niemanden außer Sindri und Fenris hatte. Ich glaube, Vater hat dich zu mir geführt. Mutter scheint das nicht allzu recht zu sein, aber sie hat eigentlich immer das Sagen. Somit ist es gut, wenn auch Vater sich mal durchsetzt. Deshalb geht das in Ordnung. Du darfst eben niemandem davon erzählen.“

„Ich versprech's.“

„Wir haben gewartet. Ihr hättet schon vor Ewigkeiten zurückkommen sollen“, maßregelte uns Olavs Mutter.

Ich errötete und senkte den Blick. Das war meine Schuld! Ich hatte Olav gebeten, noch eine größere Runde zu fahren, als er eigentlich schon umdrehen wollte. Nach meinem anfänglichen Unbehagen hatte ich die geheimnisvolle Stille und Weite genossen. Außerdem hatte ich immer wieder hoffnungsvoll gen Himmel gesehen, doch die Lichter waren ausgeblieben. Gefühlt waren wir aber doch höchstens eine Stunde unterwegs gewesen! War die Zeit wirklich so schnell vergangen? Nervös nestelte ich an meinem Zopf. „Das tut mir leid“, sagte ich und nahm all meinen Mut zusammen. „Aber ich … sollte langsam auch nach Hause. Meine Eltern machen sich sicher genauso viele Sorgen.“ Ich sprang von dem Holzschemel und knetete mir nervös die Hände. „Vielen Dank fürs Essen und die Getränke. Ihr seid wirklich sehr nett. Aber ich muss zu meinen Eltern.“ Ich habe nur keine Ahnung, wie, fügte ich in Gedanken hinzu. Oh bitte, bietet mir an, mich nach Hause zu bringen, flehte ich innerlich.

Ein Winseln ertönte. Neben mir erschien Fenris und sah mich mit großen dunklen Augen an. Ich schluckte. Das Tier war mir immer noch nicht ganz geheuer. Zögerlich streckte ich die Hand nach ihm aus und streichelte seine Nase. Sein Winseln wurde lauter, und er schloss genüsslich die Augen.

Olavs Mutter kam auf mich zu. „Armes Kind“, sagte sie mitleidig.

Schnell zog ich die Hand wieder weg.

„Nun. Wir können dich nicht einfach allein nach Hause schicken.“

Hinter ihr erschien wie aus dem Nichts Jóla. Sie setzte sich kerzengrade auf ihre Hinterläufe und entblößte die langen Fangzähne. Olavs Mutter wandte sich ihr zu, kraulte sie hinter den Ohren, und das Tier begann zu schnurren. Ich nickte heftig, und Fenris zuckte erschrocken zurück. Sie würden mich heimbringen, dachte ich erfreut. Vielleicht sogar auf einem Rentierschlitten? Doch Olavs Mutter schüttelte den Kopf.

„Kind, Liebes, ich fürchte, du verstehst nicht recht. Wir können dich nicht heimschicken, weil du deinen Eltern dann von uns erzählen wirst."

Ich erstarrte. Wie meinte sie das? „Sie würden mir niemals glauben!"

Sie seufzte. „Deine Mutter nicht, nein. Aber Johann hat euch gestern beobachtet. Dein Vater scheint eine gewisse Offenheit für unsere Existenz zu haben. Wir können es nicht riskieren, dass er nach uns sucht."

„Was, nein!", rief ich. „Ich weiß nicht mal richtig, wer ihr seid! Von was soll ich denn erzählen?"

„Du weißt von Quellgeistern, von ihren Verstecken unter den heißen Quellen. Außerdem kennst du nun auch den Eingang zum finsteren Zauberwald – dem *Myrkur skógur*."

Nun kam auch Olavs Vater näher.

„Was? *Sie* haben mir doch die Geschichten im Flugzeug erzählt!" Ich wusste, dass mein Tonfall unverschämt war, aber meine Angst, nicht mehr nach Hause zu kommen, war stärker.

Er senkte den Blick und schielte zu seiner Frau hinüber. Sie sah ihn tadelnd an.

Was war das? Standen die beiden auf zwei unterschiedlichen Seiten?

„Du weißt um die Bedeutung der Nordlichter, du kennst den Eingang zu unserer Welt, und du hast sie bereits betreten.

Es gibt kein Zurück“, sagte sie nun, und ihr Ton duldete keine Widerrede.

Jóla gähnte kräftig und schlich einmal um die Beine von Olavs Mutter. Dann verschwand sie in den Gang, von dem ich nicht wusste, wohin er führte.

„Nein!“, schluchzte ich leise, und Tränen rannen meine Wangen hinab. „Ich wollte doch nur mit Olav spielen. Er sollte mein Freund werden …“ Plötzlich spürte ich eine kleine Hand auf meiner Schulter. Olav. Tröstend legte er einen Arm um mich.

„Ich pass auf dich auf“, flüsterte er und drückte mich fest.

„Nein! Ich kann nicht hierbleiben!“, rief ich und riss mich los.

Der geheimnisvolle Gang, dessen Zweck niemand näher erklärt hatte, faszinierte mich schon die ganze Zeit. Ich wusste, dass es falsch sein würde, ihm zu folgen. Und dennoch konnte ich nicht anders. Mein Bewusstsein war beinahe ausgeschaltet. Wohin führte der Gang wohl? Ich musste fort von diesen Unmenschen! Es schien meine einzige Fluchtmöglichkeit zu sein. Die Tür hätte ich niemals aufbekommen, und ansonsten war mir kein Ausgang aus der Gletscherhöhle aufgefallen. Ich rannte los.

Wenig später sah ich mich um. Niemand folgte mir. Wussten sie, dass der Tunnel in einer Sackgasse enden würde, und folgten mir deshalb nicht? Ich schlitterte über den Boden und versuchte, nicht zu fallen. Nach einer Weile bemerkte ich, dass der Untergrund nicht mehr so eisig war, sondern sandiger wurde. Hin und wieder entdeckte ich grünes Quellmoos. Wo war der ganze Schnee hin? Der Eistunnel machte eine Biegung und endete dann abrupt. Eine dunkle Öffnung erstreckte sich vor mir, hinter der schemenhaft Bäume auszumachen waren. Ich erinnerte mich, dass Vater mir erzählt hatte, Islands Bäume wären nicht besonders hoch. Ich konnte mich allerdings nicht mehr an den Grund dafür erinnern. Doch das hier – das war ein richtiger Wald, wie ich ihn vor zwei Jahren im *Catskill Park* gesehen hatte, wohin ich mit der Schulklasse einen Ausflug gemacht hatte. Dicht aneinandergereiht, ragten die Bäume weit in den Himmel hinauf. Dunkelheit und Nebel erschwerten die Sicht. Verzweifelt schluchzte ich auf. Was hatte ich mir nur gedacht, mit diesem fremden Jungen fortzugehen und nicht einmal meinen Eltern davon zu erzählen? Jetzt würde ich für immer verloren sein!

Wimmernd lehnte ich mich an einen Baumstamm und sah mich um. Ich konnte nicht mal mehr den Eistunnel erkennen, durch welchen ich geflohen war und der zur Gletscherhöhle zurückführte. Um mich herum waren nur die finsteren Bäume. Kein Rauschen oder Blätterrascheln. Ich lauschte. Ein Klopfen war zu hören. Kam es näher? Hastig sah ich mich um, doch der graue Nebel ließ mich nur die nächsten Bäume erahnen. Wurde er dichter? Wieder dieses Klopfen. Ich schloss die Augen und legte eine Hand flach auf meine Brust. Merkwürdig, das Klopfen schlug im gleichen Rhythmus wie mein Herz. Laut atmete ich aus. Es war so still ... *Du Angsthase!* Ich nahm all meinen Mut zusammen und drückte mich schwungvoll vom Baumstamm weg. Irgendwann war jeder Wald zu Ende, man musste einfach nur lange genug geradeaus gehen. Immer tiefer hinein in die Nebelschwaden ging es. Wurden die Bäume dichter und höher? Ein Knacksen, ich blieb abrupt stehen. Hatte ich mir das nur eingebildet? Ich horchte noch einen Moment, dann setzte ich meinen Weg fort, ganz behutsam, einen Schritt nach dem anderen. So konzentriert, konnte ich das kalte Gefühl im Nacken verdrängen. Irgendetwas lebte in diesem Wald ... Ich war in eine heiße Quelle gefallen, hatte einen Fenriswolf kennengelernt und war Menschen begegnet, die sich als „Verborgenes Volk“ bezeichneten. Oh ja, ich war davon überzeugt, dass dieser Wald etwas beherbergte, was ich bisher nur aus Märchenbüchern kannte.

Unter meinen Füßen knirschte es auf einmal wieder, ich musste über gefrorenen Boden laufen, ab und zu schlitterte ich. War ich doch wieder in Richtung der Gletscherhöhle unterwegs? Erschrocken kreischte ich auf, als mein rechter Fuß wegknickte. Wie ein nasser Sack fiel ich zu Boden, Wut und Erschöpfung brachen über mich herein wie eine Welle.

Weinend starrte ich auf die Schürfwunden an den Händen. Nach einer Weile raffte ich mich schluchzend wieder auf.

„Hey. Ich hab doch gesagt, ich pass auf dich auf!“, sagte eine Stimme.

Erschrocken sah ich mich um. Hinter mir stand Olav.

„Nein! Ihr wollt mich hier gefangen halten!“, brüllte ich wütend und funkelte ihn an.

Wie zwei Raubkatzen standen wir uns gegenüber. Sekunden verstrichen, und keiner sagte etwas. Schließlich gab ich auf. „Kennst du dich hier aus?“, flüsterte ich.

Olav schüttelte den Kopf. „Meine Eltern haben mir eigentlich verboten, herzukommen. Es ist zu gefährlich.“

„Warum?“, fragte ich stur. Erneut kroch Panik in mir hoch.

Wie dumm von mir, einfach im dunklen Dickicht umherzustreifen!

Olav zuckte die Schultern und kam ein paar Schritte auf mich zu. Als ich nicht zurückwich, schien er sich etwas zu entspannen.

„*Myrkur Galdur Skógur.* So nennen wir ihn. *Der finstere Zauberwald.* Meine Eltern hüten ihn – damit nichts hinausgelangt, was nicht raus soll. Aber eben auch keiner rein.“

„Und wieso konnten wir dann einfach hinein?“

„Ich glaube, sie waren unvorsichtig. Sie haben mir vertraut, als ich sagte, dass ich aufpasse. Immerhin soll ich eines Tages der Hüter werden.“

„Wirklich?“ Meine Angst und Unsicherheit wichen langsam der Neugierde. Irgendwie fand ich das alles ziemlich spannend.

„Ja. Ich bin hier geboren worden. Sagte ich doch, dass ich ein besonderer Junge bin. Im Gegensatz zu dir werde ich nie erwachsen sein. Ich werde immer ... so bleiben. Darin liegt die Macht des Zauberwaldes."

„Aber warum? Deine Eltern sind doch auch erwachsen geworden."

Ein Rascheln ließ uns beide aufhorchen.

„Was war das?", flüsterte ich nervös.

„Keine Ahnung", sagte Olav und klang nicht mehr so selbstbewusst wie zuvor.

„Was genau lebt in diesem Wald?", raunte ich, darauf bedacht, mich nicht durch laute Geräusche zu verraten.

„Ich weiß es nicht", murmelte er, es klang beinahe genervt.

„Olav", quietschte ich und kniff ihm in den Arm. „Ich dachte, du kennst dich hier aus, immerhin lebst du hier!"

„Aber doch nicht im Wald!"

Nervös zupfte ich weiter. „Du musst doch wissen, was es hier gibt! Gefährliche Tiere? Etwa auch Eisbären?"

Er schüttelte den Kopf. „Nein, es war mir immer verboten, hier hineinzugehen. Wenn es so weit ist, werd ich erfahren, was sich hinter dem Geheimnis des Waldes verbirgt, sagen meine Eltern. Aber ich denke nicht, dass es hier im Wald Eisbären gibt." Er lächelte mich aufmunternd an.

„Olav, ich hab Angst!"

Er nahm mich fest in den Arm. „Deine Stimme klingt zwar wirklich schön", flüsterte er. „Nur nicht, wenn du kreischst."

Er kicherte, und ich drückte mich fest an ihn. Erneut hörten wir es rascheln.

„Sieh nur", murmelte er und zeigte auf etwas vor uns. Ich konnte nichts erkennen.

„Da! Spuren im Schnee." Er ging zwei Schritte vorwärts.

Wimmernd umklammerte ich seine Hand. Doch dann machte er sich los, bückte sich und fuhr mit den Händen über die Abdrücke.

„Sieht aus wie Mäusespuren."

„Mäusespuren im Schnee", kicherte ich nervös. Vor den Tierchen hatte ich nun wirklich keine Angst. „Das ist doch zum Mäusemelken!"

„Wie?" Verwirrt sah Olav mich an.

Nun bückte ich mich ebenfalls hinunter. „Sagt meine Mutter immer."

„Hab ich ja noch nie gehört", gab er lachend zurück.

Ich zuckte die Schultern. „Anscheinend hat das ein deutscher Soldat immer zu ihr gesagt. Mutter findet es lustig, aber natürlich sollte man das niemandem verraten."

„Was hatte deine Mutter denn mit den deutschen Soldaten zu tun?", fragte Olav überrascht.

Ich grub die Finger in den Schnee und überlegte. „Sie hat mal welche getroffen. Mehr weiß ich darüber nicht."

Olav hakte nicht weiter nach. Zugegeben, ich wusste mehr, als ich sagen wollte. Doch das war eine andere Geschichte.

Die Äste vor uns knarrten.

„Kannst du uns hier wieder rausführen?", schlug ich kleinlaut vor.

Olav schnaubte auf. „Erst beleidigt in den Wald reinlaufen, und nun jammern …"

„Ich fürchte mich!"

„Brauchst du nicht", sagte er. „Ich pass auf dich auf. Versprochen ist versprochen." Er nahm meine Hand und drückte sie fest.

Wir standen beide wie angewurzelt da und starrten auf die dunkelgrauen Nebelschwaden, die sich um die Baumstämme schlängelten. Plötzlich schoss ein bunter Lichtkegel hinter einem Stamm hervor und erhellte die Umgebung.

„Wow", rief ich leise. „Was ist das?"

Eine Silhouette aus Licht, die bei genauerem Hinsehen wie eine Libelle mit transparenten Flügeln aussah, schwirrte um uns herum.

Olav schwieg, mit dem Blick folgte er dem Lichtkegel, der immer wieder zwischen uns hin- und herschoss und mich so grell blendete, dass ich die Augenlider zusammenkniff.

*„Ljós"*, sagte er nur.

„Was?" In seiner Stimme lag keine Angst, deshalb hoffte ich einfach, dass es nichts Bedrohliches war.

„Eine Leuchtgestalt."

„Eine Leuchtgestalt?", wiederholte ich irritiert.

Er nickte heftig. „Das sind kleine Elfen, die im Zauberwald Licht verbreiten und einem den Weg weisen."

Ich spürte Lebenskraft in mir aufsteigen. „Das heißt, sie zeigen uns, wie wir hier rauskommen?"

„Nicht nur das!", piepte die Stimme, und ich fuhr erschrocken zusammen.

„Ich kann euch zu den hellsten Stellen im Wald bringen. Dort gibt es Millionen von uns, und wir leuchten gemeinsam so hell, dass ihr alles rings um euch herum sehen könnt. Glaubt mir – so was Schönes habt ihr noch nie gesehen!"

Ich zögerte und schaute zu Olav, der mich breit grinsend ansah.

„Siehst du! Sie kann uns den Weg weisen!" Begeistert klatschte er in die Hände.

Die Leuchtgestalt begann, auf und ab zu hüpfen, und hinterließ jedes Mal eine tropfenartige Form von goldenen Punkten. Ich musste träumen!

„Wie ist dein Name?“, fragte Olav.

„Gullstjarna“, erwiderte die Leuchtgestalt prompt. „Folgt mir!“

Ich sah Olav fragend an. Doch da er mich begeistert aufforderte, ihm zu folgen, unterdrückte ich mein Misstrauen. Immerhin war er ein Teil dieser skurrilen Welt. Er würde am besten wissen, wem man vertrauen konnte und wem nicht. Euphorie durchströmte mich, als wir beide der tänzelnden Elfe hinterherliefen. Womöglich erlebte ich hier gerade das größte Abenteuer meines Lebens! Olav ergriff meine Hand. Seine war warm, und eine Woge an Glück jagte durch meinen Körper. Er grinste mich an, und endlich lächelte ich zurück. Wie ein junges Fohlen hüpfte ich freudig neben ihm her. Gullstjarna schenkte uns Licht, soweit das Auge reichte, und der düstere Wald erschien plötzlich hell und überhaupt nicht mehr angsteinflößend. Die Bäume trugen bunte Blätter, leuchtende Früchte hingen an ihren Zweigen, und zwischen den einzelnen Lichtungen sah ich immer wieder einen kleinen Bachlauf oder sogar einen Wasserfall. Ab und an bemerkte ich, wie etwas hinter einem Baumstamm hervorlugte, und ich stellte mir vor, welch interessantes Wesen es sein mochte und was wohl noch alles in dem Wald verborgen lag. Wir durchquerten einen sprudelnden Bach und kreischten vor Vergnügen, als unsere Füße dabei nass wurden. Meine Mutter würde schimpfen! Kurz bekam ich ein schlechtes Gewissen, als ich an sie dachte, doch da begann Gullstjarna plötzlich, in allen möglichen bunten Farben zu leuchten, und wie es bei Kindern nun mal so ist, verdrängte ich hastig die Gedanken an meine Eltern.

„Wir sind da“, quietschte unsere Begleiterin vergnügt. Sofort ließ ich mich von der guten Laune anstecken. Der Wald öffnete sich, uns bot sich ein wundervoller Blick auf eine große

Lichtung, die taghell vor uns lag, als ob von oben normales Licht durch die Baumkronen drang.

„Willkommen bei den *Ljós,* den Leuchtgestalten."

„Oh, wow", entfuhr es mir, und Olav tätschelte mir sanft die Schulter.

„Du kannst den Mund wieder zumachen."

„Warst du schon mal hier?", fragte ich ihn.

Er hob die Schultern. „Nein, sagte ich dir doch. Ich kenne die *Ljós* nur aus Erzählungen."

Ich warf den Kopf in den Nacken. „Sie produzieren all das Licht, das wir gerade sehen?"

Gullstjarna antwortete für Olav: „Ja. Das Licht rundherum stammt von uns. Es gibt kein natürliches Sonnenlicht im *Myrkur Skógur*, dem finsteren Zauberwald." Gullstjarna begann jauchzend, kleine Loopings durch die Luft zu fliegen.

„*Líta hér, líta hér*! Ich hab euch jemanden mitgebracht!", rief sie und flog auf die Lichtung zu.

„Ist es das, was sie den ganzen Tag tun? Licht produzieren?", grübelte ich laut. „Warum spenden sie im Winter dann nicht mehr Helligkeit in Island, wo es doch dann immer so dunkel ist?"

Olav runzelte die Stirn. „Auf die Idee bin ich noch nie gekommen. Meine Eltern haben mir erzählt, dass die *Ljós* ein sehr euphorisches Volk sind. Die Lichtwesen haben sich zu oft den Menschen gezeigt, deshalb wurden sie in den *Myrkur Skógur* umgesiedelt, damit sie uns nicht verraten und man uns nicht entdeckt."

„Oha, das klingt aber gemein. Waren sie darüber nicht sauer?", fragte ich neugierig.

„Doch. Das waren sie in der Tat!", rief eine laute, ohrenbetäubende Stimme über uns.

Ich zuckte zusammen und zog instinktiv die Schultern hoch. Über mir konnte ich nur die Baumwipfel erkennen.

„Olav?", flüsterte ich ängstlich. „Wer ist das?"

Etwas Libellenartiges flog dicht vor meinem Gesicht vorbei. Ich wich zurück und prallte mit dem Rücken gegen Olav, der direkt hinter mir gestanden hatte. Er verlor das Gleichgewicht und taumelte auf den Boden. Die Libelle flog auf mein Gesicht zu und verschwand dann in letzter Sekunde. Nun verlor auch ich die Balance und stürzte auf den harten Untergrund, wo ich direkt auf Olav landete.

„Hey", murmelte er und versuchte, mich von sich zu schieben.

Doch ich zitterte vor Angst und war in einer Schockstarre.

„May, geh runter, du bist schwer", ächzte er und drückte heftiger.

„Selber schwer", maulte ich und raffte mich auf. Vor uns schwebte eine männlich aussehende Leuchtgestalt. Sie wirkte größer und kräftiger als Gullstjarna.

„Du bist also der geheimnisvolle Olav", stellte der Libellenmann fest. Seine Stimme klang hell und fast weiblich.

Olav legte mir beschützend den Arm um die Schultern.

„Was soll das denn jetzt?", fuhr ich ihn an.

Er ignorierte mich und sah zu dem Libellenwesen. „Ja, bin ich. Warum geheimnisvoll? Und mit wem habe ich die Ehre?"

„Mein Name ist Háleita. Ich bin der Sprecher der *Ljós.* Deine Eltern haben viel von dir erzählt, als sie uns hierher verbannt haben. Ihnen ging es immer nur um dein Wohl."

„Dann ist es wahr? Sie haben euch hergebracht?"

„Nicht *hergebracht.* Verbannt, sagte ich. Wir hatten keinerlei Mitspracherecht. Es gab keine Verhandlung, wir konnten uns nicht rechtfertigen oder wehren. Sie haben uns mit dem Staub des Schlafes berieselt und uns in kleine Netze gepackt. Als wir aufwachten, waren wir hier. Im finsteren Wald."

Das hörte sich grausam an. Ich schluckte und senkte beschämt den Kopf, als sei ich mitschuldig.

Die Stimmung ringsum schien zu kippen. Gullstjarna war energiegeladen und hatte gute Laune versprüht. Dieser Háleita war mir nicht ganz geheuer, er wirkte trotz seiner geringen Größe bedrohlich – als würde er gleich mit tausend kleinen Leuchtpfeilen auf uns schießen wollen. Eine unglaubliche Unzufriedenheit schien tief in ihm geschlummert zu haben, die nun mit dem Zusammentreffen mit Olav an die Oberfläche brach.

„Schon mal von Irrwichten gehört, ihr lieben Kinderlein?" Fast säuselte er, und dennoch war alle Freundlichkeit aus seiner Stimme verschwunden.

„Irrlichter?", rief ich entsetzt. Natürlich kannte ich die Geschichten! Lichter, die bei den Sümpfen und Mooren am Wegesrand saßen und darauf warteten, dass die Wanderer vom Weg abkamen.

„Nun, ihr seid einem Irrlicht gefolgt. Nicht wahr, Goldstäubchen?"

„Gullstjarna", flötete es.

Mein Magen begann zu rebellieren. Sie hatten uns ausgetrickst! Ratlos sah ich zu Olav, doch der starrte den Libellenmann wütend an. Er sah wild aus, fast wie ein Wikinger aus meinen alten nordischen Märchenbüchern, dachte ich und hätte am liebsten laut losgelacht, wäre die Situation nicht so angsteinflößend gewesen.

„Ihr wollt uns also nicht den Weg nach draußen leuchten?"

„Nicht unbedingt!"

„Warum habt ihr uns dann hergeholt?“, fragte ich mutig. Ich spürte, wie Olav über meinen Rücken strich, ein beruhigendes Gefühl.

Ein kehliger Laut entglitt Háleita. „Kleines Menschenkind …“

Verblüfft sah ich ihn an.

„Oh ja. Dein Geruch ist mir sofort aufgefallen“, sagte er triumphierend und kam näher, bis er vor meinem Gesicht schwebte. Ich krallte mich an Olav.

„Hab keine Angst, Mädchen. Wir haben die Menschen geliebt. So gerne haben wir ihnen Licht geschenkt, wenn die Dunkelheit über das Land kam in den langen, dunklen, harten Wintermonaten.“ Sein Blick wanderte zu Olav.

„Doch diese Freude wurde uns genommen. Wir wurden gezwungen, an diesem Ort zu leben.“

„Das tut mir leid“, murmelte ich.

„Das sollte es auch! Aber nun habt ihr die Chance, uns freizulassen! Helft uns, damit wir wieder mit den Orcas im Meer spielen, die Drachen in den Bergen besuchen und uns von den Islandpferden durchs Land tragen lassen können. Ihr könnt uns das Tor nach draußen öffnen. *Er* kann es, als zukünftiger Wächter“, sagte er mit einem Blick auf Olav.

„Wir finden den Ausgang aus dem Zauberwald niemals wieder“, flüsterte ich.

„Wir können euch dorthin führen.“

„Nein“, sagte Olav bestimmt und sah mich durchdringend an. „Meine Eltern hatten einen Grund, warum sie die *Ljós* hier eingesperrt haben.“

Ich starrte von ihm zu Háleita und zurück. Olav sah mich erwartungsvoll an. Irgendwie hatte ich das Gefühl, dass alle nur darauf warteten, wie ich mich entscheiden würde.

Sicherlich konnte ich Olav dazu überreden, den Leuchtgestalten zu helfen. Doch was, wenn das ein Fehler sein würde? Ich war nicht gerade gut auf seine Eltern zu sprechen, immerhin wollten sie mich ja hierbehalten! Andererseits vertraute ich Olav. Wenn er Zweifel am guten Willen der *Ljós* hatte, dann hatten die gewiss ihre Berechtigung.

„Ich möchte mehr über euch erfahren“, sagte ich schließlich.

Háleitas Flügel begannen, hektisch auf- und abzuflattern.

„Wer seid ihr? Was macht ihr eigentlich?“

Háleita flog nun in Kreisen um Olav und mich herum. Er schien sichtlich verwirrt über meine Fragen. Schließlich schwirrte er direkt vor mir auf Höhe meiner Augen hin und her.

„Ich muss erst mit dem Rat besprechen, wie wir uns weiter verhalten werden. Wir treffen alle Entscheidungen gemeinsam.“

Ein lautes Surren, und er flog blitzschnell davon. Plötzlich verdunkelte sich der Wald. Nur das anhaltende Summen erfüllte noch die Luft.

„Was passiert da?“ Besorgt sah ich mich um. Fast hatte ich vergessen, dass das Licht einzig und allein von den Leuchtgestalten gekommen war.

„Sie treffen sich zur Beratung“, gab Olav nüchtern zurück.

„Olav, bitte! Sie können uns hier raushelfen. Warum glaubst du ihnen nicht?“

Nur ein Zischen war zu hören. „Die haben uns veräppelt. Das hast du doch selbst festgestellt!“

Ich schwieg. Mein Unmut auf seine Eltern wuchs. Was trieben sie hier überhaupt? Warum sperrten sie die Leuchtgestalten hier ein? Und welche Wesen lebten noch in diesem Wald?

„May?“, fragte er ungeduldig.

„Ich versteh nicht, warum deine Eltern sie ausgerechnet hier gefangen halten“, sagte ich knapp.

„Ich weiß doch auch nicht, wieso der Wald überhaupt existiert“, fuhr er mich an.

Sein Tonfall machte mich wütend, mein Gesicht lief heiß an. „Wahrscheinlich ist es ihr privater Zoo“, murmelte ich.

„Was?“

„Na, sie halten sich eben, worauf sie gerade Lust haben.“

„Red doch keinen Quatsch!“

Aufgewühlt stand ich auf und löste mich gleichzeitig von der Berührung, die uns die ganze Zeit verbunden hatte. „Olav, jetzt komm schon. Vermutlich gehör ich jetzt auch zu ihrem Exemplar *Mensch*. Warum haben sie dir nie von den Geheimnissen des Waldes erzählt?“

„Sie werden schon ihre Gründe gehabt haben.“

Ich schnaubte wütend. „Sie haben's dir verheimlicht! Denen kann man doch nichts mehr glauben! Meine Eltern haben mir immer alles erzählt.“ Plötzlich spürte ich einen kleinen Stich.

Vermutlich suchten Mommy und Daddy längst nach mir, ich musste seit Ewigkeiten verschwunden sein! Ich stellte mir vor, wie sie wohl mitten in der Nacht in Pyjamas durchs Haus geirrt waren, nachdem sie festgestellt hatten, dass ich nicht in meinem Bett lag. Und dann malte ich mir aus, wie sie verzweifelt mit der örtlichen Polizeibehörde telefonierten. Oh Gott, sie taten mir so leid! Was hatte ich nur angerichtet? Niemals hätte ich mit Olav mitgehen dürfen!

„May, wenn wir uns streiten, werden die Leuchtgestalten das für ihre Zwecke nutzen.“

Ich prustete los, auch wenn ich ihm innerlich recht gab.

„Ha! Du weißt also doch mehr über sie!“

Er schüttelte den Kopf. Im schwachen Licht konnte ich fast nur noch seine Umrisse ausmachen.

„Nur das, was ich schon erzählt hab. Sie drohten, unser Volk zu verraten, durch sie hätten die Menschen fast von unserer Existenz erfahren. Aber nicht nur ihr ständiger Drang, sich den Menschen zu zeigen und ihnen Licht zu schenken, war das Problem. Háleita hatte recht. Sie sind wie Irrlichter! Sie haben an den Wegesrändern gesessen und unzählige Isländer ins Verderben gelockt. Zuerst dachten wir, es wäre purer Zufall. Doch dann bemerkten wir, dass die *Ljós* ihren Spaß daran hatten, Menschen in die Sümpfe zu locken und ihnen dabei zuzuschauen, wie sie jämmerlich im Moor versanken."

Er hielt einen Moment inne, dann trat er dicht vor mich, und ich konnte seinen Atem spüren.

„Du musst immer beide Seiten sehen, May", flüsterte er.

„Nicht alles, was auf den ersten Blick glänzt, ist eine Goldmünze."

„Du bist echt weise, Olav", knurrte ich sarkastisch und wich ein Stück zurück. Sein süßlicher Atem benebelte meine Sinne.

„Ich ... ich vertraue ihnen", sagte ich eine Spur lauter, um meine Heiserkeit zu überspielen. „Immerhin wurden *sie* von *deinen* Eltern hier in den Wald gesperrt!"

„Ja, zu unserer Sicherheit! Was glaubst du, was die Menschheit tun würde, wenn sie von der Existenz des Verborgenen Volkes erfährt?"

„Ich dachte, die Isländer glauben dran!"

Olav seufzte. „May, viele von ihnen glauben vielleicht daran. Aber an etwas zu glauben oder darüber Bescheid zu wissen, ist ein enormer Unterschied. Wenn wir an etwas glauben, dann rücken wir's genau in das Licht, in dem wir es sehen möchten. Doch wenn die blanke Wahrheit vor uns erscheint, dann sehen wir das Ganze vielleicht aus einer anderen Perspektive, in der auch die Makel für uns sichtbar werden. Dann macht es uns Angst – oder es gefällt uns vielleicht doch nicht mehr so sehr. Dann wollen wir plötzlich, dass alles wieder ist wie früher."

„Du meinst also, die Isländer glauben an euch – aber sie bestimmen selbst, an welche Einzelheiten?"

Olav nickte heftig und ein paar seiner langen Haarsträhnen kitzelten meine Stirn. „Ja, genau! Solange sie sich ihre Geschichten über uns schönreden, macht es nichts, dass wir existieren. Aber sobald wir in ihren Augen negative Seiten haben, die sie nicht beeinflussen können, wollen sie uns vernichten. Das liegt nun mal in der Natur der Menschen. Aus diesem Grund darf nichts und niemand unsere Existenz verraten.

„Was passiert, wenn euch doch jemand verrät?", fragte ich flüsternd.

„Dann droht die größte aller Strafen."

„Aha. Die Verbannung in den finsteren Zauberwald?" Ich lachte nervös.

„Nein. Das wäre nur eine Art Ermahnung. Die schlimmste Strafe kommt vom *Hjartað í ljósinu*."

„Von was?" Völlig irritiert sah ich ihn an.

„Dem Herzen des Polarlichts. Einer Gruppe Gesandter, den Hütern des Verborgenen Volkes. Sie –"

„Wir haben unsere Entscheidung getroffen", unterbrach uns eine fiepende Stimme.

Ich sah auf und bemerkte, dass es wieder heller geworden war. Quer über die Waldschneise verteilt, verströmten Hunderte kleine Silhouetten Licht. Erwartungsvoll blickte ich zu ihnen, Olav nun wieder dicht an meiner Seite.

„Wir sind einverstanden, euch unsere Geschichte zu erzählen. Was ihr daraus macht, müsst ihr entscheiden. Wir würden uns sehr freuen, wenn ihr uns Glauben schenkt und uns dabei helft, wieder in die normale Welt zu gelangen, fernab dieses finsteren Waldes."

Ich nickte zustimmend, während sich Olav neben mir versteifte.

„Lass doch erst mal hören, was sie zu sagen haben", herrschte ich ihn an.

„Wir vertrauen dir, Menschenkind", sagte Háleita, sah mich an und nickte zu Olav. „Mehr als ihm."

„Doch wir müssen dir das Versprechen abnehmen, dass alles, was du über uns erfährst, deinen Mund niemals verlassen wird. Versprichst du das?"

Ich nickte ehrfürchtig. „Ich versprech's", murmelte ich.

„So sei es dann."

Háleita machte ein surrendes Geräusch, und Gullstjarna tauchte neben ihm auf.

„Die Wächter des Zauberwaldes haben unsere Ehre verletzt. Deshalb haben wir uns für die Wahrheit entschieden. Solltest du aber diese Wahrheit jemals an dein Volk, die Menschen, weitertragen, so müssen wir dich hart bestrafen."

Mir lief es bei Gullstjarnas Worten kalt den Rücken herunter.

„Wie sieht diese Strafe aus?", fragte Olav skeptisch.

„Sie wird eine von uns", antworte Gullstjarna sachlich und reckte das Köpfchen in die Höhe.

„Eine Silhouette aus Licht?", krächzte ich.

„Bitte!", rief Gullstjarna empört. „Wir sind entstanden aus dem Staub der Nordlichter. Wir sind viel mehr als nur eine Silhouette aus Licht!"

Ich zögerte.

„Mehr sagen wir dazu nicht. Bist du einverstanden?"

Olav sah mich warnend an. Ich nickte. Ein zischender Laut entglitt ihm, und er wandte sich etwas ab.

„Wir sind entstanden wie alle Wesen des Verborgenen Volkes. Nur war Gott bei uns sehr euphorisch und gab uns eine übermäßige Dosis an Lichtenergie. Als er es bemerkte, versuchte er, es rückgängig zu machen, doch dabei schrumpften wir auf das kleinste vorstellbare Maß. Natürlich wäre Er in der Lage gewesen, die Größenveränderung zu revidieren, doch Ihm gefiel, was Er sah. So entstanden die ersten *Ljós.* Das ist eine Version. Wir allerdings glauben eher an die zweite Legende: Eines Tages ließ ein Wichtel beim Werkeln in den Wolkenstätten etwas fallen – ein Werkzeug vermutlich. Es fiel auf Island, und durch den harten Aufprall aus der Höhe gab es eine Explosion. Geboren waren die *Ljós* – geküsst vom Polarlicht.

Wir lebten friedlich im Einklang mit unseren Artgenossen und den Menschen. Doch es kam die Zeit, in der die Menschen nach mehr und mehr Wissen und Macht strebten. Sie akzeptierten uns nicht mehr, und die, die es dennoch taten, wollten uns erforschen und immer mehr über uns wissen. Unsere Geheimnisse, die wir von Generation zu Generation weitergegeben hatten, schienen offengelegt zu sein. Also begannen wir, uns zu verstecken. Das schrieben die Regeln der Ältesten vor, der Hüter des Verborgenen Volkes. In unserer Sprache heißen die Weisen *Hjartað í ljósinu.* Doch wir, die *Ljós,* waren schon immer sehr schlecht im Einhalten von Vorgaben. Es gab ein paar Zwischenfälle, in denen wir enttarnt oder entdeckt wurden. Meist konnten wir das irgendwie vertuschen. Waren einzelne Personen betroffen, war es oft ungefährlich. Die

Menschen folgen stets ihrem größten Wunsch und zerstören ihr Gegenüber: Sie haben immer behauptet, diejenigen, die meinten, uns gesehen zu haben, seien *krank im Kopf*. So wurde unser Geheimnis durch die – sagen wir mal: Dummheit der Menschen geschützt. Doch bald waren es zu viele Gruppen, die uns sahen. Wir konnten uns kaum mehr verbergen. Zugegeben, wir liebten es, uns vor den Erdlingen verborgen zu halten, uns ihnen hier und da zu zeigen oder sie am Wegesrand abzufangen und in die Sümpfe oder heißen Quellen zu locken. Dann gab es diesen einen Zwischenfall. Das veränderte alles."

Er hielt inne.

„Was ist passiert?", fragte ich leise.

„Schließ die Augen", befahl er mir.

Ich zögerte. Er wartete so lange, bis ich gehorchte.

Dann sagte er: „Nun höre auf die Umgebung und sage mir, was du wahrnimmst."

Ich lauschte und bemerkte erst mal gar nichts außer dem Gefühl, dass mein Herz wie wild klopfte. Endlich gewöhnte ich mich an die Stille und war in der Lage, die Geräusche zu filtern. Ich vernahm die leichten Flügelschläge der *Ljós*. Olavs unregelmäßigen Atem. Das entfernte Rauschen der Baumwipfel, knarzende Äste. Und dann hörte ich es: Irgendwo plätscherte Wasser, ganz in der Nähe! „Ein Fluss", murmelte ich.

„Jawohl. Gut erkannt."

Vorsichtig öffnete ich die Augen. Háleita schwebte direkt vor meinem Gesicht, Olav stand immer noch seitlich von mir, trat aber ein Stück näher, als würde er mich beschützen wollen.

Háleita warf ihm einen abschätzigen Blick zu. „Keine Sorge. Ich tue ihr nichts." Er musterte mich seinen Insektenaugen, die vollkommen schwarz waren. „Wusstest du, dass der Fluss nicht nur durch den finsteren Wald fließt, sondern durch fast ganz Island? Seinen Ursprung hat er an einem großen See, an einem Wasserfall, der vor einer steilen, mit Eiszapfen gepanzerten, Felswand hinabschießt und in eine Grotte mündet, nicht unweit von hier."

Ich wartete schweigend, worauf er hinauswollte.

„Vor einiger Zeit ist jemand in den Fluss gestürzt. Eine Frau. Sie wurde bis in die Grotte gespült. Normalerweise überlebt niemand einen Sturz in den eiskalten Fluss – schon gar nicht, wenn er kilometerweit mitgespült wird. Doch sie, sie überlebte und konnte in der Höhle die Geheimnisse unserer verborgenen Welt erblicken. Einige von uns *Ljós* lebten im Gewölbe, da dort eine große Energiequelle vorhanden war, die wir anzapfen konnten, sobald unsere Leuchtkraft zur Neige ging. Sie muss immer wieder erneuert werden, weißt du. Hier im finsteren Wald ist es schwer, Energiequellen zu finden. Eigentlich können wir nur die Energie des Flusses nutzen, doch die Grotte strotzt nur so davon. Es war ein Paradies für uns. Jedenfalls mochten wir die Frau und erzählten ihr unsere Geschichte, die Legende der Trolle, die Sagas der Feen, der Elfen, der Quellgeister, der Drachen ... Sie war begeistert und wollte mehr wissen, fragte uns aus; und wir standen ihr – wie dir heute – Rede und Antwort. Sie gab uns ihr Wort, niemandem davon zu erzählen, und wir ließen sie gehen. Am nächsten Tag stand sie da, vor dem Eingang der Grotte. Mit einer Horde Zeitungsmenschen."

„Reporter?", fragte ich überrascht.

Er nickte und machte dabei ein surrendes Geräusch. „Wir sind verraten worden. Es war ein Eklat. Wir versuchten, die Reporter mithilfe der Bewohner der Grotte daran zu hindern, unsere Welt zu verlassen und ihr Wissen zu teilen, da das die einzige Möglichkeit war, unser Geheimnis zu wahren. Aber es funktionierte nicht. Einige von ihnen konnten flüchten und verbreiteten unsere Geschichten in den Dörfern. Wir wurden daraufhin hierher verbannt."

„Was ist mit den anderen passiert? Denen, die nicht geflüchtet sind?", fragte Olav, der sich die ganze Zeit über bedeckt gehalten hatte.

Háleita wartete einen Moment, dann sagte er: „Zwei von ihnen sind bei dem Fluchtversuch gestorben. Die anderen wurden beseitigt."

Ich spürte ein flaues Gefühl im Magen.

„Was bedeutet das?", fragte Olav an meiner Stelle.

„Das musst du deine Eltern fragen. Was ist nun? Wollt ihr uns helfen?" Hektisch flog Háleita zwischen uns beiden hin und her.

Ich seufzte. „Wie sollen wir das anstellen?"

„Wir leuchten euch den Weg, und ihr helft uns hier raus!", rief Gullstjarna.

„Ihr seid an eurer Misere ja nicht ganz unschuldig", schloss Olav.

Ich warf ihm einen Blick zu. Er wirkte manchmal tatsächlich ziemlich erwachsen. Zu vernünftig.

„Es gibt einen Grund, weshalb ihr hier seid – immerhin wurden Menschen getötet", fuhr Olav fort. „Warum sollten wir das einfach ignorieren?"

„Weil wir hier nicht glücklich sind. Wir wollen nicht mehr hier im Wald leben müssen. Wir wollen in die weite Landschaft, zu den Wasserfällen, den Vulkanen – und wir brauchen Sonnenschein, um uns zu regenerieren. Wir gehören nicht in den finsteren Wald! Wir können euch heraushelfen, und ihr uns! Eine Hand wäscht die andere."

Olav sah mich an. „Du entscheidest, May.“

Wir folgten ihnen.

In einem großen Schwarm schwirrten die Leuchtgestalten vor uns her, immer darauf bedacht, dass wir hinter ihnen blieben. Es war kalt, der Boden unter uns teilweise gefroren. Olav schielte ständig zu mir herüber. „Meinst du, das ist die richtige Entscheidung?“, wollte er wissen.

„Ich will nur wieder zu Mom und Dad“, murmelte ich. „Was sollen wir sonst tun? Wir könnten noch Jahre hier rumirren.“

„Wir sind da“, flötete Gullstjarna nach einer Weile.

Vor uns erstreckte sich immer noch Wald. Weit und breit standen dunkle Bäume so dicht beieinander, dass sie die Sicht auf den Horizont verbargen. Vor unseren Füßen gurgelte ein kleiner Bachlauf, der sich nach ein paar Metern zu einem breiteren Fluss ausweitete.

„Ihr müsst ein Stück schwimmen“, sagte Gullstjarna mit zuckersüßer Stimme, als sei es das Normalste der Welt, einfach mal kurz durch einen dunklen Fluss zu schwimmen.

„Bist du verrückt?“, rief Olav empört. „Weißt du eigentlich, wie kalt das Wasser ist?“

Gullstjarna quietschte und flatterte auf und ab. „Nein, nein! Das Wasser kommt aus den heißen Quellen. Es ist warm, keine Sorge.“

Nun wurde auch ich misstrauischer. Zwar war ich hier von wundersamen Wesen umgeben, das änderte aber nichts daran, dass ich menschlich war. Ich war verwundbar. Vermutlich sogar mehr als Olav. Mein Vater hatte mir in einem seiner Briefe geschrieben, dass ein Kamerad von ihm in einer heißen Quelle schwimmen wollte und sich ernsthafte Verbrennungen zugezogen hatte.

Olav schien meine Gedanken zu erraten und ergriff liebevoll meine Hand. „Keine Angst. Ich kann einschätzen, ob es für dich noch erträglich ist. Ich pass auf dich auf, schon vergessen?“

Ich schüttelte den Kopf und schluckte den Kloß im Hals hinunter.

„Komm“, murmelte er aufmunternd und zog mich hinter sich her zum Bach.

Auch die Leuchtwesen schwammen auf der Wasseroberfläche. Ich fragte mich, weshalb. Bisher waren sie immer geflogen. Das Wasser war angenehm warm, und ich musste an unsere Strandurlaube denken. Ich konnte gut schwimmen, da meine Eltern ein Strandhaus an der Küste besaßen, wo wir die Sommer verbracht hatten. Olav hingegen paddelte wie ein Hund, doch er kam trotzdem vorwärts. Auch wenn ich gehofft hatte, dass wir einfach hindurchwaten konnten, war der Bach doch recht tief. Stehen war nicht möglich. Der Bach wurde immer breiter, und nahm schließlich die Größe eines Flusses an, der sich unter einem hohen Baumwall hindurchschlängelte. Deshalb hatten die *Ljós* ebenfalls schwimmen müssen.

„Wir müssen da hindurchtauchen“, rief Háleita.

Bevor ich mich versah, waren die Leuchtgestalten auch schon untergetaucht, und es herrschte Dunkelheit. Ich schwamm weiter, konnte jedoch überhaupt nichts erkennen, weder Olavs Silhouette noch meine eigenen Hände. Ich bekam Panik und begann, hektisch mit den Händen zu rudern. Wasser klatschte mir ins Gesicht und in den Mund. Hysterisch hechelte und hustete ich, verschluckte dabei aber nur noch mehr

Wasser. Ich keuchte und spuckte und begann, nervös umherzupaddeln. „Olav?“

Ich spürte eine Hand auf meinem Arm und beruhigte mich etwas, langsam gewöhnten sich auch meine Augen an die Dunkelheit. Direkt über uns ragten die dunklen Stämme empor. Der Fluss verlief unterhalb der Bäume. Bis wohin, konnte man nicht erkennen.

„Wir müssen auch tauchen“, stellte Olav fest.

„Wie lange ... muss ich denn ... die Luft anhalten?“, prustete ich ängstlich.

„Sicherlich nicht zu lange.“

„Ich hab Angst“, rief ich und schwamm auf der Stelle. Ich versuchte, mit den Füßen den Grund zu berühren, doch der Fluss war nach wie vor zu tief.

„Keine Angst. Ich bin bei dir.“ Olav nahm meine Hand und verschränkte die Finger um meine. „Ich lass dich nicht los. Versprochen.“

Ich atmete tief ein. Ich hatte es ja so gewollt. „Gut.“

„Bereit?“, fragte er.

Ich schüttelte den Kopf. „Moment noch.“ Was, wenn mir die Luft ausging? Wenn es eine Falle war? Aber warum sollte es ... Die *Ljós* brauchten unsere Hilfe. Ich holte tief Luft.

„Bereit?“, fragte Olav abermals.

„Nein!“, wollte ich rufen. Doch er zog mich bereits nach unten.

Dunkler Morast schlug mir entgegen. Es roch nach modriger Erde und Algen. Ich klammerte mich fest an Olav und versuchte, so schnell wie möglich vorwärtszuschwimmen. Im Schreck hatte ich die Augen offen gelassen, doch es war so dunkel, dass ich nichts ausmachen konnte. Plötzlich vernahm ich jedoch ein Leuchten. Die *Ljós!* Erleichterung durchströmte mich. Doch dann erkannte ich, dass es viel heller schimmerte und viel weißer war. Kleine glitzernde Steine, die auf dem Grund lagen. Sie nahmen immer wieder eine andere Farbe an und schillerten wie Olavs kleines Rentierduplikat von Sindri. Ich versuchte, langsamer zu schwimmen, doch er zog mich mit. Ich ließ mich von ihm führen, zweifelte aber jede Sekunde mehr an meiner Entscheidung. Um uns herum wurde es schwärzer.

Wir ließen die leuchtenden Steine hinter uns. Meine Lunge fühlte sich immer schwerer an, als würde sie jeden verbleibenden Tropfen Sauerstoff auskosten. Da, ein Piepsen. Panisch sah ich mich um, doch um mich herum war nur tiefes Schwarz. Als das Piepsen zu einem Wimmern wurde, wurde mir bewusst, dass das Geräusch von mir selbst kam. Mein Innerstes schrie danach, den Mund aufzureißen und frische Luft in die Lungen strömen zu lassen. Doch mein Gehirn unterdrückte diese Reaktion, mit dem Wissen, dass um mich herum nur Wasser war, meine Lungen wären wohl binnen Sekunden ausgeschaltet. Ich drückte Olavs Hand fester, um ihm zu zeigen, dass ich es nicht mehr lange aushielt. Er strich sanft über meinen Daumen, doch mein Überlebensinstinkt war größer als das Vertrauen in ihn, einen Kobold-Jungen, den ich eigentlich gar nicht kannte. Ich löste mich von ihm, schwamm an die Wasseroberfläche und drückte mich nach oben, in der Hoffnung, gleich nach Luft ringen zu können. Doch stattdessen knallte ich mit dem Kopf gegen etwas Hartes. Es gab keinen Weg nach oben, wir befanden uns immer noch unter dem Wall. Panik stieg in mir auf. Mein Wimmern wurde lauter. Ich schrie innerlich und sah Sterne vor meinen Augen aufleuchten. Panisch presste ich mich in die Höhe, doch ich schlug immer und immer wieder gegen den Widerstand.

*Nein! Ich will nicht sterben!*

Ich spürte den starken Überlebensdrang in mir und kämpfte weiter, doch gleichzeitig wurde ich immer schwächer. Meine Kräfte schwanden. Doch in kindlicher Naivität sah ich den Tod als nichts Endgültiges an. Olav war ja hier, dachte ich. Mit einem Mal war die Zuneigung für ihn wieder da. Was gab es Schöneres, als im Beisein eines Freundes zu sterben? Die Leuchtkristalle um mich herum wurden heller. Waren die *Ljós* umgekehrt? Ich wurde immer benommener, rief Olavs Namen und begriff in diesem Moment, dass das ein Fehler war. Schwallartig schoss das dunkle, morastige Wasser in meinen Rachen und erstickte mich innerhalb weniger Sekunden. Mein Körper erschlaffte, und ich gab mich der Strömung hin. Sanft trug sie mich davon, ich fühlte mich leicht und schwerelos. So war es also, zu sterben, dachte ich noch, bevor meine Sinne schwanden und ich in die Tiefen des Flusses sank.

❄

„May, bitte! So wach doch auf!“ Olav spürte die Tränen in seinem Gesicht, doch es war ihm egal. Er berührte ihre sonst so rosigen Wangen, die jetzt blass und bläulich waren und sich kalt anfühlten. Der blonde Zopf hing über ihrer Schulter herab, kleine Eiskristalle hatten sich darauf gebildet. Sanft strich er darüber und zerrieb das Eis mit den Fingern. Dann berührte Amys kühle Stirn.

„May … bitte – wach auf! Ich will dich nicht verlieren.“ Instinktiv beugte er sich herab und hauchte ihr einen Kuss auf die Wange.

Nichts geschah. Sie blieb reglos liegen. Ein Surren ließ ihn aufsehen, Gullstjarna und Háleita schwebten neben seinem Kopf. „Ihr habt sie umgebracht!“ Er holte aus und hoffte, einen der beiden mit der Faust zu erwischen. Doch leider waren sie zu flink und wichen geschickt aus. „Ihr seid schuld! Ihr hättet wissen müssen, dass es zu weit für sie ist!“

Gullstjarna tänzelte kreisend in der Luft und hielt Abstand. „Wir dachten, sie überlebt es. Wir wollten ihr nichts Böses.“

„Sie muss sofort zu einem Arzt!“ Wie sehr er sich wünschte, Fenris wäre da, um die *Ljós* zu zerfleischen!

„Glaubt ja nicht, dass ich bei meinen Eltern je auch nur ein gutes Wort für euch einlegen werde.“

Verzweifelt berührte er Amy an den Schultern. „Komm schon.“ Er versuchte, sie auf die Arme zu heben, doch ihr lebloser Körper war zu schwer.

Ohnmächtig war sie zu Boden gesunken, nur mit allerletzter Kraft hatte er sie die letzten Meter hinter sich hergezogen. Nachdem er endlich wieder an die Wasseroberfläche getaucht war, wäre er am Ufer beinahe selbst zusammengebrochen.

Doch er hatte sich zusammengerissen.

Es war seine Schuld! Er hätte wissen müssen, dass seine Eltern einen Grund gehabt hatten, die *Ljós* wegzusperren. Die Biester waren nicht vertrauenswürdig. Weshalb hatten sie unbedingt durch den Fluss schwimmen wollen, statt einen Weg außen herum zu nehmen?

„Wir mussten durchs Wasser“, sagte Háleita, als hätte er Olavs Gedanken gelesen.

„Wir sind nun endlich in der *hvítt landamæri*, der weißen Grenze, angelangt. Hier gibt es keine Jäger mehr, die unsere Flucht vereiteln können. Dort, wo der Fluss unterirdisch wird, stehen Wachposten, die jedes verbannte Wesen davon abhalten, in die weiße Zone zu kommen."

„Aber May und ich sind nicht verbannt! Sie hätten uns durchgelassen!"

Háleita erwiderte nichts, und Olav spürte erneut Zorn aufsteigen. Heftig hieb er mit der Faust auf den eisigen Boden und verzog das Gesicht vor Schmerz. Er war völlig ausgelaugt vom Schwimmen, doch er hatte Amy versprochen, dass er auf sie aufpassen würde. Was konnte er nur tun?

„Ich brauche Moos, sie muss aufgewärmt werden."

Erstaunt sah er auf. Eine tiefe, männliche Stimme hatte gesprochen. Plötzlich konnte er die Umrisse eines großen Mannes in der Dunkelheit ausmachen.

„Hol mir welches, Junge."

Zögerlich stand Olav auf. Dann erkannte er den Mann, der einen Pullunder unter dem dunklen Mantel trug und auf dessen Nase eine Hornbrille thronte. „Sie sind das", murmelte er. Der Engländer von den Quellen!

„Wenn zwei Seelen erneut aufeinandertreffen, dann ist das wohl einer höheren Macht zu verdanken." Der Mann grinste breit, sah ihn mit diesem allwissenden Blick an, und Olav fielen die wulstigen Lippen auf.

„Wie sind Sie hier hereingekommen?" Trotzig blieb er vor Amy stehen. Er musste sie beschützen!

„Das tut im Moment nichts zur Sache. Geh und hol das Moos. Ich möchte deiner Freundin helfen." Als Olav sich weigerte, sich auch nur einen Schritt zu entfernen, ergänzte der Mann: „Ich bin Arzt. Ich kann ihr helfen."

Das genügte Olav, und er eilte los, um das Moos zu besorgen, welches er entlang der Baumwurzeln am Flussufer fand. Aus einem kleinen Beutel, den er immer bei sich trug und der sämtliches Werkzeug beinhaltete, das er zum Überleben in der Natur brauchte, zog er ein scharfes Messer heraus und schnitt großflächige Moosmatten damit aus.

Als er wiederkam, war es plötzlich noch dunkler geworden, sodass er Amy und den Mann kaum ausmachen konnte. Er war sonst zwar in der Lage, auf gewisse Distanz auch bei Nacht gut zu sehen, aber ohne das Licht der *Ljós* ... „Wo sind die Leuchtwesen hin?“

„Sie hatten Angst vor mir. Dabei wollte ich nur, dass sie mir ein wenig Licht machen. Sie haben sich versteckt. Außerdem sind ihre Energievorräte wohl fast aufgebraucht, und sie müssen sich ausruhen.“

Olav nickte. Woher der englische Mann das alles wusste, war ihm herzlich egal. Hauptsache, Amy konnte gerettet werden. Der Fremde hatte sich neben sie gesetzt und sie bis zu den Schultern auf seinen Oberschenkel gebettet, damit sie Luft bekam. Ihr Mund war leicht geöffnet, doch ihre Haut sah nicht mehr so bläulich aus.

„Sie hat Wasser gespuckt, und ich habe ihr etwas Kaninchenkraut gegeben, sie war kurz bei Bewusstsein und konnte es mühsam schlucken. Hilf mir, sie muss sich aufwärmen. Sie scheint nur noch unterkühlt und geschwächt, hat aber wahrscheinlich kein Wasser mehr in der Lunge.“

„Sind Sie wirklich Arzt?“, wollte Olav wissen und verteilte die Moosplatten über Amys Beinen.

„Nein. Das hab ich nur gesagt, damit du reagierst. Jetzt schau nicht so, ich musste dich überzeugen. Während des Krieges habe ich vielen Menschen geholfen, sie verarztet, gepflegt. Im Krieg zählt keine Ausbildung. Nur jede zusätzliche Hand.“ Der Mann reckte sich und rieb kräftig über Amys

Arme und Bauch, die nasse Kleidung hatten sie ihr nicht ausgezogen, da keine Zeit gewesen war.

Olav sah ihm missmutig dabei zu. „Wie sind Sie hier hereingekommen?“, fragte er nun noch einmal. Er war mehr als erleichtert, dass Hoffnung für Amy bestand.

„Ich bin euch gefolgt.“

„Die Quellgeister hätten die Tore nie geöffnet, wenn –“

„Ich studiere euch nun schon seit ein paar Jahren. Ich hab sie ausgetrickst.“

„Wie?“, fragte Olav.

„Das verrate ich nicht.“

Sie schwiegen eine Weile. Olav wusste, dass er dem Mann vertrauen musste. Es war seine letzte Chance.

„Ich heiße übrigens Charly“, sagte der Fremde plötzlich.

„Olav“, murmelte er und nickte kurz. Dann: „Danke, dass du mir hilfst.“

Charly lächelte. „Ist noch gar nicht so lange her, dass ich so klein war wie du. Na ja … du bist wahrscheinlich schon sehr lange nicht mehr gewachsen, oder?“

Olav schwieg. Was bildete sich dieser Kerl eigentlich ein?

„Gut, du willst mir nicht antworten“, sagte Charly und versuchte unentwegt, Amy weiter zu wärmen. „Dann erzähl ich dir etwas über mich, vielleicht taust du dann auf. Ich bin zweiundzwanzig und studiere Journalismus in London. Immer schon war es mein Traum, neue Dinge zu entdecken und darüber zu schreiben. Hartes Brot. Es reicht nicht, dass du gut in den Prüfungen bist. Du musst jetzt schon bei den Zeitungen arbeiten, recherchieren, Artikel schreiben. Unentgeltlich, versteht sich. In der Hoffnung, dass irgendjemand deine Texte so toll findet, dass er sagt: ‚Hey, Charly, wir wollen dich! Genau dich und niemand anderen!‘“

„Klingt ätzend", murmelte Olav und legte Amy etwas Moos unter den Nacken, das er mit den Händen warm gerieben hatte.

„Sind Träume das nicht immer – ätzend? Man jagt ihnen hinterher, tut alles dafür, damit sie wahr werden. Und kaum hat man's geschafft, merkt man, dass es eigentlich weniger um den Traum ging, sondern vielmehr darum, ihn zu erreichen."

Olav überlegte. Hatte er schon einmal Träume gehabt? Diese Frage hatte er sich noch nie gestellt. Er lebte im Einklang mit der Natur und ihren Wesen, nie war es um die Zukunft gegangen. Wer Träume hatte, dachte an die Zukunft. Ohne Zukunft keine Träume.

Amy machte einen tiefen Atemzug. Er sah auf sie herab, auf ihre Lippen, die leicht rissig und noch immer bläulich verfärbt waren, ihre geschlossenen Lider. Das goldene Haar, das sonst immer schimmerte, als sei sie von der Sonne geküsst. Nein, er hatte nie Träume gehabt. Bis er Amy begegnet war.

❄

Ich spürte das Kratzen im Hals, dann musste ich husten. Meine Lungen fühlten sich an, als wären sie mit Salzwasser ausgewaschen worden. Mein Körper war schlapp und ausgelaugt. Meine Seele war meilenweit entfernt von meinem Leib, ich konnte die Trennung wahrlich spüren.

Als ich die Augen öffnete, blickte ich in das Gesicht eines Mannes. Für einen Moment fragte ich mich tatsächlich, ob das Gott war. Doch dann besann ich mich wieder. Ich war sicherlich nicht so speziell, dass Gott mich persönlich abholen würde. Er würde bestimmt einen Butler schicken. Durfte Gott überhaupt Butler haben? Das Kratzen wurde stärker, und eine

Woge der Übelkeit folgte sogleich. Ich fühlte etwas in meinem Rachen aufsteigen. „Olav“, röchelte ich. Wo war dieser Schuft nur? Er hatte doch versprochen, auf mich aufzupassen! So war also Verlass auf ihn. Ich würgte erneut. Obwohl ich erst zwölf war, hatte Mom mich immer vor den Männern gewarnt. Nun wusste ich auch, weshalb.

Plötzlich schob sich ein blonder Wuschelschopf in mein Sichtfeld.

„Olav“, jaulte ich.

„Meine May.“ Liebevoll sah er mich an.

„Olav, was ist passiert?“

„Hab keine Angst, May. Ich bin für dich da. Das hab ich dir doch versprochen.“

„Wir … müssen hier … fort.“

Ich hob den Kopf und sah mich um. Ich lag halb über den Beinen des Mannes, den ich für Gott gehalten hatte. „Wer –“, murmelte ich.

„Mein Name ist Charly, und wir sollten dringend aus dem Wald hier verschwinden.“

Olav schüttelte den Kopf. „Wo sind die *Ljós*?“

„Ihr könnt ihnen nicht trauen“, flüsterte der Fremde, der sich als Charly vorgestellt hatte. Dieser Akzent … Das musste der junge Mann von den Quellen sein!

„Aber dir?“, fragte Olav provokant.

„Die Leuchtgestalten sind Irrlichter. Sie locken euch in fremde Gefilde und sehen euch kichernd zu, wie ihr untergeht. Was immer sie euch erzählt haben, sie wollten euch ködern! Siehst du nicht, was mit der Kleinen passiert ist? Sie haben euch gezwungen, unterirdisch zu schwimmen, dabei hätte es auch einen Weg außen herum gegeben.“

„Das stimmt, aber sie hatten ja Angst vor den Jägern.“

„Trotzdem! Warum haben sie euch dann nicht wenigstens einen sicheren Weg beschrieben?"

Ich konnte an Olavs Blick sehen, dass er versucht war, dem Fremden zu glauben. Dann sah er mich an. Lange und durchdringend.

„Was sagst du?", fragte er schließlich.

Ich versuchte, mich aufzurappeln, und zuckte die Schultern, gleichzeitig schoss ein Schmerz durch meinen linken Arm. Ich war lädiert und konnte nicht klar denken. Warum musste ich schon wieder eine Entscheidung treffen? Noch dazu in meinem Zustand! Sollten die *Ljós* wirklich nicht vertrauenswürdig sein, dann war meine Wahl zuvor auch nicht die richtige gewesen.

Ratlos sah ich den Mann an. Seine mit grünen Punkten gesprenkelten braunen Augen wirkten hinter der Hornbrille sehr ernst. Er sah müde aus. Aber all die Mühe, die er sich offenbar mit seinen Nachforschungen gemacht hatte, erweichte mein Herz. Irgendwie war es, als würde ich ihm verfallen. Er strahlte einen Zauber aus, den ich kaum beschreiben konnte. *Wie Olav. Nur menschlich.*

Ich spürte plötzlich eine nie gekannte innere Unruhe. „Wir bleiben. Bitte Charly, du musst fort."

Olav sah mich überrascht an. „May, er hat dir das Leben gerettet", murmelte er.

Doch ich schüttelte den Kopf. „Nein, das warst du. Er hat nur versucht, so viel Informationen wie möglich aus dir herauszubekommen. So sind die Menschen doch – sie denken immer an sich. Nein, Olav, wir bleiben. Wir finden den Weg nach draußen auch ohne ihn. Charly, bitte … geh." Ich sah ihm in die Augen und duldete keinen Widerspruch.

Traurig senkte er den Blick. „Das ist ein großer Fehler. Ihr könnt mir vertrauen.“ Widerwillig erhob er sich und warf mir ein Bündel Kaninchenkraut zu, ich fing es auf.

„Hier. Iss das die nächsten Tage.“ Und dann verschwand er in der Dunkelheit.

Ich fing Olavs verständnislosen Blick auf. Nein, ich konnte ihm nicht verraten, dass Charly mich total durcheinandergebracht hatte. Diese Augen …

Ein Fauchen ließ uns aufhorchen. Ich sah eine Bewegung, ein großes Tier tappte auf uns zu. Olav packte mich am Arm und zog mich hoch. „Los, in die andere Richtung, aber langsam“, raunte er.

Ich schüttelte den Kopf. „Olav, es ist doch nur eine Katze! Wahrscheinlich hat sie eine Maus gefangen.“

Arglos, aber noch immer wackelig auf den Beinen, ging ich auf das Tier zu. „Na, Mieze?“, zwitscherte ich und streckte eine Hand nach ihr aus. Sie kam vorsichtig näher und schnupperte neugierig.

„Amy, nicht!“, rief Olav.

Lachend drehte ich mich um und streckte ihm die Zunge raus. „Was hast du denn? Ist doch nur ein Kätzchen!“

„Das ist die verdammte Jóla! Die Killerkatze meiner Mutter!“, brüllte er, doch da war es schon zu spät.

Die Erkenntnis traf mich wie im Schneckentempo, ich hatte Jóla nicht erkannt. Ihr Fell war struppig, und sie wirkte viel kleiner als eben zwischen den Bäumen. Als ich mich wieder zu ihr umwandte, fuhr sie die Krallen aus.

Mit der Wucht eines Schnellzuges knallte die Pfote gegen meine Wange, und ihre Klauen gruben sich in meine Haut. Ich schrie auf vor Schmerzen und versuchte, mich zu entwinden, doch die Katze hatte mich fest im Griff. Wie ein Anker hatte sie ihre Krallen in meine Haut gegraben und ließ nicht mehr locker. Ich spürte die Hitze im Gesicht. „Lass los“, brüllte ich hilflos, doch die Katze knurrte nur hämisch.

Ich trat um mich, doch Jóla war stärker, ich schaffte es nicht, mich zu lösen. Sie drückte mich zu Boden, ihre riesige Tatze immer noch in meinem Gesicht, und sah auf mich herab. Gelbgrüne Augen stierten mich an, und Jóla öffnete das Maul. Die spitzen Fangzähne näherten sich im Zeitraffer. Weshalb war eine Katze derart aggressiv und hatte so viel Kraft? Sie würde mich umbringen!

Die vergangenen Jahre des Krieges hatten mich geprägt.

Der Tod war ein ständiger Begleiter meines jungen Lebens gewesen. Meine Mutter hatte Angst um meinen Vater gehabt, und ihre Angst hatte sich auf mich übertragen. Onkels, Cousins, Freunde der Familie waren im Krieg gestorben oder verschollen. Viel zu oft waren Umschläge mit dem berühmten schwarzen Rand eingetroffen. Unausweichlich hatte ich mich ständig mit dem Tod auseinandergesetzt – nicht zuletzt, als ich vor wenigen Stunden fast ertrunken wäre. Jeden Sonntag war Mom mit mir in die Kirche gegangen. Immer wieder hatte ich mir Geschichten von Jesus, von Sünde und von Auferstehung anhören müssen. Und jedes Mal ein gutes Gefühl gehabt, wenn ich die Kirche verließ. Ob es einfach nur daran gelegen hatte, dass ich Mom damit zufriedenstellte, oder ob es meiner Seele wirklich gut getan und ich Hoffnung in den Predigten gefunden hatte, konnte ich nicht sagen. Doch auch in der Kirche war das Sterben omnipräsent gewesen. Während manche meiner Freundinnen sich für unsterblich und den Tod für eine Märchenerscheinung hielten, hatte ich heimlich zu Gott gebetet und ihn um Erklärung für das Grauen gebeten. Er war sie mir schuldig geblieben. Vielleicht gerade deshalb hatte ich den

Tod oft bagatellisiert: Wenn es doch ein Leben nach dem Tod gab, war ja alles gar nicht so schlimm. Warum machte man dann eine so große Sache daraus? Man würde all die Lieben, die fort waren, sowieso wiedersehen, oder?

Also stellte ich mich darauf ein, dass die Katze mich so schwer verletzte, dass ich sterben würde. Als ich mich fragte, wem ich im Himmel wohl zuerst begegnete, lösten sich die Krallen. Dadurch tat es umso mehr weh, Tränen liefen mir übers Gesicht. Die Katze fauchte und … sie wehrte sich gegen irgendetwas.

„Olav", murmelte ich benommen, als ich sah, wie mein Freund mit einem Ast auf das Viech eindrosch.

Das Tier maunzte wütend, es hatte fortan einen neuen Feind. Keuchend wälzte ich mich auf den Bauch und hob instinktiv eine Hand an die Wange. Der Schmerz durchzuckte mich wie ein elektrischer Schlag. Blut blieb auf meinen Handflächen zurück, die Katze musste mich mächtig erwischt haben. „Oh Gott", flüsterte ich erschrocken. Ein Schrei riss mich aus meiner egoistischen Trance. Olav hieb immer noch auf die Katze ein.

Die wusste sich aber zu wehren, in dem sie ihre Pfoten geschickt an ihm vorbeischob und ihm jedes Mal einen heftigen Kratzer verpasste. Im schwachen Licht, in dem Jólas Augen unheimlich aufglommen, erkannte ich sein Gesicht, das von lauter kleinen Strichen übersät war. Sie zogen sich quer über seine geröteten Wangen und die Stupsnase. Es blutete kaum, musste aber höllisch wehtun, denn Olav schrie jedes Mal auf, wenn sie ihn erwischte.

Ich raffte mich auf und ignorierte für einen Moment die Schmerzen an meiner Wange. Was für eine merkwürdige Szene: Wie ein Wikinger ging Olav auf das Tier los und brüllte wie verrückt. Einzelne Haarsträhnen fielen ihm in die Stirn, und er versuchte immer wieder, sie mit einer Kopfbewegung beiseitezuschütteln.

Ich hatte gar nicht mitbekommen, wie groß Jóla tatsächlich war. Deshalb hatte sie es auch so leicht gehabt, mir einen solchen Hieb zu verpassen. Sie war mindestens so groß wie ein Shetlandpony! Noch bedrohlicher wirkten die Pfoten mit den spitzen Krallen, gewiss konnte sie einem damit glatt die Kehle durchtrennen. Wahrscheinlich war das ihre einzige Absicht. Ich spürte ein Zittern und dachte einen Moment, die Erde würde beben. Doch dann wurde mir bewusst, dass es von mir selbst ausging. Wie sollte ich Olav nur helfen? Das Riesenvieh würde ihn zermalmen! Er hatte jetzt schon überall Kratzspuren, sein nasses Hemd war aufgerissen. Der große Ast, den er als Waffe benutzt hatte, war inzwischen auf die Hälfte geschrumpft. Jóla biss immer wieder Stücke davon ab und spuckte sie lässig fort. Ich sah mich um. Was konnte mir als Waffe dienen? Nichts schien mir geeignet. Schneereste bedeckten den moosigen Waldboden ringsum, über uns ragten die Bäume in die Höhe, doch der Himmel war nicht mehr auszumachen. Ich kniff die Augenlider zusammen und öffnete sie dann wieder, in der Hoffnung, mehr zu erkennen. Wo zum Teufel waren die *Ljós?* Wieso halfen sie uns nicht? Ich hatte ihnen vertraut! Wehmütig bemerkte ich, dass ich ein schlechtes Gewissen hatte. Noch immer hoffte ich darauf, dass die Lichtwesen doch noch kommen würden und ich mich nicht geirrt hatte.

Plötzlich streifte mich etwas am Arm. Verwirrt drehte mich um, konnte aber nichts erkennen. Ich war den Tränen nah, die ganze Situation war aussichtslos. Diese Katze hörte nicht auf, sie wollte uns tatsächlich erledigen! Wir hätten doch diesem

Charly folgen sollen. Jede Entscheidung, die ich getroffen hatte, war falsch gewesen! Erneut spürte ich eine Berührung am Arm. Ich drehte mich um und blickte direkt in die gelblichen Augen einer Frau.

Warnend hob sie den Finger an die Lippen. „Pst“, flüsterte sie. „Hab keine Angst. Komm, ich helfe dir.“

Sie zog mich hinter einen Baumstamm etwas abseits des Geschehens, von wo aus wir den hilflosen Olav gerade noch ausmachen konnten. Inzwischen war er zu Boden gesunken, Jóla thronte triumphierend über ihm.

„Nein“, rief ich verzweifelt.

„Sei ruhig“, herrschte die Frau mich an.

Ich kann nicht sagen, ob sie Englisch oder Isländisch sprach, ich verstand sie einfach. Sie hatte völlig zerzauste, dunkle Locken, welche in alle Richtungen abstanden. Mit großen Augen musterte sie mich.

„Bist du neu hier, Kind?“, fragte sie.

Ich eine Bewohnerin des finsteren Zauberwaldes? Hektisch schüttelte ich den Kopf. „Wie bekommen wir die Katze von Olav weg?“

Die Frau strich mir durchs Haar. Ihre Finger waren schlank, doch die Nägel so lang, dass sie mir leicht auf der Kopfhaut kratzten. Ich zuckte unweigerlich zurück.

„Jóla ist ein böses Tier. Genau wie die Frau, der sie gehört. Jóla versucht, uns Bewohner in Schach zu halten. Aber meist tötet sie niemanden, sie will uns nur Angst einjagen.“

Ich zitterte erneut. „Meist?“, flüsterte ich heiser.

Die Frau grinste mich an und entblößte schiefe gelbe Zähne. „Seit ich im Wald bin, hat sie zwei getötet“, säuselte sie. „Hab keine Angst, auch nicht vor Jóla. Ich passe auf dich auf. Übrigens, ich bin Hayley.“

„Ein amerikanischer Name“, stellte ich freudig fest. Ich wollte einfach nur zu Mom und Dad. Endlich schien hier jemand zu sein, der nicht dem Verborgenen Volk angehörte, sondern ein Mensch wie ich war. Hoffnung, die durch starkes Heimweh befeuert wurde, keimte in mir auf.

„Englisch“, verbesserte die Frau mich und zwinkerte mir zu.

„Bist du aus Amerika? Oder England?“, fragte ich aufgeregt.

Die Frau sah mich mitleidig an und legte mir liebevoll eine Hand auf die Schultern. „Ach, Kleines. Das spielt schon lange keine Rolle mehr.“

Der Hoffnungsfunke schwand schnell wieder. Die Frau wirkte verwildert und schmutzig. Sie sah aus wie die Obdachlosen unter den Brücken New Yorks. Meine Mom zog mich immer ganz schnell an ihnen vorbei. „Was machst du hier? Bist du auch im Wald gefangen, wie die *Ljós?*“

„Ich kam vor langer Zeit hierher“, flüsterte sie. „Ich war ein Menschlein, genau wie du. Nur schon etwas älter.“ Sie zwinkert mir zu, und ich schluckte. Dann fuhr sie fort: „Als Kind war ich oft in Island. Mit meinen Eltern. Dann sind sie gestorben.“

Hayley hielt einen Moment inne, und ihr Blick driftete ab. „Als ich älter war, kam ich das erste Mal allein her. Das Land hat schon immer eine Faszination auf mich ausgeübt, die nie verloren ging. Ich habe als Näherin gearbeitet und andere kleine Jobs übernommen, um Geld zu verdienen. Dabei habe ich immer die Ohren offen gehalten. Ich wollte mehr erfahren.“

„Mehr worüber?“, fragte ich nach.

Hayley lächelte, und trotz der schmutzigen gelben Zähne war ihr Lächeln echt. „Oh, sieh dich um. Über all das hier. Die

Welt des Verborgenen Volkes. Ich glaube, eine kleine Stimme in mir hat immer daran geglaubt. Eines Tages wurde ich auf eine Gruppe Studenten aufmerksam. Sie erzählten von geheimnisvollen Lichtern, fernab von Reykjavik. Ich machte mich mit den jungen Leuten bekannt, um mehr zu erfahren. Offenbar hatten sie schon mehrere solche Phänomene erlebt, und einige von ihnen hielten die Existenz des Verborgenen Volkes tatsächlich für möglich."

Wie gebannt hörte ich zu.

„Ich möchte nicht zu weit ausholen. Es ist eine lange Geschichte, viel ist damals passiert. Schließlich sind wir den *Ljós* gefolgt, und ich bin in einen Fluss gestürzt. Ich hab es überlebt und kam in einer Diamantengrotte zu mir."

„*Du* warst das", flüsterte ich. „Die *Ljós* haben erzählt, dass sie dich freigelassen haben und du am nächsten Tag mit einer Horde Reporter bei ihnen standest."

Hayley senkte den Blick. Sie wirkte plötzlich aufgewühlt.

„Wie gesagt, eine lange Geschichte. Wir haben dafür jetzt keine Zeit, doch irgendwann werd ich dir erzählen, warum ich das tat. Aber das Ende der Geschichte ist, dass sie mich hierher verbannten."

„Wer *sie?* "

„Die Ältesten. Das *Hjartað í ljósinu.* Sie sind die Hüter des Nordlichts, des Verborgenen Volkes, bewahren all das Zauberhafte, wenn du so möchtest. Sie beschützen es, aber genau aus diesem Grund sollte man sich als Mensch – oder auch als verborgenes Wesen – nicht gegen sie stellen."

Hayleys Blick schien mich zu durchbohren, und ich suchte darin nach einer Bestätigung, dass ich ihr vertrauen konnte.

Nur ein schummeriges blaues Licht durchdrang den finsteren Wald, doch ihre Augen waren wie zwei leuchtende

Bernsteine: gelbbraun, mit unzähligen grünen Sprenkeln durchzogen.

„Ich weiß, du hast Angst. Du weißt nicht, ob du mir vertrauen kannst. Aber ich verrate dir eins: Als ich die Diamantenhöhle verließ, haben die Wesen dort mir einige Geschenke zu meinem Schutz mitgegeben." Hayley zog eine kleine Ledertasche aus ihrem langen, abgewetzten Mantel und öffnete sie.

Überrascht nahm ich den Gegenstand entgegen, den sie mir überreichte. Er fühlte sich hart und spitz an. Ich öffnete meine Hand und sah ein kleines Stück Holz, das an einer Lederkette befestigt war.

„Rentiergeweih", murmelte Hayley verschwörerisch. „Der Fluss des Waldes führt in die Diamantengrotte. Durch die energetischen Kräfte der Nordlichter, deren Ende sich am Ursprung des Flusses befindet, kann man mithilfe des Wassers besonders kraftvolle Diamanten schleifen. Dieses Stück Rentiergeweih ist mit winzigen Diamanten aus der Grotte bestückt. Behalt es. Damit bekommst du nicht nur Jóla in den Griff. Es hat magische Kräfte – und heilende." Sie hielt inne. „Wenn du Hilfe brauchst, werde ich dich finden."

„Danke", stammelte ich. Sie nickte mir zu und verschwand dann so schnell in der Dunkelheit, wie sie gekommen war. Sprachlos und völlig verdattert blickte ich auf das Amulett in meiner Hand. Erst nach einer Weile wurde mir bewusst, dass ich immer noch im Wald war. Ich stürmte hinter dem Baumstamm hervor, um nach Olav zu sehen, doch sowohl er als auch Jóla waren verschwunden. Es war totenstill. Wo waren sie? Hayley hatte mich vollkommen abgelenkt. Für einen kurzen Moment hatte ich die beiden sogar vergessen.

Ich stolperte über die Baumwurzeln vor bis zu der Stelle, an der ich meinte, Olav und die Katze zuletzt gesehen zu haben.

Im Schnee waren Kampfspuren zu sehen. Dicke, große Tatzen neben kleinen wichtelartigen Füßchen. Ich beugte mich herab und berührte das weiße Nass. Etwas abseits der Spuren erblickte ich einen roten Fleck und trat näher. Blut! Zitternd sah ich mich um. Fast rechnete ich damit, dass die große Katze mit erhobener Pfote hinter mir lauerte. Doch um mich herum war nur die Schwärze des Waldes. Es blieb ungewöhnlich still. Jeder Wald machte doch Geräusche, selbst so ein verzauberter wie dieser hier! Ich spürte ein unheimliches Knistern im Nacken und lauschte so angestrengt, dass ich mir einbildete, meine Ohren würden länger werden. Das ungute Gefühl im Nacken verschwand nicht. Ich betrachtete den blutdurchtränkten Schnee. Was war mit meinem Freund geschehen? Wo war die verdammte Katze?

„Olav", rief ich verzweifelt und ließ mich auf die Knie fallen. Ich hatte das dringende Bedürfnis, mich umzudrehen, aber mein Instinkt riet mir davon ab. Da war etwas hinter mir, ich wusste es.

Ein Heulen wie das eines Wolfes unterbrach die Stille. Ich versuchte, mein Schluchzen zu unterdrücken, doch ich war zu erschöpft. Mir war kalt, meine Klamotten waren immer noch klamm vom Schwimmen und klebten auf der Haut. Schlotternd sah ich mich nun doch um, aber die Dunkelheit verschluckte alles. Nur der Schnee erhellte die Schemen der Baumstämme. Da, wieder dieses Jaulen, diesmal ganz nah. Das Zittern, was mich schon den ganzen Abend begleitete, wurde stärker. Wie oft gab Gott einem eine zweite Chance? Ich hatte mein Glück an diesem Tag schon zu sehr herausgefordert. Der Eisbär, das Ertrinken und nun ...

„Der Fenriswolf", keuchte ich.

Anstatt sich auf mich zu stürzen, tapste er tollpatschig auf mich zu, drückte den Kopf in meine Armbeuge und schmiegte sich so dicht an mich, dass seine Wärme augenblicklich auf mich überging. Meine nassen Sachen schienen binnen Sekunden zu trocknen, und mein Zittern legte sich langsam.

„Oh. Fenris, du … du meinst es gut mit mir, oder?“, flüsterte ich, weil ich es kaum glauben konnte.

Der schafgroße Hund winselte wie zur Bestätigung. Zaghaft streichelte ich ihm über den Kopf. Er war tatsächlich ungefährlich! Ich berührte meine Wange. Sie schmerzte, seit Jóla ihre Krallen darin versenkt hatte. Doch da kein Blut mehr auf meinen Händen zurückblieb, war die Wunde wohl weniger tief als gedacht. Fenris hob den Kopf und begann, mir die Wange abzulecken.

„He! Nein!“, rief ich. Wenn das Mom sehen würde! Ein übergroßer, schmutziger Hund, der eine frische Wunde abschleckte!

Doch offenbar half es: Nach wenigen Sekunden besserten sich die Schmerzen. Dankbar und erleichtert kraulte ich ihn hinter den Ohren. „Was sollen wir nur tun, Fenris? Wo ist Olav?“

Ein ohrenbetäubender Knall durchschnitt die Luft. Dann ein spitzer Schrei. Darauf folgte Stille. War es Olav gewesen, der geschrien hatte? Oder Hayley? Der Wolf winselte. Ich vergrub die Hände in seinem dichten Fell, und erst nach einer Weile beruhigte sich meine Atmung. Ich musste überlegen, wie ich hier herauskommen konnte! Irgendwie musste ich diesen Hund überzeugen, mich aus dem Wald zu führen.

Noch während ich überlegte, spürte ich etwas Kaltes. Kleine, weiche Fingerkuppen fuhren meinen Hals entlang.

Ruckartig wandte ich mich um und blickte in ein eisblaues Augenpaar.

„Olav!“ Ich machte mich los, fiel ihm in die Arme und drückte ihn, so fest ich konnte. „Hey, alles in Ordnung mit dir?“, flüsterte ich aufgeregt.

Fenris war aufgesprungen und bellte in einem seltsamen Ton, doch Olav ignorierte ihn. Seine kleinen kalten Finger fuhren wie von selbst an meinen Wangen entlang. Ein Schauer kroch mir den Rücken hinunter. „Alles in Ordnung?“, wiederholte ich. Sein Blick war leer, die Augen glänzten glasig. Er antwortete nicht, berührte nur immer wieder mein Gesicht.

Angst keimte in mir auf. Was war los mit ihm? Warum reagierte er nicht?

„Olav, sag doch was“, fuhr ich ihn lauter an als beabsichtigt und streckte eine Hand nach ihm aus. Konnte ich ihn überhaupt anfassen? Würde er mich abwehren, oder gar angreifen? Aber immerhin hatte er mich auch angefasst, und mir war nichts passiert. Vorsichtig berührte ich seine Wange. Sie war eiskalt. Als ich sanft darüberstreichelte, deutete nichts daraufhin, dass er es bemerkte. Seine Sinne schienen meilenweit entfernt. Ich umklammerte seine Hände, doch die Finger blieben kalt und steif. „Hey, was ist denn?“

„Ich habe ihm die Wahrheit gesagt“, sagte er plötzlich.

Seine Stimme war genauso eisig und fern wie seine Augen.

Sie klang verändert.

„Wem?“, rief ich hysterisch.

„Dem Mann. Ich habe ihm alles verraten. Und nun werde ich dafür bestraft.“

Ich verstand nicht. „Welchem Mann? Charly?“

„Er war hier. Im Wald. Er kam und hat mich vor Jóla gerettet, hat ihr einen Knüppel auf den Kopf gehauen, aber ich fürchte, er hat sie nicht getötet. Er hat mein Leben gerettet. Erst deins, dann meins. Ich hab ihm alles erzählt. Er kennt jetzt die ganze Wahrheit über das Verborgene Volk." Olav stockte. „Sie haben es herausgefunden. Und jetzt werde ich bestraft. Ich werd dich nie wiedersehen dürfen, May."

Ich sah ihn verwirrt an. „Sie?"

Er ignorierte meine Frage. „Nie wieder meine Rentiere streicheln, nie wieder mit den Quellgeistern im warmen Wasser planschen, nie wieder den Trollen beim Diamantenschleifen zusehen." Fenris hatte sich zu seinen Füßen gelegt und winselte unentwegt.

„Ich spüre eine besondere Verbindung zwischen uns, May."

Ich zuckte zusammen.

„Das steht mir nicht zu, aber ich fühle nun mal so. Es ist, als wenn unsere Seelen durch irgendeine Art von Magie verbunden sind. Charly hat das erkannt. Er hat auch gewusst, dass es uns verboten ist, so für einen Menschen zu empfinden. Vielleicht hat er mir deshalb die Wahrheit entlockt: damit er mich erpressen kann."

Ich wusste immer noch nicht, was ich darauf erwidern sollte.

„Es war ein Fehler, May. Ich gehöre zum Verborgenen Volk. Aber ich hab sie verraten, indem ich Charly alles erzählt habe. Dafür werden sie mich bestrafen. Und was noch viel schlimmer ist – auch dich werden sie für meinen Fehler bestrafen."

„Wie meinst du das?", brüllte ich ihn an, doch er antwortete nicht mehr. Er stand einfach nur da und starrte weiter ins Nichts.

„Vergiss nie deinen Traum, May. Eines Tages wirst du die Nordlichter sehen. Wenn du fest daran glaubst, wird es passieren."

Dann wandte er sich ab und verschwand zwischen den Bäumen. Fenris erhob sich ruckartig und folgte ihm.

„Olav!“, rief ich und bewegte meine eisigen Füße. Langsam und schwerfällig kam ich in Bewegung.

„Warte“, keuchte ich.

Bedrohlich dunkel ragten die Bäume in die Höhe, Baumstamm an Baumstamm, sodass ich nichts erkennen konnte. „Olav“, rief ich erneut, aber er war fort.

Ich verstand das alles nicht. Er hatte sich in mich verliebt? Und deshalb würde er bestraft werden? Von wem? Und er hatte Charly in die Geheimnisse des Verborgenen Volkes eingeweiht. Was hatte es damit auf sich? Doch sein Geständnis warf mich gar nicht so sehr aus der Bahn wie seine plötzliche Furcht. Bisher war er der mutige, gelassene Kerl gewesen. Wer auch immer „sie“ waren – Olav hatte offenbar mehr Angst vor ihnen als vor dem Eisbären, und das musste schon etwas heißen.

Plötzlich begann mein ganzer Körper zu beben. Die Angst war im Begriff, mich ganz und gar einzunehmen. Und trotzdem störte sie mich kaum mehr. Je stärker die Angst wurde, desto mehr ließen meine Empfindungen nach. Ich akzeptierte die Furcht und nahm sie an, weil ich wusste, dass meine Situation aussichtslos war.

Olav hatte völlig verändert gewirkt und konnte mir nicht mehr helfen. Fenris, wenn er denn je ein mutiger Beschützer gewesen wäre, war mit ihm gegangen. Und Hayley? Der Schrei hatte gewiss nichts Gutes bedeutet, war er von ihr gekommen? Sie hatte gesagt, ich solle sie rufen, wenn ich Hilfe bräuchte. Also überwand ich meine Angst, denn sobald die Angst ein Teil von dir geworden ist, kann sie dir nichts mehr anhaben. Ich betete einfach, dass mein Rufen keine anderen, ungebetenen Gäste zu mir lockte. Immer wieder rief ich nach Hayley und hielt dann inne, um zu lauschen. Doch nichts deutete daraufhin, dass mich jemand hörte und darauf reagierte. Den Wald umgab nach wie vor eine unheimliche Stille. In jedem anderen Wald hätte man Vögel gehört, wenigstens eine Eule.

Mit den Daumen rieb ich über das Holz an der Kette, die ich mir um den Hals gelegt hatte, als Fenris mich gewärmt hatte. Ich kniete mich auf den Boden und schloss die Augen. Mit beiden Zeigefingern stöpselte ich mir die Ohren zu. Nun hörte ich nur noch mein eigenes Blut rauschen – eine Konzentrationsübung, die mir mein Vater einmal beigebracht hatte. Zum Rhythmus meines Pulsschlags wippte ich vor und zurück. Wenn ich mich immer so weiterbewegte, vielleicht war es dann vorbei. Vielleicht wachte ich dann aus diesem Albtraum auf.

Ich hätte ewig so weiterschaukeln können. Das Rauschen in meinen Ohren war zu einem angenehmen Summen geworden, die Schwärze vor meinem inneren Auge machte mir keine Angst, sondern wurde ein Teil von mir. Ich wurde eins mit der klirrenden Kälte und fühlte mich völlig losgelöst von meinem Körper.

Irgendwann holte mich etwas aus dem Zustand heraus. Ich wehrte mich dagegen, doch schließlich öffnete ich die Augen. Vor mir war nur dunkler Wald. *Da.* Gelblich-braune, leuchtende Augen. Wie Bernstein.

„Ich dachte, du brauchst meine Hilfe“, flüsterte sie. Wieder spürte ich das leichte Kratzen ihrer Fingernägel auf meinem Kopf. „Hayley“, murmelte ich benommen. „Wo ist Olav?“

Sie ignorierte die Frage, ließ aber von meinem Kopf ab. „Komm. Ich bring dich in Sicherheit."

Sacht umfasste sie meine eisigen Hände und zog mich auf die Füße. Sie war nicht sonderlich groß, und erst jetzt fiel mir auf, dass sie einen lumpigen alten Umhang trug. Wie eine Waldhexe, dachte ich kurz. Auch Olav hatte alte lumpige Kleidung getragen.

„Rentierhaut", erwiderte Hayley, als könne sie meine Gedanken lesen. Ich zuckte zusammen. Sie zwinkerte mir zu. „Keine Sorge, die hab ich nicht selbst abgezogen. Aber die Rentiere sind hier eben nicht nur Freunde, sondern auch Nahrungs- und Kleidungsquelle."

Ich erwiderte nichts und stapfte mit gesenktem Blick hinter ihr her.

„Immerhin war sie so gütig, mir Kleidung zu überlassen. Ansonsten wäre ich wohl längst erfroren."

„Wer?" Nun sah ich auf.

„Olavs Mutter", erwiderte Hayley knapp.

„Ist sie die … Chefin?", fragte ich zögerlich.

Hayley kicherte, sodass sie sich wirklich wie eine Waldhexe anhörte. „Na ja, sie wäre es gerne. Sie gehört zum Ältestenrat und ist das Oberhaupt des *Hjartað í ljósinu*. Mehr aber auch nicht." Schmunzelnd sah sie mich an. „Erinnerst du dich, was ich dir über das *Hjartað í ljósinu* erzählt habe?"

Ich nickte. „Im Rat sind die Hüter des Nordlichts, des Verborgenen Volkes. Sie beschützen all das Zauberhafte. Und deshalb sollte man sich als Mensch – oder auch als verborgenes Wesen – nicht gegen sie stellen."

Hayley lächelte. „Da hat jemand aber gut aufgepasst!" Ich reckte fast ein wenig stolz die Schultern. „Aber der Ältestenrat ist nicht dieses *Hjarta…?*"

„*Hjartað í ljósinu.* Also, der Ältestenrat ist ein Gremium von Wesen aus dem Verborgenen Volk. Sie treffen Entscheidungen und überwachen alles. Jede Art – ob Fee oder Troll – hat einen Abgesandten dort sitzen. Das *Hjartað í ljósinu* ist eine Art Polizei, die all diejenigen bestraft, die gegen Gesetze und Vorstellungen des Verborgenen Volkes beziehungsweise des Ältestenrates verstoßen oder seine Existenz verraten könnten. Der Rat hat mich hergebracht."

Ich sog tief die Luft ein. „Das hat Olav also gemeint. Er hat Charly davon erzählt, und nun ist das *Hjartað*-Dings hinter ihm her."

Hayley seufzte. „Wenn er einem Menschen vom Verborgenen Volk erzählt, ist das so, ja. Allerdings ist Olavs Mutter das Oberhaupt des Rates. Sie wird wohl kaum ihren Sohn opfern."

Erst jetzt bemerkte ich, dass sich der Wald etwas gelichtet hatte. „Wohin gehen wir?", fragte ich misstrauisch. Ich war so in ihre Schilderungen vertieft gewesen, dass ich gar nicht mitbekommen hatte, wie zielstrebig sie mich durchs Unterholz gelotst hatte. Ich sah mich um.

Vor uns erstreckte sich eine eisige Seefläche, in der nur noch vereinzelt Bäume aus der gefrorenen Wasseroberfläche ragten. Ein halb gefrorener Fluss verlief offenbar quer durch die Lichtung und endete direkt vor uns in dem See, in den sich ein Wasserfall ergoss. Überall hingen Eiszapfen an der felsigen Höhe, die neben uns aufragte.

„Wo sind wir, Hayley?", fragte ich erstaunt. Vorsichtig berührte ich die gefrorenen Eiskaskaden. „Wie schön!", murmelte ich.

„Hier befindet sich der Ausgang." Sie sah mir ernst in die Augen. „Du musst einfach nur ins kühle Nass springen."

Ich starrte abwechselnd sie und den tosenden Wasserfall an. „Willst du mich veräppeln?“

„Vertrau mir, Amy. Ich war einst wie du. Neugierig. Offen für alles. Niemand war da, um mich wieder nach Hause zu schicken. Ich will dir helfen. Geh nach Hause zu deiner Mom und deinem Papa. Leb das Leben, welches dir zusteht. Heirate einen ehrenwerten Mann, hab Kinder mit ihm. Und wenn du eines Tages nach Island zurückkehrst, dann, um Urlaub zu machen und nicht, um irgendwelchen Wesen hinterherzujagen. Versprich es mir.“

Ich zögerte. Was erwartete sie von mir? Ich hatte doch keine Ahnung, was die Zukunft bringen würde!

„Ich kann Olav nicht im Stich lassen!“, jammerte ich.

Hayley berührte mein Haar. Unter normalen Umständen hätte ich das niemals zugelassen, schon gar nicht von einer fremden Person, die derart ungepflegt aussah. Aber ich vertraute ihr, sie war mein einziger Strohhalm hier. Nach Olav.

„Doch. Du kannst ihm nicht mehr helfen. Nur dir selbst.“

„Warum … kommst du dann nicht mit?“, fragte ich. „Wenn das hier der Ausgang ist?“

Hayley schüttelte den Kopf. „Ich stehe unter dem Bann. Ich kann nicht. Du schon.“

„Dann werd ich Olav nie mehr sehen? Er kann nicht zurück in meine Welt …“

Hayley sah mich liebevoll an. „Tu es, Amy.“ Sie berührte kurz meine Schulter, dann fiel ihr Blick auf die Kette. „Das Amulett wird dich beschützen. Du musst durch den Wasserfall. Geh einfach hindurch.“

Ich starrte schweigend in das tosende Wildwasser. Hart prasselte der Strom auf den Untergrund. Alles war in ein tiefdunkles Blau getaucht, die Eiszapfen an der Furche des felsigen Abgrunds ließen alles türkis aufleuchten. Es war wunderschön. Geh einfach hindurch, hatte Hayley gesagt.

*Leichter gesagt als getan.*

Durch die Gischt des Wasserfalls bildeten sich Nebelschwaden, und ich konnte nicht erkennen, was sich dahinter befand. Noch einen Schritt, oder sollte ich einfach umkehren, zurück in den dunklen Wald und nach Olav suchen? Doch bevor ich weiter nachdenken konnte, holte mich ein stechender Schmerz an der Schulter zurück. Aus den Augenwinkeln sah ich schwarzes Fell. Erwacht aus meiner Starre, spürte ich den Schmerz noch viel deutlicher. Panisch zog ich den Arm fort und wirbelte herum. Ich blickte in leuchtende Katzenaugen. Ein Schnurren, dann öffnete sie ihr Maul.

Jolás große gelbe Fangzähne gruben sich in meinen Hals. Ich spürte einen unglaublich schmerzhaften Stich, ein unnatürliches Gurgeln schien aus meiner Kehle zu kommen. Seit diesem Tag mag ich keine Katzen mehr.

Verzweifelt erkannte ich, dass Hayley regungslos auf dem Boden lag, Jóla musste sie außer Gefecht gesetzt haben.

„Hayley", keuchte ich, doch Jóla hielt mich fest umklammert, sodass ich nur ein Würgen herausbrachte.

Widerstand schien zwecklos. Ich war gefangen. Eine tiefe Wut keimte in mir auf, doch gleichzeitig überrollte mich die Schwäche. Ich hatte keine Kraft mehr und gab auf. Langsam ließ ich mich sinken, gab mich dem Schmerz und den Qualen hin und ließ mich von ihnen einnehmen. Der Druck auf meiner Kehle wurde immer stärker, und ich sah kleine Sterne aufleuchten. Es ist vorbei, dachte ich und spürte eine Art Glücksgefühl in mir aufsteigen. All der Schmerz der Welt schien vergessen, eine Zufriedenheit, die mich zutiefst beruhigte, machte sich breit. Es fühlte sich gut an. Richtig. Wärme durchflutete mich, es war, als würde ich in eine andere Sphäre schweben.

Jäh wurde dieses Gefühl unterbrochen. Was sollte das? Ich wollte nicht, dass es aufhörte! Doch ich wurde zurückgezogen, so sehr ich mich auch wehrte. Plötzlich sah ich wieder deutlich die Umrisse des Eiswasserfalls, mir war kalt, und alles tat weh. Die Wärme und das Wohlgefühl waren endgültig verschwunden. Genau wie die Krallen an meiner Kehle. Ein panisches Maunzen, gefolgt von einem wütenden Knurren, durchriss die Stille. Verschwommen sah ich, wie Jóla von einem großen schwarzen Schaf zu Boden geworfen wurde, das die Zähne in ihrem Fell versenkte und weiter wie ein wild gewordener Hund knurrte. Halt … das war kein Schaf.

„Fenris!", krächzte ich.

Doch das sonst so tapsige Tier setzte gezielt seine großen Pranken ein, um die Katze außer Gefecht zu setzen, und reagierte nicht. Jóla war offenbar sein Erzfeind. Angriffslustig wälzten sich beide auf dem eisigen Boden und gaben aggressive Laute von sich. Ich sah alles nur wie durch eine Nebelwand, zu geschwächt von Jólas Versuch, mir die Luft abzuschnüren, als dass ich mich hätte aufrappeln können. Vielleicht war es aber auch besser, keine Aufmerksamkeit zu erregen. Wo war Hayley?

Das seltsame Spiel der zwei wurde jäh beendet, als ein Pfiff ertönte. Sie ließen sofort voneinander ab, standen sich aber gleich wieder knurrend gegenüber, jederzeit bereit, anzugreifen. Nun konnte ich den Verursacher des Pfiffs ausmachen. Eine gleißende Gestalt, die eine Hand nach mir ausstreckte, kam näher. Doch anstatt wie erhofft meine Wange zu berühren und mir Wärme zu schenken, griff die Hand nach meiner Kehle und drückte zu.

„Komm, mein Kind“, flüsterte das Wesen mit hoher Stimme. Ich spürte noch, wie ich hochgehoben und fortgetragen wurde. Eine dicke Nebelwand umgab mich und zog mich in ein schwarzes Nichts.

Ein feuchtes Stupsen in meinem Gesicht weckte mich. Ich öffnete die Augen und blickte direkt in die tiefbraunen Glubschaugen eines Rehs. Beim genaueren Betrachten stellte ich fest, dass es ein Rentier war. Wieder und wieder berührte es mich mit seiner nassen, weißen Stupsnase. Ich streckte die Hände nach seinem Kopf aus und berührte das weiche Fell. Sein Geweih war völlig krumm gewachsen. „Sindri“, murmelte ich erleichtert.

Hinter dem Rentier konnte ich Olavs Eltern ausmachen. Sie sahen besorgt aus. Dann bemerkten sie, dass ich wach war.

„Wie konntet ihr nur in den Wald gehen?“, fragte Olavs Mutter streng. „Wie konnte der Junge so unverantwortlich sein?“

Ich schüttelte stumm den Kopf. Woher hätte ich wissen sollen, was es mit dem Wald auf sich hatte? Ich hatte doch nur nach Hause gewollt. Der Gedanke an meine Eltern ließ mich aufschluchzen. „Wo ist Olav?“, fragte ich leise. Ich konnte den Schmerz in den Augen seiner Mutter erkennen. Gleichzeitig sah ich noch etwas anderes. Wut. Sie gab mir die Schuld! Erschrocken richtete ich mich auf und schaute mich um. Wir waren in der Gletscherhöhle, die Eiswände schimmerten türkisblau. Ich spürte den Schmerz und erinnerte mich wieder. Meine Schulter war notdürftig verbunden, mit etwas, das aussah wie Rentierlederhaut.

„Der Wald ist gefährlich, wenn man allein unterwegs ist“, flüsterte Olavs Mutter. Ihr Gesicht tauchte plötzlich nur Zentimeter vor meinem auf.

„Warum hat mich die Katze fast umgebracht?“, fragte ich und starrte auf meine Schulter. Als ich keine Antwort bekam, wandte ich mich instinktiv um. Ein Maunzen erregte meine Aufmerksamkeit. Jóla kam gemütlich angeschlichen und streckte sich.

„Dieses Biest!“, murmelte ich. „Du warst das! *Du* hast das Katzenvieh auf mich gehetzt!“ Ich sprang auf und wollte losrennen, doch ich war zu schwach. Meine Beine gaben nach, ich sackte zu Boden. Ich sah, wie Johann weiter hinten Zaumzeug an Sindri anbrachte. Auf wessen Seite stand er? Kaum merklich nickte er mir zu, dann ging alles ganz schnell.

Ich hörte, wie Olavs Mutter „Packt sie!“ rief. Im selben Moment wagte ich es, mich kurz umzudrehen. Was ich dort sah, ließ mich all meine Reserven mobilisieren. Meine Beine begannen, seltsam zu kribbeln. Einerseits war ich in Schockstarre verfallen, doch mein Instinkt riet mir, um mein Leben zu rennen.

Eine Gruppe dunkler Gestalten war weiter hinten aus dem Halbdunkel aufgetaucht. Sie trugen allesamt schwarze Mäntel mit Kapuzen, die ihre Gesichter verdeckten. Ein modriger Geruch ging von ihnen aus. Das mussten die Hüter der Nordlichter sein, die nach der Pfeife von Olavs Mutter tanzten! „Oh mein Gott“, keuchte ich.

Meine Beine fühlten sich zuerst wie gelähmt an. Schwerfällig rappelte ich mich auf, doch dann setzte ich mich wieder in Bewegung und erreichte Sindri, der sich ebenfalls vor den Gestalten zu fürchten schien. Er machte Bocksprünge wie ein wilder Hase. Mit Johanns Hilfe schaffte ich es, auf das Rentier zu steigen. Alles ging wahnsinnig schnell.

„Halt dich fest", murmelte Johann.

Ich nickte, krallte mich in das Zaumzeug und den kleinen Höcker am Übergang vom Rücken zu Sindris Hals. Olavs Vater gab dem Rentier einen Klaps aufs Hinterteil, und es galoppierte in den Gang, durch den ich schon einmal vor Olavs Eltern geflüchtet war. Wie viel Zeit war seither vergangen? Ich wusste, dass der Eistunnel in den finsteren Wald führte, wo ich wieder verloren sein würde. Trotz aller inneren Warnungen wandte ich mich um. Johann sah mir nach, während Olavs Mutter den Kapuzengestalten, die sich aufmachten, mir zu folgen, in einer fremden Sprache seltsame Anweisungen hinterherrief. Sie stand da wie in Trance und bewegte nur den Mund. Die Gestalten hinter mir hatten die Größe von erwachsenen Menschen. Ein merkwürdiges Summen ging von ihnen aus, fast wie ein kirchlicher Gebetsgesang. Der seltsame Geruch, den sie ausströmten, wurde immer stärker, je näher sie kamen, und löste Übelkeit in mir aus. Ich hörte den Schnee unter Sindris Hufen knirschen und hoffte, dass er nicht ausrutschen würde. Ich wollte nur nach Hause, in die Arme meiner Eltern. Alles sollte einfach wieder so sein wie früher!

Wie oft hatten wir früher zusammen am Kamin gesessen, Mom und Dad bei Wein und ich mit einem heißen Kakao. Wir hatten sogar manchmal gekichert und gelacht, bis uns die Tränen kamen, was insbesondere bei Mom nicht oft vorkam, aber genau diese Momente wünschte ich mir jetzt so sehr herbei! Doch während die Äste mir ins Gesicht peitschten und ich vor Angst meine Lippen blutig biss, wurde mir bewusst, dass nichts mehr sein würde wie früher. Der Krieg und nun die

Begegnung mit Olav hatten mein Leben verändert. Nichts und niemand würde daran etwas ändern können.

Inzwischen hatten wir den Gang durchquert und waren wieder in der Dunkelheit des Waldes angekommen. Sindri rannte übermütig durchs Unterholz. Wohin wollte er mit mir? Ich krallte mich in sein Fell und betete, dass das Rentier wusste, dass ich Olavs Freundin war und mich nicht abwarf. Doch größere Angst machten mir meine Verfolger. Ich warf einen Blick über die Schulter, die schwarzen Gestalten waren selbst hier im Waldesdunkel noch auszumachen. Sie kamen näher. Waren es mehr geworden? Ich feuerte Sindri an, wie ich mein Pony in den Reitstunden in New York immer angefeuert hatte. Ob Rentiere wie Ponys reagierten, wusste ich nicht. Aber ich war froh um die genommenen Reitstunden, denn so gelang es mir, das Gleichgewicht zu halten, auch wenn ich immer wieder herabzurutschen drohte. Nicht fallen, dachte ich. *Nicht fallen, nur nicht fallen.*

Sie kamen näher! Wieder dieser Geruch. Ich widerstand dem Impuls, zu schreien. Vielleicht sahen sie mich ja nicht und folgten nur unseren Geräuschen? Sollte ich mich besser irgendwo verstecken? Lange würde ich es nicht mehr aushalten, denn Sindri war im Übermut kaum zu bändigen. Meine Beinmuskeln waren schwach, und es kostete mich große Mühe, die Oberschenkel an die Flanken zu pressen. Wie groß war dieser Wald eigentlich? Irgendwann mussten wir doch an eine Lichtung gelangen, oder zu einer Tür in die Freiheit!

Ich versuchte, nach dem Wasserfall zu lauschen. Doch kein Rauschen war zu hören, nur das Summen der Gestalten hinter mir. Ich schlang die Arme fest um Sindris schweißnassen Hals. Mein Atem ging immer lauter, ich keuchte. Bald würde ich hinunterfallen!

Erneut lugte ich zurück und sah, dass eine Gestalt nur noch wenige Meter von uns entfernt war. Sie schien schon eine knochige Hand nach mir auszustrecken. Es war zu spät. Meine Kraft ließ nach, und ich ergab mich. Kraftlos stürzte ich nach vorn in den eisigen Schnee. Ich hörte Sindri davontraben, er hielt nicht einmal an, wie mein Pony in New York es immer getan hatte, wenn ich gestürzt war. Die Hand packte mich im Nacken und griff zu. Es fühlte sich an, als wenn jemand mit einem großen Messer ein Stück meiner Wirbelsäule herausschneiden wollte. Wimmernd vergrub ich das Gesicht im Schnee in der Hoffnung, die Kälte würde meinen Schmerz betäuben. Doch nichts geschah.

Ich hob den Kopf und sah, wie die schwarzen Gestalten mich umringten. Ihre Gesichter waren nur schemenhaft zu erkennen, eingetaucht in dunkles Nichts unter den Kapuzen. Das Wesen, welches mich nach wie vor festhielt, roch unangenehm modrig. Plötzlich erhob sich Gemurmel. Die Gestalten blickten mit einem Mal alle in eine Richtung, und ich folgte ihrem Blick.

*Olav.*

Sein Blick war so eisig wie nie zuvor. Ich bekam eine Gänsehaut, als ich meinen Freund sah. Zwei der dunklen ausdruckslosen Gestalten hielten ihn in ihrer Mitte fest und umfassten seinen Hals. Neben ihnen standen Sindri – er musste umgekehrt sein – und Fenris. Olavs treue Gefährten. Als würden sie nicht zulassen wollen, dass ihm etwas geschah. Fenris hatte die Zähne gefletscht und knurrte unentwegt, und selbst Sindri sah irgendwie bedrohlich aus, wie er sein krummes Geweih auf die Gestalten richtete. Olav schaute mich an. Doch es lag nichts Flehendes in seinen Augen. Nur Leere.

„Olav“, rief ich außer Atem und versuchte, mich aufzurappeln. „Ich bin's, Amy!“

Eine Gestalt verpasste mir einen Schlag in die Magengrube. Keuchend glitt ich erneut zu Boden. Ich stützte mich mit den Händen ab und knickte mit dem Zeigefinger um. Knacksend brach mir ein Fingernagel ab. Erschrocken blickte ich auf den Finger. Egal wie das hier ausging – ich würde niemanden verraten, dass ich mir dabei einen Nagel abgebrochen hatte! Typisch Amerikanerin!

Olav starrte ins Nichts. Er schien mich tatsächlich nicht zu erkennen. Eins der Wesen, die ihn umfasst hatten, murmelte etwas in einer merkwürdigen Sprache. Dann zückte die andere Gestalt ein Messer.

„Nein!“, rief ich, wurde jedoch erneut zu Boden gedrückt. Die Klinge glitt an Olavs Brust, und die restlichen Kapuzenwesen fielen in den Singsang ein. Es klang fast wie eine kirchliche Zeremonie. Mit dem Unterschied, dass hier garantiert nicht Gott verehrt wurde. War derjenige mit dem Messer der Anführer?

Die Gestalt drückte die Messerspitze auf Olavs Brust. Er rührte sich noch immer nicht, starrte nur vor sich hin. Dann, ohne Vorwarnung, stach der Mann plötzlich zu. Ich schrie verzweifelt auf, und mir wurde schwindlig. *Nein!* Das durfte nicht wahr sein! Wo waren seine Eltern? Sie mussten so etwas doch verhindern, Olavs Mutter hatte den Gestalten doch Anweisungen erteilt!

Blut schoss aus der Wunde und färbte den weißen Schnee, als läge Olav auf einem roten Tuch. Er fiel auf die Knie und kippte leblos zur Seite. Ich war starr vor Schock. Ein Geräusch ließ mich zusammenfahren. Es dauerte einige Sekunden, bis ich begriff, dass die Gestalten begonnen hatten, zu applaudieren.

An Olavs Situation änderte das nichts. Der Blutteppich wurde immer größer. Mein Freund war tot. So viel Blut zu verlieren, das konnte niemand überleben. Mir war speiübel. Fenris jaulte und begann, erst Olavs Gesicht und schließlich auch dessen Hals und Brustkorb abzulecken. Die Gestalten hinderten ihn nicht daran, zu sehr waren sie damit beschäftigt, ihre Tat zu bejubeln. Da fiel mir auf, dass mich niemand festhielt. Die Gestalt, die mich festgehalten hatte, war näher zu den anderen gegangen, um das Spektakel zu begutachten. Ich haderte mit mir, dann traf ich eine Entscheidung.

Es tut mir leid, Olav, dachte ich traurig. Doch was konnte ich schon ausrichten? Mein Freund lag weiterhin reglos im roten Schnee. *Das letzte Bild von ihm.* Ich prägte es mir ein. Er war verloren, aber er hätte gewollt, dass ich mich nicht zusätzlich in Gefahr begab. Es hatte ihm das Herz gebrochen, dass er mich in seine Schuld hineingezogen hatte. Er war sich sicher gewesen, dass sie auch mich geopfert hätten. Ich erhob mich lautlos und schlich mich davon. Noch ein einziges Mal sah ich mich um – niemand schien meine Flucht zu bemerken.

Ein paar Meter weiter in den Wald hinein, dann begann ich zu rennen. Die Schuld lastete schwer auf meinen Schultern, fortan würde ich mit dem schlechten Gewissen leben müssen. Olav war der erste Freund gewesen, den ich je gehabt hatte. Warum hatte ich ihm nicht gestanden, wie wichtig er mir gewesen war? Er hatte es doch auch getan! Niemals würde ich ihn vergessen.

Ich prallte gegen etwas.

Erschöpft sah ich auf und erkannte Hayley. Ihr ging es gut! Da brach ich in Tränen aus und sank schluchzend auf die Knie. „Olav, er …“, heulte ich verzweifelt.

Hayley kniete sich zu mir, schloss mich sanft in die Arme und wiegte mich hin und her wie ein Baby. „Hab keine Angst, Amy. Du bist in Sicherheit.“

Ich schrie und weinte und schmiegte mich an sie. Meine Nase lief, ich schmeckte das Salz meiner Tränen. Nach einer Weile beruhigte ich mich ein wenig. „Olav“, flüsterte ich fortwährend.

„Eines Tages wirst du verstehen“, murmelte Hayley. Sie löste sich von mir und streichelte über meine nassen Wangen. „Eines Tages wirst du verstehen“, wiederholte sie.

Ich nickte, doch ich verstand gar nichts. Wie sollte ich auch? Plötzlich drückte sie mich erneut.

„Ihr Name ist übrigens Arna“, flüsterte sie in mein Ohr, so nah, dass sich mir die Härchen aufstellten.

„Wessen Name?“, schniefte ich.

„Der von Olavs Mutter“, murmelte Hayley.

Ein Stück entfernt entdeckte ich Charly, der an einem Baum lehnte, die Arme vor der Brust verschränkt. Ausdruckslos sah er mich an. Was tat er hier?

Hayley küsste mich sacht auf die Stirn, legte mir eine Hand unters Kinn und hob es leicht an. „Vergiss das nie, verstehst du?“

Bevor ich antworten konnte, holte sie einen kleinen Beutel hervor und griff hinein. Etwas knirschte, und bevor ich begriff, was passierte, streute sie mir Sand in die Augen.

„Verzeih mir“, flüsterte sie.

Ich wurde in einen Tunnel gezogen. Tausend Bilder rauschten an mir vorbei. Olav, dachte ich wieder und wieder. Es war, als würde eine Walze durch mein Gehirn fahren. Kurz darauf fühlte es sich an, als würde ich ganz langsam aus einem Traum erwachen und mit aller Gewalt versuchen, mich an dem Geträumten festzuhalten. Doch je mehr ich zu mir kam, desto mehr verblasste die Erinnerung. Nein, dachte ich wütend, Olav – ich vergesse dich nicht! *Nie im Leben!* Ich hielt daran fest. Ich sah seine eisblauen Augen vor mir und verlor mich darin. Ich spürte, wie er mit warmen Händen die meinen umschloss. Sah all das, was wir erlebt hatten, an mir vorbeirauschen.

Dann war es weg. Ich konnte nicht mehr sagen, was es gewesen war. Halt, nicht alles. Ein Gefühl hallte nach.

Er war da. Immer noch.

*Olav. Olav und Arna.*

❄

Ich schrak hoch. Ich lag in einem Bett, um mich herum Stille. Rot gemusterte Tapeten, neben mir ein Nachttisch mit einem Wecker. Vorsichtig richtete ich mich auf. Wo war ich? Langsam versuchte ich, aufzustehen, doch meine Beine fühlten sich bleischwer an. Ein seltsames Fiepen ertönte in meinen Ohren, und ich setzte mich wieder hin.

„Mama", flüsterte ich heiser und erkannte meine eigene Stimme nicht mehr. Ich schaute an mir herab, alles sah normal aus. Mein flauschiger Pyjama duftete und fühlte sich frisch gewaschen an. Weil meine Arme wehtaten, schob ich die Ärmel hoch und entdeckte viele kleine Schrammen an den Unterarmen und Handgelenken. Und mein Fingernagel war abgebrochen. Wann war mir das denn passiert, dachte ich schockiert. Der Nagel schmerzte unangenehm, und ich fuhr vorsichtig darüber. Wenn ich jemandem erzählen würde, dass ich mir einen Fingernagel abgebrochen hatte, würden sie mich bestimmt gleich als typische Amerikanerin abstempeln, dachte ich schmunzelnd und hielt inne. Der Moment fühlte sich wie ein Déjà-vu an.

Verwirrt stieß ich mich von der Bettkante in die Höhe und sank zurück, als ich ein Stechen in der Schulter spürte. Was war nur mit mir los? Gedankenverloren strich ich mir ein paar Haarsträhnen aus dem Gesicht und bemerkte eine verkrustete Furche auf einer Wange. Ich stand erneut auf, aber langsam. Diesmal schaffte ich es bis zur Tür. Vorsichtig drückte ich die Klinke hinunter und schlich hinaus. Als ich in den Gang blickte, hatte ich das seltsame Gefühl, schon einmal hier gewesen zu sein. „Mom?“, rief ich vorsichtig.

„Amy!“

Meine Mutter kam mir entgegen, die Augen erschrocken geweitet. Sie war blass und trug nur einen Bademantel. Normalerweise achtete sie sehr auf ihr Äußeres, doch jetzt lagen tiefe Ringe unter ihren Augen. Keine Spur von Make-up. Irgendetwas war geschehen.

„Ist was mit Daddy?“, rief ich verzweifelt. War er im Krieg gefallen? Man hörte immer wieder Geschichten.

„Aber nein“, flüsterte Mom und nahm mich in den Arm. Was war nur los mit ihr? Sie zeigte eigentlich nur selten Gefühle. Nun umarmte sie mich sogar! Hatte sie Tränen in den Augen?

„Oh, Amy“, murmelte sie und strich mir übers Haar.

Da hörte ich ein Poltern. Als ich zur Treppe am Ende des Flurs schaute, erblickte ich meinen Vater. „Daddy!“, rief ich und taumelte ihm entgegen. Warum waren meine Beine nur so schwer? Glücklich ließ ich mich in seine Arme fallen und drückte ihn fest. „Dir geht's gut", murmelte ich und atmete den vertrauten Geruch ein.

„Natürlich."

„Wir sind in Papas Ferienhaus. In Island", sagte Mom.

Ich löste mich aus der Umarmung und starrte sie an. „Island", murmelte ich. „Richtig." Irritiert versuchte ich, mich zu erinnern, doch es gelang mir nicht. Was war passiert?

„Du bist rausgegangen zum Spielen", beantwortete Daddy meine nicht gestellte Frage, als könne er Gedanken lesen.

„Doch du kamst nicht pünktlich zum Mittagessen zurück."

Die Erwähnung ließ meinen Magen knurren. Ich hatte das Gefühl, seit Ewigkeiten nichts mehr gegessen zu haben.

„Also hab ich deinen Vater losgeschickt, um dich zu suchen", fuhr nun meine Mutter fort. „Aber als auch er stundenlang nicht heimkam, alarmierte ich die örtliche Polizeibehörde, die schickten dann einen ganzen Suchtrupp hinaus."

Ich starrte Dad an. Etwas Unergründliches lag in seinen Augen. Er schwieg.

„Und dann?", fragte ich trocken.

„Ich hab dich gefunden", flüsterte er. „In der Nähe einer heißen Quelle. Du lagst im Schnee und warst völlig unterkühlt. Doch der Dampf der heißen Quelle hat dich offenbar gewärmt und am Leben erhalten."

„Anscheinend bist du beim Spielen hingefallen und hast dir den Kopf gestoßen", ergänzte meine Mutter.

Mein Vater nickte heftig. „So muss es gewesen sein", fügte er hinzu. Er sah zu Boden.

Mommy schluchzte auf. „Es war so schrecklich! Die Einheimischen haben sich große Sorgen gemacht, weil zuletzt ein Eisbär gesichtet wurde! Wenn ich mir nur vorstelle …" Sie brach ab und schüttelte den Kopf. „Du hast dir eine tiefe Wunde an der Wange zugezogen und dich an der Schulter verletzt. Aber das bekommen wir schon hin", schluchzte sie.

„Wir gehen davon aus, dass ein Polarfuchs oder ein anderes Tier dich für Beute gehalten und dich angegriffen hat."

„Verstehe", murmelte ich unbeeindruckt. Ich war noch immer verwirrt. In meinem Kopf schwirrten Gedanken umher, ich spürte etwas, das ich nicht einordnen konnte. Doch ich musste meinen Eltern glauben. Was blieb mir auch anderes übrig? Immerhin hatte ich nun eine spannende Geschichte zu erzählen, wenn ich nach Amerika zurückkehrte. Offenbar war ich in Island beinahe erfroren und erinnerte mich nicht mal an den Unfall! Seufzend ließ ich mich zurück ins Bett bringen, wo ich wenig später mit einer großen Tasse Kakao und belegten Broten versorgt wurde.

Ich blieb für einige Tage im Bett und versuchte, mich zu erholen. Immer wieder wurde ich von merkwürdigen Träumen heimgesucht. Darin kamen Eisbären vor, Rentiere und ein kleiner Junge, der mir ständig hinterherlief. Meine Eltern ließen einen jungen britischen Kriegssanitäter zu mir kommen, der auch bei der Suche nach mir geholfen hatte und nun nach mir sah. Er war zufällig in der Gegend und kannte Amerikaner aus der Kaserne, weswegen Vater von ihm erfahren hatte. Ich fand den jungen Mann unglaublich nett und gut aussehend und freute mich jeden Abend auf seinen Besuch am nächsten Morgen.

Irgendwann erzählte er mir, dass er vor Kurzem angefangen hatte Journalistik zu studieren, aber im Krieg als Sanitäter geholfen hatte. Sein Name war Charles.

Weihnachten und Silvester verliefen ruhig, doch immer wieder hing ich meinen Gedanken nach, als wäre etwas passiert, woran ich mich nicht erinnern konnte. Nun, so war es ja schließlich auch. Am Neujahrstag machten Dad und ich einen Spaziergang zu dem Ort, wo man mich gefunden hatte. Ich hatte darauf bestanden, die Stelle zu sehen, doch die Erinnerung blieb aus. Nur ein seltsamer Geruch stieg mir immer wieder in die Nase, ich konnte ihn nicht zuordnen. Als Vater und ich zurück zum Haus gingen, legte er mir eine Hand auf die Schulter.

„Es muss furchtbar sein, sich nicht erinnern zu können", sagte er.

Ich nickte stumm.

„Manche Kollegen erzählen das aus dem Krieg. Sie wissen nicht mehr, was passiert ist. Obwohl sie leibhaftig dabei waren."

„Echt?" Erstaunt sah ich auf.

Er nickte. „Sie haben es miterlebt, und doch – es ist weg. Es ist ein Schutzmechanismus des Körpers."

„Warum?"

„Manchmal ist der Schmerz so stark, dass der Körper entscheidet, sich lieber nicht erinnern zu können, weil es dann leichter ist."

„Aber das ist ja furchtbar", murmelte ich und blieb stehen.

„Findest du?"

Ich nickte heftig. „Es gibt doch auch immer etwas Gutes, oder? Man kann ja selbst aus grauenhaften Dingen lernen. Wenn man aber alles vergisst … was bleibt einem dann?"

Mein Vater legte mir nun die Hände auf beide Schultern.

„Denkst du so?", fragte er ernst.

Ich nickte erneut. „Ich wünschte mir so sehr, ich könnte mich erinnern."

Er ließ mich los und zog etwas aus seiner Jackentasche. Es war das kleine Duplikat eines Rentiers.

„Hier", sagte er leise. „Das hab ich auf der Suche nach dir gefunden. Du trugst es um den Hals. Mutter schwört, dass du es vorher noch nicht hattest." Er gab mir eine Halskette, an der ein Stück Holz baumelte, das mit kunterbunten Steinen verziert war.

„Vielleicht hilft es dir, dich eines Tages zu erinnern."

„Eines Tages?", fragte ich verständnislos.

„Wenn die Zeit reif ist."

Es war hart, sich von Daddy zu verabschieden. Das Wissen, ihn erst an Ostern wiedersehen zu dürfen, brach mir fast das Herz. Am Flughafen in Keflavík gab ich ihm das Foto, was immer auf meinem Nachttisch gestanden hatte.

„Hier", sagte ich. „Ich hab's mit hergenommen. Du behältst es jetzt so lange, bis wir uns wiedersehen." Er beugte sich zu mir, und ich drückte ihm einen Kuss auf die Wange.

„Vergiss nie den Zauber, der diesem wunderbaren Land innewohnt. Amerika lässt ihn einen schnell vergessen." Liebevoll streichelte er mir über den Kopf.

Ich grinste. „Keine Sorge. Mach's gut, Daddy."

Bevor ich heulen musste, drehte ich mich um und überließ ihn meiner Mutter. Ich ging vor zu dem Schalter, an welchem wir unsere Pässe vorzeigen mussten. Die Warteschlange war lang, gelangweilt sah ich mich in der Abflughalle um. Überall standen Menschen, die sich verabschiedeten oder begrüßten. Eine Glastür führte nach draußen. Dahinter erspähte ich eine

Wiese, in deren Mitte ein großer Stein lag, als wäre er nach dem letzten Vulkanausbruch einfach dort gelandet.

Ein kleiner Junge mit wild abstehendem Haar saß auf dem Stein. Irgendwie kam er mir bekannt vor. Hatte er bei meiner Ankunft auch da gesessen? Wer wusste das schon …

Einem Instinkt folgend, griff ich in meine kleine Tasche und ertastete das kleine Rentier, das Daddy mir geschenkt hatte. Als meine Finger darüberglitten, spürte ich ein tiefes Gefühl der Zufriedenheit in mir aufsteigen. Alles würde gut werden. Ich freute mich darauf, zurück nach Amerika zu fliegen. Außerdem hatte ich eine freudige Nachricht erhalten: Charles, der nette Sanitäter, würde für einige Semester nach New York an die Journalistenschule kommen. Er hatte mir hoch und heilig versprochen, mich zu besuchen.

## Dezember 1960, Island

Wie eine Welle brach die Erkenntnis über mich herein und begrub meine Emotionen. Plötzlich war wieder alles da! Kleine Puzzlestücke, die im Laufe der Jahre verloren gegangen waren, fügten sich zusammen und ergaben wieder ein Bild. Erinnerungen schwebten unkontrolliert in meinen leer gefegten Geist und – wenn auch noch etwas verstreut und undeutlich – blieben hängen.

Völlig regungslos starrte ich das Rentier in meiner Hand an. Ich saß in dem kleinen dunklen Raum unter der heißen Quelle, und langsam bröckelte meine innere Mauer ab und gab einzelne Nuancen von Gefühlen frei: Wut, Trauer, Freude, Erleichterung. Wie hatte ich Olav nur vergessen können? Nicht nur ihn, sondern die verborgenen Wesen, das Abenteuer.

Mein Vater war noch zwei Jahre nach dem Krieg in Island stationiert gewesen und erst dann nach New York zurückgekommen. Island hatte einen gewissen Zauber ausgestrahlt. Es war jedes Mal ein tränenreicher Abschied gewesen, als wir wieder abflogen. Anfangs verfolgte mich noch die Ahnung, dass ich etwas Wichtiges vergessen hatte und es nicht wiederfinden würde. Und tatsächlich – kaum war ich in Amerika zurück, veränderte sich mein Leben schlagartig. Ich wechselte die Schule, lernte neue Freunde kennen, wurde langsam erwachsen. Ich vergaß den Zauber von Island und vor allem die Träume, die mich ständig heimgesucht hatten. Schon als ich meinen Vater das nächste Mal besuchte, kam ich gar nicht mehr auf die Idee, an den Ort zurückzukehren, an dem man mich gefunden hatte. Es war, als hätte die beginnende Pubertät meine Erinnerungen gelöscht. Doch das war offensichtlich Hayleys Werk gewesen.

Die Jahre waren vergangen, und schließlich hatte ich Charles lieben gelernt, auch wenn er deutlich älter war als ich. Mittlerweile war er nach New York gezogen und zu einem guten Freund der Familie geworden. Irgendwann hatten wir unsere Gefühle nicht mehr leugnen können. Wie glücklich ich war, als er bei meinen Eltern anfragte, ob er mit mir ausgehen dürfte! Wir hatten uns einige Male in New York getroffen, doch anfangs war ich noch ein Teenager gewesen. Als ich achtzehn gewesen war und er Mitte zwanzig, hatte sich eine Liebesbeziehung entwickelt, die damit gekrönt wurde, dass er bei meinem Vater – wie zu der Zeit üblich – um meine Hand anhielt. Dad war immer gut auf Charles zu sprechen gewesen. Ich schluckte und strich gedankenverloren über den Kopf des Rentierduplikats.

*Charles.*

*Er* war Charly gewesen! Der nette Sanitäter, der ein guter Freund der Familie wurde und in den ich mich später verliebte. Er hatte also Nachforschungen über das isländische Volk angestellt. Warum hatte er mir später nie davon erzählt? Schließlich hatte er mit mir ein Abenteuer erlebt, an das er sich gewiss auch erinnerte! Oder hatte er auch Hayleys Staub abbekommen? Ich verdrängte den Gedanken an Charles, denn er würde mir die Fragen nicht mehr beantworten können. Dafür aber jemand anderes. Arna Stefansdóttir, die Frau, in deren Haus ich nun wohnte – Olavs Mutter. Ich konnte es kaum glauben. Sie musste von Anfang an gewusst haben, wer ich war! Wenn sie mir nicht die ein oder andere Frage beantworten konnte, wer sonst?

Ich musste meine Gefühle sortieren und besann mich wieder darauf, weshalb ich hier war – ich musste meine Tochter finden. Doch dazu musste ich erst mal raus aus diesem merkwürdigen Raum. Olav hatte mich damals auch durch die heißen Quellen zur Gletscherhöhle geführt. Wie konnten mir die Erinnerungen nun helfen, Em zu finden? War sie vielleicht gerade im finsteren Wald, so wie ich damals? Ich erschrak. So ein Blödsinn! Ich glaubte nicht an solch einen Firlefanz. Doch was war mit diesen Erinnerungen? Sie waren ja nun mal da. Oder bildete ich mir das alles nur ein?

„Nur diesen einen Versuch", sagte ich zu mir selbst, als ich mich in der dunklen Höhle umsah, und versuchte, mich an mehr Details zu erinnern. Was war passiert? Was hatte Olav damals getan, um durch die Tür zu gelangen?

Ich rieb mir die Schläfen. Verworrene Bilder aus den neu gewonnenen Erinnerungen schwirrten mir durch den Kopf. Ich sah mich, mit zwei blonden Zöpfen, einem engen rosa Jäckchen und einem Koffer in der Hand am Flughafen stehen. Eine Schneeballschlacht mit Olav. Einen Eisbär. Sindri, das Rentier. Die *Ljós*. Hayley. Die Gletscherhöhle. Wütend trat ich gegen die Tür, durch die Olav und ich damals in die Gletscherhöhle seiner Eltern gelangt waren.

„Lasst mich rein!", rief ich. „Ich weiß, dass meine Tochter bei euch ist!" Ich wischte mir eine Träne fort. Nein, das war doch völlig irrational, was ich hier dachte. Meine Em musste irgendwo in der Kälte Islands unterwegs sein, und ich war in einer stillgelegten Untertunnelung von Bergarbeitern gefangen. Vermutlich hatte ich so lange nichts mehr getrunken, dass ich fantasierte und mir einbildete, als Kind schon einmal hier gewesen zu sein. Ich blickte auf das Rentier in meiner Hand. Nein, das hier war keine Einbildung. Und irgendwo auf dem verstaubten Dachboden meines Elternhauses musste noch so ein kleines Rentier liegen. Jenes, das mein Vater mir einst geschenkt hatte, als wir gemeinsam das einzige Mal den Ort aufsuchten, an dem man mich damals halb erfroren fand.

Mit einem Mal glaubte ich mich zu erinnern. Ich tat das Gleiche, was Olav vor über fünfzehn Jahren gemacht hatte: Ich führte die Nase des Rentiers, das ich hier gefunden hatte, in das Loch und hoffte, die Tür würde aufspringen. Doch nichts geschah.

„Verdammte Scheiße", fluchte ich und rüttelte an der Klinke. Sie blieb verschlossen. „Erinnere dich, erinnere dich", murmelte ich und tigerte im Kreis umher. Was war damals anders gewesen? Was hatte Olav anders gemacht als ich? Und plötzlich traf mich die Erkenntnis. Natürlich – nur er konnte die Tür öffnen! Das hier musste *sein* Rentierduplikat sein! All die verschollenen Erinnerungen waren wieder da. „Olav!", rief ich verzweifelt. „Kannst du mich hören?"

Stille.

Ich atmete einmal tief ein und aus. Olav war tot. Er war von den schwarzen Gestalten regelrecht abgeschlachtet worden. Mir wurde schlecht. Ich hatte nie die Gelegenheit bekommen, um ihn zu trauern. Nun, da das Erlebte wieder greifbar war und ich an all die Kleinigkeiten mit ihm zurückdachte, spürte ich eine lang verschlossene Wunde in mir wieder aufbrechen.

Dann kam mir noch ein anderer Gedanke. Was, wenn Em das gleiche Schicksal drohte? Oh Gott, ich wagte es nicht, mir das auszumalen. War meine Kleine wirklich hinter dieser Tür? Ich erinnerte mich an die Quellgeister, ich hatte sie gehört, mit Olavs Hilfe. Ich schloss die Augen und versuchte, mich auf das Wesentliche zu konzentrieren. Doch nichts geschah. Ich stellte mir den kleinen Olav vor, wie er mit seinem wild abstehenden Haar vor mir gestanden und mich immer wieder angegrinst und dabei seine schiefen Zähne entblößt hatte. Nein, er hatte existiert, er war kein imaginärer Freund gewesen. Und auch Arna hatte es damals schon gegeben – sie war seine Mutter. Ich hatte die beiden vielleicht eine Zeit lang vergessen, doch eine Ahnung der alten Gefühle war geblieben, der Vergessensstaub hatte sie mir nicht nehmen können. Warum war mir nur nichts aufgefallen, als ich ihr begegnet war?

Damals war sie eine wunderschöne Frau gewesen, und nun war sie eine rundliche Dame. Es waren einfach viele Jahre vergangen. Man veränderte sich. Nur Olav nicht, obwohl ich seine eisblauen Augen selbst in einem faltigen Gesicht wiedererkennen würde ...

Plötzlich zuckte ich zusammen und schlug die Hand vor den Mund. Er existierte immer noch! Er war nicht tot! Olav war hier. In Island. Ich hatte ihn gesehen! Der betrunkene Tölpel, als ich die Nordlichter beobachtet hatte. Die Haare, die Zähne, die Kleidung. Das war Olav in Großformat gewesen.

Doch wieso war er erwachsen? Hatte er nicht behauptet, er würde immer Kind bleiben? Egal. Er war hier. Und er lebte! Ich musste ihn finden.

Aufgeregt sah ich mich um. Es wurde Zeit, dass ich aus diesem Raum rauskam! Das Rentier in meiner Hand blinkte unentwegt. Plötzlich wusste ich es. „Hey, Sindri. Schön, dich wiederzusehen. Hilfst du mir?“ Natürlich antwortete niemand. Ich schüttelte den Kopf. Was für ein Unsinn! Mein Mund war ganz trocken, und ich hatte einen Wahnsinnsdurst. Bald würde ich sterben, dachte ich entsetzt, ließ mich vor der Tür zu Boden sinken und schloss die Augen. Auf einmal schoss mir ein Satz durch den Kopf.

*Das Problem ist, dass die Erwachsenen nicht mehr daran glauben. Doch der Glaube ist der Schlüssel zu allem Zauberhaften auf dieser Welt. Man muss sich nur darauf einlassen.*

Olav. Er hatte das zu mir gesagt. Es war so einfach! Ich musste daran glauben. In der Sorge um meine Tochter hatte ich alles jenseits des Weltlichen vergessen und mich nur auf sie konzentriert. Dabei war mir erst vor Kurzem ein Quellgeist begegnet und hatte mich hergeführt. Die Frau in dem weißen Kleid! Ich musste daran glauben, um sie wiederzusehen.

Zuerst konzentrierte ich mich auf Em. Sie war der Schlüssel. Ich schob all die Verzweiflung, all die Gedanken, was mit ihr passiert sein könnte, beiseite und ging völlig in mich. Ich fühlte mich leer und rein. Völlig losgelöst. Mein Körper begann zu beben, und ein warmherziger Gesang erfüllte den Raum.

Ich verstand nicht, was sie sang, aber es war wundervoll. Vorsichtig öffnete ich die Augen, und da stand sie, direkt vor mir. Das Weiß ihres Kleides blendete mich, aber ihr langes blondes Haar hatte merkwürdigerweise eine beruhigende Wirkung. Ihre Augen glitzerten türkis wie die Eiszapfen am Wasserfall, an den ich mich nun wieder erinnerte.

„Schön, dich wiederzusehen, Amy“, flüsterte sie und reichte mir die Hand. „Du bist schon nah dran, aber du musst dich noch mehr auf dein Ziel konzentrieren.“

„Wo ist Emily?“, fragte ich verzweifelt.

„Ihr geht es gut“, sang die Frau – der Quellgeist – mehr, als dass sie es sagte. „Du hast den ersten Schritt getan. Doch es müssen noch weitere folgen, bevor du sie wiederfinden wirst. Du hast mich gesehen, und ich habe dich hierhergeleitet, damit du dich erinnerst. Nun musst du Olav finden, und ihr müsst euch gemeinsam erinnern. Danach kannst du wieder herkommen, und das Tor wird sich mithilfe von Sindri öffnen lassen.“

Sie warf einen Blick auf das Rentier in meiner Hand.

„Ich träume, oder?“, murmelte ich.

Langsam neigte sie den Kopf und sah mir direkt in die Augen.

Ein Frösteln durchfuhr mich.

„Amy, jeder Zweifel bringt dich ein Stück weiter weg von Emily, und du wirst länger suchen müssen. Konzentrier dich immer auf dein Ziel."

„Warum habt ihr sie mir weggenommen?", rief ich. Langsam wurde ich wütend.

„Wie du einst, erlebt sie gerade ein Abenteuer. Eines, welches ihr keiner im Leben mehr nehmen kann. Keine Sorge, du hast es auch schon einmal durchgestanden. Bald wirst du verstehen, Amy. Bald wirst du den Grund verstehen. Aber nun bringe ich dich zu deinem treuen Freund."

Sie ergriff meine Hände, und mit einem Ruck wurde ich nach oben gezogen. Ein warmes Gefühl durchflutete meinen Körper, dann war es plötzlich eisig kalt und windig. Wir standen auf einem freien Feld, es schneite wie wild. Um uns herum erstreckte sich die isländische Weite.

„Wo ist Olav?", fragte ich misstrauisch.

Die Frau in Weiß senkte den Blick und lächelte. „Denk daran, jeder Zweifel entfernt dich ein Stück weiter von deinem Ziel."

Eine Windböe, das Haar wirbelte mir vors Gesicht. Als ich es mit kalten Händen hinter die Ohren schob, war der Quellgeist verschwunden. „Hey!", rief ich in die Dunkelheit. „Wo ist Olav?" Das durfte doch nicht wahr sein! Ich sah mich um.

Keine Menschenseele war zu sehen, auch niemand vom Verborgenen Volk. Ich war allein.

Konzentrier dich immer auf dein Ziel, hatte sie gesagt. *Emily.* Sie war mein Ziel. Oder?

Erschöpft ließ sich Sara auf den alten plüschigen Sessel von Arna Stefansdóttir fallen. „Wir haben überall gesucht, sie ist verschwunden.“ Sie war den Tränen nahe.

Niemals hätte sie Amy dabei unterstützen dürfen, nach Island zu gehen. Hier lastete irgendein Fluch, da war sie sich sicher. Sie hatte mit Arna, Olav und dessen Freund Frosti mehrere Stunden damit verbracht, das Auto aus dem Graben zu hieven, und die Verunfallten mit heißen Getränken aus Thermoskannen und Keksen versorgt. Schließlich konnten sie weiterfahren, und Sara war mit den anderen zu Arnas Hütte zurückgekehrt. Dort hatten sie feststellen müssen, dass nun auch Emily verschwunden und dass Amy noch nicht zurückkehrt war.

Olavs Freund Frosti ließ sich neben ihr auf das Plüschsofa fallen und legte einen Arm um sie. „Keine Sorge, hier geht niemand so schnell verloren.“

Er hickste, und sie konnte seinen alkoholisierten Atem riechen. Anscheinend hatte man ihn aus einem Trinkgelage geholt. Angewidert entzog Sara sich ihm. Verzweifelt sah sie Arna an, die grübelnd aus dem Fenster starrte.

„Arna?“, fragte sie zaghaft. Die alte Frau wandte sich zu ihr um und runzelte die Stirn, dann warf sie einen Blick zu Olav, der offenbar gerade nachsah, ob im Schrank eine Flasche Blaubeerwein zu finden war.

„Olav, wie wär's, wenn du rausgehst und nach den beiden suchst? Du hast isländische Panzerhaut: Du bist abgehärtet, dir kann die Kälte nichts anhaben.“

Olav blickte seine Mutter entrüstet an. „Aber –“, setzte er an, doch Arna ließ keine Widerrede zu.

„Ich muss mich eigentlich um wichtigere Dinge kümmern“, murmelte er.

„Wie Blaubeerwein trinken?“ Seine Mutter sah ihn herausfordernd an.

„Kann ich wenigstens Frosti mitnehmen?“, schlug Olav eine Spur lauter vor.

Arna sah zum halb komatösen Freund ihres Sohnes hinüber, der gerade erneut hickste. „Nein“, sagte sie schließlich. „Du musst allein gehen.“

Murrend verließ Olav die Hütte und warf sich einen abgeranzten Ledermantel über. Sara sah ihm hoffnungsvoll hinterher. Arna legte ihr einen Arm um die Schultern, und sofort fühlte sie sich etwas besser.

„Sie kommen wieder, keine Sorge. Hier wimmelt es von Feen und Trollen, die auf uns Isländer und auf unsere Gäste aufpassen.“

Sara senkte den Blick. „Hoffentlich“, murmelte sie wenig überzeugt.

Frosti lag bereits wieder schnarchend auf der Couch, und sein Kopf war schon beinahe auf Saras Schulter gesunken.

„Warum heißt du eigentlich Frosti?“, fuhr sie ihn an und ignorierte, dass er schon halb schlief. „Siehst nicht gerade aus wie ein süßer Schneemann.“

Ein Gurgeln aus der Kehle war die einzige Antwort, die sie bekam.

Arna hob amüsiert eine Augenbraue. „Ihr Amerikaner. Immer bezieht ihr alles auf euch. Ihr denkt, ihr hättet die Welt erfunden. Frosti ist ein alter isländischer Name.“ Sie schmunzelte.

„Und warum heißt du Stefansdóttir, aber dein Sohn Johansson mit Nachnamen?“

Die rundliche Frau lächelte. „Unsere Nachnamen setzen sich zusammen aus dem Vornamen des Vaters – in meinem Fall Stefan, in Olavs Fall Johann – und je nach dem Geschlecht der Endung -dóttir oder -son."

Sara überlegte. „Also wenn Olav einen Sohn hat, heißt der Olavsson mit Nachnamen, hat er aber eine Tochter, würde sie Olavsdóttir heißen?"

Arna nickte. „Richtig. Sara, entschuldige mich, ich bin nicht mehr die Jüngste. Ich werde mich jetzt doch ein wenig ausruhen, die Kälte lässt meine alten Knochen schmerzen. Vielleicht solltest du dich auch etwas hinlegen. Wenn du wach wirst, wird Olav sicher mit Neuigkeiten zurück sein. Mach dir keine Sorgen, er wirkt zwar wie ein alter Trunkenbold, aber er findet die beiden."

Hoffentlich nicht als zwei Leichname in der Kälte, dachte Sara und bibberte. Doch sie tat, wie ihr geheißen, und legte sich auch ein wenig hin. Sie war seit über vierundzwanzig Stunden wach und erschöpft wie noch nie in ihrem Leben. Wenn der kleinen Em etwas passiert war, würde sie sich das nie verzeihen …

Wider Erwarten fiel sie in einen leichten Schlaf und schreckte immer wieder hoch. Als das erste fahle Morgenlicht durchs Fenster drang, war sie schlagartig wach. Sie sprang aus dem Bett und stürmte in das erhellte Wohnzimmer. Niemand war da, nicht einmal Frosti. Die Tür zu Arnas Schlafzimmer war angelehnt, und Sara konnte sehen, dass das Bett gemacht war. Wo waren alle? Neugierig ging sie zu dem hölzernen Küchentisch, auf dem eine Notiz lag. In geschwungenen Lettern stand darauf: *Ich helfe Olav bei der Suche. Island ist ein weites Land, deshalb solltest du nicht alleine hinaus. Ich habe dir Frosti zur Unterstützung dagelassen. Arna.*

„Guten Morgen, Sara."

Erschrocken schrie sie auf und drehte sich um. Hinter ihr stand Olavs Kumpel, eine dampfende Tasse in der Hand. Schnell bedeckte Sara ihren Oberkörper mit beiden Händen. Sie hatte gestern einfach nur in Unterwäsche geschlafen, weil sie zu müde gewesen war, um im Koffer nach Nachtkleidung zu suchen. Nervös strich sie sich eine wirre Haarsträhne aus dem Gesicht. „Was machst du denn hier?", stotterte sie.

Frosti grinste und reichte ihr die Tasse. „Hier. Trink das, dann geht's dir besser."

Sie starrte ihn verwirrt an. „Falls du es in deinem Rausch vergessen haben solltest: *Du* brauchst ein Kater-Frühstück. Nicht ich. Mir geht es nicht schlecht. Ich will nur wissen, wo meine Freundin und ihre Tochter sind!" Wütend funkelte sie ihn an.

„Keine Sorge, Cappuccina. Alles wird gut. Olav und Mama Arna haben alles im Griff."

„Wie nennst du mich?" Sie hatte sich wohl verhört! Er antwortete nicht und musterte sie nur frech von oben bis unten.

Sara schluckte. Ihr Vater war Afro-Amerikaner, oft genug hatte sie sich abschätzige Bemerkungen über ihren haselnussfarbenen Teint anhören müssen. Allerdings hatte sie gedacht, in Island auf mehr Toleranz zu stoßen.

Frosti verdrehte die Augen. „Ach komm, das war doch nicht ernst gemeint. Tut mir leid, ich mag deinen Cappuccino-Teint. Aber noch besser gefallen mir deine dunklen Augen."

Er blitzte sie spitzbübisch an.

„Hör auf, mich zu belästigen", knurrte Sara und huschte an ihm vorbei in ihr Gästezimmer. Sie musste sich schnellstens etwas überziehen! Sie schnaufte kurz. Eigentlich hatte sie gar keinen Grund, sich zu schämen! Immerhin war er ein pummeliger, recht klein geratener Mann, ohne richtigen Bartwuchs und dafür mit umso mehr unreiner Haut. Hastig kramte sie einen dicken Pullover und eine braune Cordhose aus ihrem Koffer und schlüpfte schnell in die Sachen. Viel besser!

Es klopfte.

„Ja?“

Frosti trat ein. „Erzähl mir was über dich.“ Er beobachtete sie schmunzelnd.

„Ich glaub wohl kaum, dass das der richtige Zeitpunkt ist, um zu tratschen. Vielleicht hast du keine Freunde, aber Amy ist meine beste Freundin, und sie hat eine echt schwere Zeit hinter sich. Ich mach mir Sorgen!“ Sie musste sich bemühen, ihn nicht anzuschreien.

Er ging einen Schritt auf sie zu und sah ihr tief in die Augen. Seine Iris war kristallblau.

„Olav und Arna finden die beiden, hab keine Angst. Ich weiß, du fühlst dich hilflos, weil du nichts tun kannst. Aber niemand hat was davon, wenn du dich auch noch verläufst. Also: Komm mit, ich mach dir'n gutes isländisches Frühstück.“

Sara seufzte und wich seinem durchdringenden Blick aus.

„Danke“, murmelte sie und drängte sich an ihm vorbei, raus aus der Enge des Gästezimmers. Im Wohnzimmer setzte sie sich an den großen massiven Esstisch und sah aus dem Fenster. Es schneite nicht mehr, die Sonne tauchte die Landschaft in ein warmes, beruhigendes Licht. Der Schnee glitzerte. Sie fröstelte bei dem Gedanken, draußen in der Kälte zu sein. Hoffentlich ging es Amy und Emily gut!

„Hier.“ Frosti stellte den noch immer dampfenden Becher, den er ihr vorhin schon hatte geben wollen, vor sie hin und setzte sich ihr gegenüber.

„Du siehst blass um die Nase aus, willst du dich nicht noch mal hinlegen?“

Sara schüttelte den Kopf und rutschte unruhig auf dem Stuhl hin und her. „Ich glaube nicht, dass ich noch mal einschlafen kann. Ich hab echt Angst um die beiden.“

„Jetzt nimm mal einen Schluck Kaffee, der wärmt dich von innen. Und dann erzähl mir was über dich.“ Neugierig sah er sie an.

Sara wusste, dass er das nur zur Ablenkung tat, doch irgendwie war sie ihm dankbar dafür. Endlich umfasste sie den Becher und nahm einen Schluck. Die Wärme entspannte sie etwas. Frosti hatte recht.

Sie holte tief Luft und setzte an: „Ich bin Amys beste Freundin. Meine Mutter stammt aus einer alten irischen Familie, die nach New York ausgewandert ist, mein Vater aus Lateinamerika. Die Ehe meiner Eltern wurde oft auf die Zerreißprobe gestellt. Du weißt schon: weiße Frau, schwarzer Mann. Immer eine heikle Kombination. Aber sie haben sich durchgesetzt, auch gegen ihre eigenen Familien. Meine Mutter ist Krankenschwester, mein Vater Straßenbahnfahrer. Ich hab einen älteren Bruder, der ist Lehrer. Unsere Eltern haben uns immer alles ermöglicht, obwohl sie selbst nie viel hatten und am Rande der Gesellschaft standen. Ich bin in die Fußstapfen meiner Mutter getreten und ebenfalls Krankenschwester. Für Kinder.“ Sie seufzte einen Moment. Die Situation beruhigte sie, ihre Gedanken wanderten erneut zu Amy und Em, doch Frostis Stimme holte sie sofort zurück.

„Eine großartige Aufgabe“, stellte er fest.

Sara nickte. „Aber nicht immer einfach.“

„Was machst du, wenn du nicht kleinen Kindern das Leben rettest?“

Sie schmunzelte und nahm einen Schluck Kaffee. „Ich lese unglaublich gern. Früher hatte ich ein Pferd und hab viele Stunden mit ihm verbracht. Letzten Sommer ist es gestorben. Es war mein ein und alles. Ein Schimmel – ein weißes Pferd“, fügte sie hinzu.

„Ich kann dir gern ein paar Islandpferde vorstellen. Von denen wimmelt's hier nur so.“

Sara lächelte und spielte mit einer Haarsträhne. „Mein Pferd hieß Frosty, wie der Schneemann. Deshalb war ich über deinen Namen so verwirrt.“

Er grinste sie frech an. „Na, wenn das kein Zufall ist. Reiten und Lesen, rettet Kindern das Leben. Hört sich toll an! Ich liebe auch Tiere, hab meinen eig'nen Park aus Rentieren.“

Fasziniert sah Sara ihn an, als er fortfuhr.

„Ich wohne mit Olav zusammen in einer Hütte, nicht weit von hier. Ein glückliches, zufriedenes Leben, nur die perfekte Frau fehlt noch zu meinem Glück.“

Sara lachte laut auf. „Hört sich ja an wie eine der Kontaktanzeige in der *Times.*“

Frosti schmunzelte, und der Blick seiner blauen Augen durchdrang sie bis ins Mark.

„Klaro. Ich möcht dich ja auch gern näher kennenlernen. Es passiert selten, dass hier so 'ne tolle Frau vorbeikommt. Die isländischen Frauen sind mir alle zu … ähm … langweilig.“ Er grinste. „Was muss ich noch über dich wissen?“

Sara zog eine Augenbraue hoch. Na gut, dann eben auf die Telegramm-Tour. „Ich bin eine Nachtschwärmerin, nett, manchmal etwas forsch, Freundschaft ist mir sehr wichtig. Ich kaufe gern schöne Sachen – viel zu viel, und zu oft. Ich bekomm Lachanfälle, die nicht mehr zu stoppen sind, aber kein albernes Hühnergackern wie so manches Mädchen. Dafür bin ich zu robust, schließlich können wir Reiterinnen auch mal ordentlich mit anpacken. Ich liebe meine Familie – ach ja, und eigentlich trage ich eine Lesebrille, aber sie ist mir peinlich." Sie atmete laut aus.

„Klingt nach einer echten Traumfrau", murmelte Frosti und lehnte sich über die Tischkante zu ihr.

Ruckartig erhob sich Sara. Was hatte sie sich nur dabei gedacht? „Ich … ähm … ich sollte mich noch mal hinlegen."

Verwirrt sah Frosti sie an. „Warum denn das auf einmal?" Dann hielt er inne. „Oh. *So* meinst du das." Er lächelte sie verschmitzt an.

„Was? Nein!", rief Sara erschrocken. „Dieses Klima. Es macht mich fertig", murmelte sie und spürte, wie die Hitze über ihre Wangen kroch.

Frosti lachte auf, und selbst seine bereits rosigen Wangen färbten sich knallrot. „Schon in Ordnung. Ihr Amerikaner seid etwas stürmischer. Ich mag das."

Er schien noch nicht ganz verstanden zu haben, Sara ging hastig zur Tür. „Nein!", rief sie erneut, hob die Hände und schickte sich an, langsam rückwärts aus dem Raum zu gehen. Dabei stieß sie gegen eine Blumenvase. Sie blieb stehen. „Ich mein das ernst. Ich fühl mich wirklich krank!"

Frosti grinste. „Natürlich. Das isländische Klima ist seit Jahrzehnten als äußerst schädlich bekannt. Du hast recht. Leg dich besser hin. Es kann noch Stunden dauern, bis Arna und Olav zurück sind. Sag, soll ich dich pflegen?"

Sara prustete los. „Wie willst *du* mich denn pflegen, bitte schön?"

„Ich könnt' dir ein Liedchen singen."

„Du kannst doch gar nicht singen!"

„Klar kann ich. Krumm und schief."

Sara verkniff sich ein Grinsen. „Dann wird das mit dem Einschlafen aber schwierig werden.“ Was redest du denn da für einen Unsinn, fragte eine innere Stimme. Sie hätte sich ohrfeigen können, was war denn nur los mit ihr?

„Ich möchte nur, dass du gesund wirst“, murmelte Frosti heiser, erhob sich von seinem Stuhl und kam auf sie zu. Er roch nach Kaminholz und Beerenwein. Seine Wangen hatten wieder den normalen Rosaton angenommen. Sie wich noch ein Stück zurück. „Ich sollte mich wirklich hinlegen. Weckst du mich bitte, wenn's etwas Neues von Amy oder der Kleinen gibt?“

„Natürlich.“ Frosti war nun stehen geblieben und räusperte sich.

Sie zögerte. „Danke fürs Ablenken.“

Fast spürte sie, wie er ihr enttäuscht hinterherschaute, als sie zurück in ihr Zimmer ging und die Tür hinter sich schloss.

❄

Ich hatte das Gefühl, als würde ich schon seit Stunden im Kreis laufen. Es war bitterkalt, und ich wusste nicht, wonach ich suchen sollte. Ich hatte erwartet, die Frau – mein Quellgeist – würde mich direkt zu Olav bringen. Doch stattdessen war ich am Ende der Welt gelandet. Ich blickte auf Charles' Uhr. Das braune, gegerbte Lederarmband rieb unangenehm auf dem Handgelenk. Es war nach Mitternacht. Wann würde morgen wohl die Sonne aufgehen? Um elf? Es hatte jedenfalls keinerlei Sinn, darauf zu warten. Ich wusste, dass Island im Dezember einem unendlichen Winterdämmern ausgesetzt war. „Emily!“, brüllte ich heiser. Ich spürte, wie sich Eiskristalle auf meinen Lippen und Wimpern gebildet hatten. *Nicht weinen.* Sonst würden die Tränen gefrieren. Seufzend setzte ich mich auf den einzigen Baumstumpf, der in der unendlichen Weite zu finden war, und stützte den Kopf in die Hände. Ein eisiger Wind pfiff mir um die Ohren.

„Hast du dich verlaufen?“

Erschrocken blickte ich auf. Jemand mit einer fast kindlichen Stimme hatte gesprochen. Fast hatte es geklungen wie ein Quietschen, ich konnte aber niemanden erkennen. Wie aus dem Nichts hatte sich auch noch ein schwarzer Nebel ausgebreitet, den man selbst in dieser Düsternis ausmachen konnte. Ich sah kaum die eigene Hand vor Augen.

„Das Wetter in Island ist unberechenbar, seid immer auf der Hut“, hatte Arna gesagt, und es war eine Warnung gewesen, kein freundlicher Schwatz.

„Wer ist da?“ Ich versuchte, meine Stimme nicht zittern zu lassen.

Stille. Der feuchte Nebel hüllte mich ein.

„Olav?“, fragte ich unbehaglich. „Hab keine Angst, ich bin's, Amy. Ich erinnere mich an dich!“

Vielleicht traute er sich nicht, sich zu zeigen? Ich war fest überzeugt, ihn vor Arnas Hütte gesehen zu haben. Er lebte! Auch der Quellgeist hatte mir das bestätigt. Ein Gefühl von Wärme, das ich schon beinahe vergessen hatte, durchströmte mich. Ja, alles war möglich … „Zeig dich!“, rief ich und wunderte mich im selben Moment über meinen Mut. Hoffnung keimte in mir auf. Ich würde Olav wiedersehen.

Etwas raschelte, und plötzlich nahm ich eine Bewegung wahr. Im dichten Nebel kamen Umrisse zum Vorschein. Ein Kind – Emily!

Nein, es war einfach nur ein kleiner Mensch. Ein Kleinwüchsiger?

Doch seine Gesichtszüge waren so asymmetrisch, dass er kaum wie ein Mensch aussah. Eher wie ein hässlicher Gartenzwerg. Er hatte kurze Beine, die unter einer ledernen Hose – vermutlich Rentierleder – hervorlugten, und trug einen löchrigen Mantel. Ein dicker Bauch quoll unter seinem hellen Stoffhemd hervor, das viel zu kurz war, und ein Ziegenbärtchen zierte sein grimmiges Gesicht.

„Was willst du?“ Hysterisch sprang ich hinter den Baumstamm, auf dem ich gesessen hatte, doch durch den dichten Nebel sah ich kaum etwas und stolperte.

„Ich kann dir helfen“, murmelte der Kleinwüchsige. „Ich helfe dir, wieder auf den rechten Weg zu kommen.“

Ich schüttelte instinktiv den Kopf und raffte mich auf. Er stand direkt vor mir. Eigentlich hätte ich ihn mit einem Fußtritt außer Gefecht setzen können, doch vielleicht war das gar nicht nötig, immerhin hatte er mir seine Hilfe angeboten. Sein verhältnismäßig großer Kopf und die gewaltigen Hände und Füße machten mir Angst. Seine Nase war ziemlich lang, und die Augen standen weit auseinander. Ein spitzer Hut saß auf seinem Kopf, die Ohren standen weit ab. Doch am grausigsten fand ich sein breites Grinsen, die gelbschwarzen Zähne, über die er immer wieder mit der Zunge fuhr.

„Ich b-brauche keine Hilfe“, stotterte ich mutig. „Danke.“

Er streckte eine Hand nach mir aus. „Oh doch, ich seh's in deinen Augen. Hast dich verlaufen. Hab keine Angst vor mir, ich helfe dir. Suchst nach jemandem, hab ich recht?“

Er lächelte schelmisch, als ich mich durch ein Nicken verriet. Mein Instinkt riet mir davon ab, diesem Gnom zu vertrauen, warum offenbarte ich mich ihm dann? Aber meine Hilflosigkeit und Verzweiflung trieben mich in eine tiefe Gleichgültigkeit. Was hatte ich denn zu verlieren?

„Komm schon, *konan*, ich bring dich zu meiner Höhle. Kannst dich dort aufwärmen.“

Höhle? Das klang nicht gerade verlockend. Obwohl – was blieb mir anderes übrig? Immerhin hatte ich dem Verborgenen Volk schon öfter gezeigt, was eine Harke war, auch ihm könnte ich notfalls einen Tritt verpassen. Zögerlich reichte ich ihm die Hand.

Seine Pranke fühlte sich lederartig und uneben an. Jedem Hindernis ausweichend, führte er mich zügig durch die nebelverhangene Nacht, und ich fühlte mich seltsam daran erinnert, wie mich Olav zu den Quellgeistern geführt hatte. Nach einer Weile blieben wir stehen. Der Nebel war nach wie vor so dicht, dass ich kaum etwas erkennen konnte.

„Der Eingang“, murmelte der Gnom, und nun konnte ich erkennen, dass wir vor einem Felsvorsprung standen. „Musst dich bücken“, sagte er mit seiner unnatürlich hohen Stimme und kraxelte hinauf.

Ich kletterte hinter ihm her bis zum Eingang einer Höhle. Der Boden war kalt und feucht, es war so dunkel, dass ich Angst hatte, gegen die Felswand zu prallen. Mit einem Mal durchbrach ein Farbenspiel die Schwärze.

„Kannst dich aufrichten“, sagte der Gnom im nächsten Moment.

Ich erhob mich vorsichtig und sah verblüfft auf das Spektakel vor uns. Wir standen inmitten einer Art Grotte. Bunte Farben tauchten alles in ein wundersames Licht, ein kleiner Fluss schlängelte sich an uns vorbei. Überall hörte man Wassertropfen fallen, und ein seltsames Gemurmel begleitete das Tropfgeräusch. Dann sah ich sie. Kleine Menschlein, die genauso aussahen wie der Gnom.

Manche von ihnen schöpften Wasser aus dem Bach, der sich durch die Höhle schlängelte, andere hantierten mit kleinen Werkzeugen an filigranen Handwerksarbeiten, die ich aber nicht genau erkennen konnte, und reichten die Rohfassungen dann weiter an die nächste Gruppe Gnome, die die Kunstwerke offenbar vollenden sollte. Jetzt erkannte ich auch den Ursprung des Farbenspiels: Unzählige kleine Steine gaben ihr buntes Licht in die Höhle ab. Die Kleinwüchsigen brabbelten immer wieder in einer mir unverständlichen Sprache, die sich wie Babygemurmel anhörte. Es erinnerte mich an Emilys erste Sprechversuche. Plötzlich spürte ich meine Finger wieder, und mein ganzer Körper schien nach der Eiseskälte aufzutauen. Eine unnatürliche Wärme herrschte in der Höhle. Angenehme Aromen hingen in der Luft, die ich so noch nie gerochen hatte. Neugierig wagte ich mich ein paar Schritte nach vorn und beobachtete die kleinen Arbeiter. Sie schienen mich gar nicht wahrzunehmen, so sehr waren sie in ihr Werkeln vertieft.

„Was ist das?“, murmelte ich und deutete auf einen großen, glitzernden weißen Stein, der soeben von einem der Männchen geschliffen wurde.

„Diamanten.“

Ich blickte mich überrascht um. Der kleine Gnom entblößte seine gelben Zähne.

„Willkommen in der Diamantengrotte.“

Ich starrte ihn fassungslos an. Diamantengrotte? Etwa die, in der Hayley damals gestrandet war? „Euch gibt's also auch?“, fragte ich, nachdem ich mich gesammelt hatte.

Es bestand langsam kein Zweifel mehr daran, dass meine Erinnerungen nicht aus purem Wassermangel heraus entstanden waren.

„Hast schon von uns gehört?“ Der Kleine schien irritiert und legte den Kopf schief.

Ich nickte. „Ja. Ähm … Geschichten. Wer seid ihr?“

„Oh, für uns gibt es viele Namen. Die Menschen schimpfen uns Kobolde, Trolle, Gnome. Wir nennen uns das *Démantar Fólk.*“

Ich war immer noch verblüfft über den Zauber, den die Grotte barg. „Und ihr stellt wirklich Diamanten her?“

„Ja. Darfst dich gern umsehen“, sagte der Troll. „Aber nichts anfassen! Verstanden? Nichts. Anfassen.“

Ich nickte brav und tappte weiter. Überall waren kleine Männlein am Werk und arbeiteten. Ich sah, dass die Grotte sich noch ein ganzes Stück tiefer verzweigte. Selbst weit, weit hinten leuchteten immer wieder bunte Steine auf oder glitzerten. Das Funkeln erinnerte mich an das Leuchten im Fluss, als ich beinahe ertrunken war. Führte dieser Bachlauf direkt in den finsteren Zauberwald? Ich erschauerte, als ich an den Wald dachte. Als mein Blick auf einen Berg leuchtender Diamanten fiel, erschrak ich. Die Rohdiamanten waren einfach nur Klumpen, aber sie wurden in verschiedene Abteilungen weitergeleitet. Weiter hinten wurden Tierkörper aus ihnen gehauen. Sie sahen aus wie das, was mir Vater geschenkt hatte. Mein Vater … Er hatte mehr gewusst, als er zugegeben hatte! War er etwa hier gewesen, als er nach mir gesucht hatte? Mein kleines Rentier hatte verblüffende Ähnlichkeit mit den Duplikaten.

Ich fasste in meine Jackentasche, zog das Spielzeug hervor, das ich im Raum unter der Quelle gefunden hatte, und ging damit auf die Trolle zu, die beschäftigt waren, die Diamanten zu perfektionieren. Ich hob es hoch und verglich es mit ihren

Kunstwerken. Sie waren identisch. Vielleicht lag hier des Rätsels Lösung?

„Hey“, brüllte jemand.

Erschrocken fuhr ich herum. Hinter mir stand der Gnom, der mich hergeführt hatte.

„Hab doch gesagt: Nichts anfassen!“

„Ich hab nichts angefasst“, stammelte ich.

„Und was ist das?“, schrie er schrill, und seine ohnehin schon hohe Kinderstimme schien nun noch eine Oktave höher.

„Das gehört mir“, sagte ich selbstbewusst.

Doch ich konnte gar nicht so schnell schauen – der Troll sprang in die Höhe, entriss mir das steinbesetzte Rentier und steckte es in einen kleinen samtigen Beutel, den er bei sich trug.

„Diebin!“, rief er. „Hab dich hergeführt, und was machst du? Beklaust uns! Nehmt sie fest!“, brüllte er.

Aus einer Ecke schossen zwei kleine Trolle hervor und packten mich an den Armen. Sie waren kräftig, und schnell. Ich hatte sie aufgrund ihrer Größe unterschätzt. Ein Fehler, wie ich nun feststellen musste.

„In den hinteren Trakt, ich schicke Stóbjörn zu ihr. Seht zu, dass ihr sie ordentlich fesselt. Sie darf nicht entkommen. Wer Diamanten stielt, erhält die Höchststrafe!“

❄

Er ließ einen lauten Schrei los. Dann holte er kräftig aus und schlug mit aller Kraft auf das Holzscheit ein.

„Bei dem Lärm kann man ja nicht schlafen.“

Sara stand vor ihm und beäugte ihn kritisch. Sie trug einen grauen Wollmantel, den sie sich eng um den Körper geschlungen hatte. Ihre Wangen schimmerten rot von der Kälte, und sie wirkte so zierlich und zerbrechlich, wie sie dort vor ihm stand und zitterte, dass er sie am liebsten in die Arme genommen hätte.

„Tut mir leid“, murmelte er. Dann: „Mist, verdammter“, als ein Holzscheit umfiel.

„Hat deine Mutter dir nicht beigebracht, dass man nicht flucht?“

Sein Gesicht bekam eine andere Farbe, plötzlich wurde es grau, und er wich ihrem Blick aus.

„Hab lang nich' mehr mit meiner Mutter gesprochen.“ Er widmete sich wieder seinem Holz. Mehr wollte er dazu nicht sagen.

„Warum nicht?“, fragte Sara neugierig und kam näher. Sie roch nach Lavendel.

„Ich red nich' gern darüber.“

„Das sagt Amy auch immer, wenn ich sie auf Charles anspreche. Aber es hilft. Seinen seelischen Ballast abzuladen ist wie Frühjahrsputz. Das reinigt die Seele, und man fühlt sich wie neugeboren. Plötzlich glänzt wieder alles.“

„Na ja, für euch Frauen gilt das vielleicht –“ *Klatsch.* Ein Schneeball landete mitten in seinem Gesicht.

„Du Biest“, rief er, spurtete auf sie zu, packte sie bei den Schultern und drückte sie kopfüber in den Schnee. Nachdem sie sich prustend erhoben hatte, hielt er ihr die Hand hin.

„Quitt?“

Sara nickte und wischte sich den nassen Schnee aus dem Gesicht. Sie ergriff seine Hand und drückte sie, um sich hochzuziehen. Im letzten Moment zog sie ihn so fest zurück, dass er neben ihr in den Schnee plumpste.

„Du Weib“, murmelte er. Sara lachte herzlich. Wie weiß ihre Zähne waren, dachte er verträumt.

„Machst du mir ’nen Blaubeerwein und erzählst von deinen Eltern?“, fragte sie. Ihre anfängliche Zurückhaltung von heute Morgen schien verflogen.

Er tat so, als überlege er einen Moment. „In Ordnung. Aber erwarte keine romantische Geschichte.“

Als sie sich abgetrocknet und aufgewärmt hatten und es sich vor dem Kamin in Arnas Wohnzimmer so gemütlich gemacht hatten, wie es eben ging, starrte Frosti lange ins Feuer, bevor er anfing zu berichten:

„Ich habe sechs Brüder und zwei Schwestern.“

„Wow, eine richtige Großfamilie“, unterbrach Sara ihn begeistert.

Er sah sie einen Moment schweigend an, bevor er den Blick wieder ins Feuer richtete. „Ähm … so würd ich es nicht nennen. Ich – oder besser gesagt, wir – haben's uns mit den Eltern ziemlich verscherzt.“

Sara riss die Augen weit auf. „Oh nein. Schlimm?“

Er wiegte den Kopf hin und her, sah sie aber nicht an. „Wie man's nimmt. Sie gehören einer speziellen … Gruppe an. Sie haben ihre Werte, ihre Regeln, und da passen wir nicht so in ihr Weltbild.“

„Das ist ja schrecklich.“ Sara dachte an ihre Eltern, zu denen sie ein sehr inniges Verhältnis pflegte. „Sind sie sehr konservativ?“, fragte sie.

Er nickte traurig. „Schon. Aber mittlerweile haben sie es aufgegeben, uns zu überzeugen. Deshalb bin ich zu Olav gezogen. Weil ich's nicht mehr ausgehalten habe. Seitdem nähern sie sich mir wieder an.“

„Und deine Geschwister?“

„Die sind in Reykjavik und leben ihr Leben. Sie sind modern, weltlich, offen."

„Kannst du dir vorstellen, dich wieder besser mit deinen Eltern zu verstehen?"

„Ich liebe die isländische Tradition, aber ich möcht' nichts mit der Gruppe zu tun haben, die meine Eltern als ihre Familie sehen."

„Tut mir leid", flüsterte Sara.

Endlich sah er sie an. „Muss es nicht. Ich komm klar. Arna und Olav sind großartig, und meine Geschwister sehe ich auch hin und wieder. Aber eines Tages will ich nach Amerika."

„Das freut mich doch zu hören."

Überrascht wandten sich Sara und Frosti um. Olav war unbemerkt eingetreten und stand dicht hinter ihnen. Er sah völlig durchgefroren aus, seine Wangen glänzten rot, und er wischte sich mit dem Ärmel über die laufende Nase.

„Olav! Was machst du denn hier? Habt ihr sie gefunden?"

Frosti sprang auf.

Sein Freund schüttelte den Kopf. „Keine Spur. Arna ist im Dorf und sucht nach Leuten, die uns unterstützen können." Olav sah Sara entschuldigend an. „Sie scheinen beide wie vom Erdboden verschluckt."

Sara war den Tränen nahe. „Ich hätte Amy niemals allein lassen dürfen! Nicht in ihrem Zustand!"

Frosti legte einen Arm um sie. „Wir finden sie."

Olav nickte heftig und seufzte laut. „Sicherlich." Er ging zu Frosti und nahm ihm den halb vollen Becher ab. Gierig schlürfte er den Blaubeerwein auf. „So, jetzt geht's mir besser."

Angewidert zog Sara eine Augenbraue hoch. „Igitt. Ihr seid wie kleine Kinder."

Olav hob gleichgültig die Schultern. „Komm, Kumpel, genug Kuschelzeit gehabt. Wir müssen uns an die Arbeit machen“, sagte er und funkelte Frosti verschwörerisch an.

„Welche Arbeit?“, fragte Sara und ignorierte den bösen Kommentar.

„Das geht dich nichts an. Männersache.“ Er zwinkerte ihr zu.

Sara schüttelte wütend den Kopf. „Dann mach ich mich eben allein auf die Suche, wenn ihr was Besseres zu tun habt.“

Olav stemmte die Hände in die Hüften. Dann sah er Frosti fragend an. „Sollen wir sie mitnehmen?“

„Denke schon.“

„Also gut, dann auf, auf ihr Hübschen.“ Olav nickte ihr zu und drehte sich um. Dann hielt er inne.

„Zieh dir was Warmes an, Sara, das Wetter ist nicht zu unterschätzen. Ach ja, fast vergessen …“ Er ging zu einem Schrank und holte ein paar Flaschen Blaubeerwein heraus. „Zum Warmhalten.“

Die Fesseln schnürten mir die Handgelenke ab. Ich wollte schreien, doch die kleinen Biester hatten mir einen Knebel in den Mund gesteckt. Tatsächlich war es nur ein alter Lappen, der mich beinahe zum Würgen brachte.

Der Troll lachte: „Hören wird dich eh keiner – aber deine tiefe Stimme nervt!“

Wut stieg in mir auf, und ich wollte am liebsten aufstampfen, doch sie hatten mir sogar die Füße zusammengebunden. Ich versuchte verzweifelt, auf mich aufmerksam zu machen. Doch der Troll, der sich mir als Alvar vorgestellt hatte, grinste mich nur schief an.

„Keine Sorge. Ich bin fort, sobald Stóbjörn da ist.“

Vermutlich der Anführer, dachte ich. Auf jeden Fall hörte es sich so an. Ich ärgerte mich darüber, dass ich Alvar vertraut hatte. Von Anfang an war da ein mieses Gefühl gewesen, mit ihm zu gehen. Doch mein Bedürfnis nach Wärme und Kontakt zu irgendeiner Art von Wesen hatte überwogen. Reingefallen, dachte ich missmutig.

Ich erinnerte mich an einen Tag im Dezember, als ich mit Charles im tiefsten Winter im Central Park in New York spazieren gegangen war. Erst kurz zuvor hatte ich erfahren, dass ich schwanger war, und ihn mit der Nachricht überraschen wollen. Ich war so glücklich gewesen! Was für ein wunderbares Gefühl, solch ein Geheimnis zu haben! Tagelang hatte ich mir überlegt, wie ich es Charles mitteilen würde: Ich wollte Babysöckchen einwickeln, die er auspacken sollte. Nur eine kleine Stimme in mir hatte mich geärgert: Warum so lange warten mit der Nachricht? Warum ihn nicht gleich damit überraschen? Doch ich war stur geblieben und hatte die zwei

Wochen bis Weihnachten warten wollen, denn es sollte das perfekte Weihnachtsfest werden.

Im Central Park hatte Charles begonnen, mich mit Schneebällen zu bewerfen. Einer traf mich so hart, dass ich ins Stolpern geriet. Ich stürzte genau vor einen Pferdeschlitten, dessen Insassen eine Fahrt durchs winterliche New York unternahmen. Das Pferd erschrak sich, scheute und traf mich mit einem Huf direkt am Bauch. Wimmernd war ich liegen geblieben und hatte Charles alles gestanden. Doch es war zu spät. Mitten an diesem weißen, vorweihnachtlichen Tag in New York verlor ich das Baby.

Es war einer der schlimmsten Tage meines Lebens gewesen, noch Wochen danach war es uns schlecht gegangen. Charles hatte versucht, mich zu trösten, doch nichts half. Es hatte ein Jahr gedauert, bis ich mich dazu durchringen konnte, es wieder mit einem Baby zu versuchen. Der kleinen Lucy haben wir einen Gedenkstein auf dem Friedhof von New York aufgestellt.

Ich hatte mir solche Vorwürfe gemacht! Hätte ich Charles sofort von der Schwangerschaft erzählt, dann hätte er nie mit dem Schneeball nach mir geworfen, sondern auf mich aufgepasst wie auf ein rohes Ei. Nun war er mit Lucy vereint, dachte ich. Warum zum Teufel wachten sie dann nicht über mich?

Ich schluckte. Ich fühlte mich so hilflos wie damals. Wieder hatte meine innere Stimme versagt. Ein Gurgeln entglitt mir, und ich zerrte erneut an den Fesseln. Was war nur passiert? Ich hatte doch nur meiner Trauer und meinen Gefühlen entfliehen wollen, fort von all dem Schmerz und all den Erinnerungen. Ich hatte gehofft, in Island eine schöne Weihnachtszeit mit Emily erleben zu dürfen. Stattdessen war ich in einem Albtraum gefangen.

Ein kratzendes Geräusch ließ mich aufhorchen. Alvars dicker Rücken war zu sehen, der durch sein aufgeplatztes Lederjäckchen schimmerte. Ich musste an meinen Vater denken, der immer an die Existenz all dieser Wesen geglaubt hatte. Auf jeden Fall, seit er in Island stationiert gewesen war. Mutter schalt ihn noch Jahre später, wenn er von den isländischen Feen und Gnomen sprach. Warum hatte ich nach meinen Begegnungen von früher nicht zumindest jetzt eine Ahnung gehabt? Wie kam es, dass nicht mal ein Hauch davon übrig geblieben war?

Ich sah auf. Alvar hatte sich mir zugedreht und grinste mich frech an. Das Grinsen erinnerte mich an Olav. Auch er hatte immer seine schiefen Zähne entblößt, wenn er mir einen Streich spielen wollte. Doch was hinter dem Gnom zum Vorschein kam, hatte nichts mit einem Streich zu tun.

Ein rotes Tier mit ledriger Haut kroch langsam auf mich zu. Es überragte Alvar um mindestens einen Meter und warf einen großen Schatten auf mich. Entlang seines Halses wuchs ein stacheliger Kragen, der an seinem Kopf in Hörner überging. Das Biest, das keine Flügel besaß, sondern einen stacheligen Rücken und vier große Klauen, blähte die Nüstern und sah mich aus schlitzartigen schwarzen Augen an. Was für ein fratzenartiges Gesicht!

Hätte ich Em nicht vor Kurzem die Geschichte vom Drachen Dorian vorgelesen, hätte ich das lederartige Ding wohl für eine übermäßig große Echse halten. Erzählte ich jemandem von sämtlichen Wesen, denen ich hier begegnet war, würde man mich sicherlich in die Psychiatrie einweisen.

„Darf ich vorstellen: Stóbjörn. Hüter der Diamantengrotte." Alvar verbeugte sich. „Keine Angst, Mädchen. Er zündet dich nicht an. Noch nicht." Er zwinkerte mit seinen großen Trollaugen und verschwand hinter einer Felswand.

Ich war versucht, zu rufen, dass er mich nicht alleinlassen sollte. Doch er hatte mich in diese prekäre Lage gebracht, er würde mir nicht helfen. Angsterfüllt blickte ich auf den Drachen. Er war nicht so groß, wie ich es zuerst erwartet hatte. Wie ein großes Pferd vielleicht. Seine schwarzen Augen wirkten beinahe treu, wie er auf mich herabsah. Ich deutete seinen Blick nicht als aggressiv oder angriffslustig, sondern eher als neugierig. Eine große Narbe zog sich über dem rechten Auge bis zum Hals.

„Es ist lange her, dass ein Mensch hier gewesen ist“, dröhnte Stóbjörn.

Ich war überrascht. Irgendwie hatte ich nicht damit gerechnet, dass er mit mir reden würde. Aber hier war alles möglich. Er kam ganz dicht an mich heran und schnupperte an meinem Gesicht. Ich zitterte am ganzen Leib, trotzdem ließ mich das Gefühl nicht los, dass er einfach nur wie ein neugieriger, übergroßer Hund war. Meine Gedanken huschten kurz zu Fenris, Olavs tapsigen Schafshund.

„Eine Schönheit bist du, Amy.“

Die Nüstern waren groß und dunkel, und kleine Dampfwolken stiegen aus ihnen empor. Die Stimme des Drachens war dunkel und warm, wie ein Kaminfeuer.

Woher kannte er meinen Namen? Ich wimmerte. Warum nahm mir keiner den Knebel ab? Auch Stóbjörn schien nicht damit zufrieden zu sein, dass ich ihm nicht antworteten konnte.

„Alvar!“, donnerte er durch die Grotte, und seine Stimme erzeugte ein lautes Echo.

Ich hörte ein Watscheln und Gemurmel, plötzlich stand Alvar wieder da und machte einen leichten, unbeholfenen Knicks.

„Meister?“

Der Drache gab ein fauchendes Geräusch von sich und blies Rauch in die Luft. „Mach das Mädchen frei. Ich kann sie ja nicht verstehen, wenn sie geknebelt ist.“

Alvar lachte leise. „Sie sollte uns nicht bei der Arbeit stören, Meister Stóbjörn. Es ist kurz vor Weihnachten, wir haben jede Menge zu tun – keine Zeit, uns um eine Menschenfrau zu kümmern, die dumme Fragen stellt.“

Der Drache stieß ein kleines Flämmchen aus dem Rachen, welches nur knapp über Alvars Kopf hinwegrauschte. „Es gibt keine dummen Fragen. Wer fragt, der lebt. Wer nicht fragt, hat sein Leben schon aufgegeben.“ Er sah mich durchdringend an.

Dann wandte er sich wieder an den Gnom. „Nimm ihr den Knebel aus dem Mund. Ich möchte hören, ob ihre Stimme genauso so süß klingt, wie ihre Augen leuchten.“

Alvar tat, wie ihm geheißen, und als er mir das Tuch aus dem Mund nahm, würgte ich und hustete.

„Gib ihr was zu trinken“, befahl der Drache.

Der Troll nahm einen Krug aus einer Seitennische, tappte zum Fluss und befüllte ihn mit Wasser. Dann hielt er ihn mir an die Lippen.

Gierig trank ich, verschluckte mich aber mehrmals. Das Wasser schmeckte süßlich, es war lauwarm. Außerdem prickelte es seltsam auf der Zunge. Aber die warme Flüssigkeit tat gut. Ich hatte gehofft, man würde mir auch die Fesseln an Händen und Füßen lösen, aber dem war nicht so. Fast zögerlich kam der Drache auf mich zu und musterte mich. „Bitte“, entfuhr es mir. „Ich hab nichts gestohlen! Ich bin nur auf der Suche nach meiner Tochter. Bitte, lass mich gehen.“

„Alvar behauptet etwas anderes. Er meint, du hättest einen fertigen Diamanten gestohlen, der für die Kinder Islands gedacht war."

Ich schüttelte den Kopf und sprudelte heraus: „Ich hab das Rentier aus einem Raum, der sich unter einer heißen Quelle befand. Irgendwie bin ich dort hineingefallen und kam nicht mehr raus, doch ein Quellgeist hat schließlich mir geholfen."

Der Drache pustete ein paar Rauchwolken aus. „Ich mag diese Quellgeister nicht. Sie liegen den ganzen Tag in ihren Quellen und schlafen. Unnütze Arbeiter." Er schlich ein paar Schritte im Kreis und sah mir dann direkt in die Augen. Ich hielt kurz den Atem an.

„Du suchst nach deiner Tochter?", fragte er dann.

Ich nickte heftig. „Em. Emily."

Stóbjörn verzog sein geschupptes Gesicht, als wolle er die Stirn runzeln. „Vor vielen Jahren war schon einmal jemand hier. Ein junger Mann. Hübsch, oh, ein sehr hübscher Mann. Doch er war gezeichnet. Seine Augen waren trüb, von dunklen Ringen umrandet. Seine Stirn lag ständig in Falten. Außerdem war er abgemagert. Ich hätte ihm am liebsten was Schönes gegrillt. Am besten einen dieser garstigen kleinen Wesen des *Démantar Fólks*", fügte er murmelnd hinzu. „Der Mann war verzweifelt, genau wie du. Er hat ebenfalls nach seiner Tochter gesucht. Sie war nach dem Spielen nicht mehr nach Hause gekommen. Es muss ungefähr dieselbe Jahreszeit gewesen sein. Wir waren gerade mit dem Diamantenschleifen beschäftigt und haben Trollstaub hinzugefügt, sodass die Steine ihren Glanz bekommen. Ich erhitze sie alle am Ende, damit sie so bleiben. Die Zeit vor Weihnachten ist die anstrengendste. Wir müssen die Diamanten herstellen, und dann müssen sie pünktlich zu den Wichteln gebracht werden. Auch so nervige kleine Gestalten."

„Was ist aus dem Mann geworden? Hat er seine Tochter wiedergefunden?", fragte ich ungeduldig.

„Was denkst du?"

Ich hielt den Atem an. Er wartete und sah mich durchdringend, fast herausfordernd an. Plötzlich begriff ich. „Mein Vater war hier?", fragte ich erstaunt. Und dennoch fühlte ich mich bestätigt. Er hatte mir ein Rentierduplikat geschenkt, das er offenbar auf seiner Suche nach mir erhalten hatte.

Stóbjörn schwenkte den Kopf hin und her. Meine Angst vor ihm verblasste zusehends. Fast wirkte er ein wenig vorsichtig. Er wollte mir nichts Böses, das spürte ich.

„Dein Vater war ein sehr tapferer Mann. Er hatte keine Angst. Nur um dich."

Eine Welle voll Stolz überkam mich. „Er wusste es also, so oder so! Alles! Auch wenn ich ihm nie davon erzählt hab", rief ich.

„Er hatte ein sehr gutes Herz. Er hat an uns geglaubt. Der Glaube an das Nicht-Erkennbare hielt ihn während des Krieges am Leben. Man hört immer wieder von Erwachsenen, die uns begegnen – und mit ‚uns' meine ich alle Wesen, die für euch Menschen normalerweise nicht zu existieren scheinen. Diejenigen, die anders sind als die meisten von euch, glauben an uns, und deshalb können sie uns sehen, sogar mit uns sprechen. So wie du, liebe Amy. Doch in eurer Welt werden diese Menschen als psychisch krank eingestuft, weggesperrt oder isoliert."

„Vater hat nie ein Wort darüber verloren."

„Wie denn auch?", fragte Stóbjörn. „Du kamst zurück und hattest alles vergessen. Dein Vater kam während seiner Jahre in Island immer wieder bei mir vorbei, er erzählte mir von dir. Sie haben dir deine Erinnerungen genommen. Und deine Mutter, sie war schon immer eine Skeptikerin."

„Aber wieso kann ich mich jetzt auf einmal erinnern?" Ich zweifelte noch.

Stóbjörn paffte vor sich hin, schließlich sagte er: „Ihr Menschen habt doch auch diese Heiler unter euch."

„Ärzte?", fragte ich unsicher.

„Genau, Ärzte. Schau, wenn ein Heiler – ein Arzt – etwas vollbringt, was er schon oft getan hat, kann ihm trotzdem ein Fehler unterlaufen. So war es mit Hayley, der Frau, die dich im Wald gerettet hat. Sie wollte deine Erinnerungen an diese Welt löschen, aber aus irgendeinem Grund erinnerst du dich nun wieder. Vielleicht ist ihr ein Fehler unterlaufen. Vielleicht war dein Wunsch, dich irgendwann wieder zu erinnern, aber auch stärker als die Macht des Vergessensstaubs. Er ist nicht perfekt. Nichts ist perfekt."

Ich schloss einen Moment die Augen, um gegen den Schwindel anzukämpfen. Das war einfach zu viel für mich!

„Ich habe deinem Vater zum Abschied ein Rentierduplikat gegeben. Er sollte es dir schenken, damit du es eines Tages benutzen kannst", fuhr der Drache fort.

„Benutzen wofür?"

Stóbjörn schwieg. „Das wirst du noch früh genug merken."

„Aber warum helft ihr mir? Du, und beispielsweise der Quellgeist?"

„Wer sagt, dass ich dir helfe?" Stóbjörn sah mich ernst an. Ich zögerte und zerrte an meinen Fesseln. Er hatte recht, ich war noch immer festgebunden. Hätte er mich nicht schon längst losgemacht, wenn er mir helfen wollen würde? Seine ganze Art, und wie er von Vater erzählte, hatten mich glauben lassen, dass er auf meiner Seite war.

„Jetzt schau nicht so traurig, liebe Amy. Ich muss mir ja erst mal ein Bild von dir machen, bevor ich dich laufen lasse."

Ich spürte die Verzweiflung in mir aufkeimen. „Bitte, Stóbjörn, ich möchte doch nur meine Tochter finden. Sie werden Em doch nichts antun?", fragte ich.

„Wen meinst du?" Der Drache begann, wieder im Kreis umherzulaufen. Konnte er nicht *ein* Mal ruhig stehen bleiben? Er machte mich so nervös!

„Na, Olavs Eltern."

Er hielt inne. Seine Mundwinkel zuckten nach oben, als würde er mich verschmitzt ansehen. „Du glaubst, Olavs Eltern sind immer noch die Hüter des Zauberwaldes?"

Ich zuckte mit den Schultern.

„Amy. *Du* bist der Grund, warum sie nicht mehr dort sind. Sie haben ihre Unsterblichkeit verloren, nachdem du sie entdeckt hast. Olavs Vater ist vor einigen Jahren gestorben. Seine Mutter hingegen lebt noch. Glaub mir – ihr möchtest du lieber nicht begegnen."

„Zu spät", murmelte ich.

❄

„Hopphopp!" Olav schnalzte mit der Zunge, und die Rentiere begannen, gemütlich durch den platt gefahrenen Schnee zu trappeln. Sein Blick ruhte auf den weichen Rücken der Tiere. Heute hatte er nicht seine zuverlässigen Gefährten Mó und Plumb eingespannt, sondern den eigensinnigen, graubraunen Snorre und die fast weiße Lyra, die beide von seinem geliebten Sindri abstammten. Lyra hatte zwar gerade frisch entbunden und ein Junges – Siri – bekommen, doch Olav war es wichtig, dass sie trotzdem nicht vergaß, was es hieß, einen Rentierschlitten zu ziehen.

Liebevoll betrachtete er ihr dichtes weiches Fell, der hellbraune Streifen am Rücken wirkte wie ein Farbtupfer. Sie hatte im Moment frisches Geweih mit Fellwuchs, was völlig normal war. Jedes Jahr wuchsen die Hörner erneut – allerdings manchmal an den merkwürdigsten Stellen am Kopf, was immer wieder spannend zu beobachten war. Auch wenn er eigentlich Plumb als eines seiner schönsten Rentiere bezeichnen würde, so hatte Lyra mit dem stets wachsamen Blick, mit dem sie alles und jeden sah, und ihrer mutigen Tierseele ihm das Herz gestohlen. Snorre machte einen Bocksprung und zog damit den Schlitten einige Zentimeter nach rechts. Olav verdrehte kurz die Augen. „Dich würd' ich am liebsten manchmal killen", stöhnte er und bemühte sich, den Rabauken zu zügeln und den Schlitten zurück in die Bahn zu lenken. Obwohl er schon oft daran gedacht hatte, dass Snorre auch einen guten Braten und das warme, weiche Fell eine wunderbare Decke abgeben würde, so ähnelte dieses freche, eigensinnige Rentier doch sehr Sindri.

Er warf einen Blick über die Schulter und seufzte. Sara und Frosti saßen auf der Rückbank des Schlittens, und er bemerkte, wie sie sich schüchterne Blicke zuwarfen.

„Hey, Frosti!", brüllte er. „Hast du die Liste abgehakt?"

Eigentlich war Frosti der Fahrer und er sonst derjenige, der die Liste auf Vollständigkeit überprüfte.

„Was denn für eine Liste?", fragte Sara und rückte ein Stück näher zu Frosti.

Gar nicht auffällig, dachte Olav. „Wir sammeln Briefe ein", erwiderte er nüchtern.

„Oh“, erwiderte sie nur. „Ihr seid also Postboten?“

Tja, deine romantische Vorstellung von einem Leben mit Frosti ist wohl gerade geplatzt, dachte Olav zynisch. Ein harter Job. Sie dachte vermutlich, dass sein Freund den ganzen Tag am Kaminfeuer Blaubeerwein trank und ab und zu die Rentiere fütterte.

Frosti lachte laut. „Wenn du so möchtest. Wir sind aber besondere Boten. Wir fahren mit einem Rentierschlitten und sammeln nur die Post aus bestimmten Briefkästen.“

Idiot, dachte Olav und schnalzte den Rentieren zu.

„Wieso nur aus bestimmten?“, fragte Sara verwundert.

„Weil –“

„Weil wir für einen bestimmten Anbieter arbeiten“, erwiderte Olav gereizt, bevor Frosti sich verplappern konnte. Er nahm die Zügel in eine Hand, griff in die Tasche zu seinen Füßen, nahm eine Flasche Blaubeerwein heraus und schraubte sie mit der freien Hand auf. Gierig trank er davon.

„Hey, wir erfrieren hier hinten!“, rief Frosti.

Wortlos reichte Olav ihm die zweite Flasche und atmete laut aus. Er sollte ihm das Glück gönnen und nicht neidisch sein. Doch er spürte, dass er immer missmutiger wurde, je vergnügter die beiden wirkten. Es knisterte zwischen den zweien, doch er machte sich Sorgen. Schon zweimal hatte er selbst den Fehler begangen, sich in ein normales Mädchen zu verlieben. Beide Male waren sie ihm genommen worden, und sein Leben hatte sich dadurch verändert. Das erste Mal war er erwachsen geworden, obwohl ihm das nie vorbestimmt gewesen war, und das zweite Mal … damit hatte er einfach alles zerstört. Er befürchtete, dass Sara kein anderes Schicksal zu erwarten hatte. Die Frage war nur, welches.

Gedankenverloren blickte er in den Sonnenuntergang. Im Winter gab es nur wenige Sonnenstunden, und man schaffte es kaum, Licht zu tanken, um seine eigenen Energien aufzuladen. So unähnlich bin ich den *Ljós* gar nicht, dachte er. Wenn er nicht genügend Sonnenlicht bekam, wurde er grantig und antriebslos. Vor ihnen ragten Felsformationen auf. Ein paar Schlafkappen vom *Démantar Fólk*, dachte er schmunzelnd. Sie hatten es wohl nicht geschafft, sich bis zum Sonnenaufgang zu verstecken. Sobald die Sonne untergegangen war, würden sie wieder erwachen. Plötzlich kam ihm ein Gedanke. Er stoppte den Schlitten und sah sich um. Sara und Frosti schienen gar nichts mitzubekommen und warfen sich immer wieder verstohlene Blicke zu. „Hey!“, brüllte er.

Die beiden starrten ihn erschrocken an.

„Ihr … ähm … müsst die Rentiere übernehmen“, stammelte er nur.

„Was ist los?“ Frosti wurde nervös.

„Ich muss hier etwas nachschauen!“ Damit sprang er vom Schlitten und stapfte über die unberührte Eisdecke.

❄

„Danke“, murmelte ich, als Alvar mir nun auch etwas zu essen reichte und mir widerwillig auf Stóbjörns Geheiß einen Stein zum Hinsetzen unterschob. Er beäugte mich noch immer misstrauisch.

„Stóbjörn ist der Boss“, knurrte er nur.

Schwankend setzte ich mich, im Gegensatz zu dem kalten Steinboden war der Stein interessanterweise warm. Hungrig biss ich in das fladenartige Gebäck. Alvar hatte mir die Fesseln abgenommen, und auch wenn meine Handgelenke schmerzten, so war ich viel zu abgelenkt, als dass es mich kümmerte. Das Brot schmeckte herrlich! Kleine hackfleischartige Stückchen waren eingebacken, und noch etwas Fruchtiges – Blaubeeren?

Stóbjörn sah aus einigen Metern Entfernung zu und kam näher. Mit einem Mal wirkte er bedrohlich, ich wich zurück, knallte jedoch mit dem Hinterkopf gegen die Felswand. Das Brot fiel mir aus der Hand.

„Amy“, murmelte der Drache und schnaubte. „Amy, du verstehst doch sicher, dass ich dich nicht einfach gehen lassen kann.“

Erschüttert sah ich ihn an. Diese Worte erinnerten mich an das Erlebnis in der Gletscherhöhle, als Arna mich nicht mehr weglassen wollte. Damals war ich in den finsteren Wald geflüchtet und hatte damit eine ganze Unglücksserie ausgelöst. Angst kroch in mir hoch. Weshalb war der Drache dann so freundlich zu mir gewesen? Ich schüttelte den Kopf. „Warum darf ich nicht heim?“, fragte ich heiser.

„Ich werde dich eintauschen. Ich habe schon seit Jahren eine Rechnung mit Olav Johansson zu begleichen und denke, du bist für ihn wertvoll genug, dass er dich eintauscht.“

„Er lebt also wirklich?“ Ich konnte es nicht glauben! Seit ich mich wieder erinnerte, gingen mir die schrecklichen Bilder meines Freundes, wie er tot im Schnee gelegen hatte, nicht aus dem Kopf.

„Wie …? Wann …?“, rief ich hysterisch.

Der Drache rollte für einen Moment die Augäpfel nach innen, und nur das Weiß war sichtbar. „Er ist schon auf dem Weg.“ Er sah sich um, dann donnerte er los: „Alvar! Kneble unsere kleine Freundin, und dann bereite Olav eine kleine Überraschung vor.“

Ich zuckte zusammen. Sie hatten mich reingelegt. Sie hatten überprüft, ob ich tatsächlich Amy war, indem sie meine Version der Geschichte angehört hatten. Erneut würde Olav wegen mir leiden müssen! Vermutlich kannte er mich nicht einmal mehr. Ich spürte, wie meine Knie schlotterten, ich zitterte am ganzen Körper. „Was für eine Rechnung? Bitte, tut ihm nichts!"

Alvar warf mir einen Blick zu, und ein seltsames Flackern glomm in seinen Augen auf. War das etwa Mitleid? Doch er schnauzte mich nur an:

„Sei still. Mach deine Situation nicht noch schlimmer, du willst doch deine Tochter finden."

Eine gefühlte Ewigkeit verging. Stóbjörn ließ mich schließlich allein. Irgendwann war Alvar zurückgekehrt, hatte mir erneut Fesseln und Knebel angelegt und bewachte mich nun schweigend. Als ob ich etwas hätte ausrichten können! Nach einer Weile erhob sich Gemurmel. Stóbjörns Schweif war zu erkennen, sein restlicher Körper wurde jedoch von einigen Felsformationen verdeckt, und somit auch der Neuankömmling. Ich erkannte ihn am Klang seiner Stimme, noch bevor ich ihn sah.

Olav war da.

❄

Er straffte die Schultern. „Hallo, Stóbjörn."

„Olav Johansson. Dass ich dich noch einmal wiedersehe, hätte ich nie im Leben gedacht."

Olav versuchte, dem Blick des Drachens nicht auszuweichen. Er stand am Eingang der Grotte, hinter dem massiven Drachenleib blitzten die bunten Lichter der Werkstätte auf.

„Ich suche nach einer Amerikanerin. Sie ist bei meiner Mutter zu Gast. Sie und ihre kleine Tochter sind wohl auf einem Spaziergang verschwunden. Ich weiß, dass deine *Démantars* viel unterwegs sind. Haben sie möglicherweise etwas gesehen?“

Stóbjörns Miene blieb unbeweglich, nur seine Nüstern blähten sich auf. Olav schluckte schwer, als er die große Narbe sah, die sich von Stóbjörns rechtem Auge über das ganze Drachengesicht bis hinunter zum Stachelkragenhals zog.

„Möglicherweise“, sagte der Drache schließlich. „Deine Mutter ist nicht gerade als Menschenfreundin bekannt. Warum also nimmt sie eine Amerikanerin und deren Kind bei sich auf?“

Er zuckte die Schultern und schnaubte laut auf. „Das musst du sie schon selbst fragen.“

„Ach glaub mir, Olav Johansson, wenn es einen Menschen gibt, dem ich nur zu gern aus dem Weg gehe, dann ist das Arna.“

„Es ist mir egal, was für Differenzen ihr beiden habt. Ich möchte das Mädchen finden, damit ich so schnell wie möglich zu meiner Arbeit zurückkann.“

Stóbjörn lachte hämisch. „Dann arbeitest du immer noch als Kurier für diese Wichtelmännchen.“

„So wie du für die *Démantars*. So hast du dir deine Zukunft auch nie vorgestellt, nicht wahr? Glaub mir, ich weiß alles. Du denkst, du hast sie im Griff, aber sie akzeptieren dich doch nur, weil du ihnen hilfst, Diamanten zu veredeln.“

Der Drache schwieg. „Ich habe eine Überraschung für dich, Olav. Folge mir.“

„Ich traue dir nicht. Was für eine Überraschung?“

Stóbjörn seufzte theatralisch. „Immer dieser Argwohn. Ich meine es nur gut mit dir. Stell dir vor: Ich weiß, wo die junge Frau ist, nach der du schon lange suchst."

Olav rieb sich den Schweiß von der Stirn. Er misstraute Stóbjörn. Seit Jahren hatte er einen Disput mit ihm, das Biest würde ihn garantiert in eine Falle locken. Doch was blieb ihm übrig? Arna hatte ihm aufgetragen, das kleine Mädchen samt der Mutter unter allen Umständen zu finden. Der Drache schien zumindest etwas über die Frau zu wissen. Ihm blieb keine Wahl. „Gut", seufzte er.

„Sie ist bei mir. Ich habe sie."

Entsetzt riss Olav die Augen auf. „Warum sagst du das nicht gleich!" Dann folgte er dem Drachen in die Grotte. Seine Augen mussten sich erst an die Dunkelheit gewöhnen, er blinzelte ein paarmal. Ein Geruch, der unangenehme Erinnerungen weckte, schwappte ihm entgegen. Es musste Jahre her sein, dass er das letzte Mal hier gewesen war. Unwillkürlich versteifte er sich, und ein stechender Kopfschmerz setzte ein. Als er sich an die Lichtverhältnisse gewöhnt hatte, erkannte er schemenhaft eine Frauengestalt, die direkt vor ihm leblos in einer Art Seil hing. Ihr Körper wirkte ausgemergelt, die langen dunklen Haare verdeckten ihr Gesicht. Eine Assoziation zu Jesus kam Olav in den Sinn, wie sie dort hing, beide Arme ausgestreckt und die Füße ineinander verschlungen. *Jesus am Kreuz.* Vorsichtig ging er auf sie zu. Er hatte die amerikanische Frau – diese Amy – nach einer großen Menge Blaubeerwein getroffen und erinnerte sich nur schemenhaft an sie. Doch seine Mutter hatte sie genau beschrieben: Offenbar war sie blond. Vorsichtig ging er näher heran. Nein, das war nicht das amerikanische Mädchen. War das etwa…? Hoffnung keimte in ihm auf.

„Jane?“, flüsterte er heiser. Als er eine Hand nach der Frau ausstreckte, unterbrach Stóbjörn ihn mit einem Schnauben.

„Moment. Zu ihr kommen wir später.“

Olav spürte einen harten Schlag auf den Hinterkopf, dann wurde alles schwarz.

„Jane?“, flüsterte Olav. Seine Lippen waren trocken, und er spürte den Geschmack von Blut im Mund. Sie war es gewesen, er wusste es ganz genau! Er hatte sie erkannt.

„*Skít*“, fluchte er. Sein Kopf fühlte sich völlig taub an.

„Es tut mir leid, Olav“, sagte jemand.

Erstaunt sah er auf. Ihre Stimme war süß und glockenhell. Sie berührte ihn tief in der Seele und ließ ein altbekanntes Gefühl aufkommen, das er fast verloren geglaubt hatte. Er hatte auch sie verloren geglaubt. Die Frau hing nun nicht mehr in der Jesus-Haltung, sondern saß auf einem Stein und war an den Händen gefesselt.

„Jane“, murmelte er und kroch näher auf sie zu. Doch er kam nicht weit. Da erst bemerkte er, dass auch ihm die Hände festgebunden worden waren, allerdings auch die Füße. Die Frau hob den Kopf und sah ihn an.

Das hier war nicht Jane.

„Wer bist du?“, fragte er entsetzt. „Wo ist Jane?“ Er spürte Verzweiflung und Wut in sich aufsteigen. „Was hast du mit ihr gemacht? Wo ist sie?“, brüllte er.

„Olav, es ist alles meine Schuld“, murmelte sie.

Er starrte sie an. Ihr Gesicht war schmutzig vom Staub der Grotte. „Du bist nicht Jane“, wiederholte er resignierend mit einem Blick auf ihr zerzaustes Haar.

Sie schüttelte den Kopf. „Ich bin's doch, Amy.“

Traurig senkte er den Kopf. Dennoch war er froh, dass er die junge amerikanische Frau in einem akzeptablen Zustand vorgefunden hatte. Die Hoffnung, Jane wäre doch noch am Leben, hatte ihn alles andere vergessen lassen. Hatte Stóbjörn nur ein Spiel mit ihm getrieben? Er wusste, dass der Drache eine tiefe Abneigung gegen ihn hegte und jede Chance nutzen würde, um ihn zu quälen. Was immer Jane zugestoßen war – gewiss hatte Stóbjörn damit zu tun. Womöglich wollte er ihn glauben lassen, dass er sie hier gefangen hielt, und quälte ihn nun mit Halluzinationen. Er wusste, dass der Drache mithilfe der *Démantars* zu solchen Tricks in der Lage war. Durch die Arbeiten der Gnome wurde das Energiefeld der Grotte aktiviert, welches Stóbjörn dabei half, seine magischen Kräfte zu entfalten. Er wusste auch, dass der Drache in der Lage war, mit dem eigenen Geist an andere Orte zu wandeln. Stóbjörn konnte sogar in den Geist anderer eindringen und diese mit Halluzinationen verwirren.

„Du kannst dich nicht mehr an mich erinnern, oder?“, fragte die Frau leise.

Erst jetzt fiel ihm ihr kaum ausgeprägter amerikanischer Akzent auf. Jane hatte feinstes Englisch mit einem geringfügigen Newcastle-Dialekt gesprochen. „Ich glaube, wir haben uns letzte Nacht vor der Hütte meiner Mutter getroffen. Du musst entschuldigen, ich hatte ziemlich viel Blaubeerwein intus.“ Er kannte die Frau zwar nicht, aber ihre Situation war hoffnungslos. Stóbjörn würde sie nie hier rauslassen, wenn er nicht das bekam, was er wollte.

Aber er war nicht gewillt, dem Drachen zu geben, was er verlangte. Notfalls müsste die Amerikanerin eben dran glauben. Sie würde ein Bauernopfer werden, aber so war's nun mal im Leben. Unschuldige Menschen starben, und man konnte nichts dagegen tun.

„Ich hab dich auch erst nicht erkannt.“

Er sah überrascht auf. Wie meinte sie das? Sie bekam plötzlich glasige Augen.

„Hey, ich bin's …“, flüsterte sie. „May.“

*Nein.* Das konnte nicht sein. *Obwohl …*

Er wagte kaum, es auszusprechen.

„May? M-meine … Amy?“

Nun sah er genauer hin. Ihre Haut glänzte leicht im bunten Licht der Grotte, das von den unzähligen Diamanten reflektiert wurde, und war ebenmäßig – bis auf eine geradlinige Narbe an ihrer linken Wange, die selbst durch den Staub zu sehen war. *Das blonde Haar … und diese himmelblauen Augen …* Ein Gefühl von Glückseligkeit machte sich in seinem Bauch breit und verteilte sich innerhalb von Sekunden in jeder Faser seines Körpers.

„Ich dachte, ich seh dich nie wieder“, murmelte er und wunderte sich, dass er es schaffte, überhaupt einen Ton von sich zu geben. Sein Mund war trocken, er leckte sich über die Lippen. Obwohl sie völlig zerzaust aussah, ihr Gesicht von Schmutz bedeckt war und man ihr die Strapazen der letzten Stunden ansah, war sie eine hübsche, bezaubernde Frau.

„Mein Gott, bist du schön geworden“, flüsterte er. Er spürte, wie eine Träne an seiner Wange herabkullerte. Wie gern würde er Amy berühren, sie in den Arm nehmen! Aber die Fesseln hielten ihn davon ab. Außerdem wusste er nicht, ob sie ihn lassen würde. Dann wurde ihm bewusst, dass sie eine Tochter hatte. *Oh.* Also gab es sicherlich auch einen Mann … Er schluckte den Kloß in der Kehle hinunter.

„Du siehst auch nicht übel aus“ Sie lächelte.

„Wo warst du nur all die Jahre?“, fragte er traurig.

Sie seufzte. „Ich hab dich vergessen“, gestand sie kleinlaut. „Damals wurde ich mit Vergessensstaub bestäubt. Ich erinnere mich erst seit ein paar Stunden an uns.“

Er gluckste. Jetzt wurde ihm einiges klar. „Verstehe.“

„Olav, ich dachte, du seist tot! Erinnerst du dich an diese schwarzen Gestalten –“

„Ich erinnere mich an alles, May“, unterbrach er sie erstickt. „Es ist lange Zeit kein Tag vergangen, an dem ich nicht an dich dachte. Doch irgendwann hab ich aufgegeben. Das *Hjartað í ljósinu* hat mich bestraft, weil ich mich in dich verliebt habe. Sie ließen mich nahezu ausbluten, meine Fehltaten sollten dadurch verschwinden. Aber du musst wissen, dass ich immer noch nicht sterblich bin. Auf jeden Fall ist es nicht so einfach. Sie haben mich mit einem Messer aufgeschlitzt, und ich war ganz schön lange ohnmächtig. Doch die Wunde verheilte fast wieder von allein. Nicht zuletzt, weil Fenris mich sofort mit seinem heilenden Speichel abgeleckt hat.

Als ich aufwachte, warst du fort. Sie dachten, ich hätte dich vergessen, doch wie könnte ich? Ich wurde erwachsen, der Ältestenrat enteignete zur Strafe meine Eltern, die sterblich wurden. In den Augen des Rates hatten sie versagt, weil ich außer Kontrolle geraten war. Fortan waren sie keine Wächter mehr und wurden aus dem Zauberwald verbannt. Ich konnte von Glück sagen, dass ich bei Frostis Familie als Rentierschlittenfahrer angestellt wurde. Das gesamte *Huldufólk* hat meine Eltern und mich mehr oder weniger ausgestoßen. Einen Menschen zu lieben ist nicht erlaubt, und die Geheimnisse des Verborgenen Volkes den Menschen zu berichten auch nicht.“

Er schluckte. „Ich hab wirklich lange darauf gewartet, dass du zurückkommst. Irgendwann habe ich gespürt, dass meine Hoffnung sich nicht erfüllt.“

Traurig schaute er sie an. Vermutlich war das zu dem Zeitpunkt gewesen, an dem sie ihre Liebe einem anderen geschenkt hatte. So wie er. Er spürte, wie das Stechen in der Herzgegend immer stärker wurde.

„Du dachtest, ich sei jemand anderes, nicht wahr?“, sagte sie.

Er nickte niedergeschlagen. „Meine Verlobte – Jane – ist vor ein paar Jahren verschwunden. Es ist Stóbjörns Schuld. Wir stehen schon lange im Zwist.“ Er hielt inne und fuhr unbewusst über die Narbe an seiner Hand, bevor er fortfuhr: „Er hatte mir oft damit gedroht, ihr etwas anzutun. Eines Abends hat er seine Drohung wahrgemacht.“

Sie sah ihn verständnislos an. „Meinst du, er hat sie umgebracht?“

Olav runzelte die Stirn. „Nein, das würde er nie tun. Er hat sie zu einer seiner Sklavin gemacht.“

„Zu einem Troll?“

Er zog eine Grimasse. „Nein.“ Plötzlich fühlte er sich wieder in seine Kindheit zurückversetzt, genau an den Tag, als er mit Amy um die Wette Schneeflocken eingefangen hatte. Nun, die Dinge hatten sich verändert. Er musterte Amy. Sie war eine erwachsene Frau geworden. Ein seltsames Gefühl, hatte er sie doch als kleines Mädchen mit blonden Zöpfen in Erinnerung. Trotzdem wirkte sie sehr feingliedrig, immer noch ein wenig mädchenhaft. Auch Jane war von zarter Statur gewesen, aber sie hatte vor Energie gesprüht. Amy wirkte in sich gekehrt. Traurig. Vielleicht lag es aber auch nur an ihrer gegenwärtigen Situation. Unruhig rutschte sie auf dem Stein hin und her.

„Was interessiert es den Drachen, mit wem du zusammen bist? Warum hat er dir gedroht, ihr etwas anzutun?“, entgegnete Amy.

„Ich glaube, wir haben genügend Zeit hier“, murmelte er. „So, wie ich Stóbjörn kenne, lässt er uns erst mal schmoren. Drachen können eine Engelsgeduld haben, wenn sie jemanden triezen wollen. Wenn du möchtest, erzähle ich dir die ganze Geschichte.“

Sie sah ihn mit großen Augen an. „Gern“, flüsterte sie.

Er begann zu erzählen.

**Dezember 2017, England**

Fiona sah erstaunt auf. Sie hatte die Geschichte schon oft gehört, doch niemals selbst gelesen. Mit den Fingern fuhr sie über den Rücken des in Leder gebundenen Buches. *Er begann zu erzählen* – mit diesem Satz endete die Seite. Auf der nächsten ging es weiter. Amy hatte geschrieben: *Als er geendet hatte, schloss ich die Augen und versuchte, alles auszublenden.*

Nun, als sie das Buch zum ersten Mal selbst in den Händen hielt, konnte sie ganz deutlich erkennen, dass eine oder mehrere Seiten herausgerissen waren. Man hatte nie erfahren, was Olav seiner Amy erzählt hatte. Doch sie hatte es niedergeschrieben! Aber weshalb fehlten die Seiten? Und wo waren sie?

„Erzähl weiter!", brüllte Joe.

Fiona runzelte die Stirn. Es hatte keinen Sinn. Laut las sie weiter, doch der Gedanke an die fehlenden Seiten ließ sie nicht los. Olav musste ihrer Großmutter etwas erzählt haben, das diese in ihrem Erinnerungsbuch festgehalten hatte, doch irgendjemand – vielleicht sogar Amy selbst – hatte es herausgerissen, damit niemals jemand davon erfuhr.

**Dezember 1960, Island**

Als er geendet hatte, schloss ich die Augen und versuchte, alles auszublenden. Ich öffnete sie wieder und starrte Olav an. Was er mir soeben erzählt hatte, war zutiefst verstörend. Das alles zu fassen, gelang mir nicht. „Tut mir wirklich leid, was passiert ist“, murmelte ich schließlich.

Olav nickte. „Mir auch.“ Er zögerte, dann sah er mich flehend an. „Bitte, May. *Amy*. Du musst mir glauben. Mich trifft keine Schuld.“

Ich zögerte. „Ich weiß gerade nicht, ob ich dir glauben kann, Olav. Alles, was ich weiß, ist, dass du mir helfen kannst, meine Tochter wieder zurückzubekommen. Das allein zählt für mich.“

„Ich verstehe, dass du Angst hast, May.“ Er betrachtete mich liebevoll, als er mich bei meinem alten Spitznamen nannte. „Glaub mir, niemand versteht das mehr als ich.“

„Dann hilf mir“, fuhr ich ihn barscher als beabsichtigt an.

„Wie?“

Ich sah mich um. Wir waren offenbar allein. „Wir müssen hier raus!“

„Und wie stellen wir das an?“

„Ich habe Sindri gefunden! Also, den Schlüssel. Dann hab ich mich wieder erinnert. Auch daran, dass du gesagt hast, sobald man die Gedanken loslässt und einfach nur auf sein Gefühl vertraut, ist alles möglich!“

Olav grinste schief. „Ein sehr weiser Spruch.“

Ich lächelte zurück. Wenn in den letzten Jahren auch viel passiert war, sein typisches Grinsen und die krummen Zähne hatte er nicht verloren.

„Auf jeden Fall muss ich wissen, wie man durch die Tür in dem dunklen Raum unter der Quelle kommt. Ich bin mir sicher, Emily ist dort, sonst hätte der Quellgeist mich nicht dahingeführt."

Olav zögerte. „Verstehe. Es tut mir leid, May, aber zu dieser Quelle habe ich keinen Zugang mehr."

„Wie meinst du das?"

„Ich darf dort einfach nicht mehr hin", sagte er kühl, und sein Blick schweifte ab.

„Verstehe", erwiderte ich kurz angebunden. „Du willst mir also nicht helfen."

„Ich kann nicht", knurrte er. Seine Augen funkelten merkwürdig im Glanz der Grotte. Er zögerte, bevor er fortfuhr: „Sie haben mich verbannt. Meine Eltern und mich. Das hab ich dir doch gesagt. Wir sind keine richtigen Mitglieder des Verborgenen Volkes mehr. Wir leben wie die Menschen. Da ich als Kind keinen Schulunterricht hatte, darf ich wenigstens als Rentierschlittenfahrer arbeiten. Das ist die einzige Aufgabe, die ich noch ausführen kann, die eine Verbindung zum Verborgenen Volk darstellt. Und auch das nur, weil Frostis Familie mir geholfen hat. Uns. Sie haben sich stark für uns gemacht. Meine Mutter vermietet ihre Hütte als Ferienhaus, um Geld zu verdienen. Außerdem hat sie noch die ein oder andere Verbindung zu Mitgliedern des Verborgenen Volkes, die nicht so nachtragend sind und zu ihr halten. Trotzdem – wir können uns nicht noch mehr Unmut von den anderen zuziehen, deshalb gehe ich nicht zu den Quellen."

„Wie konntest du das deiner Mutter eigentlich verzeihen? Ich meine, sie hat dich ja regelrecht gequält mithilfe dieser Gestalten, das war kein Stubenarrest fürs Ungezogensein. Niemals könnte ich meiner Em so etwas zumuten! Und was ist mit deinem Vater?“ Ich senkte betroffen den Blick und spürte Nervosität aufsteigen. Olav hin oder her, ich musste endlich zu meiner Tochter!

Er schloss die Augen, dann sagte er: „Auch wenn es für dich bitterböse aussah, tatsächlich habe ich kaum Schmerzen dabei gespürt. Es war ein Ritual, welches das *Hjartað* durchführt, um einem vor Augen zu führen, welche Konsequenzen das eigene Handeln hat, aber einen definitiv nicht tötet. Mutter wusste das, und Vater auch. Aber er hat immer davon geträumt, dass die Menschen und das Verborgene Volk irgendwann im Einklang miteinander leben, deshalb hat er dir auch geholfen. Inzwischen ist er leider tot. Im Gegensatz zu mir haben meine Eltern damals die Unsterblichkeit verloren, ich bin nur erwachsen geworden.“

Als er meine Unruhe bemerkte, rief er: „Wir werden deine Kleine wiederfinden! Ich versprech's dir!“

Er beugte sich so weit zu mir vor, wie es die Fesseln erlaubten. Sein Duft bewirkte, dass ich mich augenblicklich in meine Kindheit zurückversetzt fühlte. Er roch nach Kaminholz und Blaubeeren. „Wie?“, fragte ich heiser. Dann riss ich die Augen auf.

„Du erinnerst dich also an Sindri?“

Ich nickte. „An das Diamantenduplikat und an das echte Rentier. Du hast es mir gezeigt, als wir Kinder waren. Alvar hat es mir aber abgenommen.“

„Erinnerst du dich auch noch, was ich dir über die Rentiere erzählt habe?“

Ich überlegte fieberhaft und kramte in meinen neu gewonnenen Erinnerungen an die Zeit in Island. „Dass man aus ihrem getrockneten Geweih Pulver macht, welches als Aphrodisiakum eingesetzt werden kann?“

Olav prustete laut los, und ich fiel mit ein.

„Das auch“, murmelte er und zwinkerte mir zu. Dann fuhr er fort: „Das *Húldufolk* – das Verborgene Volk – sagt, Rentiere sind die Boten der Wichtel und Elfen. Da die Rentiere und ihre Hüter aber die einzigen Geschöpfe sind, die den Polarlichtern folgen können, um an ihr Ende zu gelangen, werden sie auch als ‚Boten der Nordlichter‘ bezeichnet.“

„Diese Grotte hier – ist das die, die mit der Energie der Nordlichter gefüllt ist? Von der hat Hayley mir erzählt, glaube ich“, stellte ich fest. „Kennst du Hayley?“

Olav nickte. „Genau. Die *Démantars* fertigen hier Duplikate von echten Rentieren an und besetzen sie mit Diamanten. Hayley kenne ich, sie hat immerhin damals viel Tumult ausgelöst mit ihrer Aktion …“

„Nun komm zur Sache …“, unterbrach ich ihn. Verstand er denn nicht, dass es hier um meine Tochter ging? Jede Sekunde zählte!

„In Ordnung.“ Er zögerte. „Du kannst das Türschloss in dem Raum unter der Quelle nur öffnen, wenn du ein Stück Rentiergeweih von Sindri an dir trägst, weil er der Wächter dieser Quelle ist – nur mit seinem Geweih kannst du das Tor zur Eisgrotte öffnen, von der aus du zum Zauberwald gelangst. In einer anderen Quelle ist ein anderes Rentier Wächter, und du kannst dort nur mit dessen Geweih das Tor öffnen.“

„Und woher bekommen wir ein Stück von Sindris Geweih?“

Olav seufzte. „Sindri ist tot. Schon seit langer, langer Zeit.“

„Aber du hast bestimmt noch … ein Stück Geweih von ihm?“

Er schüttelte den Kopf. „Leider nein.“

Wir schwiegen einen Moment, und ich suchte die Grotte nach Bewegungen ab. Ob der Drache jemals wiederkam? „May", sagte er plötzlich und starrte auf mein Dekolleté.

Beschämt stierte ich zurück. Was fiel ihm ein?

„Deine Halskette … wo hast du die her?", fragte er plötzlich aufgeregt.

Ich sah an mir herab. Ein ledernes Band hing um meinen Hals – der Anhänger war ein Stück Holz in Rentierform. Stimmt, dachte ich. Die Kette war anfangs unter meinem Shirt gewesen, dem Gnom war sie wohl nicht aufgefallen, sonst hätte er mich sicherlich darauf angesprochen.

„Die hab ich eigentlich schon immer. Seit ich denken kann."

Ich zögerte. „Natürlich! Ich hab gar nicht daran gedacht! Olav – die wurde damals bei mir gefunden, als ich halb erfroren wieder aufgetaucht bin. Das ist das Stück Geweih, das Hayley mir gegeben hat!" Nun war auch ich ganz aufgeregt.

„Zum Schutz", murmelte Olav.

„Ist es sicher von Sindri?", fragte ich.

Er nickte heftig. „Ich wusste nicht, wie mein Kampf gegen Jóla ausgehen würde. Ich hab es damals fallen lassen, damit du es findest, in der Hoffnung, dass es dir irgendwie hilft. Aber Hayley hat es wohl aufgehoben und es dir gegeben."

Ich fragte mich, welche Rolle Hayley überhaupt in alldem spielte. Mich überrollten die Erinnerungen an ihre Worte und den Moment, als sie mir das Amulett überreicht hatte: *Der Fluss des Waldes führt in die Diamantengrotte. Durch die energetischen Kräfte der Nordlichter kann man aus dem Wasser besonders kraftvolle Diamanten schleifen. Dieses Rentiergeweih ist mit Diamantenelementen aus der Grotte bestückt.*

„Gut." Ich straffte die Schultern. „Dann müssen wir nur noch überlegen, wie wir hier rauskommen."

Seufzend schloss Olav die Augen. „Ich habe keinen Zutritt mehr zu den Quellen, und somit auch nicht zum Wald! Und bist du denn überhaupt sicher, dass deine Emily dort ist?“

Ich atmete laut aus. „Ihre Fußspuren haben vor der heißen Quelle geendet!“, rief ich ungeduldig. „Olav, Mensch, wie willst du mir denn helfen, Em zurückzubekommen?“ Ich spürte die Schweißperlen auf meiner Stirn.

„Wir müssen mit Stóbjörn reden. Er soll dich gehen lassen. Er hat dich nur benutzt, um mich in die Falle zu locken. Er hat eine Rechnung mit *mir* offen, nicht mir dir.“

Ich schluckte. „Olav. Ich weiß nicht. Was wird Stóbjörn mit dir anstellen? Und warum?“

„Was meinst du denn, was ein Feuer speiender Drache so alles anstellen kann?“

Die Frage nach dem Grund für den Streit zwischen ihm und Stóbjörn beantwortete er mir nicht. „Nein“, flüsterte ich.

„Ich wünschte, ich könnte dich wenigstens jetzt näher kennenlernen, May. Nach all den Jahren. Du scheinst mir immer noch so besonders wie damals zu sein. Dieses freche, kecke Mädchen – manchmal etwas stur, aber vor allem mutig und einfach nur liebenswert.“

Mein Kribbeln im Bauch – damals, als ich noch ein Kind gewesen war – und das ständige Glühen meiner Wangen, als ich dieses kurze, aber intensive Abenteuer in dieser völlig anderen Welt mit ihm durchgemacht hatte, konnte ich nun viel besser zuordnen. Ich schluckte. „Olav, ich ...“Auch wenn ich es am liebsten hinausbrüllen wollte, ich brachte es nicht über die Lippen. Stattdessen murmelte ich nur: „Das, was wir damals erlebt haben, war etwas ganz Besonderes.“

Er sah mich lange an. „Vielleicht sehen wir uns wieder. Vielleicht lässt Stóbjörn mich ja gehen. Eines Tages.“

Tränen brannten in meinen Augen.

„Wusstest du, dass es Feen gibt, die Menschen, die sterben, in einen von uns verwandeln können?“

Ich schüttelte stumm den Kopf. *Einen von uns?* Sein Herz schlug selbst nach der Verbannung wohl immer noch für das Verborgene Volk.

Er nickte. „Sollte ich eines Tages einer Fee begegnen, soll sie dich suchen. Und solltest du eines Tages sterben, wird sie dich verwandeln. Dann kommst du zu mir zurück.“

„Dafür musst du erst einmal eine Fee finden.“ Ich sah mich um. „Könnte schwer werden hier drinnen.“ Ich blickte ihn lange an, wich dann aber seinem Blick aus, als er mich damit fixierte. Diese eisblauen Augen ... Wieder dieses Kribbeln im Bauch. Wo kam das denn plötzlich her? „Wie kann man dich vor Stóbjörn retten?“

Olav senkte traurig den Blick, dann flüsterte er: „Mich kann man nicht mehr retten. Die Zeiten sind schon längst vorbei. Ich hab mein Volk verraten. Sie werden mir nie verzeihen.“

„Jesus hat Judas verziehen.“

„Der Unterschied ist nur, dass wir hier keinen Jesus haben.“

„Ich rette dich, Olav. Ich verspreche es dir.“

„Erst musst du deine Tochter finden.“

Mein Fokus lag nun ganz auf Emily, auch wenn es mir wehtat, ihn erneut im Stich zu lassen. Em stand an erster Stelle. „Ich komme wieder, versprochen.“ Liebevoll sah ich ihn an. „Ich hoffe nur, ich komme nicht zu spät.“

Olav runzelte die Stirn. „Ich denke nicht, dass die Wächter des Zauberwalds ihr etwas tun.“

„Wer sind denn jetzt die Wächter? Weißt du das?“

Er schüttelte den Kopf. „Wie gesagt, ich hab eigentlich nichts mehr mit ihnen allen zu tun. Meine einzige Aufgabe besteht im Einsammeln der Briefe und der Versorgung der Rentiere.“ Er zögerte. „Konntest du dich wirklich nicht mehr an mich erinnern?“

„Doch. An deine Stimme. Deine Aura. Sie hat mich mein Leben lang begleitet, Olav. Sogar in der Zeit, als ich mit Charles zusammen war, meinem … verstorbenen … Mann.“ Ich schluckte den Kloß runter, der sich in meiner Kehle gebildet hatte, und versuchte ein Lächeln. „Aber vor allem war es dein Duft. Diese Mischung aus Blaubeere, Kaminholz und gebratenem Apfel … mit einer Prise Zimt.“ Ich kicherte, dann wurde ich wieder ernst. Da war noch etwas.

„Charly … Er war es. Er war Charles … Olav, *er* war mein Mann. Er ist Emilys Vater.“

Benommen stolperte ich in die Dunkelheit. Als ich mir über die Handgelenke rieb, spürte ich noch die Einschnitte der Fesseln. Ich konnte mich kaum orientieren, doch der Schnee tauchte die Umgebung in ein unwirkliches Zwielicht, in weiter Entfernung konnte ich eine Bergkette mit schroffen Felsen erkennen. Mir kamen die Worte meines Vaters in den Sinn, als er einmal über Island gesprochen hatte – was er selten getan hatte nach seiner Rückkehr: *In der dunklen Jahreszeit liegt ein ewiges Winterdämmern über diesem Land, faszinierend schön und gleichzeitig so unheimlich.* Nun wusste ich, was er damit gemeint hatte. Eines Tages, im Sommer, komme ich wieder her, schwor ich mir.

Stóbjörn hatte mich gehen lassen, ohne Wenn und Aber. Olav war in seinen Klauen, das war vermutlich alles, was dem Drachen wichtig gewesen war. Sogar den kleinen Rentierdiamanten hatte ich von Alvar zurückbekommen, der ihn mir jedoch nur widerwillig überreicht hatte. Ich drehte ihn langsam in der Hand. Olav hatte mir erklärt, wie ich ihn benutzen konnte. Einen kurzen Moment durchströmte mich tiefe Erleichterung. Wie sehr ich mir wünschte, Em zu retten und einfach in mein altes Leben zurückzukehren! Doch Olav erneut zurückzulassen, vor allem, nachdem die Gefühle und Erinnerungen an ihn so frisch und gleichzeitig verwirrend waren, brachte mich noch mehr durcheinander. Auch wenn mich das schlechte Gewissen plagte, war es diesmal etwas anders. Kein Mann würde je so wichtig für mich sein wie meine Tochter. Es galt, sie zu finden und sie wieder in Geborgenheit zu wissen, sie einfach nach Hause zu bringen.

Wehmut durchzuckte mich beim Gedanken an mein „altes Leben“, das fortan nicht mehr so sein würde, wie ich es die letzten Jahre gekannt hatte. Ich sah Charles vor mir. Seine braunen Augen, die winzigen grünen Punkte darin. Das schwarzbraune Haar, seine vollen Lippen, die ich immer so gern geküsst hatte. Und erst seine Berührungen ...

Plötzlich spürte ich ihn ganz nah bei mir, und es fühlte sich an, als stünde er direkt vor mir und lächelte mich an. Ich konnte ihn riechen, ihn atmen hören. Dann war er fort. Als ob jemand all meine Erinnerungen an ihn gelöscht hatte, was hier ja nicht einmal so unwahrscheinlich war, hatte ich plötzlich Mühe, mich an weitere Details zu erinnern. Wie viel größer als ich war er gewesen? Auf einmal fiel es mir schwer, mir den Klang seiner Stimme ins Gedächtnis zu rufen. Gab er mich etwa frei?

Da wurde mir bewusst, dass es nichts freizugeben gab. So sehr ich Charles auch geliebt hatte, mein Herz hatte immer Olav gehört. Selbst in der langen Zeit, in der ich ihn vergessen hatte und nur eine Ahnung von ihm geblieben war. Es war immer Olav gewesen. Immer.

Olav starrte auf seine Hände. Würde es wehtun? Er schluckte. Ja, es würde wehtun. Er dachte fest an Amy. Oh, er liebte sie. Bei allen Eiselfen, wie sehr er sie liebte! Er würde alles dafür tun, dass sie in Sicherheit war – sogar wenn das bedeutete, Jane für immer in Stóbjörns Obhut zu lassen. Der Gedanke machte ihn traurig. Was Stóbjörn wohl mit ihr gemacht hatte? Er würde es ihm gewiss nicht verraten. Doch offensichtlich war sie in einen tiefen Schlaf versetzt worden – vermutlich hatte sie vorher die Feuerglut des Drachen zu spüren bekommen. So, wie ihm das nun bevorstand. Stóbjörns Nüstern waren direkt vor ihm. Die schlitzartigen Augen schienen ihn zu durchleuchten.

„Du hast zu viele Fehler gemacht, Olav", knurrte der Drache.

„Und ich dachte immer, ihr Drachen gehört zu den Guten", murmelte Olav.

„Das tun wir auch!", fauchte Stóbjörn. „Ich schütze nur unser Volk. Dein Volk, Olav. Du gehörst noch immer zu den Verborgenen, auch wenn du ein Ausgestoßener bist. Leider hast du dich mit den Menschen eingelassen, anstatt dich um wichtige Dinge wie die Nachzucht der Drachen zu kümmern. Viele von uns sind nicht mehr übrig. Wir leben versteckt in Grotten, umgeben von diesen schrecklichen Gnomen, weil wir keine andere Wahl haben. Wie sollen wir je unsere Art erhalten?"

Olav zischte. „Mit eurer Rasse würde ich mich auch nicht vermehren wollen!"

Stóbjörns Knurren erfüllte die gesamte Höhle. „Als kleiner Junge wolltest du unser Freund sein. Du hast nach uns gesucht –“

„Ja, und ich habe aus diesem Fehler gelernt. Ich musste ihn teuer bezahlen. Wäre meine Mutter nicht gewesen ...“

Stóbjörn streckte eine Klaue nach Olav aus. „Was weißt du schon? Du kennst nur die Geschichte, die dir deine liebe Mutter erzählt hat. Sie entspricht nicht der Wahrheit. Eltern erzählen ihren Kindern nur das, was sie selbst im rechten Licht erscheinen lässt.“

„Oder was sie schützt. Mutter hat mich vor dir gerettet. Du hättest mich in Stücke gerissen.“

Der Gedanke an die Mittsommernacht von damals jagte Olav selbst nach all den Jahren noch Angst ein. Einst hatte er sich in den Kopf gesetzt, die fast ausgestorbenen Drachen zu finden, auch wenn seine Eltern ihn davor gewarnt hatten …

Neugierig war er entlang den Berghängen aus hellem Lapari gewandert, immer die warme Sonne im Gesicht. Er hatte die nackten Berghänge des Ostens überquert, um auf der anderen Seite hinabzuklettern und zwischen dem Geröll endlich wieder Anzeichen von Leben in Form von Rosenwurz zu entdecken. Die ihm unbekannte Landschaft hatte sich immer mehr verändert, und seine Begeisterung wurde immer größer. Noch nie war er so weit von zu Hause fort gewesen.

Er kam an kochenden Schlammtöpfen vorbei, über den Quellen aus opalblauem heißem Wasser stieg Dampf auf. Irgendwann taten sich einsame Fjorde vor ihm auf, an denen still und ungestört unzählige Seehunde dösten. Und dann sah er es: das rote, echsenartige Tier, das im Schutz der sagenumwobenen Echofelsen Drekafjall lag und einen der Seehunde ins

Visier genommen hatte. Vor lauter Staunen bekam Olav den Mund gar nicht mehr zu.

Ohne Vorwarnung war der Drache aus dem Versteck gestürmt. Der Boden erzitterte, und Rauchschwaden stiegen empor, dann strömte ein großer Feuerstoß aus Stóbjörns Maul. Als das Biest sein gegrilltes Abendessen zu sich nahm, hatte sich Olav näher herangeschlichen. Die Schuppe eines Drachens brachte Glück, so erzählte man sich unter den Kindern des Verborgenen Volkes. Und so war er aus seinem Versteck geschlichen und hatte in der Annahme, der Drache würde es beim Essen schon nicht merken, versucht, ihm eine Schuppe aus dem Schwanz zu ziehen.

Doch das Tier hatte ihn schon vor langer Zeit gewittert und nur auf den richtigen Augenblick gewartet. Es stob herum und packte ihn mit einer Klaue an der Hand, mit der er stehlen wollte. Vor lauter Schreck stand Olav wie zur Salzsäure erstarrt. Der Drache war fuchsteufelswild und begann, Feuer zu speien, die ihn zunichtegemacht hätten, wäre nicht Arna, die ihm gefolgt war, dazwischengegangen.

Sie verletzte Stóbjörn mit einem Diamantenmesser im Gesicht, sodass dessen Sicht beeinträchtigt war, und stieß ihren Olav zur Seite. Doch anstatt zu flüchten, betäubte sie das Riesentier mit Schlafstaub. Da Drachen dafür bekannt waren, nachtragend und rachsüchtig zu sein, wurde er in die Diamantengrotte transportiert. Arna hatte es ihm aber so verkauft, dass er glaubte, dort zu seinem Schutz untergebracht zu sein, da Drachen inzwischen so selten waren. Da sie zu dieser Zeit noch Wächterin des Zauberwalds gewesen war und eng mit dem Ältestenrat zusammenarbeitete, glaubte der Drache ihr und blieb, wenn auch widerwillig.

Olav war später aus Neugier zur Grotte gegangen. Als Stóbjörn ihn erblickte, geriet der Drache außer sich vor Wut, immerhin hatte Olav ihn nicht nur um seine Mahlzeit gebracht, sondern auch eine seiner Schuppen stehlen wollen.

„Vielleicht hätte ich dich tatsächlich in Stücke gerissen", holte ihn die Stimme des Drachen zurück. „Aber stell deine Mutter nicht so dar, als hätte sie selbstlos gehandelt. Wäre sie so selbstlos, wärst du für immer dieser Gnom geblieben. Doch Arna sah es als gerechte Strafe an, dich erwachsen werden zu lassen!"

„Ich denke nicht, dass das die Absicht meiner Mutter war. Ich weiß, dass du sie verachtest. So, wie du alle Menschen und Wesen, die menschenähnlich sind, verabscheust." Olav zögerte, dann zwang er sich, zu sagen: „Danke dir, dass du Amy hast gehen lassen. Ich weiß, das hast du nur gemacht, weil du dich damals mit ihrem Vater angefreundet hast." *Und weil ich dir den Deal angeboten habe, weitere Drachen ausfindig zu machen, um die Nachzucht zu garantieren …*

Stóbjörn schwieg. Dann rief er: „Nun her mit deinen Händen. Du Langfinger wirst endlich deine Strafe erhalten!"

❄

Ein eiskalter Wind fegte umher, ich hatte jegliches Zeitgefühl verloren. Wann hatte ich eigentlich das letzte Mal etwas gegessen? Alvar hatte mir einen Brocken Brot gegeben, aber selbst das musste Stunden her sein. Trotz meiner Verzweiflung um Emily und meiner aussichtlosen Lage – wie sollte es mir bei dem Sturm gelingen, die Quellen zu finden? – knurrte mein Magen. Und nicht nur das, der Gedanke an Olav ließ mich nicht los. Meine Tochter war mir so wichtig wie nichts sonst in der Welt. Immer würde ich mich für Em entscheiden, worum es auch ging. Andererseits kam ich ins Zweifeln: Musste ich Emily wirklich retten? Falls sie doch in der Obhut von Zauberwesen war, drohte ihr wahrscheinlich keine Gefahr, es musste doch auch Wesen wie Olav geben, die es gut mit einem meinten!

Olav hingegen schwebte in Lebensgefahr. Stóbjörn würde kurzen Prozess mit ihm machen. Was für einen Zwist die beiden auch miteinander hatten – gegen einen Feuer speienden Drachen würde Olav niemals bestehen können! Wütend fuhr ich mit dem Daumen über das Geweih des Rentierduplikats. Dann berührte ich mein Amulett. Ich musste zurück zur Diamantengrotte!

In der Hoffnung, zurückfinden, folgte ich meinen Spuren im Schnee, die langsam verweht wurden. Ein Geräusch ließ mich aufhorchen. Es klang wie das Quietschen und Knarren eines alten Pferdewagens, wie sie in New York nach dem Krieg unterwegs gewesen waren. Ich drehte mich um und erkannte einen sehr alten Mann. Er war einige Meter hinter mir und schien mich nicht zu sehen. Viel zu sehr war er damit beschäftigt, über den verschneiten Boden zu schlurfen. Er trug abgewetzte Kleidung, sein Rücken war buckelig, und der Alte schien Schmerzen beim Gehen zu haben. Ich bekam Mitleid. Der Ärmste! Ich sollte ihm helfen, dachte ich, und meine Gedanken wanderten zu meinem Vater. In seinen letzten Jahren war auch er immer steifer und unbeweglicher geworden. Es hatte mir das Herz gebrochen, den früher so agilen Mann plötzlich so in sich zusammenfallen zu sehen. Doch der Krieg hatte seine Spuren hinterlassen, und mein Vater war früher gealtert, als uns allen lieb gewesen war.

Die Erinnerungen an ihn bestärkten mich in dem Gedanken, dem alten Mann zu helfen. Er wollte sicherlich nach Hause und hatte die Witterung unterschätzt. Ich stapfte die paar Meter zurück und machte auf mich aufmerksam. Irritiert sah er auf und stieß einen merkwürdigen Laut aus. Der Schnee spendete genug Licht, um ihn näher in Augenschein nehmen zu können. Ich erschrak über das faltige Gesicht und die zusammengekniffenen Augen, die ihn unglaublich böse aussehen ließen.

„Kann ich helfen?“, fragte ich schüchtern. Fast bereute ich es, umgekehrt zu sein. Was, wenn er ein Massenmörder war? Oder gar ein Wesen des Verborgenen Volkes – so, wie er aussah, konnte das gut sein. Was, wenn er zum Beispiel zu diesen Kapuzengestalten gehörte?

Er stieß erneut einen seltsamen Laut aus. „Helfen, *Frú*?“

Ich nickte eifrig. „Wo soll's denn hingehen?“

Er lachte. „Ins Dorf.“

„In welches Dorf?“, fragte ich verwirrt. Seit ich Arnas Hütte verlassen hatte, war mir jegliche Orientierung abhandengekommen. Ich war in die Quelle gefallen, vom Quellgeist irgendwo abgesetzt und schließlich von Alvar zu einer Grotte geführt worden, in die ich mich selbst vermutlich niemals verirrt hätte.

Er winkte ab. „Danke, *Frú*, aber ich laufe den Weg schon seit vielen Jahren. Ich muss mich beeilen, nur noch wenige Tage, um es rechtzeitig zu schaffen.“

„Oh. Also ist es noch ein Stück?“ Ich fragte mich, wie es dem alten Mann in diesem Zustand gelingen sollte, mehrere Tage lang durch den hohen Schnee zu laufen.

„Ja, bis zum zwölften Dezember muss ich da sein.“

Ich lächelte höflich. „Vielleicht gehen wir zusammen zum nächsten Hof und fragen, ob man Ihnen dort ein Auto bereitstellt."

Er brach in schallendes Gelächter aus. „Du hast dein Herz am richtigen Fleck, *Frú*."

Hilflos sah ich mit an, wie er weiterging und schwerfällig einen Fuß vor den anderen setzte. Seine Gelenke machten dabei furchtbare Geräusche. Plötzlich hielt er inne und sah mich an. Er kam zurück, steckte eine Hand in die Manteltasche und holte etwas hervor. Bibbernd verschränkte ich die Arme vor der Brust. Ich fühlte selbst unter meinem Winterparka die Kälte und sehnte mich zurück in die warme Grotte.

„Hier", grummelte er, ergriff meine Hand und legte mir etwas in die Handfläche. „Nimm das. Mach dir keine Sorgen um mich. Und auch um nichts anderes. Es wird alles gut werden."

Damit drehte er sich um und trottete schwerfällig weiter. Ich starrte auf die kleine Pfeife aus Ton in meiner Hand. Verwirrt blickte ich auf, doch der alte Mann war im Schneegestöber verschwunden. Ich drehte das Geschenk hin und her, führte es an die Lippen und blies hinein. Mein Instinkt war richtig. Kurz nachdem der erste Laut erklungen war, beschlich mich das Gefühl, beobachtet zu werden. Ich drehte mich um.

Dann sah ich ihn. Ein schwarzer Wolf war zwischen den Büschen aufgetaucht.

Ich erstarrte. Hatte ich ihn herbeigerufen? Hilflos sah ich mich um, doch weit und breit schien es keinen Unterschlupf oder einen Baum zu geben, auf den ich hätte klettern können. Ich war dem wilden Tier ausgeliefert!

Wir beäugten uns eine Weile, dann begann der riesige Wolf, in meine Richtung zu rennen. Es sah ziemlich ulkig aus, wie er ungeschickt über das Tiefschneefeld auf mich zuzueilen versuchte und immer wieder mit den Pfoten einsank. Dennoch schrie ich panisch auf und brüllte um Hilfe, aber keine Menschenseele konnte mich hier hören.

Der Wolf hielt inne, hob kurz eine Pfote, trippelte dann weiter auf mich zu, diesmal jedoch deutlich langsamer. Ich schloss die Augen und resignierte. Ob er direkt meine Kehle durchbeißen würde? Ein lautes Jaulen ließ mich blinzeln. Der Wolf war im Schnee eingesunken und kam offenbar nicht mehr heraus. Immer wieder rutschte er mit den Hinterläufen in das Schneeloch zurück und winselte kläglich. Was war das nur für ein tapsiger Wolf? Plötzlich kam mir ein Gedanke. Das konnte doch nicht ...

„Fenris?“, rief ich.

❄

Ein Schrei durchschnitt die Höhle. Er krümmte sich am Boden und umklammerte seine Hand – oder das, was noch davon übrig war. Er konnte nicht hinschauen, nicht die verkohlten Überreste sehen. Wie viel hatte er mit dieser Hand vollbracht! Nie wieder würde er die Zügel seiner Rentiere halten können, nie wieder damit seine geliebten Rentiere streicheln. Der Schmerz ging über in Übelkeit, und er erbrach sich. Als er aufsah, befanden sich die echsenartigen Beine von Stóbjörn nur wenige Meter vor ihm.

„Schmerz geht vorüber. Verrat nicht.“

Er schrie auf, als er sah, wie der Drache das Maul öffnete. Panisch sprang er zur Seite und entging dem Feuerball nur knapp.

„Aufhören!“

Er sah auf, in die Richtung, aus der die Stimme gekommen war.

*Amy*. Wie eine Rachegöttin stand sie da, Alvar im Schlepptau, der unschuldig dreinschaute.

„Tut mir leid, Boss“, giggelte der Gnom. „Sie wollte unbedingt zurückkommen.“

„May“, flüsterte Olav verzaubert und streckte die verkohlte Hand nach ihr aus. Als er den schwarzen, rußig-roten Stump sah, zog er ihn schnell zurück. „May, was machst du hier?“, flüsterte er heiser. Ihr Blick zerriss sein Herz. War es Mitleid? Liebe?

„Olav! Ich konnte dich nicht noch mal zurücklassen!“ Sie stürmte auf ihn zu, und Stóbjörn ließ es geschehen. Kraftlos ließ sie sich zu ihm auf den Boden fallen und sank ihm in die Arme.

„Pass auf! Er wird dich auch –“

Amy schüttelte den Kopf. Tränen standen in ihren Augen.

„Keine Sorge, er tut mir nichts. Er hat schon einmal mein Leben gerettet. Nicht wahr?“ Sie wandte sich um und sah den Drachen herausfordernd an.

„Tatsächlich?“ Olav hustete. Der Rauch der Drachenglut stand in seiner Nase und im Rachen. Er rang nach Luft, doch die war von dem starken Qualm dick und verrußt und ließ ihn nur noch mehr keuchen. Ein paar *Démantars*, die nicht in ihren Arbeiten versunken waren, standen unbeirrt in einiger Entfernung und beobachteten das Geschehen. Ihnen schienen die Rauchschwaden nichts auszumachen, oder sie waren die stickige Luft einfach schon gewöhnt.

„Ja“, sagte Amy, auch sie klang heiser von der stechenden Luft. „Er hat meinen Vater damals zu mir zurückgeschickt. Ohne ihn wäre ich erfroren.“ Sie sah Stóbjörn herausfordernd an. „Hab ich nicht recht?“ Leichte Unsicherheit lag in ihrem Ton, vermutlich war ihr die Erkenntnis erst draußen gekommen, sonst hätte sie den Drachen direkt in der Grotte damit konfrontiert.

Ein seltsames Grollen entwich Stóbjörns Kehle, kleine Rauchschwaden stiegen aus seinen Nüstern.

„Wie hast du zurückgefunden?“, keuchte Olav. Die verletzte Hand brannte höllisch, und er fühlte sich merkwürdig leicht. Seine Sinne begannen zu schwinden.

Ein lautes Winseln ertönte, und aus der Dunkelheit schoss niemand Geringeres als sein geliebter Fenris.

„Hey, was machst du denn hier?“, krächzte Olav.

„Er hat mich zu dir geführt“, murmelte Amy. „Allein hätte ich bestimmt nie zurückgefunden.“

„Was … was für ein Zufall! Hab ihn vor ein paar Tagen bei einer Rentierschlittentour verloren. Passiert öfter mit dem Tölpel. Verläuft sich, findet aber irgendwann zurück.“

Doch Amy schüttelte den Kopf. „Ich hab einen alten Mann getroffen. Der gab mir diese Tonpfeife.“ Sie zeigte ihm ein kleines braunes Teil.

„Eine *Úlfur flautu*“, keuchte Olav. „Eine Pfeife, die Wölfe herbeiruft. Solche tönernen Pfeifen gibt's nur noch selten. Ein alter Mann, sagst du?“, fragte er schwach. Er war der Ohnmacht nahe, gab sich aber alle Mühe, sich zusammenzureißen.

Amy nickte, sie stand so dicht bei ihm, dass er sah, wie sich eins ihrer strohblonden Haare in ihren Wimpern verfing. Wie gern hätte er es aus ihrem Gesicht gestrichen.

„Ja. Er war seltsam groß und steinalt, schlurfte schwerfällig durch den Schnee. Er nannte mich *Frú*. Was bedeutet das?“

„Frau“, dröhnte der Drachen.

Amy warf ihm einen bissigen Blick zu, doch sie schien sich nicht vor ihm zu fürchten. Was war nur mit ihr los? So mutig und stark kannte er sie gar nicht! Olav meinte, das Herz müsse ihm aus der Brust springen.

Sie erhob sich und zog ihn hoch. „Er hat dich genug gequält." Dann sagte sie laut und bestimmt: „Stóbjörn, ich nehme ihn jetzt mit. Er soll mir helfen, meine Tochter zu finden."

Der Drache paffte ein paar Dampfwolken aus. „Hört, hört."

Er dachte nach, niemand sagte ein Wort, bis er zu einem Entschluss kam. „Widerrede zwecklos, oder? Amy, du schaffst es, mich kleinzukriegen. Nimm diesen Versager mit. Er hat seine verdiente Strafe bekommen, aber ich will ihn nie wieder in meiner Grotte sehen. Es sei denn, es gelingt ihm, uns Drachen wieder zu vermehren. Dann bin ich bereit, ihm zu verzeihen."

„Aha." Amy sah auf Olavs verletzte Hand. „Er muss aber erst verarztet werden."

Stóbjörn seufzte. „Das verlangst du auch noch?" Er knurrte, und ein Feuerschwall schoss aus seiner Nase, haarscharf an Amy und Olav vorbei.

„Alvar! Hol Kaninchenkraut und eine Schüssel Wasser vom Fluss der *Démantars!* "

❄

Nachdem ich Olavs Wunde gemeinsam mit Alvar versorgt, und Fenris sie mit seinem heilenden Speichel versiegelt hatte, entließ man uns tatsächlich aus der Grotte.

„Pass auf dich auf, Menschenmädchen", hatte der Gnom griesgrämig geflüstert.

Ich war erstaunt gewesen über seinen plötzlichen Stimmungsumschwung. War er doch nicht so bösartig wie anfangs vermutet? Oder folgte er einfach Stóbjörn? Alvar hatte mir sogar noch eine Tasche in die Hand gedrückt, in der sich mehrere Edelsteine sowie einige Vorräte befanden. Seit Stóbjörn sich mir gegenüber freundlicher gezeigt hatte, war auch Alvar nicht mehr offen feindselig gewesen. Der kleine grantige *Démantar* hatte wohl das Herz doch am rechten Fleck.

Ich fragte mich, was ich tun würde, sobald ich Em wieder in die Armen schließen konnte. Weinen? Sie küssen? Oder sollte ich zuerst fragen, was passiert war, was sie erlebt hatte? Würde sie sich je daran erinnern? Ich fühlte mich in meine Kindheit in Island zurückversetzt. Wie würde ich mit dem neuen Wissen weiterleben können, dass es mehr auf der Welt gab, als wir mit unseren Augen zu sehen vermochten? Erst einmal musste ich Emily finden. Doch insgeheim wusste ich bereits, dass es das Beste sein würde, Olav um den Vergessensstaub zu bitten.

„Warum bist du zurückgekehrt?“, fragte Olav. Sein Handstumpf schmerzte offenbar immer noch, denn er verzog immer wieder das Gesicht und drückte den verbundenen Unterarm an sich.

„Wie ich Stóbjörn schon gesagt habe – ich finde die Quellen ohne dich nicht, und Fenris führte mich zu dir zurück“, fuhr ich ihn lauter an als beabsichtigt.

„Natürlich“, murmelte er enttäuscht.

„Mensch, so meinte ich das doch nicht. Ich dachte, du weißt, wie ich mich fühle, ich muss Em finden.“

„Das weiß ich auch, May! Ich helfe dir doch.“

Wir schwiegen. Fenris trottete neben uns her und winselte ab und zu seltsam. Ich beäugte Olav, während wir durch das dunkle Dickicht schlichen. Ein Schimmer irgendwo am Horizont, der nur zu erahnen war, kündigte den Sonnenaufgang an. Es musste also später Vormittag sein, jegliches Zeitgefühl war mir abhandengekommen. Alles hier fühlte sich fremd an. *Er* fühlte sich fremd an, trotz der Nähe, die sich in der Grotte wieder zwischen uns entwickelt hatte. Und obwohl ich meine Erinnerungen an damals wiederbekommen hatte, war doch alles anders. Ich hatte eine Tochter, war Witwe und nicht mehr das lebensfrohe, unbeschwerte und neugierige Mädchen von damals. „Wie geht es deiner Hand?“, fragte ich vorsichtig.

Er seufzte. „Die Schmerzen sind etwas besser, aber ich kann mir kaum vorstellen, den Verband jemals abzunehmen und mir anzuschauen, was noch von ihr übrig ist.“

Seine abwehrende Haltung verletzte mich. Alles hatte sich verändert. Zu gern hätte ich ihm gestanden, was ich für ihn empfand. Dass ich als kleines Mädchen schon eine ganz besondere Nähe zu ihm gespürt und er nun meine Gefühle neu entfacht hatte. Aber nein, *er* wollte nichts offenbaren, er sprach ja nicht mal seine Gedanken aus. Sicherlich war es furchtbar, plötzlich eine verstümmelte Hand zu haben! Aber nicht mal das konnte er mir sagen. Und ich? – Ich bekam ein schlechtes Gewissen und dachte an Charles. Eine Witwe trauert ein Jahr, hatte meine Mutter kurz nach dem Tod meines Vaters gesagt, als sie dann fast ein Jahr nach Dads Tod mit einem neuen Partner aufgetaucht war. Damals hatte mich das ziemlich aus der Bahn geworfen. Ich hatte sie gehasst dafür und nicht verstanden, dass sie einfach einen neuen Mann in ihr Leben ließ. Inzwischen konnte ich ihr Bedürfnis nach einem Wegbegleiter nachvollziehen. Ein Jahr … das war nun auch für mich vorüber.

Ich räusperte mich. „Olav, ich –“

„Wir sind da", unterbrach er mich.

Vor uns tat sich ein Gletschersee auf, und Rauchsäulen stiegen am Rande des Sees empor.

„Die heißen Quellen", murmelte ich begeistert.

„Das Tor ist offen", sagte er monoton.

Warum war er nur so griesgrämig? Der Olav, an den ich mich erinnerte, war zwar immer frech und gutmütig gewesen, aber nie launisch.

„Ich versteh das noch nicht ganz, Olav. Du wurdest doch verbannt, wie kann es sein, dass du auf einmal die Tore öffnen kannst und dich hier so aufhältst, ohne Angst zu haben, dass diese Kapuzenmenschen – wie hießen die gleich? – kommen und dir etwas antun."

„Das *Hjartað í ljósinu* meinst du. Verbannt heißt nicht, dass ich meine Fähigkeiten nicht mehr habe. Und ja, es ist in der Tat nicht ganz ungefährlich. Wenn sie mich erwischen, wird ihnen nicht gefallen, dass ich hier bin. Aber für dich mach ich das gern", fügte er sanfter hinzu.

Ich schielte zu ihm hinüber und entspannte mich etwas. Für einen Augenblick trafen sich unsere Blicke, und da war es wieder, dieses Kitzeln im Bauch. Doch Olav unterbrach diesen Moment.

„Fenris, du bleibst hier", befahl er dem Schafshund, der beklommen winselte.

Als wir vor einer der Quellen standen, nahm Olav mich bei der Hand, wir stiegen ins Nass und ließen uns lautlos hineingleiten. Der Fall in das warme Nichts machte mir Angst, und ich wollte schreien. Doch ich ließ Olavs Hand nicht los, nicht einmal, als wir umhergewirbelt wurden. Die Berührung verschaffte mir Sicherheit.

Unsanft landeten wir am Boden, Olav auf dem Rücken, ich längs auf ihm. Unsere Nasenspitzen berührten sich fast. Ich starrte ihn einen Moment an, er starrte aus eisblauen Augen zurück. „Tut mir leid“, murmelte ich und glitt schnell von ihm herab.

Was bildete ich mir nur ein? Er liebte diese Jane vermutlich immer noch. Sie war seine Seelenverwandte gewesen, das hatte er mir in der Höhle erzählt. So, wie Charles mein Seelenverwandter gewesen war. Konnte man so etwas mehrmals erleben? Mir kamen die Nordlichter in den Sinn. Als ich sie sah, war Charles nahe bei mir gewesen, ich hatte es gespürt. Die Lichter waren so zauberhaft! Sie hatten mein Leben verändert. Ich war eine Zweiflerin gewesen, hatte weder an Übernatürliches noch an Wichtel geglaubt, geschweige denn an Drachen. Nun dachte ich schon über Seelenverwandte nach. Allerdings tauchten die Polarlichter damals nach der Begegnung mit Olav auf. Ein Zeichen?

Ich schüttelte den Kopf und sah mich um. Hier war ich also wieder. In der Höhle, wo alles begonnen hatte. Wo alles enden würde? Ich streifte den Gedanken ab. Olav sah mich schweigend an, als warte er auf etwas. Ich starrte zurück. „Was?“

Schüchtern zuckte er die Schultern und fuhr sich durchs wuschelige Haar, dann deutete er mit dem Kopf zur Tür. „Ich bräuchte Sindris Duplikat. Sonst kommen wir nicht hinein.“

„Ich dachte, du darfst nicht –?“

Ein schelmisches Lächeln überzog sein Gesicht, die Zähne standen genauso schief wie früher.

„Das Tor hat sich vorhin einfach so für mich geöffnet! Was kann ich denn dafür?“

Ich lächelte ihn an. „Du tust das alles für mich. Obwohl du weißt, dass sie dich verbannt haben, kommst du zurück. Wie kann ich dir nur danken?“

Er sah mich unverhohlen an. Lange schwieg er. „Küss mich.“

Ich hielt kurz den Atem an. „Was?“, flüsterte ich.

„Nur ein Mal.“ In seinen Augen stand ein Flehen. „Bitte, May.“

Mein Herz pochte wie wild. War er deshalb so abweisend gewesen? Weil er versucht hatte, seine Gefühle zu kontrollieren? Mein Körper wusste schon lange, was ich tun wollte, doch mein Geist wehrte sich noch, in Gedanken philosophierte ich über das Wenn und Aber. Doch was für einen Schaden konnte schon ein einziger Kuss anrichten? Ich schaute ihm in die Augen, und er sah mich fragend an, als ich mich zu ihm kniete.

Sacht strich ich über seine Wange. Wie weich seine Haut war! Er schloss die Augen, sein Atem ging flach. Endlich berührten meine Lippen die seinen. Ich begann, innerlich zu beben, ein wohliger Schauer kroch über meine Haut. Olav schmeckte nach Blaubeerwein und einem Hauch Zimt. Er schmeckt nach Winter, kam mir in den Sinn und ich seufzte. Ich konnte nicht ...

Ich ließ von ihm ab, doch er reckte sich zu mir, umfing mein Gesicht und verlängerte den Kuss. Immer wieder forderten seine Lippen mich zu mehr auf und entfachten die Glut in mir. Ein leises Stöhnen entwich mir, als sein Kuss fordernder wurde. Ich spürte Olavs Wärme, strich über seine Halsbeuge hinab zu seinen starken Schultern, über seinen Rücken ... Er fühlte sich wundervoll an. Ich spürte seine Macht, mich für immer beschützen zu können. Bei jeder seiner Berührungen schien ich mehr unter Strom zu stehen, und Gefühle überrollten mich, die ich nach dem Tod von Charles nie wieder gespürt hatte. Olavs Küsse erinnerten mich daran, wie lebendig ich war ... Was dann geschah, war ein Wunder, von dem ich nie gedacht hatte, dass es noch einmal passieren würde.

Eng umschlungen lagen wir auf dem warmen Boden unter der heißen Quelle.

„Olav", murmelte ich und streichelte sanft seine Wangen. Dann begann ich zu kichern. „Du hast Bartstoppeln!"

Er lachte ebenfalls. „Das kommt mit dem Alter! Du bist ja auch an der ein oder anderen Stelle ein wenig runder geworden." Olav kitzelte mich.

„Das nimmst du sofort zurück!", prustete ich. Vorsichtig berührte ich den Verband an seiner Hand. „Hast du starke Schmerzen?"

Er schüttelte den Kopf. „Du weißt doch, Kaninchenkraut wirkt Wunder. Es wird eine hässliche Narbe am Stumpf geben, aber immerhin ist die Sache mit Stóbjörn jetzt wenigstens vom Tisch, und er hat keinen Grund mehr, mich umzubringen."

Ich schwieg und kraulte ihn zögerlich am Nacken. Ich dachte an Jane, doch wagte es nicht, den Gedanken auszusprechen. Eng umschlungen lagen wir da, Olav liebkoste mich, dann versenkte er das Gesicht in meinem Haar und seufzte hinein.

„Du hast Jane bei Stóbjörn gesehen. Hab ich recht?", sagte ich doch nach einer Weile.

Er richtete sich auf und sah mich erstaunt an. „Woher –"
„Du hast mich so genannt. Als wir uns in der Grotte das erste Mal begegnet sind."

Er nickte. „Ich war überzeugt, dass ich sie gesehen habe. Es würde zu Stóbjörn passen, sie gefangen zu halten."

„Aber weshalb sollte er das tun?“

„Aus Rache. Vielleicht steckt aber auch etwas anderes dahinter. Bevor du fragst – hör zu, May: Es gibt viele Dinge in dieser Welt, die nicht einmal ich verstehe. Ich kann es dir also nicht erklären.“

Ich schwieg. Jane und Charles würden immer zwischen uns stehen. Zu viel war passiert.

„Lass uns deine Kleine suchen“, murmelte er nach einer Weile.

Als er wenig später mit dem Rentierduplikat zur Tür ging, hielt ich den Atem an. Was würde passieren? Er hatte bereits seine Hand geopfert, um mich zu retten. Hoffentlich würde er nun nicht sein Leben wegen mir lassen müssen! Er drehte das leuchtende Diamantentier in der Hand, führte dessen Nase in das Schlüsselloch, und klackend ging die Tür auf. Wie schon Jahre zuvor, erhellte ein grelles Licht den gesamten Raum. Doch diesmal waren es nicht Arna und Johann mit Sindri, die uns gegenüberstanden, sondern schwarze, dunkle Gestalten in Umhängen.

Unter den Kapuzen waren lediglich die Umrisse ihrer Gesichter auszumachen – ein unheildrohendes Nichts bei jeder einzelnen Gestalt. Dunkle Schuhe lugten unter ihren Mänteln hervor, die Hände waren nicht zu erkennen. Doch nicht nur ihr Aussehen machte mir Angst, sondern vor allem der unangenehme Geruch, der sie umgab. Er versetzte mich zurück in die Kindheitstage, als ich um mein Leben gebangt hatte und vor ihnen geflüchtet war. Dieselben schwarzen Gestalten von damals. Das *Hjartað í ljósinu*, wie Olav sie genannt hatte. Kalte Schauer liefen meinen Rücken hinab. Von einer Sekunde auf die andere hatten sich meine Gefühle umgekehrt. Statt Entzücken und Erregung empfand ich nun die blanke Angst.

Ich hatte gesehen, wozu sie fähig waren. Mein einziger Gedanke galt Emily.

*Mein kleines Mädchen!*

Sie starrten uns an, ich konnte es fühlen. Man konnte tatsächlich keinen Mund, keine Augen und keine Nasen ausmachen. Zu viert versperrten sie uns den Weg. Hinter ihnen war die Gletscherhöhle zu erkennen, in der Arna mir Brot gereicht hatte. Es schien mir surreal, daran zu denken. „Wo ist meine Tochter?“, brüllte ich.

Eines der Wesen hob einen Arm und entblößte eine skelettierte Hand. Dann spreizte sich ein Finger ab, die Gestalt zeigte hinter sich!

„Ich will durch! Lasst mich zu ihr!“

„Erst musst du ein Rätsel lösen.“

Ich fröstelte beim Klang der dunklen, verzerrten Stimme. „Nein. Lasst mich zu ihr! Sie hat euch nichts getan. Sie wird sich auch nicht erinnern, sie ist zu jung.“

„Erst das Rätsel“, forderte ein anderer mit einer Stimme, die keinen Widerspruch duldete.

„Gut. Dann los!“

„Wenn du das Rätsel richtig beantwortest, lassen wir euch hindurch, und du darfst deine Tochter suchen. Wenn nicht – wird *er* getötet!“ Die Kapuzengestalt deutete mit knöchernem Finger auf Olav und fuhr fort: „Seine Unsterblichkeit ist damit aufgehoben.“

Mir sackte das Blut in die Beine, mein Kopf fühlte sich völlig leer an. Das durfte doch nicht wahr sein! Ich schielte zu Olav, der völlig unbeweglich da stand, dann aber erkannte ich ein leichtes Nicken.

„Gut“, sagte ich energisch, ohne ihn erneut anzusehen. Ich spürte seinen Blick, ignorierte ihn aber. Er musste es verstehen. Er würde es verstehen. „Schießt los“, befahl ich ihnen. Meine Gedanken waren allein bei Emily.

*„Am liebsten er nach Weißem schmacht',*
*nur so durchsteht die Winternacht.*
*Er läuft durch tiefe, dunkle Schluchten,*
*Und wird damit auch zum Gesuchten.*
*Über tiefen Schnee, für uns gefährlich,*
*da lacht er lauthals, lacht er herrlich.*
*Er liebt auch dieses Biest gar sehr:*
*das, was das End' für Kinder wär.*
*Nun find heraus, wer er wohl ist,*
*sonst sie gar deine Liebsten frisst.“*

„Das ist das Rätsel?“, flüsterte ich benommen. Ich bekam keine Antwort. „Könnt ihr es wiederholen?“, fragte ich, den Tränen nahe. Und bekam es erneut zu hören.

„... Olav?“, schluchzte ich.

„Hey“, murmelte er und nahm mich in den Arm.

„Oh Gott, ich hätte es wissen müssen“, wimmerte ich. „Ich hab dein Leben darauf verwettet, ohne überhaupt zu fragen, um was es geht.“

„Es geht um das Leben deiner Tochter.“ Er sah mich ernst an. „Glaub mir – ich hätte genauso gehandelt.“

„Erkennst du irgendwas aus dem Rätsel?“, raunte ich.

Er seufzte, ließ mich los und schüttelte den Kopf.

Erschöpft sank ich zu Boden. Das war mir alles zu viel. Mein Körper und mein Geist liefen seit Stunden auf Hochtouren.

Die Tür stand weiterhin offen, und die Wächter warteten bewegungslos. Sindris Duplikat erhellte den Raum.

*„Über tiefen Schnee, für uns gefährlich, da lacht er lauthals, lacht er herrlich.* – Meinst du, er ist groß?“, überlegte ich.

„Warum sollte er?“, fragte Olav zurück.

„Weiß ich doch nicht“, fuhr ich ihn an. „Irgendwo müssen wir doch anfangen!“

„Ja, tut mir leid. Es könnte wirklich auf Größe hindeuten. Was liebt er, was für Kinder eine Gefahr wäre?“

Ich dachte nach. „Messer? Waffen?“

Olav runzelte die Stirn. „Jemand Großes, der Waffen mag. Ein Amerikaner?“

Ich prustete. „Genau. Und warum müssen wir herausfinden, wer er ist, bevor *sie* mein Liebstes frisst? Ich denke, mein Liebstes ist Emily.“

Er nickte. „Ja.“

„Wer könnte Em fressen wollen? Ach, warte – alles, was im Zauberwald lebt.“

Olavs Blick ging ins Leere. „Nein. Es gibt eine Sie, die es liebt, Kinder zu fressen. Jóla.“

„Das Drecksvieh deiner Mutter?“

Er verdrehte die Augen. „Ja. Jóla ist … schwierig …“

„Schwierig? Weißt du nicht mehr, was das Biest uns in der Vergangenheit angetan hat? Hätte ich mich bei meiner Ankunft in Arnas Hütte schon daran erinnert, hätte ich sie eiskalt niedergemacht!“

„Ja, May. Aber sie ist nun mal die Hüterin des Zauberwaldes gewesen. Sie durfte keine Menschen dulden.“

„Dich hat sie ja wohl auch nicht geduldet.“

„Wie gesagt, die Katze ist schwierig. Man kann sie kaum als Haustier bezeichnen.“

Ich schwieg. „Gut. Wir haben Jóla, die Emily fressen könnte – Gott bewahre – und einen großen Er, der durch den Schnee stapft."

*„Am liebsten er nach Weißem schmacht',*
*nur so durchsteht die Winternacht.*
*Er läuft durch tiefe, dunkle Schluchten,*
*Und wird damit auch zum Gesuchten.*
*Über tiefen Schnee, für uns gefährlich,*
*da lacht er lauthals, lacht er herrlich.*
*Er liebt auch dieses Biest gar sehr:*
*das, was das End' für Kinder wär"*, wiederholte Olav.

„Er braucht etwas Weißes. Denkst du, sie meinen damit den Schnee?"

„Einen Yeti?"

„Was ist das?"

Ich verzog das Gesicht. „Was? Du weißt nicht, was ein Yeti ist? Nach allem, was ich in den letzten Tagen erfahren habe, hätte ich gedacht, es gäbe welche. Meine Lieblingsfantasiewesen!"

Olav legte den Kopf schief. Dann berührte er mit der gesunden Hand mein rechtes Knie. „Wir sind nur ein kleiner Teil des Zauberhaften dieser Welt, May. Es gibt noch so viel mehr. Viel mehr."

Ich durfte die Hoffnung nicht aufgeben und nickte ehrfürchtig. „Wenn wir hier raus sind, freue ich mich schon darauf, mit Em die Welt zu entdecken", sagte ich trocken. „Weißt du, was ich noch mache, wenn irgendwann alles gut ist?"

Olav sah mich fragend an.

„Mit dir Karten spielen!"

Er grinste. „Stimmt. Das hattest du mir versprochen und bis heute nicht eingelöst.“

„Er braucht den Schnee“, fuhr ich fort. „Gibt es Wesen bei euch, die auf den Schnee warten?“

Olav zögerte. „Warte mal. Natürlich – die Weihnachtsmänner.“

Ich seufzte. Ich gab es längst auf, die Existenz irgendeins Wesens anzuzweifeln.

Er sprang auf. „Aber sicher doch! Sie lieben den Schnee und kommen nur, wenn es schneit! Und auf sie geht ein langjähriger Brauch in Island zurück!“

„Wie viele Schneemänner gab es gleich?“, fragte ich gereizt.

„Dreizehn! Und es sind Weihnachtsmänner, keine Schneemänner.“

Ich verdrehte die Augen. Plötzlich prustete ich los. Ich musste so sehr lachen, dass ich mir auf dem Boden den Bauch hielt. Die ganze Situation, unsere aussichtslose Lage … meine Emotionen waren einfach völlig durcheinander, und ich giggelte wie ein Kind. „Jetzt lieg ich hier mit dem kleinen Jungen aus meinen Träumen, suche verzweifelt nach meiner Tochter und muss für komische Typen Rätsel über Weihnachtsmänner lösen.“ Ich spürte Tränen auf meiner Wange. Es war das reinste Wechselbad der Gefühle.

Olav kniete sich zu mir und strich mir eine Lachträne aus dem Gesicht. „Ein kleiner Junge aus deinen Träumen bin ich also.“

Ich schluchzte auf. „Du bist immerhin der lebende Beweis, dass Träume wahr werden. Ich hab solche Angst! Ich will nicht, dass dir was passiert, aber ich muss endlich meine Em finden!“

„Wir kriegen das schon hin“, murmelte er und küsste mich auf die Stirn.

Da trat einer der Wächter näher an uns heran. „Die Tür schließt sich bald. Eilt euch, löst das Rätsel!“

„Er hat recht. Lass uns nachdenken!“ Ich richtete mich auf.

„Olav, ich kenne die Geschichte nicht im genauen Wortlaut, ich weiß nur, dass es um dreizehn Weihnachtsmänner geht.“

Er sah mich auf eine seltsame Art an, als überlege er, was er mir alles sagen konnte und was nicht. Bedächtig sagte er:

„May, die Isländer haben eine Tradition und erzählen sich von dreizehn Weihnachtsmännern, den Söhnen der bösen Grýla. Die Mutter lässt laut der Saga ihre Söhne niemals hinaus, nur zur Vorweihnachtszeit. Einen nach dem anderen, ab dem zwölften Dezember. Die Jungs sind begeistert, endlich aus ihrer dunklen Höhle zu kommen und sich den Menschen nähern zu können. Die Menschenkinder stellen an jedem Abend ab dem zwölften Dezember Pantoffeln vor die Tür oder ins Fenster, in der Hoffnung, dass der jeweilige Weihnachtsmann, der an diesem Abend in ihre Nähe darf, etwas hineinlegt. Um die Chancen dafür zu erhöhen, hilft es, wenn man eine Leckerei zum Pantoffel legt, weil man sich erzählt, dass die Mutter der Weihnachtsmänner eine schlechte Köchin ist. Grýla hat außerdem auch noch ein Kätzchen, das gar kein Schmusekätzchen ist, sondern es liebt, Kinder zu ärgern oder gar aufzufressen! Ihr Name ist … Jóla.“

Ich sog scharf die Luft ein, und Olav wartete einen Moment.

„Das ist die Geschichte, die den isländischen Kindern erzählt wird. Willst du die Wahrheit hören?“

Ich schluckte. „Alles stimmt, nur dass diese Grýla eigentlich Arna heißt?“

Olav zog eine Grimasse. „Nicht ganz. Es gibt die dreizehn Weihnachtsmänner – hör auf, so zu schauen, ich weiß, du glaubst nicht daran. Aber die Wahrheit ist: Sie existieren! Der alte Mann, von dem du mir erzählt hast – das hört sich ganz nach Stekkjarstaur an. Er ist der Erste von ihnen."

„Tatsächlich?", fragte ich unsicher. Olav nickte stumm. Ich überlegte fieberhaft, dann fing ich seinen Blick auf. „Was weißt du noch über sie?", fragte ich heiser.

Er senkte den Blick. Als er nicht antwortete, sagte ich:

„Dann lös gefälligst dieses verdammte Rätsel!"

Er schwieg weiterhin.

„Was ist?", fragte ich gereizt.

„Ich denke nach", fuhr er mich an.

„Welcher Schneemann wartet auf Schnee? Welcher ist groß? Läuft durch Schluchten?"

Olav sprang aufgeregt auf. „Es sind keine Schnee– Es ist nicht der Schnee, es ist der Milchschaum! Sie meinen den Milchschaum mit dem Rätsel. Jetzt hab ich's!" Er schlug sich leicht mit der Hand auf die Stirn. „Ich Idiot, dass ich nicht gleich drauf gekommen bin! Es ist Giljagaur, der Schaumschuft! Er liebt den Milchschaum – *Am liebsten er nach Weißem schmacht',*

*nur so durchsteht die Winternacht.*
*Er läuft durch tiefe, dunkle Schluchten,*
*Und wird damit auch zum Gesuchten.*
*Über tiefen Schnee, für uns gefährlich,*
*da lacht er lauthals, lacht er herrlich.*
*Er liebt auch dieses Biest gar sehr:*
*das, was das End' für Kinder wär.*

– Er liebt Tiere, insbesondere Jóla! Aber weil er auch Kinder mag, passt er auf, dass Jóla ihnen nichts tut!"

Ich stieß erleichtert Luft aus. „Er passt also auch auf Emily auf?“

Olav nickte zögerlich. „Hoffentlich.“

„Warum nur hoffentlich?“

Er wandte sich ab. „May, es war ein Rätsel. Nur weil wir es gelöst haben, heißt es nicht, dass uns der Schaumschuft begegnen wird oder dass er jetzt bei Emily ist. Ich weiß nicht mal, ob die Weihnachtsmänner Zutritt zum finsteren Zauberwald haben.“

Ich wünschte mir in dem Moment, er hätte gelogen. Nur dieses eine Mal. Diese Wahrheit wollte ich nun wirklich nicht hören. Seufzend stand ich auf und ging zu den Wächtern. „Wir haben die Antwort.“

„Sprich“, sagte der Vorderste.

„Es ist Schaumschuft, einer der dreizehn Weihnachtsmänner“, rief Olav hinter mir.

Die Gestalten nickten. „Sehr gut“, sagte der Wächter, der vorn stand, trat einen Schritt zur Seite und sah mich an. „Du kannst nun in den finsteren Wald gehen. Aber nimm dich in Acht. Du sollst dort deine Tochter finden – nichts anderes. Wenn du vom Weg abkommst, wirst du bitter bestraft.“

„Viel Spaß beim Suchen“, bemerkte einer von ihnen zynisch. „Du kennst dich ja im Wald aus!“

Kopfschüttelnd, aber mit gesenktem Blick schlich ich an den Ungeheuern vorbei. Ihr modriger Geruch bewirkte, dass meine Gedanken erneut in die Vergangenheit wirbelten. Welche Angst mir dieser Gestank damals gemacht hatte! Genau wie heute … Ich hielt kurz inne, bevor ich in die Gletscherhöhle trat, in der einst Olavs Eltern mich begrüßt hatten.

„Olav?“, fragte ich, als ich hörte, dass er stehen geblieben war. Die vier Gestalten standen Spalier, Olav war direkt hinter mir. Entsetzt starrte er mich an.

„Was ist? Kommst du?“

Er öffnete den Mund, um etwas zu sagen. Dann lief irgendetwas aus seinen Mundwinkeln. War das Blut?

„Olav, was ist?“, kreischte ich und eilte zu ihm.

Er presste sich die Hände auf den Brustkorb, aus dem Blut sickerte.

„Nein!“

Unsanft sackte er zusammen, starrte mich aber unentwegt an. Ich kniete mich zu ihm, um ihn zu halten, hob den Blick und sah, dass einer der vier Wächter einen blutdurchtränkten, diamantenbesetzten Dolch in der Hand hielt. „Was soll das?“, schrie ich. „Wir haben das Rätsel richtig beantwortet!“

Ein monotones Summen war zu hören – kam es von den Vieren? Auch der unangenehme Geruch wurde intensiver.

„Die Aufgabe solltest *du* beantworten, nicht er. Nächstes Mal hörst du besser richtig zu.“

Dicker Nebel hüllte uns ein, als die vier Wächter verschwanden. Es war kaum etwas zu erkennen, nicht einmal die Gletscherhöhle. Ich sah nur noch Olav, der in meinen Armen lag. Die Blutung hatte aufgehört. Er lag mit geschlossenen Augen da und rührte sich nicht.

„Olav?“, flüsterte ich verzweifelt. Ich berührte seine Wange, doch sie war kalt. Panisch legte ich die Handfläche auf seinen Brustkorb, der sich nicht mehr hob und senkte. Oh Gott! War er tot? Ich erbrach mich und ließ mich in den kalten Schnee sinken, ergriff Olavs Hand und legte sie in meine, dann schloss ich die Augen.

Hoffentlich würde ich erfrieren.

Ich musste ewig so gelegen haben, als ich aufwachte, war es dunkel um mich herum. Die Gletscherhöhle war bei Tageslicht hell und gut zu sehen gewesen, doch nun war es stockdunkel. Der finstere Wald war sowieso immer düster, also war es gleich, wann ich mich auf die Suche machen würde. Schweren Herzens erhob ich mich. Ich musste Emily endlich finden! Das zweite Mal in meinem Leben würde ich Olav zurücklassen, weil ich ihm nicht helfen konnte. Wäre Sara doch nur hier! Sie war Krankenschwester und hätte sicher gewusst, was zu tun war. Noch einmal beugte ich mich zu meinem Gefährten hinunter und presste mein Ohr auf seinen Brustkorb, der sich nicht mehr bewegte. „Es tut mir so leid", flüsterte ich und versuchte, das Schluchzen zu unterdrücken. Es war besser, nicht auf mich aufmerksam zu machen. Ich hielt inne, nahm das kleine Rentier aus Olavs Hand. Wer wusste schon, wofür ich es noch gebrauchen konnte. Mir graute es davor, in den finsteren Wald zu gehen und auch noch dieser schrecklichen Jóla oder einem anderen unheimlichen Wesen zu begegnen. Da fiel mir ein, dass Sindri leuchten konnte. Ich drehte am Bauch des Rentiers, und tatsächlich begann es, in allen möglichen Farben zu schimmern. Es spendete nicht viel Licht, doch immerhin konnte ich so ein paar Meter weit sehen. Selbst wenn Stóbjörn hier wäre – sein Feuer wäre hell und warm, außerdem würde sicherlich niemand dem Drachen in die Quere kommen –, würde ich mich irgendwie besser fühlen. Die erneute Einsamkeit machte mich fertig.

*Schritt für Schritt, weiter und weiter.*

Es half nichts, ich musste mich bemerkbar machen. „Emily! Em, bist du hier?", rief ich leise.

Es blieb still. Zu still. War jemand hinter mir? Oder knirschten meine eigenen Schritte im Schnee? Ich hielt an. Die Schritte verstummten.

„Emily?“, brüllte ich. Der Gedanke, dass die Wächter wiederkommen würden, jagte mir Schauer über den Rücken. Ich stakste weiter und nahm mir fest vor, nicht hinter mich zu schauen. Da, Schritte! Abrupt hielt ich an und rechnete damit, dass etwas Hartes gegen meinen Rücken prallen würde. Nichts geschah. Sindri fest umschlossen, drehte ich mich langsam um. Ängstlich reckte ich das leuchtende Rentier in die Höhe.

Hinter mir stand ein Gnom und beäugte mich misstrauisch.

„Alvar? Was machst du denn hier!“, rief ich. Erleichtert, nicht mehr alleine zu sein, umarmte ich den kleinen Miesepeter spontan.

Ein kritisches Keuchen entglitt ihm. „Stóbjörn hat mir aufgetragen, dir zu folgen. Er wollte nicht, dass dir etwas passiert.“

Dem Drachen musste wirklich etwas an mir liegen, dachte ich. „Bist du hier, um mir zu helfen, Emily zu finden?“, fragte ich vorsichtig.

Alvar brummte nur.

„Wie bist du an den Wächtern vorbeigekommen?“

Er grummelte erneut, und ich befürchtete, dass er mir keine Auskunft geben würde, doch dann verzog er das Gesicht zu einer Grimasse.

„Mädel, ich arbeit' in der Diamantengrotte. Was meinst, woher dein Rentierschlüssel kommt, hm? Hab 'türlich 'nen Ersatzschlüssel!“

„Wo könnte Emily stecken? Wie groß ist dieser Wald überhaupt?“, fluchte ich.

„Weiß niemand so genau“, quietschte Alvar mit seiner hohen Stimme. „Deine Tochter wird vermutlich bei den Feenpools sein. Werd dich hinführen.“

„Wohin?“, fragte ich erstaunt.

Alvar knurrte wie ein wütender Hund. „Dachte, du warst schon mal hier. Jedes Kind, das von den Wächtern in den Zauberwald gelassen wird, kommt zu den Feenpools.“

Ich wurde nervös. „Was sind die Feenpools? Und wer sind denn mittlerweile die Wächter? Doch nicht mehr Olavs Eltern! Oder meinst du das *Hjartað í ljósinu?*“ Bei dem Gedanken an meinen toten Freund wurde mir erneut schlecht. Aber ich wusste, dass er Emilys Leben an erste Stelle gesetzt hätte. Trotzdem fühlte ich mich vom Schicksal verraten, mehr denn je.

Alvar schnaubte. „Ich bring dich hin. Zu nichts zu gebrauchen, das diebische Menschenweib.“

Verärgert schüttelte ich den Kopf. „Sag schon! Ich will doch nur, dass du mir ein paar Fragen beantwortest!“

„Die Wächter sind neue Gestalten. Frag mich nicht, wie sie heißen. Im *Hjartað í ljósinu* sind nur die Hüter. Beschützen das Verborgene Volk. Ihr einziger Auftrag. Der Rat hat seine Regeln, an die halten sie sich. Die Feenpools sind kleine Wasserlöcher hier im finst're Wald, in denen – wie der Name schon sagt, und ein intelligentes Wesen könnt selbst drauf kommen – die Feen baden.“

„Es gibt hier Feen?“, fragte ich irritiert. Auch noch! Ich wusste kaum noch, was ich glauben sollte.

„Ja, sicher doch. Kleine Biester. Sind schmal genug, sich in den Wald zu verirren. Eigentlich sollten sie nicht hier sein, haben aber diese Planschbecken entdeckt und sich da niedergelassen. Man findet sie recht einfach, denn sie sind das Einz'ge im finsteren Wald, was leuchtet. Sobald eine Fee sich in dem Pool niederlässt, beginnt er zu leuchten."

Ich dachte an Háleita, Gullstjarna und die anderen kleinen Lichtwesen ... Was wohl mit ihnen passiert war? „Sind die Feen dann die Leuchtgestalten, diese Irrlichter?", fragte ich.

Alvar gab einen quietschenden Laut von sich. „Du meinst die *Ljós?*"

Ich nickte energisch.

Er schüttelte stumm den Kopf. „Nein, die sind anders. Sie wurden vor langer Zeit hierher verbannt. Vor einigen Jahren wollten sie fliehen, schafften's aber nicht. Es gibt Gerüchte. Die einen sagen, sie wurden von den Wächtern getötet, die and'ren sagen, sie seien im Fluss ertrunken. Die dritte Theorie würd dich wohl am meisten interessieren."

„Und die lautet ...?"

„Ein Mensch soll einige von ihnen gefangen und als Beweismittel für die Existenz des Verborg'nen Volkes aufbewahrt haben. Anscheinend wartet er seitdem auf den richtigen Moment, sie der Menschheit zu präsentieren."

„Klingt unheimlich", murmelte ich.

Er antwortete nicht darauf, und wir gingen schweigend weiter, Alvar voran. Der Nebel hatte sich etwas gelichtet, doch wie damals waren die Baumwipfel so hoch und dicht, dass es finster war und nur Alvars kleine Petroleumlampe etwas Licht spendete.

Mir war kalt, doch wenigstens war ich nicht allein. Ich fühlte mich durch Alvars Anwesenheit getröstet. Ein seltsames Gefühl, nach all den Jahren wieder im Wald zu sein. Es kam mir vor, als sei alles, woran ich mich wieder erinnerte, gerade erst passiert.

„Sind die Kinder bei den Feenpools denn sicher?“, fragte ich.

„Fragen, Fragen, immer mehr Fragen. Frag nicht so viel, Mädchen. Je mehr du weißt, desto schwieriger wird's, dich hier wieder rauszubekommen. Nicht, dass das unbedingt mein Ziel wär, aber einen Drachenbefehl führt man eben lieber aus …“

Also schwieg ich und folgte dem Gnom. Der Boden war unter dem Schnee zugefroren. Jedes Mal, wenn das Eis oder ein Zweig unter meinen Füßen knackte, fuhr ich erschrocken zusammen. Ich verband keine guten Erinnerungen mit diesem Wald. Zitternd vor Kälte und mit knurrendem Magen tapste ich dem Gnom weiter hinterher. Hoffentlich waren wir bald da – und hoffentlich sagte er wirklich die Wahrheit. Aber er war meine einzige Chance. Ich konnte es kaum erwarten, endlich meine Tochter wieder in den Armen zu halten und dann ein für alle Mal von hier zu verschwinden. Ich würde nie wieder nach Island kommen! Doch wo sollte ich hin? In England hing ich schweren Erinnerungen nach, und in unserem alten Haus in New York konnte ich gewiss auch nicht mehr wohnen, ohne dass ich einen Nervenzusammenbruch erlitt. Ich war heimatlos. Dabei war doch nach all dem Unglück des letzten Jahres Olav mein Lichtblick gewesen … Und nun war er auch tot. Der Gedanke an ihn ließ mich aufwimmern. Endlich hatte sich eine neue Tür für mich geöffnet, und doch hatte sich dahinter erneut ein Abgrund befunden.

„Hierher“, flüsterte Alvar, der sich hinter einen großen Stein gekauert hatte.

„Was?“, murmelte ich erschrocken.

„Wir sind da“, gab er zurück.

Tatsächlich. Vor dem Stein ragte eine Felsenlandschaft in die Höhe, die türkisblau erleuchtet wurde.

„Oh, wow“, entfuhr es mir. Ich hörte ein Rauschen wie von einem Wasserfall, und das erste Mal, seit ich Olav verlassen hatte, fühlte ich mich nicht mehr ganz so unwohl. „Das ist wundervoll“, flüsterte ich bezaubert und vergaß für einen Moment meinen Schmerz.

Alvar brummte: „Sag ich doch. Für die Kinder und die dämlichen Feen.“

Ich hob eine Augenbraue. „Was hast du denn gegen die Feen?“

„Biester“, knurrte er. „Biester. Man darf keiner von ihnen trauen.“

„So, wie man niemandem vom *Démantar Fólk* trauen sollte?“

Sein Blick schoss sofort in meine Richtung. „Auf mich kannst du dich verlassen“, sagte er nüchtern. „Hör doch!“

Ich lauschte. Plötzlich nahm ich neben dem Rauschen des Wassers noch etwas anderes wahr. „Kinderlachen“, flüsterte ich erregt.

Alvar gab erneut einen seltsamen Laut von sich. „Kann man leicht mit Feenstimmen verwechseln. Klingt ähnlich. Du kannst näher ran, wenn du möchtest.“

„Und du?“

Er schüttelte den Kopf. „Hab so meine Probleme mit denen. Ist besser, wenn ich nicht mitkomme. Ich warte hier.“

„Aha.“ Ich warf einen letzten Blick auf ihn und sah zu den angeleuchteten Felsen in der Hoffnung, dass das Ganze keine Falle sein würde. Kurz zögerte ich. Was, wenn Alvar mich belog? Womöglich war es ihm egal, was mit mir passierte, und seine Bemerkung über die Feen war eine versteckte Warnung gewesen, mit der er sich dann vor Stóbjörn rechtfertigen konnte, schließlich hatte er mich doch vor den Feen gewarnt! Doch was sollte ich tun? Wenn Em hier war und ich jetzt umkehrte … Nein, ich musste sie finden! Ich löste mich aus meiner Starre und ging weiter.

Je näher ich kam, desto wärmer wurde mir ums Herz. Ich spürte die Freude und die Energie, die von diesem magischen Ort ausgingen, und vergaß für einen Moment, dass ich mich im finsteren Wald befand. Doch mein Herz klopfte heftig, als ich mich umsah. Würde ich hier meine kleine Em wiedersehen? Der Duft von frischen Blumen stieg mir in die Nase. Je näher ich den Feenpools kam, desto lauter wurden die Stimmen und das Giggeln. Wie in einem Kindergarten, dachte ich schmunzelnd. Abrupt blieb ich stehen, nachdem ich in etwas Nasses, Warmes getreten war. Ich sah nach unten und bemerkte, dass ich in einem Bachbett stand, das wohl eine Art Zulauf zu den Pools sein musste. Langsam watete ich hindurch. Die Wärme des Wassers tat gut, nachdem ich seit Stunden auf den Beinen war und meine Winterstiefel schon längst ihre isolierende Funktion verloren hatten.

Der Bach machte zwischen den Felsen eine kleine Biegung. Ich folgte dem Lauf, und dann erstreckte sich die ganze weite Ebene. Überall plätscherte glasklares Wasser aus den Felsspalten stufenförmiger Ausbuchtungen. Klitzekleine pinkfarbene Fliegen schwirrten in Scharen um die Senken. Ich hatte die Feenpools erreicht! Das Wasser rauschte an einer Stelle in einem tosenden Wasserfall hinab. In einem der tiefergelegten Becken saß jemand. Oder *etwas?* So viele Wesen waren mir inzwischen begegnet, da konnte man nie wissen …

Ich watete weiter und blieb dann wie angewurzelt stehen. Da unten saß ein Kind! Dunkles, nasses Haar stand wild zu allen Seiten ab, mit den dicken Ärmchen planschte es freudig im Wasser. Ich schluckte. „Emily?“, flüsterte ich. Das Kind schien sich prächtig zu amüsieren. Ständig spritzte es die pinkfarbenen Fliegen nass und kugelte sich dabei vor Lachen. „Em?“, rief ich eine Spur lauter. Ich konnte nicht hin, denn um zur nächsten Poolebene zu gelangen, müsste ich gefährlich nah an den tosenden Wasserfall, der sicherlich einige Meter nach unten ging. „Emily!“, brüllte ich erneut. Da wandte das Kind sich um und starrte zu mir nach oben.

Sie war es! Ich spürte, wie mir Tränen in die Augen stiegen, und sah für einen Moment alles verschwommen. Ihr ging es gut! Jetzt musste ich nur noch zu ihr.

Ratlos sah ich mich um. Direkt vor dem Ufer befand sich ein schmaler Hang, der ebenfalls nach unten zum nächsten Pool führte. Hastig watete ich in die Richtung und kümmerte mich nicht um die spitzen Steine und Unebenheiten, auf die ich trat. Jetzt zählte nur noch eins: meine Tochter!

Doch plötzlich rutschte ich aus. Erschrocken schrie ich auf und schlitterte. Ich befand mich mit einem Mal bis zum Hals im Wasser. Gleichzeitig war eine Strömung entstanden, die mich unweigerlich zum Wasserfall zog.

„Nein!“, schrie ich und versuchte mit aller Kraft, gegen den Strom zu schwimmen, was mir nicht gelang. „Em! Alvar!“ Ich sah mich nach einer Möglichkeit um, mich irgendwo festzuhalten, doch ich wurde wie ein Stück Holz weitergetrieben. Einerseits wollte ich überleben, andererseits kreisten meine Gedanken um Emilys Zukunft. Was, wenn ich nicht mehr war? Würde sie für immer hierbleiben? Sie hatte so glücklich ausgesehen! Würde ich schnell sterben, oder würde es dauern, zu ertrinken? Würde ich Charles und Olav wiedersehen?

Ich trieb auf den Wasserfall zu und beschloss, mich nicht mehr zu wehren. Hoffentlich konnte Emily meinen Sturz nicht sehen, das würde sie traumatisieren. Leicht wurde mein Körper angehoben, und dann fiel ich.

Es war ein schönes Gefühl. Um mich herum strömte das Wasser, und es fühlte sich an, als würde ich fliegen. Ich wartete auf den harten Aufprall, doch der blieb aus. Stattdessen flog ich immer weiter und weiter, und plötzlich war da ein Meer voller Blumen. Sanft schloss ich die Augen, um den lieblichen Geruch einzuatmen, spürte weiche Blüten auf mich herabrieseln. War das der Himmel?

Blinzelnd öffnete ich die Augen und sah die Welt wie durch ein Kaleidoskop. Ich hatte so etwas einmal auf dem Jahrmarkt gesehen … damals, mit Charles. Wo war er? Müsste er nicht kommen und mich abholen? Doch dann begriff ich, dass es nicht Charles sein sollte. Mein Herz sehnte sich nach jemand anderem.

Dann sah ich ihn.

Sein wundervolles Gesicht erschien vor mir. Sein Blick berührte meine Seele. Diese eisblauen Augen… Das Wuschelhaar stand wie immer quer in alle Richtungen ab. Die vollen Lippen verzogen sich zu einem Lächeln, als er bemerkte, dass ich ihn erkannte. Dann blitzten seine krummen Zähne auf. Es kam mir vor, als würde all das in Zeitlupentempo geschehen. Ich konnte nichts hören. Nur sehen, spüren und riechen. *Und lieben.*

Ich strahlte ihn an und streckte eine Hand nach ihm aus. Doch anstatt sie zu ergreifen, beugte er sich zur Seite. Was tat er da? Dann erkannte ich ein Köpfchen mit flauschigem Haar. Aus kleinen braunen Kulleraugen sah sie mich entzückt an. Emily! Ich spürte Panik in mir aufsteigen. Nein, Em durfte nicht tot sein. Warum war sie hier? Ich hob den Kopf, und plötzlich verschwand die Taubheit, die mich umgeben hatte. Es war plötzlich wieder so laut! Ich nahm das Tosen des Wassers wahr, Stimmen … All die Geräusche waren so unangenehm, dass ich mir die Ohren zuhielt. Erschrocken fuhr ich zurück, als mich etwas am Arm berührte. Es fühlte sich nach der Taubheit an wie ein Brennen, mein Körper musste sich erst wieder an das Hier und Jetzt gewöhnen. Ich blickte auf die kleinen Finger meiner Tochter. Em strahlte mich an. Ich ließ die Ohren los, und langsam gewöhnte ich mich an die Geräusche. Da, das musste der Wasserfall sein. Dann ein seltsames Surren. Doch ich hörte vor allem eins: die Stimme meiner Tochter.

„Mommy!“, quietschte sie vergnügt und fiel mir in die Arme.

Ich drückte sie fest und schluchzte in ihr Haar. Ich brachte kein Wort heraus.

„Mommy, ich hab mit den Feen gebadet – und Rentiere gesehen, Tausende Rentiere. Und ich war bei den Wichteln in der Fabrik. Und ich –“

Ich unterbrach sie mit einem Kuss. „Das erzählst du mir alles in Ruhe.“ Ich drückte sie erneut.

„Mommy, ich bekomm keine Luft“, schnaufte Emily, und ich ließ sie los.

„Meine Maus, geht's dir gut?“

Doch Em giggelte nur. Da bemerkte ich die pinkfarbenen Insekten, die um ihren Kopf schwirrten. Sie verursachten das Summen, welches ich vernommen hatte. Nur dass es keine Fliegen waren, sondern Feen. Sie sahen den *Ljós* ähnlich, waren allerdings rosa und sahen aus wie Menschen, die man geschrumpft hatte. „Danke“, flüsterte ich, und sie verbeugten sich, bevor sie davonflatterten. Ich wandte mich um und sah zu ihm. Tatsächlich, dort saß er – auf einem Stein – und grinste mich an. Wie bei unserer ersten Begegnung. „Du lebst?“, fragte ich leise.

„Mich haut so schnell nichts um, das solltest du doch inzwischen gemerkt haben.“ Olav deutete hinter sich, wo der Wasserfall niederging und sich ein weiteren Feenpool erstreckte.

„Ich musste dich doch retten. Auch wenn es nicht das erste Mal war, dass ich dich aus dem Wasser gezogen hab.“

Überrascht musterte ich ihn. *„Du …?“*

Er nickte und erhob sich. Sein Shirt war in der Mitte zerrissen und über und über mit Blutflecken bedeckt, darunter lugten Leinen hervor, vermutlich war er damit notdürftig verbunden worden.

Als er meinem Blick folgte, winkte er ab. „Das wird schon wieder.“ Er kniete sich vor mich, Emily hüpfte wieder zu den Pools und spritzte ein paar Feen nass, die Erwachsenen waren ihr wohl zu langweilig. Nervös sah ich ihr nach, doch sie entfernte sich nur ein paar Meter, und ich konnte sie gut im Blick behalten. Noch einmal würde ich sie nicht verlieren!

„Ich war kurze Zeit außer Gefecht, doch dann hat mich die Wächterin des Waldes versorgt.“

Ich zog eine Augenbraue hoch und sah wieder zu Olav.

„Ihr Name ist Hayley. Ich glaube, du kennst sie“, sagte er leise.

Natürlich erinnerte ich mich an Hayley!

„Wäre sie nicht gewesen, wäre ich gestorben, aber sie war rechtzeitig da. Die Klingen der Dolche heben die Unsterblichkeit auf, da sie aus Diamanten geschliffen werden. Wenn man durch sie verletzt wird, hat man nur wenige Minuten, um ein Gegenmittel zu bekommen. Zum Glück war Hayley in der Nähe. Sie wollte nicht, dass ich alleine durch den Wald irre, aber ich musste dich finden. May ..." Er hielt kurz inne und sah mich durchdringend an. „Sie sagte, wenn ich gehe, könnte sie nicht für meine Sicherheit garantieren. Und wenn das *Hjartað í ljósinu* erfährt, dass ich noch lebe, würde es mich auf ewig verfolgen. Ich wollte davon nichts hören. Hayley gab mir den Tipp mit den Feenpools –ich war ja nie wieder im Wald, nachdem ich mit dir damals hier gewesen bin, und kannte die Pools nur vom Hörensagen. Ich hoffte einfach, dass ich wenigstens die kleine Emily hier antreffen würde. Dann hab ich Alvar oben entdeckt. Garstiger Kobold. Feigling. Er hat sich einst in eine Fee verliebt, deshalb wollte er dich nicht bis hierher begleiten und hat oben hinter diesem Stein gewartet."

Ich unterdrückte ein Grinsen. Daher wehte also der Wind.

„Und dann?"

„Von Weitem hab ich gesehen, wie du hingestürzt bist und um dein Leben gekämpft hast. Es war ein furchtbarer Anblick, wie die Strömung dich mitgezogen hat, und schließlich bist du einfach in den Fluten verschwunden."

Stumm nickte ich. Schon zweimal hatte ich ihn sterben sehen und war völlig hilflos gewesen, ich wusste, welch schrecklicher Anblick das gewesen sein musste.

„Ich habe dich unter dem Wasserfall aus den Fluten gezogen. Und ich hatte ja noch ein Versprechen einzulösen."
„Was für ein Versprechen?"

Olav warf mir einen seltsamen Blick zu. „Schau dich um. Was siehst du?"

Verwirrt ließ ich den Blick umherschweifen, überall planschten Feen in den Pools. Plötzlich dämmerte es mir. Ich erinnerte mich. *Wusstest du, dass es Feen gibt, die Menschen, die sterben, in einen von uns verwandeln können?* Ja, genau so hatte er es gesagt. Falls er eines Tages einer Fee begegnen würde, wollte er sie bitten, mich zu verwandeln, sollte ich eines Tages sterben.

„Du hast mich gerettet“, flüsterte ich. Aber bedeutete das nicht …? „Bin ich nun eine von euch?“

Als Olav bemerkte, dass ich begriff, entblößte er erneut seine krummen Zähne und grinste schief.

„Das bedeutet es, May. Es heißt aber nicht, dass du in Island oder gar diesem Wald bleiben musst. Du bist aber jederzeit wieder willkommen. Und du bist nun etwas ganz Besonderes. Also … das warst du ja vorher schon.“

„Wie kann ich dir jemals dafür danken?“, fragte ich stockend, auch wenn mir eigentlich ganz andere Fragen auf der Zunge brannten. Würde ich nun niemals sterben? Wie veränderte sich mein Körper? Würde das alles Auswirkungen auf Ems Leben haben? Ich war völlig verwirrt.

In seinen Augen lag etwas Schmerzliches, als die Fragen aus mir heraussprudelten. Er sah plötzlich sehr traurig aus.

„Mommy, nach Hause?“, fragte Em, die nun von den Feen zurückgekehrt war, und griff nach meiner Hand.

Ich nickte. „Ja, Schatz, bald.“

Olav sah mich liebevoll an. „Bitte Alvar darum, dass er euch sicher zu Arna bringt. Erzähl ihr aber auf keinen Fall, was hier passiert ist. Nichts von mir, nichts vom Verborgenen Volk oder irgendetwas, was sie misstrauisch machen könnte. Gib Frosti die Pfeife, mit der du Fenris herbeigelockt hast. Er wird verstehen. Grüßt mir die Rentiere.“ Unbeholfen streichelte er Emily über den Kopf.

„Insbesondere Snorre, das ist der graubraune, ungeduldige Kerl. Er hat wunderbar weiches Fell, an welches du dich kuscheln kannst, wenn dir kalt wird. Aber kill ihn nicht, auch wenn er anstrengend ist und einen fast dazu nötigt. Und Lyra, sie ist fast ganz weiß, nur am Rücken hat sie einen hellbraunen Streifen. Sie ist die mit dem wachsamen Blick, und sie ist sehr mutig. Sie bekam gerade erst ein Junges, Siri. Und wenn du einfach nur mit einem Rentier kuscheln willst, nimm Mó, das mit den schwarzen Ringen unter den Augen und dem Ziegenbärtchen. Er und Plumb sind die gutmütigsten. Plumb ist eher etwas schüchtern und zurückhaltend, aber dafür eins meiner schönsten Rentiere."

Ich schluckte. „Und was wird aus dir?"

Olav sah sich um. „Das hier ist die einzige lichtdurchflutete Stelle im Wald. Ich denke, ich bleibe hier."

„Hier?", fragte ich entsetzt. „Im finsteren Wald?"

Er seufzte. „Hayley gab mir den Rat, sollte ich es bis hierhin schaffen, ohne dass das *Hjartað í ljósinu* mich entdeckt. Die Mitglieder des Rates verabscheuen das Licht, die Feen und die positive Energie, die von den Pools ausgeht. Fenris wird meine Verbindung zur Außenwelt sein. Ich kann ihn von überall aus rufen. Und Frosti wird deine Pfeife haben, dann kann er über Fenris Nachrichten an mich schicken. May, ich *muss* hierbleiben! Hayley hat sich klar ausgedrückt. Ich hätte nie in diese Welt zurückkommen dürfen. In dem Moment, als ich mit dir durch die Quelle fiel und ich auch noch mit dir – einem Menschen – erwischt wurde, war klar, dass es keine Chance gibt. Sie lassen mich niemals mehr hinaus. Ich kann dankbar sein, dass Hayley mich gerettet hat."

Ich begann zu weinen. „Nein, Olav. Lass mich doch mit ihr sprechen! Sie war damals auf meiner Seite!"

„Hayley ist nur die Wächterin des Waldes. Es gibt einen ganzen Stab von Ältesten, denen sie untergeben ist. Dass sie mich geheilt hat, darf niemand erfahren. Sie hat mir das Leben gerettet, mehr kann sie nicht tun. Hier bin ich sicher. Das *Hjartað í ljósinu* wird niemals herkommen. Die Feen halten dicht, und auch die *Démantars* sind nicht für Tratscherei bekannt."

Er zog mich in seine Arme. Ich schluchzte leise, er streichelte mich. Emily spielte erneut mit den Feen und hatte sich abgewandt.

„Ich hätte dich nie herbringen dürfen", schniefte ich.

„Pst", murmelte Olav in mein Haar. „Es war immer mein Schicksal. Ich wollte dich nicht einfach im Stich lassen. Du und Emily, ihr seid wichtiger. Richte Frosti liebe Grüße aus, er soll sich gut um die alten Viecher kümmern, bevor er mit Sara nach Amerika abhaut." Er grinste.

„Sara?", fragte ich verwirrt.

„Du wirst schon sehen", flüsterte er, pflückte eine Blume von der Wiese und reichte sie mir.

„Hier. Eine Perlenblume. Sie vergeht niemals. Behalte sie, und denk an mich, wann immer du sie ansiehst."

Mit gesenktem Blick nahm ich die Blume entgegen, in deren großer, weißer Blüte ein silberfarbener, perlenförmiger Knoten saß, beachtete sie aber kaum. „Kann ich dich nicht wenigstens besuchen?", fragte ich, obwohl ich die Antwort schon kannte.

„Ach, May", seufzte Olav und küsste mich. „Eines Tages", flüsterte er.

Ein Gefühl großer Leere machte sich in mir breit. Ja, ich hatte Em wieder, und ich sollte froh darüber sein. Aber Olav ... das war einfach nicht zu ertragen.

Als Alvar uns aus dem Wald führte, rechnete ich fast damit, dass Hayley mit einem Säckchen Vergessensstaub dastehen würde. Doch sie war nirgends zu entdecken. Als ich mich ein letztes Mal umdrehte und Olavs Silhouette im Schein der Feenpools sah, wusste ich, dass ich ihn immer im Herzen tragen würde. Ich erinnerte mich an das Wunder, welches im Raum vor der Gletscherhöhle mit ihm geschehen war.

Zu dem Zeitpunkt hatte ich noch keine Ahnung, dass gut neun Monate später unsere Tochter das Licht der Welt erblicken sollte. Greta. Die Perle.

**Zweiter Advent 2017, England**

„So, Kinder, ab ins Bett.“ Fiona schlug das Buch zu.

„Nein!“ – „Oh nein, lies mehr!“ Die Kinderstimmen wirbelten durcheinander.

Fiona schluckte und unterdrückte die aufsteigenden Tränen. Dann lächelte sie und strich gedankenverloren über den Einband des Buches. Ja, sie hatte die Geschichten damals auch geliebt. Schade, dass jeglicher Glanz mit dem Erwachsenenalter verloren ging. Mittlerweile konnte sie alldem nicht mehr so viel abgewinnen wie damals. Ihre Oma musste Unmengen von diesem Blaubeerwein getrunken haben, ansonsten hätte sie kaum so viel Fantasie aufbringen können, dachte sie schmunzelnd.

Schmollend stürmte die Rasselbande aus dem Zimmer. Fiona warf einen Blick aufs Smartphone. Roger hatte sich seit ihrem gestrigen Telefonat nicht mehr gemeldet, hoffentlich traf er sich nicht mit einer anderen. Ständig hatte sie diese Ängste. Auch wenn sie ein gefeiertes Model in den USA war, so schlief die Konkurrenz nicht, und eine Freundin, die nicht verfügbar war, war bald keine mehr.

Nervös erhob sie sich und schlenderte durchs Wohnzimmer ihrer Tante Emily. Auf dem Kaminsims standen einige gerahmte Bilder. Sie unterdrückte ein Lächeln, als sie sich erkannte: ein kleines Mädchen mit blonden Zöpfen auf einem Islandpferd, daneben stand Greta, ihre Mutter. Ein weiteres Bild zeigte sie mit ihrer Mutter und Tante Em in Island vor einem Gletscher. Ein ungutes Gefühl beschlich sie. Überstürzt rannte sie ins Bad.

Dort starrte sie sich einen Moment im Spiegel an. Sie war blass. Ihre Augen waren gerötet. Erschöpft drehte sie den

Wasserhahn auf und spritzte sich eine Handvoll kaltes Wasser ins Gesicht. Sie wusste, was zu tun war, auch wenn sie den Gedanken verdrängt hatte. Hastig ging sie zu ihrem Onkel Martin, Emilys Mann, und teilte ihm mit, dass sie noch einmal fortfahren würde.

Kurz darauf sprang sie in den Wagen, den sie am Flughafen gemietet hatte, und fuhr zu dem Wohnheim, in dem ihre Mutter seit Kurzem untergebracht war. Es waren kleine Appartements, kein Seniorenheim im klassischen Sinne, aber es gab Haushaltshilfen und Pflegekräfte, die rund um die Uhr verfügbar waren. Außerdem fanden Aktivitäten wie gemeinsame Spielenachmittage oder Ausflüge statt.

Was war nur in sie gefahren? Seit sie in L. A. wohnte, zählte nur noch sie selbst. Ihrer Mutter musste es furchtbar gehen in diesem Wohnkomplex, schließlich war sie im Herzen eine Isländerin und kein Stadtmensch! Das schlechte Gewissen hatte sie eingeholt. Warum war sie nur so egoistisch gewesen und hatte Greta einfach so dort hineingesteckt? – Weil sie ihren Träumen gefolgt war, wie ihre Mutter es ihr immer geraten hatte.

Fiona schluckte und drückte ungeduldig aufs Gaspedal. Sie war es nicht mehr gewöhnt, in England Auto zu fahren, schon gar nicht bei Dämmerlicht. Als sie nach zwanzig Minuten endlich ankam, war es stockfinster, und sie fragte sich, ob man sie überhaupt noch hineinlassen würde. Erleichtert stellte sie fest, dass Emilys Wagen noch auf dem Parkplatz stand. Eilig hastete sie zur Pforte, um sich anzumelden, und bemerkte nicht den jungen Mann, der aus einem Seitenweg bog. Erschrocken wich sie zurück, als er plötzlich vor ihr stand.

„Verzeihung“, murmelte sie.

„Passen Sie doch auf“, knurrte der Fremde.

„Passen Sie doch selber auf!“, fuhr sie ihn an und wollte weitergehen.

„Verdammte Amerikaner“, murmelte der Mann auf Isländisch.

Fiona schnaubte und hielt dann inne. „Frecher Troll“, gab sie zurück. Er sah auf, und angriffslustig starrte sie zurück.

„Du sprichst Isländisch?“, fragte er überrascht.

Sie musterte ihn neugierig. Er trug einen nahezu schwarzen Rauschebart, sein dunkles Haar wuchs so dicht, dass man kaum die kristallblauen Augen zwischen den Strähnen sah, die ihm in die Stirn fielen. Als er sie musterte, lächelte sie ihn herablassend an. „Ja, und?“

Er zuckte die Schultern. „Du siehst nicht sonderlich intelligent aus. Isländisch ist eine der schwersten Sprachen der Welt.“

„Ach ja, wie sieht denn jemand *Intelligentes* aus?“ Fiona verschränkte die Arme vor der Brust.

„Jedenfalls nicht so wie du“, gab der Rauschebart zurück und verdrehte die Augen. „Das Striplokal ist übrigens eine Tür weiter“, fuhr er sie an und warf einen kurzen Blick auf ihren Rock.

Die Röte stieg Fiona in die Wangen, und sie starrte an sich herab. So hatte noch niemand sie beleidigt! Und das in der heutigen Zeit! Gut, sie war sehr amerikanisch gekleidet. Sie trug lange Overknee-Stiefel und einen knappen Minirock, doch da sie in L. A. wohnte, hatte sie ihre komplette Wintergarderobe entsorgt. Sie hatte ja nicht ahnen können, dass sie so schnell wieder in einem dieser dunklen, kalten Länder sein würde.

„In L. A. scheint immer die Sonne“, gab sie zurück. „Ich brauch kein Striplokal. Aber du vielleicht. Ich glaub kaum, dass sich irgendeine Frau für so einen ungepflegten Wikinger wie dich interessieren würde. Einer wie du muss sicherlich für bestimmte … *Leistungen* … bezahlen."

Der Mann starrte sie verdutzt an. „Du bist wirklich 'ne Amerikanerin. So einen unverfroren Mist geben nur diese hohlköpfigen Blondinen von sich."

„Ah ja? Also –" Fiona wollte eben zurückpfeffern, als eine Stimme sie unterbrach.

„Fee, Liebes, was machst du denn hier?"

Sie drehte sich um. „Tante Em", murmelte sie und ging auf ihre Tante zu. „Ich wollte Mum noch mal besuchen."

Emily nickte. „Komm, ich bring dich zu ihr."

„Ach ja, ich bin übrigens eine waschechte Isländerin!", rief Fiona, warf einen letzten abwertenden Blick auf den ungehobelten Bärtigen, dann folgte sie ihrer Tante.

„Ich wollte eigentlich gerade gehen", meinte Emily. „Aber wenn du schon da bist … Waren die Kleinen sehr anstrengend? Sie können unglaublich hibbelig sein!"

Fiona nickte. „Schon, aber es war schön, mal wieder die alten Geschichten herauszukramen. Vielleicht sollten wir Mutter nächste Woche dazunehmen. Sie würde sich bestimmt freuen."

Emily schüttelte den Kopf. „Ich glaube nicht, dass das eine gute Idee ist."

„Warum nicht?"

„Sieh selber", flüsterte Em und drückte die Klinke der unverschlossenen Tür, neben der ein Schild mit der Aufschrift *Margareta Olavsdóttir* angebracht war.

„Mum!" Fiona erschrak beim Anblick ihrer Mutter. Greta lag im Bett, das Gesicht kalkweiß. Neben ihr stand ein

Infusionsständer, aus einem Beutel tropfte eine Flüssigkeit durch einen Schlauch in die Armvene. „Em, was ist mir ihr?"

„Als ich sie heute Morgen gesehen habe, ging es ihr zwar nicht gut, aber sie hat geredet und saß im Sessel. Doch dann ist sie plötzlich total ausgerastet und ist, als das vorbei war, in eine Art tiefe Depression gefallen."

Greta starrte an die Decke. Sie war immer noch schön, hatte nie graues Haar bekommen, ihr ohnehin weißblondes Haar war einfach nur eine Nuance heller geworden. Die kleinen Fältchen auf ihrer Stirn und um die Mundwinkel wirkten so dünn wie Bleistiftlinien.

„Sie hat Schreikrämpfe bekommen. Die Pflegerin hat einen Arzt geholt, und sie haben ihr ein Beruhigungsmittel gegeben." Emily sah erschöpft aus. Offenbar machte sie sich Vorwürfe.

„Warum hat sie denn geschrien?", fuhr Fee ihre Tante erneut an. Doch es war ihr egal, sie machte sich Sorgen! Ihr Leben lang hatte sie darunter gelitten, ein Nachzügler zu sein. Ihre Mutter und ihr Vater waren älter als andere Eltern gewesen. Immer hatte sie Angst gehabt, dass ihnen etwas zustoßen könnte. Wenn es um ihre Eltern ging, wurde Fiona hypersensibel. Als ihr Vater vor einigen Jahren starb, hatte sie schwer damit zu kämpfen gehabt. Und nun das hier!

„Bitte, Fee, wir haben uns nur unterhalten. Ich hab ihr erzählt, dass du den Kindern die Weihnachtsgeschichte vorliest. Da fing sie plötzlich an, wütend zu werden, hat mich beleidigt und Dinge nach mir geworfen."

„Davon hat sie Schreikrämpfe bekommen?" Seit sie in das betreute Wohnheim in England gebracht worden war, hatte Greta unter Appetitlosigkeit, Depressionen und Angstzuständen gelitten. Doch sie hatte nie geschrien oder Wutausbrüche gehabt. „Ich verstehe das nicht." Fiona streichelte die kalte Hand ihrer Mutter. „Hörst du mich?", flüsterte sie auf Isländisch, doch Gretas Blick blieb starr.

„Da war ein junger Herr zu Besuch", sagte Emily plötzlich.

„Ach ja?"

„Ja, sie war danach total durcheinander."

Fiona seufzte. „Kanntest du ihn?"

„Nein. Er war wohl Isländer. Dunkler Rauschebart. Sah aus wie ein Verbrecher." Em kicherte wie ein kleines Mädchen.

„Wäre ich jünger, würde ich fast sagen – attraktiv."

„Ein attraktiver Isländer mit Bart, sagst du?"

„Ja. Wieso, kennst du ihn?"

Fee warf einen Blick auf ihre Mutter. „Und du meinst, *er* hat Mamma so durcheinandergebracht?"

„Irgendwie schien er sie nervös gemacht zu haben, ja. Ich war kurz noch einkaufen, und als ich wiederkam, hat er gerade das Zimmer verlassen. Eigentlich wollte ich ihn noch fragen, was er bei Greta wollte, aber das hab ich mich irgendwie nicht getraut, er war so schnell weg."

„Ich versuche, ihn zu finden. Passt du gut auf Mamma auf?" Fiona erhob sich.

„Natürlich!" Emily sah erbost drein. „Sie ist meine Schwester."

Fiona zögerte. „Du weißt, wie man ein Handy benutzt?"

Ihre Tante zog eine Augenbraue hoch und schwieg.

Fiona grinste. „Ich frag ja nur. Ruf mich an, sobald es was Neues gibt." Dann drückte sie ihrer Mutter einen Kuss auf die Wange – woraufhin diese auch nicht reagierte –, eilte aus dem Zimmer und schnurstracks zur Rezeption.

Eine gelangweilt aussehende junge Frau saß hinter dem Tresen und spielte auf ihrem Smartphone. Sie machte immer wieder kleine Blasen mit einem Kaugummi. Als Fiona vor ihr stand, sah sie nicht mal auf.

„Entschuldigung“, sagte Fiona resolut. „Ich bin die Tochter von Margareta Olavsdóttir. Ich möchte gern das Besuchsprotokoll einsehen, um zu erfahren, wer zuletzt bei ihr war.“

Die junge Frau sah sie irritiert an. „Was für ein Besuchsprotokoll?“ Sie musterte Fiona eindringlich. „Kenne ich Sie?“, fragte sie dann und sah wieder auf ihr Smartphone.

Fiona verdrehte die Augen. „Führen Sie denn keine Listen oder so was?“

Die rundliche Frau schob den Kopf so zurück, dass ein drolliges Doppelkinn entstand. „Nö. Sie haben sich ja auch nirgends eingetragen, oder?“

*Das stimmt.* Wie blöd von mir, dachte Fee und trommelte mit den Fingerspitzen auf dem Tresen herum, dass ihre Nägel klackerten. „Überwachungskameras?“

„Ja. Also, nein – das geht leider nicht. Der Chef hat mich im letzten Jahr schon mal zur Schnecke gemacht, weil ich so fahrlässig mit den Daten umgehe.“ Die Frau lachte auf und scrollte auf ihrem Handy herunter. Dann hob sie es in die Höhe, sodass Fee das Display sehen konnte. „Wusst ich's doch! Fiona Christian, das Topmodel aus Island! Bekomm ich ein Autogramm?“

Fiona seufzte. Sie wollte schon zusagen, immerhin wollte sie nicht ihren Ruf ruinieren, doch dann hielt sie inne. „Unter einer Bedingung …“

„Hier. Drücken Sie auf Pause.“

Da war er. Die Überwachungskamera hatte den Rauschebart aufgenommen, als er zu Gretas Zimmer gegangen, nach einer Viertelstunde wieder hinausgekommen, dabei Emily begegnet und schließlich noch eine Weile in den beleuchteten

Parkanlagen umherspaziert war. Dann sah man ihn im Eingangsbereich fast mit Fiona zusammenprallen, bevor er zum Parkplatz eilte, aber das Auto, in das er stieg, war kaum erkennbar.

„War der Mann schon öfter hier, um meine Mutter zu besuchen?“, fragte Fiona die Rezeptionistin.

Diese strahlte sie verträumt an. „Oh ja. Ein oder zweimal. Schnuckeliger Typ. Sein Englisch ist *so* sexy, nicht so steif.“

Fiona verdrehte genervt die Augen. „Okay. Können Sie das Kennzeichen ranzoomen?“

„Warum?“ Die Empfangsdame schien irritiert.

„Weil ich den Typen finden muss. Vielleicht kann ich ja übers Kennzeichen der Autovermietung in Erfahrung bringen, wer er ist.“

Die Dame sah traurig zu Boden. „Natürlich. War ja klar, dass er eher auf Topmodels steht.“

Fee wollte gerade widersprechen, hielt es dann aber für klüger, mitzuspielen. „Wissen Sie, wie ich ihn finden kann?“

„Er wohnt im B & B von Laura Clarke. Zehn Minuten Autofahrt von hier.“

„Woher wissen Sie das?“, fragte Fiona erstaunt. „Das hätten Sie mir doch gleich sagen können.“

Murrend schüttelte sie den Kopf. „So schnell geb ich auch nicht auf. Seien Sie bloß nett zu ihm. Ist ein echt netter Kerl. Er bringt mir immer isländische Kekse vorbei.“

„Immer?“

„Immer wenn er Ihre Mutter besucht.“

Fiona runzelte die Stirn. Wer war er? Was wollte er von Greta? Und was für einen Grund hatte er, sich bei der Dame von der Pforte einzuschleimen? Er stand sicher nicht auf sie, dass hatte sie an seiner Reaktion gemerkt. Egal, sie musste zu ihm und ihn mit ihren Fragen konfrontieren. Sie bedankte sich bei der Rezeptionistin und versprach, ihr beim nächsten Besuch auch Kekse aus Island mitzubringen. Im Hinausgehen zog sie das Smartphone aus der Handtasche und googelte Laura Clarkes B & B.

Nachdem das Navi bereit war, musterte sie sich kurz im Rückspiegel. Sie sah etwas blass aus. Schnell nahm sie ein Puder und Lippenstift aus ihrer Handtasche und polierte sich noch mal auf. Dann strich sie ihr hellblondes Haar zurück. Das musste reichen. *Hoffentlich kann ich ihn um den Finger wickeln.*

Die Straße war glatt, Fiona fuhr vorsichtig. Sie vermisste die Wärme von L. A., und natürlich Roger. Er hatte ihr immer noch keine Nachricht geschickt. Hoffentlich macht er keine dummen Sachen, dachte sie abermals. Andererseits fragte sie sich, warum sie ständig Zweifel hegte. Ein Tier huschte über die Straße, und sie bremste erschrocken ab. Ein Hirsch. Er stand am Straßenrand, und seine Augen leuchteten durch die Reflexion des Scheinwerferlichts. Er sah sie an!

*Unsinn.* Er sah sie nicht an, sondern war vermutlich genauso erschrocken wie sie selbst. Langsam fuhr sie weiter. Der Hirsch erinnerte sie an die Rentiere ihrer Kindheit in Island. Sie hatte sich ein weißes Ren zahmgezogen. Immer wieder war es damals im Winter zu ihrem Haus gekommen und hatte im Vorgarten nach Futter gesucht.

*Siri.*

Sie war anfangs sehr schüchtern und zurückhaltend gewesen, doch als sie gemerkt hatte, dass sie Fiona vertrauen konnte, immer zutraulicher geworden. Siri war so schön gewesen, dachte Fiona verträumt. Das Rentier hatte einen zweifarbigen Huf gehabt – ein Teil schwarz, der andere hell. Nach und nach waren weitere Rentiere hinzugekommen, und Fiona hatte mehr Zeit mit ihnen als mit Freunden verbracht. Ihr Vater nannte sie immer die „Rentierflüsterin." Schnell schob sie die Gedanken fort. Sie war nun ein City-Girl und hatte der trostlosen Einöde den Rücken gekehrt.

Nachdem sie zehn Minuten durch eine recht einsame Gegend Englands gefahren war, erreichte sie ein altes Farmhaus. *Lauras B & B* stand in verwitterten Lettern auf dem Einfahrtsschild. Auf dem Parkplatz standen noch zwei weitere Autos, eins davon konnte jenes von der Überwachungskamera sein, zu dem der Rauschebärtige gegangen war, allerdings war es schlecht zu erkennen gewesen. Gespannt ging sie über den Hof zum Haupthaus. Fiona fröstelte und war froh, den warmen Eingangsbereich zu betreten. In einer Ecke loderte ein Feuer im Kamin. Die Rezeption war unbesetzt, und sie hastete zu der offenen Feuerstelle, um sich die Hände zu wärmen.

„Kann ich Ihnen helfen?"

Sie wandte sich um. Eine Frau mittleren Alters war aus einem Hinterzimmer getreten.

„Hallo. Ich bin auf der Suche nach einem jungen Mann", sagte Fiona etwas unsicher. „Er wohnt hier."

Die Frau lächelte. „Natürlich. Sie sind nicht die Erste, die nach ihm sucht."

„Ach nein?", fragte Fiona verwirrt.

Die Frau schüttelte den Kopf. „Leider gebe ich keine Informationen über Gäste raus. Privatsphäre ist unsere oberste Priorität."

„Natürlich." Fee biss sich auf die Lippen. Gerade sie, die es am meisten genoss, wenn Hotels die Privatsphäre schützten, ärgerte sich nun darüber. Sie überlegte kurz. „Haben Sie noch ein Zimmer frei?", fragte sie dann.

Die blonde Frau grinste verschmitzt. „Natürlich. Mit Frühstück?“

„Gern.“

Nachdem sie ihren Zimmerschlüssel erhalten hatte, ließ Fiona sich seufzend aufs Bett fallen. Nicht einmal eine Zahnbürste hatte sie dabei, dachte sie verärgert. So konnte sie unmöglich morgen in den Speisesaal gehen. Wer wusste schon, ob der Kerl überhaupt frühstückte. Außerdem wäre es enorm langweilig, die gesamte Frühstückszeit über – von sechs bis zehn – auf ihn zu warten.

Sie holte ein Fläschchen Rotwein aus der Minibar und goss sich ein Glas ein. Die einzige Sünde, der sie sich ab und zu hingab, bei ihrem strikten Ernährungsplan. Der Geschmack versetzte sie in die isländischen Polarnächte, in denen sie mit Freunden, aber auch mit den Eltern, nur zu gerne Blaubeerwein getrunken hatte. Es war zwar jetzt nicht dasselbe, aber es weckte den süßen Geschmack der Erinnerung.

Sie sah nach, ob Roger ihr geschrieben hatte. Nichts. Nachdenklich rieb sie sich die Stirn. War sie zu ungeduldig? Er war ihr erster richtiger Freund, am liebsten würde sie ihm Tag und Nacht schreiben. Der Abschied von ihm hatte sie sehr traurig gemacht, doch er schien sie kaum zu vermissen. Stattdessen trieb er sich bestimmt am Strand herum. Ein Klirren ließ sie aufhorchen, sie stellte das Glas beiseite. Vom Zimmerfenster aus konnte man direkt auf den Hof sehen, wo die Autos geparkt waren, ein Flutlicht beleuchtete die Einfahrt und den Parkplatz. Dort stand ein Mann, der ihr den Rücken zugewandt hatte, und telefonierte. Neben ihm lag eine zerbrochene Flasche, nach der er sich soeben bückte. Er hob die Einzelteile auf. Als wüsste er, dass Fiona ihn beobachtete, drehte er sich um und sah zu ihrem Fenster. Schnell duckte sie sich weg. Er war es! Sie musste sofort zu ihm hin, bevor er ihr wieder entwischte. Rasch zog sie sich ihren Mantel über, schnappte sich den Zimmerschlüssel und hastete hinaus.

Der Mann warf gerade die Glasscherben in eine Mülltonne und blickte sie erstaunt an. „Du schon wieder“, murmelte er. „Verfolgst du mich?“

Fiona verschränkte die Arme vor der Brust. „Ich will wissen, was du bei meiner Mutter verloren hast.“

„Deiner Mutter?“ Der Rauschebärtige sah sie verständnislos an.

„Greta Olavsdóttir. Oder behauptest du etwa, sie nicht zu kennen?“

Der Mann lachte laut auf. „Ich weiß, wer sie ist. Hätte nur nicht erwartet, dass die gutmütige, bodenständige Greta so eine Barbie zur Tochter hat. Das zerstört mein Bild von ihr völlig.“

Sie starrte ihn mit offenem Mund an. „Du bist der unverschämteste Mensch, den ich je zu Gesicht bekommen hab.“

Dieser Grobian … Sie würde ihn am liebsten erwürgen, er machte sie ganz wahnsinnig! „Du hältst dich gefälligst von meiner Mutter fern. Ansonsten verständige ich die Polizei.“ Wütend drehte sie sich um, doch dann fiel ihr ein, dass sie immer noch nicht wusste, weshalb er ihre Mutter besucht hatte. „Also?“ Selbstbewusst reckte sie das Kinn in die Höhe. „Woher kennst du sie, und was willst du von ihr?“

Der Mann seufzte und fuhr sich über den dichten Bart. „Das B & B hat eine kleine Bar. Lust auf ’nen Drink?“

Fiona nestelte an ihrer Halskette. „Na gut“, willigte sie schließlich ein und hoffte, dass sich das nicht als Fehler herausstellte.

Die an das Bed and Breakfast angegliederte Bar war ein spartanisch eingerichteter Raum mit dunklen Möbeln, der allein durch einen Kamin etwas an Gemütlichkeit gewann. An den Wänden hingen Hirschgeweihe, was bei Fiona Unmut auslöste.

„Die Getränke muss man sich selber an der Bar holen. Was soll ich dir mitbringen?“

„Einen Whiskey. Schottischen, wenn sie haben. Der hat am wenigsten Kalorien.“

Der Ungepflegte hob eine Augenbraue. „Ernsthaft?“

Fiona zischte. „Seh ich so aus, als mache ich Witze?“

„Nein, wahrlich nicht. Dann also einen kalorienarmen schottischen Whiskey.“

Wenig später prostete er ihr zu. „Wir haben uns noch gar nicht vorgestellt ...“

„Ich bin Fiona Christiansdóttir.“ Sie hielt ihm eine Hand hin, doch er schüttelte sie nicht.

„Flóki Fróstisson.“

„Tatsächlich?“

„Ja, weshalb?“

Fiona verkniff sich ein Lächeln. „Ach, nichts. Nur ein ungewöhnlicher Name.“

„Ich weiß. Flóki bedeutet ‚der mit dem struppigen Schopf‘. Ich würde meine Eltern zu gern fragen, was bei allen Quellgeistern sie sich dabei gedacht haben. Wenn ich sie endlich finde.“

Sie nippte am Whiskey. Ihre Lippen begannen zu brennen, und sie ließ das scharfe Nass im Mund hin – und hergleiten, um es dann langsam die Kehle hinunterrinnen zu lassen. „Wie meinst du das?“, fragte sie Flóki und musterte ihn kritisch. Sein dunkelbraunes, fast schwarzes Haar war tatsächlich struppig, und die buschigen Augenbrauen ließen ihn noch düsterer wirken. Wären da nicht diese kristallblauen Augen, die im Kontrast zu seinem fast schon olivfarbenen Teint standen und sicherlich schon einige Frauenherzen zum Schmelzen gebracht hatten. Sie räusperte sich, als könnte sie damit ihre Gedanken verdrängen!

„Ich bin auf der Suche nach meiner Vergangenheit. Meine Eltern sind bei einem Autounfall ums Leben gekommen. Damals war ich noch sehr klein und wurde zur Adoption freigegeben. Ich möchte meine wahren Wurzeln finden. Lange hab ich mit meinen Adoptiveltern gemeinsam gesucht – sie sind die wunderbarsten Menschen der Welt –, und wir haben rausgefunden, wer meine Großeltern sein könnten. Aus diesem Grund habe ich Margareta Olavsdóttir aufgesucht."

Fiona starrte ihn entsetzt an. „Weshalb? Bist du mit ihr verwandt?" Sie ahnte Schreckliches. Sie würde doch nicht mit diesem ungehobelten Kerl –?

Er schüttelte den Kopf. „Nein. Aber Gretas Mutter Amy kannte meine Familie."

Nervös fummelte sie an ihrer Halskette herum. Eine blöde Angewohnheit. „Verstehe. Amy ist meine Großmutter." Fast überkam sie das schlechte Gewissen, ihn so angegangen zu haben. Das änderte sich aber schnell wieder, als er ihr unverhohlen ins Dekolleté starrte.

„Dass ihr Mädchen euch immer so zu Tode hungern müsst. Aber bei dir immerhin ..."

Wütend knallte sie das Whiskeyglas auf den Tisch. Gut, dass sie beide die einzigen Gäste waren. „Mir wurde als Kind Rentiermilch zu trinken gegeben!", fuhr sie ihn an und erhob sich, um hinauf in ihr Zimmer zu stürmen. „Eins sag ich dir nur: Halt dich von meiner Mutter fern. Was immer du zu ihr gesagt hast, hat sie aufs Äußerste verstört!"

„Warte, Fiona!"

Doch sie hechtete weiter und drehte sich nicht mehr um. Sie wusste nun, weshalb er zu ihrer Mutter gegangen war. Sollte er doch nach seiner Familie suchen, bis er schwarz wurde, dieser Flóki.

„Em?" Leise trat sie ins Zimmer. Nachdem der struppige Isländer dermaßen beleidigend geworden war, hatte Fiona das Weite gesucht und war zurück zum Haus ihrer Tante gefahren. Offenbar besaß dieser Kerl einen höchst seltsamen Humor. Alles, was ihren beruflichen Weg anging, nahm sie sehr persönlich. Immer wieder wurden ihr Steine in den Weg gelegt. Der eigene Körper war das Kapital, und ihre bodenständige Familie verstand nicht, wie man sich so eine Karriere aufbauen konnte. Sie wurde ständig mit Zweifeln konfrontiert und musste Kommentare hören, die ihre harte Arbeit ins Lächerliche zogen. Seitdem reagierte sie darauf höchst allergisch. Mal davon abgesehen, dass sie immer noch nicht mit der Wirkung umgehen konnte, die ihr Äußeres offenbar auf andere hatte. Die Aussage mit dem Hungern hatte bei ihr einfach einen Schalter im Kopf umgelegt. Das ständige Gedankenkreisen um Kalorien und Essen strengte sie an. Vielleicht hatte dieser Flóki das gar nicht so gemeint? Hatte er ihr sogar ein Kompliment machen wollen und es einfach ungeschickt ausgedrückt?

Ein leises Schnarchen deutete darauf hin, dass Emily noch schlummerte. Die Morgendämmerung hatte bereits eingesetzt, die ersten Sonnenstrahlen schlichen sich auf das faltige Gesicht ihrer Tante. Fiona beobachtete sie einen Moment. Nachdem sie von Lauras B & B zurückgekehrt war, war an Schlaf nicht zu denken gewesen. Nach Ewigkeiten war das bestellte Taxi gekommen – nach dem Rotwein und dem Whiskey hatte sie wahrhaftig nicht mehr fahren wollen, auch wenn sie wusste, dass so etwas auf dem Land leider nicht immer so ernst genommen wurde. Im Haus ihrer Tante war sie dann ziellos umhergeirrt und hatte sich in den Sorgen um Greta verloren. Aufgewühlt durch die Gedanken an diesen Flóki und ihre Mutter – und recht alkoholisiert –, war sie zu ihrer Tante ins Zimmer gegangen, in der Hoffnung, diese sei schon wach. Es war ein offenes Geheimnis, dass Emily schon seit Jahren nicht mehr das Ehebett mit Onkel Martin teilte, also hatte sie zaghaft angeklopft und war ins Zimmer geschlüpft. Sie musste mit jemandem reden! Nun aber wollte sie Em doch nicht wecken und gerade kehrtmachen, als ihr Blick auf ein in Leder gebundenes Notizbuch fiel. Sie zögerte einen Moment, dann siegte die Neugier, sie nahm es in die Hand und las die erste Seite. Vor Erstaunen entwich ihr ein Kieksen, doch sie schlug sich schnell die Hand vor den Mund. Emily schrieb Geschichten auf? Geschichten, die sie angeblich als Kind in Island erlebt hatte … Litt die Tante, die tief und fest schlief, etwa an einer schweren Krankheit? Fiona wollte Ems Privatsphäre nicht verletzen, doch nach den ersten Zeilen hatte sie begonnen, sich Sorgen zu machen. Neugierig las sie weiter.

Offenbar ging es um Emily und die Zeit, als diese in Island verloren gegangen war. Klar, jeder in der Familie kannte die Geschichte, die Amy aufgeschrieben hatte. Doch diese hier war aus Emilys Sicht niedergeschrieben. Fee runzelte die Stirn. Ihre Tante war zwei Jahre alt gewesen, als sie verschwand. Normalerweise erinnerte sich niemand an das, was er in diesem Alter erlebte hatte. Sie schüttelte den Kopf. Die Tante hatte vermutlich zu viele von Amys Märchen gelesen und gedacht, sie könnte auch etwas in der Art verfassen. Offenbar hatte Em sich von den Fantasien ihrer Mutter inspirieren lassen. Mit schlechtem Gewissen legte Fee das Notizbuch zurück. Da fielen ein paar einzelne Blätter heraus, die wohl nur lose hineingelegt worden waren. Fiona hob sie vorsichtig auf und wollte sie zurücklegen, doch als ihr Blick darauf fiel, erkannte sie, dass der Text auf Isländisch geschrieben war. Emily konnte kein Isländisch, soweit sie wusste. Im Gegenteil – die Tante hatte sich immer gegen alles gewehrt, was das Land betraf – als hätte sie einen persönlichen Zwist mit Island. Weshalb besaß sie dann Texte, deren Inhalt sie nicht verstand? Fee überflog die Zeilen. Dies waren Notizen von einem isländischen Mann, und oben stand das Datum: *Dezember 1958.* Waren das etwa Texte von dem mysteriösen Olav, den nie jemand kennengelernt hatte? Olav war immer eine sagenumwobene Figur gewesen. Er lebte in Großmutters Geschichten, doch offiziell hatte Greta nie einen Vater gehabt. Amy war gestorben, als Greta sechzehn und Emily neunzehn Jahre gewesen waren. Im Laufe der Zeit hatte er sich zu einer Fantasiefigur entwickelt, denn Amys Geschichten waren zwar schön, nur wollte ihnen niemand Glauben schenken. Emily behauptete, sich nicht erinnern zu können, was damals passiert sei, und da sie so jung gewesen war, nahm ihr das auch keiner übel. Greta hatte über ihren Vater – Fionas Opa – niemals ein Wort verloren. Die offizielle Version lautete, dass Greta ein uneheliches Kind war – zu damaligen Zeiten noch nicht so üblich wie heutzutage. Fiona berührte die losen Blätter.

Waren das die herausgerissenen Seiten, die in Amys Geschichtenbuch fehlten, genau an der Stelle, an der Olav ihrer Großmutter von seiner Vergangenheit mit Jane berichtet hatte.

Ein Zufall? Soweit sie es verstanden hatte, ging es in den Texten, die sie nun in den Händen hielt, genau um diese Jane! Verwirrt blätterte sie die Seiten durch und erstarrte. Es gab auch eine englische Version! Das hier waren Abschriften von Briefen, die an ihre Mutter Greta adressiert waren. Doch der Inhalt stimmte mit den isländischen Texten überein.

Aufgeregt fragte sie sich, ob Emily sich an Charles erinnerte, immerhin war er ihr Vater gewesen. Sie konnte sich vorstellen, dass man dieses Gefühl der Verbundenheit und Zugehörigkeit nicht einfach verlor und sich womöglich daran erinnern würde, wenn auch nur bruchstückhaft. Emily begann, sich zu regen und im Schlaf zu murmeln. Wachte sie auf? Einem Impuls folgend, steckte Fiona die losen Zettel in ihre Handtasche, die sie noch locker über der Schulter trug. Sie fröstelte und ging flott aus dem Zimmer, wohlwissend, dass sie nicht alle Seiten dabeihatte, da gewiss noch einige in dem Büchlein steckten. Doch was sie bei sich trug, war besser als nichts.

Auf ihrem Zimmer piepte ihr Handy. Roger hatte geschrieben! Freudig öffnete sie die Nachricht. Was sie las, schockierte sie zutiefst: Er hatte Schluss gemacht.

Das konnte nicht wahr sein! Sofort versuchte sie, ihn anzurufen, erreichte jedoch nur die Mailbox. Es war ihr egal, wie spät es in Amerika war, sie musste mit ihm sprechen! Nervös schrieb sie ihm eine Nachricht, dass er sie *SOFORT!!!* zurückrufen sollte. Dann rief sie Betsy an. Es war spätabends, denn ihre Freundin klang ziemlich betrunken.

Völlig aufgelöst erzählte Fee ihr von Rogers SMS und hoffte, dass die Freundin mehr Informationen hatte. Über Betsy hatte sie Roge überhaupt kennengelernt, denn beide wohnten gemeinsam in einer Studenten-WG auf dem

Campus. Betsy klang ausgelassen, im Hintergrund johlte eine Horde Leute.

„Ich kann dich so schlecht verstehen!“, fuhr Fiona sie an. „Kannst du nicht irgendwohin, wo's ruhiger ist?“

„Moment, Schätzchen“, trillerte es am anderen Ende der Leitung. Dann verstummten die Geräusche. Nur ein dumpfer Bass war noch zu hören.

„Die *Christmas Beach Party* ist gerade in vollem Gange, Schätzchen. Schade, dass du nicht da bist!“

„Hörst du mir eigentlich zu? Roge hat Schluss gemacht!“, keifte Fiona und hatte Mühe, ihre Ungeduld und Wut im Zaum zu halten. „Sag schon: Weißt du was davon?“

Schweigen am anderen Ende der Leitung.

„Bets?“, rief Fee eine Spur zu laut.

„Ich weiß, Schätzchen, hätt' dich vorwarnen soll'n. Du weißt doch, wie's halt so ist: Man munkelt und schunkelt.“ Betsy kicherte, grölte jemandem etwas Anzügliches hinterher, dann fuhr sie fort: „Weißt du, Schätzchen, Roger soll schon seit einiger Zeit mit Demi –.“

„Bitte was?“, schrie Fiona.

Demi war ebenfalls eine gute Freundin von ihr geworden. Sie studierte mit Betsy zusammen, und Fiona hatte sie lieb gewonnen. Sie schluckte. Demi war definitiv eine exotische Schönheit, optisch das genaue Gegenteil zu ihr: lange schwarze Mähne, dunkelbraune Rehaugen – und sie hatte Temperament, so feurig wie die Sonne Südamerikas. Kaum zu glauben! Sie hatte gedacht, Demi sei ihre Freundin! Und sie war maßlos enttäuscht von Betsy – von ihr hatte sie erwartet, dass sie ihr solche Gerüchte früher stecken würde.

„Ich nehm den nächsten Flieger nach Hause“, murmelte Fiona. „Ich werd ihn umbringen. Und diese Demi gleich mit.“ Sie hatte recht gehabt! Die ganze Zeit über hatte sie dieses ungute Gefühl im Bauch ignoriert!

Betsy räusperte sich. „Kannst du dir sparen, Schätzchen. Demi und dein Roge sind die nächsten zwei Wochen zusammen für einen Dokumentarfilm in Island."

Fiona erstarrte. *Island.* Er wagte es, mit seiner Schlampe in *ihr* Land zu reisen? Vor Aufregung wurde ihr ganz heiß. „Wo genau, weißt du das?"

Bets seufzte. „Keine Ahnung. Sneyfall-irgendwas?"

„Snæfellsnes?"

„Könnte sein. Du, Schätzchen, ich muss auflegen, da sind zwei total süße –"

„Ja, alles klar, Betsy. Danke für deine Hilfe." Sie hielt inne. „Ach ja. Ein schönes Leben noch." Dann legte sie auf und löschte die Nummer.

„Alles in Ordnung?"

Erschrocken wandte Fee sich um. Emily stand im Türrahmen. Das dunkelbraune Haar stand in alle Richtungen ab, und sie trug nicht wie sonst ihre Lesebrille, was sie noch verschlafener aussehen ließ. Tiefe Ringe lagen unter den braungrünen Augen.

„Tante Em, ich muss nach Island. Weißt du, wann der nächste Flug von London geht?", rief sie völlig hektisch.

Emily musterte sie einen Moment schweigend, dann räusperte sie sich und kämpfte mit ihrer Stimme gegen das Krächzen in ihrem Hals. „Mehrmals täglich, soviel ich weiß. Was willst du plötzlich in Island? Ich dachte, du bist jetzt mit Herz und Seele Amerikanerin."

Fiona stieg die Röte in die Wangen. Der tadelnde Unterton war kaum zu überhören gewesen. „Bin ich auch. Aber ich dachte, wenn ich schon so nah dran bin, kann ich alte Freunde besuchen gehen."

Ihre Tante hob eine Augenbraue.

„Meinst du, ich könnte Mamma mitnehmen? Nur für ein paar Tage", fragte Fiona vorsichtig. Der Einfall war ihr ganz spontan gekommen.

Emily lachte laut auf. „Sie liegt im Bett und bekommt Infusionen! Glaubst du wirklich, sie setzt sich innerhalb der nächsten Stunden mit dir in einen Flieger?"

„Ich dachte nur, Island würde ihr vielleicht guttun", sagte Fiona kleinlaut.

„Im Ernst? Ts, dieses Land bringt nichts als Ärger", schimpfte Emily leise. Dann fuhr sie etwas sanfter fort: „Ja, vielleicht würde es ihr guttun. Deine Mutter hatte immer eine besondere Beziehung zu Island. Ich hingegen, ich hab es gehasst."

Fiona horchte auf. „Gehasst?" Sie wusste, dass Em nie besonders gut auf Island zu sprechen gewesen war. Doch dass sie eine derartige Abneigung verspürte, war ihr neu. Dies widersprach auch den Notizen, die sie gelesen hatte. Emily hatte doch ein aufregendes Abenteuer beschrieben. Sie überlegte, ob sie ihre Tante darauf ansprechen sollte, entschied sich jedoch dagegen. Sie hatte nicht den Eindruck, dass Emily ihr die Wahrheit sagen würde. Schon seit sie denken konnte, war Tante Em eher wortkarg und introvertiert. Umso überraschter war sie jetzt über ihre Offenbarung.

Emily nickte nachdenklich. „Wäre Island nicht gewesen … Ich kann nur Nuancen von meinem Vater greifen. Gerüche, Gefühle, aber ich habe keine echten Erinnerungen. Ich hab Fotos von ihm, von Momenten, in denen ich mich ihm offenbar verbunden fühle. Aber an sich erinnere ich mich nicht an ihn.

Doch meine Mutter war da. Sie war lange für mich da. Und doch – immer wieder hat es sie in das verdammte Island gezogen. Ich hab nie verstanden, was sie dort wollte. Nun, im Alter, ist es mir klar. Sie hatte einen Isländer und ein uneheliches Kind von ihm, deine Mutter Greta. Jahr für Jahr fuhren wir dorthin, die schöne Greta, Mutter und ich. Immer und immer wieder. Wir wohnten in England, doch Mutters und Gretas Zuhause war Island. Eines Tages verschwand Mutter dann. Sie ging das erste Mal ohne uns in dieses Land und kam einfach nicht zurück. Ich war neunzehn, Greta fast sechzehn. Sie hat uns im Stich gelassen."

Fiona unterdrückte die Verblüffung. Es war noch nie vorgekommen, dass ihre Tante so offen mit ihr sprach. Sie schüttelte den Kopf. „Ich dachte, Oma Amy wäre in eine Gletscherspalte gefallen!"

Für einen Moment schloss Emily die Augen. Dann räusperte sie sich wieder, was in einem kleinen Hustenanfall endete. „Nein, Fee. Das hat man euch allen erzählt. Amy ist nicht tot. Sie ist auch nicht die Arme, die Heilige, für die ihr sie alle haltet. Sie hat uns verlassen, um eine von *ihnen* zu werden."

„Von ihnen?", wiederholte Fiona irritiert.

Emily stöhnte auf. „Vom Verborgenen Volk."

Als der Landeanflug angekündigt wurde, wagte Fiona es, aus dem Fenster zu linsen. Eines hatte sie wohl mit Emily gemeinsam – sie war nicht gerade erpicht darauf, nach Island zurückzukehren. Doch sie wollte Roger zur Rede stellen, und seine doofe Kuh gleich mit.

Sie war so dumm und naiv gewesen, sich auf den Ersten einzulassen, der ihr über den Weg gelaufen war! Nur weil er ein aufregender Amerikaner war. In Island war sie oft von den Jungs umschwärmt worden, doch ihr Stolz hatte sie abgehalten, mehr mit ihnen anzufangen. Dann hatte ihr Leben plötzlich eine Wendung genommen, und sie hatte sich in L. A. zu einem völlig anderen Menschen entwickelt. Sie war nicht länger das Mädchen mit der wilden Mähne, das ohne Sattel auf den Islandpferden durch die Felder ritt und barfuß durch den ersten Schnee stapfte, sondern eine bekannte Persönlichkeit. Sie versuchte, sich abzulenken, und dachte an Emily und ihre Mutter.

Was war mit Emily los gewesen? Sie erkannte ihre sonst so nüchterne Tante nicht wieder. Nie hatte Em ein Wort über die Wesen Islands verloren. Ihre Mutter schon, doch Emily nicht. Sie schien tatsächlich daran zu glauben, dass Oma Amy nun beim Verborgenen Volk lebte. Vielleicht war es eine Art Trost? Fiona dachte an ihren Vater Christian, der vor ein paar Jahren gestorben war. Er hatte immer behauptet, sie sei seine kleine Elfe und seine Frau – Greta – die Elfenprinzessin. Waschechte Isländer wie er glaubten nun mal an die Naturgeister, besonders in ländlichen Gegenden. Auch für Fiona war es lange die Wahrheit gewesen, bevor sie in Reykjavik studiert hatte und schließlich nach London auf die Modeschule gewechselt war. Sie hatte die „normale" Welt kennengelernt. Die isländischen Sagas waren für sie Kindermärchen geworden.

Sie griff in die Handtasche und fischte einen Zettel heraus. Nachdem sie am selben Tag noch einen Flug von London nach Reykjavik bekommen hatte, war sie überstürzt abgereist und hatte vorher nur das Nötigste eingepackt. Immerhin hatte sie daran gedacht, die losen Zettel aus Emilys Zimmer mitzunehmen – nach allem, was Emily ihr erzählt hatte, fand sie diese nun noch interessanter. Wenn sie schon in Island war, konnte sie auch etwas Ahnenforschung betreiben.

Nachdenklich sah sie auf die oberste Notiz. In großen Lettern prangten die Namen von Charles und Amy in der Mitte, die eine Verbindung zu Emily schafften. Darunter die Namen von Emilys Ehemann und die der elterlichen Nachkommen. Neben Amy war ein Kästchen mit „Unbekannt“ vermerkt, der zu Margaretas und Christians und darunter zu ihrem eigenen Namen führte. Ein „Olav“ wurde hier also nicht mal als Platzhalter genommen. Sie runzelte die Stirn. Ihre Mutter Greta hatte immer beteuert, dass sie nicht sagen konnte, wer ihr eigener Vater gewesen war. Deshalb stand auch „Vater unbekannt“ in Gretas Geburtsurkunde. Nichtsdestotrotz trug sie den Nachnamen Olavsdóttir, was „Tochter von Olav“ bedeutete. Ob Amy die Geschichte erfunden hatte, um Greta einen imaginären Vater zu schaffen? Vermutlich hatte es diesen Olav tatsächlich gegeben. Amy hatte in den Geschichten gewiss nur mehr aus ihm gemacht, um für ihre Tochter eine Heldenfigur zu schaffen. Doch immerhin waren es auch ihre eigenen Wurzeln. Warum nicht nach ihrem Opa suchen, wenn sie sowieso schon in Island war? Und vielleicht konnte sie ihrer Mutter damit aus der Depression helfen. Vermutlich spürte Greta nun im Alter, dass ihr ein Stück ihrer Biographie fehlte, dadurch, dass sie nie ihren Vater kennengelernt hatte.

Das Flugzeug begann zu schaukeln. Sie packte die Zettel ein und nahm sich vor sie in Ruhe zu lesen, wenn sie die Sache mit Roger geklärt hatte. Sicher war alles nur ein großes Missverständnis und am Ende würde er bei der Suche helfen und sie könnten sogar Weihnachten zusammen feiern. Sie würde ihn ihrer Familie vorstellen. Wie aufregend!

Fast schon gut gelaunt warf Fiona einen Blick auf die Armbanduhr mit dem bronzefarbenen römischen Ziffernblatt und der veralteten Datumsanzeige. Sie schmunzelte, als sie das Datum sah: der zwölfte Dezember. Heute war der Tag, an dem in Island die Weihnachtsmänner in die Dörfer kamen. Früher hatte sie tatsächlich an diesen Blödsinn geglaubt.

Als sie aus dem Flugzeug stieg und den Schlauch zum Terminal entlangging, machte ihr Herz einen kleinen Hüpfer. Sie war in Island! Beschwingt betrat sie das Flughafengebäude und sah aus den großen Glasfenstern. Es war Nachmittag, und die Dämmerung hatte bereits eingesetzt. Doch nichts konnte der Schönheit des Landes einen Abbruch tun. In der Ferne ragten die schwarzen Berge auf, zu deren Füßen sich urzeitliches Lavageröll türmte. Auch wenn das wahre Island noch einige Kilometer entfernt war, so bekam man bei der Ankunft in Keflavík schon einen ersten Eindruck von diesem Land, das wie eine eigene Welt war und den Menschen nur unter besonderen Bedingungen Eintritt gewährte. Ein rauer Wind pfiff um das Flughafengebäude. Fiona holte ihren Koffer und ging dann zur Einreise. Ihr Plan war, sich ein Mietauto zu holen, in Snæfellsnes wohnte eine Freundin von ihr, bei der sie ein paar Tage unterkommen konnte. Jarla würde wissen, wo in der Gegend Dreharbeiten zu einem Dokumentarfilm liefen. Hier wusste jeder alles.

Bevor sie zum Schalter der Autovermietung ging, musste sie isländische Luft schnappen. Sie trat aus dem Gebäude und atmete tief ein. Sofort verwirbelte ein starker Windstoß ihre Frisur. Egal, dachte sie schmunzelnd. In L. A. wäre sie geradewegs zu einem Spiegel gerannt, um alles wieder zu richten, doch hier herrschten die Naturgeister. Es war egal, wie man aussah. In fünf Minuten würde es sowieso wieder regnen, stürmen oder sogar schneien. Es lohnte sich gar nicht, die Haare ordentlich herzurichten. Was dachte sie denn da? Wenn sie jetzt fotografiert werden würde, hätten die amerikanischen Zeitungen ihr Titelbild und würden schreiben: *Lässt Fiona Christian sich nach der Trennung völlig gehen?* Der Nachname Christiansdóttir war den Amerikanern offenbar zu kompliziert und sei nicht medienwirksam, hatte ihr Agent einmal erklärt.

Sie seufzte und sah sich um. Hinter dem Parkplatz, auf dem Busse die Reisegruppen einsammelten, lagen riesige moosbewachsene Steine. Sie stellte sich vor, wie auf einem dieser Felsen Olav gesessen hatte, als ihre Großmutter vor über siebzig Jahren zum ersten Mal hergekommen war. Sie hatte das Gefühl, Amy durch und durch zu kennen, hatte sie doch so oft deren Geschichten gehört. Es machte sie oft traurig, dass sie ihre Großeltern mütterlicherseits nie kennengelernt hatte. Ein Teil in ihrem eigenen persönlichen Puzzle fehlte.

„Autsch“, entfuhr es ihr. Jemand war ihr mit dem Gepäckwagen in die Hacken gefahren. Sie drehte sich um und blickte in kristallblaue Augen.

Flóki!

„Was machst du denn hier?“, fauchte sie ihn unfreundlich an.

„Ich wohne hier“, brummte er zurück. „Schon vergessen? Im Gegensatz zu dir, Amerikanerin.“

„Im Pass bin ich noch Isländerin.“

Er seufzte und machte keine Anstalten, mit dem Gepäckwagen ein Stück zur Seite zu fahren. „Im Herzen aber schon lange nicht mehr.“

„Was bildest du dir eigentlich ein?“, herrschte sie ihn an und schob eigenhändig seinen Gepäckwagen zur Seite.

„Kann ich dich vielleicht irgendwohin mitnehmen?“, rief er ihr versöhnlich hinterher, als sie zurück zum Flughafeneingang stolzierte, ohne ihn eines Blickes zu würdigen.

Sie hielt inne. „Ich miete mir ein Auto, danke.“ Wie ärgerlich, dass sie keine Freundin gebeten hatte, sie abzuholen! Oder ihre Großeltern väterlicherseits. Aber die wohnten im Norden des Landes, und sie wollte ihnen die weite Anfahrt nicht zumuten. Vielleicht sollte sie doch mit dem Schuft mitfahren. Immerhin ein Stück, bis es zumutbar war, dass jemand sie holen könnte. Mietautos waren einfach sehr teuer in Island …

„Ich möchte nach Snæfellsnes. Da willst du sicher nicht hin.“

Er lachte. „So ein Zufall. Ich besuch' eine Tante dort.“

Am Ende saß sie doch bei ihm im Auto und starrte demonstrativ aus dem Fenster.

„Ich dachte, du bist auf der Suche nach deinen Eltern. Wie kommt es, dass du eine Tante hast?“

„Sie ist nicht meine leibliche Tante, wenn du so möchtest. Die Schwester meiner Adoptivmutter.“

„Wie heißt sie? Vielleicht kenn ich sie ja.“

„Ich denke nicht.“

„Warum nicht?“, fauchte sie und sah ihn nun doch an. „Island ist ein Dorf.“

„Ihr Name ist Marla, sie lebt sehr zurückgezogen.“

„Aha. Und warum bist du schon wieder in Island? Hast du meine Mutter genug gequält? Immerhin ist sie offenbar seit deinem Besuch so verstört.“

„Warum bist du denn in Island?“, gab er zurück. „Solltest du dich nicht um deine Mutter kümmern?“

Sie schnappte nach Luft. „Was fällt dir ein!“

Er schwieg. Nach einer Weile sagte er: „Woran fummelst du da eigentlich die ganze Zeit herum?“

Fiona sah erstaunt auf ihre Hände. Eine dumme Angewohnheit, ständig an ihrer Kette zu nesteln. Wahrscheinlich Nervosität. „Das ist ein Amulett aus echtem Rentiergeweih. Es hat mal meiner Großmutter gehört, die es meiner Mutter vererbte. Aber seit einigen Jahre trage ich es.“ Sie musste unweigerlich kichern. „Die Legende besagt, dass man mit diesem Amulett eine Waldhexe herbeirufen kann. Sie hütet einen finsteren Wald, in dem böse Kreaturen zu Hause sind, aber auch ein paar Feen. Außerdem ist man damit in der Lage, verschlossene Türen zu öffnen, die sich unter heißen Quellen befinden.“

„Interessant“, murmelte Flóki. „Deine Großmutter ist also tot?“

Fiona nickte und befühlte abermals das Amulett. „Ja. Sie ist bei einem Unfall gestorben. Anscheinend war sie allein am Drekafjalljökull wandern und ist dort in eine Gletscherspalte gestürzt.“

„Traurig“, sagte Flóki, doch es klang emotionslos.

„Der Drekafjalljökull ist berüchtigt, weil er jährlich viele Opfer fordert. Die Menschen klettern hinauf, unterschätzen die Höhe und das Wetter und kehren nie wieder zurück. Man sagt, dass die Echofelsen um den Drekafjall von Drachen bewohnt sind. Wenn die Drachen brüllen, lösen sie ein Echo aus, das vor einigen Jahren schon Erdbeben und den Ausbruch des Vulkans ausgelöst hat.“

„Ich glaube nicht an so was“, sagte Fiona trocken.

„Schade", erwiderte Flóki. „Ich finde die Vorstellung schön, dass es noch mehr gibt als unsere rationalen Leben. Zauber, Magie … Wesen, die anders sind als wir. Sieh dich doch um. Wo sonst sollten sie zu Hause sein, wenn nicht hier, in Island?"

Die zweistündige Fahrt von Keflavík nach Snæfellsnes verlief relativ schweigsam. In Borgarbyggð hielt Flóki kurz an, um sich einen Kaffee im *Geirabakari Kaffihus* zu holen. Fiona blieb im Auto sitzen. Es stürmte heftig, und das Auto schwankte schon ein wenig hin und her. Hoffentlich waren sie bald da, dann war sie ihn schnell wieder los. Egal ob diese Tante existierte oder nicht – er lief ihr zu oft über den Weg, und das beunruhigte sie. Wie konnte sie ihn nur abwimmeln?

Sie wollte endlich Roger zur Rede stellen – so einfach gab sie nicht auf! Und dann würde sie ihre Großeltern besuchen, wenn sie schon einmal in Island war. Die Eltern ihres Vaters Christian lebten in Skagafjörður. Das war zwar noch mal eine gute Autofahrt von Snæfellsnes entfernt, aber sie hoffte, dass die beiden ihr weiterhelfen konnten, was diesen vermeintlichen Olav betraf.

Flóki hatte ihr sein Auto versprochen, nur deshalb war sie überhaupt mit ihm mitgefahren. Sie brauchte einen Wagen, um von Snæfellsnes weiter nach Skagafjörður zu kommen, und da ihre Freundin Jarla ihr gesimst hatte, dass sie ihr im Moment leider kein Auto leihen könnte, war Flókis Angebot die rationalste Entscheidung gewesen. Zwar würde sie ihm dann etwas schuldig sein, doch am Ende hatte ihr Sparsinn gesiegt, denn die Mietkosten für ein Auto in Island waren nicht unerheblich. Zwar verdiente sie recht gut durch das Modeln, doch L. A. war ein teures Pflaster, und im Modeljob herrschte ein Kommen und Gehen. Sie musste gut haushalten, denn selbst wenn sie für ein Fotoshooting ein ansehnliches Honorar bekam, konnte das heißen, dass sie danach ein halbes Jahr lang keine Einnahmen haben würde, wenn die Aufträge ausblieben.

Sie öffnete das Handschuhfach, um nach einem Taschentuch zu suchen. Da fiel ihr Blick auf eine Halskette. Fiona nahm sie heraus. *Vermutlich von einer Exfreundin* … So, wie sie Flóki mittlerweile einschätzte, ließ er wahrscheinlich nichts anbrennen, und seine rabiate Art würde keine Frau lange aushalten. Sie betrachtete die Kette neugierig. Was war das? Das konnte doch nicht wahr sein! Ihre eigene Kette und diese glichen sich wie ein Ei dem anderen. Dieselbe Form, das gleiche Material, bestückt mit kleinen glitzernden Steinchen …

Die Fahrertür öffnete sich, und Fiona ließ die Kette schnell in ihrer Handtasche verschwinden. Wieso hatte dieser dämliche Flóki das gleiche Amulett? Er hatte sie auf die Kette angesprochen, ihr aber nicht verraten, dass er ein nahezu identisches Exemplar besaß!

„Ich hab dir was mitgebracht", sagte Flóki freundlich und hielt ihr ein eingewickeltes Stück Kuchen hin.

Sie sah ihn angewidert an. „Das ist nicht dein Ernst, oder?", maulte sie und verdrehte die Augen. „Ich weiß, ihr Männer denkt, Frauen kommen schön oder hässlich auf die Welt – aber die Wahrheit ist: Um so gut auszusehen wie ich, muss man hart arbeiten. Und dazu gehört auch, auf alle Dickmacher zu verzichten."

Belustigt sah er sie an, dann wickelte er das Stück aus und schob sich den Kuchen in den Mund.

Kauend murmelte er: „Dann ess ich es eben selber. Wollte nur freundlich sein." Er ließ den Motor an, doch bevor er losfuhr, sagte er: „Aber sag mal: Wie kommst du darauf, dass du gut aussiehst?“

Sie knurrte und starrte wütend aus dem Beifahrerfenster.

Es war schon dunkel, als sie Snæfellsnes erreichten. Flóki setzte sie vor dem kleinen Farmhäuschen ihrer Freundin ab. Fiona beneidete sie nicht um den Ausblick über die Weiten Islands. Sie liebte die funkelnden Lichter L. A.s und das pulsierende Stadtleben, die Sonne schien an nahezu allen Tagen. Und sie liebte das Meer, in dem man tatsächlich baden konnte – während man es hier in Island nur anstarren konnte. Sie stieg aus dem Wagen und holte ihre Reisetasche aus dem Kofferraum.

„Warte, ich mach das“, rief Flóki und hastete zu ihr, doch sie hatte die Tasche bereits in der Hand.

„Danke fürs Mitnehmen.“ Sie starrte ihn an. Woher kam denn dieser Stimmungsumschwung?

„Klar. Ich bring dir morgen das Auto, ja?“

Sie nickte stumm. Verlegen sah sie zu Boden. „Vielen Dank.“ Sie hatte plötzlich ein schlechtes Gewissen. Immerhin hatte er sie mitgenommen.

„Hör zu, Flóki, wie wär's, wenn ich dir morgen ein wenig helfe bei deinen Nachforschungen? Ich hab das Gefühl, ich bin dir das schuldig.“

Sein Lächeln erstarb. „*Bull*, ich hab dich gern mitgenommen. Aber danke. Bis morgen.“ Er stieg wieder ins Auto und fuhr davon.

„Fee!“, rief Jarla, ihre Freundin. Die beiden umarmten sich herzlich. „Wurde ja auch Zeit, dass du dich mal wieder blicken lässt“, schalt die Freundin sie. „Ich hab dich vermisst.“

„Ich dich auch“, murmelte Fiona und fühlte sich mies. Wenn sie ehrlich war, hatte sie eigentlich kaum etwas vermisst. Weder ihre Familie noch Jarla oder Island. Sie hatte sich in Roger, in L. A., in Amerika verliebt und war nun dort zu Hause. Sie war glücklich, liebte ihren Job – und sie würde alles tun, um schnellstmöglich mit Roge wieder dorthin zurückzukehren.

„Du musst mir alles von Los Angeles erzählen, ich bin so gespannt!“

„Klar doch.“ Fiona lächelte. „Und du musst mir alles von hier berichten. Was machen die Lämmer? Und wie läuft die Pferdezucht?“ Sie wusste, wie oberflächlich das klingen musste. Sie hatte sich zu jemand entwickelt, wovon ihre Freundin nur träumen konnte. Ob für Jarla Lämmer und Bauernarbeit wirklich alles war?

Jarla nahm ihr die Tasche ab und geleitete sie zum Haus. Wie kräftig sie geworden war, fast schon muskulös! Ihr Gesicht war rundlich, die Hände waren schmutzig. Jarla arbeitete hart auf dem Hof, und so blieb natürlich keine Zeit für Schönheitspflege. Trotzdem sah Fiona sie entsetzt an. Die Freundin war immer recht hübsch gewesen, doch in letzter Zeit hatte sie sich offensichtlich gehen lassen.

Sie begrüßte Jarlas Eltern, die mit auf dem Hof wohnten, und freute sich erst mal auf ein heißes Bad, das ihr Jarlas Mutter anbot. Danach gesellte sie sich zu ihrer Freundin in die Küche.

„Meine Eltern entschuldigen sich, sie müssen morgen wieder früh raus“, sagte Jarla.

Fiona nickte. „Klar, Farmarbeit beginnt immer vor dem Morgengrauen.“

Jarla gluckste freudig. „Es ist so lange her … Wir müssen dringend mal wieder so richtig quatschen.“ Sie holte zwei Becher und eine Flasche aus dem Schrank.

„Wir haben zwar leider keinen Champagner, aber ich hoffe, Blaubeerwein tut's auch.“

Fiona lächelte. „Gern. Ich muss gestehen, den hab ich tatsächlich etwas vermisst.“

„Es gibt nichts Besseres als Blaubeerwein.“ Jarla lachte und goss ihnen großzügig ein. „Dabei hab ich die Flaschen von dir. Ich hab sie immer gut gehütet, für deine Besuche.“

In ihrer Stimme lag etwas Vorwurfsvolles. Kein Wunder, dachte Fee, sie hatte Jarla in den letzten Jahren vernachlässigt. Nachdenklich griff sie nach einem der Becher. „Die Flaschen hatte ich von meiner Mutter stibitzt.“ Sie kicherte. „Das Rezept hat Mamma von ihrer. Ich hab es bis heute nicht bekommen.“

Jarla lächelte. „Wie geht es der alten Greta?“

Und dann begann Fiona, alles zu berichten – von Greta, Roger, L. A., sogar die Begegnung mit dem unliebsamen Flóki ließ sie nicht aus.

„Flóki Fróstisson, sagst du?“ Jarla sah sie neugierig an.

„Ja. Kennst du ihn? Er behauptet, seine Tante Marla lebt hier in der Gegend.“

„Es gibt eine Marla in Grundarfjörður. Ob sie mit Flóki verwandt ist, weiß ich nicht.“

„Sag schon, kennst du ihn?“, wiederholte Fiona.

„Oh, Fee, man merkt wirklich, dass du schon lange nicht mehr zu Hause warst.“

Sie straffte die Schultern. „Wie meinst du das?“

„Hast du wirklich noch nie von Flóki Fróstisson gehört?“

„Nein? Sollte ich?“

„Er ist *der* Journalist Islands. Ein bekannter Redakteur und Schriftsteller."

„Tatsächlich?", fragte Fiona verwirrt. Sie hatte noch nie von ihm gehört. Typisch, dass die Isländer alles übereinander wussten, aber niemand etwas über die Isländer. Da fiel ihr ein, dass sie auf dem Papier ja selbst noch Isländerin war. Vielleicht nicht mehr lange … wenn Roge …

„Hey, was hältst du davon, wenn wir die Tage mal in Reykjavik feiern gehen? Wir können dort bei meinem Onkel wohnen. Einfach trinken, tanzen … Du weißt schon. Es wird sicher nicht wie Las Vegas sein, aber trotzdem bestimmt spaßig", unterbrach Jarla ihre Grübeleien.

„Los Angeles", murmelte Fiona.

„Hm?"

„Ach nichts. Hört sich gut an."

„Ach, warte." Jarla legte die Stirn in Falten. „Da fällt mir ein – in den nächsten Tagen steigt eine Party in Akureyri. Bei Lili, einer alten Schulfreundin. Sie studiert dort. Erinnerst du dich an sie? Ganz in der Nähe wohnen doch auch deine Großeltern, oder? Hast du Lust, hinzugehen?"

Fiona nickte begeistert. „Klar. Ich wollte sowieso zu *Amma* und *Afi*."

„Wie geht's Hekla und Mathías?", sprach Jarla sie auf ihre Großeltern an.

Fiona wurde bewusst, dass sie auch die beiden viel zu sehr vernachlässigt hatte. Erst als sie im Bett lag und sich nach einigen Bechern Blaubeerwein alles drehte, fiel ihr ein, dass sie vergessen hatte, Jarla nach den Dreharbeiten von Roger zu fragen, die hier in der Gegend angeblich stattfanden.

Am nächsten Morgen brachte Flóki wie versprochen das Auto. „Du siehst müde aus“, stellte er fest. „Haben dich die Weihnachtsmänner wach gehalten?“

„Zu viel Blaubeerwein“, murmelte Fiona und rieb sich die Augen.

„Ach, ich hab schon lange keinen mehr getrunken. Geschweige denn zubereitet. Schwierige Arbeit“, erwiderte Flóki.

Fiona horchte auf. „Woher kennst du denn das Rezept? Bei uns ist das ein gut gehütetes Familiengeheimnis. Ich durfte es nie erfahren. Wenn die Zeit reif ist, hieß es immer.“

Sie schnaubte kurz auf. „Ich hab Jarla mal einige Flaschen gegeben und dafür monatelang Hausarrest bekommen.“

Flóki unterdrückte ein Lachen. „*Wenn du das wahre Island kennenlernen möchtest, dann suche nicht nach dem Verborgenen Volk. Hör auf, davon zu träumen, mit den Elfen zu tanzen, das Ende der Nordlichter zu finden oder einem Démantar das Lachen beizubringen. Wenn du das wahre Island kennenlernen möchtest, dann tauche ein in eine Welt von Blaubeeren. Wenn du diese Frucht probierst – so lieblich, so süß, so verführerisch und doch so herb –, wirst du immer wieder zurückkommen wollen in das Land, das so magisch, so anziehend ist, dass du beinahe vergisst, wer du wirklich bist.*“

Fiona schluckte. „Das ist der Beginn der Saga.“

„Japp.“ Flóki grinste. „Aber es ist nur eine Saga. An so was glaubst du ja nicht.“

„Weshalb soll ich einer Legende über Blaubeerwein Glauben schenken, wenn's doch auf der Hand liegt, dass die Menschen sie sich erzählt haben, während sie den Blaubeerwein tranken?“

„Du bist wirklich eine Skeptikerin.“

„Ich bin Realistin. Also, vielen Dank für das Auto“, brach sie das Gespräch ab. „Wann soll ich's wiederbringen?“

Wortlos reichte er ihr den Schlüssel. „Lass dir Zeit. Im Moment brauch ich's nicht." Er zögerte. Dann: „Wenn du eine Realistin bist, wie du sagst, warum ist es dir dann so wichtig, zu betonen, dass das Rezept ein Familiengeheimnis ist?" Als Fiona ihn nur schulterzuckend anstarrte, fuhr er sie an: „Aha, Madame kann's nicht ertragen, dass sie es nicht in die Finger bekommen hat, aber dafür so ein ungehobelter Wicht wie ich schon. Oder hattest du gerade die Erleuchtung, dass die Blaubeerweinherstellung vielleicht gar kein Geheimnis ist und deine Familie dich angeflunkert hat?"

Sie sah ihn abfällig an. „Du bist gehässig. Ich kenne weit und breit niemanden, der Blaubeerwein oder -punsch zubereiten kann. Woher weißt du, wie es funktioniert?" Sie spürte Neid in sich aufsteigen. Immer hatte man sie damit vertröstet, dass sie das Rezept lernen würde, wenn die Zeit reif sei. Bis heute kannte sie es nicht, aber dieser *bjáni* schon!

„Als ich adoptiert wurde, hatte ich nichts bei mir außer einer kleinen Kiste mit einigem persönlichen Kram. Darunter befand sich auch das Rezept", klärte er sie auf. „Ach so, kann ich noch deine Handynummer haben, falls ich das Auto früher brauche?", wechselte er abrupt das Thema.

Widerwilllig gab sie ihm ihre Nummer. Dann standen sich schweigend gegenüber. Flóki starrte Löcher in die Luft, Fiona zog mit den Füßen kleine Kreise über den Boden.

„Marla kommt gleich und holt mich ab", murmelte Flóki.

„In Ordnung", murmelte Fiona.

„Deine Freundin wohnt hier auf dieser gottverlassenen Farm?", wollte er schließlich wissen. „Ist sie verheiratet?"

„Nein."

„Wie will sie denn hier jemanden kennenlernen?", fragte er spitz.

Auch wenn Fiona ihm insgeheim recht gab, so verteidigte sie die Freundin doch: „Morgen gehen wir zum Beispiel nach Akureyri auf eine Studentenparty, und am Wochenende sind wir in Reykjavik. Keine Sorge. Sie hat genügend Möglichkeiten.“

Das Handyklingeln hielt ihn von einer Antwort ab. Er sprach kurz, dann beendete er das Gespräch am Handy und murrte: „Mist. Marla ist verhindert. Macht es dir was aus, wenn wir noch nach Grundarfjörður reinfahren und du ab dort allein weiterfährst?“

Fiona seufzte. „Nein, kein Problem.“

Als sie durch die Wildnis Islands fuhr, konnte sie nicht anders, als die Schönheit des Landes zu bewundern. Die Straße führte nah am Meer entlang, und immer wieder warf Fiona einen Blick hinaus. Die Halbinsel Snæfellsnes bot alles, was das zauberhafte Land ausmachte: Mächtige Berge mit schneebedeckten Gipfeln ragten über stillen Fjorden und vegetationsarmen Geröllwüsten empor. Der unberechenbare Winter begrub alles unter sich, um in den Momenten mit den wenigen Sonnenstrahlen, die ihm zur Verfügung standen, die Schneedecke zum Schmelzen zu bringen und die Landschaft innerhalb kürzester Zeit wieder völlig zu verändern. Hohe Wellen peitschten gegen zackenförmige Felsformationen, und zurück blieb ein geheimnisvolles Glitzern.

„Ich wette, das Meer ist in L. A. nicht so gigantisch“, sagte Flóki, der ihre Bewunderung bemerkt hatte.

„Anders“, murmelte Fiona abwesend. Aber sie meinte es ehrlich. Santa Monica oder Malibu verhießen Entspannung und Luxus. Dort konnte man die Seele baumeln und jegliche Anspannung hinter sich lassen. Das Leben genießen, pures

Glück spüren. Doch die Strände Islands waren geheimnisvoll und mystisch. Dunkel und grau brachen die Wellen am Ufer, und wenn sie heranbrausten, wusste man nie, wie hoch sie werden oder wie weit sie über den Strand rollen würden. Die Wellen des Meeres behüteten die Geheimnisse der Insel – und niemand durfte es wagen, ihnen zu nahe zu kommen. Dann offenbarte sich ein Schatz wie die Büchse der Pandora. Doch wehe, man öffnete sie …

„Wenn du noch länger aus dem Fenster starrst, fährst du noch auf die Gegenfahrbahn. Du bist sowieso schon relativ weit links."

„Das liegt an der englischen Fahrweise. Ich muss erst wieder umdenken. Außerdem ist das ein Monsterauto."

Flóki lachte laut auf. „Das ist ein Jeep, hier hat fast jeder so einen."

„Ich bin noch nie so ein Teil gefahren", brummte Fiona. Als Flóki ihr seine Hand auf den Oberarm legte, zuckte sie leicht. „Dann wird es Zeit", sagte er. „Da vorn kommt ein Feldweg, biegst du da mal ab?"

Fiona zögerte. „Weshalb?"

„Eine Abkürzung."

Sie ignorierte ihr Bauchgrummeln und folgte seinem Vorschlag, auch wenn sie skeptisch blieb. Das Auto hoppelte in den schmalen, geröllartigen Weg. Es dauerte nicht lange, da wurden sie durchgeschüttelt, und Eissplitter flogen von unten gegen die Scheiben. Fiona schrie auf und bremste abrupt ab. Mit hochrotem Kopf starrte sie Flóki an. „Willst du uns umbringen?", keifte sie panisch und umklammerte so fest das Lenkrad, dass ihre Knöchel weiß hervorstachen.

„Das Auto ist dafür gemacht", beruhigte er sie. „Es fühlt sich auf solchen Straßen wie zu Hause."

„Das Auto fühlt gar nichts“, gab sie zähneknirschend zurück.

„Was bist du nur für eine Frau? Glaubst nicht an das Verborgene Volk, glaubst nicht, dass das Auto etwas fühlt –“

Mit einer Handbewegung brachte sie ihn zum Schweigen. „Ich fahre keinen Meter weiter“, knurrte sie.

„Komm schon, das macht Spaß. Da vorn kommt ein Flussbett. Momentan ist nicht viel Schmelzwasser in den Flüssen, es sind optimale Bedingungen.“

Sie zögerte. Eigentlich war sie aus einem anderen Grund hier. Andererseits ... Warum brachte dieser ungehobelte, ungepflegte Kerl mit diesen kristallblauen Augen sie derart durcheinander?

„Einverstanden. Aber du fährst.“

Nachdem er etwas Luft aus den Reifen gelassen hatte, preschte er mit unvermindertem Tempo durch die Geröllwüste. Bei jedem Rumpeln schrie Fiona auf, zwischen Panik und Glücksgefühl.

„Was ist, soll ich noch schneller?“

„Bloß nicht“, kreischte sie und krallte sich in ihren Sitz.

„Achtung, hier kommt das Flüsschen“, johlte Flóki. *Rums.*

Der Wagen sank nach vorn und krachte dann zur rechten Seite weg. Fiona knallte mit der Schläfe gegen die Fensterscheibe, schrie auf und bedachte Flóki mit einem aggressiven Blick.

„Entspann dich“, murmelte der und manövrierte den Jeep wieder aus dem Flussbett.

Fiona begutachtete ihre Stirn im Spiegel. „Das gibt mindestens ’nen blauen Fleck“, meckerte sie.

„Ach komm. Blaue Flecken zeigen doch nur, dass wir überlebt und eine Geschichte zu erzählen haben. Also – festhalten!"

Er bretterte mit beachtlichem Tempo weiter. Vor Schreck wich ihr die Farbe aus dem Gesicht, sie krallte sich in seinen rechten Arm. „Dann werd ich wohl ein Teil deiner Geschichte", fauchte sie und bohrte ihre Nägel tiefer in seine Haut. Er erwiderte nichts, verzog aber den Mund zu einem schiefen Grinsen.

Irgendwann verlangsamte Flóki das Tempo und hielt an. „Siehst du das?", murmelte er.

Fiona nickte stumm. Vor ihnen erstreckte sich eine tiefschwarze zerklüftete Felswand, die mit unzähligen Moos- und Flechtenarten überwuchert war. Adler kreisten über den Hängen, aus einigen Spalten traten zwischen Wasserläufen Schwefeldämpfe aus. Am Fuße der Felswand befand sich ein Einsiedlerhof, der verlassen wirkte.

„Möchtest du hin?" Flóki klang wie ein aufgeregter Schuljunge. „Vielleicht finden wir ja was."

Fiona prustete los. „Einen Schatz?"

Am Ende ließ sie sich überreden, und sie kletterten über die großen vereisten Steinbrocken, bis sie das Haus erreichten.

„Nimm meine Hand", murmelte Flóki und zog Fiona hinter sich her.

„Unglaublich, dass hier mal jemand gewohnt hat", flüsterte sie ehrfürchtig.

„Es muss herrlich idyllisch gewesen sein." Er sah sie an. „Aber auch einsam. Lass uns reingehen."

Ehe sie sich versah, war er auch schon in der Hütte verschwunden. Die Tür knarrte, als er sie aufschob, und überhaupt machte das Gebäude von außen einen ziemlich instabilen Eindruck.

„Ich weiß nicht …“ murmelte sie.

„Komm schon!“, tönte es von innen.

Sie drückte die Tür weiter auf und betrat den morschen Holzboden. Die Wohnräume sahen aus, als wären sie überstürzt verlassen worden. Eine aufgeschlagene Decke lag auf der muffigen Couch, und auf dem verstaubten Tischchen stand eine benutzte Kaffeetasse.

„Vielleicht wohnt hier doch jemand?“, flüsterte Fiona.

Doch Flóki schüttelte den Kopf und strich über die Arbeitsplatte in der Küche. „Nein, sieh dir nur den Staub an. Hier ist vor Jahren jemand überstürzt geflüchtet. Vielleicht ist ein Vulkan in der Nähe ausgebrochen? Oder wer immer hier wohnte, ist krank geworden, und die Kinder waren aus dem Haus.“

Fiona schluckte. Flóki befühlte und berührte die Gegenstände, und seine Augen schienen vor Begeisterung förmlich zu leuchten.

„Sieh mal, hier! Dieser Wandteppich!“ Er strich über den Stoff. „Er muss richtig alt sein.“

„Weil er so staubig ist?“, fragte Fiona und grinste frech.

„Nein, wegen der Art der Zeichnung. So wurde früher das Verborgene Volk dargestellt. Heute benutzt man modernere Skizzierungen.“

Tatsächlich war der dunkelblaue Teppich mit allen möglichen Figuren isländischer Sagas bestickt: Fiona erkannte Trolle, Elfen und sogar einen Drachen.

„Was ist das?“, murmelte Flóki und hob den Teppich an. Darunter kam eine alte hölzerne Tür zum Vorschein, die in die Wand eingelassen war.

„Pass auf", sagte Fiona und eilte zu ihm. „Das Holz ist schon alt, da stehen garantiert überall Splitter ab."

Vorsichtig drückte Flóki die Klinke hinunter. Überraschenderweise ging die Tür knarzend auf, und vor ihnen erstreckte sich ein dunkler Gang.

„Was meinst du, wo der wohl hinführt?"

Fiona spürte ein seltsames Kribbeln. Eine unbestimmbare Angst war im Begriff, sie einzunehmen, und schnürte ihr die Kehle ab. Ihr entwich ein jämmerlicher Laut. „Lass uns gehen", keuchte sie.

„Was ist los?"

Sie konnte nicht in Worte fassen, wie sehr sie das alles auf einmal mitnahm. Plötzlich wurde sie von all den Gefühlen und Gedanken überrollt, die sie in L. A. getrost verdrängt hatte. Und von den Erinnerungen. Dem Tod ihres Vaters, dem geistigen Abbau der Mutter, der Veränderung vom Kind zur Frau, der Erfahrung, die Heimat zu verlassen – erwachsen zu werden. All die Jahre hatte es sie mehr beschäftigt, als sie sich hatte eingestehen wollen. Wie wohl das Haus heute aussah, in dem sie aufgewachsen war? Vermutlich stand es genauso verlassen da wie dieses. Sie musste sich zusammenreißen und sich konzentrieren! Was tat sie hier eigentlich? „Lass uns gehen", krächzte sie erneut.

Flóki nickte stumm.

„Weißt du, ob hier momentan irgendwelche Dreharbeiten stattfinden?", fragte Fiona, als sie sich wieder auf der Straße befanden, von der aus sie vorher auf den Feldweg abgebogen waren. Flóki hatte darauf bestanden, dass diesmal sie fuhr, um sich an das Auto zu gewöhnen.

Flóki keuchte auf. „Oh nein, bist du etwa eine von diesen extremen *Game of Thrones*-Fans, die an den Drehorten Selfies machen und hoffen, dass ihnen da zufällig ein Darsteller über den Weg läuft?“

Fiona runzelte die Stirn. „*Game of Thrones* wurde in Island gedreht?“

„Anfängerin“, murmelte Flóki.

„Nein, es geht um einen Dokumentationsfilm.“

„Oh, ich hätte dich nicht für jemanden gehalten, der Dokumentationen schaut.“

„Doch – tatsächlich tue ich das. Aber nur, wenn's um Mode oder Make-up geht“, gab sie schlagfertig zurück.

„Ist ja gut, ist ja gut.“ Er hob abwehrend die Hände. „Es wird tatsächlich derzeit ein Film gedreht. *Auf den Spuren der Sagas.*“

Fiona hob eine Augenbraue. „Wirklich?“, fragte sie aufgeregt.

„Ja, irgendeine amerikanische Firma. Sie drehen in ganz Island, aber grad sind sie in Snæfellsnes unterwegs.“

„Oh, weißt du genau, wo? Kannst du mich hinbringen?“

Flóki lachte laut auf. „Ach – du kann ja richtig freundlich sein, wenn du was willst.“

„Mein Freund ist dort. Mit seiner ... Geliebten. Auf jeden Fall behaupten das gewisse Quellen.“ Die Wahrheit kam ihr einfach so über die Lippen.

Flóki schwieg. Nach einer Weile sagte er kleinlaut: „Das tut mir leid, Fiona.“

„Es muss dir nicht leidtun. Das ist alles nur ein großes Missverständnis.“

„Oh, verstehe. Wenn du möchtest, kann ich dir erklären, wie

du hinkommst. Ich weiß zufällig, wo die Dreharbeiten stattfinden."

„Ach ja, ich vergaß: Du bist ja Islands berühmtester Journalist."

Flóki grinste. „Wer hat dir denn den Mist gesteckt?"

Fiona umkrallte das Lenkrad. „In Island kennt man sich, schon vergessen?"

„Deshalb musst du nicht so auf die Tube drücken!"

„Ich fahr genauso schnell wie eben", maulte sie. „Also – wohin muss ich?"

„Kirkjufellsfoss. Dort drehen sie."

Fiona kannte den Wasserfall und seinen hoch aufragenden Felsen. Als Kind war sie oft dort gewesen. Wie sehr sie sich wünschte, ihre Mutter wäre hier! Greta kannte all die alten Sagas, die sich um den Felsen und seinen Wasserfall drehten und würde nun sicher etwas davon erzählen. Auch wenn Fiona sich dagegen gewehrt hatte, auch nur irgendetwas davon zu glauben, so liebte sie die Geschichten immer. Aber ihre Mutter lag immer noch in England, vielleicht würde sie sogar nie wieder nach Island zurückkehren. Sie sollte sich nichts vormachen, dachte Fiona, womöglich würde Greta sogar in England sterben. Der Gedanke, dass ihre Mamma irgendwann nicht mehr da sein würde, ließ sie in eine tiefe Schwärze sinken. Nein, das durfte nicht passieren! Sie umklammerte das Lenkrad fester.

„Alles in Ordnung?", fragte Flóki.

Sie schluckte. „Alles gut." Dann trat sie fester aufs Gaspedal. *Immer in Richtung Zukunft. Zu Roger.*

„Hast du eigentlich Milch auf die Fensterbank gelegt heute Nacht?", fragte Flóki unvermittelt.

„Du glaubst doch nicht etwa an den Unsinn?", prustete sie.

„Ich weiß nicht, vielleicht ein bisschen. Ich finde die Tradition aber auch schön. Heute ist Giljagaur dran. Also, ich stelle ihm ein Glas Milch raus.“

Fiona kannte die Tradition. Es hieß, ab dem zwölften Dezember kämen die Weihnachtsmänner, Trolle aus dem Hochland, und legten den Kindern etwas vor die Haustür, sollten diese brav gewesen sein. Der Saga nach konnte man die Weihnachtsmänner gnädig stimmen, wenn man ihnen was Schönes hinlegte. So ein Blödsinn! Sie hatte diesen Brauch als Kind schon fürchterlich gefunden. Die ganze Nacht hatte sie dann nicht schlafen können, weil sie immer damit gerechnet hatte, dass einer dieser Trolle vor ihrem Fenster stand. Denn artig war sie nie gewesen.

„In der Hütte war eins“, murmelte Flóki.

„Hm?“

„Ein Glas Milch. Auf dem Fensterbrett.“

„Quatsch. Die Hütte ist verlassen, schon seit Jahren. Das waren deine Worte.“

Flóki strich sich ein paar Haarsträhnen aus dem Gesicht.

„Und trotzdem stand ein Glas Milch auf der Fensterbank. Und sie sah nicht aus, als wär sie sauer.“

Fiona verdrehte die Augen. „Das hast du dir eingebildet.“

„Was ist das denn?“, fragte Flóki plötzlich.

Sie warf einen Blick zur Seite. Er hatte die Zettel aus Emilys Notizbuch aus ihrer offenen Handtasche gezogen und studierte sie neugierig. *Mist!* Sie hätte sie ordentlich verstauen sollen!

„Hey, lass das!“, rief sie wütend.

„Was denn?“ Er machte keine Anstalten, die Blätter aus der Hand zu legen.

Bei dem Versuch, sich die Zettel zu schnappen, verriss sie das Lenkrad.

„Hey!“, brüllte Flóki, doch es war zu spät – der Wagen raste in den Straßengraben und kam zum Stehen. Der Motor verebbte.

„Mist!“, fluchte Fiona.

„Geht's dir gut?“, fragte Flóki.

Sie ignorierte ihn und starrte ihn schweigend an.

„Was sollte das eben?“ Er schüttelte verständnislos den Kopf.

Fee versuchte, den Wagen wieder zu starten, doch nichts geschah. „Wir brauchen Hilfe“, flüsterte sie tonlos und warf einen Blick auf ihr Handy, das in der Mittelkonsole lag. „Kein Netz“, murmelte sie.

Auch Flóki hatte keinen Handyempfang. So blieb ihnen nur, sich zwei Decken aus dem Kofferraum zu holen, sich darin einzuwickeln und im Auto darauf zu warten, dass jemand vorbeikam, der ihnen helfen konnte. Schweigend starrten sie aus dem Fenster.

Nach einer Weile sagte Flóki leise: „Interessant, was auf den Zetteln steht. Darf ich fragen, von wem die handeln?“

Fee zögerte. Dann sah sie ihn an. „Von Olav. Er war wohl mein Großvater, mehr weiß ich nicht. Ich weiß nicht mal, ob er wirklich existiert hat. Es sind Texte, die offenbar von ihm geschrieben wurden. Ich hoffe, ich kann hier mehr rausfinden, da der Rest meiner Familie darüber schweigt.“

„Vielleicht kann ich dir helfen“, murmelte Flóki und hob abwehrend die Hände, als er ihren Blick auffing. „Ich biete es ja nur an. Immerhin bin ich Journalist und hab ein Gespür für solche Sachen.“

Sie zögerte. „Na ja, wir müssen eh warten. Ich sollte erst mal lesen, was drinsteht – ich kam noch nicht dazu. Wenn ich richtig liege, sind es fehlende Seiten aus der Geschichte meiner Großmutter Amy. Als ich meinen kleinen Verwandten aus einem Buch vorlas, das seit Jahren zur Weihnachtszeit in unserer Familie gelesen wird, fiel mir zum ersten Mal auf, dass etwas fehlt. Olav hat meiner *Amma* – also Amy - von seiner Vergangenheit berichtet, doch worum es dabei ging, kam nie heraus. Nur Amys Reaktion, nachdem er ihr davon berichtet hat. Sie war total geschockt, aber weshalb, war nie klar. Deshalb bin ich umso gespannter, was Olav ihr erzählt hat. Wahrscheinlich steht genau das, was immer gefehlt hat, auf den Zetteln!“ Sie klärte Flóki in aller Kürze auf, worum es in Amys Legende ging: um ihre Erlebnisse in Island als Kind und das spätere Zusammentreffen mit Olav als Erwachsene, aus welchem schließlich ihre Mutter entstanden war – Greta.

„Das heißt, wenn das hier Olavs Texte sind, dann hat er mit Amy gemeinsam die Geschichte aufgeschrieben. Das hier ist sein Teil! Er erzählt von sich und dieser Jane, die er ja, wie du gerade sagst, in der Diamantengrotte gesehen hat“, schlussfolgerte Flóki begeistert.

„Genau.“ Sie nickte energisch. „Auf jeden Fall ist das nicht *Ammas* Handschrift. Sie hat ihre Geschichte außerdem in Englisch niedergeschrieben und nicht auf Isländisch.“

Flóki schmunzelte. „Du Zweiflerin. Ich glaube, dass Olav existiert hat.“

„Du kennst doch nur die Kurzform der Geschichte. Das, was ich dir gerade präsentiert hab.“

„Siehst du – und trotzdem bin ich davon überzeugt, dass es ihn gab.“

Fiona seufzte.

„Also“, sagte Flóki, „dann lass uns mal lesen, was dein Großvater so getrieben hat, während Amy in den USA wieder mit Charles zusammenkam und ihn vergessen hat. Oder? Diese losen Zettel beschreiben ja die Zeit, nachdem Olav und Amy sich als Kinder aus den Augen verloren hatten. Und die Zeit, bevor sie sich im Erwachsenenalter wiedertrafen und deine Mutter Greta gezeugt wurde.“

Fiona hob die Augenbrauen und nickte. „Schlaues Köpfchen.“

Er lachte. „Ich bin gespannt, was dieser Olav getan hat, dass deine Großmutter derart geschockt war und später sogar irgendjemand die Seiten aus ihrem Buch gerissen hat.“

„Ja, ich auch“, gab Fiona nachdenklich zurück.

## Zwei Jahre vor dem Wiedersehen mit Amy, 1958

*Meine liebe Tochter,*

*da wir uns nie kennengelernt haben, möchte ich dir etwas über mich erzählen, um dir die Gelegenheit zu bieten, mich doch noch näher kennenzulernen. Ich wünsche mir, dass du dir wenigstens ein Bild von deinem Vater machen kannst. Vielleicht verstehst du, nachdem du all das gelesen hast, etwas mehr, warum die Dinge so kamen, wie sie kamen.*

*Dafür müssen wir jedoch in der Geschichte zwei Jahre zurückgehen – in die Zeit, bevor ich deine liebevolle Mutter Amy nach all den langen Jahren wiedertraf.*

„Du bist die schönste Frau, die mir je begegnet ist." Er löste sich von ihr und strich sich die verschwitzten Haare aus dem Gesicht. Sie lächelte ihn an und strahlte, als ob sie vom Himmel geküsst worden war, ihre Lippen glänzten wie Rosenblüten. „Du Engel", murmelte er und strich ihr eine lange dunkle Haarsträhne zurück.

„Ich dachte, Engel sind blond", schäkerte sie.

„Wahre Engel haben immer etwas Schatten in sich", konterte er.

Sie lachte auf. „Du bist so seltsam, Olav."

„Das sehe ich als Kompliment, vielen Dank!"

Er bewunderte ihre langen, zarten Finger. Wie sie sich wohl auf seiner Haut, seinem Mund, anfühlen würden? Er widerstand dem Impuls, sie zu berühren.

Olav hatte Jane Seaford in einer Bar in Reykjavik kennengelernt, als er auf einer seiner Touren mit Frosti unterwegs gewesen war. Sein Freund und er hatten bereits einiges getrunken, als sie mitbekamen, wie sich eine junge Engländerin über die horrenden Preise beschwerte und daraufhin in einen Disput mit dem Barkeeper geriet. Es hatte sich herausgestellt, dass Jane Seaford eine begnadete Umwelt- und Menschenrechtsaktivistin war und sich in alles einmischte, was sie für nicht fair hielt. Olav hatte dem Streit gelauscht, Jane dann auf ein Bier eingeladen und sich in die faszinierende Frau verliebt. Er erinnerte sich an ihr drittes Treffen, bei dem immer noch keiner von ihnen gewagt hatte, einen Schritt weiterzugehen.

Sie hatten in einem kleinen Restaurant nahe der Hafenbucht gesessen und Fisch gegessen. Nun, *er* hatte Fisch gegessen. Jane verzichtete gänzlich auf Tierprodukte und ließ ihn das durch ihre Blicke oder Kommentare auch bei jedem Bissen spüren, den er zu sich nahm. Allerdings fand er die Art, mit der sie ihn ständig provozierte, unglaublich anziehend.

*„Dir ist schon klar, dass ihr Isländer die größten Tierquäler der Welt seid, mit eurem Wal- und Haifang?“*

*Olav schnalzte mit der Zunge. „Es gibt nichts Besseres als fermentierten Hai.“ Er erntete einen vernichtenden Blick.*

*„So machst du dir keine Freunde.“*

*Sollte er es wagen? Endlich gab er sich einen Ruck. „Genau genommen möchte ich ja auch nicht nur dein Freund sein.“*

*Sie hob eine Augenbraue. „Sondern?“*

*Erwartungsvoll schaute sie ihn an, doch er sah deutlich, wie sehr sie es genoss, ihn zu ärgern. Er räusperte sich und neigte sich zu ihr. Er spürte die Wärme der lodernden Kerze, die in der Mitte zwischen den Gedecken stand. „Mehr. Ich will mehr“, flüsterte er heiser.*

Später hatte sie ihn in seine kleine Wohnung am Stadtrand begleitet. Sie liebten sich voller Leidenschaft, und Olav genoss das Gefühl der Unendlichkeit des Moments. Ihre Haut war so weich, ihre Lippen so süß und warm … Ihre Brüste schmiegten sich eng an seinen Körper, und er hatte dem Impuls nicht widerstehen können, Jane überall zu liebkosen. Dann berührte er ihre empfindlichste Stelle. Noch nie war solch eine Wonne durch seinen Körper gejagt. Sie beide waren verschmolzen, und all seine Gedanken hatten sich im Rausch der Gefühle aufgelöst. Ihre wohligen Seufzer brachten ihn in der Nacht schier um den Verstand, und er gab sich ihr völlig hin. Eng umschlungen waren sie eingeschlafen.

Am nächsten Morgen war er von einem ungewöhnlichen Geräusch am Fenster geweckt worden. Er hatte liebevoll ihren Arm von sich geschoben und sich erhoben, um nachzuschauen. Kurz war sein Blick noch mal auf ihren nackten Körper gefallen, und mit glühendem Gesicht hatte er sich an die Nacht zuvor erinnert.

Er hatte sich eine Hand auf die Brust gelegt, um sich zu beruhigen, weil sein Herz bei den aufkeimenden Erinnerungen immer schneller pochte. Seine Wohnung befand sich im dritten Stock, und so ging er erst mal ans Fenster und sah hinaus. Draußen tobte bereits das Leben auf den Straßen. Er verabscheute die Stadt. Überall war es voll und laut, und es roch nach Abwasser und Abgasen. Jane fand, Reykjavik war ein Musterbeispiel an Sauberkeit und andere Städte seien viel schmutziger, doch für ihn war das hier bereits zu viel. Ihm fehlten die Wäldchen, in denen nachts die Eulen riefen. Er vermisste den Schein der Nordlichter in den klaren Winternächten, das verhaltene Keckern der Polarfüchse, das Heulen der

Polarstürme und die unbeschreibliche Stille der Eiswüste. Doch am meisten fehlte ihm das gleichmäßige Trappeln seiner Rentiere.
Er hatte das Fenster einen Spalt breit geöffnet und die kühle Winterluft hereingelassen. Sofort vertrieb sie den intimen Duft der Nacht. Hinter den bunten Häuserreihen ragte der halb fertige Turm der Hallgrimskirche empor, die in den nächsten Jahren fertiggestellt werden sollte. Immer mehr Bebauungen und Häuserschluchten – angewidert hatte er den Kopf geschüttelt.

Ein kleiner rundlicher Lavastein lag auf dem Fenstersims. Schwarze Asche, mit Diamantensteinen verziert.

„Stóbjörn", fluchte Olav.

Das musste eine Drohung sein, dachte er wütend und pfefferte den Stein hinunter auf den Gehweg, ungeachtet der Menschen, die dort entlanghasteten. Der Drache hatte ihn gefunden. Oder besser gesagt, seine Späher, die *Démantars*. Er hatte gehofft, hier sicher zu sein. Nur deshalb war er in diese Betonwüste gekommen und hatte alles hinter sich gelassen – seine Rentiere, seinen besten Freund Frosti, und sogar seine Mutter.

„Olav", murmelte Jane ganz verschlafen hinter ihm. Er drehte sich um und erblickte sie, wie sie in seinem Bett saß, die dicke Decke um sich gewickelt, sodass man nur die Ansätze ihrer Brüste erkennen konnte. Wie bezaubernd sie war! Bei allen Eiselfen, sie glich tatsächlich einer! „Hör zu, Jane. Du musst gehen. Schnell!"

„Warum?" Verwirrt sah sie ihn an.

Weil sie dich töten, wenn sie dich bei mir erwischen, dachte er verzweifelt. „Ich muss zur Arbeit, tut mir leid", sagte er ausweichend, und dachte mit Unbehagen an den harten Kellnerjob, den er vor Kurzem angenommen hatte, um die Miete zu bezahlen. Er versprach Jane, sich abends mit ihr zu treffen. Verwirrt über den plötzlichen Rauswurf, hatte sie wenig später mit seltsamer Miene die Wohnung verlassen. Als sie fort war, rief er nach langem Überlegen seine Mutter an. Er hatte sie ewig nicht gesprochen, doch an wen sollte er sich sonst wenden? Frosti wollte er aus dem ganzen Zwist mit Stóbjörn so weit wie möglich heraushalten.

Seit seiner Verbannung hatte sich viel verändert. Allem voran – er war erwachsen geworden. Zu altern war ihm eigentlich nie bestimmt gewesen, doch mit dem Exil war diese Magie erloschen, genauso wie die Unsterblichkeit seiner Eltern. Traurigerweise war Johann, sein Vater, kurze Zeit danach tatsächlich verstorben. Ein schmerzlicher Verlust, war Olavs Verhältnis zur Mutter doch nach dem Angriff des *Hjartað í ljósinu* auf ihn sehr angeknackst gewesen. Sie behauptete, alles getan zu haben, um ihn zu schützen, und dass er ja niemals durch die Attacke ums Leben gekommen wäre. Inzwischen hatten sich die Wogen etwas geglättet, sie war immerhin seine Mutter – und wenn sie beteuerte, ihre Absichten wären gut gewesen, dann musste ja etwas dran sein.

Arna hatte nicht besonders begeistert geklungen, als er ihr von der Drohung erzählte.

„Was ist passiert?“, fragte sie streng. Wahrscheinlich war sie verärgert darüber, dass der Drache ihn nun doch aufgespürt hatte. Doch Stóbjörn war nachtragend und wollte offenbar nicht aufgeben, bis sie beide quitt waren.

Er hatte herumgestottert, schließlich gestand er ihr: „Da ist noch was. Ich hab mich mit einem Mädchen eingelassen.“

Schweigen am anderen Ende der Leitung.

„Ist sie dir wichtig?“, hatte Arna schließlich gefragt.

„Ich denke schon.“

„Erzähl mir von ihr“, bat sie.

Die Worte sprudelten nur so aus ihm heraus, und als er geendet hatte, riet sie: „Geh mit ihr nach England, wenn sie von dort kommt, wird sie nichts dagegen haben. Dort seid ihr sicher.“

So war er mit Jane nach England gezogen. Naiv, wie sie war, glaubte sie ihm, dass sein Job der Grund für den Umzug war. Sie hatte dort Familie und Freunde, und so fiel es ihr auch nicht schwer, mitzugehen. Sie hatten sich eine kleine Wohnung bei Newcastle gemietet, und Jane konnte ihren Umweltschutzaktivitäten nachgehen, während er sich einen Job in einem Restaurant suchte, um sich über Wasser halten zu können. Sein Herz war zerrissen. Er vermisste Frosti und sehnte sich nach Island. Er verachtete die Lebensweise der Leute, die Nachlässigkeit, wie die Engländer mit der Umwelt umgingen, die Speisen, die sie aßen, die Wörter, die sie benutzten. Und er hasste seinen Job. Die Gäste waren unhöflich und undankbar. Selbst wenn sie ihn anlächelten, erkannte er die Herablassung in ihren Augen. Er war nur ein Bediensteter für sie, der ihnen das Steak und den teuren Wein servieren durfte, während sie sich ihre goldenen Mägen damit verdarben. Doch gleichzeitig liebte er Jane, und ihre Sicherheit war das Wichtigste für ihn. Also fand er sich mit seinem Schicksal ab.

Nach einer Weile hatten sie in London eine Wohnung gemietet, weil Jane dort mehr Möglichkeiten hatte, ihre Bewegungen zu leiten. Erneut fand er einen Job, in einem bonfortionösen Lokal im Französischen Viertel in South Kensington. Doch die Zeit brachte es mit sich, dass Olav die rosarote Brille verlor. Janes Macken beim Essen störten ihn vermehrt, sie verbrachte viel Zeit mit ihren Hippie-Freunden, bei denen er alles andere als willkommen war.

Eines Abends veränderte sich alles.

Nach einer langen Schicht im Restaurant schlenderte er müde nach Hause. Als sich die Lichter der Stadt im Wasser der Themse spiegelten, sinnierte er seit Langem einmal wieder über die einsamen Gletscherseen in Island, in denen die bunten Nordlichter verschwammen. Er verdrängte die Erinnerung, in Momenten wie diesen konnte er nicht anders, als den Kloß hinunterzuschlucken, der beim Gedanken an sein Heimatland seine Kehle verengte. Doch dann besann er sich wieder auf das, was ihm so nah war. Jane mit ihren dunklen, fast schwarzen Haaren. Jane mit ihren grünen Augen, diesem wilden, unbezähmbaren Blick. Wegen ihr tat er das alles. Sobald er an Jane dachte, machte sein Herz einen Hüpfer, auch wenn ein kleiner Stich nicht ausblieb und ihn immer wieder an Island erinnerte.

Voller Vorfreude öffnete er an diesem Abend die Tür. Im Flur hörte er Stimmen. Als er ins Wohnzimmer trat, traute er seinen Augen nicht. Jane lag splitterfasernackt auf der Couch, über sich eine ebenfalls unbekleidete Frau und neben sich einen jungen, genauso splitterfasernackten Mann, der sie leidenschaftlich küsste.

Noch am selben Abend packte Olav seine Sachen und ging in das nächstgelegene Hotel. Stundenlang saß er auf dem Bett und starrte ins Nichts. Er versuchte, seine Gefühle zu sortieren, doch er konnte es einfach nicht begreifen. War das der Preis, den er bezahlen musste?

Olav ging zur Hotelrezeption und bat dort um ein Telefonat. Die Rezeptionistin, eine junge, strohblonde Frau mit himmelblauen Augen, strahlte ihn unverblümt an. Er fuhr sich durchs Haar und fragte sich, weshalb diese Fremde sein Herz plötzlich höherschlagen ließ. Normalerweise starrte er keine anderen Frauen an, sondern hatte nur Augen für Jane.

„Bitte sehr“, murmelte die hübsche Dame und beugte sich so nah zu ihm, dass sie ihn fast berührte. Als sie ihm das Telefon reichte, strich sie mit den Fingern ganz zufällig über seine. Für einen kurzen Moment stellte er sich vor, wie es wäre, noch weiter mit ihr zu schäkern. Mit ihr auf sein Zimmer zu gehen, um mit ihr Dinge zu tun, die er von Jane beigebracht bekommen hatte. Doch es wäre nur eine Rache an Jane. Seufzend verabschiedete er sich von dem Gedanken, nahm sich aber vor, das hübsche Gesicht der jungen Frau und ihr prächtiges Dekolleté in seine Träume heute Abend mit einfließen zu lassen. Er drehte die Wählscheibe und kam nicht umhin, der Dame noch einmal tief in die Augen zu schauen. Als am anderen Ende der Leitung abgenommen wurde, entspannte er sich.

„Hey, Frosti“, murmelte er erleichtert. Er schilderte seinem Kumpel seinen Kummer, und dieser versprach, am nächsten Tag einen Flug nach London zu nehmen.

Erschöpft ließ Olav sich kurz darauf in seinem Zimmer aufs Bett sinken. Er dachte an die Blondine von der Rezeption und dämmerte dann in einen unruhigen Traum hinüber, in dem er wieder ein kleiner Junge war. Er träumte von einem Mädchen mit rosa Jäckchen, mit welchem er durch die Weiten Islands streifte und unglaubliche Abenteuer erlebte. Einem Mädchen, in das er sich unsterblich verliebte.

*May.*

Als er aufwachte, war er verwirrter als zuvor. Der Traum war so real gewesen! Er hatte das Mädchen genau vor sich gesehen, sie gerochen, gespürt … Doch er verdrängte die

Erinnerungen an May. Seine Mutter hatte ihm damals geraten, nachdem das *Hjartað í ljósinu* ihn hatte ausbluten lassen, keinen Gedanken mehr an seine Freundin zu verschwenden. Sie war fort und würde nie wieder zurückkommen. Tatsächlich waren seine Erinnerung an sie immer mehr verblasst. Sie waren Kinder gewesen, mehr nicht. Gedankenverloren starrte er aus dem Fenster.

Frosti würde gegen Nachmittag ankommen. Nachdem er der Rezeptionistin ein schiefes Lächeln geschenkt hatte, machte Olav sich auf den Weg zur Tube. Gedankenverloren ging er die Treppe hinunter und fragte sich, was er falsch gemacht hatte. Was hatte Jane sich nur dabei gedacht? Gut, sie war ein modernes Mädchen, sie aß kein Fleisch, setzte sich für Menschenrechte ein und war Mitglied der Frauenbewegung. Doch er hatte geglaubt, dass sie ihn lieben würde. Bedingungslos. Er verachtete sich. Wie hatte er nur so dumm sein können! Er hatte alles aufgegeben – Island, seine Freunde … Der Auseinandersetzung mit Stóbjörn war er aus dem Weg gegangen, nur um mit ihr ein neues Leben beginnen zu können.

„Verzeihung."

Fast wär er in eine Frau gelaufen, die gerade umständlich versuchte, ihren Kinderwagen in die Tube zu hieven.

„Kommen Sie, ich helfe Ihnen", murmelte er und warf einen Blick auf das schlafende Baby. Es war ganz in Rosa eingepackt. Er seufzte laut.

„Tut mir leid, es ist das neuste Modell, ich weiß, es ist schwer", entschuldigte sich die Frau.

„Oh, nein, kein Problem." Er lächelte sie an. Wie schön sie war! Sie trug eine dicke Pudelmütze, unter der langes blondes Haar hervorlugte, doch ihre Augen leuchteten, und ihr

Lächeln war atemberaubend. Er musste sich zusammenreißen. Was war nur los mit ihm? Ständig wurde er von blonden Frauen angezogen!

„Schönen Tag noch, Ma'am", murmelte er.

Sie lächelte ihn freundlich an. „Danke, Ihnen auch." Dann streichelte sie ihrem Mädchen über den Kopf: „Jetzt fahren wir Underground, Em. Ist das nicht spannend?"

Als sie am Flughafen hielten, war die Frau immer noch im Waggon, und so half er ihr wieder heraus.

„Sie sind wirklich nett", sagte sie anerkennend. „Wissen Sie, nicht jeder hilft mir. Ich glaube, die Männer haben vergessen, was es heißt, ein Gentleman zu sein." Sie sah ihn schelmisch an und flüsterte ihm dann zu: „Ich fürchte, das liegt nicht zuletzt an der Frauenbewegung. Die Männer haben Angst, etwas falsch zu machen, weil es ja anti-feministisch sein könnte." Sie lachte herzhaft auf.

„Was Sie nicht sagen", murmelte Olav und dachte an Jane.

„Sie sind nicht aus London, hab ich recht?", fragte die Frau und klappte das Verdeck des Kinderwagens herunter.

„Hört man das? Nein, ich bin tatsächlich aus Island. Sie sind aber auch keine Engländerin. Amerika, liege ich richtig?"

Sie wurde rot, wie ihm schien. „Ertappt. Ich bin mit einem Engländer verheiratet. Wir verbringen Weihnachten bei seiner Familie. Ich hab ein paar Tage in London mit meiner Kleinen verbracht, und nun holen wir Daddy vom Flughafen ab und fahren zu Gran. Nicht wahr, Mäuschen?"

Olav schluckte. Was würde er wohl zu diesem Weihnachtsfest machen?

„Na ja, vielen Dank für Ihre Hilfe. Alles Gute für Sie!" Schon war sie fort.

Er starrte ihr noch kurz hinterher. Dann machte Olav sich auf zum Terminal, wo sein bester Freund ankommen sollte.

„Sie hat was?" Frosti starrte ihn mit offenem Mund an.

„Ich weiß, Jane war schon immer – anders", formulierte er vorsichtig. „Sie aß nie Fleisch, hat sich lautstark mit allen auseinandergesetzt, die ihrer Meinung nach gegen die menschenwürdigen Prinzipien handelten. Sie hat auf offener Straße für die Antibabypille und Abtreibungen demonstriert und sich für die Wale vor fahrende Autos geworfen."

„Crazy Jane", murmelte Frosti, schüttelte sich und sah aus dem Fenster. Sie hatten sich ein Taxi vom Flughafen in die Stadt gegönnt.

„Sie hat wirklich …?"

Olav verdrehte die Augen. „Ja, Frost. Sie hat mit mehreren Menschen gleichzeitig geschlafen und mich damit betrogen!" Er senkte traurig den Blick.

„Du musst sie dir aus dem Kopf schlagen", murmelte Frosti.

„Was ist mit dir?", wechselte Olav genervt das Thema. „Gibt es eine Dame in deinem Leben?"

Sein Freund schüttelte trübselig den Kopf. „Du weißt doch, Frauen sehen mich nicht." Er rieb sich über den ausladenden Bauch.

„Vielleicht hast du ja bei den Engländerinnen mehr Glück."

Frosti prustete laut los. „Niemals. Keine zehn Pferde können mich hier halten." Er schmunzelte. „Aber nach Amerika würd ich gern eines Tages mal."

Olav klopfte ihm auf den Schenkel. „Da habe ich eine Idee. Lass uns heute Abend in eine … ähm … richtig amerikanische Bar gehen, sozusagen zur Einstimmung für dich." Dann seufzte er: „Und ich find vielleicht ein wenig Ablenkung."

So kam es, dass die beiden Freunde an diesem Abend in einer amerikanischen Bar in Soho ordentlich dem Alkohol zusprachen.

„Die Engländer kennen keinen Blaubeerwein, oder?“, fragte Frosti nach dem vierten Cider.

Olav schüttelte lachend den Kopf. „Nein, aber du solltest etwas anderes als dieses Zeug trinken. Das ist nur ausgepullertes Quellgeisterwasser. Probier mal 'nen Whiskey.“ Er ließ den Blick schweifen und bemerkte eine Frau, die am Bartresen saß. Sie lächelte ihn an, nippte an ihrem Drink und warf ihm eindeutige Blicke zu. Er verzog das Gesicht und wandte den Blick ab. Wie schön es wäre, wenn sie ihn aufmuntern würde, doch der Schmerz saß noch zu tief, die Enttäuschung über Janes Betrug war kaum zu ertragen.

Frosti schüttelte sich, nachdem er einen Whiskey getrunken hatte, und lehnte weitere ab. „Furchtbares Zeug“, jaulte er.

Olav lachte laut auf und klopfte seinem Kumpel auf die Schulter. Dann brüllte er in Richtung Bar: „Hey, John, kannst du mal helfen?“

„So, mein Lieber“, kicherte John, der Barkeeper. „Ich unterrichtete dich mal darin, wie man richtig Whiskey trinkt.“ Er zwinkerte Frosti zu. „Du darfst ihn nicht einfach runterstürzen“, mahnte er Frosti. Dieser warf Olav einen ratlosen Blick zu, doch der winkte nur ab und nickte ihm aufmunternd zu.

„Whiskey trinkt man nicht. Man lebt ihn. Man liebt ihn. Man spürt ihn. Er erwärmt deine Seele. Zuerst ist es vielleicht etwas unangenehm und brennt, doch nach einer Weile entfacht er dein inneres Feuer, entflammt dich, und du willst immer mehr davon. Immer mehr …“ Er seufzte gedankenverloren. „Whiskey ist Sex.“

Frosti schluckte entsetzt und starrte erst den Barmann, dann Olav an. „Meint er das ernst?“, flüsterte er panisch.

Olav grinste breit und sah zu der rothaarigen Dame, die ihn immer noch unverwandt anschaute.

Sein Kumpel stand schlagartig auf, offensichtlich hatte der Flirtversuch des Barkeepers ihn verwirrt.

„Olav – wir gehen“, nuschelte Frosti.

Der lachte laut auf und zückte den Geldbeutel. „Danke, John!“, rief er dem Barkeeper noch hinterher, als sie schon fast am Ausgang waren, und warf der Unbekannten einen letzten Blick zu. Eines Tages würde der Schmerz sicherlich vorbei sein, zumindest hoffte er das.

„Was war denn das?“, lallte Frosti. „Sind hier in diesem neumodernen London, in dem sogar die eigene Freundin ein Hippie ist, alle so?“

Olav hickste. Auch er musste sich konzentrieren, nicht zu torkeln. „Tut mir leid“, presste er hervor. „Es … ist nur – du hattest ja nie ’ne Freundin. Deshalb … dacht ich es.“

Frosti schnaubte. „Du hattest vor Jane auch nie eine Freundin.“

„Das ist nich’ wahr.“ Olavs Blick glitt in die Ferne. „Es gab eine. Ich erinner mich kaum mehr an sie. Nur ihre Stimme, die ist noch da. Ich träum’ manchmal von ihr. Sie ist … war mehr für mich, als Jane je sein wird. Auch wenn ich May nie wiedersehen werde.“

„May? Wer soll das sein?“

Sie setzten sich auf eine Bank, vor ihnen schlängelte sich die Themse ihren Weg durch das Londoner Nachtleben.

„Ich hab sie als Kind kennengelernt. Erinnerst du dich an … den Vorfall? Daran, weshalb meine Eltern nicht mehr die Wächter des Waldes waren?“

Frosti nickte. „Damals seid ihr zu uns gekommen. Ich hab nie verstanden, weshalb ihr so aufgelöst wart, und keiner von euch ist recht mit der Sprache rausgerückt. Ihr habt nur erzählt, dass du mit Menschen über das Verborgene Volk zu viel geplappert hast. Ich fand es große Klasse, dass du nun auch endlich erwachsen werden kannst, so wie ich."

Olav schmunzelte. „Dass ich nicht älter wurde, aber du schon, hat mich anfangs abgehalten, mit dir befreundet zu sein. Ich war immer etwas neidisch, dass du im Gegensatz zu mir irgendwann erwachsen sein würdest."

Frosti klopfte ihm auf die Schulter. „Und jetzt sind wir beide erwachsen, Kumpel." Dann runzelte er die Stirn. „Dieses Mädchen aus deiner Kindheit, diese May – erzähl mir von ihr."

Nachdem Olav seine Geschichte mit Amy berichtet hatte, zuckte er die Schultern. „Wir dürfen uns unter keinen Umständen mit Menschen einlassen. Deshalb hat meine Mutter mir auch geraten, mit Jane zu nach England gehen, damit –"

„... damit ihr hier niemand was anhaben kann", führte Frosti den Satz zu Ende.

Olav nickte schweigend. „Und vor allem mir nicht", sagte er schließlich.

„Du bist dir sicher, dass der Lavastein von dem Drachen aus der *Démantar*-Höhle ist? Wieso sollte er dir so ein Ding hinlegen, nur weil du ihm vor Jahren nachgestellt bist?"

„Drachen haben kein Zeitgefühl. Dafür aber ein umso stärkeres Rachegefühl."

Frosti rieb sich über die Stirn. „Olav, kann's nicht auch sein, dass meine Eltern ...?"

Olav schluckte. „Nein, auf keinen Fall. Sie haben uns doch damals geholfen! Warum sollten sie mich beobachten?"

„Weil das *Hjartað í ljósinu* für sie ihre Familie ist. Sie würden alles tun, um dort weiterhin ihren Platz zu sichern."

Olav schüttelte den Kopf. „Ich glaub, du schätzt sie falsch ein. Sie haben sich damals ja gegen die Ältesten gestellt, in dem sie uns Schutz angeboten haben!"

„Oder … sie haben euch bei uns wohnen lassen, um euch immer im Auge behalten zu können", erwiderte Frosti.

Olav und Frosti verbrachten die nächsten Tage in London damit, sich Sehenswürdigkeiten anzuschauen. Die Ablenkung tat Olav gut, und als sein Freund wieder abreisen musste, brach es ihm fast das Herz. Er umarmte ihn fest.

„Mach's gut, *þykkur*", murmelte er und klopfte dem Kumpel auf den runden Bauch.

„Nicht nur ich vermiss dich", schluchzte Frosti beinahe.

„Die Rentiere fressen kaum mehr was, seit du weg bist. Der kleine Snorre ist bald so weit, eingespannt zu werden." Olav spürte einen Stich, als er an den unzähmbaren Snorre dachte, einen von Sindris Nachfahren. „Und was ist mit Lyra?" Vor seinem inneren Auge sah er das weiße Rentier mit dem hellbraunen Streifen auf dem Rücken, ebenfalls eine Tochter von Sindri.

„Sie ist echt sanft, ihrem wachsamen Blick entgeht nichts. Wir haben allerdings vor, sie bald decken zu lassen."

„Meinst du nicht, das ist noch etwas früh?"

„Warum kommst du nicht zurück? Dann gehören sie wieder ganz dir. Mó und Plumb vermissen dich auch."

Olav seufzte. „Ich kann hier nicht weg. Noch nicht. Erst muss ich wissen, ob es mit Jane endgültig beendet ist. Vielleicht haben wir ja doch noch eine Chance."

Am Abend nach der Abreise seines besten Freunds lag Olav allein auf dem Bett und hing den eigenen Gedanken nach. Er fragte sich, ob er es wirklich getan und diese Unbekannte dann mit zu sich nach Hause genommen hätte, wenn Frosti an dem Abend nicht zum Aufbruch gedrängt hätte. Bei der Vorstellung an ihr wallendes rotes Haar begannen sich unzählige kleine Schauer in ihm auszubreiten. Vielleicht sollte er demnächst noch einmal in die Bar gehen? Wenn er sie wiedersehen würde, dann könnte er es tun: sie einfach mit zu sich aufs Zimmer nehmen, sie ausziehen, liebkosen …

Er schluckte. Offensichtlich war er auch nicht besser als Jane, wenn er solche Fantasien hegte. Wahrscheinlich wünschte er sich nur, etwas zu tun, was sie so verletzen würde, wie es ihn verletzt hatte, als er sie erwischt hatte.

Das Klopfen an der Tür unterbrach seine unruhigen Gedanken. Es war Jane.

Sie sah blass aus und hatte tiefe dunkle Ringe unter den Augen. Weinend fiel sie ihm in die Arme.

„Olav, es tut mir so leid“, heulte sie.

Sie verbrachte den ganzen Abend damit, sich zu rechtfertigen und zu erklären, warum sie so gehandelt hatte. Olav fand all das aufgesetzt und unterbrach sie schließlich.

„Du brauchst mir deine Vorlieben nicht zu erklären. Die Frage ist nur – haben wir beide noch eine Chance?“

„Ich bin schwanger.“

Er sprang von seinem Sessel auf und starrte sie an. „Was?“

Erneut begann sie zu weinen. „Oh, Olav, ich weiß nicht mal, ob es dein Kind ist!“

Ihm wurde schwindelig. „Aber –“, setzte er an.

„Es war nur dieses eine Mal, ich schwör's, aber wir haben vergessen zu verhüten. Er ist verheiratet, ich ...“

Olav stand auf und hob die Hände. „Ich will nichts weiter hören."

„Aber ich kann mich nicht allein um ein Kind kümmern!"

Wütend starrte er sie an. „Bist du nicht Verfechterin der Abtreibung? Jetzt kannst du das sogar an dir selbst unter Beweis stellen!"

„Nein", kreischte sie und wiegte sich schluchzend hin und her. „Ich will es haben! Es soll unser Kind werden, Olav. Bitte!"

Er seufzte tief und ließ sich zurück in den Sessel fallen. Dann raufte er sich die Haare.

„Ich liebe dich", flüsterte sie. „Ich habe immer nur dich geliebt."

„Immerhin warst du ehrlich", murmelte er und ging nicht auf ihr Geständnis ein.

„Ich würde ihn dir nie unterjubeln wollen. Ich spiele mit offenen Karten! Das war dir doch immer wichtig!"

Er sah sie eine Weile an. „Ihn?", fragte er schließlich, es klang ein wenig versöhnlich.

„Ich glaube schon." Sie nickte errötend.

„Ich muss dir auch etwas sagen. Vermutlich willst du danach gar nicht mehr, dass ich der Vater deines Kindes bin."

**2017, Island**

Entsetzt ließ Fiona das Papier in den Schoß sinken. „Flóki, wir dürfen nicht weiterlesen. Das geht uns nichts an!"

„Bist du blöd? Ich will wissen, wie's weitergeht." Er nahm ihr die Notizen aus der Hand.

„Lass das! Es wird schon einen Grund geben, warum die Zettel aus dem Buch herausgetrennt wurden!" Sie packte ihn an der Hand und spürte im selben Moment seine Wärme. Was war das denn? Sie starrte ihn einen Moment an, und er stierte zurück. Ihre Blicke trafen sich, und das Gefühl hielt sie beide einen Augenblick gefangen. Dann wandte Fiona sich ab und schüttelte den Kopf. Sie hatte sich von diesem schmalzigen Text beeinflussen lassen. „Mir ist kalt", murmelte sie und zog die Decke enger um die Beine.

„Da kann ich dir helfen." Flóki kletterte aus dem Auto und ging zum Kofferraum. Er kam mit einer Thermoskanne in der Hand wieder.

„Hier – heißer Kakao. Ich hab immer eine Flasche dabei." Er zog die Tür zu und grinste. „Ist nichts Neues, dass man mit diesem Auto hin und wieder mal liegen bleibt."

Sie funkelte ihn wütend an. „Dass verrätst du erst jetzt?"

„Hier, probier." Er ignorierte sie, goss ihr einen Becher voll und hielt ihn ihr hin. Sie nahm ihn und nippte vorsichtig daran.

„Keine Sorge, ist kalorienarm", ärgerte er sie.

„Warum bist du eigentlich plötzlich so freundlich?", fragte Fiona nach einer Weile.

„Ich war nie unfreundlich zu dir."

„Du hast mich aufgrund meiner Klamotten und meines Aussehens ins Striplokal verfrachten wollen."

Er lachte leise. „Tja, nun ... Das war der erste Eindruck."

„Da wusstest du noch nicht, dass ich Gretas Tochter bin." Sie sah ihn triumphierend an und fügte dann hinzu: „Was willst du wirklich von ihr? Verrätst du mir das?"

Er seufzte. „Fiona, das hab ich dir doch schon erzählt. Du bist daraufhin einfach weggelaufen."

Sie dachte an die Nacht in Lauras B & B. Nachdem sie gehört hatte, dass Flóki „Fróstisson" mit Nachnamen hieß, hatte sie sich ihren Teil gedacht. Damals war sie nicht gewillt gewesen, diesem unverschämten Kerl zu helfen. Nun, da er sie aber unterstützte, ihr heißen Kakao reichte und sie mit seinen blauen Augen fast um den Verstand brachte, war sie bereit, ihm ein kleines Häppchen hinzuwerfen. „Du sagtest, du heißt Fróstisson, und deine Großeltern kannten meine Oma Amy?"

Er nickte. „Richtig. Meine Adoptiveltern und ich haben nach meinen Großeltern gesucht. Leider fanden wir nur Namen auf einem Papier. Sie scheinen unauffindbar zu sein. Aber nach langen Recherchen kam ich darauf, dass sie deine Großmutter kannten, die ja tragischerweise in Island verunglückt ist. Ich hatte die Hoffnung, dass deine Mutter vielleicht mal etwas über die beiden gehört hat und weiß, was mit ihnen passiert ist."

Fiona nickte. „Und wer sind deine Großeltern?"

„Sie heißen Sara und Frosti."

Fiona schluckte. „Frosti ... so wie der pummelige beste Freund von Olav?"

Er zog eine Grimasse. „Soweit ich das aus deinen Fresszetteln herauslesen konnte, ja. Obwohl er dort wohl noch dachte, niemals eine Frau abzubekommen."

Fiona zuckte mit den Schultern. „Ich war mir nie sicher, ob Olav wirklich existiert hat oder nur ein Hirngespinst meiner

Großmutter war, um ihrer Tochter einen Vater zu schaffen. Deshalb wusste ich auch nie, ob es diesen Frosti wirklich gegeben hat. Aber diese Notizen hier … Sara hatte in den Geschichten von Amy immer einen haselnussfarbenen Hautton. Das würde deinen olivfarbenen Teint erklären." Sie musterte ihn fasziniert. Ihr gefiel sein dunkler Bart, und auch das fast schwarze Haar. Und erst seine Augen … Ihr kristallblauer Ton war der einzige Hinweis, dass etwas Nordisches in ihm steckte. Diesmal wich er ihrem Blick aus. „Dann stehen wir uns ja näher als gedacht", murmelte sie. Schnell besann sie sich wieder und räusperte sich. „Und sind Sara und Frosti dann deine Großeltern mütterlicherseits oder die Eltern deines Vaters Frosti?"

Er legte den Kopf in den Nacken. „Sara und Frosti haben ein Mädchen bekommen. Ihr Name war Fjola."

Fiona lächelte. „Wieder ein F – was für ein schöner Name! Fjola bedeutet ‚Hornveilchen'. Wenn du *Fróstisson* mit Nachnamen heißt, dann hieß dein Vater doch auch Frósti, genau wie dein Großvater mütterlicherseits."

Flóki nickte heftig. „Ja. Das hat mich am Anfang auch verwirrt. Ich dachte, mein Vater wurde einfach nach meinem Großvater benannt. Aber das stimmt nicht. Er hieß einfach zufällig genauso."

„Und du glaubst, deine Großeltern leben noch?"

Flóki zögerte. „Das hab ich deine Mutter Greta auch gefragt. Sie hat mich mit großen Augen angesehen. Sie war plötzlich ganz woanders. Zuerst hatte sie sich gefreut, als ich ihr erzählt hab, dass ich Isländer bin und meine Wurzeln finden will. Wir haben uns lange über Island unterhalten. Deine Mutter ist eine tolle Frau. Doch als ich ihr sagte, dass ich nach Sara und Frosti suche – und nach einer Fjola, von der ich annehme, dass sie meine Mutter ist – und ich sie fragte, ob sie wüsste, was mit den beiden passiert ist, da … Fiona, es tut mir so leid! Sie hat garantiert meinetwegen vor Kurzem diese Depression gehabt."

Fee sah kurz weg und schluckte den Kloß hinunter. Nachdenklich knibbelte sie an ihrer Halskette. „Meinst du, es ist was Schreckliches vorgefallen?", fragte sie nach einer Weile.

Er berührte ganz sanft ihre Schulter. „Um das zu erfahren, müssen wir weiterlesen."

Ganz dicht war er bei ihr, sie konnte seinen warmen Atem spüren. Wie Flóki sie ansah … Er schien bis auf den Grund ihrer Seele zu schauen. „Ich weiß nicht", murmelte sie. „Bitte", flüsterte er. „Mir zuliebe."

Ihr Herz klopfte bis zum Hals. Warum kam er ihr so nah? Sie rückte etwas ab, dann räusperte sie sich und willigte ein.

**1958, England**

„Ich hab dir nie die Wahrheit gesagt."

Er betrachtete Jane. Verdammt, was war das? Warum ging ihm all das so an die Nieren? Sie hatte ihm soeben mitgeteilt, dass sie ein Kind erwartete, das eventuell von jemand anderem war, und er empfand trotzdem eine solch große Zuneigung für sie! Und nun wollte er sie auch noch in eines der größten Geheimnisse Islands einweihen? Doch die Aussicht auf die Zukunft ließ ihn weich werden. Vielleicht war es ja wirklich sein Sohn. Sein Fleisch und Blut.

Sie saß auf einem Stuhl und hatte sich ein wenig beruhigt.

„Hör zu, Jane, du hast sicherlich gemerkt, dass die Uhren in Island anders ticken."

Sie lächelte zum ersten Mal. „Allerdings."

„Wir Isländer fühlen uns mit der Natur wahrscheinlich mehr verbunden als jedes andere Volk. Wir glauben an die Naturgeister. Aber es sind nicht einfach nur Sagas, die den Kindern erzählt werden. Es ist alles wahr. Alles! Ich gehöre zum Verborgenen Volk, Jane. Ich bin einer von ihnen. Ich finde, du solltest das wissen, wenn wir ein Kind zusammen großziehen."

Sie starrte ihn an. „Du meinst das nicht ernst?", fragte sie nach einer Weile. „Ist das deine Rache dafür, dass ich mit einem anderen geschlafen habe?"

Olav widerstand dem Impuls, ihr vorzuwerfen, dass sie sicherlich nicht nur mit *einem* anderen geschlafen hatte. „Jane. Es ist die Wahrheit. Meine Eltern gehören dem Verborgenen Volk an."

Sie schüttelte den Kopf. „Und was macht euch so besonders? Du bist doch nicht anders als alle anderen?"

Er lächelte. „Nun ja. Laut der Saga sind Elfen und Menschen Geschwister. Eva, die Mutter der Menschen, erwartete Gott zu Besuch. Eilig wusch sie ihre Kinder, damit Gott die Kleinen von ihrer besten Seite sah. Sie vergaß jedoch, die Hälfte ihrer Kinder zu waschen, und so mussten sich diese ungewaschenen Kinder verstecken. Sie werden das *Huldufólk* genannt – das *Kleine Volk,* das sich vor den Blicken der Menschen verbirgt. Das ist sozusagen die Entstehungsgeschichte. Adam und Eva, verstehst du? Egal wie man es dreht und wendet – es gibt uns."

„Du scheinst mir aber nicht gerade im Verborgenen zu leben." Sie sah ihn skeptisch an und schien ihm kein Wort zu glauben.

Er nickte. „Ich hab als Kind einen Fehler begangen. Meine Eltern und ich mussten dafür büßen. Wir wurden verbannt. Nur noch wenige aus dem *Huldufólk* halten zu uns. Frostis Familie gehört dazu. Ich war – bis ich dich kennengelernt habe – Rentierschlittenfahrer, habe mit meinem Freund zusammen die Rentiere versorgt und die Weihnachtspost von den Kindern abgeholt. Doch mit einer Frau wie dir dürfte ich eigentlich nicht zusammen sein."

Jane runzelte die Stirn. „Beweis es mir."

Olav seufzte. Er hatte damit gerechnet, dass so etwas kam.

„Jane, ich kann es dir nicht beweisen. Du musst es mir einfach glauben." Er sah sie eindringlich an.

Sie lächelte plötzlich. „Ich dachte, du erzählst mir was wirklich Schlimmes! Damit kann ich leben."

Er wusste, dass sie ihm nicht glaubte. „Du bist doch sonst immer so offen für Neues!"

Sie seufzte zögerlich. „Ja, schon, aber das klingt echt abgefahren!"

„Versprichst du mir, dass du wenigstens versuchst, dich darauf einzulassen? Eines Tages wirst du verstehen."

„Na gut, ich probier's."

Noch zwei Wochen bis Weihnachten. Sie beide versuchten, das Beste aus ihrer Beziehung zu machen. Doch das bedeutete auch, dass sie schnell wieder in den Alltagstrott hineinkamen – zurück in die Probleme, die sie vorher schon gehabt hatten. Jane litt aufgrund ihrer Schwangerschaft unter Stimmungsschwankungen und rastete wegen jeder Kleinigkeit aus. Sie trieb Olav fast in den Wahnsinn. Er war froh um jede Überstunde, die er im Restaurant ableisten musste, um sie nicht zu sehen. Ob er ihr zugewandter und verständnisvoller wäre, wenn er sicher sein konnte, dass sie sein Kind im Bauch trug? Immer wieder zerbrach er sich den Kopf darüber, ob es die richtige Entscheidung gewesen war, es noch einmal mit ihr zu versuchen. Sicher, eine alleinerziehende Frau hätte es nicht leicht, doch in einer Stadt wie London gab es Hilfe, und sie lebten nicht mehr in den Dreißigern, wo es verpönt gewesen war, ein uneheliches Kind zu haben. Doch er blieb bei ihr. Egal ob es nun sein leibliches war oder nicht – er hatte versprochen, zu ihr zu halten.

Eine Woche vor Weihnachten hatte Olav eine sehr stressige Schicht im Restaurant. Da bemerkte er trotz all der Hektik eine kleine Familie an einem Tisch. Ein Paar mit Tochter – die Kleine musste etwa ein Jahr alt sein. Er überlegte, woher er die Frau kannte. Sie war wunderschön, ihr strohblondes Haar glänzte, und sie strahlte übers ganze Gesicht. Ihr Lachen erfüllte den ganzen Raum. Den ganzen Abend fragte er sich, warum sie ihm bekannt vorkam.

Als der Mann nach der Rechnung verlangte, fing er den Blick der Frau auf, und da fiel es ihm wieder ein: Es war die Fremde mit dem Kinderwagen, der er damals am Flughafen aus der U-Bahn geholfen hatte. Er nickte ihr höflich zu, sie erinnerte sich bestimmt nicht an ihn. Doch zu seiner Überraschung zwinkerte sie ihm zu.

„Man sieht sich immer zweimal im Leben, was?“

Der Mann, der soeben einen Geldschein gezückt hatte, hielt inne. „Ihr kennt euch?“

Die Frau lächelte, ihr Lachen erwärmte Olavs Herz.

„Der freundliche Herr hat mir in der Tube mit dem Kinderwagen geholfen.“

„Oh, ein Gentleman also“, sagte der Mann und drückte ihm einen Extra-Schein in die Hand. Er trug eine Hornbrille und einen edlen Anzug. Die Haare waren glatt nach hinten gekämmt, was ihn zusätzlich bieder wirken ließ. Sein Blick blieb an Olavs Namenschild hängen. „Olav Johansson. Sie sind kein Engländer?“, fragte er.

Olav verbeugte sich höflich. „Nein, Sir. Ich bin in Island geboren und aufgewachsen.“ Er bemerkte, wie ein seltsamer Ausdruck über das Gesicht der Frau huschte.

„Was treibt Sie denn dann ins *crowded London?*“

Nervös lachte Olav auf. Das Restaurant war sehr fein, er hatte zwar den Auftrag, höflich zu den Gästen zu sein, durfte aber keinesfalls zu viel mit ihnen reden, um nicht die edle Atmosphäre zu stören. „Die Liebe“, antwortete er.

„Verstehe.“ Der Mann zog eine Augenbraue hoch. Dann griff er in seine Hemdtasche und reichte Olav eine Visitenkarte. *Charles Dawn, Journalist* stand darauf. „Ich arbeite derzeit an einem Artikel über Island – genauer gesagt schreibe ich über die sagenumwobenen Legenden des Landes. Eigentlich ein Thema, das mich schon seit meiner Studienzeit umtreibt. Vielleicht wären Sie bereit, mir ein Interview zu geben? Rufen Sie mich an, ja? Am besten noch vor Weihnachten!"

Olav sog scharf die Luft ein, verbeugte sich leicht und entfernte sich dann.

Am nächsten Tag rief er Charles an. Es war eine Intuition, eine innere Stimme – vielleicht auch einfach nur eine Geste, die Liebe zu seinem Land aufrecht zu erhalten. Sie trafen sich kurz darauf in einem kleinen Café am Londoner Westend.

Charles war wohl, was Frauen den „Inbegriff englischer Schönheit" nennen würden. Seine Haut war fein wie Alabaster, die Wangen leicht gerötet, und kleine Sommersprossen bedeckten die gradlinige Nase. Sein Haar war dunkel und voll, und manch ein Mann wäre beinahe vor Neid erblasst.

„Erzählen Sie mir was über sich", leitete Charles nüchtern das Gespräch ein.

Olav zögerte. Er kannte diesen Mann kaum, sondern dachte sich nur, dass er – so wie all seine Gäste aus dem Restaurant – sicherlich um einige Schichten höhergestellt war als er und vermutlich eher auf ihn herabsah. Unsicher lehnte er sich zurück. Wieder einmal fragte er sich, was mit ihm los war. Weshalb hatte er dem Interview zugestimmt? Er war schließlich kein gewöhnlicher Isländer und konnte nicht wahrheitsgemäß antworten. Kurz wanderten seine Gedanken zu Jane – auch ihr hatte er das große Geheimnis anvertraut. Das war unvorsichtig gewesen, das schlechte Gewissen nagte kurz an ihm. Jane … Gut, wenn sie beide eine Familie sein wollten, dann war die Wahrheit wichtig, beruhigte er sich. Dieser Journalist allerdings …Olav hatte sich in den letzten Jahren in England eine

Geschichte über seine eigene Herkunft zusammengelegt, und diese erzählte er nun auch:

„Ich bin ein einfacher Farmersohn aus dem Westen Islands. Meine Familie und ich lebten im Einklang mit der Natur. Sie gab uns, was wir brauchten, und wir gingen pfleglich mit ihr um. Irgendwann sehnte ich mich allerdings danach, Großstadtluft zu schnuppern. Ich wollte wissen, was das Besondere daran ist. Warum träumten alle Freunde vom Land davon oder sind dorthin gezogen? So ging ich für eine Weile nach Reykjavík. Ich wollte nur das erfahren, wovon die anderen immer gesprochen haben. Nur einmal kurz hinüberlinsen, und dann zurück in mein altes Leben. Doch dann traf ich eine besondere Frau. Eine englische Umweltschützerin. Ich verliebte mich sofort in sie. Doch nach einer gewissen Zeit zog es sie zurück in ihre Heimat, nach England. Also ging ich mit. Und hier bin ich nun.“ Er grinste schief.

Charles fuhr sich nachdenklich mit dem Stift über die Stirn. „Sind Sie ein Isländer, der an das *Huldufólk* glaubt?“

Olav erstarrte. Dann riss er sich zusammen und lächelte unsicher. „Tut das nicht jeder ein wenig?“

„Erzählen Sie mir mehr darüber.“ Charles blickte ihn erwartungsvoll an.

„Es liegt wohl in der Natur der Isländer, daran zu glauben. Aber die Wahrheit werden wir wohl nie erfahren“, gab er ausweichend zurück.

Der Journalist nickte nachdenklich. „Ich bin nah dran.“

„Wie meinen Sie das?“

Charles grinste verschmitzt und rückte seine Hornbrille zurecht. „Viel kann ich darüber nicht sagen. Aber– ich bin nahe daran, alles aufzudecken. Ich habe Beweise gefunden, dass es

Völker in Island gibt, die *anders* sind. Und Sie, mein Lieber, sind einer von ihnen."

Die Übelkeit überrollte ihn. Olav konnte förmlich spüren, wie ihm jegliche Farbe aus dem Gesicht wich.

„Wir haben uns schon mal gesehen", sagte der Journalist dann ohne Umschweife und nickte, als er Olavs verdattertes Gesicht sah. „Ich weiß, meine Haare sind inzwischen etwas weißer als damals, und ich trage einen dieser feinen Anzüge und keine billigen Studentenklamotten mehr."

Olav starrte ihn an. *Natürlich!* Dieser allwissende Blick, die braunen Augen mit den grünen Punkten hinter der Hornbrille! Der Mann war noch fast genauso muskulös wie damals, nur der Kleidungsstil hatte sich verändert, und die Gesichtszüge hatten nichts Jugendliches mehr an sich …

„Ich bin's, Charly."

Olav fixierte ihn mit den Augen. Er hatte den Journalisten von damals fast vergessen, die Begegnung mit ihm verdrängt. Der junge Mann, der ihm begegnet war, als er noch ein kleiner Trolljunge gewesen war! Derselbe Mann, dem er damals die komplette Wahrheit erzählt hatte. Mit der Erinnerung an ihn kam auch die an May.

„Ich muss endlich das zu Ende bringen, was ich angefangen habe. Meinen Artikel über das Verborgene Volk schreiben. Und ich möchte, dass du mir dabei hilfst, Olav."

Heftig schüttelte Olav den Kopf. „Ich kann nicht! Ich hab dir bereits alles erzählt. Ich hatte damals schon die Befürchtung, das *Hjartað í ljósinu* hätte dich getötet! Das tun sie nämlich mit allen, die zu viel erfahren. Sie haben mich bestraft! Sie haben mich verbannt, Charly, ich bin keiner von ihnen mehr! Was meinst du, warum ich hier bin?"

Charles grinste erneut. „Wie du siehst, lebe ich noch. Also, was ist? Hilfst du mir?“

Olav wich seinem Blick aus.

„Was ist, noch nie an Rache für all das, was sie dir angetan haben, gedacht?“

**Ein Jahr später**

Olav sog scharf die Luft ein, schob die Hände in die Manteltasche und ging die Allee hinunter. Das Blätterwerk der Bäume ließ nur wenige Sonnenstrahlen hindurch, einzelne goldene Farbtupfer ließen den Weg wie ein Schattenspiel erscheinen. Sein Leben hatte sich in den letzten Monaten in eine Richtung entwickelt, die er nie für möglich gehalten hatte. Er hoffte, dass die Entscheidung, die er gefällt hatte, die richtige war. Als er ein Auto hörte, blieb er stehen und drehte sich um. Der Wagen hielt vor ihm, der Fahrer kurbelte das Fenster herunter. Er stieg ein und warf einen Blick auf die Rückbank, auf der ein großer Karton thronte.

„Es ist fertig.“

Olav schluckte. „Ich bin mir nicht sicher …“

Charles zwinkerte ihm zu. „Es wird der Knaller. Ich kann schon die Schlagzeile vor mir sehen: *Engländer lüftet Islands größtes Geheimnis*. Eigentlich sollte es ja nur ein Zeitungsartikel werden, aber mit diesen Infos, die du mir gegeben hast … Wahnsinn, dass ein ganzes Buch daraus geworden ist! Am zweiten Januar kommt es in die Läden, ich hab schon mit meinem Verleger alles besprochen.“

Olav wurde blass. Er hatte letztendlich eigentlich nur zugestimmt, um Jane zu überzeugen. Gut, vielleicht auch, weil er insgeheim Stóbjörn und dem *Hjartað í ljósinu* eins auswischen wollte. Die Verbannung war für ihn eine tiefe Kränkung gewesen.

Doch nun war der Schuss irgendwie nach hinten losgegangen. Sie hatten sich regelmäßig in dem Café am Londoner Westend getroffen. Charles hatte in den letzten Jahren beachtliche Beweise für die Existenz des *Huldufólks* gesammelt. Zuerst war Olav begeistert gewesen, hatte ihm Interviews gegeben, mit ihm geplaudert und Vertrauen zu dem Journalisten aufgebaut, auch wenn er ihn als Kind nicht sonderlich gemocht hatte. Er war ihm ein Freund geworden. Charles' Frau und die Tochter hatte Olav seit der flüchtigen Begegnung im Restaurant nicht wiedergesehen. Charles wollte die beiden zunächst komplett heraushalten, ja sie sogar mit den Ergebnissen überraschen, hatte er behauptet. Die Idee, ein Buch daraus zu machen, war gereift.

Olav erinnerte sich noch genau an die Szene. Es war ein sonniger Vormittag gewesen – ein seltener Anblick, denn zu dieser Jahreszeit herrschte in England oft ein Grau in Grau, das sich über Monate zog. Er war zu Charles ins Büro in der Londoner Innenstadt gegangen und dabei ein paar Mal fast ausgerutscht, weil der Boden draußen so vereist war. Als er im dritten Stock ankam – er nahm nur selten den Aufzug –, keuchte er und rang um Luft. Die Tür des Büros stand bereits offen.

„Du bist nicht grad belastbar." Charles lehnte entspannt im Türrahmen, eine Tasse Kaffee in der Hand. „Liegt das an deinen Wurzeln, oder hast du in Island einfach nie Berge erklommen?"

Olav ignorierte ihn. Der Journalist hatte immer einen flapsigen Spruch auf den Lippen. Anfangs hatte er gedacht, dass Charles ein Mann von Welt war: studiert, intelligent, aber auch nüchtern. Doch Charles hatte sich als ein Pausenclown ersten Grades entpuppt: Ständig witzelte er und machte Quatsch, und Olav war manchmal unsicher, ob sein Freund etwas ernst meinte oder einfach nur seine fünf Minuten Spaß brauchte.

„Auch einen Kaffee?“, fragte Charles.

Blaubeerwein wäre mir lieber, dachte Olav grimmig. Doch er winkte ab. „Nein, danke. Was hast du so Spannendes zu berichten?“

Nachdem Charles ihm telefonisch mitgeteilt hatte, dass sie sich unbedingt treffen sollten, war in Olav ein wenig Unbehagen aufgestiegen. Als Charles nun dort stand, ein fettes Grinsen im Gesicht, wuchs sein ungutes Gefühl ins Unermessliche.

„Ich habe ein Buch geschrieben“, begann Charles ohne Umschweife, wandte sich um und tigerte unruhig im Raum umher. „Aber nicht nur irgendein Buch. Ein Buch über dich, über euch!“ Er strahlte Olav an.

Doch dieser spürte bittere Galle aufsteigen, gleichzeitig bemerkte er die Hitze in seinem Gesicht. „Ein Buch?“, krächzte er.

Charles nickte fröhlich. „Es wird toll! Ich hab sogar schon einen Verleger gefunden! Und ich wollte dich fragen, ob du drüberlesen möchtest und vielleicht sogar ein kleines Vorwort aufsetzen?“

Das war nicht sein Ernst! „Charles …“, murmelte Olav und schlug die Augen nieder. Wie konnte er diesem Schlamassel entkommen? Sein Blick fiel auf ein Regal, in dem Dutzende Reagenzgläser standen.

„Aha. Bei deinem wachen Auge bleibt nichts unentdeckt.“

Lächelnd ging Charles zum Regal und zog eines der Gläschen aus dem Ständer.

Was Olav darin sah, verschlug ihm die Sprache. In dem Glas befanden sich kleine goldene Staubkörnchen. Zerquetscht und vertrocknet. *„Ljós"*, flüsterte er entsetzt.

„Toll, nicht wahr?", rief Charles begeistert und drehte fasziniert den Behälter in der Hand. Dabei rieselte ständig goldener Staub vom Deckel des Glases auf dessen Boden.

„Wo hast du die her?", fragte Olav und spürte, wie ihm die Farbe aus dem Gesicht wich.

„Ich konnte ein paar fangen, als ich damals im Wald war. Jetzt guck nicht so. Wissenschaft fordert Opfer. Stell dir mal vor, was wir alles damit anstellen können! Ich werde sie in der Öffentlichkeit ausstellen! Dort werden die Leute sie bestaunen, und du kannst Führungen vornehmen und den Besuchern alles erzählen."

Mist, dachte Olav, die Sache lief völlig aus dem Ruder! Er musste das Ganze stoppen.

„Kann ich ein Exemplar haben?", fragte er nun, als Charles losfuhr.

„Natürlich! Lies. Ich bin schon so gespannt, was meine Frau dazu sagen wird. Es wird eine Überraschung für Weihnachten, weißt du. Also, ein verspätetes Geschenk sozusagen, da es ja erst Anfang Januar in die Läden kommt. Ich werde sie am Tag der Veröffentlichung mit in den Buchladen in London lotsen und ihr vorher die Augen verbinden. Sie hat von alldem ja nichts mitbekommen. Ich hab ihr nie erzählt, dass ich an einem Buch arbeite, sondern immer gesagt, dass ich geschäftlich nach London muss. Und die Feiertage verbringen wir ja sowieso immer in England bei meinen Eltern. Ich bin wirklich gespannt, was sie sagen wird. Sie war als Kind öfter in Island, aber darüber redet sie nicht viel."

Olav schloss für einen Moment die Augen. Zum Glück wusste Charlys Frau nichts davon, dass ihr Mann einen riesigen Fehler begangen hatte. Es gab keine andere Lösung: Der Fehler musste beglichen werden. „Wer weiß bisher noch mal davon?“, fragte er, nur zur Sicherheit.

„Na, der Verleger, die Lektoren, du weißt schon.“ Sein Freund zuckte lachend die Schultern.

„Wir können es nicht veröffentlichen, Charles.“ Er musste es noch einmal so probieren.

Charles starrte ihn einen Moment lang an, dann sah er wieder auf die Straße. Vor ihnen erstreckte sich die scheinbar endlose Allee. Schließlich brach er in schallendes Gelächter aus.

„Du bist gut, mein Lieber. Fast hätt ich es dir abgekauft!“

Olav spürte Übelkeit in sich aufsteigen. „Es tut mir leid. Ich kann mein Volk nicht verraten. Nicht noch einmal.“

Es ging ganz schnell.

Er sah Charles' völlig verblüfften Gesichtsausdruck, als er ihm ohne Vorwarnung weißen Staub ins Gesicht pustete. Völlig unbemerkt hatte er das kleine Säckchen mit dem Zaubersand aus der Umhängetasche geholt und sich etwas davon auf die Handfläche gestreut. Charles sollte vergessen …

Der Wagen drehte sich um die eigene Achse, und Charles knallte mit dem Kopf seitlich und mit voller Wucht gegen die Fensterscheibe. Olav war fassungslos über seine eigene Gedankenlosigkeit. Das hätte er sich doch denken müssen, dass der Fahrer in dem Moment die Kontrolle über den Wagen verlieren würde!

Frosti hatte ihm beim letzten Besuch Vergessensstaub mitgebracht – eigentlich für den Fall, dass Jane die Wahrheit über das Verborgene Volk nicht verkraftete. Die Idee, den Staub bei Charles anzuwenden, war ihm gekommen, nachdem er verzweifelt versucht hatte, diese ganze Buchsache zu verhindern. Es war alles aus dem Ruder gelaufen. Charles war geschickt und strategisch vorgegangen und hatte seine journalistischen Fähigkeiten genutzt, ihm nach und nach Details zu entlocken. Und Olav hatte es Spaß gemacht, er war in Plauderlaune gekommen. Erst als ihm bewusst geworden war, dass Charles ein ganzes Buch daraus machen würde, hatte das schlechte Gewissen an ihm genagt.

Die Worte seiner Mutter klangen ihm nach all den Jahren immer noch in den Ohren: „Egal wer oder was kommt, es gilt immer, die Existenz des Verborgenen Volkes zu schützen und ihm treu zu bleiben.“ Gut, das war vor der Verbannung gewesen, aber trotzdem hallte es immer wieder nach. Und ein Stück weit würde er immer Teil des geheimen Volkes sein. Es war wie eine Familie. Man gehörte irgendwie selbst jetzt noch dazu, und vielleicht würde der Rat ihm ja verzeihen, wenn er die Buchveröffentlichung verhindern würde … Lange hatte er mit sich gehadert – denn Charles ins Vergessen zu schicken, würde bedeuten, dass er auch einen Freund verlor. Der Arme würde sich dann nicht mehr an ihn erinnern. In den letzten Tagen war die Idee gereift, das Ganze im Auto zu machen, sodass Charles danach verwirrt sein würde. Er wollte behaupten, es sei zu einem Unfall gekommen, und leider hätte Charles dadurch eine Amnesie erlitten. Dann bestünde immerhin die Chance, seinen Freund zu behalten … Olav ärgerte sich über seinen eigenen Egoismus, aber er hatte es genossen, endlich wieder einen männlichen Kompagnon zu haben, nachdem Frosti ja in Island war. Was hatte ihn geritten, den Staub während der Fahrt auszustreuen? Vermutlich hatte er nicht nachgedacht, weil das ständige Zögern sich angestaut hatte. Eine Kurzschlussreaktion.

Geistesgegenwärtige zog Olav nun die Handbremse, und das Auto kam zum Stehen. „Charly!“ Er rüttelte an der Schulter seines Freundes, doch der hing leblos über dem Lenkrad, Blut sickerte ihm aus dem rechten Ohr. Er berührte ihn erneut.

„Tut mir ehrlich leid, Kumpel, das wollte ich nicht“, murmelte er. „*Skitur*“, fluchte er dann. Warum hatte alles nur so eine negative Wendung nehmen müssen? Er wollte doch niemandem etwas Böses!

Ächzend stieg er aus, nahm den Karton aus dem Wagen und sah sich um. Die Allee war wie ausgestorben. Der Schnee knirschte unter seinen Schuhen, und er rieb sich die Hände. Es war bitterkalt. Zudem hatte heftiger Schneefall eingesetzt, aber der kam ihm ganz recht, denn so würden die Spuren verweht werden. Unsicher warf er einen Blick nach vorn zum Wagen. Die Fensterscheibe an der Fahrerseite war zu großen Teilen herausgebrochen, er konnte hindurchfassen und überprüfte, ob sein Freund tatsächlich nur bewusstlos war.

„Tut mir wirklich leid“, wiederholte er. Charles’ Schlagader pulsierte heftig. „Alles wird gut werden.“ Er hörte ein Auto kommen und sah auf. Hoffentlich kein Unbeteiligter. Je weniger Leute in die Sache hineingezogen wurden, desto besser. Nervös blieb er stehen und wartete. Der Wagen kam näher. Erleichterung machte sich in ihm breit. Erst jetzt bemerkte Olav, dass er am ganzen Körper zitterte.

Sie stieg aus und gab ihm einen Kuss auf die Wange. Dann nahm sie wortlos den Karton und stellte ihn auf die Rückbank ihres Autos.

„Bist du sicher, dass es alle sind?“, wollte sie wissen.

„Warst du im Verlag?“, fragte Olav statt einer Antwort.

„Alle Mitwisser sind aus dem Verkehr gezogen.“ Sie nickte zu dem Unfallwagen. „Was ist mit ihm?“

„Ich … ich weiß es nicht. Das war so alles nicht geplant! Er wird sich mit Sicherheit an nichts erinnern.“

„Wie bitte?“ Jane kreischte hysterisch auf. „Olav! Du hättest ihn töten müssen! Glaubst du wirklich, er erinnert sich nicht? Woher nimmst du die Gewissheit? Woher weißt du, dass seine Erinnerung nicht irgendwann zurückkommen wird?“

Olav stöhnte und schlug sich mit der Hand vor den Kopf.

„Jane, ich kann niemanden umbringen. Er ist ein Unschuldiger! Mein Freund!“ Er hatte ihr zwar vom Verborgenen Volk erzählt, aber nicht alle Details. Nicht die Sache mit dem Vergessensstaub von Frosti, weil er ein wenig befürchtet hatte, dass sie das Pulver sonst mit ihren instabilen Launen für falsche Zwecke nutzen würde. Offenbar hatte sie seine Aussage, dass er Mittel und Wege hätte, Charles zum Schweigen zu bringen, völlig missinterpretiert! Er hätte sich anders ausdrücken sollen.

Sie zischte: „Dein Freund? Er wollte dich bloßstellen! Und unschuldig war er schon dreimal nicht!“

Olav schüttelte den Kopf. „Doch! *Ich* hab ihm schließlich die Informationen gegeben. Er hatte vielleicht verrückte Ideen, aber dafür hat er doch nicht den Tod verdient!“

Jane sah aus, als würde sie gleich in Tränen ausbrechen. „Warum? Warum hast du dich auf ihn eingelassen?“

„Ich wollte doch nur, dass du mir glaubst. Deshalb bin ich auf sein Angebot eingegangen! Ich wusste ja nicht, welche Ausmaße das annimmt.“ Er hielt inne. Dann wurde ihm erneut speiübel. Und ihm kam noch ein Gedanke. „Sag, was hast du mit den Leuten vom Verlag gemacht?“

Sie ignorierte seine Frage. „Nachdem ich Charles' Recherchen gelesen habe, hab ich dir geglaubt. Aber verstehst du denn nicht? Wir müssen dein Volk schützen! Wenn die Menschen – solche wie Charles – davon Wind bekommen, stecken sie euch in Zoos! Das war doch der Grund, warum du das Ganze abbrechen wolltest – *du* hast mich um Hilfe gebeten!"

Olav schüttelte den Kopf. „Ich wollte nie jemand töten!"

Jane zuckte die Schultern. „Manchmal muss man Opfer bringen."

„Ich habe ihn mit einem Vergessensstaub berieselt, aber ich weiß nicht, ob er genug davon abbekommen hat. Er hat das Lenkrad verrissen."

„Wieso hast du denn nicht gleich gesagt, dass du so ein Wundermittel hast!" Sie hielt inne. „Warum streust du den Staub denn während des Fahrens? War doch klar, dass das schiefgeht."

Sie lachte laut auf. Jane war total aufgelöst, wie so oft, wenn ihre Emotionen von einer Sekunde auf die andere ins Schwanken gerieten. Anfangs hatte Olav das für eine Nebenwirkung der Schwangerschaft gehalten, aber mittlerweile wusste er, dass Jane einfach so war: wütend, hysterisch, dann wie auf Knopfdruck weinerlich – und plötzlich wieder eiskalt und berechnend. Nun wischte sie sich eine Träne aus dem Augenwinkel.

„Mein Sohn … *unser* Sohn ist einer von euch! Wenn auch nur zu Hälfte. Ich muss ihn schützen, um jeden Preis." Sie ging zum Unfallwagen.

Olav schluckte. Es entsprach alles der Wahrheit. Der kleine Frósti war sein Sohn, er hatte ihn nach seinem besten Freund Frosti benannt. Es war unverkennbar gewesen. Zur Sicherheit hatten sie ein paar Tests machen lassen, bei den besten

Londoner Ärzten, die nach neuesten wissenschaftlichen Standards arbeiteten. Alle hatten seine Vaterschaft bestätigt. Doch allein die eisblauen Augen des Kleinen hatten genügt, um ihn zu überzeugen.

Jane streckte einen Arm durchs Fahrerfenster. Er konnte nicht sehen, was sie tat, deshalb trat er näher. Sie berührte offenbar das Handgelenk von Charles und fühlte nach dessen Puls.

„Wäre ja auch zu schön gewesen", murmelte sie.

„Jane. Wir müssen hier weg. Wenn jemand kommt …"

Ihr Blick war eiskalt. „Ich werde *alles* tun, um unseren Sohn zu schützen."

Olav biss sich auf die Lippe. „Frósti ist auch nicht geholfen, wenn du zur Mörderin wirst!" Er packte sie am Arm. „Lass uns einen Notruf absetzen und gehen. Bitte." Er sah sie flehend an.

„Gut. Aber ich werde ihn jeden Tag im Krankenhaus besuchen und sehen, ob dein Wundermittel etwas gebracht hat."

Sie hielt inne und blickte erneut auf den leblosen Körper im Auto. „Wenn er's bis dorthin schafft."

Charles überlebte es. Jane ging tatsächlich jeden Tag in die Klinik und gab sich als seine Schwester aus. Er lag im Koma, und die Ärzte waren unsicher, was seine Prognose betraf.

„Vielleicht wacht er eines Tages wieder auf, vielleicht auch nicht." Genervt warf Jane ein Buch in die Flammen. Sie hatten sich geeinigt, dass sie die Bücher im Kamin verbrennen würden, um alle Spuren zu verwischen. Olav hatte ihr nicht gestanden, dass er zwei Exemplare behalten hatte: eins für seinen Sohn Frósti und eins für jegliche Eventualitäten.

„Die blöden Krankenschwestern lassen ihn nicht aus den Augen. Ich hätte ihn schon längst erledigt." Sie warf einen Blick auf den kleinen Frósti, der in einer Wiege schlief.

Olav raufte sich die Haare. „Jane. Bitte … Lass es! Charles hat auch eine Tochter."

Sie schüttelte den Kopf und sah aus wie ein bockiges Kind.

„Ich werde erst ruhen, wenn er tot ist oder ich sicher sein kann, dass seine Erinnerungen ausgelöscht sind."

Er verzog das Gesicht.

Das Klingeln des Telefons riss sie aus ihrem Gespräch. Jane ging dran, sie sprach kurz und abgehackt. Schließlich bedankte sie sich beim Anrufer, legte auf, und Olav sah sie erwartungsvoll an.

„Das war das Krankenhaus. Sie wollten mir mitteilen, dass mein ‚Bruder' aus dem Koma erwacht ist."

Ihm stockte der Atem. „Und? Haben sie mehr gesagt?"

Für einen Moment schloss Jane die Augen. Dann atmete sie hörbar aus. „Er erinnert sich an den Unfall."

**2017, Island**

„Charles hat Amy und Olav belogen."

„Was?" Flóki hob eine buschige Augenbraue, was ihn noch atemberaubender aussehen ließ. Sie durfte sich nicht immer so ablenken lassen von ihm!

Hastig räusperte sie sich. „Die Saga, die meine Oma Amy aufgeschrieben hat, beschreibt, dass dieser Charly sie in Amerika regelmäßig besucht. Er ist zum Studieren dorthin, irgendwann haben sie sich verliebt. Er wusste, wer Amy ist. Olav hat er erzählt, dass seine Frau als Kind öfter in Island war. Aber nicht, dass es dasselbe Mädchen war, auf das er schon gestoßen ist, als er Olav damals begegnete. Warum?"

„Er hatte wohl Angst, dass Olav ihm seine Frau streitig machen könnte. Immerhin hat er sicher was von der Magie gespürt, die zwischen den beiden geherrscht haben muss."

„Aber sie hatte doch mit Charles ein Kind ..."

Flóki rieb sich über die Bartstoppeln. „Männer können skrupellos sein, wenn sie ihre Frauen beschützen wollen."

Fiona zischte abfällig. „Typisch."

„Denkst du, Olav und Jane haben ihn schließlich doch umgebracht, weil er sein Wort nicht hielt?"

Sie zuckte zusammen. „Ich hoffe nicht! Auch wenn ich Amys Geschichten lange nicht geglaubt habe, so war es für mich immer eine herzerweichende Liebesgeschichte zwischen Olav und ihr. Es würde meinen Kindheitstraum zerstören, wenn ich erfahren müsste, dass all das auf einer Lüge aufgebaut war. Stell dir vor, Olav hätte Charles damals im Auto umgebracht – er war doch derjenige, der Amy überhaupt aus dem Trauerloch herausholen konnte, nachdem Charles gestorben war."

„Aber ich dachte, er sei bei einem Autounfall gestorben?"

„Ja ... aber zwischen Weihnachten und Neujahr. Die Situation, von der wir gelesen haben, stammt ja von vor Weihnachten. Und das Unglück, bei dem er starb, passierte wohl an einem Abhang, davon war hier ja nicht die Rede. Weißt du, ich kann mir jetzt durchaus vorstellen, dass Jane da später ihre Finger im Spiel hatte. Vielleicht war es wirklich kein Unfall am Silvesterabend! Hm ... damals war die Kriminaltechnik lang nicht so modern wie heute ... Und es war irgendein Dorfpolizist, der damals bei Amy und ihrer Schwiegermutter geklingelt hat. Vermutlich einer, der im Schneesturm und so kurz vor Silvester einfach nur schnell wieder nach Hause wollte."

„Gibt's denn noch weitere Textteile? Irgendwas dazu, wie es weitergeht?"

„Die Geschichte von Jane und ihm endet wohl dann. Es ist die Fassung, die er Amy in der Höhle erzählt hat, als die beiden beim Drachen Stóbjörn gefangen waren und sich das erste Mal nach all den Jahren wiedergesehen haben. Olav dachte im ersten Moment, Amy sei Jane. Erinnerst du dich? Ich hab es meinen kleinen Cousins vorgelesen und dabei bemerkt, dass Seiten verschwunden sind. Das hier sind sie!"

„Weshalb war der Teil denn überhaupt fort?"

Fiona seufzte. „Ich denke, dass Emily die Seiten rausgerissen hat. Erst als ich meinen kleinen Verwandten vorgelesen hab, fiel mir auf, dass Teile in Amys Geschichte fehlen. Es sind die Seiten, in denen Olav ihr in der Grotte von Jane erzählt. Emily, meine Tante, wird nicht gewollt haben, dass ihre Nachfahren davon erfahren. Immerhin geht es hier um ihren Vater, um Charles. Sie wollte bestimmt nicht, dass er in ein negatives Licht gerückt wird."

„Deshalb hat sie auch die Briefe an Greta bei sich versteckt?"

Fiona runzelte die Stirn. „Vermutlich, ja. Immerhin hat sie ja selbst gerade an einer Geschichte gearbeitet und ihre Erinnerungen aufgeschrieben. Wie sie in Island hinter Jóla hergelaufen ist, dabei verloren ging und bei den Feen im Wald gelandet ist. Deshalb ist Amy ja überhaupt raus in die isländische Wildnis gestürmt: weil sie sich auf die Suche nach Emily machen wollte. Und dabei traf sie wieder auf Olav – nach all den Jahren. Vielleicht wollte sie seine Texte dort mit einfließen lassen."

„Jóla … dass es dieses Biest wirklich zu geben scheint …"

Fiona kicherte. „Ja, die böse Weihnachtskatze, der Albtraum aller isländischen Kinder."

„Na ja, nur der armen. Die Gruselkatze frisst ja nur diejenigen, die keine Kleidung zu Weihnachten bekommen haben. Typisch, dass es immer die Armen trifft, oder?"

Sie schwieg und dachte an ihr eigenes Glück. Sie hatte wundervolle, liebende Eltern gehabt, immer etwas zu essen, süße Haustiere als Kind und später dann eine gute Schulbildung genossen …

„Lies weiter, wie Amy reagiert hat", unterbrach Flóki ihre Gedanken. „Ich kenne zwar die ganze Vorgeschichte nicht im Detail, aber du wirst mich sicherlich aufklären." Er zwinkerte ihr zu, und sie errötete.

## In der Grotte bei Stóbjörn 1960, Island

Olav schluckte. Er sah Amy mit großen Augen an. Ihr Gesicht war weiß, und er befürchtete, sie würde jeden Moment umkippen.

„Ihr habt Charles getötet?", flüsterte sie erstickt.

In dem Moment war er fast froh, dass ihre Hände gefesselt waren.

Er schüttelte den Kopf. „Nein. Jane ist sofort zum Krankenhaus gefahren, nachdem er aufgewacht ist und sich an den Unfall erinnerte. Offenbar hat der Vergessensstaub nicht gewirkt – war ja auch fast zu erwarten. Und ich hatte keinen mehr, den wir einfach hätten anwenden können. Also hat sie Charles alles gestanden, was damals passiert ist." Er schwieg einen Moment, dann fuhr er fort: „Jane hat ihm gedroht, sollte er je etwas verraten, würde sie ihn umbringen – genau wie die Lektoren und Verleger. Sie hat ihm jedes Detail beschrieben, was sie mit ihnen gemacht hat. Sie wollte, dass ihre Worte Wirkung zeigen."

„Wie hat Charles reagiert?", fragte Amy tränenerstickt.

„Er hat daraufhin versprochen, den Mund zu halten, er hatte wahnsinnige Angst vor Jane – und davor, dass sie dir oder deiner Tochter etwas antun könnte. Damit hat sie auch gedroht."

Amy ging nicht darauf ein, sie schloss die Augen, und Tränen kullerten ihre Wangen herab, als sie leise sagte: „Ich wusste, dass Charles an einem großen Projekt arbeitete. Er hat immer davon gesprochen, es sollte eine Überraschung werden. Deshalb ist er so oft nach London gefahren. Habt ihr … habt ihr sein Auto von der Straße gedrängt?"

Olav zögerte. „Nein“, sagte er schließlich. „Sein Tod war ein tragisches Unglück, May. Ich habe damit nichts zu tun.“ Das war die Wahrheit. Er verschwieg ihr aber, dass er dabei gewesen war und wusste, was seine damalige Freundin getan hatte.

Amy atmete erleichtert aus. „Du warst mir so nah! Du hast mich gesehen. Und trotzdem haben wir uns nicht erkannt.“

Er schüttelte den Kopf. „Ich habe nicht mit dir gerechnet. Ich dachte ja immer, du seist in Amerika. Du warst Charles' Frau. Ich hab dir deshalb damals im Restaurant kaum Beachtung geschenkt. Außerdem haben wir uns ja danach nie wiedergesehen.“

„Und ich hatte dich vergessen“, gab Amy kleinlaut zu. Sie zögerte einen Moment. Dann sagte sie leise: „Ich erinnere mich an den Unfall, den Charles damals vor Weihnachten hatte. Emily hatte schreckliches Fieber, ich konnte deswegen nicht nach London und ihn besuchen. Aber er hat sich schnell regeneriert. Ich kann das alles immer noch nicht fassen.“

„Charles ist mir in dem Jahr ein Freund geworden.“

„Warum hat er uns nie miteinander in Verbindung gebracht?“, fragte Amy. „Er hat die ganze Zeit gewusst, dass ich das kleine Mädchen aus dem Zauberwald war!“ Sie schlug die Hände vor dem Mund. „Er wusste es, immer! Und ich, ich hatte dich vergessen. Wie alles von Island. Wieso hat er mir nicht die Wahrheit gesagt? Und warum dir nicht? Dass er mit dem Mädchen von damals verheiratet ist, das bei dir war, als er dich kennengelernt hat?“

„Ach, May“, murmelte Olav. „Er hatte wohl Angst, dass ich dich zurückerobern will. Immerhin hat er sicher was von der Magie gespürt, die zwischen uns beiden schon damals geherrscht haben muss. Männer sind skrupellos, wenn sie ihre

Liebsten schützen wollen. So, wie Frauen alles für ihre Kinder tun."

„Aber warum hat er mir nicht die Wahrheit erzählt? Vom Verborgenen Volk?"

„Ich denke, er wollte dich und Emily keiner Gefahr aussetzen. Er hat dich geliebt."

Sie schwiegen eine Weile, dann gestand Olav:

: „Ich hatte mich in Jane getäuscht. Und trotzdem – bis heute bedeutet sie mir etwas." Es klang fast wie eine Entschuldigung.

Amy schnaubte auf.

„Sie ist immerhin die Mutter meines Sohnes", rechtfertigte er sich.

„Was ist mit ihr passiert?"

„Wir sind nach Island zurückgekehrt. Ihre Taten konnten nicht vertuscht werden. Sie wäre in ein Gefängnis gekommen, und da wir nicht verheiratet waren, hätte man den kleinen Frósti vermutlich weggegeben. Egal was meine Eltern oder ich getan haben – die Nachkommen des Verborgenen Volkes gilt es immer zu schützen, deshalb sind wir trotz aller Gefahren zurück, weil dies die Verbannung sozusagen aufgehoben hat. Außerdem habe ich zwar Charles erst alles erzählt, dann aber doch verhindert, dass die Bücher an die Menschheit gelangten, dadurch wurde ich größtenteils rehabilitiert. Ich habe mich auch mit Stóbjörn getroffen, um endlich klare Verhältnisse zu schaffen und diese alte Geschichte zu begraben. In der Zeit ist Jane einfach verschwunden. Sie war wie vom Erdboden verschluckt. Bis zum heutigen Tag – und ich glaube, dass das vorhin, als ich ankam, nur eine Illusion war – habe ich sie nie wieder gesehen. Ich habe Stóbjörn von Anfang an verdächtigt, etwas mit ihrem Verschwinden zu tun zu haben. Er hat sich ja bis heute nicht drauf eingelassen, die Dinge ruhen zu lassen und meine Neugier von damals als Kleinjungenstreich abzutun."

Amy schluckte. „Was ist mit eurem Sohn passiert?"

Olav atmete tief ein, bevor er antwortete: „Der kleine Frósti wurde mir genommen, er wurde in eine Familie gegeben, die ihn großzog. Es wusste doch niemand, wo Jane abgeblieben war, deshalb wollte man ihn vor ihr verstecken und ihm Sicherheit geben. Aber ich musste ihn dadurch auch loslassen, was wirklich schwer war ...immer noch ist."

Amy traten erneut die Tränen in die Augen. „Oh Gott, Olav, das ist ja furchtbar!"

*Meine liebe Tochter Greta, nun machen wir einen Zeitsprung. Du kennst sicherlich die Geschichte, die Amy niedergeschrieben hat. Sie hat sie dir und deiner Schwester jedes Jahr zu Weihnachten vorgelesen. Was du bisher lesen konntest, ist der Teil, den Amy festgehalten hat. Ich habe ihr alles erzählt, doch sie wollte nicht, dass Emily es liest, immerhin ging es ja um Charles, Ems Vater. Deshalb hat Amy selbst diese Seiten aus dem Geschichtenbuch entfernt, ich habe sie aber hier hinzugefügt. Weil es meine Geschichte ist. Und somit auch deine. Ich setze nun an dem Punkt fort, nachdem Amy an den Feenpools endlich ihre kleine Em wiederfand, dann aber Island und mich mit dir im Bauch verlassen hat – sechzehn Jahre später.*

## Olav, 1976

Er trug den Boden der Quelle langsam ab. Hin und wieder benötigte sie eine Reinigung. So war es überall im Leben: Dinge verkalkten und wurden alt, und man musste die Last der Jahre abschilfern, um eine Zukunft zu gewährleisten. Eine aufgeregte Horde Feen schwirrte um seine Ohren und quakte ihn voll.

„Ruhe!", herrschte er sie an.

„Ein Eindringling! Ein Eindringling!", quietschte Rakel, eine besonders aufgedrehte Fee, und hüpfte in seine Ohrmuschel.

„Was denn für ein Eindringling?", fragte Olav genervt und fuhr mit der Hand tiefer in den Schlamm, der sich gebildet hatte.

„Ein Störenfried im Wald! Nach all den Jahren!"

Er sah auf. Es stimmte, es war Ewigkeiten her, dass sich jemand in den finsteren Wald verirrt hatte. Ein gutes oder ein schlechtes Zeichen? „Was wisst ihr noch?", fragte er.

Rakel quietschte unruhig, und er schnippte sie von seinem Ohr weg.

„Also?"

„Es ist wohl ein Mensch", gab die ruhelose Fee schließlich zu.

Olav seufzte. Das konnte nichts Gutes bedeuten. Menschen im finsteren Wald waren immer wieder ein Problem. Meist wurden sie schon in der Finsternis abgefangen, doch wenn es ihnen gelang, bis zu den Feenpools vorzudringen, dann war das meist ein weitaus größeres Problem. Das *Hjartað í ljósinu* duldete keine Fremden. Zu groß war die Angst vor der

Enthüllung des Verborgenen Volkes. Schweigsam arbeitete er weiter.

Nach einer Weile hörte er ein Rascheln. Er erhob sich und wandte sich um. Vor ihm stand eine Frau. Sie war wunderschön, und er spürte den Drang, sie näher zu betrachten. Doch er wollte sie gar nicht so genau ansehen, zu sehr fürchtete er um ihr Schicksal. Immerhin war in den letzten Jahren alles schiefgegangen, sobald er mit einer erwachsenen Frau zu tun gehabt hatte. Dass diese Fremde hier im Wald war, verhieß sicherlich nichts Gutes, und er wollte nicht, dass es seinetwegen wieder Schwierigkeiten gab.

„Du solltest nicht hier sein", murmelte er.

„Wer entscheidet schon, was wir sollen, wenn nicht wir selbst?"

Er sah auf. Die Stimme kam ihm bekannt vor. Nun schaute er genauer hin und erstarrte. Das konnte doch nicht wahr sein!

„Hallo, Olav", sagte sie und ging auf ihn zu.

Sie stand direkt vor ihm. Ihr Haar war immer noch so hell, als sei es von der Sonne geküsst, ihre Augen strahlten, doch nicht mehr wie die einer jungen Frau. Sie war erwachsen geworden. Reifer.

„May", murmelte er verzweifelt. War das ein Traum? Noch immer träumte er jede Nacht von ihr. Das musste wieder eine dieser Illusionen sein.

„Olav", flüsterte sie tränenerstickt und fiel ihm um den Hals.

Er spürte sie und konnte sie riechen. Oh Gott, sie war es wirklich! Unter tausend Düften hätte er ihren wahrgenommen. „Was machst du hier?", murmelte er.

Sie grinste ihn schelmisch an. „Ich hab doch gesagt, dass ich dich besuchen komme."

Er hatte jegliches Zeitgefühl verloren. „Wie lange …?"

„Sechzehn Jahre."

Er atmete tief ein. „Das ist eine lange Zeit."

Sie nickte und senkte den Blick. „Ich hatte gehofft, dass sie dich hier herauslassen. Jedes Jahr bin ich nach Island geflogen, hab nach dir gesucht und versucht, in den finsteren Wald zu kommen. Doch es war mir nicht möglich, ich hab ihn einfach nicht gefunden."

„Ja, den Wald zu suchen ist sinnlos. Aber wieso dieses Mal?"

Sie blickte ihn treuherzig an. „Weil jetzt alles anders ist. Mir sind nach all den Jahren wieder die Nordlichter erschienen. Ich bin ihnen gefolgt – bis zum Wasserfall mit der steilen Felswand mit den dicken Eiszapfen, wo der Ursprung des Flusses ist, der bis zur Diamantengrotte führt. Ich habe das andere Ende der Nordlichter gefunden!"

Olav unterdrückte ein Grinsen. „Tatsächlich? Was meinst du, warum sind sie dir erst jetzt erschienen, wo du doch jedes Jahr hier warst?"

„Ich bin das erste Mal allein in Island."

Er nickte verständnisvoll. „Emily. Du wolltest ihr das alles nicht mehr antun, hab ich recht? Nun ist sie erwachsen."

Sie schmunzelte. „Ja, Em ist kein Kind mehr. Meine andere Tochter ist sechzehn, also auch imstande, allein zu bleiben. Dieses Mal konnte ich den gefährlichen Weg nehmen."

Olav nickte erneut. „Du hast noch eine Tochter?", fragte er traurig. Natürlich. Ihr Leben war weitergegangen.

Sie strahlte ihn an. „Ja. Margareta. Aber wir nennen sie eigentlich immer Greta."

„Ein schöner Name“, murmelte Olav.

„Er bedeutet ‚Perle‘“, erwiderte Amy.

Olav seufzte. „Gut. Ich muss dann mal wieder an die Arbeit“, sagte er ausweichend.

Sie sah ihn verdattert an. „An die Arbeit?“

Er gab einen grunzenden Laut von sich.

„Was machst du denn?“, fragte Amy und sah sich um.

„Ich reinige die Quellen. Ich muss mich ja hier irgendwie beschäftigen.“

„Aber …“ Amy sah ihn verzweifelt an. „Musst du das denn jetzt machen?“

Er seufzte. „Ja. Tut mir leid.“ Dann drehte er sich um und begann, weiter den Boden abzugraben. Plötzlich hörte er ein Fauchen hinter sich. Er wirbelte herum und starrte in eine wild dreinschauende Amy. Ihre Augen funkelten vor Wut, und sie reckte das Kinn nach vorn wie ein wütender Hund.

„Ich komme nach sechzehn Jahren wieder, und du gehst einfach an die Arbeit zurück?“ Sie war den Tränen nahe. Er gab sich trotzdem gelassen und schabte über den Boden, als sei nichts.

„Gut. Wenn du mich nicht sehen möchtest …“, sagte sie.

Er hörte die Enttäuschung in ihrer Stimme.

„Dann gehe ich halt wieder.“

„Was sagt dein Mann dazu, dass du hier bist?“, fragte er provokant, ohne sie anzusehen. Er konnte ihren Blick förmlich im Rücken spüren.

„Mein Mann?“, keuchte sie. „Mein Mann ist tot, und das schon seit siebzehn Jahren!“

Er drehte sich zu ihr um. Sie hatte beide Hände in die Hüften gestemmt und schien innerlich zu brodeln wie ein Geysir.

„Und wer ist dann bitte der Vater deiner zweiten Tochter?“

Sie sog tief die Luft ein und starrte ihn an.

Er erhob sich langsam. „Verstehe, geht mich ja auch nichts an."

Amy schüttelte den Kopf und stöhnte. „Du dämlicher Idiot! Ich hatte nie wieder einen anderen! Greta ist *dein* Kind!", rief sie wütend. Dann drehte sie sich um und stapfte davon.

Olav starrte ihr eine Weile verdattert nach. Sein Kind? Er hatte eine Tochter? Das konnte nicht sein. Die Gesetze des Verborgenen Volkes verboten ihm jegliche Fortpflanzung. Er hätte generell ja für immer ein Kind sein müssen, doch er hatte bereits ein Kind gezeugt. Frósti. „Meine Tochter …", faselte er.

Seine Gedanken überschlugen sich. Amy und er hatten nur ein einziges Mal miteinander geschlafen. Es konnte doch nicht sein? Seine Gedanken wanderten zu dem kleinen Frósti, seinem Sohn. Er hatte ihn nie wieder gesehen, das hatte er nie ganz verwunden. Und nun das – eine Tochter, die mittlerweile schon sechzehn Jahre alt sein sollte! „May, warte!", rief er, doch sie war längst im Schatten des Waldes verschwunden.

„Ist das wahr?", fragte er, als er sie erreicht hatte.

„Ja", flüsterte sie.

„Wo ist sie? Ich würde sie so gerne sehen!"

„In England. Mit ihrer Schwester Emily. Wie gesagt, ich bin das erste Mal allein hier."

„Sie war schon mal hier? In Island?"

Amy verdrehte die Augen. „Jedes Jahr. Hab ich doch gesagt! Sie liebt das Land und möchte sogar herziehen."

„Was hast du ihr über mich erzählt?"

„Ich hab eine Geschichte über uns geschrieben, die ich den Kindern jedes Jahr zu Weihnachten vorgelesen habe. Es ist eine Art Tradition geworden, und ich hoffe, dass sie noch lange fortgeführt wird."

„Aber sie ist beinahe erwachsen. Glaubt sie denn daran?“

Amy lächelte. „Ich weiß nicht. Vielleicht ein Teil von ihr.“

Olav trat näher und berührte sie vorsichtig. „Es ist unglaublich, dass du wieder hier bist. Erzähl mir mehr von Greta.“

Und Amy erzählte. Von der Schwangerschaft bis zur Geburt, der Reaktion von Charles’ Eltern – die natürlich alles andere als begeistert gewesen waren –, davon, plötzlich von einem anderen Mann schwanger gewesen zu sein, den niemand kannte, und ließ nichts aus bis zur Schulzeit und dem Abschied.

„Ich habe meinen Töchtern nicht erzählt, dass ich zu dir gehe. Ich sagte nur, dass ich diesmal alleine reise. Trotzdem wusste ich, dass ich sie das letzte Mal sehen würde. Ich habe alles organisiert. Sara – du weißt schon, meine Freundin, die mit deinem Freund Frosti in Amerika lebt –, wird ihnen die traurige Nachricht überbringen, dass ich bei einer Wanderung in eine Gletscherspalte gefallen bin und nicht mehr gefunden wurde.“

Olav starrte sie entsetzt an. „So etwas willst du behaupten?“

„Ich habe lange darüber nachgedacht und auch oft mit Sara und Frosti darüber gesprochen. Wir haben uns immer wieder besucht. Sie sind immerhin die Einzigen, die die ganze Wahrheit kennen. Die zwei haben übrigens eine wundervolle Tochter namens Fjola. Ich erzähle dir bei Gelegenheit mehr von ihr. Der Gedanke, meine Kinder im Stich zu lassen, fiel mir lange Zeit schwer. Nie hätte ich gedacht, das je für einen Mann zu tun. Doch sie sind nun beinahe erwachsen, und ich will mit dir leben, Olav. Vor allem, da ich ja nun eine von euch bin.“

„Was?“ Olav starrte sie an.

„Erinnerst du dich nicht mehr? Die Feen, die mir ein zweites Leben geschenkt haben?“

Olav drehte sich um und blickte zu dem Wasserfall, an dem er vor rund sechzehn Jahren hilflos hatte mit ansehen müssen, wie Amy in den Wassermassen verschwand. Er hatte es völlig vergessen. Die Feen waren in der Lage, einen Menschen wieder zum Leben zu erwecken. Aber nur unter der Bedingung, dass dieser fortan ein Mitglied des Verborgenen Volkes war. Mit all seiner Unsterblichkeit. Er starrte sie an.

„Du hast dich eben gar nicht gewundert, dass ich in den letzten Jahren nicht gealtert bin?“, fragte sie spitzbübisch.

Er atmete laut aus. „Aber, das heißt ja … deine Tochter – Greta. Sie ist auch ein Teil des Verborgenen Volkes!“

*„Unsere* Tochter“, korrigierte sie ihn.

Er berührte sie, und plötzlich waren all die Jahre Dunkelheit und Einsamkeit verschwunden. Es gab nur sie beide. Sie küssten sich, genossen die Zweisamkeit, und die Vergangenheit verschmolz mit der Gegenwart.

Eng aneinandergeschmiegt, lagen sie wenig später im Gras, umgeben vom Geruch der heißen Quellen und dem Plätschern des Wasserfalls. Er spürte Amys warmen Körper neben sich und seufzte glücklich. „Der Wald ist gar nicht mehr so finster“, murmelte er in ihr Ohr. Nach einer Weile sagte er: „Ich möchte sie sehen. Ich möchte Greta sehen.“

Amy drehte sich langsam zu ihm um. „Du kannst nicht von mir verlangen, dass ich sie herbringe.“

„Darum bitte ich dich auch nicht. Aber vielleicht gibt es ja eine Möglichkeit, hier rauszukommen.“ Amys Gesicht war dicht vor seinem, fast berührten sich die Nasenspitzen.

„Das hast du sicher die letzten Jahre des Öfteren versucht“, stellte Amy flüsternd fest und rieb ihre Nase an seiner.

Er richtete sich auf und stützte das Kinn in die Hand. „Nein. Ich habe mich mit meinem Schicksal abgefunden." Amy rappelte sich ebenfalls hoch und berührte seinen nackten Rücken. Die Wärme ihrer Hand ließ ihn erschauern. Ihre sanfte Haut, ihre Berührung – wie sehr er sie doch vermisst hatte! Er betrachtete sie liebevoll. „Hör zu, May, da gibt es etwas, was ich dir noch sagen muss", murmelte er zögerlich, nachdem sie sich eine Weile kuschelnd in den Armen gelegen hatten.

„Schieß los." Amy lächelte und schaute ihn vergnügt an. Wie glücklich sie doch wirkte! Vor sechzehn Jahren war sie eher von einer Aura der Trauer umgeben gewesen. Doch die Zeit hatte die Wunden geheilt, und ihre Töchter hatten ihr offensichtlich neue Kraft gegeben. Sie würde ihn hassen. Er schluckte. Nein, er konnte es nicht sagen! Es würde ihr das Herz brechen. Und seines auch, wenn sie ihn wieder verlassen würde, nachdem er ihr alles gestanden hatte ... Feige verdrängte er seine Gedanken und räusperte sich: „Ach, nichts. Ich bin einfach nur froh, dass du hier bist."

Sie badeten in den Feenpools und freuten sich wie kleine Kinder, als die Feen um sie herumschwirrten und versuchten, sie nass zu spritzen. Nackt, wie Gott sie geschaffen hatte, plantschten sie in dem warmen Nass, und jede Berührung jagte ihnen aufs Neue Gänsehaut über den ganzen Körper.

„Ein Traum", murmelte Olav und küsste Amy am Ohr. Sie zog auf einmal die Stirn kraus.

„Olav, wer ist das?", fragte sie.

Im Wasser drehte er sich um und erstarrte. Er konnte nicht antworten. Nein. Das durfte nicht wahr sein. Amy legte ihm eine Hand auf die Schulter. Dann räusperte er sich. „Das ist Jane", sagte er tonlos. Wie ein Racheengel stand sie vor ihnen. „Jane?", raunte Amy. „Deine Jane?"

Er nickte stumm.

Ihr dunkles Haar wehte leicht im Wind, sie trug ein weißes langes Kleid und starrte mit leerem Blick auf sie herab.

„Du hast also Ersatz gefunden“, flüsterte sie.

Olav schüttelte den Kopf, und die nassen Perlen tropften aus seinen Haaren. Amy löste sich von ihm. „Nein“, sagte er laut. „Es war immer Amy. Ich hab es dir schon so oft gesagt.“

Jane fluchte laut und gab ein merkwürdiges Zischen von sich.

„Kann mich mal jemand aufklären?“, fragte Amy reserviert.

„Er gehört mir!“, kreischte Jane.

Olav hievte sich aus dem Wasser, um sich an den Rand zu setzen. Amy folgte ihm, versuchte, ihren nackten Körper so gut es ging zu bedecken, und schlüpfte zurück in ihre Kleidung. Da ihre Haut noch feucht war, bildeten sich sofort Wasserflecken, insbesondere um ihren Busen. Verlegen blickte sie zu Boden und schlang die Arme um sich. Olav, der sich inzwischen auch wieder etwas angezogen hatte, reichte ihr seinen Rentiermantel, den sie sich schützend umlegte, und beschloss dann, ihr alles zu erzählen: „Stóbjörn kam mich vor einigen Jahren im finsteren Wald besuchen.“ Er sah auf seine verkrüppelte Hand, die zwar gut verheilt war, aber nun mehr einem verschrumpelten Trollgesicht glich. „Er hatte bemerkt, dass ich Reue zeigte, und meinte, er hätte eine Überraschung für mich. Er hat Jane freigelassen. Sie durfte fortan mit mir hier leben.“

Amy sah recht blass aus. „Ich hätte nie herkommen sollen“, murmelte sie mehr zu sich selbst als zu ihm.

Olav schüttelte heftig den Kopf. „Nein, May. Versteh das doch. Jane war zwar hier mit mir, aber nicht so, wie du denkst. Als Gefährtin. Du weißt ja nicht, wie einsam ich war.“

Amy blickte zu Jane. „Ich habe dich schon einmal gesehen“, stellte sie fest. „Ein Jahr nach Charles’ Tod. In England.“

Jane kam näher und beäugte Amy neugierig. „Ja. Stóbjörn und die Macht der Diamantengrotte haben es mir ermöglicht, meinen Geist und meinen Körper zu trennen. Ich bin immer wieder nach England zurückgekehrt. Genau zu der Stelle, an der Charles sein Leben ließ. Ich erinnere mich an unsere Zusammenkunft. Du bist also seine Frau gewesen.“

„Seine Frau?“, fragte Amy verwirrt.

„Ja, Charles’ Frau. Ich habe ihn getötet.“

Amys Gesicht war mittlerweile völlig blass. „Was? Nein, das stimmt nicht. Ich kenne die Geschichte. Du wolltest ihn töten, aber Olav hat es dir verboten. Der Unfall war ein tragisches Unglück.“

„Charles hat sich erinnert, weil Olavs Vergessensstaub ja nicht gewirkt hat. Also mussten wir handeln. Um das Verborgene Volk zu schützen. Und vor allem unseren Sohn, Frósti. Das verstehst du sicherlich. Mütter würden alles für ihre Kinder tun. Wir haben ihm gedroht, er hatte Angst vor uns.“

„Du hast ihm gedroht“, zischte Olav. „Ich hätte ihn gern als Freund behalten.“

„Gut, stimmt. Aber an dem Silvesterabend sah ich meine Chance, nicht ständig mit dieser Ungewissheit leben zu müssen, ob nicht doch irgendwann alles herauskommt.“

Olav brach der Schweiß aus. Nun kam die ganze Wahrheit heraus. Diese dämliche Kuh! Warum war er ihr nur so verfallen gewesen? Amy würde ihn für immer hassen.

„Wir haben ihn überholt, dann hatte er den Unfall“, fuhr Jane fort. „So ein Zufall, dass er direkt vor uns fuhr. Als er uns erkannt hat, verlor er die Kontrolle über seinen Wagen. Doch er hat noch gelebt. Ich habe ihn mit einem Drehkreuz erschlagen, Olav hat tatenlos zugesehen."

Amy war kreidebleich. Ihr Blick wanderte zu Olav. „Stimmt das?", fragte sie mit dünner Stimme.

Er starrte auf den Boden und sagte nichts. „Es war zu spät", murmelte er dann. „Ich wusste doch nicht, was sie vorhat. Niemals hätte ich Charles etwas angetan! Schon beim ersten Unfall, als wir die Bücher rausgeholt haben, wollte ich ihn nur mit dem Staub berieseln, sonst nichts."

Wortlos ging Amy auf die andere Seite des Feenpools und stierte ins Wasser.

Olav schaute zu Jane, die ihn triumphierend ansah. „Du Miststück!", brüllte er. Dann ging er auf sie los und packte sie am Hals. „Ich wünschte, du wärst nie geboren!"

„Dann hättest du auch keinen Sohn", fuhr sie ihn an.

Er schluckte. Der kleine Flóki war eine wunde Stelle. Schnaufend ließ er Jane los. Zum zweiten Mal heute verließ Amy ihn. Doch diesmal würde es nicht leicht werden, sie zum Bleiben zu überzeugen. Dennoch – er musste es versuchen. Er eilte hinter ihr her.

„Amy!", rief er. „Ich habe nicht tatenlos zugesehen! Ich konnte ihm nicht mehr helfen, es war zu spät, als ich erkannte, was Jane getan hat! Bitte. Ich hab dir die Wahrheit erzählt über Charles und mich."

„Du hast das kleine Detail weggelassen, dass du bei seinem Tod dabei warst!" Sie blieb stehen und wandte sich zu ihm um.

„Das stimmt", murmelte Olav, beinahe den Tränen nahe.

„Aber ich wollte dir dieses grausame Detail nicht noch zusätzlich aufbürden. Du hast so gelitten unter seinem Tod. Mein Gott, warst du traurig, als ich dich bei Stóbjörn in der Grotte wiedergesehen habe. May, ich wollte dich nur schützen. Du solltest denken, dass er bei einem Autounfall ums Leben kam – und nicht, dass er getötet wurde. Jane ist einfach verrückt … Wie hätte ich dir erklären sollen, dass ich mit so einer kalten Person zusammen war?“

Auch Amy weinte nun.

„Du musst mir glauben. Ich konnte nichts mehr für ihn tun. Er war mein Freund. Trotz allem, was vorgefallen war.“

Sie schluchzte, und wider Erwarten fiel sie ihm in die Arme. Wortlos strich er ihr über den Rücken. Nach einer Weile hatte sie sich etwas beruhigt und löste sich von ihm.

„Was machen wir nun mit ihr?“, fragte sie und warf Jane, die immer noch an den Feenpools stand, einen bösen Blick zu.

**2017, Island**

Ein Hupen unterbrach die beiden. Sie sahen auf, immer noch gefangen von der Vergangenheit und schockiert über das, was sie soeben gelesen hatten.

„Da ist jemand, der uns helfen kann", murmelte Fiona und rieb sich die Augen.

Flóki räusperte sich. „Ja, lass uns aussteigen."

Ein älteres Ehepaar half ihnen, das Auto aus dem Graben zu holen und es wieder fahrbereit zu machen.

Schweigsam machten Fee und Flóki sich dann auf zu dem Ort, wo Rogers Dreharbeiten stattfanden. Fiona setzte immer wieder an, doch sie wusste nicht, was sie sagen sollte. Der Zauber war verflogen. Als sie schließlich versuchte, etwas zu formulieren, nickte Flóki ihr zu.

„Wir sind da. Dort drüben, siehst du?"

Sie nickte schweigend, drosselte das Tempo und näherte sich dem Wohnwagen, hinter dem eine ganze Batterie an Equipment aufgebaut war und eine Menge Leute umherliefen. Sie entdeckte Roger sofort. Er trug eine neongelbe Windjacke und eine dunkle Mütze, stand etwas abseits und hatte eine Mappe in der Hand. Fiona schluckte nervös. Tausendmal hatte sie sich auf der Fahrt ausgemalt, wie sie auf ihn zustürmen und ihn zur Rechenschaft ziehen würde. Doch als sie ihn nun sah, verpuffte das alles. Sie wollte ihn einfach nur berühren und ihn mit nach Hause nehmen. Weg von all den verwirrenden Gefühlen, die sie seit England hatte, seitdem sie Amys und Olavs ganze Geschichte kannte. Und vor allem, seitdem sie Flóki getroffen hatte. Dann bemerkte sie eine Person, die zu ihm ging. Demi!

„Soll ich mitkommen?", fragte Flóki vorsichtig.

„Nein, warte hier. Ich rede kurz mit ihm. Es gibt nicht viel zu sagen, offensichtlich." Angewidert zog sie eine Augenbraue hoch. „Ich fahr dich danach heim." Sie stieg aus und schlug die Autotür lauter zu als beabsichtigt. Einige Teammitglieder sahen auf, auch Roger und Demi. Wutentbrannt stapfte sie auf die beiden zu.

„Hallo, ihr zwei."

„Fee?", entfuhr es Roger. „Was tust du denn hier?"

Fiona verschränkte die Arme vor der Brust. „Ich glaube, dasselbe könnte ich dich fragen", gab sie bissig zurück.

Roger hob wie zur Verteidigung die Hände. „Ich mache hier meinen Job."

„Warum konntest du es mir nicht ins Gesicht sagen?", brauste sie empört auf.

Er runzelte die Stirn. „Was meinst du?"

„Du hast übers Handy Schluss gemacht! Du hattest nicht mal den Mut, es mir persönlich zu sagen!"

Roger schüttelte verwirrt den Kopf. „Nein. Ich ... Wie kommst du denn darauf?" Sein Blick wanderte langsam zu Demi. Diese errötete, sah dann schnell weg und verschränkte die Arme vor der Brust. „Demi? Was hast du getan?", zischte er.

Fiona wurde blass. Sie starrte die beiden an. „Du wusstest gar nichts davon?", flüsterte sie.

Roger schluckte und senkte den Kopf. Dann sah er erneut Demi an. Als sie nicht reagierte, ging er einen Schritt auf sie zu und packte sie an den Schultern. „Was hast du getan?", wiederholte er und schüttelte sie heftig.

Ihr dunkles Haar wehte ihr vors Gesicht, und sie machte keine Anstalten, es fortzustreichen.

„Es tut mir leid", murmelte sie.

Fiona hatte das Gefühl, zu ersticken. Er hatte gar nicht Schluss gemacht? Sie verstand die Welt nicht mehr. Roger schob Demi ein Stück von sich fort und sprach mit ihr, doch Fiona hörte nicht wirklich hin, sie nahm alles nur wie durch eine dicke Nebelwand wahr. Sie drehte sich um und sah Flóki immer noch im Auto sitzen. Geduldig beobachtete er sie. In der Ferne rauschte der Wasserfall von Kirkjufell. Sie schluckte und sah wieder zu Roger. Wie sehr er sich doch vom wuscheligen Flóki unterschied, mit seiner Nerdbrille und dem wenigen schwarzbraunen Haar, das er zu einer aalglatten Frisur nach hinten gegelt hatte. Er war wie immer schick gekleidet, was von seiner kleinen Körpergröße ablenkte. Und dennoch war er ihr Freund. Ihr wunderbarer Roge. Er hatte sich ihr inzwischen wieder zugewandt.

„Du bist deshalb extra zu mir nach Island geflogen?", flüsterte er begeistert.

Seine grünen Augen funkelten. Sie wirkten so geheimnisvoll. Bei Flókis kristallblauen Augen hingegen hatte man den Eindruck, als könne man ihm tief in die Seele blicken. Warum verglich sie die beiden eigentlich? Fiona nickte stumm. „Betsy hat mir erzählt, dass du hier bist. Ich war bei meiner Mutter in England und – Roge, ich musste einfach kommen! Ich kann es nicht so akzeptieren."

Sanft nahm er sie in den Arm. „Fee, ich möchte dich nicht hergeben. Nie im Leben! Du bist so wertvoll für mich!" Er löste sich von ihr und warf Demi einen abwertenden Blick zu. „Kümmere dich nicht um sie. Sie ist ein eifersüchtiges Miststück."

Demi schüttelte genervt den Kopf und ging zum Filmteam, das neugierig herüberlinste.

„Ich liebe dich, Fee“, murmelte Roger und küsste sie sanft. „Ich werde immer nur dich lieben. Bitte verzeih mir.“

Fiona unterbrach den Kuss stirnrunzelnd. „Aber warum hast du mir nicht erzählt, dass du nach Island fährst? Und wieso hast du mir nicht mehr geschrieben seit dieser Nachricht?“

Roger zuckte die Schultern. „Ich hab dir doch erzählt, dass wir bald hier drehen. Du hast es vermutlich nur vergessen, kein Wunder bei deinem ganzen Stress. Und wann, sagst du, hast du diese Nachricht bekommen? Ich bin seit Tagen total angespannt, tut mir leid. Ich hab gar nicht auf mein privates Handy geschaut.“

Fiona nickte unsicher. „Wirklich?“ Sie nahm sich fest vor, ihm zu glauben, auch wenn ein Stimmchen im Hinterkopf sie zweifeln ließ.

„Wirklich!“ Er küsste sie leidenschaftlich.

Sie spürte wohlige Wärme in sich aufsteigen und vergaß die Zweifel. Konnte er nicht für den Rest des Tages mit ihr mitkommen? Apropos. Sie löste sich von ihm. „Kann ich bei dir bleiben für die nächsten Tage?“

Roger nickte und zwinkerte. „Natürlich. Ich weiß auch schon, was wir machen werden, wenn ich Feierabend habe …“ Er strich anzüglich über ihre Hüften.

„Dann warte kurz“, murmelte sie, eilte zu Flókis Auto und stolperte über das moosbedeckte Lavageröll, das überall herumlag.

Flóki öffnete die Tür, bevor sie angekommen war. „Ich sehe, ihr habt euch wieder vertragen?“

Fiona biss sich auf die Lippen. „Ich glaube, das geht dich gar nichts an!“, zischte sie und verdrängte den Zwiespalt, in dem sie sich befand. Irgendwie hatte sie den ruppigen Flóki in den letzten Stunden ja doch lieb gewonnen. Er konnte sogar richtig nett sein … Aber sie wollte ja zurück zu Roge und es wieder mit ihm versuchen!

„Ich stelle nur fest."

Sie stapfte von einem Fuß auf den anderen.

„Wenn dir kalt ist, darfst du gern einsteigen und dich aufwärmen."

„Mir ist nicht kalt", erwiderte sie und versuchte ohne Erfolg, ihr vom Wind zerzaustes Haar einigermaßen zu richten.

„Na dann. Brauchst du das Auto denn noch?" Seine Miene war ausdruckslos. Die Lockerheit und die Vertrautheit, welche sich zwischen ihnen aufgebaut hatten, seit sie die Aufzeichnungen von Olav gelesen hatten, waren verschwunden. Trotzig senkte Fiona den Kopf. „Ich bleibe bei Roger. Danke für deine Hilfe, Flóki."

Er zog eine Grimasse. „Das war's also? *Danke, Flóki, aber jetzt verpiss dich?"* Er drehte den Zündschlüssel. „Alles klar, Fiona Christian – oder wie auch immer dein amerikanischer Name lautet. Au revoir, auf Nimmerwiedersehen."

Fiona schüttelte den Kopf. „So meinte ich das doch gar nicht!", rief sie verzweifelt.

„Oh doch – du kommst her und bist plötzlich freundlich, weil du etwas brauchst. Aber kaum bist du zurück in den Armen deines Hollywood-Lovers, lässt du mich fallen wie eine heiße Kartoffel! Pass auf, dass deine Arroganz und deine Selbstverliebtheit dich nicht eines Tages auffressen! Du merkst offenbar nicht mal, wie sehr der Typ mit dir spielt!" Er griff zur offenen Autotür, zog sie zu und bretterte davon. Traurig sah Fiona ihm hinterher. Von dem Hügel aus, wo das Drehteam campierte, konnte man dem kurvigen Verlauf der Schotterstraße einige Kilometer nachschauen, weil die Luft in

Island so kristallklar war wie sonst kaum irgendwo auf der Welt. Nach einer Weile spürte sie eine Berührung auf der Schulter.

„Komm, Fee, wärm dich im Wohnwagen auf. Es gibt Punsch."

Bestimmt keinen Blaubeerpunsch, dachte sie traurig und folgte ihm. Als sie sich noch einmal umdrehte, war Flókis Auto hinter einer Serpentine verschwunden.

Fiona und Roger verbrachten einige schöne Tage um den Kirkjufell. Sie liebten sich jeden Abend, wenn sie in seinem Gästehaus waren, und tagsüber war Fiona die meiste Zeit damit beschäftigt, lange Spaziergänge durch die Natur ihrer Heimat zu unternehmen. Manchmal wohnte sie auch den Dreharbeiten bei, was ihr jedoch schnell zu langweilig wurde. Demi mied sie beide seit Fionas Ankunft. Als Fee das Gästezimmer ihres Freundes das erste Mal betrat, hatte sie misstrauisch nach Anzeichen von Demis Anwesenheit gesucht. Doch das Zimmer war steril wie ein Krankenhaus gewesen.

Ein paar Tage später verkündete Fiona, dass sie zu ihren Großeltern nach Skagafjörður fahren wollte. Roger drängte darauf, unbedingt mitzukommen, und konnte sogar erreichen, dass die Dreharbeiten dort fortgesetzt wurden.

„Du bist wirklich wunderbar, weißt du das?", flüsterte Fiona begeistert.

Sie empfand es als absoluten Liebesbeweis, dass er dies durchgesetzt hatte, nur um bei ihr zu sein. Auf dem Weg zu ihren Großeltern fiel ihr ein, dass sie die Notizen von Olav wohl in Flókis Auto vergessen hatte. Sie fluchte innerlich. Eigentlich wollte sie die beiden darauf ansprechen. Nun, das konnte sie auch ohne die Aufzeichnungen.

Der Kloß in ihrem Hals schien immer größer zu werden, als sie durch die schwarze Berg – und Wüstenlandschaft fuhren. Sie vernahm den inneren Ruf ihrer Heimat. Doch sie deutete es als natürliches Heimweh, sicherlich völlig normal, wenn man nach einiger Zeit plötzlich wieder zu Hause war. *Zu Hause.* Viel war davon nicht mehr übrig. Das Haus, in welchem sie zuletzt mit ihrer Mutter gewohnt hatte, stand leer. Nachdem Greta in das betreute Wohnheim nach England gezogen war, hatte sich niemand darum gekümmert. Sie sah zu Roger, der stur geradeaus blickte und die wunderbare Natur um sich herum gar nicht wahrzunehmen schien.

„Können wir einen kleinen Abstecher zu meinem Elternhaus machen?", fragte Fiona vorsichtig. Sie wusste, dass er ihretwegen bereits einige Pläne geändert hatte, und nicht all seine Kollegen waren begeistert davon. „Es dauert auch nicht lange. Es liegt eigentlich auf dem Weg."

Er seufzte. „Was ich nicht alles für dich tue, sweet Fee."

Sie dirigierte ihn über einen schmalen Weg zu einem einsamen Haus am Rande eines Wäldchens.

„Wow", entfuhr es Roger. „Sieh dir das Land an. Genau aus diesem Grund drehen wir hier."

Fiona freute sich, dass er wohl doch mehr von der Aura Islands aufsog, als sie gedacht hatte. Doch seine nächsten Sätze ließen sie zusammenzucken.

„Hier stößt man tatsächlich noch auf Spuren einstiger Besiedlungen, die langsam, aber sicher zerfallen. Sieh dir nur diesen Schrott an! Da verschwindet ja alles unter dem Rost und dem komisch wuchernden Kraut."

„Engelwurz", murmelte sie und schluckte. „Das komisch wuchernde Kraut ist Engelwurz."

Es sah aus wie immer. Das moosbewachsene Dach, auf dem stellenweise Schnee lag, das verrottende Holz und die in die Jahre gekommenen Fensterläden. Und dennoch wohnte dort keiner mehr. Niemand, der abends den Kamin anmachte, wenn es kalt wurde, die Vorhänge zuzog oder die Tür öffnen würde. Die Hütte stand einfach dort in der Einsamkeit. Verlassen. Verfallen.

Roger hielt den Wagen an. „Das ist dein Elternhaus?“, fragte er stirnrunzelnd.

Sie nickte benommen. „Hier bin ich aufgewachsen.“ Drüben in der kleinen Scheune waren ihre Islandpferde untergebracht gewesen, die man nach Gretas Auszug in die freie Wildbahn entlassen hatte. Nichts Ungewöhnliches in Island. Wie es ihnen wohl ging? Sie waren hoffentlich glücklich. Sicherlich. Islandpferde waren im Vorteil gegenüber dem Menschen, dass sie nicht so viel dachten und somit einfach ihr Leben genossen.

„Da ist ja sonst gar nichts!“

Fiona schreckte hoch. „Hm?“

Roger schüttelte den Kopf. „Hier ist rein gar nichts, nicht mal ein Supermarkt! Nicht mal Nachbarn habt ihr!“

Fiona schluckte erneut. Unsere Nachbarn sind das Verborgene Volk, dachte sie. Die Wesen leben hinter den Felsen, verstecken sich im hohen Gras und kommen heraus, wenn es niemand ahnt, hatte Greta immer gesagt. „Es ist nicht zu weit. Man kann das nächste Dorf schnell erreichen“, erwiderte sie und wunderte sich zugleich über ihre Reaktion. Verteidigte sie gerade etwa diese verwunschene Gegend? War sie nicht froh, in L. A. zu wohnen? Immerhin war es, seit sie klein war, ihr größter Wunsch gewesen, in einer Großstadt zu leben. Sie hatte nur weggewollt von dieser Einöde. Man möchte eben immer das, was man gerade nicht hat, dachte sie traurig.

„Willst du aussteigen?“, fragte Roger gelangweilt.

Fiona nickte stumm. Als sie ausgestiegen war, atmete sie tief ein. Die reine Luft war beruhigend, sie fühlte sich gleich viel erfrischter. Sie sah zu Roger, doch da er keine Anstalten machte, auszusteigen, ließ sie die Autotür offen und stapfte durch den Schnee zum Haupthaus. Nervös nestelte sie an ihrer Halskette. Vor der Tür blieb sie wie erstarrt stehen. Dort stand ein Pantoffel.

Ihre Mutter hatte immer einen Hausschuh im Dezember vor die Tür gestellt, damit die Weihnachtsmänner sich daran bedienen konnten. Sie drückte die Haustür auf, die unverschlossen war, und ging in den Flur. Der vertraute Geruch war immer noch da. Zwar etwas verblasst, doch die Mischung aus Kaminholz und frisch gebackenem Brot erinnerte Fiona an ihre Kindheit. Es war kalt, fröstelnd zog sie sich die Jacke enger um den Körper.

Das Esszimmer wirkte verlassen, seit langer Zeit war niemand hier gewesen. Doch etwas irritierte sie an dem Bild. Auf dem Tisch stand eine Schüssel, ein sogenannter *Askur.* Eine alte, typisch isländische Essensschüssel, die mit dem jeweiligen Namen ihres Besitzers bestickt war. Diese hier war ihre eigene – *Fiona* stand in geschwungenen Lettern darauf. Sie erinnerte sich, wie sie die Schüssel in jungen Jahren selber gemacht hatte und unglaublich stolz gewesen war, und trat zum Tisch. Sanft fuhr sie mit den Fingern die Linien der Schrift entlang. Warum stand die Schüssel hier? Vorsichtig hob sie den Deckel, der darauf lag, ließ ihn aber sogleich erschrocken zurücksinken. Weshalb waren Essenreste in der Schüssel? Was war hier los? Da fiel ihr Blick auf die eigene Armbanduhr. Heute war der 17. Dezember.

„Askasleikir“, murmelte sie. Der Weihnachtsmann, der die Askur-Schüsseln ausleckte. Jemand hatte die Schüssel mit Essen gefüllt und hingestellt. Und irgendwer musste daraus gegessen haben. Ein und dieselbe Person?

„Fee?“

Erschrocken schrie sie auf und wirbelte herum. Hinter ihr stand Roger. „Jag mir doch nicht so einen Schrecken ein!“, keuchte sie.

Er lächelte und nahm sie in den Arm. „Aufgeregtes Hühnchen, du. Zeigst du mir dein altes Zimmer?“, murmelte er in ihr Haar.

Sie entzog sich ihm. Das verlassene Elternhaus bedrückte sie zutiefst, und er dachte ernsthaft daran, sich in ihrem alten Kinderzimmer mit ihr zu vergnügen?

„Na gut, ich zeig es dir“, sagte sie steif und ging vor ihm die knarrenden morschen Treppen hinauf ins obere Stockwerk. Wie oft hatte sie sich als Kind hier hinuntergeschlichen, um die Eltern zu belauschen, immer darauf bedacht, dass sie sie nicht hörten …

Das Kinderzimmer wirkte trostlos. Sie hatte nach ihrem Auszug – sie war zuerst nach Reykjavik, dann nach London und später nach L. A. gezogen – alles beim Alten belassen. Doch ihre Mutter hatte das Zimmer nach und nach ausgeräumt und verändert, als ob sie die Kindheit ihrer Tochter auslöschen wollte. Eine kleine Welle der Wut stieg in ihr auf. Sie und Greta hatten seit Längerem ein angespanntes Verhältnis. Um genau zu sein, seit Fionas Vater gestorben war und Fee die Entscheidung gefällt hatte, nicht am einsamsten Ort der Welt zu bleiben.

„Ganz schön kleines Bett", lachte Roger, setzte sich darauf und wippte auf und ab. „Huch, was ist das denn?" Er griff unter die Decke und zog eine winzige Figur heraus.

„Siri!", rief Fiona und stürzte zu Roger, der sie verblüfft ansah. Sie entriss ihm den Gegenstand und betrachtete ihn freudig. Er passte genau in ihre Hand und funkelte, als sie ihn hin- und herdrehte. „Siri, wo kommst du denn her?", murmelte sie liebevoll.

Roger zog eine Augenbraue hoch. „Kannst du mir mal erklären, warum du mit einem Spielzeug-Rentier sprichst?" Er rümpfte die Nase.

Fiona errötete leicht. „Ich hab Siri als kleines Mädchen geschenkt bekommen und sie nach einem Rentier benannt." Sie zögerte. „Einem, das ich mal kannte."

Er runzelte die Stirn. „Einem Rentier, das du mal kanntest? Tut mir leid, das hört sich etwas affig an für mich."

Erneut stieg ihr die Röte in die Wangen. „Es war eine Art Haustier. Hör auf, so zu grinsen!", fuhr sie ihn an.

Roger verzog die Mundwinkel, doch es gelang ihm kaum, das Lachen zu unterdrücken. „Ein Haustier? Und du hast dir davon ein Duplikat machen lassen?"

„Nein, verdammt", maulte sie ihn an. „Ich hab es geschenkt bekommen, nachdem die echte Siri eines Tages einfach verschwand." Die Geschichte wühlte sie immer noch auf. Warum konnte er sie nicht in den Arm nehmen? Stattdessen machte er sich über sie lustig! Sie sah sich noch einmal im Zimmer um und steckte dann Siri in ihre Jackentasche. „Komm, Roge. Wir gehen."

Der Gedanke an Siri beschäftigte sie. Das hübsche weiße Rentier hatte eines Tages einfach in ihrem Garten gestanden. Es war sehr zurückhaltend und schüchtern gewesen, doch hatte schnell eine gute Bindung zu ihr aufgebaut. Damals taufte sie es „Siri", „die schöne Siegende" – nach dem Rentierkind von Lyra, welches in Amys Saga gerade frisch eine Siri entbunden hatte. Erneut zog sie das Spielzeug aus der Jacke und drehte das schimmernde Rentierduplikat in der Hand. War Siri etwa ebenfalls ein Diamantenrentier, so wie Sindri und das Rentier von Amy? Sie hatte nie darüber nachgedacht. Aber wenn dem so war … wenn dem wirklich so war – dann würde es direkt aus der Diamantengrotte kommen. Sie konnte sich nicht erinnern, wer ihr dieses Rentier geschenkt hatte. Es hatte eines Tages einfach verpackt vor ihrem Zimmer gelegen, und sie dachte immer, es sei von ihren Eltern. War es vielleicht von Amy?

„Kommst du?", fragte Roger, als sie unten am Treppenabsatz stehen blieb. Sie warf noch einen Blick auf die Schüssel, nickte und folgte ihm. Beim Hinausgehen zog sie die Tür zu. Morgen war der 18. Dezember. Da war es besser, wenn die Türen geschlossen blieben.

„Du bist so ruhig", stellte Roger im Auto fest.

„Ich wäre gerne noch in die Ställe gegangen. Nur um nachzuschauen."

Er sah sie erstaunt an. „Warum hast du mir das nicht gesagt? Sollen wir umkehren?"

Fiona schüttelte den Kopf. „Nein, schon okay. Ich will auch nicht zu spät zu den Großeltern kommen." Sie verdrängte den Gedanken an ihre Pferde oder Siri. Sie waren fort.

Hekla und Mathías weinten beide vor Freude, als sie ihre geliebte Enkelin erblickten. Nachdem ihr Sohn Christian viel zu früh gestorben war, hatten sie sich sehr an Fiona geklammert.

Als diese sich entschieden hatte, nach Amerika zu ziehen, war auch ihnen das Herz gebrochen.

„Ich hab euch vermisst", murmelte Fiona tränenerstickt, als sie die beiden fest an sich drückte.

„Wir dich auch, Kleines." Mathías war immer schon der Einfühlsamere und Offenere der beiden gewesen. Während Hekla sich gerne verschlossen wie eine Auster gab und man nicht einmal in ihren Augen erahnen konnte, was sie dachte, so war Mathías keine Träne zu viel, kein Lachen zu laut und kein Kommentar zu peinlich.

„Ach, *Afi*" Fiona strich ihrem Opa liebevoll über die Halbglatze. „Letztes Mal waren da aber noch ein paar mehr drauf, oder?"

Er lachte laut auf. „Ich hab ein paar gespendet. Du weißt doch, wie gutmütig dein alter *Afi* ist."

Roger räusperte sich hinter ihnen. „Ich darf mich vorstellen", sagte er ohne Umschweife und hielt beiden selbstbewusst die Hand hin. „Mein Name ist Roger Callahan. Freut mich, Sie kennenzulernen, Mrs und Mr …"

Mathías winkte lachend ab und klopfte dem verdutzt dreinschauenden Roger auf die Schultern. „Wir haben's hier nicht so mit Formalitäten. In Island spricht sich jeder mit Vornamen an. Einfach locker bleiben, dann passiert dir nichts."

„Verstehe." Roger zog eine Augenbraue hoch.

Ein lautes Bellen unterbrach die Gruppe, und ein Islandhund stürmte schwanzwedelnd auf sie zu.

„Wer ist das denn?", fragte Fiona erschrocken und streichelte dem goldweißen Plüschknäuel, das aufgeregt an ihr hochsprang, den Kopf.

„Emil. Unser Hund!"

Sie brach in schallendes Gelächter aus, und Emil rannte winselnd zu Mathías, um sich hinter ihm zu verstecken.

„Ihr habt einen Hund? Das hätte ich nie gedacht von dir, Hekla!“

Die Großmutter zog die Schultern hoch und errötete leicht. Wie immer brachte sie kaum ein Lächeln zustande. Mit ihren farblosen, langen Röcken und ihrer auch sonst eher biederen Kleidung wirkte sie recht altbacken. Trotzdem war sie im Herzen gutmütig, und das machte sie liebenswert.

„Du weißt doch – dein Großvater kann ganz schön überzeugend sein. Emil ist noch ein Welpe. Lasst euch nicht von ihm beirren“, sagte sie nun.

Fiona hielt sich den Bauch vor Lachen. Hekla war immer ängstlich vor den Islandpferden zurückgewichen, hatte um jede Katze einen großen Bogen gemacht, und nun hatte sie sich einen Hund zugelegt!

„Komm, Schätzchen, lass uns reingehen.“ Mathías legte liebevoll den Arm um Fiona.

Fee warf einen Blick zu Roger, der plötzlich einen hochroten Kopf bekommen hatte.

„Ich mag keine Hunde“, murmelte er.

Sie grinste. Vielleicht hätte sie ihm dann lieber Jóla vorstellen sollen. Sie zuckte leicht zusammen. Nein, dieser Katze wollte sie auch niemals begegnen. Nur eine Saga, besann sie sich.

Hekla servierte geröstetes Lamm mit Kartoffeln, und so saßen sie gemütlich am Esstisch und füllten sich die hungrigen Mägen. Mathías horchte Roger neugierig aus, und Hekla beäugte das junge Paar kritisch, aber schweigend. Als sie gegessen hatten, fragte Fionas Großvater in die Runde, ob noch jemand Blaubeerwein wollte.

Sie sah ihn mit großen Augen an. „Ihr habt das Rezept auch?"

„Natürlich", murmelte Mathías und zwinkerte ihr verschwörerisch zu. „Vielleicht verraten wir es dir eines Tages."

Fiona schluckte. Wenn sie das nicht bald taten, würde die Rezeptur in Vergessenheit geraten. Greta schied in ihrem momentanen Zustand aus, um Familienrezepte zu sammeln, und eine Besserung war nicht sehr wahrscheinlich. Dann gab es niemanden mehr, sollten Hekla und Mathías irgendwann nicht mehr da sein. *Außer …* Sie erinnerte sich plötzlich, dass Flóki auch von dem Blaubeerweinrezept gesprochen hatte. Schnell verdrängte sie den Gedanken an den struppigen Isländer.

„Möchtest du auch einen Schluck Blaubeerwein probieren, Roger?", fragte Hekla höflich und erhob sich vom Tisch.

„Komm, Omi, ich helfe dir", murmelte Fiona schnell und nahm ihr das Geschirr ab.

„Danke, Miss … Hekla. Ich probier ihn gern. Laut Fionas Erzählungen ist er so gut, dass ich ihn vielleicht in meine Dokumentation mit aufnehme. Wer weiß …" Roger schloss träumerisch die Augen. „Wir können ihn in den USA vermarkten, und dann –"

„Der Blaubeerwein wird nirgendwo vermarket." Mathías warf Roger einen scharfen Blick zu.

Der runzelte die Stirn. „Aber wenn er so etwas Besonderes ist? Stellt euch doch mal vor – ihr habt hier den Raum für Fabriken. Ihr habt Unmengen an Platz! Ich hab Freunde, die sind Marketingspezialisten, die können euch bestimmt helfen, das Zeug zu verkaufen." Roger beschrieb einen Bogen in der Luft. „*Fionas Blaubeertraum.* Ich kann den Slogan schon vor mir sehen. Blaue Schrift, und im Hintergrund die Farben der

Nordlichter. *Wollt ihr Islands Seele probieren? Dann lasst euch Fionas Blaubeertraum schmecken!*"

Hekla schlug mit der Faust auf den Tisch. „Niemand wird je Islands Seele probieren! Und schon gar kein Amerikaner!"

Sie warf ihm einen abschätzigen Blick zu.

Mathías tätschelte ihm entschuldigend die Schulter. „Sie meint das nicht so. Ist ein altes Familienrezept." Er warf kurz einen Seitenblick auf Fiona. „Wir werden es nicht verraten, Roger. Tut mir leid." Als er erneut zu Fiona sah, lag etwas Warnendes in seinem Blick.

Fee starrte auf die Tischplatte. Die beiden würden ihr das Rezept noch lange nicht verraten.

❄

Flóki, der gerade am Esstisch an einem Artikel gearbeitet hatte, klappte laut das Notebook zu.

„Hey. Was soll das?"

Seufzend raufte er sich die wild abstehenden Haare und blickte zu seinem Mitbewohner. „Tut mir leid, Mads. Ich bin gerade einfach nur gestresst."

Sein Kumpel zog einen Stuhl heran. „Kommst du mit deinem Großprojekt nicht voran?"

Flóki schüttelte den Kopf. „Das ist es nicht. Ich liege gut in der Zeit."

Sie kannten sich seit ihrer Kindheit, waren zusammen zur Schule gegangen und hatten an derselben Hochschule studiert. Mads war sein bester Freund, sie erzählten sich alles. Bis jetzt. Diesmal konnte er ihm nicht die Wahrheit sagen. Er vertraute Mads sein Leben an, doch das würde sein Kumpel nicht verstehen. Mads war nicht gerade das, was man als einen

Womanizer nannte. Soweit er wusste, war der Arme noch nie einer Frau nahegekommen, geschweige denn hatte mit einer das Bett geteilt. Mads war ein molliger Typ mit ungepflegtem Bart und filzigen rotblonden Haaren. Seine Augen waren von einem stählernen Grau, und Flóki hatte immer gedacht, dass man damit jede Frau rumkriegen würde. Doch offenbar war das nicht der Fall. Wenn er Mads nun sein Leid klagte … Er seufzte und knirschte mit den Zähnen, sodass es zu hören war.

„Ist ein Frauen-Problem. Hab ich recht?“ Mads sah ihn herausfordernd an.

Flóki schlug wütend auf sein Notebook. „Unsinn, red keinen Blödsinn. Ich hatte schon ewig keine Frau mehr.“ Er schloss kurz die Augen. Wie gern hätte er Fiona berührt. Nur *ein* Mal. Ihr weiches, blondes Haar, von Elfen geküsst … Ihre Haut, so hell und weich wie die der Quellgeister … Er schluckte und presste erneut die Lippen aufeinander. Sie war so bezaubernd! Er hatte deutlich das Knistern zwischen ihnen beiden gespürt. Aber nein – sie musste ja mit dem Amerikaner weiterziehen. Diesem untreuen Kerl. Er hatte genau gesehen, wie der Typ das dunkle Mädchen angesehen hatte. Er kannte diesen Blick. Das roch nach Sex! Eine dreckige, heiße Affäre. Ja, er hatte in der Vergangenheit auch schon einige dieser Art gehabt. Ernst waren sie nie gewesen, aber sie dufteten nach Abenteuer und Verruchtheit. Fiona hingegen war Vertrauen, Zukunft, Liebe. Flóki schüttelte den Gedanken ab. „Mads, wie sieht's bei dir eigentlich aus? Irgendwelche Frauen in Sicht?“

Sein Freund vergrub das Gesicht in den Händen und schwieg.

„Mads?“

„Das weißt du doch selber“, murmelte sein Freund dumpf und warf ihm einen zornigen Blick zu. „Du brauchst nicht aus Höflichkeit zu fragen.“

Flóki nickte. „Gut. Lust, endlich mal eine kennenzulernen?“

„Du fährst zu schnell!“ Mads umkrallte den Türgriff.

Flóki verdrehte die Augen und verringerte das Tempo.

„Wo fahren wir überhaupt hin?“, fragte sein Freund und atmete laut ein und aus.

„Akureyri“, erwiderte Flóki nur.

Mads keuchte. „Du weißt schon, dass wir mehr als vier Stunden brauchen, bis wir dort sind! Was zum Teufel willst du dort?“

Flóki grinste. „Rache.“ Fiona hatte ihm erzählt, dass sie dort mit ihrer Freundin Jarla hingehen wollte.

„Es geht doch hier um eine Frau“, fuhr Mads ihn an.

Er schüttelte den Kopf. „Hier geht es um viel mehr als eine Frau. Hier geht's um meine Karriere.“ Gedankenversunken strich er über seine Jackentasche, in der die Aufzeichnungen von Olav sorgfältig verstaut waren. Was er Mads nicht verriet, war, dass er sich nach Fiona sehnte und hoffte, sie vielleicht doch noch irgendwie für sich gewinnen zu können.

Vorsichtig roch sie an dem blauroten, zähflüssigen Getränk. Der Geruch von Blaubeeren stieg ihr in die Nase, und sie hatte urplötzlich das Bild von gefrorenen Früchten vor sich. Die süßliche Nuance breitete sich bereits aus, bevor Fee überhaupt einen Schluck genommen hatte, fast so, als würde man es schon schmecken. Sie führte den Becher an die Lippen und spürte plötzlich eine tiefgehende Verbindung zu ihrer Heimat, die ihr fast die Tränen in die Augen trieb. Die dunkle Flüssigkeit berührte ihre Lippen und dann jede Faser ihres Körpers. Sie seufzte laut auf. „Wie wundervoll“, murmelte sie.

„Die Seele Islands“, bestätigte Mathías und blickte erneut streng zu Roger, der nun ebenfalls an seinem Glas nippte. „Spürst du sie?“

Fiona nickte langsam. „Ich hatte sie fast vergessen.“

Da vibrierte ihr Handy, und sie wurde jäh in die Wirklichkeit zurückgeholt. Sie hatte ihrer Freundin Jarla mitgeteilt, dass sie erst mal mit Roge unterwegs sein würde, sie aber vor ihrer Abreise noch einmal besuchen wollte.

„Jarla schreibt, dass eine alte Schulfreundin heute eine Feier in Akureyri schmeißt. Eigentlich wollten wir hingehen.“ Sie warf einen Seitenblick auf ihren Freund.

„Geht doch“, warf Mathías ein, bevor Roger etwas antworten konnte. „Jetzt bist du mal in Island, dann ist es auch wichtig, sich mit alten Bekannten zu treffen. Außerdem möchte dein Freund sicher auch einen Eindruck vom Land bekommen!“ Er warf den beiden einen vielsagenden Blick zu.

„Weiß nicht“, murmelte Fiona und führte das Glas Blaubeerwein an die Lippen.

„Ich fahre euch. Und entweder ihr schlaft dort, oder ihr ruft mich eben an. Ich hole euch auch gern wieder ab.“ Er zwinkerte ihr zu.

Das war ihr Großvater! Kein Weg war ihm zu weit. Er hatte sie früher schon immer durch die Gegend kutschiert, egal wie spät es gewesen und wie lange er dafür unterwegs war.

„Danke, *Afi*“, rief sie und umarmte ihn fest.

„Du siehst toll aus“, schwärmte Roger, als sie im Wagen saßen.

Fiona errötete leicht. Hoffentlich hatte sie sich nicht zu sehr herausgeputzt. Sie war gekleidet und geschminkt, wie sie in L.A. weggehen würde und befürchtete, für die isländische Dorfstudenten-Gemeinschaft doch etwas zu viel aufgetragen zu haben. „Danke“, murmelte sie. „Ich hoffe, es ist nicht zu aufgedonnert.“

Roger schüttelte den Kopf und legte eine Hand auf ihren Oberschenkel. „Du kannst den Dorfpomeranzen ruhig zeigen, wer du bist!“ Er lachte laut auf.

Mathías sah verwundert in den Rückspiegel, zog nur eine Augenbraue hoch und konzentrierte sich dann wieder auf die Fahrbahn. „Wirst du auch in Akureyri drehen, Roger?“, fragte er, und nur eine leichte Veränderung in der Nuance seiner Stimme verriet, dass der sonst so gutmütige Seebär verärgert war.

„Ich hab es dem Team vorgeschlagen, nachdem wir nun sowieso hier oben sind.“ Roger tätschelte Fiona den Kopf, als sei sie ein Islandpferd.

„Sehr gut“, erwiderte Mathías und warf erneut einen prüfenden Blick in den Rückspiegel. „Dann solltest du wissen, dass die Einwohner Akureyris sehr stolz sind. Sie bezeichnen sich als die besten Pferdezüchter der Welt, und wenn du mich fragst, sind sie das auch. Aber wie bei jedem anderen Völkchen sollte man auch dieses nicht in ihrem Stolz verletzen.“

„Keine Sorge“, lachte Roger. „Gibt's sonst noch was zu beachten?“

Mathías nickte. „Man sagt ihnen nach, dass sie ihre Ortsrichtungen immer von West nach Ost bezeichnen. Sie schmieren selbst die Butter auf ihrem Brot von West nach Ost.“ Roger schaute verdutzt drein.

Nun war es Fiona, die laut auflachte. „Na, das trifft auf dich aber auch zu, Opilein!"

Als sie in Akureyri angekommen waren und sie ihrem Großvater zum Abschied einen Kuss auf die Wange drückte, zog er sie dicht an sich heran.

„Pass auf dich auf, Fee. Du bist etwas ganz Besonderes. Bitte vergiss das nie", flüsterte er ihr ins Ohr.

Jarla wartete am Eingang und unterhielt sich mit einer Gruppe Studenten. Als sie Fiona erkannte, rannte sie auf sie zu und sprang ihr beinahe in die Arme.

„Fee, meine Süße! Ich hatte schon Angst, du verschwindest mir nichts, dir nichts, und wir sehen uns nicht mehr!" Sie warf einen neugierigen Blick auf Roger, der sie abschätzig musterte.

„Jarla", stellte sie sich trocken vor und reichte ihm die Hand.

Er nickte und gab ihr ebenso förmlich die Hand. „Roger. Was ist das hier?", fragte er dann und sah sich amüsiert um. „Eine Faschingsparty?"

Tatsächlich war das Bild, das sich ihnen bot, etwas gewöhnungsbedürftig. Die meisten waren nicht – wie Fiona es von Partys aus L. A. kannte – in kurzen Miniröcken und knappen Tops erschienen, sondern trugen die absurdesten Kostümierungen. Alle stellten mehr oder weniger die Wesen des *Huldufólks* dar. Auf jeden Fall versuchten sie es. Viele der Gäste waren als Feen oder Kobolde verkleidet und hatten sich wirklich Mühe dabei gegeben. Ein Mädchen stach ihr sofort ins Auge: Sie trug ein goldenes Glitzerkleid, das in Tausenden Farben reflektierte, sobald Licht darauf schien. Womöglich wollte sie die *Ljós* imitieren? Ein anderer trug einen großen Hut und eine Latzhose aus Leder, die ihn ziemlich dick aussehen ließ. So hatte Fiona sich immer den *Démantar* Alvar aus Amys Geschichten vorgestellt.

„Nein, das ist eine Weihnachtsfeier", erwiderte Jarla steif. Fiona schluckte. Sie kannte ihre Freundin, offenbar hatte die Roger in Nullkommanichts abgestempelt. Hatte sich Jarla erst eine Meinung über jemanden gebildet, konnte man sie schwer vom Gegenteil überzeugen.

„Aha. Und warum verkleidet ihr euch zu Weihnachten?" Roger kicherte wie ein kleines Mädchen.

Fiona verdrehte die Augen. „Sie tun das, weil sie hoffen, dass das Verborgene Volk dadurch mutig wird und sich zeigt. Es ist eine Tradition. Also, sollen wir jetzt nicht mal was trinken?" Sie zog ihn am Ärmel und bedeutete Jarla, vorauszugehen.

„Warte, warte, warte!", rief Roger. „Meint ihr das ernst? Ihr glaubt an diese Wesen? Tatsächlich?"

Jarla stemmte beide Hände in die Hüften und grinste ihn breit an. „Und ob!"

Sie bestellten Getränke und nahmen in einer Nische Platz. Die Party fand in einer Turnhalle der Universität statt, der ganze Raum war bunt in den Farben der Nordlichter geschmückt. Ein DJ legte auf, seine Lichtshow war auf die Songs abgestimmt. Einige Stühle und Tische waren aufgebaut, viele der Gäste saßen aber auch auf Decken auf dem Boden. Ein paar Turngeräte waren zusammengebaut worden und dienten als Bar, hinter der Getränke für Spottpreise verkauft wurden. Während einige sich in ihren schweren Kostümen auf der Tanzfläche tummelten, herrschte betretenes Schweigen zwischen Fiona und ihren Freunden. Roger und Jarla fanden offensichtlich keine gemeinsame Wellenlänge, wollten sich aber Fiona zuliebe zusammenreißen.

Beleidigt nippte Fee an ihrem Getränk und beobachtete die Partymeute, die ausgelassen trank und tanzte. Sie hätte eine von denen sein können: eine Studentin mit unbeschwertem Leben. Doch sie hatte es sich ausgesucht, in den USA als Model durchzustarten. Die Konsequenzen hatte sie damals erfolgreich verdrängt. Doch sie spürte den ständigen Druck, der auf ihr lastete. Das schlechte Gewissen bei jedem Bissen oder Getränk, das sie zu sich nahm – oder wenn sie ungestylt aus dem Haus ging. Das ständige Gefühl, beobachtet zu werden … Plötzlich erstarrte sie. Mitten in der Menschenmenge entdeckte sie Flóki. Er hielt ein großes Glas Bier in der Hand, und neben ihm stand ein pummeliger junger Typ, der ihn anstarrte, als vergötterte er ihn.

Sie spürte, wie ihr übel wurde. Sie konnte nicht erklären, weshalb, aber sie wollte Flóki unter keinen Umständen begegnen.

„Ich gehe mal eben auf die Toilette", meldete sich Roger in dem Moment zu Wort.

Fiona erblasste. Er durfte sie jetzt nicht allein lassen! Doch ehe sie etwas erwidern konnte, war er schon aufgestanden.

Jarla verdrehte die Augen. „Fee, Liebes. Wirklich? Das ist dein Traummann? Mit dem möchtest du viele kleine Babys machen, dich bis zum Ende deines Lebens ihm gegenüber verpflichten und ihm dabei zusehen, wie er alt und runzlig wird?"

„Okay, okay", lachte Fiona und schlug der Freundin freundschaftlich aufs Knie. „Davon hab ich nie geredet! Ich möchte einfach meine Liebe mit ihm genießen. Mal sehen, wohin das führt!"

Jarla legte die Stirn in Falten. „Hast du nicht letztens nach diesem Flóki Fróstisson gefragt?"

Fiona schluckte und spürte, wie ihre Hände zu zittern begannen. Nervös griff sie nach ihrem Glas und hielt es fest umklammert. „Wie kommst du denn darauf?“, fragte sie unschuldig.

„Er kommt geradewegs auf uns zu!“

„Was?“ Fiona wirbelte herum und sah Flóki mit seinem dicken Freund im Schlepptau auf sie zuschlendern. Wie manchmal, wenn sie nervös war, begann sie, auf der Unterlippe zu kauen. Er war sicherlich sauer, weil sie ihn einfach abserviert hatte, nachdem Roger aufgetaucht war. Sie stand gerade auf, um sich aus dem Staub zu machen, als Flóki sich ihr in den Weg stellte.

„Fiona!“, rief er gedehnt und verschränkte die Arme vor der Brust. „Wie schön, dich hier zu treffen. Ich hätte nicht gedacht, dass du dich mit Leuten unter deiner Würde abgibst. Tatsächlich hätte ich sogar erwartet, dass du schon wieder in L. A. bist und wir morgen von deinen Heldentaten in den Zeitungen lesen können.“ Seine Stimme strotzte vor Herablassung.

Fiona biss sich auf die Lippen. Am liebsten hätte sie ihm etwas Böses um die Ohren gehauen. „Was machst du hier?“, fragte sie stattdessen.

Er zog eine Grimasse und grinste sie dann frech an. „Meinen Job. Ich recherchiere. Du weißt doch – ich bin Journalist, und heute wird hier unter dem Motto des Verborgenen Volkes gefeiert. Sollten diese Wesen tatsächlich doch mal aus ihren Verstecken kommen, möchte ich der Erste sein, der sie auf der Linse hat.“

Sie schluckte. Sein Tonfall war anders, er klang aggressiv. Offensichtlich war er sauer auf sie. Ziemlich sauer. Eine negative Energie schien von ihm auszugehen, und so warf sie Hilfe suchend einen Blick auf seinen Kumpel. Der erstarrte, als sie ihn anblickte, und senkte den Kopf.

„Das ist Mads, mein bester Freund.“ Flóki klopfte seinem Begleiter auf die Schulter. „Brauchst dich nicht schämen, sie sieht zwar gut aus, aber der Charakter strotzt vor Mängeln.“ Er warf ihr einen bissigen Blick zu. „Ich seh deinen Freund Roger gar nicht?“

Fiona zuckte die Schultern. „Ich wüsste nicht, dass es dich was angeht.“

„Entschuldige“, sagte Mads und unterbrach die beiden. „Ich bin ein Riesen-Fan von dir.“ Er warf ihr einen flehentlichen Blick zu. „Dürfte ich eventuell ein Autogramm haben?“

„Was?“, riefen Fiona und Flóki wie aus einem Munde.

Fee riss sich aber sofort zusammen. „Natürlich. Worauf denn?“

Flóki nuschelte etwas, dass sich anhörte wie: „Das ist doch nicht dein Ernst.“

Sein Kumpel hingegen wurde rot und kaute nun seinerseits auf der Unterlippe herum.

„Kein Grund zur Scheu.“ Fiona lächelte und schnappte sich keck einen Bierdeckel vom Tisch. „Wie wär's hiermit?“

„Okay“, murmelte Mads leise.

Sie sah Flóki kühl an. „Hast du vielleicht einen Stift?“

„Klar, hab mein Schreibwerkzeug immer dabei.“ Aufgesetzt grinsend, reichte er ihr einen Kugelschreiber. „Aber nicht verschreiben, ja?“

Augenrollend kritzelte Fiona ihren Namen auf den Untersetzer und reichte ihn dann an Mads weiter. „Bitte schön. Sollen wir noch ein Selfie machen?“

Puterrot brachte Mads stammelnd ein „Ähm, gern“ heraus und kramte sein Handy aus der Hosentasche.

„Hey, was soll das?“, rief jemand hinter ihnen.

Erschrocken fuhr Fiona herum. Ihr Freund eilte wutentbrannt auf sie zu. Flóki beobachtete amüsiert, wie Roge aus Richtung der Toiletten auf sie zustürmte.

„Was soll das?“, wiederholte er im aggressiven Tonfall.

Sie bemühte sich, Mads aufmunternd anzulächeln. „Einen Fan sollte man niemals im Stich lassen, Roge“, sagte sie laut und legte lächelnd einen Arm um Flókis Freund.

Mads lief knallrot an, lächelte sie aber dankbar an.

„Ich warne dich.“ Roger baute sich vor Flóki auf. „Ich hab genau gesehen, dass du ein Foto gemacht hast.“ Flóki hob die Schultern und lächelte entwaffnend.

Verdammt, warum musste er dabei so gut aussehen? Fiona holte tief Luft. „Du hast ein Foto gemacht?“

„Was ist denn daran so schlimm? Eine Erinnerung für Mads!“

„Du hättest ja mal fragen können!“ Verständnislos schüttelte sie den Kopf, nickte aber dann Mads freundlich zu. Dann warf sie Flóki einen letzten abwertenden Blick zu und zog Roger ins Getümmel auf der Tanzfläche.

„Denk daran, die Tür heute Abend zuzumachen!“, rief Flóki ihr noch hinterher.

Sie ignorierte ihn und seine Anspielung auf einen weiteren Weihnachtsmann. „Warum hast du so einen Aufstand gemacht?“, rief sie Roger zu.

„Ich hab gesehen, dass dieser Grimmbart dich geknipst hat. Wer weiß, auf welchen Internetseiten das nun wieder auftaucht und was für Gerüchte das schürt.“

Mist, dachte Fiona. Daran hatte sie gar nicht gedacht. Sie Naivchen hatte doch tatsächlich geglaubt, Roge wäre eifersüchtig gewesen! Dabei ging es ihm nur wieder um seinen Ruf.

Sie sah Flóki den Abend nicht mehr und gab sich Mühe, die verbliebene Zeit mit Jarla zu genießen.

Roger saß die ganze Zeit gelangweilt in der Ecke und ließ deutlich heraushängen, wie er sich fühlte. Irgendwann beugte er sich zu ihr und murmelte ihr ins Ohr: „Ich geh mal kurz vor die Tür. Ist ja furchtbar langweilig hier."

Fee nickte ihm nur zu und unterhielt sich weiterhin angeregt mit ihrer Freundin. Sie hatte Angst gehabt, dass sich ihr Verhältnis zu Jarla durch die Distanz verändern würde, doch dies war nicht geschehen. Jarla erzählte von ihrer Arbeit auf der Farm, von alten Schulfreunden und gemeinsamen Zeiten. Fiona hingegen wusste viel über ihr Leben in L. A. zu berichten, und über Greta. Dann gesellte sich Lili dazu, die Schulfreundin von früher, die die Feier ausrichtete. Sie prostete ihnen kichernd zu.

„Ach, ich freue mich so, dass ihr hier seid. Vor allem du, Fiona! Ich dachte, ich seh dich nie wieder, als es hieß, du haust nach L. A. ab!" Sie kicherte sichtlich angetrunken.

„Sag – wie geht es dir?" Fiona lächelte.

Lili zuckte die Schultern. „Ich genieße mein Studentenleben. Und du?"

Ein lauter Knall ließ alle zusammenfahren, einige rannten kreischend umher. Fiona duckte sich erschrocken unter den Tisch und hielt die Hände über den Kopf. Schießereien und Terroranschläge kamen in den USA schon mal vor. Aber hier in Island? Sie sah verwundert hoch, als sie hörte, wie die Freundinnen kicherten. Jarla zupfte sie am Ärmel. „Du kannst wieder hochkommen. Das war nur Hurðaskellir. Vermutlich hat jemand die Tür nicht zugemacht."

Fiona schluckte und sah die beiden unsicher an. Sie glaubten tatsächlich an den Blödsinn, den man ihnen als Kinder erzählt hatte! Hurðaskellir, der sogenannte „Türenknaller", war der Saga nach ein Weihnachtsmann, der sich einen großen Spaß daraus machte, Menschen zu erschrecken, indem er sich in Häuser schlich und mit einem lauten Knall alle Türen zuschlug. Laut Legende konnte man ihn beruhigen und vom Türenknallen ablenken, wenn man etwas zu essen in den Schuh legte, das er dann fand. Schmunzelnd erinnerte sie sich an den Teil der Geschichte, der besagte, dass Hurðaskellir keine Süßigkeiten mochte, aber an Weihnachten eventuell mal eine Ausnahme machte, sodass man ihm auch etwas Süßes hinstellen konnte. Sie mochte diesen Weihnachtsmann, denn auch sie aß lieber herzhaft statt süß. Kurz dachte sie an ihr verlassenes Elternhaus, in dem auch eine Schüssel mit Essen bereitgestanden hatte … „Entschuldigt mich", murmelte sie, schlüpfte in ihren Anorak und ging nach draußen.

Dort hing sie für einen Moment ihren Gedanken nach. Konnte es wirklich sein, dass das Verborgene Volk existierte und all die Sagas wahr waren? Andererseits glaubte sie schon lange nicht mehr daran. Nur weil sie Amys Geschichten nun gelesen hatte, keimte wohl die ein oder andere Hoffnung in ihr auf. Vermutlich hatte sie einfach nur Angst vor dem Verlust ihrer Mutter und steigerte sich jetzt in den Glauben an Übernatürliches hinein. Ja, so musste es sein.

Fröstelnd zog sie ihren Parka enger um die Taille und beobachtete amüsiert eine Gruppe Elfen. Sie trugen halblange rosa Kleidchen, und übergroße Flügel prangten an ihren Schultern. Die Mädchen kicherten und fuhren sich ständig durch ihr falsches blondes Haar, welches ihnen bis zum Hintern reichte. Unwillkürlich berührte Fiona ihr eigenes – sie war stolz auf ihr weißblondes, dickes, langes Haar.

„Wie eine kleine Elfe siehst du aus“, hatte Greta immer gesagt.

Fiona entfernte sich ein ganzes Stück von den Rauchern und stellte sich in eine dunkle Nische, von wo aus man die Sterne leuchten sah. Keine Spur von Nordlichtern. Vermutlich war es hier zu hell. Sie atmete tief die frische Luft ein und schloss für einen Moment die Augen. Ihre Eltern hatten die ganzen Legenden und Sagas rund um Island geliebt. Doch sie war immer ein Skeptiker gewesen. Selbst Amys Geschichte konnte daran nichts ändern. Sie nestelte an ihrem rentierförmigen Amulett herum, das ihrer Großmutter Amy gehört hatte. Doch die Legende dahinter stellte sie ernsthaft in Frage – als ob es diese Hayley wirklich gegeben hätte!

Plötzlich fiel ihr das Amulett ein, welches sie in Flókis Auto gefunden hatte und das ihrem eigenen so ähnlich sah. Es lag immer noch in ihrer Handtasche. Flóki hatte sie gar nicht darauf angesprochen, war ihm überhaupt aufgefallen, dass es fehlte? Sie holte es aus ihrer Tasche und betrachtete es im Halbdunkel.

„Denk daran, du solltest morgen lieber keinen Skyr essen. Du weißt schon – am 19. Dezember kommt Skyrgámur, und der kennt keine Gnade.“

Fiona erschrak und sah sich um. Hinter einem Busch trat eine junge Frau mit langem nachtschwarzem Haar hervor. Sie leuchtete ungewöhnlich hell in der dunklen Nische, ihre Haut war elfenbeinfarben und glänzte wie Alabaster. Als sie näherkam, erkannte Fiona, dass das Haar der Fremden nicht schwarz, sondern braun war. Die Frau trug ein weißes Kleid und sah aus wie die Eiskönigin höchstpersönlich. „Schöne Verkleidung“, schmunzelte Fiona.

Die Frau legte lächelnd den Kopf schief. „Danke. Aber für Studentenfeiern bin ich doch etwas zu alt.“ Fiona hob eine Augenbraue. Die Frau schien kaum älter als sie selbst zu sein. Sie wollte sich gerade von der seltsamen Person abwenden und wieder zurück ins Gebäude gehen, als die Frau ein paar Schritte auf sie zuging und die Hand nach ihr ausstreckte. „Hab keine Angst, Fiona.“

Fee wich zurück. „Woher kennst du meinen Namen?“ Sie betrachtete die Frau genauer. War es etwa eine Verrückte? Eine Stalkerin? Hektisch sah sie sich um. Niemand war in der Nähe, um sie zu beschützen. Sie hatte keinen Gedanken daran verschwendet, dass ihr in Island etwas zustoßen könnte. Nun hatte sie den Salat!

„Ich beobachte dich schon dein Leben lang“, säuselte die Frau und kam unbeirrt näher.

Also doch! „Ich kann dir gern ein Autogramm geben oder ein Foto mit dir machen“, schlug Fiona vor und bemühte sich, so ruhig wie möglich zu bleiben.

Die Fremde lächelte und blieb stehen. „Ich möchte kein Autogramm von dir.“

„Was dann?“, fragte Fiona gereizt und ging kleine Schritte rückwärts. Da machte die Frau einen großen Satz auf sie zu und packte sie beherzt an den Schultern.

„Ich will Gerechtigkeit.“

Sie schrie auf. Als die Frau kurz zurückzuckte, nutzte Fiona dem Moment, um sich loszureißen, in der Eile ließ sie jedoch die Handtasche fallen. So schnell sie konnte, rannte sie zurück zum Gebäude, ohne sich umzublicken. Neben dem Eingang, der noch ein ganzes Stück entfernt war, sah sie ein paar Leute eng in einem Kreis stehen, doch sie schienen sie nicht zu bemerken. Sie beschleunigte, doch dann knickte sie plötzlich um. Mit einem Aufschrei fiel sie zu Boden.

Winselnd wie ein Hund krümmte sie sich zusammen. Ihr rechter Fuß tat höllisch weh, sie schluchzte vor Schmerzen. Keuchend raffte sie sich wieder auf, da sah sie die Gestalt hinter sich. Mit großen Augen und wildem Blick sah die Frau auf sie herab, verzog das Gesicht zu einem grimassenhaften Grinsen und packte sie am Hals. Es war, als stülpe man ihr eine Glocke über das Gesicht, Widerstand war zwecklos. Erschöpft gab Fiona nach und sank in ein tiefes, dunkles Nichts.

❄

Flóki zündete sich eine Zigarette an.

„Sie ist unglaublich heiß", murmelte Mads und starrte seinen Kumpel fasziniert an. „Ich hab Poster von ihr an meiner Wand. Aber das hier – ich hab sie live und in Farbe gesehen!" Verträumt strahlte er Flóki an.

Der winkte ab. „Wie ich schon sagte: Hässlich ist sie nicht, aber ein Charakter wie eine Flohtüte." Flóki sah seinen Freund, der die Stirn runzelte, einen Moment schweigend an. „Sie wird noch ihre kleine Abreibung bekommen, keine Sorge."

Mads schloss die Augen. Dann öffnete er nur ein Auge und blinzelte. „Was hast du vor?"

Flóki legte einen Finger auf die Lippen. „Hörst du das?"

„Ich hör nichts außer den Bass von drinnen und das Gejohle der Betrunkenen. Was meinst du?"

Flóki schüttelte den Kopf und ging ein Stück von der rauchenden Menge weg. Mads folgte ihm brav. „Ein Klang wie … der Ton einer Harfe." Flóki sah sich um. „Hörst du's nicht?"

Sein Freund schüttelte den Kopf.

„Du arbeitest zu viel. Du hast bestimmt einen Tinnitus, das kann schon mal durch Stress entstehen.“

Er warf Mads einen giftigen Blick zu. „Ich hab keinen Tinnitus“, knurrte er.

„Dann ist es eben der Bass von drinnen.“

Flóki ging einen großen Schritt auf Mads zu und packte ihn am Kragen. „Nein, verdammt, ich –“ Er unterbrach sich und starrte in die Ferne. „Was zum Teufel?“ Schon ließ er von seinem Kumpel ab und rannte los.

„Warte!“, rief Mads und hechtete schwerfällig hinterher.

Flóki hielt sich eine Hand vor die Augen. Leichter Nieselregen hatte eingesetzt und erschwerte die Sicht. Der Boden war mit Eis und Schnee bedeckt, was das Vorwärtskommen erheblich beeinträchtigte. Er hörte Mads hinter sich keuchen, doch darauf konnte er keine Rücksicht nehmen. Hatte ihm das Gehirn nur einen Streich gespielt? Er war sich sicher gewesen, eine Person in einem weißen Kleid gesehen zu haben, die etwas hinter sich hergeschleift hatte. Etwas, das aussah wie ein lebloser Körper.

Da! Er beschleunigte seine Schritte und rutschte unsanft nach vorn, behielt aber das Gleichgewicht. Offensichtlich tat sich die Person im weißen Kleid auch schwer, denn er kam ihr immer näher. Die Musik war nur noch als monotoner Bass hörbar, und die Lichter von Akureyri wurden schwächer. Seine Augen gewöhnten sich langsam an die Dunkelheit. Mads und er ließen die Stadt und das Meer hinter sich, vor ihnen erstreckten sich die Berge. Der Schnee glitzerte an den Gipfeln.

Die Person in dem weißen Kleid blieb stehen, und Flóki tat es ihr gleich. Er versteckte sich hinter einem Felsen und beobachtete einen Moment, was dort vor sich ging. Etwas Hartes prallte gegen seinen Rücken und ließ ihn aufkeuchen. „Mads“, knurrte er und bedeutete seinem Freund, zu schweigen. Der ließ sich keuchend neben ihm auf den Boden plumpsen.

„Pst …“, ermahnte Flóki ihn und lugte hinter dem Stein hervor. Er erkannte nun, dass die Person in Weiß eine Frau mit langem dunklem Haar war. Fast geschmeidig beugte sich über das wimmernde Bündel, das sie hinter sich hergezogen hatte, und flüsterte Worte, die er nicht verstehen konnte. Er hielt den Atem an. Was passierte hier gerade? Wurden sie etwa Zeugen, wie sich jemand vom Verborgenen Volk zeigte? Oder war hier eine Verrückte am Werk, und Mads und er beobachteten gerade eine Straftat?

„Was macht sie?“, flüsterte sein Kumpel ganz dicht an seinem Ohr.

Flóki hob lautlos die Schultern, legte einen Finger auf die Lippen und deutete Mads damit erneut an, ruhig zu sein. Die Frau schien irgendetwas am Boden zu suchen. Das Bündel lag nun achtlos auf der Seite, er konnte blondes Haar darunter erkennen. Plötzlich stieg Übelkeit in ihm auf. Die dunkelhaarige Frau hatte sich einige Meter entfernt, also wagte er sich hinter dem Felsen hervor und schlich zu dem Bündel. Seine Vermutung bestätigte sich: Vor ihm lag Fiona, zusammengeschnürt und gefesselt!

Ihr Mund war zugeklebt, und die Augen waren geschlossen. Ob sie bei Bewusstsein war? Immerhin, sie atmete. Er beugte sich zu ihr hinunter und berührte sanft ihre Stirn. Sie war eiskalt. Er schüttelte Fiona behutsam an den Schultern, doch ihre Augen blieben geschlossen. *Mist!* Was hatte diese dämliche Kuh mit ihr gemacht? Er strich Fee mit dem Daumen über die Wange. Wenn die Ärmste nicht bald ins Warme kam, würde sie erfrieren!

Wo war eigentlich dieser Roger? Er hatte ihn gesehen, wie er gelangweilt draußen gestanden und anderen Mädchen hinterhergegafft hatte. Wenn ich mit Fiona zusammen wäre, würde ich keinen Gedanken mehr an fremde Frauen verschwenden, dachte er traurig. Doch sie hatte sich für Roger entschieden – obwohl es offensichtlich gewesen war, dass der mit dieser Dunkelhaarigen etwas am Laufen gehabt hatte. Naiv, wie sie war, hatte Fiona diesem Kerl wohl alles abgekauft, was er ihr vorgelogen hatte. Flóki schüttelte den Kopf. Ein Knirschen ließ ihn aufhorchen. Zu spät bemerkte er die Person hinter sich, und eine eisige Faust schloss sich um seine Kehle.

❄

Sie träumte von Amy und Olav, wie sie durch den frostigen Wald liefen und nicht mehr herausfanden. Ein schrecklich beklemmendes Gefühl machte sich breit, gurgelnd schreckte Fiona auf. Um sie herum war es dunkel. An Händen und Beinen war sie gefesselt, ihr Mund war allerdings frei. Sie holte tief Luft und versuchte, den Traum zu verdrängen. Das Gefühl, gleich zu ersticken, hatte sie in Panik versetzt. Unruhig sah sie sich um, ihre Augen gewöhnten sich langsam an die Dunkelheit. War sie in einer Höhle? Sie hörte Wasser tropfen, und ein moderiger Geruch lag in der Luft. Erschrocken schrie sie auf, als sie bemerkte, dass unweit von ihr jemand atmete. Da lag ein Mann zusammengekauert auf dem Boden! Sie kniff die Augen zusammen. Das durfte doch nicht … „Flóki!“

Ein Knurren war die Antwort.

„Was machst du hier? Was machen wir hier?“ Sie blickte sich um, aber es herrschte Dunkelheit, sie konnte lediglich

Flókis und ihre eigene Silhouette erkennen. Hatte die Psycho-Frau sie beide hierhergebracht? „Flóki?“, zischte sie erneut.

„Hm?“ Er richtete sich auf und hob schmerzverzerrt den Kopf. „Was ist passiert?“

„Das frage ich dich! Warum sind wir hier?“

Er hob die Schultern und schrie dann vor Schmerz auf. „Au! Was zum Teufel …? Wer ist diese Frau?“

„Du hast sie auch gesehen?“, fragte Fiona ungläubig.

„Wär ich sonst hier?“, erwiderte er gereizt.

Sie seufzte. „Ich dachte, sie ist eine Stalkerin. Meinst du, sie erpresst jemanden? Ob sie Lösegeld will?“

Flóki lachte laut auf. „Komm mal von deinem hohen Ross runter. Es geht nicht immer nur um dich! So berühmt bist du nun auch wieder nicht. Frag dich lieber, wie es eine so zierliche Frau schaffen konnte, dich und mich hierherzuverfrachten.“

Fiona schwieg beleidigt.

„Sie ist nicht wie wir!“

Sie schwieg weiterhin beharrlich.

„Hör zu, ich hab da auch nie dran geglaubt, aber im Zuge meiner letzten Reportage über das Verborgene Volk bin ich auf einige interessante Fakten gestoßen.“

Nun sah sie an, auch wenn sie nur seine Umrisse ausmachen konnte. „Das hast du nie erzählt.“

Er seufzte laut. „Was glaubst du, warum ich die Notizen von Olav so interessant fand. Nicht, weil ich nach einer Gute-Nacht-Geschichte gesucht habe.“

Fiona schluckte ihre Enttäuschung hinunter. Sie hatte tatsächlich gedacht, er hätte *sie* spannend gefunden. Sie reckte den Kopf in die Höhe, obwohl sie sich nicht sicher war, dass er es sehen konnte. „Roge kommt bestimmt bald und rettet mich.“

Flóki prustete laut los. „Na klar. Er ist ja auch der Held, auf den du immer gewartet hast."

Sie warf ihm einen zornigen Blick zu, den er nicht sehen konnte. „Du kennst mich doch gar nicht."

„Stimmt. Und trotzdem – ich hab dich durchschaut."

„Was ist mit der Geschichte passiert? Hast du sie zu Ende gelesen?" Sie beschloss, seine Bemerkungen einfach zu ignorieren. „Immerhin hast du die Zettel mitgenommen. Sie gehören mir."

Er prustete erneut. „Genau. Du warst so geblendet von deinem Roger, dass du die Notizen vergessen hast!" Dann schwieg er.

„Also hast du sie gelesen?"

Eine Weile sagte er nichts, sondern schien zu überlegen. „Ja", sagte er schließlich.

Sie horchte auf. „Vielleicht kannst du mir die Geschichte bei Gelegenheit ja mal zurückgeben", schlug sie versöhnlich vor. „Ich würde sie auch gern lesen."

„Du hast die Zettel im Auto liegen lassen, ich dachte, du hättest kein Interesse mehr daran", erwiderte Flóki scharf.

„Ich war durch Roge sehr … abgelenkt", gab Fiona kleinlaut zu.

Erneut seufzte er. „Ich kann dir, wenn du möchtest, den Rest erzählen."

„Gut", murmelte Fiona und war überrascht, dass er plötzlich wieder so friedlich war. „Du zitterst ja", sagte er, und sie schämte sich dafür, dass man ihr Zähneklappern hören konnte. „Mir ist nur kalt." Das stimmte nur zur Hälfte. Sie hatte furchtbare Angst. Wer auch immer sie beide hergeschleppt hatte, hatte sicher nichts Gutes mit ihnen vor. Sie fragte sich, ob Flóki recht hatte. War es wirklich jemand vom Verborgenen

Volk gewesen? Stimmten all die Sagas? Steckte in all den isländischen Mythen am Ende ein wahrer Kern?

„Komm."

Fiona hörte ein Rascheln, und sah dann Flóki näherkommen. Er kroch auf sie zu und schmiegte sich an sie.

„Hab keine Angst. Ich lenk dich etwas ab, in Ordnung?"

Sie versuchte, ihr Herzklopfen zu ignorieren. „Ich habe keine Angst!"

„Okay", murmelte er nur und kuschelte sich an sie.

## Olav und Amy 1976, Island

Ihre Hände waren zusammengeschnürt, ihr Blick ging in die Leere und doch waren da diese wilden Züge im Gesicht. So war sie schon immer gewesen, seine Jane. Ein irres, leeres Mädchen, das stets versuchte, das umzusetzen, was sie für richtig hielt, und nicht vor Methoden zurückschreckte, die anderen schadeten.

Amy stand vor Jane und betrachtete sie lange, sie hatten sie an einen Baum gefesselt. Nachdem sie von Janes Attentat auf Charles erfahren hatte, war sie außer sich vor Wut gewesen und hatte sich kaum beruhigen lassen. Hilflos hatte Olav ihr zugestanden, dass sie mit Jane tun konnte, was sie wollte. Um Charles' willen. Allerdings hoffte er, dass seine May sich langsam wieder besinnen würde.

Amy trug ein Messer bei sich, das sie auf dem Weg zum finsteren Wald eingepackt hatte. Für alle Fälle. Dass sie es in solch einer Situation gebrauchen könnte, hatte sie sich vermutlich nie im Leben ausgemalt. Nun hielt sie das Messer direkt vor Janes Gesicht. Diese hatte ihr bereits erzählt, wie genau Charles gestorben war.

Eigentlich hatte Jane damals noch das Auto anzünden wollen, doch der kleine Frósti war dazwischengekommen, und Olav und sie waren danach zu einer Silvesterfeier gefahren. Zu irgendwelchen Hippie-Freunden von Jane, und hatten getan, als sei nichts passiert. Doch Olav hatte seitdem ein schlechtes Gewissen und musste damit leben. Die Vorstellung, dass er Sekt getrunken und auf das neue Jahr angestoßen hatte, während Charles' Ehefrau – damals wusste er ja noch nicht, dass sie es war, seine May – die schlimmste Nachricht ihres Lebens erhielt, hatte er nie richtig verarbeiten können. Hätte er gewusst, dass ... Doch vor allem musste er mit Jane und dem Wissen um ihre Tat leben.

„Ich habe es für meinen Sohn getan“, flüsterte Jane und hatte wieder diesen wilden Ausdruck in den Augen. „Ich wollte nicht, dass ihm etwas geschieht. Das musst du verstehen, Amy“, jammerte sie. „Du hast auch eine Tochter.“

„Wo ist euer Sohn jetzt?“, fragte Amy streng und kitzelte Jane provokant mit der Messerspitze am Kinn. Jane lief eine Träne über die Wange.

„Wir sind nach Island zurückgekehrt. Frósti hat seiner Großmutter Arna erzählt, was er gesehen hat. Als Olav eines Tages mit den Rentieren unterwegs war, hat sie den Kleinen und mich zu Stóbjörn gebracht. Frósti wurde mit dem Staub des Vergessens berieselt.“

Amy nickte und warf einen Blick zu Olav. Ihm war alle Farbe aus dem Gesicht gewichen.

„Arna? Meine Mutter? Das kann nicht sein.“

Jane nickte heftig. „Doch.“

„Wo ... wo ist Frósti?“

„Sie hat ihn an eine gute isländische Familie vermittelt, die keine Kinder bekommen können. Es war für alle das Beste.“

Amy schüttelte den Kopf.

Olav ließ sich auf den Boden sinken und schlug die Hände vors Gesicht. „Meine eigene Mutter hat immer gewusst, wo er ist!“

Amy kniete sich zu ihm und tätschelte ihm die Schulter. Dann warf sie Jane einen giftigen Blick zu. „Was ist jetzt mit ihm? Weiß er vom Verborgenen Volk? Geht es ihm gut?“

Janes Augen wurden für einen kurzen Moment sanft. „Hast du es denn immer noch nicht verstanden, Amy? Ich würde *nie* zulassen, dass ihm etwas geschieht.“

„Was hat Stóbjörn mit dir gemacht, all die Jahre in der Höhle?“, bohrte Amy weiter.

„Er hat Experimente mit mir gemacht. In der Höhle, in der er mit den *Démantars* lebt, gibt es starke Energien, die man dazu nutzen kann, Geist und Körper zu trennen, das war Stóbjörns Idee. Drachen sind nämlich gar nicht so blöd. Und nachdem Arna mich bei ihm abgeladen hat, bat er sie, mich behalten zu können. Er hat so lange mit mir herumexperimentiert, dass ich tatsächlich mit meinem Geist die Welt bereisen konnte, und er machte es sich zunutze.“

Amy nickte. „Dann hast du also die gerechte Strafe für das bekommen, was du Charles angetan hast?“

Hoffnung keimte in Olav auf. Wenn sie so dachte, dann würde sie Jane nichts antun! Er könnte es sich nicht verzeihen, wenn seine May auf einmal im Affekt etwas tat, was sie später sicherlich bereuen würde.

Jane grinste hämisch. „Das hoffst du jetzt, nicht wahr? Ehrlich gesagt – es hätte weiß Gott schlimmer sein können.“

Ein gurgelndes Geräusch ertönte. Olav starrte entsetzt auf Jane, deren Augen weit aufgerissen waren. In ihrem Hals steckte das Messer. Blut sickerte herab.

„Amy!“, rief Olav geschockt.

Sie sah ihn entspannt an. „Keine Sorge. Ich habe sie so verletzt, dass sie ihren Körper nicht mehr bewegen kann. Doch mitbekommen wird sie alles.“

Olav starrte sie verdattert an. „Woher hast du dieses Messer?“

Amy sah ihn voller Genugtuung an. „Ich denke, das wäre in Charles' Sinne gewesen“, sagte sie mit einem Blick auf die röchelnde Jane. „Wer weiß, vermutlich wäre sie durch

Stóbjörns Magie sowieso unsterblich gewesen. Das hier ist die gerechte Strafe.“ Sie wartete nicht auf eine Antwort von Olav.

„May, ich kann ja verstehen, dass du diesen Schritt nach der Nachricht über den Abend, an dem Charles starb, gehen musst, um für dich deine Gerechtigkeit zu bekommen. Aber ist das nicht etwas hart ...?“

Sie seufzte. „Das Messer ist von Alvar. Er hat es mir damals zum Abschied geschenkt, als er mich und Emily aus dem Wald führte. Er sagte, sollte ich jemals wiederkommen und mir droht Gefahr, so kann ich das Messer benutzen. Es besitzt die Energie der Diamantengrotte und lähmt das Opfer nur. Will man es töten, so muss man demjenigen ins Herz stechen.“

Olav atmete laut aus. „Ich verstehe.“

„Bring sie in ihre Heimat, nach Newcastle. Dort soll sie in ein Pflegeheim. Sag denen dort, dass sie ein Locked-in-Syndrom hat. Wenn du da bist, nimm den Zug nach Middlesbrough. In dem kleinen Städtchen Darlington wirst du Greta finden.“

„Und wie komme ich hier raus?“, fragte Olav, ohne das Gesagte in Frage zu stellen.

Nachdenklich fuhr Amy mit den Fingern über die rentierförmige Halskette, die sie trug. „Moment mal“, murmelte sie und wurde plötzlich ganz aufgeregt. Wie wild rubbelte sie über den Anhänger, der um ihren Hals baumelte.

„Was tust du denn da? May, wir wollen doch hier raus, und ich weiß nicht, wie ...“

„Ich glaube, da kann ich helfen“, sagte eine weibliche Stimme.

Die Frau hatte zerzaustes, abstehendes braunes Haar und trug einen langen, schmutzigen Mantel. Sie sah ungepflegt und verwildert aus. Fast wie ...

„Hayley!“, rief Amy freudig.

Verdutzt beobachtete Olav, wie sie aufsprang und die Wächterin des Zauberwaldes umarmte.

„Amy. Dich nach all den Jahren wiederzusehen“, sagte Hayley begeistert. „Du bist eine wunderschöne erwachsene Frau geworden. Und nun bist du eine von uns. Nachdem die Feen dich gerettet haben, wurdest du ein Teil des Verborgenen Volkes. Immerhin kannst du deine Unsterblichkeit ja kaum den Menschen erklären.“

„Olav hat mir erzählt, dass du inzwischen die Wächterin des Waldes bist, wie konnte das passieren?“

„Das ist eine lange Geschichte. Ich werde dir helfen, dich in deiner neuen Welt zurechtzufinden. Immerhin ging es mir ähnlich. Auch ich kam als Mensch hierher.“ Sie hielt inne und warf Amy einen kritischen Blick zu. Dann fuhr sie, an Olav gewandt, fort: „Doch vorerst befreie ich dich von all deinen Schulden. Du darfst den finsteren Wald verlassen. Es hat Jahre gedauert, aber ich konnte mich endlich bei den Ältesten durchsetzen. Letztendlich haben sie eingesehen, dass du durch deine Taten Reue gezeigt hast: Du hast die Bücher von Charles vernichtet und damit aufgehalten, dass die Wahrheit über das Verborgene Volk ans Licht kommt. Olav, du bist offiziell nicht mehr vom Verborgenen Volk verbannt! Nun bring Jane fort, sie hat euch genug angetan. Verabschiede dich von eurem gemeinsamen Leben.“ Erneut musterte sie Amy. „Dann komme wieder und beginne mit Amy von vorn. Wenn sie das möchte. Wenn sie dir verzeiht, dass du eine gewisse Mitschuld am Tod von Charles trägst.“ Sie sah Amy eindringlich an. „Du hast nun Zeit, darüber nachzudenken, solange er Jane fortbringt und seine Tochter aufsucht. Solltest du ihm verzeihen, dann steht eurem gemeinsamen Leben nichts mehr im Weg – dann lebt ein Leben, welches euch schon seit langer Zeit zusteht."

## 2017, Island

„Damit endet die Geschichte. Der Rest ist wohl in England bei deiner Tante. Oder auch nicht.“

Flóki seufzte, das Kinn in Fionas Armbeuge. Nervös beobachtete sie, wie er nachzudenken schien. „Hört sich ja fast nach einem Happy End an.“

„Meinst du, Greta hat diesen Brief je gelesen?“

„Ich fürchte, Emily hat ihn behalten.“

„Aber du glaubst nicht daran. Auch nicht, nachdem du das gehört hast, was in Olavs Aufzeichnungen steht?“

Fiona runzelte die Stirn. „Ich vermute, meine Oma Amy hatte eine blühende Fantasie. Ich denke, sie hat sich in einen Isländer verliebt, der vielleicht sogar Olav hieß und mit dem sie meine Mutter gezeugt hat. Dann ist irgendetwas vorgefallen, und weder Emily noch Greta hatten einen Vater. Also hat sie ihnen eine Vaterfigur geschaffen, die etwas Besonderes war, mit den Elfen spielte. Kinder lieben solche Geschichten. Besser, als ihnen zu sagen: Euer Vater ist abgehauen, als ihr noch ganz klein wart.“

Flóki seufzte. „Das ist richtig. Aber –“

Sie unterbrach ihn. „„… dann wurde es zur Tradition, dass die Geschichte immer in den Wochen vor Weihnachten vorgelesen wurde.“

„Aber was ist mit Olavs Briefen? Wo kommen die her?“

„Ich habe sie in Emilys Notizbuch gefunden. Vielleicht hat sie die selbst erfunden.“

„Ich dachte, die Handschrift sei eine andere.“

„Keine Ahnung“, fuhr Fiona ihn an, und er zuckte zurück. „Vielleicht schrieb sie die Geschichte zusammen mit meinem Onkel, und er hat die Olav-Notizen gemacht.“

„Das klingt sehr weit hergeholt“, knurrte Flóki.

„Weiter hergeholt als: Deine Familie ist vom Verborgenen Volk, und all die Sagas entsprechen der Wahrheit?“, konterte sie.

„Warum lässt du dich nicht einfach für einen kurzen Moment darauf ein: Olav hat existiert, er war genau der, den deine Oma beschrieben hat. Amys Geschichten sind wahr.“

Fiona schüttelte den Kopf. „Und wo ist er jetzt?“

„Was ist mit Amy passiert?“, fragte er zurück.

„Es hieß immer, sie sei in eine Gletscherspalte gefallen. Bei einer Wanderung in Island. Man hat ihre Leiche nie gefunden.“

„Warum sagst du das so zögerlich?“

„Weil ...“ Fiona prustete kurz. „Weil Emily mir kurz vor meiner Abreise nach Island erzählt hat, Amy wäre wohl nun eine von *ihnen*. Ich denke, das ist ihre Art, über den Tod ihrer Mutter hinwegzukommen: die Vorstellung, dass sie nun beim Verborgenen Volk lebt.“

„Verstehe.“ Flóki klang wenig überzeugt.

„Komm schon. Du willst mir doch nicht ernsthaft erzählen, du glaubst an den Blödsinn?“, fragte Fiona und lachte laut auf. „Ich weiß, wir sind beide mit den Sagas aufgewachsen und sollten sie ehren, aber welcher normale Isländer glaubt denn heute noch daran?“

Flóki sah sie schmunzelnd an. „Ich.“

Sein Blick berührte ihre Seele.

„Ich halte dich für alles andere als normal, Fiona Christiansdóttir“, sagte er leise. „Du bist die Tochter einer Elfin, ob du es glaubst oder nicht.“

Er beugte sich dicht zu ihr vor, seine Nasenspitze war nur einige Zentimeter von ihrer entfernt. Sie spürte seinen warmen

Atem und konnte sein Aftershave riechen. Seine Augen funkelten spitzbübisch.

„Keine Elfin", murmelte sie. Sie bemühte sich, ihren Herzschlag zu kontrollieren, wie sie es oft vor Laufsteg-Veranstaltungen machte. Doch keine der Entspannungstechniken half. Sie war Flóki vollkommen ausgeliefert. Ihr Bauch fühlte sich komisch an, als ob ein Schwarm Schmetterlinge dort Loopings machte. Noch nie hatte sie sich jemandem so nahe gefühlt und gleichzeitig so eine Angst gehabt, dass jede Hingabe einen Verlust mit sich brachte. Sie wollte ihn, sie spürte es. Und doch war die Furcht so groß, dass er plötzlich fort sein könnte und sie in die Einsamkeit zurückkehren musste.

„Was ist los? Wovor hast du Angst", fragte Flóki, als könne er ihre Gedanken erraten.

„Nichts", log Fiona. „Roger", sagte sie dann nur.

„Verstehe." Er robbte ein Stück fort von ihr. Sofort spürte sie einen Stich im Herz. Nie hatte sie bei Roge so empfunden. Aber das konnte sie ja jetzt schlecht zugeben.

„Wie ist Charles eigentlich umgekommen? Also, eures Wissens nach?", fragte Flóki unverwandt. Der Zauber war vorbei.

Fiona kämpfte gegen die Tränen an und versuchte, sich zu erinnern. Nur nicht heulen, dachte sie und riss sich zusammen.

„Es war ein Autounfall. Das wurde uns immer erzählt. Nachdem ich Olavs Version nun gelesen habe, zweifle ich natürlich etwas daran …"

„Nur ein Unfall? Mehr wurde nicht gesagt?"

Fiona schüttelte den Kopf. „So beginnt Amys Geschichte. Sie erfährt von Charles' Tod, und dann nimmt alles seinen Lauf. Sie wollte sich nie mit den Details auseinandersetzen." Sie überlegte.

„Nichts Genaueres? Hat Emily mal was erzählt?"

„Es war wohl an einem Abgrund. An einer Schlucht. Sein Wagen ist dort hinuntergestürzt. Ein Pärchen fuhr hinter ihm, vor ihm? Ich weiß es nicht mehr genau. Nein, Tante Em hat darüber nie ein Wort verloren. Ich glaube, sie hat immer sehr unter dem Verlust ihres Vaters gelitten."

„Vermutlich, ja", murmelte Flóki abwesend.

„Tut mir leid", sagte Fiona hastig.

„Ist schon okay. Was man nie kannte, kann man auch nicht vermissen, oder?"

„Na ja, man hat ja aber trotzdem eine Verbindung, oder? Ein Gefühl, eine Art innere Stimme?"

Flóki lachte laut auf. „Na siehst du, du glaubst doch an übernatürliche Dinge. Aber nein, ich muss dich enttäuschen. Ich habe weder eine transzendente Verbindung zu meinen toten Eltern, noch erinnere ich mich an irgendetwas. Ich höre auch keine innere Stimme." Er lächelte. „Leider."

Fiona biss sich auf die Lippen. „Ich träume oft von Christian, meinem Vater. Es ist so real. Anders als die üblichen Träume, in denen er nicht vorkommt."

Flóki nickte und lehnte sich an die Felswand. „Ich träume auch von meinen Eltern. Aber ich sehe keine Gesichter. Ich höre nur ihre Stimmen. Sie leiten mich."

„Dann ist da also doch etwas." Fiona lächelte ihn aufmunternd an.

„Wenn du meinst."

Sie schwiegen eine Weile. Nur das regelmäßige Tropfen von Wasser war zu hören.

„Was findest du an diesem Roger?", fragte er plötzlich unverwandt.

„Er ist schön, intelligent ...", fing sie sofort an, doch er unterbrach sie:

„Nein, ich meine, warum zieht er dich so in seinen Bann?“

„Ich ... ich weiß es nicht“, murmelte sie unbeholfen. „Und eigentlich geht dich das auch gar nichts an!“

„Kannst du dir vorstellen, mit ihm alt zu werden? Ist er selbst mit runzligen Falten immer noch schön für dich?“

„Ich denke schon“, erwiderte sie genervt.

„Kannst du dir vorstellen, viele kleine Fionas und Rogers mit ihm zu bekommen?“

„Da bist du nicht der Erste, der mich das heute fragt“, murmelte sie und streckte ihm die Zunge raus. „Ich bin jung, ich muss mich noch nicht auf so was festlegen!“

Da huschte ein Grinsen über Flókis Gesicht. „Ich glaube, das ist das Vernünftigste, was du heute gesagt hast!“

Ehe sie sich versah, war er wieder zu ihr aufgerückt und sein Gesicht so nah an ihrem, dass sie verschwommen sah.

„Bevor du dich festlegst, solltest du alle Optionen ausprobiert haben“, flüsterte er und küsste sie. Als er bemerkte, dass sie keinen Widerstand leistete, wagte er mehr. Ihre Zungen berührten sich.

Auch Fiona spürte die Wärme und das Kribbeln durch ihren ganzen Körper ziehen.

„Wie schade, dass unsere Hände gefesselt sind“, murmelte Flóki, als er kurz abließ, um Luft zu holen. „Ich würde dich jetzt zu gern berühren.“

Fiona erwiderte nichts. In diesem Moment würde sie noch viel mehr, als sich von ihm berühren lassen ... Sie keuchte erregt auf, als er in ihr Ohr hauchte: „Also? Was hältst du von dieser Option?“

„Ich hab noch nicht alles ausgekostet“, raunte sie.

„Das holen wir nach, sobald wir hier draußen sind, das verspreche ich dir.“

„Das bezweifle ich!“

Eine laute, hohe Stimme ließ die beiden auseinanderfahren.

„Flóki?“, flüsterte Fiona ängstlich.

„Keine Angst, ich bin da“, gab er laut und ohne jegliches Zittern zurück.

„So mutig, das Menschenkindlein“, sagte die Stimme herablassend.

„Dann sei du auch mutig – zeig dich“, erwiderte er trocken. Aus der Dunkelheit trat die Frau, die sie entführt hatte. Sie war nach wie vor wunderschön. Im diffusen Licht der Höhle konnten sie erkennen, dass sie ein langes weißes Kleid trug, ein starker Kontrast zu ihren dunklen, glänzenden Haaren. Ihre Augen waren dunkel, und ihr Blick wirkte wild.

„Was willst du?“, fragte Flóki.

Sie kam näher und beugte sich dicht zu ihm.

„Du bist wunderschön“, sagte die Verrückte. Mit ihren langen Fingernägeln berührte sie seine Wange, fuhr sanft daran herab und hinterließ eine Kratzspur. Dann sah sie Fiona an.

„Mein liebes Kind. Wehre dich nicht. Komm nach Hause.“

„Ich bin zu Hause. Island ist meine Heimat. Aber nicht diese stinkende Höhle!“ Ihre Stimme zitterte, und sie hatte das Gefühl, gleich zu ersticken. Die Frau macht ihre Angst. Nun kam sie auf sie zu und betastete mit eiskalten Händen auch ihre Wange. Fee sah sich die Fremde genau an. Vielleicht konnten sie entkommen und alles der Polizei erzählen.

„Hab keine Angst, Fiona. Ich werde dich erlösen. Du bist die Brut des Bösen! Nur ich kann dich retten!“

Fiona spuckte ihr ins Gesicht. Erschrocken wich die Frau zurück. „Ich bin überhaupt keine Brut des Bösen!“, brüllte sie die Verrückte an.

Zornig packte die Fremde sie am Hals und drückte zu. „Ich werde dich töten, du Miststück!“, kreischte sie. „Ich lösche jeden aus deiner Linie aus!“

Fiona entwich ein Würgegeräusch, und sie sah Sterne vor ihren Augen aufblitzen. Röchelnd versuchte sie, sich aus dem Griff zu winden, doch ihr Körper war steif und unbeweglich, die Irre hatte sie fest im Griff.

„Lass sie los!“, brüllte Flóki.

Die Frau ließ zwar nicht von ihr ab, hörte aber auf zuzudrücken.

„Nimm mich, ich opfere mich für sie!“

Fiona wollte „Nein!“ rufen, aber es kam nur ein Gurgeln heraus. Doch Flókis Worte hatten die Fremde abgelenkt, die ihn nun fasziniert betrachtete. Sie ließ locker, und Fee rang nach Luft. Von einer Sekunde auf die andere hatte sich das Glücksgefühl von eben in Todesangst gewandelt.

„Du kannst dich nicht opfern, Flóki Fróstisson.“ Die Frau verdrehte theatralisch die Augen. „Ich würde doch nie meinen eigenen Enkel ermorden.“

Fiona entglitt ein heiserer Schrei. „Was bist du für eine Psychokuh?“

Die Frau wandte sich ihr zu und fuhr sich durchs Haar.

„Stimmt. Ich habe meine britische Höflichkeit vergessen. Mein Name ist Jane Seaford. Ich bin seit Kurzem die Beraterin des *Hjartað í ljósinu.*“

Fiona suchte verzweifelt nach der Bedeutung des Ausdrucks. Natürlich, sie hatte davon gelesen! Das *Hjartað í ljósinu* waren die schwarzen Gestalten gewesen, die einst Olav bestraft und Amy verfolgt hatten. Die mit dem seltsamen Geruch. Die Hüter des Nordlichts und des Verborgenen Volkes. Sie beschützten es, aber genau aus diesem Grund sollte man sich als Mensch – oder auch als verborgenes Wesen – nicht mit ihnen anlegen.

Sie starrte Flóki an. Es schien ihn kaum zu überraschen, dass die Psychofrau sich als seine Großmutter ausgab, obwohl sie gerade mal so alt aussah wie sie beide selbst.

„Pst …“ Jane hob den Zeigefinger an die Lippen. Dann kicherte sie, was sie noch verrückter aussehen ließ. „Flóki, mein Süßer, du darfst das doch alles gar nicht wissen. Es ist ein Geheimnis.“ Sie schien zu überlegen, dann sagte sie plötzlich:

„Na gut. Ich biete euch etwas an. Flóki kann um dich kämpfen, Fiona. Ich will meinem Enkel schließlich nicht das Herz brechen. So verliebt, wie ihr beide gerade gewirkt habt.“ Sie kicherte schon wieder. „Also, was sagt ihr?“

„Was heißt kämpfen?“, fragte Fiona ohne Umschweife.

„Was sind die Konditionen?“, erkundigte sich Flóki sachlich.

Jane nickte und sah ihn stolz an. „Wenn du gewinnst, dürft ihr beide gehen. Ich werde sie nie wieder belästigen. Ich garantiere für eine sichere Heimkehr. Solltest du verlieren, darf ich Fiona persönlich töten. Du darfst weggehen oder bleiben.“

Er schüttelte angewidert den Kopf. „Was, wenn ich nicht kämpfe?“

„Dann stirbt sie trotzdem.“

Flóki schluckte. „Bist du wirklich Jane Seaford? Warum bist du nicht gealtert?“

Jane schmunzelte. „Du hast lange nach deinen Wurzeln gesucht. Nun hast du sie gefunden, und dafür musst du ein Opfer bringen.“ Sie betrachtete Fiona und sah dann wieder zu Flóki. „Doch so ist das manchmal. Ich habe deinen Vater geboren, und dann wurde er mir auch genommen. Ich habe sehr viel geopfert.“ Sie beugte sich erneut zu ihm hinunter und streichelte über seine Wange. „Umso schöner ist es, dich zu sehen, Flóki. Du bist deinem Vater wie aus dem Gesicht geschnitten. Nur deine Haut- und Haarfarbe, die gehen nach deiner Mutter. Ein Miststück. Ich hätte sie am liebsten auch getötet. Leider hatte ich keine Gelegenheit mehr dazu.“

„Meine Mutter“, murmelte er. Dann fragte er erneut: „Warum bist du nicht gealtert?“

Jane seufzte. „Hast du nicht gerade deiner anmutigen Fiona den lächerlichen Brief von Olav vorgelesen? Amy hat meinen Körper geschunden, und sie haben mich nach England in ein Pflegeheim gesteckt. Doch die Rechnung haben sie ohne Stóbjörn gemacht. Olav war ihm immer ein Dorn im Auge. Stóbjörn war mein Freund, mein Gefährte. All die Jahre. Er hat mich nicht gefoltert. Das habe ich nur zu Olav gesagt. Stóbjörn hält nach wie vor zu mir, er hat mich gerettet. Er hat mir ermöglicht, die Energie der Grotte zu nutzen, um mit meinem Geist auf Reisen zu gehen.“ Sie zischte. „Auf einmal wurde ich sehr begehrenswert. Die Fähigkeit, die Stóbjörn mir gegeben hat, wurde zu einer großen Waffe. Nicht nur innerhalb des Verborgenen Volkes. Und so kam es, dass Olavs Mutter – die mit Stóbjörn ihr eigenes Problem hat – mir eines Tages ein Angebot machte. Sie hatte immer noch ein paar Gefährten beim *Hjartað í ljósinu.* Mir wurde eine neue Aufgabe zugeteilt. Ich bin zur Beraterin des Rates geworden. Ich kann mit dieser Rolle Mitglieder des Verborgenen Volkes ausspionieren und aushorchen, aber auch Menschen beobachten, die eine Gefahr für uns darstellen.“ Sie machte eine kurze Pause. „Seit fast sechzig Jahren. Und noch viele Jahrtausende länger. Ich werde es immer sein. Ich wurde dazu gemacht. Es ist eine Strafe und eine Rettung zugleich. Das kann man sehen, wie man will.“ Ihr Blick schweifte in die Ferne.

„Ich glaube dir kein Wort“, sagte Fiona kalt.

Jane fuhr herum und blitzte sie an. „Fiona, die Ungläubige. Ungläubig wie deine Großmutter. Sie hat auch alles in Frage gestellt. Allerdings siehst du eher aus wie dein Großvater. Mein Olav. Aber er hat mich im Stich gelassen, um zu dieser Amy zurückzukehren. Ihm kann ich nichts anhaben. Amy auch nicht, das hat Stóbjörn mir verboten. Warum auch immer, aber sie scheint er zu mögen.“

„Meine Großmutter ist seit Langem tot“, erwiderte Fiona gereizt.

Jane ignorierte sie. „Aber dir, dir kann ich etwas anhaben. Seine Tochter habe ich schon fast so weit gehabt, aber dann wurde sie nach England verfrachtet, wo sie sicher vor mir ist. Nur in Island habe ich ausreichend Energie, um all meine Fähigkeiten zu nutzen. Du, liebste Fiona, warst dumm genug, hierherzukommen. Wie ein Lämmlein zur Schlachtbank.“ Sie lachte schallend.

Fiona schluckte. So langsam glaubte sie der Frau. Diese Verrückte war wirklich Jane, wie sie in Olavs Notizen beschrieben wurde.

„Was ist mit Olav passiert, nachdem er dich nach England gebracht hat?“, fragte Flóki. „Und mit Amy?“

Jane kicherte. „Auch das werdet ihr erfahren, wenn ihr hier herauskommt. Überleg es dir gut, Flóki. Ist es diese Frau wert?“

Er nickte tapfer. „Was muss ich tun?“

Jane seufzte und klatschte laut in die Hände. Der ganze Raum erstrahlte plötzlich in gleißendem Licht. Fiona wusste nicht, wo es herkam, doch es war ihr egal. Was sie nun erblickte, ließ ihr das Blut in den Adern gefrieren.

„Oh, verdammt“, entfuhr es Flóki, und er erblasste.

Ein steiniges Ungetüm stand vor ihnen. Es überragte Jane um einige Meter und sah aus wie ein islandtypischer großer Geröllstein, auf dem ein kleiner Fels wie eine Art Kopf thronte. Die Augen bestanden aus zwei leeren Höhlen. Das Felsenmonster wirkte, als wäre es aus Stein modelliert worden und als hätte man ihm einfach Leben eingehaucht. Seine Hände und Füße waren mit Moos überwachsen, drei pfeilartige Diamantenspitzen ragten aus beiden Handrücken.

„Die Pfeile solltest du nicht berühren, sie sind giftig", sagte Jane. „Sie wurden von den *Démantars* eigens zur Verteidigung angefertigt."

Fionas Magen begann zu rebellieren. Das würde Flóki nie überleben!

„Überlegst du es dir noch mal?", fragte Jane ihn süffisant.

Er schüttelte weiterhin tapfer den Kopf. „Nein."

„Gut. Du bekommst keine Waffe."

Sie band ihn los, und er streckte Hände und Füße. Dann warf er Fiona einen aufmunternden Blick zu. Jane blickte sie einen Moment unverwandt an, als haderte sie mit sich. Dann ging sie plötzlich auf Fiona zu und löste ebenfalls deren Fesseln.

„Falls du dich opfern möchtest, solltest du jederzeit die Chance bekommen!"

Fionas Hände zitterten. Am liebsten hätte sie dieser Irren den Hals umgedreht, aber damit wäre ihnen vermutlich auch nicht geholfen. Das Ungeheuer schien auf Jane zu hören wie ein Schoßhündchen.

Jane klatschte in die Hände. „Flóki, darf ich vorstellen: Isleifur, Hüter des Eisens und mein Beschützer. Ich hätte nie gedacht, dass ich ihn gegen meinen einzigen Enkel einsetzen werde. Aber du hast es so gewollt!"

In ihrer Stimme lag etwas Endgültiges. Sie würde Flóki nicht retten, dachte Fiona. Es war ihre Hoffnung gewesen, doch offenbar war diese Frau ein kaltblütiges Monster, das ihren eigenen Enkel opfern würde. So, wie sie Charles geopfert hatte. Fee hatte plötzlich keinen Zweifel daran – Jane hatte Charles umgebracht. Sie glaubte alles. Das hier war Jane Seaford, die Geliebte ihres Großvaters Olav. Amys Geschichten waren wahr. Aber auch Amys unsterbliche Liebe zu Olav.

„Du schaffst das, Flóki!", rief sie ermutigend. Sie würden das hier durchstehen. Dann würde sie die alte Rechnung mit Roge begleichen. Und mit Flóki nach ihren Großeltern suchen – wenn Emily recht hatte, lebten sie noch. Genau wie Jane.

Flóki schloss die Augen und straffte die Schultern. Er warf einen letzten Blick auf Fiona, seine Miene war ausdruckslos. Dann wandte er sich an Jane. „Ich bin bereit."

Jane nickte ehrfürchtig und ging dann zu Isleifur, der schon ungeduldig mit den übergroßen Füßen scharrte. Er war angekettet, doch sie machte sich daran, die Kette zu lösen.

„Warte", rief Fiona mit letzter Hoffnung, und alle Augenpaare richteten sich auf sie. „Gibt es keine andere Lösung?"

Jane schmunzelte. „Nur deinen sofortigen Tod."

„Das kommt nicht in Frage", erwiderte Flóki an ihrer Stelle und schluckte. „Ich bin bereit. *Großmutter*." Er zog das Gesagte abwertend in die Länge.

Jane lächelte, und ihre Zähne blitzten unnatürlich weiß auf. Dann ließ sie Isleifur los. Er legte den Kopf in den Nacken und brüllte laut auf, sodass das Gewölbe erzitterte und einzelne Steine herabbröckelten. Fiona zog den Kopf ein und sah sich ängstlich um, dann richtete sie ihre Aufmerksamkeit wieder auf Flóki. Er stand wie zur Salzsäule erstarrt da und beobachtete seinen Gegner. Das Monster atmete laut aus, es klang beinahe wie ein Stöhnen, und bewegte sich schleichend auf ihn zu.

„Tu doch was!“, schrie Fee.

Flóki ging langsam auf Isleifur zu, da ließ dieser erneut einen Schrei los, holte weit aus, und eine steinerne Faust donnerte in hoher Geschwindigkeit auf ihn hinunter.

„Nein“, schrie Fiona und keuchte.

Jane stand regungslos daneben und beobachtete das Geschehen ausdruckslos.

Flóki entging der Faust knapp und spurtete auf seinen Gegner zu. Was machte er da? Wie sollte er je in der Lage sein, Isleifur zu besiegen? Er hatte keine Waffe! Warum läufst du auf ihn zu, dachte Fiona. *Idiot! Renn weg!*

Doch Flóki hatte Isleifur inzwischen erreicht und versuchte, ihm auf die Hände zu schlagen. Was tat er da? Die Spitzen waren doch giftig! Plötzlich dämmerte es ihr. Er wollte an einen der Pfeile kommen. Isleifur griff mit seinen Steinfäusten immer wieder nach ihm, doch Flóki wich geschickt aus. Nur wenige Zentimeter trennten die beiden. Das Steinmonster hätte ihn mit der bloßen Faust zerdrücken können. Flóki griff nach einem der unteren Pfeile, die im steinigen Panzer von Isleifur steckten.

„Pass auf“, schrie Fiona.

Flóki wirbelte herum und entging nur knapp Isleifurs Hieb. Er stolperte leicht und fiel nach vorn, fing sich aber wieder. Erneut griff er nach dem Pfeil, und diesmal bekam er ihn zu fassen. Er bemühte sich, die Pfeilspitze nicht zu berühren, doch Isleifur bewegte sich, und Flóki ließ wieder ab. Ein wütender Laut entglitt dem Untier, es packte ihn und hob ihn hoch.

„Flóki!“, schrie Fiona verzweifelt.

Er wehrte sich und schlug um sich, doch Isleifur war stärker, schleuderte den Armen einige Meter von sich fort und schnaufte zufrieden. Flóki blieb regungslos liegen. Sie rannte auf ihn zu, doch das Monster war schneller und stellte sich zwischen sie beide. Dann beugte es sich hinab, sodass einer der Pfeile direkt über Flókis Brust hing.

„Nein“, rief Fiona und schlug mutig gegen ein Bein des steinernen Monsters. „Lass ihn in Ruhe! Nimm mich!“ Das Gesicht vor Schmerz verzerrt, riss sie ihre Hand zurück. Er war tatsächlich aus bloßem Stein.

Isleifur knurrte und sah sie unverwandt an. Dann ging er auf sie los und packte sie ebenfalls.

Fiona sah zu Flóki hinunter und hoffte, dass er seine Chance ergreifen würde. Doch er blieb regungslos liegen. „Flóki, hilf mir!“, schrie sie, doch das Monster brachte so etwas wie ein Lachen zustande, hob sie in die Höhe und drückte ihr die Kehle zu. Moosgeruch stieg ihr in die Nase. Hilflos ruderte sie mit Händen und Armen, sie sah Lichtblitze vor den Augen. Das war's, dachte sie entmutigt. Die Umgebung schwand, und sie sah alles nur noch verschwommen. Da stöhnte Isleifur plötzlich auf, ließ von ihr ab, und Fiona fiel nach unten. Der Aufprall war hart, und sie blieb einen Moment kraftlos liegen. Zum Glück hatte er sie nicht besonders hoch gehoben. Ihr Fuß schmerzte sowieso noch von der Flucht vor Jane, und nun taten alle Gliedmaßen weh. Ihr Kopf war taub. Sie sah Flóki mit einem Pfeil in der Hand auf das Monster einstechen. Er hat es geschafft, dachte sie erleichtert und wollte sich aufraffen, doch das Dröhnen im Kopf nahm zu. Sie wollte nur die Augen schließen und schlafen.

Isleifur hatte Flóki den Pfeil wieder entrissen und stach brüllend auf ihn ein, sodass er abermals leblos liegen blieb. Nein, dachte sie und hob schwach den Kopf. Plötzlich hörte sie eine Stimme, weit entfernt. *Mamma!* Sie sah sie vor sich. Sie war wieder ein Kind, und sie standen im Garten bei den Rentieren.

*„Siri", lachte die junge Fiona.*

*„Ja, Siri wird auf dich aufpassen. Aber auch Loki und Mánadís. Du musst sie nur rufen, wenn du ihre Hilfe brauchst. Denk immer daran, Fee: Du bist die kleine Hüterin der Rentiere." Ihre Mutter Greta lachte glücklich. „Ganz der Opa."*

Als die Erinnerung verblasste, spürte Fee Kraft in sich aufsteigen. Sie kämpfte gegen das Ohnmachtsgefühl an, richtete sich auf, sah an sich hinab und erschrak über das viele Blut. Trotzdem griff sie in ihre Manteltasche und holte Siri heraus, die sie immer noch dort drin hatte, nachdem sie das Rentierduplikat mit Roger im verlassenen Elternhaus unter ihrem Bett entdeckt hatte. „Rette Flóki", murmelte sie, küsste das kleine Rentier auf den Kopf und warf es auf Isleifur.

Es traf ihn am Kopf, er sah verwirrt auf. Dann brüllte er vor Wut und holte mit der Faust aus, um auf Fiona einzudreschen. Wimmernd versuchte sie, vor ihm zu flüchten, doch der Schmerz in ihrem Körper war zu stark und sie zu schwach. Ergeben ließ sie sich sinken und wartete auf den erlösenden Schlag. Doch er blieb aus. Sie sah hoch. Isleifur war erstarrt. Dann, ohne Vorwarnung, sank er zur Seite und drohte direkt auf die Stelle zu stürzen, wo Floki lag.

Fiona schaffte es in derselben Sekunde, Flóki zu erreichen, der regungslos mit dem Pfeil in der Brust auf dem Boden lag. Kurz bevor Isleifur mit einem Donnern niederging, sodass die ganze Höhle erschüttert wurde, packte sie Flóki an den Schultern und zog ihn ein Stück zur Seite, wo sie erschöpft auf den Boden sank. Dann herrschte Stille.

Fiona spürte, dass die Ohnmacht sie übermannte. „Flóki“, murmelte sie. „Hörst du mich?“ Er antwortete nicht. Vorsichtig zog sie den Pfeil aus seiner Brust, es sickerte jedoch nur etwas Blut nach. Sie sah sich ratlos um und erschrak. Jane stand direkt vor ihnen.

„Nun, so sei es“, sagte die weiße Frau abwesend. Dann verschwand sie.

Fee kämpfte gegen die aufkeimende Panik an. Jemand musste Flóki helfen! Doch wie? Sie biss die Zähne zusammen. Noch nicht ohnmächtig werden, dachte sie ängstlich. Sie sah Doppelbilder, ihr Kopf fühlte sich wie Matsch an. Da sah sie Siri vor dem leblosen Isleifur liegen. Mit letzter Kraft robbte sie dorthin und nahm das glänzend weiße Rentier in die Hand. Sie hörte ein seltsames Läuten in den Ohren, wie tausend süße Glocken. War es die kommende Ohnmacht? Intuitiv griff sie nach ihrer Halskette und rieb darüber. „Ich bin die Hüterin der Rentiere“, murmelte sie und hoffte, aus dem Gedanken Kraft zu schöpfen, bevor sie sich zurück zu Flóki schleppte. Er lag immer noch auf der Seite und rührte sich nicht. Die Blutung aus der Brust hatte aufgehört. „Flóki“, wimmerte sie verzweifelt und rüttelte an seiner Schulter, doch er bewegte sich nicht. Sie legte ihm Siri auf die Brust und nahm dann seine kalte Hand. „Ich bin die Hüterin. Siri, Loki, Mánadís“, wimmerte sie. Nichts geschah.

Sie ließ Flóki los und nahm mit der freien Hand die Halskette ab. Da kam ihr ein Gedanke. Sie hatte ihre Handtasche fallen gelassen, als sie vor Jane geflüchtet war, aber Flókis Rentieramulett aus dem Handschuhfach war in ihrer Jackentasche, in die sie es vor der Party gesteckt hatte. Schwach ließ sie sein Amulett durch die Finger gleiten. „Es sieht meinem so ähnlich ...“ Einem inneren Antrieb folgend, legte sie es auf ihres. Als erneut nichts passierte, sank sie an Flókis Schultern. Der Ohnmacht nah, schloss sie die Augen und wartete auf den Tod.

„Fiona – hörst du mich?“

Benommen leckte sie sich über die Lippen. Sie fühlten sich wund und schorfig an. Schrecklicher Durst flammte auf, und sie versuchte, ihren Speichel zu schlucken. Doch ihr Mund war so trocken, dass es sich anfühlte, als hätte sie einen Sack Staub zu sich genommen.

„Fiona, Liebes“, flüsterte die Stimme erneut, die freundlich und beruhigend war.

Sie konnte sie nicht zuordnen und blinzelte vorsichtig. Grelles Licht blendete sie, und so schloss sie die Augen sofort wieder. Ihr Körper schmerzte, doch sofern sie feststellen konnte, war noch alles dran und ließ sich bewegen.

„Liebes, öffne die Augen“, sagte die Stimme streng.

Jemand hielt ihr ein Gefäß mit einer Flüssigkeit an die Lippen. „Wasser“, flüsterte sie heiser und öffnete gierig den Mund. Als sie den süßlichen Geschmack auf der Zunge spürte, richtete sie sich schlagartig auf und erbrach sich. „Blaubeerwein“, würgte sie. Blinzelnd öffnete sie die Augen und sah sich um.

Sie befand sich im Schutz eines Felsvorsprungs, neben ihr loderte ein kleines Feuer. Vor ihr erstreckte sich eine schneebedeckte Weite, die sie erneut die Augen zusammenkneifen ließ. Der einzige Farbtupfer war ein kleiner See, der in hellem Blau erstrahlte und vermutlich noch einige Kilometer entfernt war. Schneeflocken rieselten ihr ins Gesicht und vermischten sich mit kleinen Sternen, die sie vor ihren Augen aufblitzen sah. Ihr Magen rumorte. Sie versuchte, ihre zitternden Beine zu beruhigen, und legte schützend die Hände auf die Oberschenkel. Dann sah sie sich nach der Stimme um. Eine Frau mittleren Alters, die sehr klein und zierlich, beinahe zerbrechlich wirkte, stand an der Wand hinter dem Felsvorsprung und musterte sie neugierig. Sie trug halblanges schwarzbraunes Haar und einen dicken Fellmantel und lächelte Fiona aufmunternd an.

„Alles wird gut, Mädchen."

Langsam begann Fiona, sich daran zu erinnern, was passiert war. „Flóki!", rief sie entsetzt. „Wo ist Flóki?" Sie sah sich um, doch außer der Frau und ihr war niemand da. Die Fremde sah sie mitleidig an, dann schüttelte sie traurig den Kopf.

„Nein", rief Fiona verzweifelt. Sie kümmerte sich nicht mehr um ihren schmerzenden Körper. Sie rappelte sich auf, hechtete auf die Frau zu und packte sie an den Schultern. Ihr fiel auf, dass die Frau einen milchkaffeebraunen Teint hatte.

„Wo ist er?" Ein bitterer Geschmack stieg auf und machte sich in ihrem Mund breit.

„Ich habe euch aus Janes Höhle geholt. Ein junger Mann hat davor gewartet. Ziemlich hilflos sah der Gute aus. Er sagte, er sei Flókis Freund. Er hat ihn mitgenommen. Deine Wunden habe ich mit Kaninchenkraut versorgt."

„Wie – mitgenommen? Hier kommt doch kein Auto hin?"

Die Frau sah Fiona ernst an. Dann fasste sie ihre Schultern, rüttelte sie leicht und sagte: „Ich bringe dich nun nach Hause. Kehre in dein altes Leben zurück."

Fiona schluckte die aufsteigenden Tränen hinunter. „Nein. Ich kann nicht. Ist Flóki tot? Bitte! Ich glaube es nicht, ich spüre, dass er noch lebt! Ich will zu ihm. Wo ist er?"

Die Frau öffnete den Pelzmantel und holte ein kleines Ledersäckchen hervor. Sie fuhr mit der Hand hinein. „Es tut mir leid, aber ich kann nicht zulassen, dass du meinen Sohn noch einmal in Gefahr bringst."

Fiona starrte die Fremde an. „Du bist Flókis Mutter? Fjola, die Tochter von Sara und Frosti? Ich dachte, du wärst bei einem Autounfall ums Leben gekommen!"

Fjola beugte sich langsam vor. „Das bin ich offiziell auch." Dann zog sie die Hand aus dem Lederbeutel, glitzernde Körnchen rieselten zwischen den Fingern herab. „Vergiss, Fiona", flüsterte sie und öffnete die Faust. Dann pustete sie das Pulver in Fionas Richtung. Weißer Staub verfing sich in deren eisblauen Augen und begann zu leuchten. Ein Ruck ging durch Fees Körper, und ihr Blick wurde glasig. Fjola beugte sich vor und ergriff ihre Hand. „Komm, Liebes. Ich bring dich nach Hause."

Sie gingen den unebenen Weg durch den Schnee, der teilweise bis zu den Knien reichte. Wie ein Zombie trottete Fiona hinter Fjola her, ohne deren Hand loszulassen. Plötzlich kamen Häuser in ihr Sichtfeld. Die Sonne ging gerade auf und tauchte die Umgebung in ein orangefarbenes Licht.

„Akureyri", sagte Fjola. „Ich bringe dich bis zu dem Haus deiner Freundin."

Fiona folgte ihr weiterhin schweigend. Als sie vor dem Wohnblock ankamen, in dem Lili wohnte, legte Fjola ihr eine Hand auf die Schulter. „Roger wird dich dort erwarten." Eine Schneeböe umgab die beiden, und plötzlich war die Frau verschwunden.

Fiona runzelte die Stirn. Sie konnte sich an alles erinnern. Offenbar hatte dieser Vergessensstaub nicht gewirkt bei ihr. Oder sie hatte sich – genau wie Amy damals – so sehr auf ihre Gefühle konzentriert, dass er an ihr abgeprallt war. Denn Liebe war stärker als jede Zauberei. Auch wenn das bedeuten würde … Da war etwas gewesen zwischen ihr und diesem wuscheligen, ungehobelten Flóki! Ein viel intensiveres Gefühl, als sie für Roger empfand. Oder lag es nur daran, dass sie in einer Extremsituation gesteckt hatten? Immerhin war Flóki doch so unhöflich bei ihrer ersten Begegnung gewesen! Verwirrt schüttelte sie den Kopf. Sie musste Flóki finden! Allerdings hatte sie keine Ahnung, wie sie an ihn oder Mads herankommen konnte.

„Fiona?“

Sie drehte sich um. Hinter ihr stand Mathías. *„Afi“*, murmelte sie und fiel ihm um den Hals.

„Was ist passiert?“, fragte er erschrocken und berührte ihr Gesicht. „Warst du in eine Schlägerei verwickelt? Ich habe mir Sorgen gemacht! Roger hat angerufen. Er hat dich gestern aus den Augen verloren. Nachdem auch deine Mädels nicht wussten, wo du steckst, hab ich mich auf den Weg hierher gemacht.“ Er beugte sich vor und flüsterte ihr ins Ohr: „Merke dir eins, Mädchen: Ein Mann, der dich aus den Augen verliert, wird nie eine gute Wahl sein. Egal in welcher Hinsicht.“

Fiona nickte. So weit war sie auch schon gekommen. „Bringst du mich zu euch? Ich muss dringend etwas herausfinden!“

Mathías nickte und stellte keine weiteren Fragen. Als Fiona zu seinem Wagen ging, hielt er sie doch einen Moment auf.

„Fiona?“

„Hm?“

„Möchtest du Roger nicht einmal mehr sehen?“

„Oh. Doch.“ Sie schüttelte verwirrt den Kopf, ging zurück zu Lilis Wohnung und klingelte. Ihre alte Schulfreundin öffnete ihr verschlafen die Tür.

„Fee. Was machst du denn hier?“

„Weißt du, wo Roger genächtigt hat?“, fragte Fiona ohne Umschweife.

Lili wurde rot und warf einen Blick hinter sich. „Hier. Nur auf dem Sofa natürlich!“, fügte sie hastig hinzu.

„Verstehe“, antwortete Fiona steif. „Ich fahre mit meinem Opa zurück nach Skagafjörður. Ich wollte Roge nur mitnehmen, immerhin hat er dort sein Auto.“

Da kam Roger auch schon hinter Lili zum Vorschein. Sie klärte ihn auf, und nachdem er sein Zeug zusammengepackt hatte, folgte er ihr schweigsam zum Auto von Mathías.

„Was ist gestern passiert? Wo warst du plötzlich?“, fragte er, bevor er einstieg.

Das wüsste ich auch gern, dachte Fiona, zuckte jedoch nur mit den Schultern. „Ich hab ein paar alte Freundinnen getroffen, und wir haben etwas zu viel getrunken. Hab bei einer von ihnen geschlafen“, log sie.

Roger nickte knapp. Er schien nicht weiter nachhaken zu wollen. Warum auch? Er zeigte nie sonderlich viel Interesse an ihr. Als er nun einstieg, ohne ihr vorher die Autotür aufzuhalten, sah sie nur Mathías eine Augenbraue hochziehen und ihr einen bedeutungsschwangeren Blick zuwerfen, bevor er sich ans Steuer setzte, um sie wieder nach Skagafjörður zu bringen. Die Fahrt verlief schweigsam. Fiona spielte an ihrem Smartphone herum. Ihre Handtasche hatte unberührt dort gelegen, wo sie sie gestern hatte fallen lassen. Niemand war auf die Idee gekommen, die Tasche zu stehlen, auch der ganze Inhalt war noch da. Das war Island, dachte sie. Man fühlte sich immer sicher, wäre da nicht das Verborgene Volk, welches sie kaum mehr leugnen konnte. Obwohl sie bisher ja nur wenige Bekanntschaften gemacht hatte. Oder? Sie schluckte. In welchen beiden unterschiedlichen Welten sie doch lebte! Sie dachte an L. A. und ihre Karriere, da fiel ihr ein, dass Flóki ein Foto von ihr und Mads gemacht hatte. Natürlich!

Schnell checkte sie auf ihrem Instagram-Account alles, was sich unter *#fionachristian* verbarg. Und tatsächlich – eins der neueren Fotos war von einem gewissen „flókifrosti" gepostet worden. Es zeigte einen Moment, in dem sie Mads anlächelte. Sie überging die Wut, die sich gegen Flóki zu richten begann, und klickte sein Profil an. Es war öffentlich – natürlich, er war ja Journalist. Sie wählte „Nachricht senden" aus, hielt aber inne. Was sollte sie schreiben? *Hallo, Flóki, lebst du noch?* Soweit sie erkennen konnte, war das Foto gestern Abend, direkt nachdem es gemacht wurde, gepostet worden. Danach hatte er nichts mehr hochgeladen. Sie schrieb ihm schließlich doch: *Hey, Flóki. Ich bin es, Fiona. Wo bist du?* Wie komisch es sich anfühlte! Noch vor ein paar Stunden hatten sie gemeinsam gegen die durchgeknallte Jane und deren Monster gekämpft, und nun saß sie hier im Auto und schrieb ihm eine Nachricht. Mads war auf dem Bild verlinkt, auch ihm sandte sie eine Message. Nun hieß es abwarten.

„Mit wem schreibst du denn so wild?", fragte Roger.

Sie warf ihm einen giftigen Blick zu. „Ich habe mein Instagram-Profil aktualisiert."

„Du sollst das doch von deinem Manager überprüfen lassen. Du hast keine Ahnung, wie man sich gegenüber den Medien verhält. Ein kleiner Fehler, und – peng – sie zerreißen dich in der Luft!"

„Ach ja? Dann hoffe ich, dass du nichts Peinliches zu Lili gesagt hast. Sie studiert Kommunikation und jobbt in den Ferien für Islands größte Zeitung."

Roger erbleichte. Zufrieden lehnte Fiona sich zurück und schloss für einen Moment die Augen. Es war ihr egal, was er mit Lili gemacht hatte. Sie hatte nur Flóki im Kopf.

„Es wird bald schon wieder dunkel. Ich hasse dieses Land. Ich bin froh, wenn ich zurück in L. A. bin", murmelte Roger nur.

Sie sah aus dem Fenster. Ja, die Dunkelheit im Winter, wenn die Sonne sich nur wenige Stunden am Tag zeigte, konnte schwer zu ertragen sein. Sie erdrückte einen, schnürte einem die Luft ab, und zurück blieb das Gefühl, in einem Meer von Trostlosigkeit zu schwimmen. Doch dann sah sie auf die Landschaft, die an ihnen vorbeizog. Wie wundervoll es hier doch war! Der Schnee glitzerte in der einsetzenden Dämmerung, hin und wieder entdeckte sie die aufsteigenden Schwaden einer dampfenden heißen Quelle, hinter denen sich die Weiten an moosbedeckten Geröll- und Lavafeldern irgendwann zu mächtigen Bergen emporhoben. *Eine eigene Welt, die dem Menschen keinen Zutritt erlaubte,* hatte Amy in ihren Texten geschrieben. Magisch, kam Fiona in den Sinn. Warum hatte das Pulver nicht gewirkt? Sie wusste es nicht, aber sie würde es herausfinden. Sie erinnerte sich, das war das Einzige, was zählte.

„Woran denkst du?"

Sie sah auf. Roger blickte sie treuselig an. Plötzlich tat er ihr leid. Er war eigentlich immer gut zu ihr gewesen, hatte sie in ihrer anfänglich harten Zeit in L. A. unterstützt und ihr Leute vorgestellt, ohne die sie heute nicht da wäre, wo sie jetzt war. Und er hatte immer zu ihr gehalten. Sie nahm seine Hand und drückte sie fest. „An nichts. Ich bin nur ziemlich erledigt von gestern."

Er schmunzelte. „Du solltest nicht so übertreiben. Stell dir vor, dich fotografiert einer. Das gibt 'ne Riesen-Schlagzeile, und dein Image des netten Mädchens von nebenan ist ruiniert."

Und deins auch, dachte sie genervt und entzog ihm die Hand wieder.

Bei ihren Großeltern angekommen, ging Fiona unter dem Vorwand, einen Moment allein sein zu wollen, ins Gästezimmer und entledigte sich ihrer Partyklamotten, die von der aufreibenden Nacht schmutzig und muffig waren. Nach einer kurzen Dusche fühlte sie sich wie neugeboren und starrte einen Moment nachdenklich aus dem Fenster, um ihr Gedanken- und Gefühlschaos zu sortieren. Schneeflocken wirbelten umher, und die Äste der Büsche und Bäumchen waren zentimeterhoch mit Schnee bedeckt. Eine Winterwunderlandschaft. So etwas gab es in L. A. in der Tat nicht. In der Ferne vernahm sie eine Regung. Was war das? Sie hätte schwören können, einen großen schwarzen Hund gesehen zu haben! Vermutlich nur ein Islandpferd. Sie seufzte und schloss für einen Moment die Augen. Der Kloß in ihrem Hals und die aufsteigenden Tränen ließen sich nicht ignorieren. Sie hatte das Gefühl, genau hier zu Hause zu sein. Sie spürte, wie wichtig ihr Island war. Außerdem empfand sie noch etwas anderes. Es klopfte an der Tür.

„Herein", sagte sie. Es war Roger.

„Roge", murmelte sie und lächelte ihn halbherzig an.

„Fee, was ist denn los? Du bist einfach nicht mehr du selbst."

Sie spürte eine Träne herabkullern und sah ihn ernst an.

„Doch, Roger. Ich bin *endlich* wieder ich selbst. Seit ich hier bin, habe ich erkannt, was mir im Leben wirklich wichtig ist."

„Und das wäre?"

„Meine Wurzeln. Meine Familie, und meine Freunde. Versteh mich nicht falsch, ich hänge an meinem Job. Und ich liebe L. A. – es wird immer ein Teil von mir sein. Aber es ist nicht das, wonach ich mich sehne. Es ist mir zu oberflächlich."

„Dann bin ich dir auch zu oberflächlich?"

Sie erwiderte nichts, sondern ging einen Schritt auf ihn zu.

„Sag mir die Wahrheit, Roge. Hast du nun damals über SMS mit mir Schluss gemacht?"

Er hob die Schultern. „Nein, das war Demi. Das hab ich dir doch schon erklärt. Sie ist ein eifersüchtiges Ding, die einfach auf mich steht."

„Wie konnte sie denn an dein Handy kommen?"

„Sie hat's mir vermutlich aus der Tasche stibitzt. Ich weiß es nicht."

Fiona schwieg. „Okay, das ändert auch nichts", seufzte sie schließlich. „Ich kann das nicht mehr, Roger. Ich möchte mich trennen", sagte sie zögerlich.

„Was?", lachte er. „Das meinst du nicht ernst! Was sind denn das jetzt für Starallüren? Du warst doch sonst immer so handzahm."

Fiona prustete: „Handzahm?" Dann fuhr sie fort: „Ich habe gemerkt, dass meine Gefühle für dich nicht stark genug sind."

Er schwieg eine Ewigkeit und sah sie einfach nur an. Sie spürte ein Frösteln im Nacken. Sie hatte schon von den größten Kuriositäten gehört – dass Männer ihre Freundinnen schlugen oder gar ermordeten, wenn diese Schluss machten. „Roger?", fragte sie ängstlich.

„Tut mir leid, Fiona. Ich mochte dich wirklich sehr. Aber gut, ich akzeptiere deine Entscheidung“, gab er schließlich ziemlich steif zurück.

Sie atmete erleichtert aus.

„Mach dir um die Medien keine Gedanken. Ich melde mich bei deinem Agenten, sobald ich ein Statement verfasst habe“, sagte er und wandte sich um.

*Typisch!* Fiona verschränkte die Arme vor der Brust, verkniff sich aber einen Kommentar.

Als Roger abgereist war, ließ Fiona sich erschöpft auf das Sofa ihrer Großeltern fallen.

„Hier, mein Kind, trink das.“ Hekla reichte ihr einen großen Becher mit dampfender Flüssigkeit.

„Warmer Blaubeerwein?“ Ihre Oma nickte schweigend, zwang sich aber zu einem schmalen Lächeln. Fiona wusste, dass Hekla es gut meinte, aber deren Maulfaulheit ging ihr manchmal sehr auf die Nerven. Sie selbst war einfach das komplette Gegenteil und konnte diese Introvertiertheit einfach nicht nachvollziehen.

„Willst du uns nicht erzählen, was vorgefallen ist?“, fragte Mathías, der sich dazugesellt hatte.

Fiona seufzte und nippte am warmen Wein. „Ich habe mich von Roger getrennt. Ich halte das für das Beste.“

Ihr *Afi* räusperte sich und kratzte sich an seiner Halbglatze.

„Nun gut, dieser Meinung sind deine Großmutter und ich auch. Allerdings wollte ich eben eher wissen, was in der Partynacht passiert ist.“

Fiona musterte ihn eindringlich. Wie viel konnte sie ihm erzählen? Er schenkte ihr ein warmherziges Lächeln. Sie zögerte.

„Ich habe diesen Journalisten kennengelernt. Flóki Fróstisson, ihr kennt ihn sicherlich. Er hat sich an dem Abend verletzt, und mir wurde gesagt, dass er es nicht überlebt hat. Ich glaube das aber nicht.“

Mathías hob den Kopf und fuhr sich mit der Hand den Hals entlang. „Flóki, sagst du?“

Fiona nickte heftig und zog ihr Handy aus der Tasche. Immer noch keine Nachricht. Weder von Mads noch von Flóki.

„Ja, wir kennen ihn tatsächlich“, sagte ihr Großvater.

In diesem Moment summte Fionas Handy. Aufgeregt warf sie einen Blick drauf. Eine Nachricht von Jarla. Sie bekam ein schlechtes Gewissen, ihre Freundin hatte mehrfach versucht, sie zu erreichen, nachdem sie in der Nacht einfach verschwunden war. Sie schrieb ihr, dass sie bei ihren Großeltern war und sich sobald wie möglich melden würde. Dann sah sie Mathías neugierig an. „Wie meinst du das – ihr kennt ihn tatsächlich?“

Hekla und Mathías wechselten einen kurzen Blick. „Wir kennen Flóki, ja. Seit er ein kleiner Junge ist.“ „Super! Habt ihr vielleicht eine Telefonnummer von ihm?“, rief Fee aufgeregt.

Hekla erhob sich und ging zu einer Schublade, in der sie langsam nach etwas kramte. Sie holte einen Umschlag hervor und ging zurück zu ihrem Sessel, behielt den Umschlag aber weiterhin in der Hand. „Wie Mathías schon gesagt hat – wir kennen Flóki, seit er ein kleines Kind ist. Letztens war er bei uns und hat diesen Umschlag abgegeben. Wir sollten ihn dir geben, falls ihm etwas zustößt.“

Fiona hielt kurz die Luft an. „Falls ihm etwas zustößt?“ Sie wollte es nicht wahrhaben. „Wie kommt ihr darauf, dass ihm etwas passiert ist?“

Hekla und Mathías wechselten erneut einen vielsagenden Blick.

„Oma, Opa, verdammt! Jetzt sagt mir schon, was los ist", herrschte sie die beiden an.

Hekla reichte ihr den Umschlag. „Ich weiß nicht, was drinsteht. Aber du solltest es lesen. Es schien ihm sehr wichtig zu sein."

Fiona zögerte, den Umschlag zu öffnen. „Sagt schon: Wie kommt ihr darauf, dass ihm etwas zugestoßen ist?", fragte sie erneut.

„Es steht heute in der Zeitung", sagte Mathías schließlich und reichte ihr die Seite. Dort war ein hübsches Passbild von Flóki abgebildet.

Fiona kam es vor, als würde eine Flamme in ihr aufsteigen, als sie sein Gesicht mit dem typischen grimmigen Blick sah, das von dem dunklen Rauschebart umrandet war, welcher ihn noch düsterer erscheinen ließ. Daneben war das Bild des Krankenhauses von Akureyri zu sehen. Die Überschrift lautete: *Islands Top-Reporter kämpft auf Intensivstation ums Überleben!* Darunter war die Frage formuliert: *Wer steckt hinter dem Mordanschlag auf Flóki Fróstisson?*

Der sonst so taffen Hekla stiegen Tränen in die Augen. „Woher wusste der Junge nur, dass ihm etwas passieren wird?"

Fiona legte zitternd die Zeitungsseite fort. Immerhin lebte er noch, versuchte sie, sich zu beruhigen. Sie öffnete den Umschlag, und ein loses Papier fiel heraus. Vorsichtig strich sie es glatt.

*Liebste Fiona,*

*wenn du das hier liest, bin ich entweder tot, oder deine Großeltern sind unzuverlässig! Nein, Scherz beiseite. Ich wollte dir nur sagen, dass es mir leidtut. Ich habe bemerkt, wie wichtig du mir geworden bist. Sehr wichtig sogar. Doch es ist zu spät. Ich kann meinen Fehler nicht mehr rückgängig machen. Glaube mir, ich habe alles versucht! Es tut mir im Herzen weh, und ich hoffe, dass du mir eines Tages verzeihen kannst!*

*Dein Flóki*

Sie runzelte die Stirn. „Was meint er damit? Was genau hat er mir angetan?“ Fragend sah sie ihre Großeltern an, nachdem sie den Brief laut vorgelesen hatte.

Mathías hob die Schultern. „Tut mir leid, Fee. Dass wissen wir nicht. Er hat uns den Umschlag anvertraut, mehr nicht. Aber er wirkte sehr aufgewühlt. Er schien fast damit zu rechnen, dass ihm etwas geschehen wird.“

„Ich muss zu ihm.“ Sie spürte, wie die Wärme ihr ins Gesicht stieg. „In welcher Klinik liegt er?“

„Ich denke, in Akureyri.“ Mathías sah einen Moment zur Zimmerdecke. „Na das hättest du dir ja mal vorher überlegen können, Madame. Komm – ich fahre dich!“

Nervös nestelte Fiona an ihrer Halskette herum. Sie hatte bemerkt, dass sie diese wieder trug, obwohl sie sie in der Höhle abgenommen und auf Flóki gelegt hatte. Fjola musste sie ihr umgehangen haben.

„Was soll ich sagen? Sie werden mich nicht zu ihm lassen.“ Ihre Großmutter war zu Hause geblieben. Mathías hatte ja angeboten, sie wieder zurück nach Akureyri zu fahren.

„Sag ihnen, du bist seine Verlobte. Das zieht oft.“

Fiona errötete. „Wenn du meinst, *Afi.*“

Mathías zwinkerte ihr zu. „Ich bin froh, dass du diesem Roger den Laufpass gegeben hast.“ Er zögerte und zog dann eine Grimasse. „Flóki hingegen ...“

Fiona erbleichte. „Opi, ich weiß nicht, ob Flóki das alles überleben wird. Seine Verletzungen müssen schwer sein.“

„Mach dir keine Sorgen, mein Kind. So einen Kerl wie ihn haut so schnell nichts um.“

Sie zog eine Augenbraue hoch. „Ach ja? Hoffen wir es. Wieso kennt ihr ihn eigentlich so gut?“

Mathías zögerte einen Moment. „Wir kannten ihn schon als Baby. Besser gesagt, seine Großeltern. Sein Großvater – Frosti – war mit einer Amerikanerin zusammen, ihr Name war Sara. Sie lebten eigentlich in Amerika und kamen selten nach Island, aber hin und wieder waren sie hier. Sie hatten eine gemeinsame Tochter namens Fjola. Eine etwas schwierigere Persönlichkeit.“ Er räusperte sich.

Ein Schauer kroch Fee über den Rücken. Wenn sie recht hatte, war sie genau dieser Fjola begegnet!

„Ja, Fjola war ein schwieriges Mädchen und kam eines Tages schwanger nach Hause. Wer der Vater ist, spielt im Moment keine Rolle.“ Er warf ihr einen Seitenblick zu. „Kurz nach der Geburt des kleinen Flóki sind Fjola und der Vater des Kindes wohl umgekommen. Zuerst war Flóki bei seinen Großeltern Sara und Frosti, doch beide konnten sich in den darauffolgenden Jahren nicht mehr um ihn kümmern. Somit wurde er mit vier Jahren zur Adoption freigegeben. Wir haben ihn aber immer im Auge behalten. Er ist bei guten Adoptiveltern gelandet.“

„Das freut mich zu hören. Wer war Flókis Vater? Heißt er Fróstisson nach seinem Großvater?“, wollte Fiona aufgeregt wissen.

Mathías schüttelte den Kopf. „Nein. Flókis Vater hieß ebenfalls Frósti.“

Sie nickte. Alles passte. Olavs und Janes Kind hieß Frósti, und Jane hatte Flóki ihren Enkel genannt. Konnte es sein, dass Flóki der Sohn von diesem Frósti und somit Janes und Olavs Enkel war? Damit hätte diese Irre recht gehabt … Da fiel ihr ein, dass sie ihre Großeltern nach ihrem Opa mütterlicherseits fragen wollte. *„Afi,* da wir gerade darüber reden: Kanntet ihr eigentlich die Eltern von Mamma?"

„Von Greta?", fragte Mathías erstaunt. „Deine anderen Großeltern?"

Sie nickte stumm.

„Es tut mir leid, aber als dein Papa Christian mit Greta zusammenkam, waren ihre Eltern bereits gestorben."

„Verstehe. Schade."

„Aber ich dachte immer, um deine Großmutter Amy gibt es so viele Sagas."

Fiona schmunzelte. „Ja. Aber niemand weiß, wer wirklich der Vater von Greta war."

Mathías sah sie erstaunt an. „Sein Name war Olav."

„Das steht in den Sagas. Aber ist es auch die Wahrheit? Und war er … War er einer vom Verborgenen Volk?", fragte Fiona kleinlaut.

Mathías lächelte. „Glaubst du das denn?"

Sie zuckte die Schultern. „Glaubst du es denn?", fragte sie zurück.

„Glauben ist ein schwieriges Wort. Eher würde ich sagen: Fühlen. Jede Überzeugung entspringt einem Gefühl der Freude, Hoffnung oder Trostlosigkeit. Unsere Emotionen ändern sich ständig, so ist es auch mit dem Glauben. Heute glauben wir das, von dem wir gestern noch dachten, dass wir es morgen niemals fühlen könnten."

„Opa!“, fuhr Fiona ihn an. „Sprich nicht so kryptisch.“ Mathías grinste und sah dabei aus wie ein kleiner Junge. „Ich kann dir nicht alles beantworten, weil ich selbst nicht auf alles eine Antwort habe. Eines hat mich mein langes Leben aber gelehrt – Liebe bringt dich immer zu dem Ort, nach dem du dich am meisten sehnst. Also, Fee. Liebe dich, liebe die Menschen, liebe den Weg, den du gehst, und plötzlich erkennst du auch die Wahrheit in deinen Zweifeln.“

Fiona dachte an Flóki. Doch ihre Gedanken wanderten auch zu Roger. War es richtig gewesen, sich zu trennen? Das Modeln, Amerika, das alles war ihr Traum gewesen. Hatte sie ihn nun fortgeworfen, nur wegen eines kleinen Flirts mit ihrer alten Heimat?

Die Klinik von Akureyri ragte in die Höhe wie ein typischer Betonklotz. Fiona war mulmig zumute. Seit ihr Vater Christian gestorben war, verabscheute sie Krankenhäuser. Früher hatte es sie fasziniert, daran vorbeizufahren, sie hatte die Menschen bewundert, die dort arbeiteten: Lebensretter, Barmherzige, soziale Wesen. Sie hatte sich sogar vorgestellt, wie es wäre, Krankenschwester oder gar Ärztin zu werden. Doch ihr Traum, die Welt zu bereisen und Mode zu präsentieren, war stärker gewesen. Krankenhäuser wirkten immer hell und erleuchtet. Im Gegensatz zu vielen anderen mochte sie den Geruch von Desinfektionsmitteln und die Geräusche, wenn es hektisch zuging. Sie hatte jede Krankenhausserie verschlungen und sich vorgestellt, selbst ein Teil davon zu sein. Dann war Christians Krankheit diagnostiziert worden und der Traum in Weiß zerplatzt. Sie hatten ihm noch ein paar Monate zu leben gegeben, Fionas Welt war zusammengebrochen. Sie war gerade in ihrer schwierigsten Phase – in der Zwischenwelt von der Kindheit zum Erwachsenensein. Sie hatte ihren Vater vergöttert. Er war immer ein guter Mensch gewesen und hatte es nicht verdient, so zu leiden! Doch Greta und er hatten sämtliche Therapien versucht. Am Ende war er nicht mehr er selbst gewesen, das war damals das Schlimmste. Er hatte von fremden Menschen gesprochen, Dinge gesehen, die nicht da gewesen waren, und war ohne Grund aggressiv geworden. Fiona hatte die Ärzte verflucht und seit dem Tag, an dem er starb, nie wieder ein Krankenhaus betreten.

Nun stand sie davor. Papa würde es wollen, dachte sie. *Er würde wollen, dass du Flóki besuchst.* Sie grinste unwillkürlich. Er hätte Flóki sicherlich Roger vorgezogen.

Mathías räusperte sich. „Mir geht es genauso", murmelte er. Sie erschrak. „Was meinst du?"

„Na ja. Seit Christians Tod verabscheue ich Kliniken."

Sie nickte traurig, da fuhr er schon fort:

„Aber ich kannte meinen Sohn gut. Er würde wollen, dass du deinen Freund besuchst und die unguten Gedanken ausschaltest. Steck sie in ein Körbchen, vergrabe sie am Strand, und lass sie vom Meer wegspülen, hätte er gesagt."

Fiona kicherte. Ja, ihr Vater hatte immer einen schlauen Spruch auf den Lippen gehabt. Mathías legte einen Arm um sie und drückte sie kurz.

„Komm, Fee. Lassen wir die Vergangenheit hinter uns. Die Zukunft ist das, was zählt."

Zitternd betrat sie das sterile Gebäude. Sie spürte die Panikattacke, bevor sie richtig da war. Ihre Brust zog sich zusammen. Ich bekomme keine Luft mehr, ich bekomme keine Luft mehr, rief eine innere Stimme, und Fiona glaubte ihr. Sie rang nach Atem, doch sie hatte das Gefühl, als käme nichts in den Lungen an. Ihre Kehle verschloss sich, und sie spürte einen großen Kloß im Hals. Es war so weit, sie würde sterben! Sie ging in die Knie und umklammerte ihre Beine. Es war vorbei. Hier und heute. Sie hörte ihren Herzschlag laut pochen. Unregelmäßig! Das Blut rauschte in ihren Ohren, begleitet von einem pulsierenden Geräusch. Nein, ich will nicht sterben, dachte sie verzweifelt, doch sie spürte ihn, den herannahenden Tod. Er packte sie, schnürte ihr die Luft ab und ergötzte sich an ihrem Leid. Der Boden schwankte, die Welt um sie herum drehte sich. So ist es also wenn man stirbt, dachte sie. Keine Engel. Keine verstorbenen Verwandten, die einen abholen. Kein Licht am Ende des Tunnels. Verdammt, du stirbst auch nicht, rief sie sich in Erinnerung. Sie sah ihren *Afi* vor sich stehen, der ihr aufmunternd zunickte. Natürlich. Außenstehende bekamen die Panikattacken meist nicht mit, diese spielten sich ja auch im Kopf ab. Sie zwang sich zum Aufstehen, ging auf ihn zu und ließ sich in den Arm nehmen. Er drückte sie fest. Halt mich ganz fest, Opi, dachte sie. *Ganz fest, ganz fest, ganz fest.* Immer wieder wiederholte sie die Worte, dann war die Attacke vorbei. So schnell, wie sie gekommen war, verschwand die Panik und begann, sich in Angst zu verwandeln. Die Angst wich der Leere. Doch sie war nicht allein.

„Alles ist gut", sagte Mathías. „Komm. Gehen wir ihn besuchen."

Die Schwester, die sie auf der Intensivstation in Empfang nahm, war freundlich und stellte das Verwandtschaftsverhältnis nicht in Frage, sodass sie Flóki problemlos besuchen konnten. Sie ermahnte sie nur, ihn nicht zu überanstrengen.

Die Station war nicht groß. Überall piepten Apparate, und ein ständiges Klingeln, von dem Fiona erst dachte, es käme von ihren Ohren, verfolgte sie. Ein paar Menschen in blauen

Krankenhaus-Kasacks wimmelten umher. Es war nicht zuzuordnen, ob es Pfleger oder Ärzte waren. Die Schwester führte sie zu einem Zimmer mit Glasscheiben.

Fiona spürte den Kloß im Hals immer dicker werden. Das Licht im Raum war gedämpft, im vorderen Bett lag eine Frau mit geschlossenen Augen, die an vielen Apparaten hing. Ein Vorhang trennte ihres vom Nachbarbett.

Die Schwester hob einladend die Hand. „Bitte schön."

Sie traten langsam näher, Fee warf einen ängstlichen Blick auf die Frau. Dann gingen sie zum Nachbarbett.

Er sah anders aus – als sei er ein Fremder. Sie hatten ihm den Bart abrasiert. Seinen schönen dunklen Bart! Die Haut war blass, und Haarsträhnen lugten fettig unter einem Kopfverband hervor. Flóki trug das typische Krankenhaushemd, das wohl überall auf der Welt gleich aussah. Seine Hände waren über der Decke, mehrere Kanülen lagen in seine Venen und Arterien.

Vorsichtig ging Fiona auf ihn zu. „Flóki?", flüsterte sie. Erst jetzt bemerkte sie einen Schlauch in seinem Mund, der mit einem Pflaster fixiert war, vermutlich damit er nicht verrutschte. Sacht berührte sie seine Hand, die erstaunlich warm war. Sanft streichelte sie seinen Daumen. Ein alarmierender Ton ließ sie zusammenfahren. Er kam von dem Monitor, mit dem Flóki verkabelt war.

Die Schwester kam herbeigeeilt und drückte einen Knopf.

„Nichts Schlimmes, nur die Frequenz ist etwas hochgegangen. Er scheint dich zu spüren."

Fiona zog ihre Hand unsicher zurück.

„Rede ruhig mit ihm. Er nimmt es wahr." Die Schwester nickte ihr aufmunternd zu.

„Flóki, hörst du mich? Ich bin's. Fiona." Sie strich ihm liebevoll über die Wange. „Mir geht es gut. Ich bin in Sicherheit. Du auch. Du bist auch in Sicherheit", flüsterte sie tränenerstickt.

„Niemand kann dir hier mehr etwas tun." Sie beugte sich vor und lehnte sich dicht an sein Ohr. „Ich habe deine Mutter getroffen", wisperte sie. „Deine echte Mutter." Sie spürte eine Hand auf ihrer Schulter.

Mathías blickte sie mitleidig an. „Verdammt, was ist dem Jungen nur passiert?"

Plötzlich wurde Flóki unruhig, und sein Oberkörper begann, sich nach oben zu wölben.

„Was ist los?", rief Fiona erschrocken.

Er bäumte sich immer und immer wieder auf, ein anderes Gerät piepte laut. Die Schwester kam herein und fummelte an dem Apparat herum.

„Was ist?", rief Fiona hysterisch.

Die Pflegekraft sah sie kurz ernst an und wandte sich dann wieder ihrem Patienten zu. „Es sieht fast danach aus, als wehrt er sich gegen den Tubus. Also, gegen die Beatmung." Sie blickte Fiona eine Spur freundlicher an. „Keine Sorge. Das ist ein gutes Zeichen. Es bedeutet, er möchte selbstständig atmen." Sie zögerte. „Wenn wir den Tubus entfernen, muss ich euch leider bitten, das Zimmer zu verlassen. Ich werde einen Arzt holen, und wir besprechen das weitere Prozedere. Ihr dürft gern im Wartebereich Platz nehmen. Ich hole euch dann, wenn wir fertig sind."

„In Ordnung." Fiona schluckte und gab Flóki, der sich wieder etwas beruhigt hatte, einen Kuss auf die glatt rasierte Wange. „Ich liebe dich", raunte sie ihm ins Ohr.

„Ich hole uns einen Kaffee", schlug Mathías vor, als sie im Wartebereich Platz genommen hatten.

Die Plastikstühle waren unbequem. Ein kleiner weißer Tisch stand in der Mitte des Raumes und war über und über mit vergilbten, verknitterten Magazinen übersät. Außer ihnen beiden war noch eine Frau anwesend, die gerade in einer Zeitung blätterte, die noch nicht zerlesen aussah.

„Die Maschine ist defekt", sagte die Fremde.

Mathías blickte fragend auf ihren Becher.

Sie lächelte ihn offen an. „Es gibt eine Cafeteria. Dort schmeckt der Kaffee ohnehin besser."

„Gut, dann gehe ich dorthin. Bin gleich wieder da." Er gab Fiona einen Kuss auf die Stirn.

„Danke, *Afi.*"

„Ich komme seit einem halben Jahr jeden Tag hierher. Der Kaffee in der Cafeteria ist eindeutig die bessere Wahl." Die Frau sah Fee an.

„Ein halbes Jahr?", fragte diese erschrocken.

Die Frau nickte heftig, und ihre dauergewellten Haare wippten vor und zurück. „Mein Sohn …", flüsterte sie. „Er hatte einen Autounfall."

„Das ist ja schrecklich, tut mir leid."

Die Fremde lächelte sie freundlich an, doch Fiona konnte ihr ansehen, dass sie die Mitleidsbekundungen satthatte. „Er wird wohl ein Leben lang ein Pflegefall bleiben."

„Oh. Sind die Ärzte sich da sicher?" Fiona erbleichte.

Die Frau zuckte die Schultern. „Nächste Woche fliegen zwei Doktoren nach Schweden, um den Fall mit Kollegen zu besprechen. Er hat eine schwere Hirnverletzung. Selbst wenn er wieder aufwacht – er wäre nicht mehr derselbe. Was treibt dich her, Mädchen?"

Fiona zögerte. „Ein Freund. Er wurde angegriffen."

„Flóki Fróstisson, meinst du?"

Fee sah erstaunt auf.

„Wie gesagt, ich komme jeden Tag her. Ich bekomme alles mit, er wurde gestern eingeliefert. Es ist eine Schande – sie sagen, es ist ein Mordanschlag gewesen! In unserem sicheren Island! Die Welt wird immer verrückter. Weißt du, was das besonders Tragische ist?"

Fee schüttelte stumm den Kopf.

Die Fremde nahm einen Teil der Zeitung und wedelte damit vor Fionas Gesicht herum. „Hier. Heute Morgen erschien ein Artikel, von Flóki verfasst. Es war wohl sein letzter, bevor man ihn umbringen wollte. Wenn du mich fragst, stecken die Leute dahinter, über die er geschrieben hat."

Fiona zog eine Augenbraue hoch und nahm ihr den Artikel ab. Hatte er etwa seine Erkenntnisse über das Verborgene Volk noch zu Papier bringen können? Sie las die Überschrift: *Isländisches Topmodel leidet unter Liebesentzug – kommt jetzt die Trennung?*

Sie erstarrte. In dem Artikel ging es um sie! Ein Foto von ihr, das neben der Überschrift prangte, zeigte sie auf einer Gala. Sie trug ein blaues Kleid und war von den besten Stylisten hergerichtet worden. Darunter befand sich ein kleineres Bild von ihr, wie sie schlecht gelaunt in eine Richtung schaute. Ein Bild am Ende des Artikels zeigte sie und Roger in Kirkjufell, wie sie ein ganzes Stück voneinander entfernt standen. Gequält las sie den Artikel. Es bestand kein Zweifel. Er hatte ihn geschrieben, sein Name stand direkt unter der Überschrift.

*Isländisches Topmodel leidet unter Liebesentzug – kommt jetzt die Trennung?*

*Ein Artikel von Flóki Fróstisson*

*Fiona Christian – oder Christiansdóttir, wie sie nach guter alter isländischer Tradition eigentlich heißt – ist der aufsteigende Star am internationalen Modehimmel. Ihre Wurzeln hat die bezaubernde Schönheit in Island. Doch ihrer Heimat hat sie schon seit einiger Zeit den Rücken gekehrt, lebt sie nun doch im Land der unbegrenzten Möglichkeiten, besser gesagt in der Stadt der Engel. Ob sie selbst ein Engel ist, sei dahingestellt. Zwar gibt sich Fiona Christian immer als Vorbild-Model – sie unterstützt eine Menge Charity-Galas, hatte bisher weder Alkohol- noch Drogenexzesse und wirbt für Sport und gesunde Ernährung anstatt zu hungern.*

*Doch das weiße, unbeschriebene Blatt hat Flecken bekommen. Während Fiona aufgrund familiärer Probleme die Weihnachtszeit in England verbringt, vertreibt sich ihr aktueller Freund Roger Callahan in Island die Zeit. Und das nicht allein! Roger wurde mit einer Kollegin am Set von „Island– tausendundeine Saga“, einer eigenen Produktion von ihm, knutschend entdeckt. Droht jetzt der große Zusammenbruch? Verlässliche Quellen sagen aus, dass Fiona Christian sich bereits länger Sorgen um ihre Beziehung gemacht hat. Tage vor dem Zusammentreffen mit Roger hat sie gehungert und jegliches Essen abgelehnt …*

Fiona knallte die Zeitung zurück auf den Tisch. Diesen Mist würde sie nicht weiterlesen! Sie schluckte die bittere Galle herunter, die ihr aufstieg. Nicht zu fassen!

Die Fremde, die neben ihr saß, sah sie erstaunt an. „Mein Gott“, entfuhr es ihr. „Das bist ja du! Oh, entschuldige, das wusste ich nicht. Ich hab dich gar nicht erkannt. Du siehst so anders aus!“

Bevor Fiona etwas erwidern konnte, kam ein Arzt auf die beiden zu. „Ingrid? Dein Sohn ist aus dem CT zurück. Du kannst zu ihm.“

Die Frau erhob sich und dankte dem Doktor für die Information. „Tut mir leid, Fiona“, sagte sie. „Ich wünsche dir alles Gute.“

„Ebenso“, murmelte Fee und starrte auf ihre Hände.

„Hey!“

Es war, als hätte sie eine Ewigkeit so dagesessen. Mathías stand mit zwei dampfenden Bechern vor ihr und stellte einen auf dem Tisch ab. „Alles in Ordnung?“

Sie schüttelte den Kopf. „Lass uns gehen. Ich buche noch heute einen Rückflug nach England.“

❄

„Fiona!“

Tim, gefolgt von Fynn und Joe, rannte kreischend auf sie zu und sprang ihr in die Arme.

„Hey, ihr Racker.“ Fee zwang sich zu einem Lächeln. „Na, geht es euch gut?“

„Liest du uns heute was vor?“ – „Bitte, bitte, bitte!“ – „Au ja!“

Sie schluckte. Es war damit zu rechnen gewesen, dass die Bengel sie darum bitten würden. Sie konnte die Sache mit Flóki nicht einfach verdrängen. Immer wieder wurde sie daran erinnert. „Aber wir haben doch schon fertig gelesen“, flüsterte sie.

„Das weiß Emily aber nicht“, flüsterte die Rasselbande verschwörerisch zurück. Dann riefen erneut im Chor: „Bitte – bitte – bitte!“

„Wo ist Emily?“, fragte Fiona.

„Oma ist bei deiner Mama. Bei Greta.“

Sie hatte seit sie nach Island aufgebrochen war, nichts von Greta gehört, was sie als gutes Zeichen gedeutet hatte. „Wir sind doch aber schon fertig“, seufzte sie.

„Aber Emily hat noch mal angefangen zu lesen!“

Fiona gab endgültig auf. „Gut, also noch mal.“ Danach würde sie zu ihrer Mutter fahren. „Wo wart ihr stehen geblieben?“, fragte sie, als sie das Buch in die Hand nahm.

„Olav war mit Amy in der Grotte gefangen und hat dann Stóbjörn den Handel angeboten, dass Amy gehen kann.“

Fiona zögerte. Sie kannte einen Teil der Geschichte nun auch aus Olavs Sicht. Schmerzlich wurde sie an Flóki erinnert. Sie würde diesen Teil von Olavs Notizen nie zurückbekommen, denn sie wusste eines ganz sicher: Niemals im Leben wollte sie Flóki wiedersehen!

Fiona schlief unruhig in dieser Nacht. Sie träumte von Olav und Amy, doch plötzlich war sie Amy, und Olav war Flóki. Sie standen in einem dunklen Wald, neben ihnen brauste ein Wasserfall. Flóki küsste sie leidenschaftlich und zog sie fest an sich. Plötzlich stieß er sie von sich fort, und sie stürzte in die Fluten des Wasserfalls. Flóki hielt eine Zeitung in der Hand und winkte ihr lachend hinterher.

Schweißgebadet schreckte sie mitten in der Nacht hoch und strich sich über den Bauch, der nur noch ein wenig wehtat. Fjola hatte ihre Wunden wahrhaftig gut versorgt. Fiona hatte kaum mehr Schmerzen, und es war lediglich eine kleine Narbe zurückgeblieben. Dieses Kaninchenkraut wirkte tatsächlich Wunder. Ächzend setzte sie sich auf. Sie konnte verdrängen, und sie konnte Flóki hassen, doch das änderte nichts an ihrem Interesse daran, mehr über Olav herauszufinden. Gähnend warf sie einen Blick auf den Wecker. *Halb zwei.* Schlafen konnte sie vergessen, der Traum hatte sie zu sehr aufgewühlt. Wie gerädert stieg sie aus dem Bett und ging in den dunklen Flur. Nur ein leichter Schimmer der Straßenlaterne drang durch die knarzenden Fensterläden, durch die der Wind pfiff. Draußen tobte der Schneesturm. Zum Glück war sie hier drinnen. Tante Em und ihr Onkel waren längst im Bett.

Wo könnte Emily den Rest der Geschichte aufbewahrt haben? Hatte sie den Rest überhaupt – sofern es denn einen gab? Nachdem Fiona den Kindern am Abend vorgelesen hatte, war sie zu Greta gefahren, deren Zustand nach wie vor schlecht war. Ihre Mutter lag im Bett, wurde künstlich ernährt und sprach nicht. Fiona hatte ihrer Tante gebeichtet, dass sie Olavs Notizen gefunden hatte. Begeistert war Emily nicht gewesen, hatte aber weiter auch nichts gesagt.

Als Fiona neugierig gefragt hatte, ob sie nicht auch den Rest der Geschichte haben könne, hatte Emily behauptet, sie hätte diesen nicht. Eindeutig eine Lüge. Em hatte abrupt das Thema gewechselt und ihr mitgeteilt, dass sie wegen ihrer ständigen Halsschmerzen beim Arzt gewesen war. Dieser konnte zwar noch nichts mit Sicherheit sagen, und die Ärzte mussten noch verschiedene Tests machen, allerdings schien es um Emilys Gesundheit nicht gut zu stehen. Fiona hatte ein schlechtes Gewissen, ihre Tante nun noch mehr zu belastet zu haben.

Im Flur stand ein Bücherregal, daneben eine Kommode mit alten Familienfotos. Auf einem davon war Amy mit ihren beiden Töchtern zu sehen.

„Wo bist du, Olav?“, murmelte Fee und ließ den Blick über die Bilder schweifen. Viele Fotos zeigten Emilys Kinder, in allen Lebensphasen. Sie seufzte und widmete sich den Büchern. Lesen war jetzt genau das Richtige. Es gab Groschenromane, historische Romane, Krimis. Ein Buch aber ließ sie stutzig werden. Sie nahm es in die Hand und betrachtete es näher. Der Einband war in schlichtem Weiß gehalten. Fiona kniff die Augen zusammen. *Auf den Spuren des Verborgenen Volkes. Die Aufdeckung einer isländischen Saga.* Autor war ein gewisser Charles Dawn.

Vor Schreck ließ sie beinahe das Buch fallen. Es war hier! Das Buch, welches Charles geschrieben hatte und dessentwegen der ganze Stein überhaupt ins Rollen gekommen war! Mit zittrigen Händen blätterte sie die Seiten durch und überflog die Zeilen. Im Text war von den *Ljós* die Rede, von den 13 Weihnachtsmännern, den *Démantars,* Drachen. Im letzten Kapitel ging es darum, wie man das Verborgene Volk finden konnte: indem man ans andere Ende der Nordlichter gelangte.

Sie war den Tränen nah. Es war alles wahr. Emily hatte das Buch die ganze Zeit über gehabt. Olav musste zwei Exemplare aufgehoben haben, eines für seinen Sohn Frósti. Erst jetzt bemerkte sie, dass lose Zettel am Ende des Buches im Einband steckten. Vorsichtig zog sie die Blätter heraus und faltete sie auf. Eilig überflog sie das Geschriebene. Olavs restliche Geschichte! Sie hatte sie gefunden!

Sie war so aufgeregt, dass ihr erster Gedanke war, es Flóki mitzuteilen. Doch dann fiel ihr ein, dass sie ihn ja nie wieder sehen wollte. Erst gestern hatte sie von Mads eine Antwort auf ihre Nachricht bekommen. Er hatte ihr geschrieben, dass Flóki aus dem Koma aufgewacht sei und wieder selbstständig atmen würde. Allerdings liege er noch in der Klinik. Sie hatte daraufhin zurückgeschrieben, dass sie mit seinem Freund nichts mehr zu tun haben wolle. Auch eine Nachricht von Flóki war angekommen, diese hatte sie aber nicht angeschaut. Liebevoll strich sie nun über das Buch. Sie hatte Olav gefunden. Ihre Wurzeln. Das war alles, was zählte. Flóki hatte sie nur ausgenutzt. Von Anfang an war er hinter einer Story her gewesen. Nun, die hatte er bekommen! Ein Geräusch ließ sie zusammenfahren. Ehe sie sich umdrehen konnte, spürte sie ein Tuch über dem Gesicht, und ein Finger drückte sich fest in ihren Nacken. Sie sah Sternchen aufblitzen, und ein helles Licht nahm sie mit in einen tiefen Schlaf.

Ein unangenehmer, beißender Geruch stieg ihr in die Nase. Sie blinzelte und sah sich um. Sie lag in einem dunklen Zimmer und konnte sich nicht orientieren. Vor ihr saß jemand auf einem Hocker und starrte sie an. Vorsichtig richtete sie sich auf und kniff die Augen zusammen. „Mads? Was machst du denn hier?“

Der dicke junge Mann senkte schüchtern den Kopf. „Tut mir leid, Fiona. Ich musste einfach.“

„Das ist Kidnapping! Wo bin ich?“, rief sie wütend und erhob sich vom Bett. Er hatte sie zum Glück nicht gefesselt. Wie eine wilde Löwin ging sie auf ihn los, packte ihn und zerkratzte ihm die Handgelenke. Doch Mads nahm sie sanft an den Händen und drückte sie zurück aufs Bett. „Bitte, Fiona, bleib hier. Hör mir zu.“

„Lass mich los“, keifte sie und schüttelte ihn ab.

„Bitte! Hör mir doch wenigstens zu!“

„Du steckst doch mit Flóki unter einer Decke! Ich will nicht hören, was du zu sagen hast. Ich will nicht hören, was *er* zu sagen hat! Ich zeig dich an wegen Entführung!“

Mads atmete laut aus und machte ein komisches Geräusch. „Ich hab dich nicht entführt Fiona. Schau dich um. Wir sind immer noch im Haus deiner Tante."

„Was?" Sie sah sich um. „Ich kenne dieses Zimmer nicht."

Mads hob unsicher die Schultern. „Es ist eins der Gästezimmer. Ich kam gestern Abend noch sehr spät." Fiona erinnerte sich an Stimmen, die sie im Halbschlaf vernommen hatte. „Du kennst Tante Em?"

Er nickte mit gesenktem Kopf. „Flóki hat sie kennengelernt, bei deiner Mutter. Ich hab meine letzten Ersparnisse aufgebraucht, um mir einen Flug nach London und das Taxi hierher zu leisten."

„Verstehe. Der Kerl wusste also von Anfang an, wer ich war." Fiona ballte die Fäuste. Sie ignorierte seine Gutmütigkeit. Sie fand ihn einfach nur dumm. Selber schuld, wenn er sein ganzes Geld für einen Freund verplanschte! Niemand hatte ihn darum gebeten.

Mads hob entschuldigend die Schultern. „Ich bin nicht schuld an dem, was Flóki getan hat. Aber er liebt dich, Fiona."

„Das interessiert mich nicht. Wenn er mir was zu sagen hat, kann er das selbst tun. Er muss nicht seinen Lakaien schicken."

„Bitte." Beschwichtigend ob er eine Hand. Mit der anderen zog er sein Smartphone aus der Hosentasche. „Wir können ihn direkt anrufen. Per Videocall."

Fiona sprang auf. „Damit er es aufzeichnet und ins Internet stellt, wie ich im Schlafanzug aussehe? Spinnt ihr eigentlich?"

Mads seufzte. „Mit dir ist es wirklich nicht leicht."

Fiona schüttelte den Kopf. „Du bist extra hergereist, Mads? Dafür? Tut mir *gar nicht* leid." Sie schob sich an ihm vorbei und drückte ihn unsanft zur Seite. Sie kochte vor Wut.

„Er wollte die Sache mit dem Artikel noch aufhalten, aber es war zu spät. Die Zeitung hatte das Ganze bereits in den Druck gegeben. Er hat dir doch extra einen Entschuldigungsbrief bei deinen Großeltern gelassen."

„Ist mir egal! Und was dich angeht – nächstes Mal sprichst du mich gefälligst an und legst mir kein Betäubungstuch auf den Mund", rief sie über die Schulter.

„Ich hab mich nicht getraut", gestand Mads kleinlaut. „Ich hatte Angst, du würdest mir nicht zuhören." Demonstrativ zeigte er ihr seine zerkratzten Handgelenke, als sie sich umdrehte. „So ungerechtfertigt war das wohl nicht."

„Mads, tu dir einen Gefallen und spar dein Geld nächstes Mal. Ich werde weder mit dir noch mit Flóki reden. Ich hab die Nase voll!" Wütend stapfte Fiona davon.

Als sie wieder in ihrem Bett lag, spürte sie eine innere Wut wie schon lange nicht mehr. Es brodelte so stark in ihr, dass der Kessel an Emotionen bald überlaufen würde. Was glaubte dieser Flóki eigentlich, wer er war?

Da fiel ihr ein, dass sie das Buch und die Notizen in der Hand gehalten hatte, als Mads sie betäubt hatte. Sie suchte in ihrer Kleidung und auch im Bademantel, von dem sie nicht einmal mehr wusste, ob sie ihn angehabt hatte, aber das Buch war nicht auffindbar. Zornig eilte sie zurück in den Flur und sah auch dort noch einmal nach. Die Zettel blieben verschwunden. Und tatsächlich, der Kessel kochte über.

Sie stapfte zum Gästezimmer und riss die Tür ohne Vorwarnung auf. Mads saß auf dem Bett, sein Smartphone vor dem Gesicht. Überrascht blickte er auf. „Fiona!"

„Wo sind die Zettel? Wo ist das Buch?", pflaumte sie ihn an. Schweigend starrte er sie an. Langsam legte er sein Telefon zur Seite und hob abwehrend die Hände. Schnaubend und keuchend ging sie auf ihn los und packte ihn am fleischigen Nacken. „Wo ist das Buch?“, flüsterte sie, nun aggressiver. Sie zog fest an seinem Nacken, und Mads jaulte auf.

„Lass ihn los“, ertönte eine Stimme aus dem Handy. Erschrocken ließ sie von Mads ab und starrte auf das Smartphone, welches auf dem Bett lag. Mads hatte offensichtlich einen Videoanruf getätigt, und der andere hatte nun alles mitbekommen. Sie schnappte sich das Handy und sah aufs Display.

Der Mann am anderen Ende der Leitung war blass. Er saß beinahe im Dunkeln, nur eine schwache Lampe beleuchtete seinen Umriss.

„Flóki?“

„Hey, Fiona. Schön, dich zu sehen. Hab gehört, dass du der Grund warst, weshalb ich wieder angefangen habe, selbstständig zu atmen.“

Sie kniff die Augen zusammen. „Neulich mal die Zeitung gelesen?“

Er machte ein unschuldiges Gesicht. „Ich hab dir doch den Brief bei deinen Großeltern gelassen.“

„Einen sehr aussagekräftigen Brief. Ich konnte damit nichts anfangen.“

„Es war ja nicht sicher, ob du den Artikel liest“, murmelte er.

„Ich versteh dich nicht! Sprich lauter!“, fuhr sie ihn an.

„Es ist mitten in der Nacht. Wenn die Schwester mich erwischt, bekomm ich Ärger.“

„Oh. Du schaffst es garantiert, sie um den Finger zu wickeln.“

„Ich möchte sie aber nicht um den Finger wickeln. Nur dich.“ Er beugte sich näher zur Kamera. „Bitte, Fiona, vergib mir. Du bedeutest mir so viel. Du hast mir das Leben gerettet! Ich finde, wir sollten wenigstens darüber reden. Auch über die Sache, die in der Höhle passiert ist.“

Fiona spürte erneut, dass der Kessel fast überkochte. „Spar dir deine Energie, schreib lieber einen Artikel“, rief sie und warf das Telefon quer durch den Raum.

„Hey, mein Handy!“, maulte Mads.

„Lass dir von Flóki ein neues geben! Und jetzt sag mir, wo die verdammten Zettel und das Buch sind!“ Wie eine Furie stürmte sie auf ihn zu und versuchte, ihn erneut zu packen.

„Okay, okay!“ Er hob abwehrend die Hände und zog den Kopf ein. „Ich hab alles verbrannt. Im Kamin unten.“

Fiona wurde blass. „Das ist nicht dein Ernst! Das Buch ist die Geschichte meines Opas! Das einzige Exemplar! Bist du bescheuert? Wie kannst du es wagen?“, schrie sie. Gleichzeitig spürte sie Tränen aufsteigen. Es war verloren. Ihre ganze Vergangenheit, die Wahrheit über Amys Verbleib!

„Es ist nicht das einzige Exemplar.“

Sie erstarrte. „Wie meinst du das?“, fragte sie erschöpft.

Er errötete und wich ihrem Blick aus.

„Mads“, knurrte sie und packte ihn am Kragen. Er wimmerte wie ein Hund.

„Flóki hat es.“

„Flóki?“

„Ich hab Fotos von allen Seiten mit dem Smartphone gemacht und es ihm geschickt.“

Fiona schmeckte bittere Galle im Mund. Die Vorstellung, dass ein Relikt ihres Großvaters einfach verbrannt worden war und Handyfotos davon gemacht wurden, erschütterte sie zutiefst. Sie ließ sich aufs Bett sinken und starrte ins Nichts. Wie in Trance bemerkte sie eine Bewegung neben sich. Mads berührte sie sanft an der Schulter. Als sie ihn anblickte, konnte sie sehen, dass er Tränen in den Augen hatte. Plötzlich bekam sie ein schlechtes Gewissen. Er schien der Prototyp eines Single-Nerds zu sein: Seine Figur war füllig, sein Gesicht rund und mit spärlichem Bartwuchs, die Augen waren klein wie die eines Schweinchens, und seine Ausdrucksweise fand sie alles andere als attraktiv. Er war Flókis Gefolgsmann! Seine Marionette, die all die Dinge erledigte, für die er selbst zu feige war. Fionas Wut auf Flóki stieg ins Unermessliche. „Oh, Mads", murmelte sie und sah ihn an. „Er benutzt dich, nicht wahr?", flüsterte sie.

Mads errötete und antwortete nicht. Sie rutschte langsam näher und drückte seine Hand. Daraufhin vergrub er den Kopf in ihrem Schoß.

„Hey", murmelte sie, obwohl ihr fast übel wurde. „Alles ist gut. Kein Grund, sich zu schämen." Sie überwand sich und streichelte ihm über den Nacken. Da hob er langsam den Kopf und blickte sie mit glasigen Augen an. „Besser?", flüsterte sie. Er nickte, richtete sich auf, und ehe sie sich versah, drückte er seinen Mund auf ihre Lippen.

Sie quietschte erschrocken auf und versuchte, sich zu lösen, doch er hielt sie umklammert. „Lass mich!", rief sie. Schließlich schaffte sie es, sich zu befreien, und sprang auf. „Mads", rief sie empört. „Wie kannst du nur!"

Er sah sie verdattert an. „Ich dachte –"

„Falsch gedacht!", unterbrach sie ihn und wischte sich mit einer Hand den Mund ab. „Du kannst mich doch nicht einfach küssen!" Dann beruhigte sie sich etwas. „Ich meine … ich bin im Moment nicht bereit für irgendeine Nähe zu einem Mann." Schon gar nicht zu einem Isländer wie dir, dachte sie insgeheim. Schon gar nicht zu einem dicken, hässlichen Isländer, fügte eine verbotene Stimme hinzu. Sofort bekam sie wieder ein schlechtes Gewissen. Die Wahrheit war, dass Mads niemals ihr Typ sein würde. Doch das konnte sie ihm nicht so direkt sagen, sie wollte trotz allem seine Gefühle nicht verletzen. Womöglich nahm ihm das sonst den Mut, seine Gefühle irgendwann einer anderen Frau zu offenbaren?

„Ich weiß doch, dass wir nichts Ernstes miteinander anfangen können, Fiona. Ich weiß, du stehst in den Medien, du könntest dich nie mit jemandem wie mir blicken lassen. Die Zeitungen würden dich zerreißen."

Na, Gott sei Dank, dachte sie erleichtert.

„Aber … kannst du dir nicht wenigstens eine Nacht mit mir vorstellen?"

Erschrocken keuchte Fiona auf. „E-eine Nacht?", stotterte sie.

„Gib mir eine Nacht", raunte Mads und kam näher. „Nur eine, bitte. Ich … ich möchte es auch endlich hinter mir haben."

Erneut spürte sie Übelkeit aufsteigen. „Mads, ich …" Sie wusste nicht, was sie sagen sollte.

„Bitte, Fiona", flüsterte er, ergriff ihre Hände und drückte sie fest. Dann neigte er sich zu ihr und wagte es erneut, ihre Lippen zu berühren.

❄

„Alles in Ordnung?", fragte die Schwester. Er antwortete nicht und schaute stur aus dem Fenster. Sie legte ihm das Handy auf den Nachttisch. „Hier. Das lag neben der Eingangstür."

„Danke", murmelte er, ohne es anzusehen.

„Kann ich sonst noch was tun, Flóki?"

Er sah sie mürrisch an. Erschrocken wich sie zurück. Ein hübsches Mädchen. Kurzes rotblondes Haar, grüne Augen und kleine Sommersprossen über der Nasenspitze. Wenn nicht eine andere Frau in seinem Kopf herumgeistern würde, hätte er sich schon längst auf einen Flirt eingelassen. Die Vorstellung, es in dem Krankenhausbett zu tun, das Gefühl des Verbotenen, es Fiona heimzuzahlen …

„Nein. Geh", knurrte er. Errötend verließ sie das Zimmer.

Seufzend ließ er sich ins Kissen sinken. Wie konnte sie nur! Sie hatte es mit Mads getrieben! Er hatte sein Smartphone die ganze Zeit angelassen, und trotz des Wutausbruchs von Fiona, als sie das Handy von Mads durchs Zimmer geworfen hatte, war es nicht ausgegangen. So hatte er alles mitbekommen. Als sein Kumpel sie darum gebeten hatte, mit ihm zu schlafen, hatte Flóki fest damit gerechnet, dass Fiona geschockt ablehnen würde. Doch dann war da Stille gewesen. Schließlich hatte er ein einvernehmliches Stöhnen und das Quietschen des Bettes vernommen. Er verdrängte den Gedanken.

Mads hatte ihm Olavs Geschichte per Handy geschickt. Es war zwar mühsam, die Seiten im Zoom zu lesen, doch nicht unmöglich. Sobald er in der Rehabilitationsklinik war, würde er sich damit befassen. Sein Körper war noch geschwächt, und er konnte sich nicht erklären, wie er die ganze Misere überhaupt überlebt hatte. Doch er erinnerte sich noch an alles. In den letzten Stunden hatte er bereits begonnen, an seinem Artikel zu schreiben. Er konnte es beweisen! Das Verborgene Volk existierte!

Anfangs hatte er gezögert, ob er es Fiona antun konnte, immerhin war sie ja ein Teil von ihnen. Doch nun war da die Sache mit Mads. Wütend ballte er die Fäuste. Dann holte er seinen Laptop hervor, den sein Kumpel ihm vorbeigebracht hatte. Ja, klar, ihm konnte er kaum böse sein. Mads war seit Jahren in Fiona verliebt, sein Zimmer war dekoriert mit Bildern von ihr.

Außerdem hatte er schon immer Schwierigkeiten, eine Frau zu finden. Soweit Flóki wusste, hatte es bisher noch nie geklappt. Vielleicht war es besser, dass Mads nun wenigstens ein Erfolgserlebnis hatte. Auch wenn es ihm einen Stich ins Herz versetzte. Schnell verdrängte er die Gedanken. Zeit, weiter am Enthüllungsartikel zu feilen. Endlich hatte er handfeste Beweise.

❄

Ein lautes Surren deutete an, dass das Flugzeug sein Fahrwerk ausfuhr. Fiona verkrampfte sich. Nach wenigen Tagen war sie erneut in einen überteuerten Last-Minute Flug von London nach Island gestiegen. Diesmal würde sie in Keflavík aber direkt in einen Inlandsflieger nach Akureyri umsteigen. Wie es dann weiterging, wusste sie noch nicht so genau.

Sie krallte sich in die Armlehnen, als sich die Maschine zum Landeanflug nach unten senkte. Ihr Gefühlszustand schwankte zwischen Mordlust und überwältigender Freude darüber, Flóki am Handy wiedergesehen zu haben. Als sie in Keflavík am Flughafen stand und sich daran erinnerte, dass sie erst vor einigen Tagen abends in ihn hineingerannt war, versetzte es ihr einen Stich ins Herz. Ihr Leben hatte sich urplötzlich völlig verändert.

In Akureyri stand Mathías bereits am Gate und erwartete sie. Stumm fiel sie ihm in die Arme.

„Na, Mäuschen. Was machst du schon wieder hier?“, fragte er schmunzelnd. „Heimweh nach deinen Wurzeln?“

Fiona schüttelte den Kopf. „Ich möchte Olav finden.“

Erstaunt sah er sie an. „Du bist so überstürzt abgereist – ich dachte nicht, dass dich das Thema noch interessiert.“

„Doch. Deshalb bin ich hier. Aus keinem anderen Grund.“

„Dann soll ich dich also nicht zur Klinik fahren?"

„Zu welcher Klinik?", fragte Fiona unschuldig.

„Na der, in der Flóki liegt."

Sie schüttelte so heftig den Kopf, dass sich ihr Zopf fast löste. „Nein. Ich will mit ihm nichts zu tun haben. Nicht mehr. Der Artikel … Er hat eine Welle ausgelöst. Ich habe unglaublich viele Anfragen von Reportern auf der ganzen Welt erhalten. Dieser Kerl ist in seinen Kreisen besonders bekannt und hat mich nur benutzt, um seine Karriere zu pushen."

„Ist das denn so schlimm? Ich meine, das Interesse der Reporter gehört doch zu deinem Beruf, oder?"

„Aber ich möchte auch noch ein bisschen Privatsphäre haben! Außerdem hat er mich verraten. Ich dachte, er wäre … ein Freund. Freunde stellen einen nicht derart bloß!"

„Da magst du recht haben. Aber hat Flóki dir nicht einen Brief bei uns hinterlassen?"

„Für eine Entschuldigung war es schon zu spät."

„Ah, dieser Stolz immer …", grummelte Mathías leise.

Sie fuhren schweigend durch Akureyri, und Fiona spielte gedankenverloren an ihrem Smartphone.

„Liest du eigentlich manchmal auch Bücher?", fragte Mathías provokant.

Sie schaute hoch. „Hin und wieder."

„Das ist gut. Lesen ist wichtig. Es fördert deinen Geist, deine Fantasie …"

„Ich glaube, meine Fantasie ist in letzter Zeit genug gefördert worden", gab sie trocken zurück und starrte aus dem Seitenfenster. „Wo fahren wir denn hin?"

Ihr Großvater räusperte sich. „Da ich dich ja sowieso abgeholt habe, dachte ich, ich könnte noch fix was erledigen."

„Einkaufen?“

Mathías biss sich auf die Lippen und umklammerte das Lenkrad fester. „Einen Freund besuchen“, murmelte er.

Fiona stöhnte auf. Sie hatte herzlich wenig Lust, bei einem der Freunde ihres Opas herumzusitzen, Smalltalk zu halten und sich aus reiner Höflichkeit trockene Kekse reinzudrücken – in dem Bewusstsein, dass sie dafür später zwanzig Extra-Minuten Gymnastik machen müsste. Und sie hatte auch keine Lust, freundliche Antworten zu geben auf die Fragerei, wie denn das Leben im großen Amerika sei.

„Dauert nicht lang“, murmelte Mathías etwas vergnügter und lenkte den Wagen auf einen Parkplatz.

„Wo wohnt denn dein Freund?“, fragte Fee und stierte aus dem Fenster.

Ihr *Afi* machte eine Kopfbewegung nach vorn. „Momentan ist er im Krankenhaus.“

„Oh“, sagte sie nur. Krankenhauskekse waren da doch um einiges leichter abzulehnen. Hauptsache, Opis Freund hatte keine Unmengen an Pralinen bei sich, die ihm jemand gebracht hatte und die er ihr schenken wollte, so nach dem Motto: *„Du bist ja so dünn, du brauchst es mehr, Mädchen.“* Sie verdrehte die Augen. Ihr Körper war nun mal ihr Kapital, so traurig es auch klingen mochte.

Kurz darauf trottete sie hinter ihrem Opa her und hoffte, dass er nicht allzu lange brauchen würde. Sie wollte mehr über Olav herausfinden, ihren anderen Opa. Mittlerweile hegte sie keinen Zweifel mehr daran, dass er existiert hatte. Spätestens nach dem Zwischenfall mit der gruseligen Jane und dem Steinmonster, oder was auch immer es gewesen war. Fiona zuckte bei der Erinnerung daran zusammen. Sie hatte Olav gegoogelt und war zu keinem Ergebnis gekommen. Es gab einige Olav

Johannsons in Island, doch sie fragte sich, ob er als sogenannter „Verborgener" überhaupt je einen Nachnamen gehabt hatte. Sie hatte auch im englischen Netz nach ihm gesucht, doch nur auf einen Artikel aus den späten Siebzigern gestoßen, in dem es um einen gewissen *Mr Olav Johannson* gegangen war, der wohl weltweit aufgrund einer Betrügerei gesucht wurde. Natürlich hatte sie es sich nicht näher durchgelesen, denn Olav hatte sicher keine Betrügereien am Laufen. Sie ging etwas schneller und holte Mathías ein.

„Wo liegt denn dein Freund?", fragte sie, als sie den Eingang der Klinik betraten.

„Ich muss fragen", murmelte er und ging zum Infostand.

Fiona sah sich um. Das letzte Mal war sie hier gewesen, um Flóki zu besuchen. Hatte ihm ihre Liebe gestanden und dann bitterlich erfahren müssen, dass er sie nur ausgenutzt hatte, um einen erfolgreichen Artikel zu schreiben. Irgendwie konnte sie ihn ja auch verstehen. Sie hatte einst auch alles für ihre Karriere getan und war dabei fast über Leichen gegangen, dachte sie traurig, als das schlechte Gewissen sie einholte, ihre Mutter alleingelassen zu haben.

Sie ließ sich auf einen Sessel im Eingangsbereich plumpsen und musste plötzlich lächeln, als sie erkannte, wie entspannt sie hier saß. Sie hatte keine Panikattacke. Sie konnte ein Krankenhaus betreten, ohne plötzlich Schwindel und Atemnot zu bekommen! „Danke, Papa", murmelte sie zufrieden.

„Station vier", rief Mathías und winkte ihr zu.

Sie sprang auf und folgte ihm, mit der Erkenntnis, dass manche Dinge plötzlich doch bewältigt werden konnten, wenn man es am wenigsten erwartete. Alles würde gut werden.

Als sie auf der Station ankamen, bugsierte Mathías sie in den Wartebereich und bot an, einen Kaffee zu holen.

„*Déja vu, all over again*“, murmelte Fiona.

„Hm?“

„Ach, nichts. Ich trink ihn schwarz, bitte.“

Er nickte und verschwand. Sie sah sich um. Außer ihr war niemand im Wartebereich. Die Zeitungen lagen kreuz und quer verteilt und waren gewiss schon etliche Monate alt. An der Wand hingen Bilder von einer Künstlerin, *F. F.* Wunderschöne Aquarelle. Sanft fuhr sie mit den Fingern darüber. Die Kunstwerke zeigten verschiedene Landschaften aus Island. Eins zeigte eine Hütte am Meer, daneben ein verlassenes Boot mit zwei Rudern. Alles lag im Nebel, es hatte etwas Melancholisches an sich. Ein weiteres Gemälde stellte eine Bergkette Islands dar. Davor standen ein Mädchen und ein Junge, die dem Betrachter den Rücken zuwandten. Beide hielten sich an den Händen und schienen schnurstracks auf ein Tor zuzugehen, das sich hinter einem Wasserfall befand. Fiona schluckte. Nach den letzten Tagen konnte sie sich nur zu gut vorstellen, dass dies die kleine Amy mit dem Wuschelkopf Olav war. Auf dem Weg in eine unbekannte Welt …

„Sie sind von meiner Mutter, die Bilder“, sagte eine Stimme hinter ihr. Sie fuhr herum und starrte in zwei kristallblaue Augen, in denen die Erschöpfung stand.

„Flóki“, murmelte sie. Ihr erster Impuls war, ihn fest an sich zu drücken. Doch dann besann sie sich darauf, dass sie ja wütend auf ihn war. Er trug lockere Kleidung, doch an seinem Hals und seinen Armen baumelten immer noch Venenzugänge, und er sah ziemlich blass und mitgenommen aus.

„Hey, Fiona“, sagte er beinahe kleinlaut.

Von dem selbstbewussten Mann war kaum etwas übrig geblieben. Er sah geschunden aus, hatte abgenommen und wirkte wie ein Häufchen Elend.

„Du bist auf der Normalstation“, stellte sie sachlich fest.

Er nickte. „Mir geht es besser. Bald kann ich in die Reha. Es wird noch Monate dauern, bis ich wieder der Alte bin.“ Er schmunzelte leicht.

Fiona wusste nicht, was sie sagen sollte, und stierte auf die Bilder. „Von deiner Adoptivmutter?“, fragte sie. Da fiel ihr ein, dass sie Flókis richtige Mutter ja bereits kennengelernt hatte, ihm dies aber nur zugeflüstert hatte, als er im Koma lag. Sie hatte nie die Gelegenheit gehabt, es ihm zu erzählen, da der Streit dazwischengekommen war. Fjola hatte versucht, mit dem Vergessensstaub ihre Erinnerungen an Jane und das Geschehen in der Höhle zu verwehen, doch es hatte nicht funktioniert. Bevor sie etwas sagen konnte, ergriff Flóki das Wort:

„Nein, von meiner leiblichen Mutter. Fjola. Ich hab sie kennengelernt. Sie kam hierher, ins Krankenhaus. Sie hilft hier wohl ehrenamtlich mit, betreut Sterbende, Kinder, und malt eben Bilder.“

Fiona schwieg. Ob er wusste, dass seine Mutter *anders* war? Vom Verborgenen Volk?

„Fjola hat sich mir vorgestellt“, fuhr er fort. „Meine leibliche Mutter hat uns vor Jane gerettet. Nachdem wir beide nach dem Kampf gegen Isleifur ohnmächtig in der Höhle lagen, hat sie uns rausgeholt und versorgt, bevor sie mich dann Mads mitgegeben hat, damit er mich ins Krankenhaus bringt. Davon hab ich aber nichts mitbekommen. Sie hat mich gebeten, mich vom Verborgenen Volk fernzuhalten und mich nicht mehr in Gefahr zu bringen.“

Fiona brummte. Klassischer Fall von Mutterliebe. Welche Mutter wollte schon, dass sich ihr Kind in Lebensgefahr begab? Kein Wunder, dass Fjola nicht wollte, dass sie Flóki aufsuchte!

„Du hast sie kennengelernt?“, fragte er.

Sie nickte. „Flüchtig“, gab sie ausweichend zurück.

„Ja, bei mir war es auch eine recht kurze Begegnung. Sie hat mir keine Fragen beantwortet. Nur gesagt, warum sie hier die Bilder malt und dass ich dem Verborgenen Volk fernbleiben soll, da es sicherer ist. Woher sie all das weiß?“

Fiona zuckte nur mit den Schultern. „Wie hat es sich angefühlt, deine leibliche Mutter endlich zu sehen?“, fragte sie zaghaft.

Er zog eine Grimasse. „Weniger emotional als erwartet. Ich glaube, ich war einfach noch taub von den ganzen Medikamenten. Und um ehrlich zu sein – sie war mir fremd.“

Sie schwiegen eine gefühlte Ewigkeit. Schließlich setzten beide gleichzeitig an: „Ich … es tut mir leid!“

Dann lachten sie schüchtern, und Flóki ging vorsichtig auf Fiona zu.

„Darf ich dich umarmen?“

Sie nickte und kämpfte gegen die Tränen an. Als er sie endlich berührte und in den Armen hielt, begann sie zu schluchzen. „Nach der Geschichte in der Höhle hab ich gedacht, du seist tot“, heulte sie.

„Das war ich auch so ziemlich. Du und dein Rentier, ihr habt mir das Leben gerettet.“

Sie drückte ihn fest und lachte dann tränenerstickt. Sie spürte Siri in ihrer Tasche.

„Fjola muss sie mir wieder eingesteckt haben. Genau wie mein Amulett." Sie hob die Augenbrauen, als Flóki seins aus der Jogginghose zog.

„Ich hab auch eins. Ich hatte es schon vermisst, bevor wir uns auf der Party … gesehen haben."

Sie wurde rot. „Ja, ich hab's in deinem Handschuhfach gefunden und es versehentlich eingesteckt", gab sie kleinlaut zu.

„Was meinst du, warum ich auch eins habe?"

„Unsere Großeltern waren befreundet. Obwohl meins ja von Hayley stammt, der Wächterin des Zauberwaldes. Sie hat es Amy gegeben."

Flóki lächelte verschmitzt. „Ich sehe, du leugnest das Verborgene Volk nicht mehr?"

„Ist das auf Mathías' Mist gewachsen, dass ich hier bin?", fragte sie stattdessen.

Langsam löste er sich von ihr, ließ sie aber nicht los und strich ihr über die Arme. „Ich weiß nicht, wovon du redest." Er grinste.

Sie streichelte ihm über die Wange, und er schloss genussvoll die Augen. „Du siehst elend aus", lachte sie.

„Ich hatte ja auch ziemlich Liebeskummer die letzten Tage." Er schmunzelte.

Zärtlich wuschelte sie ihm durch sein volles Haar. „Unsinn. Was hast du auch erwartet?"

„Ist es sehr schlimm? Ich meine, ärgern dich die Reporter arg?", fragte er mitleidig.

Sie seufzte und hob die Schultern. „Etwas. Aber was soll's – gehört eben zum Job dazu."

„Es tut mir leid. Ich kann gern mit ein paar Kollegen reden, wenn du möchtest. Dann könnten wir die Wogen vielleicht glätten. Außerdem werd ich einen Entschuldigungsartikel schreiben. Ich bin schon dran."

Fiona lächelte schüchtern. „Erst mal würde ich mich freuen, wenn du mir dein Smartphone geben könntest. Dann können wir Olavs Geschichte zu Ende lesen."

Flóki schnaufte kurz. „Ja, Mads war nicht gerade sehr intelligent, das alles zu verbrennen. Übrigens …" Er hielt inne und wurde rot.

„Was ist?"

Er kaute nervös auf seiner Unterlippe herum.

„Ich ... Übrigens … Ich weiß von der Sache."

„Welcher Sache?", fragte Fiona irritiert.

„Na, du weißt schon, Mads und du …"

Sie starrte ihn fassungslos an. „Mads und ich – *ja?* "

Er hüstelte, und sein Gesicht war rot wie eine Tomate. „Ich, ähm, hab euch gehört."

„Oh. Verstehe." Fiona wurde ebenfalls rot. „Flóki, das ist mir wirklich peinlich."

Er nickte und streichelte ihre Schulter. „Kein Problem. Ich will nur klare Verhältnisse schaffen. Stehst du denn auf ihn?"

„Bitte was?", entfuhr es Fiona.

„Na ja, nach dem, was ich gehört habe –"

„Ich hab ihm ja wohl kaum meine Liebe gestanden. Außerdem bin ich nach Roger jetzt erst mal mit den Männern durch!", keifte sie und verheimlichte ihm, dass sie Mads so was von unattraktiv fand, dass sie lieber noch einmal gegen das Steinmonster kämpfen würde, als mit ihm etwas anzufangen.

„Dein Kumpel ist aber ansonsten schon ganz nett", fügte sie schnell hinzu.

„Ja." Flóki nickte, und seine Haltung veränderte sich.

„Was ist los?“, fragte Fiona. „Hast du gehofft, Mads und mich verkuppeln zu können?“

Er lächelte grimmig. „Wohl kaum.“

„Warum bist du dann so komisch?“

„Komm schon, dir ist es offenbar auch peinlich, reden wir am besten nicht mehr drüber.“

„Hier steckt ihr!“ Mathías betrat das Wartezimmer und grinste wie ein Honigkuchenpferd. Fiona und Flóki fuhren auseinander.

„Hör zu, Fee, ich muss noch mal kurz ins Städtchen. Hekla hat mir noch ein paar Besorgungen aufgetragen.“ Er zwinkerte Flóki zu. „Frauen … Ich sehe, ihr habt einiges zu besprechen, soll ich dich nachher einfach abholen, Fee?“

Sie seufzte, dann dachte sie an Olav und die restliche Geschichte, die ihr so naheging wie nie. Sie blickte auf Flóki, der irgendwie genervt wirkte. Egal. Sie wusste nicht, was sein Problem war, offenbar hatte sie sich getäuscht, was seine Gefühle ihr gegenüber betraf. Doch wie sie schon festgestellt hatte – wenn man etwas erreichen wollte, musste man manchmal Dinge tun, die unangenehm waren. „Ja, Afí, danke.“

Sie saßen in Flókis Krankenzimmer, und er hatte seinen Laptop hochgefahren, damit sie die gesendeten Fotos in größerem Format ansehen konnten.

„Ich bin echt gespannt“, murmelte Fiona aufgeregt.

Er zischte nur. Sie verdrehte die Augen. Was war nur mit diesem Kerl los?

„Okay. Hier ist es“, grummelte er und schob den Laptop so hin, dass sie beide hineinschauen konnten. Sein Handy summte, er warf einen Blick darauf. „Das ist Mads. Ich geh jetzt nicht dran“, murmelte er.

„Du kannst ruhig –", sagte Fiona.

„Will ich aber nicht", schnauzte er.

Sie wich ein Stück zurück. „In Ordnung, tut mir leid. Sollen wir dann lesen?"

„Ja", seufzte Flóki und rückte zu ihr heran. Glücklich sah er dabei nicht aus.

„Knüpft es denn dort an, wo wir aufgehört haben?", wollte Fiona wissen.

„Ziemlich. Hayley, die Wächterin des Waldes, hat Olav von seinem Fluch erlöst. Er wollte Jane in das Pflegeheim bringen und gleichzeitig nach Greta, also deiner Mutter, suchen."

„Na, das mit Jane scheint wohl nicht geklappt zu haben. Immerhin ist sie uns beiden ja erst vor Kurzem begegnet."

Flóki runzelte die Stirn. „Ja, aber sie hat wohl von Stóbjörn gelernt, mit ihrem Geist auf Reisen zu gehen. Vielleicht liegt sie immer noch in diesem Heim, aber ist regelmäßig unterwegs."

„Wir werden lesen, was passiert ist, sofern Olav es aufgeschrieben hat. Ich bin schon ganz gespannt, ob er meine Mutter gefunden hat! 1976, da war sie gerade sechzehn geworden. Von meinem Vater noch lange keine Spur, geschweige denn von mir."

„Deine Mutter hat dich recht spät bekommen", stellte Flóki fest.

„Ja, für damalige Verhältnisse. Sie war um die 37. Heute ist das normal, aber sie musste sich gewiss schon viel anhören."

„Dann lass uns mal lesen, was passiert ist", sagte er versöhnlich, und Fiona war froh, dass er endlich nicht mehr so zickig war und sie wieder normal miteinander umgehen konnten.

## Olav 1976, England

Er stand vor dem Fenster und beobachtete sie, auch wenn er wusste, dass sich das eigentlich nicht gehörte. Ein Unwissender würde ihn womöglich noch als „Spanner“ bezeichnen, doch ihm war klar, dass er aufgrund seiner familiären Vorgeschichte eine Sonderstellung innehatte. Er wurde nicht umsonst spaßeshalber „Gluggagaegir“ genannt, da er immer gern an Fenstern stand und neugierig hineinglotzte.

Sie sah wunderschön aus. Helles Haar, etwas strohig wie das seinige, porzellanweiße Haut und filigrane Hände und Finger. Ihre Augen konnte er nicht sehen, sie hatte ihm den Rücken zugewandt. Margareta – oder Greta, wie Amy sie liebevoll nannte – stand mit ihrer Halbschwester Emily in der Küche und debattierte offenbar gerade über irgendetwas.

Vor einigen Tagen war er mit dem Flieger nach Newcastle gekommen, davor hatten sie Jane etwas Kaninchenkraut gegeben, was sie schläfrig machte. Nach der Landung hatte er sie in ein Pflegeheim gebracht und dem Heimleiter dort ein paar gefälschte Formulare überreicht, damit sie bleiben konnte: einmal einen ärztlichen Brief, in dem die Notwendigkeit für Janes Aufenthalt bescheinigt war, und dann eine Erklärung eines gewissen Olav Johannson, der garantierte, solange sie lebte, den benötigten Betrag an Unterhalt zu überweisen. Mit falscher Banknummer, als Mitglied des Verborgenen Volkes hatte er natürlich solche Unterlagen und Dokumente nicht, geschweige denn einen Konto-Zugang. Damit war er sie dann los gewesen.

Doch es war nur eine Frage der Zeit, bis sein Schwindel auffallen würde. Deshalb hatte er so schnell wie möglich den Zug nach Darlington und ein Taxi zu der Adresse genommen, die

Amy ihm genannt hatte. Nun stand er vor einem kleinen englischen Cottage und starrte durch die leicht beschlagenen Fensterscheiben.

Zuerst hatte er die dunkelhaarige Emily erblickt, und sein Herz hatte einen Hüpfer gemacht, weil er gedacht hatte, es sei Greta. Doch ihre Ähnlichkeit zu Charles war ihm rasch aufgefallen, also konnte es nur das weißblonde Mädchen sein. Was sollte er tun? Klopfen und sagen: „Hey, ich bin Olav, dein Vater“? Er seufzte, lehnte sich gegen die Hauswand und grübelte. Er musste sich beeilen, es war wichtig, dass er seinen Flug zurück nach Island erwischte, ohne dass die Behörden ihm Ärger machten. Plötzlich hörte er Schritte. Erschrocken fuhr er herum und erkannte Greta. Sie stand direkt vor ihm und starrte ihn an, einen Müllsack in der Hand.

„Kann ich helfen?“, fragte sie unsicher.

Olav begann zu stottern. „Ich … ähm … ich weiß nicht. Ich suche jemanden.“

„Jemanden?“, erkundigte sich Greta und lächelte. Ihr Lächeln war bezaubernd, doch sie wirkte traurig. Ihm fiel auf, dass sie ganz in Schwarz gekleidet war.

„Amy“, sagte er aus einer Eingebung heraus. „Ich suche Amy.“

Greta ließ den Müllbeutel fallen, und ihr Blick glitt in die Ferne. „Es tut mir leid“, murmelte sie hölzern. „Meine Mum ist vor ein paar Tagen tödlich verunglückt. Meine Schwester und ich planen gerade die Trauerfeier.“

Olav spürte, dass seine Beine fast nachgaben. Nein, brüllte eine Stimme in ihm, Amy war noch am Leben! Er wollte es seiner Tochter sagen, sie in den Arm nehmen und sie trösten. Doch sie würde ihm nie glauben. Wut keimte in ihm auf. Wie konnte Amy ihrer Tochter nur so etwas antun? Seiner Tochter!

„Was ist passiert?“, fragte er erschüttert.

„Sie war in Island. Sie ist dort wohl beim Wandern in eine Felsspalte gefallen. Man hat ihre … ihren Körper nicht gefunden. Wird man wohl auch nie. Island ist ein wildes Land, dort herrscht noch die Natur, nicht der Mensch.“

Amy hatte ihm erzählt, dass sie diese Geschichte ihren Töchtern übermitteln lassen wollte. Doch Verständnis konnte er dafür nicht aufbringen. Nun, da seine Tochter so verletzlich vor ihm stand, noch weniger. Olav nickte und krächzte: „Aha.“

„Eine gute Freundin von Mum hat uns die schreckliche Nachricht überbracht. Kannten Sie Amy gut?“

„Das tut mir unendlich leid“, sagte Olav schließlich gefasster und ignorierte ihre Frage. „Ich möchte nicht länger stören.“

„Greta, alles gut?“, rief jemand. Hinter seiner Tochter trat eine junge Frau aus dem Cottage. Er hätte sie nicht wiedererkannt, aber sie war damals ja auch erst zwei Jahre alt gewesen, als er sie bei den Feenpools gesehen hatte. Sie war das komplette Gegenteil zu ihrer Schwester: dunkles Haar, dunkle Augen. Greta hingegen hatte eisblaue Augen, wie er.

„Kann ich helfen?“, fragte nun auch Emily. Sie wirkte kühler und reserviert, nicht so freundlich und offen.

„Danke, nein. Ich möchte wirklich nicht weiter stören“, sagte Olav noch einmal unbeholfen.

Greta nickte und lächelte höflich. „Wenn Sie möchten, können Sie gern zur Trauerfeier am Mittwoch auf dem *North Road Cemetery* kommen“, murmelte sie dumpf, drehte sich um und ging zurück ins Cottage. Es war für lange Zeit das letzte Mal, dass er seine Tochter sah.

Emily hob den Müll auf, den Greta einfach stehen gelassen hatte. „Verpeiltes Ding“, murmelte sie genervt und schmiss den Müllsack in die dafür vorgesehene Tonne. „Kannten Sie meine Mutter gut?", fragte sie und würdigte Olav keines Blickes. Sie ignorierte ihre Trauer offenbar und gab sich als die Starke. Das konnte nicht lange gut gehen, dachte er.

„Mein Name ist Olav." Er vermied es, seinen Nachnamen zu nennen und hielt nach einer Reaktion Ausschau, doch sie starrte vor sich hin, als trüge sie eine Maske. „Hat Amy je von mir gesprochen?"

Emily sah ihm direkt in die Augen. „Was wollen Sie?", fragte sie scharf.

„Ich wollte nur ..." *Mist.* Er hätte sich wirklich mehr darauf vorbereiten sollen.

„Egal wer Sie sind oder für wen auch immer Sie sich halten: Bleiben Sie von uns fern."

Olav fühlte sich, als hätte er eine Ohrfeige verpasst bekommen. Er wollte schon gehen, als ihm etwas einfiel. „Bitte, Emily. Ich werde nie wiederkommen und Sie belästigen. Aber könnten Sie das hier Greta geben?"

Er übergab ihr den Brief, den er im Falle eines Nicht-Antreffens seiner Tochter verfasst hatte. Im Umschlag befand sich außerdem eine kleine Kette mit einem ganz speziellen Anhänger, einem mit Diamanten besetzten Rentier.

Ausdruckslos sah sie an. „Klar. Auf Wiedersehen."

Er drehte sich um, hielt dann aber noch inne. „Sie lebt. Bei uns. Im Brief steht alles." Dann ging er. Es war das letzte Mal, dass er die beiden gesehen oder von ihnen gehört hatte. Dafür hatte Emily gesorgt.

Ohne dass es Schwierigkeiten gab, kehrte er nach Island zurück. Offenbar waren die gefälschte Kontonummer und der Arztbrief noch nicht aufgefallen. Das Herz war ihm schwer, hatte er sich doch so viel von dem Zusammentreffen mit Greta erhofft. Doch er hatte nicht riskieren können, länger in England zu bleiben. Amy wartete auf ihn, sie hatte ihr komplettes Leben aufgegeben, um zu ihm zurückzukommen. Wenn er im Gefängnis gelandet oder etwas anders Unvorhersehbares geschehen wäre, hätte er sie allein im finsteren Wald zurückgelassen.

Doch als er zurückkehrte, erwartete ihn eine Überraschung: Der Zauberwald, wie er ihn kannte, existierte nicht mehr in der Form, wie er ihn verlassen hatte. Die Dunkelheit war dem Licht gewichen, einzelne Strahlen durchbrachen die Baumwipfel und ließen den Wald plötzlich nicht mehr so düster wirken. Verblüfft sah er sich um. Was war geschehen? Da erblickte er Amy. Sie strahlte ihn an und rannte auf ihn zu. Er fiel in ihre Arme und küsste sie leidenschaftlich.

„Was ist passiert?“, murmelte er.

Sie grinste. „Wir haben es geschafft. Der Wald wurde umgestaltet! Wir mussten noch ganz schön Überzeugungsarbeit bei den Ältesten leisten, aber am Ende haben sie zugestimmt.“

„Wir?“

„Hayley und ich. Hayley hat all die Jahre schon ihr Bestes gegeben, und nun hat es geklappt! Und wir hatten Hilfe von ganz speziellen Wesen.“

„Umgestaltet? Spezielle Wesen?“

„Ja – stell dir vor: Wir konnten Leuchtwesen auftreiben, die sich all die Zeit versteckt hatten. Sie haben all ihre Reserven mobilisiert, neue Kräfte getankt und beleuchten nun den Wald. Und das Beste: Wir haben die Tore geöffnet. Es gibt keine Verbannten mehr. Der Wald ist ab sofort kein Ort der Verbannung mehr, sondern jeder des Verborgenen Volkes kann ein- und ausgehen, wie es ihm beliebt.“

„Meine Heldin!“ Er drückte ihr einen Kuss auf die Wange.

„Traust du denn den *Ljós* endlich?“

Sie schmunzelte. „Irgendwann muss man Entscheidungen treffen und mit ihren Konsequenzen leben.“

„Aber ihr könnt das nie und nimmer allein beim Rat durchgesetzt haben! Komm schon: Wer außer Hayley und den *Ljós* hat noch geholfen?“

Amy grinste verschmitzt. Sie drehte ihn leicht zur Seite, und sein Blick fiel auf zwei Fremde, die sich etwas abseits im Schatten der grünen Bäume gehalten hatten. Einer war ein junger, schlanker, dunkelblonder Mann mit strohigem Haar und kristallblauen Augen. Er wirkte etwas blass, hatte aber rosige Wangen. Neben ihm stand ein zierliches Mädchen mit schwarzem Haar, milchkaffeefarbenem Teint und dunklen Augen.

„Was …?“

„Darf ich vorstellen: Fjola. Die Tochter von Sara und Frosti. Da ihr Vater zum Verborgenen Volk gehört, ist sie sozusagen ein Halbwesen. Sie darf bei uns leben und weiß von unserer Existenz.“

Olav wusste, dass Sara eine der wenigen Menschen war, die aufgrund ihrer Liebe zu Frosti vom Verborgenen Volk erfahren hatte. Frosti war allerdings mit ihr nach Amerika ausgewandert, sodass ihm keine Strafe drohte und sie dort sicher waren. Amy hatte, genauso wie er, immer Kontakt zu den beiden gehalten. Nun war Frostis Tochter aber offenbar in Island gelandet.

„Auf der Suche nach meinen Wurzeln“, Fjola lächelte, „habe ich einen wunderbaren Mann kennengelernt. Er heißt wie mein Vater, also musste ich ihn einfach mögen. Und er ist wie ich – ein Halbling.“ Sie kicherte.

Olav betrachtete den jungen Mann. Er hieß wie Fjolas Vater? Also Frosti? Und er war ein Halbling … Er starrte Amy an, und sie nickte ihm aufmunternd zu.

„Er ist es“, flüsterte sie.

Tränen traten ihm in die Augen, als er auf seinen Sohn zuging. Nie hätte er geglaubt, dass er ihn jemals wiedersehen würde. Der junge Frósti schloss ihn in die Arme.

„Mir geht es gut. Mir ging es immer gut.“ Dann warf er einen Blick auf Fjola. „Und seit ich Fjola kenne, geht es mir sogar noch besser.“

*Meine liebe Greta,*

*damit endet die Geschichte von mir und deiner Mutter. Ich hatte großes Glück, meinen Sohn Frósti nach all den Jahren wiedergefunden zu haben. Vielleicht sehen auch wir uns eines Tages wieder. Ich werde die Hoffnung nicht aufgeben.*

*In Liebe,*

*dein Papa Olav*

**2017, Island**

„Wow“, flüsterte Fiona.

„Er hat ihr nachträglich diesen Brief geschickt. Deshalb waren nicht alle Aufzeichnungen beisammen“, sagte Flóki andächtig.

„Und du meinst, Greta hat diesen Brief erhalten?“

Flóki schüttelte den Kopf. „Emily hat alles behalten. Sie hat es ihr nie gezeigt.“

„Wow“, murmelte Fiona erneut. Dann hellte sich ihr Gesicht auf. „Aber deine Eltern! Wir haben sie gefunden!“

„Ja. Fjola und Frósti, Olavs Sohn. Das erklärt aber trotzdem nicht, warum sie mich weggegeben haben. Weshalb bin ich nicht einfach im Verborgenen Volk aufgewachsen?“

„Weil du ja auch ein Teil Mensch bist, denke ich. Und außerdem war es ja nicht erlaubt, Nachwuchs zu bekommen. Deine Großeltern Sara und Frosti haben ja auch heimlich in Amerika eine Familie gegründet.“

„Aber wie konnte Fjola dann unbeschwert zurückkehren? Immerhin bist du ihr begegnet – und ich ihr auch, im Krankenhaus.“

„Na ja ein Teil vom Verborgenen Volk ist sie ja trotzdem.“

Flóki nickte, nicht ganz überzeugt. „Warum bin ich dann nicht bei meinen Großeltern aufgewachsen?“

„Sara ist ein Mensch. Sie müsste jetzt schon sehr alt sein, falls sie überhaupt noch lebt. Bist du enttäuscht?“, fragte sie, als er schwieg.

Traurig lächelnd, blickte er sie an. „Nein. Danach hab ich immer gesucht. Auch wenn ich natürlich gehofft hatte, die beiden eines Tages doch noch kennenzulernen.“

„Das werden wir auch. Glaubst du, ich will meine Großeltern nicht auch sehen? Wir müssen nur rausfinden, wie wir zu ihnen gelangen.“ Sie zog eine Grimasse. „Ich weiß auch schon, wer uns helfen kann.“

„Nicht dein Ernst? Du? Zweiflerin aller Zweifler?“

Grinsend berührte sie seinen kleinen Finger, doch er entzog sich ihr. Enttäuscht wandte sie den Blick ab. Herrje, sie wurde aus diesem Kerl einfach nicht schlau. Hatten sie vorhin nicht diesen Moment gehabt? Wenn einem die Knie weich wurden, man die Berührung des anderen spürte und nichts mehr wollte, als sich nah zu sein.

Sie berichtete ihm von dem Buch, welches sie bei Emily gefunden hatte und in dem Charles' Aufzeichnungen über das Verborgene Volk vermerkt waren.

Flóki war nicht überrascht. „Ich muss dir was gestehen. Ich hab das andere Exemplar“, gab er zu. „Ich kam nicht dazu, es dir zu erzählen. Ich hab doch eine Kiste mit Überbleibseln von meinen Eltern, wo auch mein Amulett drin war.“

Gedankenverloren berührte Fiona ihre Kette. Sie war gar nicht von ihrer Großmutter! Greta hatte ein eigenes Amulett von Olav bekommen, das wusste sie nun. Aber bedeutete das, dass Greta den Brief doch bekommen hatte?

„In der Kiste war das Buch“, fügte Flóki hinzu.

„Deshalb hast du nicht an der Existenz der Wesen gezweifelt.“ Sie lächelte. „Das verbleibende Exemplar. Wir müssen es gut hüten.“

Sein Blick veränderte sich. „Fiona, ich arbeite an einem Artikel zum ver–“ Flókis Handy klingelte erneut. „Mads“, murmelte er.

„Geh doch ran“, schlug Fiona freundlich vor, doch er fuhr sie an:

„Wenn du mit ihm reden willst, warum gehst dann nicht du ran?“

„Du bist doch jetzt nicht etwa eifersüchtig auf Mads?“

Flóki zischte. „Quäl ihn nicht unnötig, Fiona.“

Sie runzelte die Stirn. „Gut, ich war vielleicht etwas grob zu ihm, aber –“

„Wow, erspar mir die Details!“, fuhr Flóki sie an. Das Klingeln des Smartphones hatte aufgehört. „Mir reicht schon, dass ich's gehört hab, ich will's mir nicht auch noch bildlich vorstellen.“

Fiona zog eine Augenbraue hoch. „Was genau möchtest du dir nicht bildlich vorstellen?“

„Wie ihr miteinander gebumst habt, meine Güte“, zischte er.

Fiona brach in schallendes Gelächter aus. „Bitte was?“

„Ich habe es genau gehört. Mads hatte das Handy angelassen.“

„Oh mein Gott, Flóki, wie kommst du denn darauf?“

Er sah sie verwundert an. „Ihr habt nicht …?“

Fiona lachte. „Tut mir leid, wie gesagt, Mads ist ein lieber Kerl, aber nein, oh Gott, nein! Ich dachte, du meintest unseren Streit!“

„Na, danach hattet ihr euch aber vertragen.“

Fiona schüttelte sich. „Ich möchte nicht wissen, welche Fantasien Mads ausgelebt hat, als ich das Zimmer verlassen habe. Aber glaub mir – ich war nicht dabei. Auf jeden Fall nicht physisch.“

„Da bin ich aber erleichtert“, flüsterte Flóki. Er beugte sich zu ihr vor. „Du bist mir ein Weibsbild. Wie soll ich aus dir nur schlau werden?“

Sie kicherte, dann berührte er ihre Wange. „Wo warst du nur all die Jahre?“ Er strich sacht über die weichen Härchen an ihren Wangen.

Sie kicherte erneut. „Wie alt bist du eigentlich, Flóki Fróstisson?“, murmelte sie, die Augen geschlossen.

„Wie kommst du denn darauf?“, fragte er lächelnd und fuhr mit dem Daumen die Kontur ihrer Lippen nach.

„Na ja, ich dachte nur. Wenn deine Eltern dich direkt bekommen haben, müsstest du ja schon …“ Sie hielt inne und wurde rot.

„Was … über vierzig sein?“ Er grinste sie an. „Keine Sorge. Ich bin 26. Ich denke, das geht noch in Ordnung, oder?“ Sie nickte schüchtern, also fuhr er fort: „Ich weiß nicht, wie all das mit meinen Eltern kam. Ich würde sie zu gern fragen.“

„Ich kümmer mich darum“, flüsterte Fiona und sah ihm tief in die Augen. Er wich ihrem Blick nicht aus und ließ die Augen geöffnet, als sie ihn küsste. Er öffnete leicht die Lippen und genoss, dass sich ihre Zungen fanden.

Als er sie wieder ansah, waren seine Augen dunkel vor Lust, die Pupillen groß und rund.

Fiona räusperte sich. „Du machst deine Reha, kurierst dich aus, und wenn ich aus England wiederkomme, habe ich Antworten.“

Er strich ihr eine Haarsträhne hinters Ohr. Dann küsste er ihr Ohrläppchen, und sie begann zu kichern. Sanft schob er sie in Richtung Bett. Als er ihren Hals küsste, strich sein Atem über ihren Hals und sie konnte deutlich die Wölbung unter seiner dünnen Hose wahrnehmen.

„Zuerst möcht ich aber ein paar Antworten von dir“, stöhnte er und hauchte Küsse auf ihr Dekolleté.

„Flóki", wisperte sie nahezu atemlos. „Wir sind hier im Krankenhaus –"

„Umso besser", seufzte er und hob ihr Shirt an, um ihre Brüste zu liebkosen.

„Flóki, mein Opa könnte jeden Moment reinkommen …"

Nun war es an ihm, zu kichern. „Er hat das doch sowieso alles eingefädelt!"

„Hey!", keuchte sie, ergab sich aber, als er sanft an einer ihrer Brustwarzen zu saugen begann und sich mit der Hand in ihre Hose vortastete. Dann war es um sie geschehen. Sein Atem erreichte ihre Lippen, sie verbanden sich zu einer Unendlichkeit. Haut auf Haut, Gefühl auf Gefühl.

Sie schob die Hände tiefer in die Manteltaschen. Es war kalt, und sie hatte die Handschuhe in Island vergessen. An der Weihnachtsdekoration vor dem Pflegeheim waren bereits einige der blinkenden Lämpchen ausgefallen. Trotzdem war ihr hier viel mehr nach Weihnachten zumute als in Los Angeles. Vermutlich lag es daran, dass sie in Island aufgewachsen war und kalte Winter kannte, die nun mal mit Weihnachtsdekoration einhergingen, die nicht völlig kitschig war. Statt wild blinkenden Leuchten gab es warme Lichter, dezent geschmückte Bäume, warme Feuer an jeder Ecke, wo man sich die kalten Hände wärmte und über denen man den Rentiereintopf gluckern lassen konnte. Wie schön war es, danach einen heißen Punsch zu genießen! Und nicht zu vergessen die roten Briefkästen, in welche die Kinder direkt ihre Weihnachtspost einwerfen konnten. Die Vorweihnachtszeit war immer märchenhaft. Hier spürte man den Weihnachtszauber ganz besonders, den insbesondere die nördliche Hemisphäre so zu ihrem eigenen gemacht hatte. Ihr Herz machte einen Hüpfer. Flóki hatte ihr versprochen, Weihnachten zusammen mit ihr in Island zu feiern. Und wenn alles gut lief, traf das auch auf ihre Mamma zu. Sie wusste, dass es Gretas schönstes Geschenk sein würde, in ihre Heimat zurückzukehren.

Sie betrat die Schwelle zum Pflegeheim und hielt einen Moment inne. Hoffentlich verlief alles nach Plan. Mathías war ziemlich enttäuscht gewesen, dass sie, seine geliebte Enkeltochter, schon wieder abreiste, doch sie hatte ihn eingeweiht und ihm alles erzählt, was sie über Olav und Amy sowie das Verborgene Volk herausgefunden hatte – in der Hoffnung, dass Hekla und er vielleicht mehr wussten und sie ihr sagen konnten, wo sie Amy und Olav finden könnte. Leider hatten die beiden ihr nicht weiterhelfen können. Zwar waren beide Verfechter des Glaubens um die Existenz des Verborgene Volkes, und die ein oder andere Ahnung hatten sie wohl auch, doch offenbar kein konkretes Wissen.

Im Empfangsbereich hockte die dicke Rezeptionistin, die sofort ein fettes Grinsen aufsetzte, als sie erkannte, wer da nach langer Zeit mal wieder vor ihr stand. Fiona nickte ihr höflich zu, dann fiel ihr ein, dass sie ihr tatsächlich isländische Kekse mitgebracht hatte. Sie überreichte ihr das Gebäck, freute sich über den verdutzten Gesichtsausdruck und ging dann schnurstracks zu ihrer Mutter. Als sie die Tür zum Zimmer öffnete, sah sie Emily am Bett ihrer Mum sitzen.

„Tante Em“, entfuhr es ihr.

Emily sah auf und lächelte sie gequält an. Fiona erschrak über den Anblick ihrer Tante, die tiefe Ringe unter den Augen hatte und kreidebleich war. Als Emily ihren sorgenvollen Blick auffing, stand sie auf. „Alles gut. Ihr geht es besser. Sieh nur.“

Fiona stürmte auf Greta zu und umfasste ihre Hände. Diese zwang sich zu einem Lächeln.

„Mami", flüsterte Fee tränenerstickt.

„Meine Kleine. Warum siehst du so traurig aus?", krächzte Greta mit rauer Stimme.

„Mami, ich hab Oma und Opa gefunden." Sie hörte, wie Em laut ausatmete.

„Wie meinst du das?", fragte Greta heiser. Ihre Augen waren halb geschlossen und sie sah um Jahre gealtert aus. „Hekla und Mathías wohnen doch schon lange am gleichen Ort."

Fiona schüttelte den Kopf und rieb an den Händen ihrer Mutter, damit sie weiter zuhörte. „Nicht Papas Eltern. Deine, Mamma. Ich hab Olav und Amy gefunden."

Eine einzelne Träne lief an Gretas Wange herab. „Schätzchen. Meine Mutter ist vor langer Zeit tödlich verunglückt. Sie ist in Island bei einer Wanderung in den Drekafjalljökull gestürzt, und man hat sie nie gefunden."

Fiona schüttelte wütend den Kopf. „Das ist nicht wahr. Sie lebt noch! Sie lebt, beim Verborgenen Volk." Sie spürte, wie Emily näherrutschte.

„Fee, was soll das? Warum quälst du deine Mutter so? Sie ist erst vor ein paar Stunden wieder richtig zu sich gekommen. Warum erzählst du ihr solche Märchen?"

„Ich?", schrie Fiona auf und erhob sich. „*Ich* erzähle ihr Märchen? Hör mal zu, Emily, du bist doch die, die heimlich aufgeschrieben hat, wie es war, mit den Rentieren zu spielen! *Du* hast die verborgene Welt selbst erlebt und leugnest sie am meisten! Du selbst hast mir erzählt, dass Amy nun dort lebt! Warum? Warum hast du deiner Schwester nie die Wahrheit gesagt?"

Emily zischte auf. „Olav war ein isländischer Draufgänger, der unsere Mutter über den Tod meines Vaters hinweggetröstet hat. Amy musste ihn ja durch ihre Geschichtchen zu mehr machen!"

„Er war viel mehr", raunte Greta.

Die beiden wirbelten zu ihr herum.

Greta hatte sich im Bett aufgesetzt. Sie stützte sich mit einer Hand am Nachtschränkchen ab, ihre Hände zitterten. Doch ihr Blick war klar, und sie fokussierte Em und Fiona abwechselnd.

„Ich habe Mums Geschichten immer geglaubt", sagte sie matt.

Fiona setzte sich wieder aufs Bett und tätschelte ihr die Schulter. „Überanstreng dich nicht, Mummy."

„Hör zu, Fee. Ich weiß, wie schwer es ist, nicht all seine Wurzeln zu kennen. Du wünschst dir, meine Eltern kennenzulernen, und ich … ich hab mich immer danach gesehnt, einen Vater zu haben. Doch nach allem, was ich gelesen habe, ist das Verborgene Volk nicht ungefährlich. Sie dulden keine Menschen."

Fiona berührte die weiche Hand ihrer Mutter. „Wir sind nicht einfach nur Menschen, Mummy. Wir sind Halblinge." Sie grinste. „Na ja, du auf jeden Fall. Ich bin dann wohl so was wie ein Viertelling." Sie kicherte.

Über Gretas Gesicht huschte ein Lächeln. „Ach, Fee. Trotzdem – lass es ruhen. Bisher konnten wir auch gut so leben."

Fiona schüttelte heftig den Kopf. „Und warum bist du dann plötzlich in so eine tiefe Depression gefallen?"

Greta senkte traurig den Kopf.

„Warum, Mummy?", sagte Fiona nun lauter.

„Sprich nicht so mit deiner Mutter", fuhr Emily sie plötzlich an. „Weißt du eigentlich, was wir durchgemacht haben?", zischte sie. „Ich war achtzehn, sie sechzehn – und auf einmal waren wir Vollwaisen. Offiziell. Unsere Mutter hat sich mit ihrer isländischen Affäre vergnügt und uns einfach im Stich gelassen."

Fiona starrte ihre Tante an. Aus dieser Sicht hatte sie es noch nie betrachtet.

„Sie war weg! Von einem Tag auf den anderen. Sie wollte mal alleine nach Island, hat sie gesagt. Wir seien alt genug. Und klar – zwei Mädchen in diesem Alter genießen es, das Haus mal für sich zu haben. Und dann kommt die Nachricht von Sara: *Eure Mutter ist tot.*" Emily schloss die Augen, bevor sie fortfuhr. „Doch was viel schlimmer war: Ein paar Tage später steht *er* da. Einfach aus dem Nichts taucht er auf und überreicht mir den Brief. Amy sei bei ihm, hat er gesagt. ‚Ihr geht es gut, sie ist jetzt eine von uns', hat er gesagt." Sie sah Fiona verzweifelt an. „Ich konnte nie mit alldem abschließen. Ich konnte nie akzeptieren, dass meine Mutter tot ist, denn sie war es nie. Sie war abgehauen! Sie hat uns im Stich gelassen!" Sie warf einen Blick auf Greta, die die Hände vors Gesicht geschlagen hatte. „Ich wollte meiner Schwester diesen Schmerz ersparen. *Sie* konnte abschließen. Deshalb hab ich die Briefe verheimlicht. Nur die Kette, die du nun trägst, Fiona, die hab ich Greta gegeben. Frag mich nicht, warum. Vielleicht, weil ich doch immer ein schlechtes Gewissen hatte und dachte, das Ganze damit ein wenig wiedergutmachen zu können. Zu Greta sagte ich, dass ich die Kette bei Mutters alten Sachen gefunden hätte. Alles war stimmig, wir haben gelernt, ohne unsere Mutter zu leben und ihre Geschichten zu ehren, aber sie das sein zu lassen, was sie waren – alte Familiengeschichten. Doch dann kamst du, Fee. Ein American Girl, mit all seinen Krisen."

„Hey“, schnappte Fiona. „Ich bin Isländerin!“

„Wie auch immer. Du musstest dich ja einmischen und den alten Staub wieder aufwirbeln. Du hast alles durcheinandergebracht!“ Emily wandte sich an ihre Schwester: „Auch ohne diese verdammte Wahrheit wusstest du immer, wo deine Wurzeln waren! Warum bist du wohl zum Studieren nach Island und nie wieder nach England zurückgekehrt? Nicht nur, weil Mutter dort gestorben ist, sondern auch, weil dein Vater dort herkam. Du wusstest es tief im Innern. Es war ein Fehler, dich herzuholen, Greta. Ich bereue es.“

Greta nahm die Hände vom Gesicht und sah ihre Schwester unverwandt an.

„Seit wann kennst du die ganze Wahrheit, Mamma?“, fragte Fiona vorsichtig.

Greta seufzte. „Flóki kam zu Besuch. Er hat mir Sachen erzählt … Er hat von Sara und Frosti gesprochen. Er wusste Dinge, die in Amys Geschichten standen. Woher hätte er sie kennen sollen? Er hätte ja wohl kaum Amys Gedanken lesen können? Und er besitzt ein ähnliches Rentieramulett wie das, welches ich dir vermacht habe, Fee – das von deiner Großmutter.“

Fiona schüttelte den Kopf. „Es ist das Amulett von Olav. Amy hatte ihre Kette noch. Olav hat dir seine Kette damals in einem Briefumschlag vorbeigebracht, nicht wahr, Emily? Das sagtest du ja eben.“

„Ich hab deine Tante darauf angesprochen.“ Greta sah ihre Schwester an.

„Als Flóki mich besuchte, hab ich ihr die Wahrheit erzählt und ihr Olavs Briefe vorgelesen“, gestand Em leise.

„Nach Flókis Berichten und nach Emilys Geständnis war ich zutiefst verstört. Im Innern habe ich immer an das

Verborgene Volk geglaubt, genau wie dein Vater, Fiona. Aber an etwas zu glauben ist anders, als plötzlich handfeste Beweise geliefert zu bekommen. Ich musste es irgendwie verarbeiten", sagte Greta.

Fiona umfasste die Hand ihrer Mutter. „Aber jetzt ist doch alles wieder gut. Wir bringen dich zu Amy und Olav. Du wirst deine totgeglaubte Mutter wiedersehen und endlich deinen Vater richtig kennenlernen!"

Greta schüttelte den Kopf. „So einfach ist das nicht, Fee. Ich hab die letzten vierzig Jahre gedacht, dass meine Mutter tot sei. Ich habe mich an ein Leben ohne sie gewöhnt. Und Emily hat auf gewisse Weise recht. Amy hat uns im Stich gelassen. Ich hätte dich nie verlassen. Kein Mann wäre mir so viel wert gewesen."

Fiona schob die Unterlippe vor. „Nicht mal Daddy? Als ich alt genug war?"

Greta schüttelte den Kopf und nahm sie in den Arm. „Auch nicht für Daddy hätte ich dich zurückgelassen."

Nach einer Weile sagte Fiona: „Ich wäre aber auch allein gewesen. Amy wusste, dass ihr beiden Schwestern zusammenhalten werdet."

Greta lächelte. „Das stimmt." Sie sah Emily liebevoll an, und die ergriff ihre andere Hand.

Verlegen sah sich Fiona um. Sie wusste nicht, wie es sich anfühlte, eine Schwester zu haben. Aber offenbar war es ein ständiger Kampf zwischen Eifersucht und Liebe. Sie wollte den vertrauten Moment der beiden nicht weiter stören. „Ich glaub, ich lass euch noch mal allein."

Als sie das Zimmer verlassen hatte, fragte sie sich das erste Mal, ob sie wirklich richtig handelte. Ihre Mutter wollte offenbar keine Veränderung, und Emily hatte auf den Vorschlag äußerst gereizt reagiert. Amy war für die beiden wohl schon lange tot, egal ob sie in einer Parallelwelt weiterlebte oder nicht.

Seufzend ließ sie sich gegen die Wand sinken. Was sollte sie nur tun? Sie hatte sich so gefreut, ihre Großeltern zu finden, dass sie Emilys und Gretas Gefühle völlig außer Acht gelassen hatte. Offenbar wollten die beiden keine alten Wunden mehr aufreißen. „Oh Gott, was hab ich mir nur dabei gedacht?", flüsterte sie verzweifelt, rieb sich die Augen und ließ den Blick schweifen. Ob das Nachbarzimmer neben Gretas bewohnt war? Nie hatte sie einen Besucher dort ein- und ausgehen gesehen. Doch es hing ein Namensschild davor. Sie kniff die Augen zusammen. *Was zum ...*

*Jane Seaford!*

Ihr blieb die Spucke weg.

Das konnte doch nicht wahr sein! Jane war hier? Sie begann zu zittern, raffte sich auf und ging langsam auf die Tür zu. All die Jahre war diese Irre hier gewesen, in diesem Pflegeheim? Es gelang ihr nicht, ihre Neugier im Zaum zu halten. Das war *die* Chance! Angespannt sah sich um, als sei sie dabei, etwas Verbotenes zu tun. Nun ja, im Grunde war es das ja auch.

Sie drückte die Klinke hinunter.

Quietschend öffnete sich die Tür. Fiona hatte Angst, was sie nun erwarten würde. Wenn Jane wirklich mit ihrem Geist umherwandeln konnte – was sie ja immer noch nicht richtig glaubte –, dann wusste diese Irre sicherlich auch, dass sie hier war. Womöglich beobachtete sie sie auf Schritt und Tritt? Ein eiskalter Schauer rieselte über ihren Rücken. Sie trat in ein leeres Zimmer, blieb dann aber wie angewurzelt stehen. Das Bett war gemacht, es sah unbenutzt aus. In der rechten Ecke standen ein einfacher Tisch und ein Kleiderschrank. Das Zimmer musste eines der wenigen sein, die über eine Terrasse mit Gartenzugang verfügten, doch die Vorhänge waren leicht zugezogen. Sie machte einen Schritt weiter in den Raum hinein. Erschrocken japste sie auf. In einem neumodernen Rollstuhl saß eine ältere Frau in Jogging-Kleidung. Ihr braunes Haar war zu einem ordentlichen Zopf gebunden. Sie starrte ins Leere, und in ihrem rechten Mundwinkel hing ein leichter Speichelfaden.

„Oh mein Gott“, entfuhr es Fiona. Das war zweifelsohne die gleiche Frau, die sich in Island in der Höhle als Jane ausgegeben hatte! Sie sah zwar um einiges älter aus als der jung gebliebene, wandernde Geist von damals – aber sie war es! Doch diese Jane war offensichtlich schwerstbehindert.

Fee ging vorsichtig auf sie zu. „Hallo?“, flüsterte sie.

„Hallo“, sagte eine Stimme.

Sie fuhr erschrocken rum. Hinter ihr stand Jane. Verwirrt blickte Fiona zu dem Rollstuhl und zurück. Nein, sie sah nicht doppelt, dies hier war ein und dieselbe Person!

„Ich habe dich schon erwartet“, flüsterte Jane und kam näher. Sie trug wieder dieses weiße Kleid, und ihr langes Haar wirkte ungepflegt, fast wie in einem schlechten Horrorfilm. Der wilde Blick machte es nicht besser. Sie schien vor Rachsucht zu glühen. „Du bist mir entkommen“, murmelte sie.

„Flóki hat mich freigekämpft.“

„Flóki, ja. Mein wunderbarer Enkel. Weißt du, Fiona, ich hatte schon immer einen Sinn fürs Extreme. Schon damals, als ich deinen Opa kennengelernt habe. Ich habe Autoreifen von Fleischfressern aufgeschlitzt und Wohnungen von Frauenärzten angezündet, die die Pille nicht verschreiben wollten. Ich habe mit Frauen geschlafen, mit mehreren Männern ... Aber du bist ja auch nicht ohne. Das, was du machst, hab ich nie getan. Geschlechtsverkehr zwischen ...“ Sie hielt inne und betrachtete sie abschätzig. Fiona hörte nur halb zu. Ihr wurde gerade etwas Schreckliches bewusst. Wenn Flóki der Enkel von dieser Jane und Olav war, und sie selbst Olavs und Amys Enkelin, dann waren sie und Flóki ja –

„Cousins." Jane lächelte triumphierend.

Greta und Frósti waren Halbgeschwister. Fiona spürte Übelkeit in sich aufsteigen. Das hieß, ihre Mutter und Flókis Vater waren Halbgeschwister. Und das wiederum bedeutete … Nein, das konnte nicht wahr sein!

„Keine Sorge", zischte Jane. „Früher war Inzucht in den Königshäusern gang und gäbe. Nur dass eben irgendwann alle die gleiche Nase hatten. Aber darüber musst du dir nicht den Kopf zerbrechen. So weit wird es bei euch nicht kommen!"

Fiona antwortete nicht. Ihr war schwindelig. Sie wollte sich hinsetzen, doch sie musste äußerst vorsichtig sein, weil sie keine Ahnung hatte, was Janes Plan war.

„Ich will dich nicht unnötig quälen", sagte Jane nun süffisant. „Bringen wir es hinter uns."

Sie griff unter ihr weißes Kleid und hatte mit einem Mal einen langen Dolch in der Hand. Die Klinge glitzerte unnatürlich. Diamanten!

„Von Stóbjörn höchstpersönlich geschenkt bekommen."

Fiona überlegte. Jane – oder vielmehr ihr Geist – stand direkt vor der Tür. Zu flüchten war also keine Option. Was blieb ihr? Schreien? Dann würde Jane die erste Person, die hereinkam, mit dem Dolch verletzen. Es schien, als könnte die Irre ihre Gedanken erraten.

„Du willst doch nicht, dass jemand Unschuldiges zu Schaden kommt, oder?"

Fiona wimmerte. Dann ging alles ganz schnell. Sie fuhr herum und rannte auf die Terrassentür zu. Doch den Vorhang beiseitezuschieben und dann die Klinke hinunterzudrücken schien eine Ewigkeit zu dauern. Gerade als sie sich bemühte, am Griff zu ziehen, spürte sie einen unglaublichen Schmerz im linken Schulterblatt. Janes Geist hatte zugestochen.

Sie taumelte zu Boden und keuchte. Der Dolch war sehr lang gewesen, und so fühlte es sich auch an. Die Klinge schien sie bis zur Brust zu durchbohren. Das überlebe ich nicht, dachte Fee und begann, Blut zu spucken. Emily und Greta waren im Zimmer nebenan. Wann würden sie von ihrem Tod erfahren? Wenn Janes Pflegerin hereinkam? Oder würde diese Irre ihre Leiche verstecken, bis irgendjemand nach Wochen ihre verfaulten Überreste fand? Fiona erbrach sich heftig, und Magensäure mischte sich mit hellrotem Blut. „Bitte …“, flüsterte sie.

„Keine Sorge. So schnell stirbst du nicht. Leider. Ich hol jetzt deine Mami und deine Tante, damit sie dir dabei zuschauen können.“

„Nein!“, rief Fiona. Es würde den beiden das Herz brechen. Der Gedanke daran, dass ihre Mutter das einzige Kind verlieren würde, ließ sie laut aufschluchzen. Sie sollte nicht leiden! Ein Schlag von hinten, dann sank sie auf die Seite, wo sie regungslos liegen blieb.

❄

Flóki sah aus dem Fenster, vor ihm türmten sich die Gebirge von Akureyri auf. Es hatte ihn einige Überwindung gekostet, Fiona einfach so ziehen zu lassen. Er fühlte sich mies. Während er mit Physiotherapie überschüttet wurde und man ihm das Essen ans Bett brachte, leistete Fee die ganze Arbeit. Wie gern er jetzt in ihrer Nähe wäre! Seit er diese Frau kennengelernt hatte, war es um ihn geschehen. Er konnte es kaum erwarten, sie wiederzusehen. Was war das? Mit zusammengekniffen Augen blickte er in den Vorgarten des Krankenhauses, wo ein dunkler Hund herumstreunte. Das Tier war fast so groß wie ein Schaf! Der Besitzer war nicht in Sicht, und Flóki schüttelte den Kopf. Dass die Leute ihre Hunde immer unangeleint herumlaufen ließen!

Es klopfte. Seufzend lehnte er sich zurück. Wahrscheinlich wieder eine der jungen Schwestern, die ihm Unterstützung bei der Körperpflege anbieten wollten. „Ja", rief er, ohne sich umzusehen. Die Tür öffnete sich, doch es blieb still. Genervt drehte er sich um. „Roger?", entfuhr es ihm. „Was machst du denn hier?"

Tatsächlich stand Fionas Ex im Türrahmen und betrachtete ihn abschätzig. „Ich bin auf der Suche nach Fee!"

Flóki versteifte sich. Was wollte der Typ? „Sie ist nicht hier", sagte er kurz angebunden.

„Sehe ich", erwiderte Roger gleichgültig und marschierte herein. Selbstbewusst reckte er das Kinn in die Höhe. „Dachte mir nur, du wüsstest vielleicht, wo sie ist."

„Was willst du denn von ihr?"

Roger lachte laut auf. „Ich glaube nicht, dass dich das was angeht. Kannst froh sein, dass ich dich nach dem letzten Artikel nicht verklage. Aber da du anscheinend genau über Fionas Leben Bescheid weißt, kannst du mir bestimmt auch sagen, wo ich sie finde."

„Ich glaube, Fee möchte nichts mehr mit dir zu tun haben. Das ist mein letzter Stand."

Roger verdrehte die Augen und ließ sich taktlos aufs Bett fallen. Gelangweilt schlug er die Beine übereinander und sah sich im Zimmer um. „Ganz schön öde hier. Kein Wunder, dass du deine Fantasie anzapfen musst, um Artikel zu schreiben."

„Sie ist nicht hier", sagte Flóki knapp. „Ich weiß auch nicht, wo sie ist. Du kannst also wieder abdampfen."

Roger grinste ihn schief an. „Warum nur glaub ich dir nicht? Weißt du, ich hab lange genug mit Schauspielern zusammengearbeitet. Auch mit schlechten. Du gehörst zu denen ohne Begabung. Ich merke, dass du lügst. Aber okay. Dein gutes Recht. Ich verrate dir, was ich von ihr will, und dann sagst du mir, wo sie ist!"

„Verpiss dich", knurrte Flóki.

Fionas Ex ignorierte ihn. „Ich werd sie um eine zweite Chance bitten. Ich hab sogar einen Klunker gekauft. Frauen stehen da drauf, weißt du? Ich bitte dich nur darum, die Überraschung nicht zu verderben und keinen Artikel zu schreiben, *bevor* ich ihr den Antrag gemacht habe. Dann darfst du der Erste sein, der die Neuigkeit verkauft."

Flóki spürte, wie ihm die Zornesröte ins Gesicht stieg. „Raus!", knurrte er.

Roger zog eine Augenbraue hoch. „Vielleicht sollte *ich* einen Artikel über dich und deine unerwiderte Liebe schreiben. Fee gehört mir, damit das klar ist. Ich werd jetzt zu ihrem seltsamen Großvater und dieser Großmutter mit dem Stock im Arsch fahren, wenn du mir nicht hilfst. In England war sie auch nicht."

Flóki runzelte die Stirn. „Wie meinst du das?"

„Ich war gestern in Darlington und hab gedacht, sie wär zu Hause. Doch der Mann ihrer Tante Emily meinte, dass Fee spontan mit Emily und ihrer Mutter nach Island gereist ist, um dort Weihnachten zu verbringen. Er hat gesagt, er würde ihnen in ein paar Tagen nachreisen."

„Tatsächlich?“, fragte Flóki irritiert. Das klang seltsam. Er konnte sich nicht vorstellen, dass Greta in ihrem Zustand schon reisen würde. Und in Fees letzter Nachricht gestern Morgen hatte gestanden, sie hätte ihre Mutter im Pflegeheim besucht, es gebe aber noch viel zu klären, und er solle sich nicht sorgen, wenn sie sich nicht melden würde.

Irgendwas war faul an der Sache! Dass er nicht schon vorher ein ungutes Gefühl gehabt hatte! „Danke dir“, murmelte er und wollte Roger auf die Schulter klopfen, tat es dann aber doch nicht. Er dachte kurz daran, Mads anzurufen, doch es würde zu lange dauern, bis der hier in der Klinik war. Dann gab er sich einen Ruck. „Könntest du mich mit zu Mathías nehmen?“ Ihm blieb keine andere Wahl. Da er kein Auto hatte und Roger direkt dorthinfahren würde, war dies die schnellste Möglichkeit. Auch wenn er den Kerl gern in den finsteren Wald verbannt hätte. Er würde sich nur an den Krankenschwestern vorbeischleichen müssen. Wo steckte Fee bloß? Wäre sie zurück nach Island geflogen, hätte sie sich bei ihm gemeldet. Da stimmte etwas nicht!

Sie legten die Strecke bis Skagafjörður schweigend zurück. Roger fuhr ziemlich schnell und unvorsichtig, und Flóki musste sich zusammenreißen, ihn nicht zurechtzuweisen. Doch was war schon ein Autounfall im Gegensatz zu einem Monster aus der verborgenen Welt, das gleichzeitig auch noch das Kuscheltier der Oma war? Bang erinnerte er sich an die Begegnung mit dem Steinmonster Isleifur, welchem er zu verdanken hatte, dass er in der Klinik gelandet war.

„Hast du ein Problem?“, unterbrach Roger die Stille.

Flóki zischte. „Wie kommst du darauf?“

„Du starrst so vor dich hin.“

„Islands Naturgewalten sind unberechenbar. Von einer Sekunde auf die andere –“ Der Rest des Satzes ging in einem Tumult aus Schreien und quietschenden Reifen unter. Flókis Gurt gab nach, er wurde nach vorn gepresst und knallte mit dem Kopf gegen die Scheibe. Etwas Feuchtes lief an seiner Stirn herunter. Das Auto schien sich im Zeitlupentempo einmal um die eigene Achse zu drehen, nach einer gefühlten Ewigkeit blieb es stehen. Sein Blick fiel instinktiv als Erstes auf Roger. Dieser hatte beide Hände ums Lenkrad gekrallt und starrte geradeaus. „Alles in Ordnung?“, fragte Flóki und rieb sich den dröhnenden Kopf.

„Was ist passiert?“, murmelte Roger und sah aus dem kaputten Seitenfenster. Ein starker Wind pfiff, sie hingen irgendwo fest, und der Wagen schaukelte leicht hin und her.

Flóki stöhnte: „Wie gesagt, die Naturgewalten in Island sind unberechenbar.“

„Weißt du eigentlich, dass mir dieses Land und seine Traditionen so was von scheißegal sind? Ich will Fiona holen, und dann heißt es: Ab in die reale Welt.“

Kaum hatte Roger das gesagt, ertönte ein markerschütternder Schrei, und durch den Wagen lief ein unnatürlicher Ruck. Flókis Atem ging schneller. „Wir sollten aussteigen“, murmelte er und fragte sich gleichzeitig, ob das so sinnvoll sein würde. Nervös blickte er aus dem Fenster neben sich, konnte aber nichts Ungewöhnliches erkennen. „Roger?“, hakte er nach. Als er keine Antwort erhielt, sah er hinüber zum Fahrersitz. Fionas Exfreund war leblos zusammengesackt.

❄

Die Kälte griff nach jeder Faser ihres Körpers. Ihre Zähne klapperten, sie dachte an Flóki. Was er wohl gerade machte? Sie erinnerte sich daran, wie er sie berührt, ihr Innerstes gewärmt hatte. Würde er an sie denken? Immerhin war sie von der Bildfläche verschwunden. Doch Jane hatte dafür gesorgt, dass überall plausible Erklärungen verteilt wurden, die sich deckten und so glaubwürdig waren, dass niemand nach ihr suchen würde. Aber vielleicht spürte Flóki ja etwas? Irgendetwas? Sie wimmerte leise.

Jane hatte sie an einen Fels festgebunden. Fionas Handgelenke brannten, doch noch mehr schmerzte ihre Brust. Warum war sie nicht längst tot oder zumindest bewusstlos? Zwar hatte sie keinerlei medizinische Vorbildung, allerdings konnte sie sehr wohl einschätzen, dass ein Dolch mit bestimmt fünf Zentimetern Klinge, welcher die Brust durchbohrte, nicht gesundheitsförderlich war. Sie stöhnte auf. Die Wunde hatte zuerst aufgehört zu bluten und sich dann wie von Geisterhand geschlossen. Es tat noch weh, aber der Schmerz richtete wohl keinen weiteren Schaden in ihrem Körper an. Sie sah an sich herab. Ein unschöner Riss klaffte vom Schlüsselbein bis zur Brust, aber die Ränder waren verkrustet und trocken, als sei die Wunde einige Wochen alt.

Jane war nach einer Weile wieder aufgetaucht – mit Emily und Greta im Schlepptau, beide gefesselt und geknebelt. Wie dieses Miststück das angestellt hatte, wusste Fiona nicht zu sagen. Dann hatte man sie offenbar betäubt, und erst in Island wieder aufgeweckt. Sie wusste nicht, wie Jane es geschafft hatte, sie dorthin zu transportieren, noch dazu im Flugzeug. Vielleicht aber auch mittels ihrer Fähigkeit, mit dem Geist umherzuwandeln? War das möglich? Eigentlich wollte sie es auch nicht wissen. Nun kauerte sie hier, inmitten der isländischen

Einöde, an einen großen Stein gekettet. Und sie fror. In der Nähe entdeckte sie den Eingang zu einer Höhle. Vermutlich war es dieselbe, in der Jane sie damals mit Flóki gefangen gehalten hatte. Der schwarze Boden knirschte unter ihren Füßen, überall lag Vulkangestein. Seufzend kickte Fiona ein paar der Kiesel weg. Warum war nur alles derart schiefgelaufen? Sie wünschte, Flóki wäre hier. Wo steckten nur ihre Mutter und Tante Em?

❄

Leere Augen starrten ihn an. Rogers Blick schien ins Nichts zu führen. Was war passiert? Hatte Roger eine innere Blutung erlitten? Nein, er war derjenige gewesen, der sich den Kopf schwer angeschlagen hatte und womöglich noch an einer Gehirnblutung starb. Flóki zwang sich zu ruhigen Atemzügen und sah noch einmal genauer hin. Da fiel es ihm auf. Roger hatte eine tiefe Stichwunde am Hals. Was zum –

„Hallo, mein Enkel“, kam es von der Rückbank.

Langsam drehte er sich um. Jane lächelte ihn süffisant an.

❄

Fiona zerrte heftig an den Fesseln. Mittlerweile war es dunkel geworden. Sie beugte den Kopf nach unten, so weit es ging, und sah das getrocknete Blut auf ihrer Brust. Sie war ein Teil des Verborgenen Volkes. Vielleicht nicht unsterblich, aber sicher nicht ganz so verwundbar wie ein Mensch. Ihre Oma Amy hatte Greta auf die Welt gebracht, als sie bereits zum Verborgenen Volk gehörte. Das musste doch bedeuten, dass ihre Greta eigentlich all die Eigenschaften des geheimen Volkes hatte, somit eigentlich hundertprozentig unsterblich war. Und sie war Gretas Tochter. Ich bin stark, dachte sie, zerrte erneut an den Fesseln und brüllte vor Wut. Wie durch ein Wunder lockerten sich die Fesseln. Verwirrt schlüpfte sie aus den Stricken.

„Kann ich dir helfen?“, quietschte eine Stimme.

Fiona sah sich um. Niemand war zu sehen. „Hallo?“, flüsterte sie.

„Hier oben!“, feixte es.

Wenn sie bis dato noch Zweifel gehabt und das Verborgene Volk in Frage gestellt hatte – hier war der lebende Beweis, dass die Wesen existierten. Direkt hinter ihr stand ein Winzling mit verhältnismäßig großen, aber völlig krummen Füßen, ledrigen Klamotten und einem Ziegenbart. Der Fels, an den man sie gekettet hatte, war zum Leben erwacht. Natürlich, Trolle erstarrten bei Kontakt mit Tageslicht zu Stein und konnten sich erst im Dunklen wieder bewegen. Galt das auch für *Démantars?* War er gar einer?

„Verzeihung“, murmelte das Wesen. „Aber ich muss wohl mal wieder den Sonnenaufgang verpasst haben.“

„Alvar?“, fragte sie hoffnungsvoll.

Der Gnom musterte sie skeptisch. „Woher kennst du meinen Namen?“

„Ich hab einfach gehofft, dass du es bist“, flüsterte Fiona. Er schwieg und sah sie grimmig an.

„Also – bist du es wirklich?“, hakte sie erneut nach.

„Vielleicht“, sagte der Zwerg ausweichend.

„Du hast meine Großmutter Amy zu ihrer Tochter geführt.“

Alvar seufzte. „So viele Menschen. Die Namen kann ich mir nicht merken.“

„Ich bin kein Mensch“, rief Fiona. Kein normaler auf jeden Fall, fügte sie in Gedanken hinzu.

„Sondern?“

Erschöpft sank sie zu Boden. Ihr tat alles weh.

„Hey, was hast du da?“, rief Alvar und beäugte ihre Hosentasche, aus der ihr Rentierduplikat hervorlugte. Ein Wunder, dass Jane es ihr nicht weggenommen hatte. Aber sie trug es ja auch inzwischen stets als Glücksbringer bei sich, vielleicht hatte es ja seinen Dienst erwiesen.

„Was meinst du?“

„Das Rentier da!“ Er knurrte wie ein bissiger Hund. „Diebin“, flüsterte er. „Das ist aus dem Etat von Stóbjörn.“

Trotz der Ernsthaftigkeit der Situation, oder vielleicht gerade deshalb, begann Fiona laut zu lachen. „Etat?“

Alvar trampelte mit seinen grobschlächtigen Füßen auf sie zu. „Du kleines Miststück! Was fällt dir ein, Stóbjörn zu beklauen?“

„Ich hab ihn doch gar nicht beklaut“, verteidigte sich Fiona. Langsam bekam sie es mit der Angst zu tun. Er war klein und dick, dennoch fürchtete sie sich vor ihm. „Das ist Siri, mein Rentier. Ich hab's vor langer Zeit geschenkt bekommen.“

Alvar beugte sich herab, bis sein Gesicht ihres fast berührte. Sie kauerte immer noch am Boden. Lass mich doch, dachte sie. *Lass mich liegen, nimm doch das verdammte Rentier. Ich will einfach nur, dass alles wird wie früher!*

„Von wem?“, fragte er streng.

Fiona keuchte auf. „Das geht dich nichts an.“

„Oh doch“, sagte er und kam ihr unerträglich nahe. Sein Atem stank faulig, und er entblößte seine gelben Zähne.

„Ich … ich weiß nicht mehr! Ich war ein Kind. Eines Tages lag es vor meiner Tür. Ein Geschenk. Ich wusste nie, von wem. Damals dachte ich, dass ich ein kleines Exemplar von Siri bekam, weil mein richtiges Rentier – Siri – fort war.“

Alvar nickte und rückte ein Stück ab. „Tut mir leid. Rentiere sind die Boten der Wichtel und Elfen. Wenn sie gehen, bricht ein Stück Eisberg in die See, um den Verlust zu verkraften."

Beide schwiegen einen Moment. Fiona rieb verlegen über ihr Amulett.

„Ein Rentieramulett", flüsterte er plötzlich. „Sie ist es!"

Fee runzelte die Stirn. Was meinte er damit? Aber das war im Moment auch egal. „Bitte, Alvar. Ich muss hier einfach nur fort, kannst du mir vielleicht helfen?"

„Woher kennst du nun meinen Namen?"

Fiona lächelte schwach. „Ich hab schon viel über dich gelesen."

„Musst du mir genauer erzählen. Komm, Mädchen, ich bring dich ins Warme. Kann ja schlecht die Hüterin der Rentiere erfrieren lassen."

❄

„Jane", flüsterte Flóki erschrocken. Sie starrte ihn an, und ihre Augen schienen fast aus den Höhlen zu treten. Wenn er das überlebte, hatte er sicherlich sein Leben lang Albträume, in denen ihn dieses Gesicht verfolgte. Er konnte nicht fassen, dass Olav, über den er unheimlich viel erfahren hatte, sich mit so einer Wahnsinnigen eingelassen hatte. In den Geschichten und Notizen war Olav ihm eigentlich immer recht solide und bodenständig vorgekommen.

„Hallo, Flóki, schön, dich wiederzusehen. Ich hatte wirklich Angst um dich in dieser Höhle."

„Ah ja?"

Sie nickte eifrig.

„Warum hast du uns dann dort dieses Steinmonster auf den Hals gejagt? Es schien dir ja zu gehorchen wie ein Schoßhündchen."

„Du wolltest ja unbedingt für deine Freundin sterben. Olavs verdorbenen Nachkommen."

Flóki runzelte die Stirn. „Fiona ist doch kein ..."

„Hilf mir, befreie mich."

„Wovon? Du scheinst dich doch recht gut zurechtzufinden."

Sie schüttelte den Kopf und sah auf einmal sogar traurig aus. „Ich bin gefangen. Mein Körper ist ein Wrack. Dank deinem Großvater. Und mein Geist … mein Geist ist eingesperrt. Zwar kann ich wandern, doch das, was du siehst, ist nur ein Abbild meiner jungen Jahre. Ich kann weder vor noch zurück. Ich bin eine Gefangene meiner eigenen Gedanken. Stóbjörn hat mich all die Jahre zum Narren gehalten."

Flóki starrte sie an. Als sie Olav als seinen Großvater bezeichnet hatte, war ihm klar geworden, was dies bedeutete. Fee und er hatten denselben Opa, wenn auch unterschiedliche Großmütter. Obwohl er lieber Amy dieser Psychotante vorgezogen hatte. Er und die Frau, die er liebte, waren verwandt! Was bedeutete das? Er schluckte. Cousinen und Cousins waren schon oft zusammengekommen. Soweit er wusste, stellte das kein Hindernis da. Wenn er es auch im ersten Moment befremdlich fand. In den Königshäusern hatte es Verbindungen dieser Art früher ständig gegeben, und die Adelslinien waren deshalb nicht ausgestorben. Und wenn es bedeutete, dass sie besser keine Kinder bekommen sollten … Das war ihm egal! Er wollte Fiona, nur sie!

„Was ist, Flóki? Liebster Enkel? Hilfst du mir?", riss Jane ihn aus seinen Gedanken.

Wütend beäugte er sie. Wie konnte sie es wagen, so mit ihm zu sprechen? Sein Blick fiel auf Roger, dessen Augen immer noch kalt und leer waren. Aus einem Impuls heraus streckte er die Hand aus und schloss ihm die Lider. „Du verrücktes Weib", murmelte er. „Warum hast du ihn getötet?"

„Du mochtest ihn doch auch nicht."

„Ich wollte ihn aber doch nicht sterben sehen! Er ist ... war unschuldig!"

„Wer ist heutzutage noch unschuldig?" Jane lachte auf. „Ich hab die ganze Welt gesehen. Die Menschen trachten einem nach dem Leben, sie sind egoistisch, denken nicht einmal mehr an ihre Liebsten. Alles dreht sich nur um sie selbst. Ich war auch mal ein Mensch, bevor ich zu diesem ... Geschöpf wurde."

„Die Menschen sind durchaus in der Lage, zu lieben, im Gegensatz zu dir."

„Ich habe in Olav die wahre Liebe gefunden."

„Er aber nicht in dir", sagte Flóki hart.

„Wir sind immerhin deine Großeltern!", wandte sie ein.

„Du bist gar nichts für mich. Außer ein Fluch vielleicht."

„Du willst mir also nicht helfen?"

Er schüttelte den Kopf. „Lieber würde ich sterben. Wo ist Fiona? Hast du etwas mit ihrem Verschwinden zu tun?"

Jane kicherte. „Du solltest solche Fragen nicht stellen, wenn du mir deine Hilfe versagst. Wir könnten verhandeln ..."

„Ich verhandle nicht mehr mit dir. Schon beim letzten Mal hast du dein Versprechen nicht gehalten. Falls du dich daran erinnerst – dein Steinmonster hat uns übel zugerichtet!"

„Wenn du keinen Kompromiss willst, dann bist du dümmer, als ich dachte." Sie zog einen langen Dolch aus dem Kleid, dessen Griff im Schein der Dämmerung glitzerte. Diamanten?

„Willst du mich jetzt auch töten?", fragte Flóki bitter. „Deinen eigenen Enkel?"

„Oh nein", flüsterte Jane und lächelte hämisch. „Ich habe etwas viel Qualvolleres mit dir vor." Sie holte aus und stach zu.

❄

Ein rhythmisches Tropfen begleitete das durchgehende Gemurmel. Wie Baby-Gebrabbel, dachte Fiona und musste an Amys Geschichten denken. Ob sie sich in derselben Grotte befand wie Amy damals? Es roch angenehm, war warm. Von überallher meinte sie, leise Stimmen zu hören. An den felsigen Wänden blinkte und blitzte es in allen Farben. Alvar hatte ihr einen dampfenden Becher und Brot gebracht. Gierig hatte sie getrunken. Sie wusste nicht, was es war, es schmeckte aber fast wie Blaubeerwein. Das Brot hingegen war sehr salzig und verstärkte nur ihren Durst, trotzdem biss sie gierig hinein.

„Ich sehe, dir geht es besser", grummelte Alvar.

„Etwas", murmelte Fiona.

Sein Blick fiel auf ihre halb entblößte Brust. „Wer hat dich so zugerichtet?"

Fiona zögerte. Sie wusste nicht, inwiefern sie dem Gnom vertrauen konnte. Nun, da sie sich etwas aufgewärmt und gestärkt hatte, schärften sich auch ihre Sinne wieder. Sie kuschelte sich in das Rentierfell, welches Alvar ihr gegeben hatte. In England war sie leicht bekleidet gewesen, und dazu kam der Riss in ihrem Shirt.

„Du traust mir nicht", stellte er fest. Plötzlich begann sich sein Gesicht zu verfärben. „Erst unser selbst gemachtes Brot essen und unseren Blaubeersaft trinken – aus handgepflückten Beeren, weißt du, was das für eine Arbeit ist, die mit den Füßen zu zerstampfen? Und jetzt bestimmt wieder gehen wollen! Du Schmarotzerin!"

„Das will ich doch gar nicht", warf Fiona ein und rückte ein Stück ab. Alvar kam näher auf sie zu und drohte ihr mit der Faust. Dann hielt er inne. „Stóbjörn", rief er mit einem kehligen Laut, dass Fiona sich die Ohren zuhalten musste.

Sie erstarrte.

Der Drache war mächtig, viel größer und Furcht einflößender, als sie ihn sich vorgestellt hatte. Seine echsenartige Haut, die mit kleinen Schuppen übersät war, glänzte rotbraun im Schimmer der Grotte. Langsam kam er auf sie zu, während Alvar ehrfürchtig zur Seite wich, und blieb dann nur wenige Zentimeter vor ihr stehen. Er roch nach verbranntem Holz, und eine starke Wärme ging von ihm aus. Seine Klauen waren riesig. Fee wollte zurückweichen, doch sie stieß nur gegen die felsige Wand.

„Fiona."

Seine Stimme klang fast menschlich, gar nicht verzerrt oder blechern. Aus schwarzen, schlitzartigen Augen musterte er sie, und sie fühlte sich, als sei sie in die Falle einer Schlange getappt, die nun versuchte, sie zu hypnotisieren. Ein stechender Schmerz durchfuhr sie, und unwillkürlich sah sie nach unten.

„Keine Sorge", sagte Stóbjörn. „Du magst vielleicht ein hässliches Mal davontragen, doch Diamantenschwerter können dir nichts anhaben." Er trug eine große Narbe über dem rechten Auge. Sie zog sich über sein komplettes Gesicht bis hin zum Hals, wo sein stacheliger Kragen begann, der sich über den gesamten Rücken streckte.

Verwundert sah sie ihn an. „Woher kennst du meinen Namen? Wieso weißt du, was mir zugestoßen ist? Und warum können Diamantenschwerter mir nichts anhaben?", sprudelte es plötzlich aus ihr heraus. Ihre Angst war für einen Moment vergessen.

„So viele Fragen", murmelte Stóbjörn und blähte die Nüstern. Kleine Rauchwölkchen stoben hervor.

Entsetzt schrie Fiona auf und drückte sich gegen die Wand. „Bitte tu mir nichts", flehte sie. Früher hatte sie Geschichten aus dem Mittelalter gelesen, und immer an den Stellen, die beschrieben, wie Frauen auf dem Scheiterhaufen verbrannt worden waren, rieselte ihr ein eisiger Schauer über den Rücken, und sie war dankbar gewesen, nicht in dieser Zeit gelebt zu haben. Pustekuchen, dachte sie nun. So schnell konnte man in eine Situation geraten, in der man bei lebendigem Leib verbrannt wurde.

„Ich tu dir noch nichts", murmelte Stóbjörn und sah zu Alvar, der brav und gehorsam hinter ihm wartete. „Bring dem Mädchen noch einen Blaubeerpunsch!", befahl er.

„Nein", rief Fiona. „Ich brauche keinen, danke", stammelte sie, als der Drache sie überrascht ansah. „Alvar soll hierbleiben", flüsterte sie.

„Nun, dann nicht." Stóbjörn rückte ein Stück von ihr ab.

Die Schuppen seines langen schmalen Schwanzes lagen dichter beieinander als die des restlichen Körpers und glänzten noch rötlicher. Er hatte keine Flügel, was sie wunderte, in ihrer Vorstellung hatten Drachen immer Flügel. Als er begann, ein paar Meter entfernt von ihr unruhig im Kreis umherzugehen, wagte Fiona es endlich, laut auszuatmen.

„Mein Name ist Stóbjörn – auch wenn das nicht deine Frage war. Ich wohne schon seit vielen Jahren in dieser Grotte, gemeinsam mit den grässlichen Diamantenschleifern. Es ist eine Zweckgemeinschaft. Ich bin einer der letzten Drachen, die *Démantars* beschützen mich, und dafür halte ich die Grotte für ihre Arbeiten warm. Schon seit langer Zeit widme ich mich einem ganz besonderen Experiment: der Teleportation. Diese Höhle liegt wie viele andere hier in Island in einem Magnetfeld. Wenn man es schafft, die richtigen Elemente von hier mit einem dieser Orte zu verbinden, kann man seinen Geist auf Reisen schicken, ohne dabei Räume zu durchqueren. Doch so etwas geht nicht von heute auf morgen. Man braucht viel Zeit. Und Freiwillige."

Fiona nickte. „Jane war eine dieser Freiwilligen."

Stóbjörn stob ein paar Rauchwolken aus. „Freiwillig, wenn man es so nennen mag. Ich habe sie dazu benutzt, vielleicht ist das für Menschen wie dich moralisch verwerflich. Ich hingegen denke anders darüber."

Was du nicht sagst, dachte Fiona fröstelnd.

„Auf jeden Fall habe auch ich in den Jahren dazugelernt. Nachdem Jane eines Tages spurlos verschwunden war, konnte ich sie irgendwann ausfindig machen. Körperlich schwer beeinträchtigt, lag sie in einem englischen Pflegeheim." Er verzog das Maul, sodass es aussah, als schmunzelte er. „Olav und Amy haben sie dorthin gebracht. Nun, Olav und ich sind noch nie gute Freunde gewesen." Er stieß einen seltsamen Laut aus, dann fuhr er fort: „Amy allerdings ... Dem Mädchen konnte ich nie einen Wunsch abschlagen. Jane war also immer noch in der Lage, mit ihrem Geist zu reisen. Am Anfang war sie vielleicht meine Gefangene, ja. Doch über die Jahre verband uns eine Art Freundschaft. Sie hat mich besucht."

„Warum hast du sie nie besucht? Kannst du nicht auch diese Teleportie?"

„Teleportation", knurrte Stóbjörn. „Doch, schon. Deshalb weiß ich auch alles über dich. Und Flóki. Und ich habe diese Methode auch schon das ein oder andere Mal angewandt, um in anderen Teilen Islands nach anderen Drachen zu suchen. Doch es ist gefährlich. Wie du nach deinen Begegnungen mit Jane weißt, ist der Körper dennoch sichtbar für andere. Was denkst du also, würde passieren, wenn mitten in einem englischen Dorf plötzlich ein Drache erscheint? Oder sonst wo auf der Welt?"

Fiona senkte den Kopf. „Verstehe", murmelte sie. Der Drache tat ihr irgendwie leid.

„Doch irgendwann ist Jane zu viel gereist", fuhr Stóbjörn unbeirrt fort. „Sie ist verrückt geworden."

„War sie das nicht schon immer?", rutschte es Fiona heraus.

Stóbjörn warf ihr einen scharfen Seitenblick zu. „Ihre Seele und ihr Körper waren zu oft voneinander getrennt. Durch das ständige Teleportieren wurden ihre Kräfte gebündelt. Sie hat eigene Fähigkeiten entwickelt, leider keine positiven. Aus Felsgestein hat sie neue Lebewesen erschaffen, die sehr stark und mächtig sind. Unbesiegbar."

Fiona dachte an Isleifur, das steinerne Monster.

„Ich habe mit meinen Experimenten einen Fehler gemacht. Ich bin zu weit gegangen. Doch Jane existiert – und mit ihr ihre *Klumpur Skrímsli,* wie ich diese Wesen getauft habe."

Fiona nickte aufgeregt. „Die Steinmonster! Ich bin einem davon begegnet. Sag, wie kann man sie in Schach halten?"

Stóbjörn seufzte, und eine kleine Flamme schoss aus seinem Maul empor. Erschrocken schrie Fiona auf, doch er ignorierte sie. „Feuer natürlich nicht, sie bestehen aus Stein. Aber die Wunden, die sie verursachen, können durch Diamanten geheilt werden."

„Das heißt, Diamanten heilen? Und deshalb konnte mir die Verletzung von diesem Monster nichts anhaben?"

Der Drache wog den mächtigen Kopf hin und her. „Nicht immer funktioniert das. Diamanten sind zweischneidig. Bei Menschen, wie bei deinem Freund Roger, bringen sie nichts."

Fiona machte große Augen. „Roger? Was ist –"

Stóbjörn knurrte: „Jane hat ihn getötet."

Sie zuckte zusammen. Nein! Das musste ein Irrtum sein!

„Die Diamanten vertreiben die Steinmonster, sie reagieren darauf. Ein Stich direkt ins Herz, ist jedoch selbst für jemanden aus dem Verborgenen Volk tödlich. Diamanten haben immer zwei Seiten: Sie können heilen, aber auch großes Unheil vollbringen. Außerdem lassen Diamanten die Seele für immer erfrieren, wenn man das Herz trifft. Das heißt, auch der Geist des Toten kann einen später nicht mehr heimsuchen."

Fiona hielt kurz den Atem an. Jane hatte bei ihr einfach nur nicht richtig gezielt! „Dann habe ich Flóki in der Höhle damals gerettet, indem ich ihm Siri auf die Wunde gelegt habe", sinnierte sie, holte das kleine Rentierduplikat aus ihrer Hosentasche und drehte es nachdenklich in ihrer Hand.

Stóbjörn brachte so etwas wie ein Lachen zustande. „Nicht nur das. Dein Amulett hat sogar noch mehr Kräfte. Aber das wirst du merken, wenn es an der Zeit ist. Wusstest du übrigens, dass es Alvar war, der dir Siri vor die Tür gelegt hat?"

„Was?", rief Fiona erstaunt.

Der mollige *Démantar* wurde rot. „So viele Menschen. Hab ich vergessen", grummelte er.

„Tatsächlich?" Fiona lächelte.

Der Drachen senkte kurz den Kopf und war ihr plötzlich wieder ganz nahe. Er blickte direkt in ihre Augen. „Noch Fragen?"

Fee beruhigte sich etwas. „Darf ich wieder gehen?", fragte sie kleinlaut.

„Noch nicht“, sagte Stóbjörn plötzlich. Seine Stimme donnerte durch die Höhle.

Sie spürte den Atem aus seinen Nüstern auf der Haut.

„Nun bin ich dran. Warum bist du hier? Du weißt, dass es selbst für Halblinge strengstens verboten ist, sich Wissen um das Verborgene Volk anzueignen. Das muss dir bekannt sein, immerhin hat deine Großmutter dir ihre Geschichte hinterlassen. Was tust du dann hier?“

Fiona wimmerte. Er rückte kein Stück von ihr ab. „Ich bin auf der Suche nach meinen Großeltern – und ich möchte die Wahrheit wissen! Ob Olav wirklich existiert hat. Um meiner Mutter willen.“

Stóbjörn schnaubte, kleine Rußpartikel rieselten zu Boden. „Diese Welt zu betreten war ein großer Fehler“, murmelte er.

❄

Jane ließ einen wütenden Schrei los. „Wo ist sie?“

Flóki seufzte erschöpft. „Wer?“, murmelte er benommen.

„Fiona! Ich habe sie dort zurückgelassen“, brüllte sie.

Seine Lippen fühlten sich taub an, er konnte die Umgebung nur noch schemenhaft ausmachen. Er lag auf dem Boden, und seine Brust schmerzte höllisch. Irgendwie hatte es die zierliche Jane geschafft, ihn hierherzuverfrachten. „Super Woman“, nuschelte er.

„Was sagst du?“, fuhr sie ihn an und stand plötzlich direkt neben ihm.

Verschwommen nahm er wahr, wie ihr dunkles Haar im Wind wehte, als sie sich über ihn beugte. „Eine echte Power-Frau“, flüsterte er heiser.

„Ich weiß“, giggelte sie. „Ich bin mit *flower power* groß geworden.“ Ihr Blick schien in die Ferne zu wandern, sie richtete sich wieder auf und tigerte umher.

„Wen suchst du?“, fragte Flóki. Er spürte seinen herannahenden Tod. Es war ihm schwer um die Brust, der Atem wurde schwächer, seine Sinne schwanden immer mehr. Dieses Biest! Doch er fühlte sich zu schwach, sich aufzubäumen und sie niederzustrecken. Was würde es bringen? Sie waren irgendwo in der isländischen Wildnis. Niemand würde ihm mehr helfen können. Und dennoch … könnte er nicht wenigstens verhindern, dass diese Irre weiteren Menschen Schaden zufügte?

Ächzend erhob er sich, sank aber sogleich wieder zu Boden.

„Wo ist sie?“, kreischte Jane mittlerweile. „Ich habe sie doch hier zurückgelassen! Und jetzt ist sie fort! Fiona!“

„Fiona?“, flüsterte Flóki hoffnungsvoll. Sie war hier irgendwo, er musste kämpfen! Ein gellender Schrei ließ ihn zusammenzucken.

„Wo ist sie?“, brüllte sie erneut. „Mein ganzer Plan … Alles kommt durcheinander!“

„Welcher Plan?“, krächzte Flóki, doch sie ignorierte ihn und lärmte weiter. Plötzlich war sie wieder über ihm.

„Na gut.“ Ihr Gesicht kam ganz nah, und endlich konnte er sie deutlich erkennen. Ihre Augen schimmerten grünbraun, trotzdem meinte er kurz, seine eigenen Züge in ihren zu erkennen. Vielleicht war es besser, dass er starb. Sonst würde er vermutlich sein ganzes Leben darunter leiden, dass er mit dieser Wahnsinnigen verwandt war.

„Dann beenden wir es eben hier. Ich werd das Miststück schon finden! Und dann kann ich ihr deine Leiche präsentieren.“

„Nein!“, murmelte er benebelt. Fiona sollte nicht leiden! Er richtete sich auf, hob die schweren Arme und bekam Jane an der Gurgel zu fassen. Doch sie schien so viel Kraft zu haben, dass es ein Leichtes für sie war, ihn abzuwimmeln. Wie in Trance bekam er mit, dass sie einen Dolch aus ihrem Kleid zog und diesen über ihm in die Höhe hielt.

„Streng dich nicht an, Flóki. Rache ist stärker als die Liebe!“

„Das glaube ich nicht“, ertönte eine zuckersüße Stimme.

*Fiona!* Er wandte den Kopf, konnte aber nur Umrisse ausmachen. Eine große Silhouette, die rötlich glänzte, und viele kleinere. Was war das? Doch bevor er weiter darüber nachdenken konnte, spürte er einen stechenden Schmerz im Brustkorb. Als er den Kopf senkte, erkannte er, dass eine lange Spitze aus seiner Brust ragte. Schon schwanden seine Sinne.

❄

Wie in Zeitlupe nahm Fiona wahr, wie Jane den Diamantendolch auf seine Brust fallen ließ. Er traf direkt ins Herz. Langsam zog die Irre es wieder heraus und warf lachend den Kopf in den Nacken. Fee hörte sich etwas rufen, vernahm ein Surren im Kopf, alles fühlte sich taub an. Stumm ließ sie sich auf die Knie sinken und starrte ins Nichts.

„Du darfst jetzt bloß nicht aufgeben“, hörte sie eine quäkende Stimme von weiter Ferne. Langsam schaute sie zur Seite. Direkt neben ihr stand eine kleine Gestalt, die eine Axt schwang, deren Schneide diamantenbesetzt war. Alvar! „Sie hat ihn direkt ins Herz getroffen. Es … es hat keinen Sinn“, flüsterte sie, umschlang resignierend ihren Oberkörper und wippte vor und zurück.

„Aber dennoch gilt's – die Verrückte muss endlich gestoppt werden."

Sie seufzte. „Von mir aus. Tut, was ihr nicht lassen könnt." Mit den Fingern rieb sie über ihre Halskette. „Hüterin der Rentiere … Und, was bringt mir das? Verdammt!", wimmerte sie. Wie ein Film liefen die Ereignisse vor ihrem inneren Auge ab.

Alvar zuckte die Schultern und rannte dann mit erhobener Axt auf Jane zu, die immer noch über Flóki gebeugt war. Einige *Démantars* folgten ihm brüllend. Stóbjörn hingegen war bei ihr stehen geblieben und beobachtete das Geschehen. Fiona fragte sich, warum er nicht einfach Feuer spie. Sie wurde durch eine Bewegung abgelenkt, die sie im Augenwinkel wahrnahm, und erstarrte. Etwa ein Dutzend *Klumpur Skrímsli,* wie Stóbjörn die Steinwesen beinahe liebevoll genannt hatte, marschierte geradewegs auf die kleinen Kobolde zu.

Fiona erwachte aus ihrer Starre und sah zu Stóbjörn auf. Der Drache schien sie bemerkt zu haben. „Wir müssen die Kleinen warnen!", rief sie ängstlich und erschrak über den fremden Klang ihrer Stimme.

Stóbjörn knurrte: „Wenn ich diese garstigen Biester jetzt auflaufen lasse, bin ich frei. Dann gehört die Grotte mir."

„Und was bringt dir das?", rief sie verzweifelt. „Dann bist du allein! Du hast doch niemand anderen mehr! Wie lang ist es her, dass du zuletzt draußen vor deiner Höhle warst?"

„Es ist heute das erste Mal seit vielen Jahren", gab er beinahe kleinlaut zu. Wie zur Bestätigung atmete er tief die frische Luft Islands ein.

„Du brauchst die *Démantars!* Sie sind alles, was du noch hast, also hilf ihnen jetzt! Sie brauchen dich!"

Stóbjörn wandte den Drachenkopf unruhig hin und her und schien mit sich zu hadern. Dann paffte er etwas Rauch in die

Höhe und stieß einen knurrenden Laut aus. Schweren Schrittes marschierte er auf die Steinmonster zu.

Die *Démantars* schienen die Gefahr nicht bemerkt zu haben. Sie waren damit beschäftigt, mit ihren Äxten auf Jane loszugehen, die ihnen jedoch geschickt auswich und dabei lachte, als sei alles ein Spiel.

Stóbjörn beschleunigte, der Boden begann zu beben. Fasziniert beobachtete Fiona, wie er sich auf die Steinmonster stürzte und sie mit seinem langen Drachenschwanz niederschlug. Tatsächlich gingen einige von ihnen zu Boden. Plötzlich bäumte er sich auf, öffnete das riesige Maul, und eine rote Glut schoss empor, direkt auf die steinernen Monster.

Fiona war wie gebannt von dem Anblick. Das Gebirge von Akureyri verschwand schon in der sanften Winterdämmerung, bald würde die gesamte Umgebung in ein Farbenspiel aus graublauem Dunst getaucht sein. Doch dann gäbe es nur noch Stóbjörns Feuerschein, dachte sie panisch. Plötzlich legte sich eine kalte Hand um ihren Hals. Erschrocken wollte sie aufschreien, doch da war die Hand schon vor ihrem Mund und drückte ihn zu.

„Da bist du ja. Mir entwischt man nicht so einfach!“, flüsterte Jane hämisch.

„Nein“, gurgelte Fiona und wollte sich aus dem Griff befreien.

Die *Démantars* hatten offenbar endlich bemerkt, dass ihnen Gefahr drohte. Ungeschickt, wie die kleinen Wesen waren, versuchten sie, mit ihren Äxten auf die Steinmonster loszugehen. Doch das Werkzeug prallte einfach an den moosbewachsenen Felsbeinen ab. Kein einziger Gnom schien im Getümmel zu bemerken, dass Jane sich jemand anderem gewidmet hatte. Die Steinmonster waren das perfekte Ablenkungsmanöver.

„Eigentlich wollte ich dich schön langsam töten“, sagte Jane. Ihre Haut schimmerte elfenbeinfarben. „Dein Flóki sollte dabei zusehen, doch ich musste meine Pläne kurzfristig ändern.“

„Du … du hast ihn getötet“, presste Fiona unter der Hand hervor und versuchte, Jane zu packen.

„Freut mich, dass du es bemerkt hast. Nun, du brauchst dir keine Sorge machen, dir wird das gleiche Schicksal widerfahren. Doch erst werde ich dich zu deiner lieben Mutter und deiner Tante bringen, damit sie an deinem Leid teilhaben können!“

„Nein“, rief Fee und probierte, in die Hand hineinzubeißen, die ihr auf den Mund gepresst wurde. Doch Jane war stark und zerrte sie hinter einen Stein, sodass sie beide für die anderen verborgen waren.

„Ich bringe dich jetzt zu ihnen“, flüsterte Jane theatralisch. „Und dann werde ich vollenden, was ich in dem dämlichen Pflegeheim in England begonnen habe.“

Fiona gelang es, einen letzten Blick auf die kämpfenden *Démantars* und Stóbjörn zu werfen. Der Drache spie Feuer, doch wie er selbst gesagt hatte, brachte es die Steinmonster höchstens etwas durcheinander, ansonsten konnte er ihnen damit nichts anhaben. Er musste wohl eher aufpassen, dass er die Gnome nicht unabsichtlich verletzte – einige von ihnen lagen schon auf dem Boden und sahen ziemlich zerquetscht aus. Aber nicht nur die Größe der Monster und die Schwere der Schläge waren für sie gefährlich. Genau wie Isleifur hatten auch die anderen *Klumpur Skrímsli* Diamantenspitzen am Handrücken, mit denen sie Unheil anrichten konnten. Fiona spürte Schuldgefühle aufsteigen. In der kämpfenden Menge erkannte sie Alvar, der tapfer mit seiner Diamantenaxt auf ein Steinmonster eindrosch. Sie sandte ein Stoßgebet für ihn gen

Himmel, dann warf sie einen letzten Blick auf den leblosen Flóki, der nach wie vor unberührt zwischen den Kämpfenden lag. Ihr Herz wurde schwer, sie konnte den Blick nicht abwenden. Wie gern hätte sie ihn noch einmal in den Arm genommen! Doch Jane zerrte sie bereits hinter sich her.

Plötzlich hielt die Wahnsinnige inne. „Was zum Teufel …“, sagte sie leise.

Fiona versuchte, sich zu befreien, doch Jane hatte sie so fest im Griff, dass sie sich nicht rühren konnte. Im Getümmel sah sie Flammen aufgehen. Kein Wunder, dass Stóbjörn sich verdeckt hielt und nie von seiner Fähigkeit, der Teleportation, Gebrauch machte. Man konnte die Rauch- und Flammenwand kilometerweit sehen, allemal in einem Land wie Island.

Jane schrie auf.

„Lass das Mädchen gehen“, sagte eine Stimme.

Fiona erschrak. Jane musste in jemanden hineingelaufen sein, mit dem sie nicht gerechnet hatte. Da sie Jane den Rücken zugewandt hatte und nur nach vorn zum Getümmel schauen konnte, fragte sie sich, wer aufgetaucht war. Janes Reaktion nach zu urteilen, musste das jemand sein, den sie nicht sonderlich mochte.

„Ich werde sie töten“, kreischte die Irre spitz.

Fiona widerstand dem Impuls, die Augen zu verdrehen. Wie oft hatte Jane das nun gesagt, es aber nie getan? Sie sollte es endlich zu Ende bringen. Ihr selbst blieb ja sowieso keine Chance, sich zu wehren.

Und wenn sie damit vielleicht ihre Mutter und Emily retten konnte …?

Sie verwarf den Gedanken. Nie war sie eine mutige Heldin gewesen, warum also jetzt? Doch sie erkannte im selben Moment, dass es kein Heldentum war, sondern dass sie aufgegeben hatte. Flóki war tot, und damit ein großer Teil ihrer Hoffnung gestorben. Plötzlich riss Jane sie herum und hielt ihr den Dolch an die Kehle. Instinktiv kniff Fiona die Augen zusammen. Und jetzt stich zu, dachte sie, doch dann fiel ihr ein, dass das ja gar nichts bringen würde. Jane musste schon das Herz treffen! Zögerlich blinzelte sie und erkannte nun, wer vor ihnen stand.

Ein Mann und eine Frau, wahrscheinlich kamen sie von hier, sie sahen nicht außergewöhnlich aus. Bis auf ihre Kleidung, die offensichtlich aus Rentierfellen und Leder bestand. Der Mann hatte leicht gelocktes blondes Haar, die Frau hingegen trug eine Fellmütze auf dem Kopf und war dick in einen flauschigen Fellmantel eingehüllt. Sie hielt sich im Hintergrund, zusammen mit drei Rentieren.

„Du weißt, dass das nichts bringt", sagte der Mann zu Jane und lächelte. „Sie ist ein Teil des Verborgenen Volkes. Und nicht nur das. Sie ist die Hüterin der Rentiere."

Wie auf Kommando kam eins der Rentiere hervorgetrappelt. Es war kleiner und zierlicher als die anderen beiden. Unruhig warf es den Kopf hin und her. In seinen braunen Augen war deutlich das Weiße zu erkennen, was seinen Blick irre wirken ließ. Könnte Janes Rentier sein, dachte Fiona trocken.

Dann runzelte sie die Stirn. Warum wussten alle über sie Bescheid und kannten sie? Da wurde ihr bewusst, dass sie tief im Inneren schon immer gewusst hatte, wer sie war.

Plötzlich merkte sie, wie Jane den Dolch fester an ihre Kehle drückte, und sie spürte ein leichtes Ziehen. Hatte die Klinge etwa schon Haut durchdrungen? Es fühlte sich so an, als würde etwas Flüssigkeit ihren Hals hinunterrinnen.

Jane lachte triumphierend. „Richtig. Sie ist nur ein Teil des *Huldufólks.* Ihr Vater war zu hundert Prozent Mensch, ihre

Mutter nur zur Hälfte eine Verborgene. Was sagt uns das? Dass sie sicher verletzlicher ist als angenommen!" Dann stach sie zu.

Fiona spürte einen brennenden Schmerz, dann begann sie zu röcheln. Hilflos schnappte sie nach Luft. Nein, Jane hatte Unrecht! Immerhin hatte sie auch den Stich in die Brust im Pflegeheim ohne Weiteres überlebt. Die Symptome würden wie beim ersten Mal schnell wieder verschwinden. Doch irgendwie fühlte es sich diesmal anders an. Sie blutete stark am Hals, und sie konnte beim besten Willen keine Luft mehr bekommen. Die Welt begann sich zu drehen. Sie ließ sich auf den Boden fallen in der Hoffnung, dass der Schwindel aufhören würde, doch sie fühlte sich wie im Karussell.

„Ihre Mutter ist kein Halbling. Ihre Mutter stammt von zweien aus dem Verborgenen Volk ab."

Fiona hörte die Stimme der Frau wie durch eine Nebelwand. Etwas Warmes berührte ihren Hals.

„Hab keine Angst, mein Kind, du bist die Tochter deiner Mutter, und durch dein Blut fließt die isländische Seele."

Fee spürte, wie die Schmerzen und der Schwindel nachließen, langsam bekam sie auch wieder Luft. Sie ließ den Kopf zur Seite sinken und starrte in zwei gelbe Augen. Neben ihr stand ein überdimensional großer Hund mit langem schwarzem Fell. Fiona japste auf.

„Keine Sorge. Sein Speichel heilt deine Wunde."

Wie zur Bestätigung begann der Hund zu winseln und leckte erneut über ihren Hals, über den sich eine angenehme, schmerzstillende Wärme legte. Fee blinzelte ein paar Mal und erkannte dann das Gesicht der Frau. Die Fremde hatte die Fellmütze abgenommen, strohblondes Haar umwehte ihren Kopf.

An ihrem Hals baumelte eine Kette, ein Anhänger in Rentierform. „Amy“, entfuhr es Fiona.

Die Frau lächelte.

„Du siehst aus wie auf den Fotos, die Mamma hat“, flüsterte Fiona. „Ist das ... Fenris?“ Sie starrte den winselnden Hund an, der unentwegt ihren Hals befeuchtete.

„Später, mein Kind. Wir haben jetzt keine Zeit. Wir müssen Jane endgültig ausschalten. Dann müssen wir Stóbjörn helfen, und vor allem den Kleinen.“

Fiona räusperte sich und sah an sich herab. Die Blutung hatte offenbar aufgehört. Kurz kam ihr der bestürzende Gedanke, dass sie für den Rest ihres Lebens hässliche Narben tragen würde, und ihre Modelkarriere damit auf der Kippe stand. Andererseits hatte ihr Leben sich in den letzten Wochen schlagartig gewandelt. „Woher wusstet ihr …?“

„Später“, sagte der Mann.

Fiona richtete sich auf und bemerkte jetzt erst, dass er Jane fest umklammert hielt.

„Olav?“, fragte sie nur. Er zwinkerte ihr zu und entblößte seine krummen Zähne. „Wo sind Mamma und Emily?“, fragte Fee.

„Das versuchen wir gerade herauszufinden“, knurrte Olav und packte Jane fester. Doch die lachte nur.

„Es ist schön, mal wieder in deinen Armen zu liegen“, sagte sie. „Wie ich das vermisst hab! All die Jahre habe ich nach dir gesucht, doch du warst wie vom Erdboden verschluckt.“

„Wir haben uns im Zauberwald vor dir abgeschirmt. Wir wussten, du wirst wiederkommen und Rache wollen – nach allem, was Stóbjörn dir beigebracht hat … Wo sind Greta und Emily?“

Sie gackerte wie ein Huhn. Dann begann ihr Körper, in einem seltsamen Flimmern zu erstrahlen, und sie war verschwunden. Olav stand mit leeren Händen da.

„Was war das?“, fragte Fiona entsetzt und rieb sich die Augen.

„Mist!“, fluchte er und rieb sich übers Gesicht. „Bei allen Eiselfen! Sie ist mit ihrem Geist gewandert. Man vergisst das schnell, weil sie wirkt, als sei sie aus Fleisch und Blut. Aber all das, auch ihre Kraft, entsteht allein durch mentales Training, das sie jahrelang praktiziert hat.“

„Ist sie nun wieder in England im Pflegeheim?“, fragte Fiona.

„Sie kann überall sein“, antwortete Amy.

„Und vermutlich hat sie schon wieder den nächsten Unfug im Kopf“, stöhnte Olav.

Unbehagen stieg in Fiona auf. Ihre Großeltern waren ihr fremd, und die Verzweiflung, die Nähe zu den beiden zu spüren, aber nichts Tröstliches sagen zu können, verunsicherte sie.

Fiona spürte einen heftigen Stupser. Das kleine Rentier lehnte sich an sie und rieb sich an ihrer Schulter. Es hatte kein Geweih und wirkte noch sehr jung und übermütig.

„Mánadís, lass das“, murmelte Olav gereizt.

„Mánadís?“, fragte Fiona verdutzt.

„Das ist Loki“, sagte Amy und deutete auf ein niedliches weißbraunes Rentier mit flauschigen Ohren. „Und das ist –“

„Siri!“, rief Fiona. Das weiße Rentier hatte sich im Hintergrund gehalten, nun trottete es zögerlich auf sie zu. „Du kennst mich nicht mehr“, raunte sie. Siri stupste sie zärtlich an. Liebevoll kraulte sie das Rentier, das sich jahrelang in ihrem Vorgarten herumgetrieben hatte, während sie es mit Futter angelockt hatte, hinter den Ohren.

„Natürlich kennt sie dich noch", flüsterte Amy gerührt.

„Wir müssen den *Démantars* helfen", sagte Olav ohne Umschweife.

„Und Stóbjörn", fügte Amy hinzu. Olav grunzte.

„Komm, Kind", sagte sie und reichte Fiona die Hand.

„Ich kann doch nicht gegen diese Steinmonster kämpfen!", rief Fee entsetzt.

Ihre Großmutter legte ihr beruhigend eine Hand auf die Schulter. „Das verlangen wir auch gar nicht von dir. Aber du bist stark. Du bist eine von uns, in dir fließt unser Blut. Du hast uns gerufen, indem du an deinem Amulett gerieben hast. Die Rentiere befolgen deine Befehle. Jane gehört endlich ausgeschaltet, das hätte eigentlich schon vor Jahren geschehen sollen. Aber es konnte ja niemand ahnen, dass sie so durchdreht."

Fiona hörte einen gewissen Unterton heraus. Nach alldem, was sie über die zwei gelesen hatte, war es ihr fast peinlich, das ein oder andere intime Detail über ihre Großeltern zu kennen. „Was ist mit Mamma und Emily?"

„Wir müssen sie finden. Es ist fast dunkel", erwiderte Olav.

Fiona musterte ihn erneut. Sie hatte ihn sich ganz anders vorgestellt. Er wirkte männlicher und stärker, als er in Amys Geschichten beschrieben wurde. Ihre Großmutter hatte ihn bubenhaft und verspielt dargestellt, doch dieser Olav kam ihr – ungeachtet seines Aussehens – wie ein weiser Mann vor. Ein Opa eben. Trotz der prekären Situation musste sie schmunzeln.

„Wir brauchen Stóbjörn und die Kleinen. Er ist der Einzige, der Jane aufhalten kann", meinte Olav trocken. „Er muss es nur wollen."

„Hier", sagte Amy plötzlich und zog etwas aus ihrem dicken Fellmantel. Zum Vorschein kam ein transparentes

Rentier, das funkelte und glitzerte, gleichzeitig aber viermal so groß war wie das von Fiona.

„Wow“, entfuhr es ihr.

„Nimm es, du kannst damit die *Klumpur Skrímsli* von dir fernhalten, gleichzeitig aber auch heilen.“

Sie nickte ehrfürchtig. „Vielen Dank … Großmama.“ Sie verkniff sich ein Lächeln. Seit sie die Geschichten von Amy vorgelesen bekommen hatte und nun auch selbst vorlas, hatte sie immer wieder das Gefühl beschlichen, ihr ganz nah zu sein, auch wenn sie ihre Großmutter nie kennengelernt hatte. Trotzdem hatte sie sich immer in die Vergangenheit versetzt gefühlt und Amy als junge Frau gesehen. Doch wenn sie über die Amy in der Gegenwart nachgedacht hatte, war diese stets eine grauhaarige Oma gewesen. Dass nun eine Frau mittleren Alters vor ihr stand, die eigentlich schon alt und betagt sein sollte, konnte sie noch nicht richtig verarbeiten. „Woher wusstet ihr, dass ich es bin?“

Amy berührte Fionas Amulett mit dem Rentierdiamanten.

„Olav hat es Greta hinterlassen und es in den Brief gelegt, den er ihr geschrieben hatte. Sie hat es dir wohl geschenkt, als du ein Baby warst.“

„Greta hat den Brief nie erhalten. Erst vor ein paar Tagen hat Tante Emily ihr die Wahrheit erzählt. Das Amulett hat sie ihrer Schwester allerdings gegeben und behauptet es in deinen alten Sachen gefunden zu haben. Amy. Deshalb dachte ich auch bis vor kurzem es sei deins.“

„Immerhin eine richtige Tat von Emily“, murmelte Olav.

Amy sah auf Fees Handgelenk. „Und die Uhr von Charles. Die hat sie dir auch überlassen.“

Fiona betrachtete die Armbanduhr mit dem bronzefarbenen römischen Ziffernblatt und der veralteten Datumsanzeige.

„Das mit dem Datum war zu meiner Zeit brandneu“, murmelte Amy lächelnd.

Fee schluckte. „Sie sollte eigentlich Charles’ Nachfahren gehören.“

„Em wird ihre Gründe gehabt haben, warum sie dir die Uhr gegeben hat“, sagte Amy nur.

Olav räusperte sich. „Das Amulett ist sehr mächtig. Es schützt dich vor den tödlichen Stichen der Diamantendolche und -schwerter, selbst wenn sie ins Herz treffen. Vorausgesetzt, du legst es schnell genug auf die Wunde. Wir sprechen hier von Sekunden. Du kannst damit auch die Rentiere herbeirufen.“

„Ich versteh das alles nicht“, murmelte Fiona.

Er seufzte. „Weißt du, was sich am anderen Ende der Nordlichter befindet?“

Fiona runzelte die Stirn und sah Amy ratlos an. „Ich kenne nur die Sagas ...“

Unbeirrt fuhr Olav fort: „Nur die Rentiere und ihre Hüter können den Nordlichtern folgen. Wenn du den Nordlichtern folgst, wirst du an einen Wasserfall mit einem großen See gelangen, dem Tor zum Verborgenen Volk. Der See hat einen Zulauf und ist Ursprung eines Baches, der in einen Fluss übergeht. Dieser fließt durch die Diamantengrotte, wo die *Démantars* leben. Dank der Kraft der Nordlichter kann man aus dem Wasser des Flusses Diamanten besonders fein und kraftvoll schleifen. Die Amulette, Schwerter, Dolche, Messer, Rentierduplikate – sie alle haben sehr viel Energie, positive wie negative. Die Energie der Grotte bestimmt Janes Kräfte. Auch wenn sie noch durch einen Gegenstand damit verbunden sein muss. Wenn wir ihr diesen fortnehmen, dann löst sich vielleicht ihre Macht.“

Fenris begann zu winseln.

„Pst … Der Speichel von Fenris heilt übrigens auch Wunden. Aber auf ihn ist nicht immer Verlass, er ist eben sehr ängstlich. Und ein Tollpatsch." Liebevoll knuffte Olav seinen Schafshund ins Fell.

„Warum ich? Weshalb bin ich die Hüterin der Rentiere? Und was ist das Besondere an den Rentieren?"

„Du bist es, weil ich es auch bin", sagte er.

Ihre Blicke trafen sich, ein seltsames Gefühl der Intimität kam auf. Sie kannten sich nicht, und doch verband sie so viel.

„Die Rentiere sind die Boten der Nordlichter", fuhr er fort. „Vor vielen Jahren wurden sie aus Norwegen nach Island eingeführt, sie kommen ja eigentlich nicht aus Island. Früher dachte man, sie würden sich ihren Weg zurück in ihre Ursprungsheimat suchen. Doch eines Tages bemerkten Wesen des Verborgenen Volkes – unsere Vorfahren –, dass die Rentiere immer nur dann auf Wanderschaft gingen, wenn die Nordlichter am Himmel erschienen. Die Tiere hatten offenbar nur ein Ziel: den energiereichsten Punkt Islands zu erreichen, das Tor zur verborgenen Welt. Den Ursprung des Flusses, der in die Diamantengrotte fließt. Dort ließen die Rentierhüter ihre Herde trinken und bemerkten derweil die Kräfte, die von dem Wasser ausgingen. Von da an waren diese scheinbar unbegabten, minderen Hüter der Rentiere etwas Besonderes. Sie konnten die Macht der Nordlichter nutzen, um außergewöhnliche Fähigkeiten zu erlangen – wie das Geistwandeln, das Talent, zu heilen, oder mit Tieren oder auch mit Geschöpfen zu kommunizieren, die kilometerweit entfernt waren. Welcher Hüter welche Begabung bekommt, hängt vom individuellen Charakter ab. Aber wie du weißt, ist Macht nicht immer nur etwas Gutes. Manche begannen, Waffen zu schmieden, die auch

Unsterbliche töten konnten, oder benutzten ihre neu erlernten Kräfte, ohne die Konsequenzen abschätzen zu können. Aus diesem Grund wurde der Ältestenrat gegründet. Zusammen mit seinem ausführenden Organ – dem *Hjartað í ljósinu,* wie du sicherlich schon in Amys Geschichten gelesen hast. Die Mitglieder des Rates sind die Hüter des Nordlichts, des Verborgenen Volkes, all des Zauberhaften, wenn du so möchtest. Sie beschützen es, aber genau aus diesem Grund sollte niemand sich mit ihnen querstellen."

Fiona schluckte. Langsam ergaben die Puzzleteile ein stimmiges Bild. „Aber warum hat der Rat dann Jane noch nicht gezügelt?"

„Das wissen wir nicht. Entweder ist ihre Macht ausgeartet, da sie zu viel Energie aus der Grotte bekommen hat, oder aber ..." Olav zögerte und runzelte die Stirn. „Oder aber sie hat jemanden auf ihrer Seite. Jemanden vom Ältestenrat. Oder Stóbjörn spielt ein doppeltes Spiel."

„Unsinn", warf Amy dazwischen und nahm Fiona in den Arm. „Du bist eine wundervolle Frau geworden. Wir haben immer über dich gewacht, auch wenn es schwierig war, unser geschütztes Gebiet zu verlassen. Jane hat nur darauf gewartet, dass wir aus unserem Versteck kommen und uns ständig aufgelauert."

„Um Rache zu üben", fügte Olav hinzu.

„Das heißt – ihr seid in Gefahr, jetzt wo sie weiß, dass ihr hier bei mir seid!", rief Fiona.

„Nein." Olav trat ungeduldig von einem Bein aufs andere. „Sie weiß, dass sie uns nicht viel anhaben kann, es sei denn, sie tötet oder quält einen unserer Nachkommen vor unseren Augen."

„Diese Chance haben wir ihr nie gegeben“, fuhr Amy fort, und auch ihre Stimme klang nun gehetzter. „Deshalb hat sie euch auch nie heimgesucht und bedroht. Doch nun bist du all der Wahrheit auf die Spur gekommen und Jane sogar begegnet. Da hat sie ihre Chance gewittert.“

„Wir müssen jetzt wirklich los“, drängte Olav. Ohne eine Antwort abzuwarten, verließ er das Versteck hinter dem Felsen.

Fionas Magen zog sich zusammen. Vor ein paar Wochen war es ihre größte Sorge gewesen, dass sie auf dem Laufsteg umknicken und sich vor aller Welt blamieren würde. Und nun stand sie hier in der isländischen Wildnis, mit ihren nicht gealterten Großeltern, die immer noch wie lebensfrohe Vierzigjährige aussahen, und sollte mit einem Drachen gegen Steinmonster kämpfen! Hinzu kam, dass ihr Ex-Freund und auch ihre große Liebe Flóki von einem durchgeknallten Geist getötet worden waren. Der Gedanke an Flóki ließ sie aufschluchzen, doch irgendwie spürte sie auch eine Kraft erwachen, die sie antrieb. Wenn das hier vorüber war, würde sie ein neues Leben beginnen. Nichts würde mehr sein, wie es war. Doch sie beschloss, nicht als Verliererin aus alldem hervorzugehen. Sie straffte die Schultern, atmete tief ein und folgte den Großeltern in einen Kampf, dessen Ausgang völlig ungewiss war.

❄

Im Schutze eines Felsvorsprungs beobachtete sie das Geschehen. Hinter ihr donnerte das Meer so laut, dass die Rufe und Schreie kaum zu vernehmen waren. Aber sie konnte alles mit ansehen. Sie sah, wie Amy wild auf einen der *Klumpur* einschlug. Sie sah, wie selbst Stóbjörn einige Wunden davontrug – eine Vielzahl seiner rötlichen Schuppen war abgefallen – und dennoch weiter Feuer spie. Sie sah einige der *Démantars* verletzt oder sogar tot am Boden liegen. Sie sah Fiona auf einem Rentier, wie sie mutig zwei Diamantenrentiere in den Händen hielt, die sie umgaben wie ein Schild. Das braungraue Ren machte ständig Bocksprünge, es hatte noch kein Geweih, musste also noch ziemlich jung sein. Zwei weitere Rentiere standen abseits, eines war schneeweiß. Wahrscheinlich sollte es nicht in den Kampf mit einbezogenen werden, da die weißen oft schlechter hörten und sahen.

Vor den beiden Rentieren stand beschützend der schwarze Hund. *Fenris.* Es sah skurril aus, denn er drehte sich immerzu hin und her und beobachtete die Rentiere, dann wieder das Kampfgeschehen. Offenbar würde er sich nicht an der Schlacht beteiligen. Schade. Es wäre sonst ein Leichtes, ihn loszuwerden, er war ihr schon immer ein Dorn im Auge gewesen. Sie sah diesen Flóki regungslos am Boden liegen, nicht unweit vom Kampfplatz. Und sie sah Olav. Er hatte sich auf den Rücken eines Steinriesen geschwungen und kämpfte von dort aus gegen die anderen. Mit einem langen Schwert – offenbar einer Klinge aus Diamanten! – streckte er soeben einen Angreifer zu Boden.

Die Achillesferse der *Klumpur* war ihr Hals. Im Prinzip bestanden die Wesen aus drei Steinformationen: dem Kopf, darunter dem massiven Körper und schließlich zwei länglichen Beinen. Wenn der Kopf vom Körperfels abgetrennt wurde, waren sie ausgeschaltet. Doch ihre größte Gefahr ging von den giftigen Pfeilen aus, die sie an den Händen trugen. Das Gift tötete Menschen binnen Sekunden, Wesen vom Verborgenen Volk hingegen langsam und qualvoll über Stunden oder Tage hinweg.

Aufgrund seiner Größe und Kraft hatte der Drachen es geschafft, einige *Klumpur* auszuschalten. Doch für die kleinen Wichte war dies beinahe unmöglich, ebenso wie für Amy, Olav und das Mädchen. Olavs Idee, sich auf den Rücken eines *Klumpur* zu schwingen, war hochintelligent.

Sie beobachtete stumm den Kampf, ohne einzugreifen. Nichts passierte willkürlich. Es geschah alles genau so, wie es schon seit Jahren geplant war. Und es würden auch genau die Personen sterben, denen es vorherbestimmt war. Triumphierend blickte sie auf das Geschehen, dann zu Jóla, die eine grimassenartige Fratze zog, beinahe so, als wenn sie grinste.

❄

Fiona keuchte auf, als das Steinmonster ihr die felsige Faust in den Bauch rammte und sie von Mánadís hinunterstieß. Das Rentier stieß einen seltsamen Schrei aus, nachdem es einen Hieb in die Flanke bekommen hatte. Lahmend trappelte es zu seinen Herdengenossen. Sein Bein wies eine großflächige Wunde auf, die Fenris ihm nun leckte. Der Schafshund schien doch zu etwas zu gebrauchen zu sein, auch wenn er sonst nur verängstigt im Abseits stand. Sie waren eindeutig in der Unterzahl. Weshalb hatten Amy und Olav keine Freunde hinzugerufen? Oder waren die beiden am Ende gar lebensmüde? Wenn ihnen nicht bald jemand zu Hilfe kam, wären sie verloren.

Panisch griff Fiona sich an den Hals. Sie durfte nur das Amulett nicht verlieren, dann konnte alles gut werden. Sie bemerkte, dass die Steinmonster sie nicht wirklich angriffen. Zwar reagierten sie auf ihre halbherzigen Angriffsversuche, doch versuchten sie nicht, sie zu töten, sondern verteilten nur

Hiebe. Olav, der auf dem Rücken eines dieser Viecher saß, konnte den ein oder anderen Riesen niederstrecken, ohne dass sie ihn ernsthaft angriffen. Was war da los? Irgendetwas stimmte nicht … Ein ungutes Gefühl beschlich sie. Ihr Blick wanderte zu Stóbjörn, der gerade ein Steinmonster zur Strecke gebracht hatte, indem er seinen Schweif als Schwert benutzte. Wo war ihre Großmutter? Sie war nirgends zu sehen!

„Amy?“, rief Fiona und wich den Füßen eines Steinmonsters aus, das versuchte, sie zu zerstampfen. „Amy, wo bist du?“ Durch ihre Rufe alarmiert, hatte auch Olav aufgesehen und versuchte nun, Amy in der Umgebung zu erspähen. Da er höher saß, würde er sie schneller entdecken können. Doch ihr ungutes Gefühl trog sie nicht.

„Ich kann sie nicht sehen!“, rief er verzweifelt.

Kaum auszudenken, wie er sich fühlen musste! Sie konnte den Verlust von Flóki noch nicht richtig fassen, aber ihre Liebe war ein zartes Pflänzchen gewesen, das gerade erst am Beginn seiner Entwicklung gestanden hatte. Die Beziehung ihrer Großeltern hingegen war ein fest im Boden verankerter Baum, der dank seiner tiefen Verwurzelung jedem Sturm standgehalten hatte und nicht so leicht zu Fall zu bringen war. Sollte so ein Baum in der Mitte von einem Blitz getroffen werden, würde die andere Hälfte nicht überleben.

Plötzlich summte etwas um ihre Ohren. Sie schlug mit den Händen um sich. Was war das denn, eine Fliegenplage? Doch schon bemerkte sie, dass sie völlig danebenlag. „Feen!“, rief Fiona perplex. „Wow!“ Eines der kleinen geflügelten zartrosa Wesen verbeugte sich im Flug vor ihr.

„Wir sind hier, um zu helfen!“, rief die Fee mit piepsender Stimme. Die anderen waren bereits zu den Steinmonstern unterwegs und schwirrten um deren Köpfe, sodass die *Klumpur* verwirrt innehielten.

Fiona atmete erleichtert auf. Immerhin etwas Hilfe.

„Wo ist Alvar?“, fragte die Fee, die sie umschwirrte, verzweifelt.

Fiona runzelte die Stirn. „Da vorn, wieso?“

„Alvar! Mein Schatz“, kiekste die Fee und flog geradewegs auf ihn zu. „Es tut mir so, so, so leid!“, rief sie. „Ich verzeihe dir alles!“

Der rundliche *Démantar* wandte sich um, erkannte sie offenbar und blickte sie verträumt an.

❄

„Lass mich los!“, rief Amy und versuchte, sich aus dem Griff zu befreien.

„Du entwischst mir nicht mehr“, zischte Jane und knotete ihre Gefangene blitzschnell an einen der Felsbrocken – Überbleibsel von den Vulkanausbrüchen vergangener Zeiten, die in Island überall zu finden waren. Sie befanden sich in einem dunklen Raum, in den nur wenige Lichtstrahlen drangen.

Amy hatte gerade einem dieser Steinmonster ihr Schwert um die Ohren gehauen, als sie von hinten einen Luftzug bemerkt hatte. Als sie sich umdrehte, war nichts zu sehen gewesen, doch ehe sie sich versah, hatte jemand sie gepackt und mit sich gezerrt, Jane besaß unglaublich viel Kraft.

Zu Amys Überraschung waren sie zu einem verlassenen Einsiedlerhof gelangt. Sie hätte schwören können, dass er aussah wie Arnas alte Hütte. Jane hatte einen alten Teppich von der Wand gerissen, hinter der eine Tür eingelassen war. Sie hatte Amy einen dunklen, modrigen Gang entlanggeschleppt, der in ein altes Kellergewölbe führte. Es ging stetig bergab und wurde immer kühler. Als ein dämmriges Licht erschienen war, hatte Jane innegehalten. Kurz kam Amy der Gedanke, ob sie sich in der Nähe des Zugangs zur Gletscherhöhle befanden, doch sie verwarf ihn. Sie wollte ein für alle Mal, dass die Furie sie und ihre Familie in Ruhe ließ! „Was willst du, Jane?", keuchte sie genervt.

„Meine Rache. Endlich. Ihr habt mich eingesperrt, mir mein Leben genommen. Meinen Sohn."

Amy zischte: „Dein Sohn hat sich bewusst gegen dich entschieden! Er hatte die Chance, mit dir zu reden, doch er wollte nicht! Er hatte seinen Vater, er hatte Fjola. Und mich …"

Das machte Jane noch rasender. Sie schrie laut auf und packte Amy an der Gurgel. „Ich wünschte, ich könnte dich erwürgen! Doch leider ist das wohl unmöglich." Sie drückte noch fester zu, was Amy zu einem gurgelnden Husten zwang.

„Jane – mir tut leid, was dir widerfahren ist", hüstelte Amy in der irrigen Hoffnung, dass diese Furie ihren Griff etwas lockern würde.

„Lüg nicht!"

Amy sah Sternchen vor den Augen aufblitzen. Plötzlich ließ Jane von ihr ab, schwang den Dolch durch die Luft und hob das Amulett damit an, als würde sie die Kette gleich zerreißen wollen. Dann setzte sie die Spitze auf Amys Brust, direkt über dem Herzen.

Amy versuchte vergeblich, ihre Atmung zu beruhigen. Der Druck der Dolchspitze nahm zu. Dann zog Jane sich schlagartig zurück, schien in einer Millisekunde durch den Raum zu gleiten, es waren nur noch ihre Umrisse zu erahnen. Da, ein merkwürdiges Geräusch, beinahe wie das Entzurren von Fesseln, und ein Wimmern. Sie erkannte, dass Jane nun wieder auf sie zukam und jemand anderen hinter sich herzog: eine alte Frau, deren Augen verbunden waren und die an Händen und Füßen gefesselt war. Wie ein Stück Müll schleifte die Irre sie her, dann drückte sie die schluchzende Frau zu Boden. Jane löste die Augenbinde, und Amy blickte in die angstvoll geweiteten Augen ihrer Tochter.

❄

Fiona legte eine Hand flach auf die Brust und spürte ihr Herz kräftig schlagen. Immerhin ein gutes Zeichen, dachte sie grimmig und lugte hinter einem Felsbrocken direkt im Getümmel hervor, wo sie kurz verschnauft hatte. Eins der Steinmonster hatte ihr kräftig gegen die Wange geschlagen, und sie war zusammengesackt. Unter Schmerzen hatte sie sich hinter den Felsen geschlichen. Es war dunkel und der Himmel sternenklar, es gab kein Anzeichen für Nordlichter. Noch hatte sie keine Gelegenheit gehabt, all die Informationen zu verdauen. Vielleicht half es, Charles' Buch in aller Ruhe zu lesen. Wenn das alles hier vorbei war …

Sie sah Alvar kämpfen, und es brach ihr das Herz. Der kleine Gnom hatte keine Chance gegen die Steinmonster. Er wurde von zweien umzingelt, einer gab ihm soeben einen Tritt, sodass der *Démantar* zu Boden stürzte. Der andere hob eins seiner mächtigen, felsigen Beine und wollte Alvar zertreten wie eine kleine Fliege.

„Nein!", murmelte Fiona, raffte sich auf, hob das Rentier von Amy an und schleuderte es mit aller Kraft in Richtung des Steinmonsters. Das Rentierduplikat hatte sich schwer angefühlt, doch wie ein Magnet wurde es von dem *Klumpur Skrímsli* angezogen. Es traf ihn direkt am Kopf, prallte ab und schoss dann zu ihr zurück. Erschrocken fing sie es auf. Die Macht bestand wohl auch darin, dass sie immer zurückkamen, dachte sie und spürte Hoffnung.

Das Steinmonster hielt irritiert inne, wankte und verlor dann ganz das Gleichgewicht. Entsetzt sah Fiona, dass es mitten auf Alvar zuraste. Sie wollte in seine Richtung stürzen, um ihn noch wegziehen zu können, doch ein Schlag auf den Hinterkopf ließ sie taumeln. Bevor sie ohnmächtig wurde, musste sie hilflos mit ansehen, wie der große Steinklotz auf Alvar stürzte und ihn unter sich begrub. Die kleine Fee, Alvars Freundin, schrie entsetzt auf. Im nächsten Moment stieß Stóbjörn einen Feuerschwall auf einen der *Klumpur* aus, und die Fee, die zwischen den beiden in der Luft geflattert hatte, rieselte in Rußpartikeln zu Boden.

❄

„Damit hast du nicht gerechnet, was?“, flüsterte Jane hämisch, kniete sich hin und zog Emily am Kopf nach hinten. Sie hatte den Dolch direkt an Ems Kehle platziert und sah Amy angriffslustig an.

Die hingegen schluckte schwer. Sie hatte ihre Tochter seit Jahren nicht gesehen. Emily war alt geworden, natürlich, schließlich war sie durch und durch Mensch. Das letzte Mal, als sie sich gesehen hatten, war sie achtzehn gewesen. Inzwischen zierten Falten ihr Gesicht, sie war rundlicher und ihr dunkles Haar von weißen Strähnen durchzogen. Nichts schien mehr von dem jungen hübschen Mädchen von einst übrig, nur der Blick aus den dunkelbraunen, warmen Augen – mit dem gleichen Ton wie jenen von Charles. Es war ein seltsames Gefühl, ihre Tochter nach all den Jahren wiederzusehen. Fast überkam sie das schlechte Gewissen. Sie selbst sah, dank ihrer Zugehörigkeit zum Verborgenen Volk, immer noch jung aus. Wie oft hatte sie sich ausgemalt, wie es sein würde, ihre Töchter wiederzusehen: Würden sie sehr nachtragend sein? Immerhin hatte sie die beiden im Stich gelassen. Amy hatte schon damals intuitiv gewusst, dass Emily die Beleidigte, Starke spielen und Greta dennoch ein Herzensmensch werden würde. Sie kamen beide sehr nach ihren jeweiligen Vätern.

Amy sah Jane durchdringend an. Die Augen einer Verrückten, dachte sie. Doch Jane war auch Mutter. Es hatte nicht zuletzt ihr Herz gebrochen, dass sie ihren Sohn nie wieder gesehen hatte. Amy wählte ihre Worte mit Bedacht. „Ich werde mit Frósti reden. Er soll zu dir gehen. Das ist dein größter Wunsch, nicht wahr? Endlich deinen Sohn wieder in den Armen zu halten?“

Jane zischte und packte Emily fester am Schopf. „Was macht dich so sicher, dass er auf dich hört?“

Amy seufzte. „Ich habe eine sehr gute Beziehung zu ihm. Er vertraut mir …“

Ein lautes Zischen drang durch den Raum. Amy starrte auf Janes Hände. Blut sickerte an ihnen herab.

Sie musste sich übergeben. Diese Wahnsinnige hatte Em die Kehle durchtrennt.

„Wie kannst du es wagen!“, schrie Jane, und ihre Augen schienen zu glühen. „Mein Sohn – dir vertrauen? Wie kannst du es wagen, solche Worte in den Mund zu nehmen!“

Amy reagierte nicht. Sie spürte die Taubheit und den tiefen Sog, in den sie gezogen wurde. Tausende Gedanken wirbelten durch ihren Kopf. Sie würde Em nie wieder im Arm halten. Sie würde ihr niemals erklären können, weshalb sie damals einfach verschwunden war. Gerade Emily, die die Begründung am meisten nötig gehabt hatte. Sie würde das letzte Bild von ihrer Tochter nie aus dem Kopf bekommen. Nach all den Jahren hatten sie sich nicht einmal umarmt. Amy schluchzte auf. Der Gedanke, der sie am meisten verletzte, war die Tatsache, dass sie auf alle Ewigkeit dazu verdammt sein würde, mit dieser Gewissheit zu leben. Wimmernd ließ sie sich zu Boden sinken und hörte ihre eigenen Schreikrämpfe wie durch eine Nebelwand. Sie wünschte sich, sie würde sterben, und wusste gleichzeitig, dass dies nie der Fall sein würde.

❄

„Fiona! Hey, Fiona!“ Eine Stimme aus der Ferne rauschte in ihrem Kopf. Jemand rüttelte an ihrer Schulter. Benommen öffnete sie die Augen und sah sich um. Es war dunkel, über ihr waberten die sanften Linien der Nordlichter. Ein Meer aus grünen und blauen Farben. „Ich muss ihnen folgen“, murmelte Fiona. Ein wuscheliger Kopf glitt in ihr Sichtfeld. „Olav“, murmelte sie. Ihre Zunge fühlte sich pelzig an.

„Fiona, du bist schwer verletzt.“

Olavs Stimme hörte sich merkwürdig verzerrt an. Fiona versuchte zu nicken, doch ihr Kopf dröhnte, als hätte jemand mit einem Eisenhammer draufgeschlagen. Was war geschehen? Sie kramte in ihrer Erinnerung. Der Kampf, Stóbjörn, der Gnom ...

„Alvar?“, flüsterte sie heiser.

„Wir müssen Jane finden“, erwiderte Olav nur.

Sie kniff die Augen zusammen. Alles drehte sich, und ihr war speiübel. „Warum liege ich hier?“

„Der *Klumpur Skrímsli,* auf dem ich saß, hat dir noch einen kräftigen Schlag auf den Hinterkopf gegeben, bevor ich ihn erledigen konnte. Du hast eine Kopfverletzung und musst ins Krankenhaus. Ich werde allein nach Jane suchen."

„Nein … Wo sind die anderen?"

„Welche anderen? Stóbjörn und die verbliebenen *Démantars* haben sich in die Grotte zurückgezogen. Sie haben einige Verluste erleiden müssen, die Feen ebenfalls. Doch vor den *Klumpur* bist du sicher. Wir haben es geschafft, alle auszuschalten. Das wird Jane nicht gefallen." Neben Olav saß Fenris und blickte erwartungsvoll drein. Die drei Rentiere standen etwas abseits und scharrten im Schnee nach Futter.

Fiona leckte sich über die Lippen. Dann nahm sie alle Kraft zusammen und hievte sich nach oben. „Ich werde mitkommen. Habt ihr nicht dieses Hasenkraut, das heilt? Oder kann der Hund nicht meinen Kopf ablecken?" Sie sah zu Fenris, doch er winselte nur leise.

„Er kann nur offene Wunden heilen. Aber du hast recht."

Olav kramte in seiner Ledertasche. „Hier ist Kaninchenkraut. Es schmeckt wie Stall, sagt Amy. Am besten, du schluckst es schnell hinunter, aber dann sollten die Schmerzen verschwinden."

Fiona rümpfte die Nase. Das Kraut sah aus wie vertrocknete Wildblumen, und es roch tatsächlich wie ein nicht ausgemisteter Pferdestall. Sie verzog das Gesicht und stopfte sich die Pflanzen in den Mund. Eine gefühlte Ewigkeit kaute sie darauf herum und gab sich Mühe, nicht zu husten. Es schmeckte wie Sägespäne!

Olav sah sie anerkennend an. So langsam verschwanden die Doppelbilder, und sie konnte wieder scharf sehen. „Wir müssen Jane erledigen. Das bin ich Flóki schuldig", flüsterte sie.

Ihr Großvater zögerte und setzte an, etwas zu sagen, brach dann aber ab. Sie sah ihn fragend an. Da legte er die Hand auf ihr Knie und seufzte. „Alles wird gut, Fiona“, sagte er nur.

„Bist du aufgeregt?“, wollte sie wissen.

Er sah sie überrascht an. „Weshalb?“

„Na ja, weil du Greta wiedersiehst. Du hast sie ja nie wirklich kennengelernt.“

Er schmunzelte. Da war es wieder. Dieses schiefe Grinsen, bei dem seine krummen Zähne durch die Lippen blitzten. Genau so hatte sie es sich immer vorgestellt.

„Greta. Ja. Ich kann es kaum erwarten, sie zu sehen. Ich hoffe nur, dass wir nicht zu spät kommen.“ Als er Fionas erschrockenes Gesicht sah, beeilte er sich, zu sagen: „Sie ist eine vom Verborgenen Volk. So schnell kann ihr nichts passieren.“

Er zwinkerte aufmunternd, doch Fee wusste nicht, ob er mehr sich selbst oder sie beruhigen wollte.

„Aber es ist bereits ein wundervolles Geschenk für mich, dich kennenzulernen, Fiona. Meine Enkeltochter.“ Er grinste sie an und entblößte erneut seine krummen Zähne. Sie konnte sich wahrhaftig vorstellen, wie er damit in jungen Jahren bei Amy gepunktet hatte.

Verlegen über diese Intimität, blickten beide einen Moment zu Boden.

„Noch eine Frage –“, fiel ihr plötzlich ein. Sie räusperte sich. „Flókis Eltern –“

„… sind mein Sohn Frósti und Fjola. Sie ist die Tochter meines besten Freundes Frosti und dessen Frau Sara. Sie sind beide nach Amerika gezogen, ich weiß nicht, ob sie überhaupt noch leben. Frosti vermutlich schon, aber Sara muss sehr alt sein. Nachdem Amy und ich uns unter den Schutz des Zauberwaldes begeben hatten – da wir Janes Rache fürchteten –, hatten wir zu den beiden keinen Kontakt mehr. Nur meine Mutter wohl hin und wieder, aber ich habe auch sie schon lange nicht mehr gesprochen. Sie lebt für sich in ihrer Hütte und meidet Menschen sowie das Verborgene Volk."

Fiona nickte. „Wo sind dein Sohn Frósti, und Fjola? Warum unterstützen sie euch nicht?"

„Sie leben für sich."

„Ihr habt keinen Kontakt?"

Olav nickte heftig. „Doch. Aber sie kommen und gehen. Sie wissen nicht über alles Bescheid, was wir tun, und umgekehrt ist es genauso. Wir hören oft lange nichts voneinander. Die beiden reisen viel durch die Wildnis Islands. Insbesondere Fjola liebt dieses Leben, da sie als Mensch aufgewachsen ist, weil sie ja mit meinem alten Kumpel Frosti und Sara in Amerika lebte. Und nun darf sie mit ihrem Frósti Islands tiefste Geheimnisse entdecken. Sie genießt das."

„Ich versteh das nicht. Ihr Frósti war doch dein verloren geglaubter Sohn. Müsste er nicht ständig bei dir sein?"

Olav seufzte. „Fiona, wenn du eines Tages selbst Kinder hast, wirst du verstehen, dass sie ihr eigenes Leben haben wollen. Man muss lernen, loszulassen."

„Aber sie müssen euch doch im Kampf gegen Jane beistehen!"

„Sie wissen vermutlich noch gar nicht, dass die ihr Unwesen treibt."

„Oh doch! Ich hab Fjola kennengelernt, nachdem ich mit Flóki gegen Janes Steinmonster gekämpft habe! Sie hat mich mit dem Vergessensstaub bestückt, weil sie nicht wollte, dass ich mich mit Flóki in Gefahr begebe, doch ich war immun dagegen!"

„Tatsächlich?“ Olav schien überrascht. „Interessant. Vermutlich hast du mit tiefen Emotionen an etwas festgehalten, was du nicht vergessen wolltest.“

„Kann sein. Und sie hat mir abgeraten, mich je wieder dem Verborgenen Volk zu nähern. Sie war irgendwie seltsam.“

„Nun, Fjola ist manchmal ein wenig seltsam. Aber sie weiß um die Geschichte mit Jane. Ich denke, sie und Frósti hätten sich sofort mit uns in Verbindung gesetzt, wenn sie von Janes Herumgeisterei und auch von dir erfahren hätten.“

„Sie wusste, wer ich war! Wie du gesagt hast, Kinder haben irgendwann ihr eigenes Leben. Und Eltern wissen dann manchmal gar nicht mehr so viel davon.“

Olav schwieg. „Fiona, lass uns nicht streiten. Fjola und Frósti sind nicht da. Die Gründe können wir erörtern, wenn das alles hier vorbei ist.“

„Die Gründe können wir erörtern … Wie du dich ausdrückst! Amy hat dich in ihren Geschichten ganz anders beschrieben!“ Zitternd erhob sie sich, ließ sich aber sofort wieder zu Boden sinken, weil alles zu schwanken begann.

„Fiona, pass auf!“, murmelte er und eilte ihr zu Hilfe. „Ich habe mich verändert“, sagte er schließlich und stützte sie. „Amy und ich … Wir haben sozusagen in Gefangenschaft gelebt. Wir konnten nie aus dem Zauberwald heraus, dabei hat Amy so sehr dafür gekämpft. Es gelang ihr damals, durchzusetzen, dass der Wald frei zugänglich wurde. Er war nicht mehr finster. Doch als Jane es geschafft hat, ihren Körper in England zu verlassen und ihren wild gewordenen Geist herzuschicken, mussten wir uns schützen. Euch schützen. Solange Jane nicht an uns herankam, würde sie euch nichts tun, glaubten wir. Es waren nicht die Jahre, die wir uns vorgestellt hatten. Ich habe vor Amys Ankunft schon lange dort gelebt.

Ich war unglaublich froh über die Chance, dieser Gefangenschaft endlich zu entkommen. Auch wenn es schöne Momente mit den Feen gab, aber es war eben doch immer dasselbe. Dann kam die Nachricht, dass Jane in Island gesichtet worden war, auf der Suche nach uns. Wir mussten schnell handeln. Also haben wir zusammen mit Hayley und anderen Wesen den Schutzschild wieder aktiviert. Nur meiner Mutter und wenigen anderen war es möglich, ihn zu durchdringen."

„Gab es diesen Schutzschild vorher immer?"

„Nur über dem Wald. Der diente ja ursprünglich als Ort der Verbannung, und man wollte eben nicht, dass jemand Unbefugtes herein- oder hinausgelangt. Nur durch die Eisgrotte war das möglich, deshalb war das für Amy als Kind kein Problem."

„Aber Charles kam doch auch in den Wald?", fragte Fiona irritiert.

„Richtig. Er hatte sich aber auch akribisch mit dem Verborgenen Volk beschäftigt und sich gut vorbereitet – wenn du Kaninchenkraut mit den Exkrementen von Polarfüchsen mischst und mit dem Wasser aus dem Fluss der *Démantars* zu Tee kochst, wirst du unsichtbar für das Energiefeld des Schilds."

„Hört sich eklig an. Aber ja, ich glaube dir, dass du dich in der Zeit in Isolation mit Amy verändert hast", stellte Fiona dann sachlich fest.

Olav nickte heftig. „Egal ob man will oder nicht, die eigene Umgebung beeinflusst einen immer. Das wirst auch du gemerkt haben, als du nach Amerika gingst."

„Woher weißt du –"

Er hob die Hand. „Nur weil wir versteckt lebten, heißt es nicht, dass wir nicht unsere Boten hatten, die über unsere Familien gewacht haben."

„Verstehe.“ Sie sah ihn zögerlich an. Wer wohl ihr Bote gewesen war? Fröstelnd dachte sie an ihren Vater Christian. Dann überkam es sie, und sie fiel Olav in die Arme. Sie schmiegte sich eng an ihn und sog seinen Geruch ein. Kaminholz und Blaubeerwein, dachte sie schmunzelnd. „Es ist so schön, dich endlich kennenzulernen, Opa.“ Sie grinste ihn an.

Er fuhr ihr durchs Haar und grinste ebenfalls. „Du siehst aus wie Greta, als ich sie das letzte Mal sah.“

„Dann lass uns zusehen, dass du nun ihre ältere Version zu Gesicht bekommst.“ Fiona lächelte und hakte sich unter. Ihr Kopf dröhnte immer noch, und der Schwindel wollte auch nicht aufhören.

„Geht es bei dir?“, fragte er.

Sie nickte tapfer. „Alles wird gut. Wo müssen wir hin?“

Er berührte ihr Amulett. „Sag du es mir.“

Fiona schloss für einen Moment die Augen und horchte in sich hinein. Doch außer dem knisternden Wind, der urplötzlich eingesetzt hatte und ihnen eisige Schneeflocken um die Ohren blies, hörte sie nichts. „Wie soll ich das rausfinden?“, fragte sie dann gereizt.

„Lass dich von den Lichtern führen. Sie bringen dich ans Ziel. Fühl dich wie ein kreisender Adler, und beobachte ihren Strom. In welche Richtung streben sie? Zum Horizont mit den Berggipfeln? Zum weiten Meer? Folge ihrem Ruf. Hörst du ihn?“

„Da!“, murmelte Fiona plötzlich. Ein leises Summen ertönte von weiter Ferne. Ihre Augenlider waren geschlossen, und trotzdem sah sie tänzelnden Farbpunkte direkt vor sich. Geheimnisvolle Blautöne vermischten sich mit frechen grünen Linien, und wenn man genau hinsah, konnte man die schüchternen pinken Muster erkennen, die sich hinter den starken gelbgrünen Ausläufern versteckten. Durch die eisige Stille hörte sie plötzlich das Trappeln von Rentieren.

Schlagartig öffnete sie die Augen.

„Wohin gehen sie?“, japste sie.

„Ans andere Ende des Nordlichts“, murmelte Olav.

Der Schnee schmolz unter ihren Füßen, und Fiona geriet immer wieder ins Straucheln, sodass Olav sie auffangen musste.

„Ich wusste, dass es keine gute Idee war, dich mitzunehmen! Du gehörst in ein Krankenhaus“, schimpfte er.

„Unsinn!“, schnaubte Fee. „Wie lange werden wir noch brauchen?“, fragte sie nach einer Weile.

Sie stapften seit einer gefühlten Unendlichkeit hinter den drei Rentieren her. An der Spitze der weißbraune Loki mit seinen flauschigen Ohren und nur einer Horngabel. Auch wenn er unglaublich niedlich war, hatte er es faustdick hinter den Ohren, der kleine Schelm. Olav hatte ihr auch erklärt, dass Loki das Kälbchen von Lyra war, der Schwester von Siri. Hinter Loki trottete Siri. Fiona konnte es immer noch nicht glauben, dass sie ihr heiß geliebtes Rentier aus der Kindheit wiedergefunden hatte.

Am Ende der Gruppe trippelte der zierliche und übermütige Mánadís. Wie gern würde sie jetzt ihre kalten Finger ins warme Fell der Tiere vergraben! Olav hatte ihr zwar seinen Fellumhang gegeben, doch sie sehnte sich nach einer Berührung, die ihre Seele streicheln und ihr Herz erwärmen würde. So, wie Flóki es geschafft hatte … Da er nicht mehr hier war, konnten nur noch Tiere mit reinem Herzen diese Aufgabe übernehmen.

„Ich habe eine Ahnung, wohin sie sowohl Amy als auch Greta und Emily verfrachtet haben könnte."

Vor ihnen ragten schroffe Felsen in die Höhe. Vor einer mit dicken Eiszapfen gepanzerten Felswand in einiger Entfernung glänzte ein schiefergrauer See, auf dem kleine Eisberge zu schwimmen schienen.

„Ist das ...?", murmelte sie.

Die Rentiere steuerten auf den See zu, doch Olav hielt sie zurück. Er deutete mit dem Kopf zur rechten Seite. „Siehst du die alte Hütte?"

Fiona hob erstaunt die Augenbrauen. „Ein verlassener Einsiedlerhof. Hier war ich schon mal." Sie erinnerte sich an den Abstecher, den sie mit Flóki unternommen hatte.

„Das ist die Hütte meiner Mutter." Olav zögerte, fuhr dann aber fort: „Deiner Urgroßmutter Arna. Sie lebt dort für sich. Oft geht sie zum Tor in die verborgene Welt." Er deutete zu den Rentieren, die den See fast erreicht hatten. „An der Felswand ist ein Wasserfall. Man kann von dort aus in den Zauberwald gelangen."

„Kann es nicht passieren, dass Menschen aus Versehen dort hingelangen?"

„Durch Zufall, ja. Aber dafür müssten sie den Wasserfall erst entdecken. Er liegt sehr versteckt. Und dann müssen sie den See durchqueren, hinter den Wasserfall gelangen ..."

„Sehr unwahrscheinlich."

Olav nickte. „In all den Jahren ist es sehr selten passiert. Aber ja, ausschließen kann man es nicht. Und wenn, dann muss man schnell handeln, bevor die Menschen so viel von uns erfahren, dass die Ältesten sie eliminieren wollen." Er seufzte.

„Du glaubst aber nicht, dass Jane sie dorthingebracht hat?“, fragte Fiona.

Olav schüttelte heftig den Kopf. „Nein, wir haben einen Schutzschild aktiviert, durch den Jane nicht in der Lage sein darf, in den Zauberwald zu gelangen. Ich hoffe es auf jeden Fall – wer weiß, wie stark ihre Kräfte inzwischen sind. Sie wird woanders sein. Jane und ich hatten einen geheimen Raum, als wir zusammen waren. Dort haben wir uns immer getroffen und … na ja, du weißt schon. Ich denke, dass sie dort auf mich wartet, um alles zu vollenden.“

„Aber laufen wir dann nicht in eine Falle?“

Olav seufzte. „Doch“, sagte er schließlich. „Aber wenn wir unsere Familie retten wollen, gibt es nur diesen einen Weg.“

Fiona schüttelte den Kopf. „Nein. Gibt es nicht. Wenn ich allein in diesen Raum gehe, dann kann ich etwas ausrichten. Sie will sich an *dir* rächen!“

„Du verstehst es nicht“, rief Olav beinahe verzweifelt.

„Wenn sie dir etwas antut, dann kann sie Amy und mich damit erpressen!“

„Dann lass mich stattdessen gehen“, sagte eine Stimme hinter ihnen.

Beide wirbelten herum.

Fiona keuchte auf. Dort stand er, blass und mitgenommen. Sein Blick war noch grimmiger als sonst, das dunkle Haar nicht mehr nur struppig, sondern auch filzig.

„Flóki! Ich hab gedacht, du bist tot!“

Fast schüchtern blickte er zu Boden. „Mich kriegt man nicht so schnell klein“, murmelte er.

Sie rannte auf ihn zu und fiel ihm in die Arme. „Oh Gott“, flüsterte sie erstickt. Dann brach sie in Tränen aus und drückte sich an seine Brust. Immer und immer wieder berührte sie ihn, strich sacht über seine Schultern, seinen Rücken und seine Wangen. „Du bist es wirklich? Du lebst?“, murmelte sie fassungslos.

Überrascht beobachtete Olav das Ganze. „Bei allen Eiselfen, da bin ich jetzt aber froh! Jane braucht wohl noch etwas Nachhilfe in Anatomie“, murmelte er und räusperte sich.

„Sie hat nicht dein Herz erwischt?“, fragte Fiona ungläubig. Flóki schüttelte den Kopf. „Ich denke nicht. Auf jeden Fall war ich lange Zeit ohnmächtig, aber dann wurde ich wach und fühlte mich eigentlich recht gut.“

Sie nickte eifrig. So war es ihr nach Janes Angriff ebenfalls gegangen.

„Vielleicht war es aber auch dein Amulett.“ Olav deutete auf die Kette, die Flóki um den Hals trug. „Es schützt dich.“ Er zwinkerte Fiona zu.

Die hingegen sah Flóki verzückt an. Ihr war es egal, ob Jane den Stich verfehlt hatte oder ob die Energie der Diamanten ihn geschützt hatte. Sie küsste ihn sanft auf den Mund und wünschte sich, die Zeit würde stehen bleiben. Der Geschmack seiner Lippen war süßlich und erfüllte ihren Körper mit Wärme und Kraft.

„Ich gehe“, murmelte er.

„Nein“, flüsterte Fiona erstickt. „Das kann ich nicht zulassen. Du bist doch grad erst von den Toten auferstanden.“

„Ich finde die Idee hervorragend“, sagte Olav.

Flóki schüttelte den Kopf und streichelte ihr beruhigend über den Kopf. „Mir passiert schon nichts. Vertrau mir.“

Der Gang lag vor ihnen wie ein dunkler Schlund. Arnas Hütte war tatsächlich der Einsiedlerhof, den Flóki und Fiona bereits erkundet hatten. Olav hatte selbstsicher den blauen

Wandteppich abgenommen und in den Gang hinter der geöffneten Tür gedeutet.

„Wenn du ihm folgst, wirst du irgendwann in einen Raum gelangen. Du befindest dich dann direkt unter einer heißen Quelle." Er zwinkerte seiner Enkelin zu.

Zitternd berührte die Flókis Hand. „Bist du dir sicher?", flüsterte sie.

„Ich war es, der alles aufgewühlt hat. Nun muss ich die Konsequenzen tragen." Er gab ihr einen Nasenstüber. „Mach dir keine Sorgen, Goldschöpfchen. Ich komm zu dir zurück."

Fiona wandte sich ab und versuchte, die Tränen zu unterdrücken. Als sie sich umsah, konnte sie nur noch seine Umrisse ausmachen. Er drehte sich noch einmal um, und Olav nickte ihm ermutigend zu, auch wenn sie sicher war, dass ihr Großvater lieber an seiner statt gegangen wäre. Sie legte eine Handfläche an die Lippen und schickte Flóki einen fliegenden Kuss. Der fing ihn auf, drehte sich wieder um und verschwand in der Dunkelheit.

Eine Weile standen sie stumm da, als warteten sie darauf, dass Flóki wieder auftauchte. Doch es blieb still. Schließlich schlang Olav einen Arm um Fiona und drückte sie leicht.

„Alles wird gut werden, du wirst schon sehen."

❄

Flóki näherte sich der endlosen Finsternis. Er schluckte und spürte die Trockenheit im Rachen. Alles in ihm schrie, dass es ein großer Fehler war, er hätte sich keinesfalls einmischen dürfen. Niemals nach seiner Vergangenheit suchen, um keinen Preis tiefer graben, nachdem er die Wahrheit herausgefunden hatte. Nicht aufstehen, nachdem Jane ihn außer Gefecht gesetzt hatte. Doch dann wäre er niemals Fiona begegnet. Und wenn er ihr und Olav nicht gefolgt wäre – dann wäre womöglich sie in diese Höhle gegangen. Wenn sein Leben je ein Sinn gehabt hatte, dann jetzt.

Schritt für Schritt wagte er sich weiter und streckte intuitiv die Hände nach vorn. Jeden Moment rechnete er damit, etwas zu berühren, was ihn verletzen konnte. Oder jemanden. Seine Augen gewöhnten sich nicht wie erhofft an die Dunkelheit, da nichts als tiefe Schwärze um ihn herum bestand. Wenn ich das hier durchgestanden habe, werde ich Fiona heiraten, dachte er sentimental. Er würde es nie zugeben, doch er machte sich beinahe in die Hosen vor Angst.

Doch alles blieb ruhig. Er hielt inne und lauschte. Es war verdammt still. Vielleicht hatte Olav sich geirrt, und Jane befand sich gar nicht hier unten? Er nahm all seinen Mut zusammen und machte auf sich aufmerksam, in dem er sich räusperte.

Stille.

Er lauschte auf ein Geräusch, doch es gab keines. Ein paar Schritte, dann blieb er erneut stehen. Irgendwann musste er doch am Ende dieses Gangs angekommen sein? Er reckte die Arme gleichzeitig nach vorn und nach oben, um zu spüren, ob er bald den Kopf einziehen müsste, alles war frei. Als er nach vorn tastete, berührte er etwas Weiches. Er zuckte kurz zusammen, streckte aber dann die Hand mutig wieder aus. Was war das? Es fühlte sich dicht und samtig an, wie Fell. Doch bevor er noch mehr erkunden konnte, spürte er etwas neben seinem Ohr. Einen warmen Luftzug …

„Hab ich dich“, flüsterte es in seine Ohrmuschel. Dann packte etwas Weiches seine Hand und zog ihn nach vorn.

„Nein“, rief er. „Halt!“ Doch er wurde immer weiter ins Dunkel gezogen. Panik überkam ihn, er stolperte, unsanft fiel er zu Boden und kam auf allen vieren auf. „Was soll das?“ Er versuchte, sich aufzurichten, doch diesmal stieß er mit dem Kopf an die Decke und schrie auf vor Schmerz. Plötzlich war die Umgebung hell erleuchtet. Geblendet vom schlagartigen Lichteinfall, hielt er sich schützend die Hände vor die Augen und blinzelte zwischen den gespreizten Fingern hindurch. Er erkannte die Umrisse einer Frau vor sich. Das hier war definitiv nicht Jane. Diese Frau war deutlich hübscher. Sie hatte strahlend blondes Haar und feine Gesichtszüge, ihre Augen schimmerten dunkelblau. Sie war in dicke Fellkleidung eingehüllt. Flóki stockte der Atem. Das Licht stammte von unzähligen kleinen Fliegen, die im ganzen Raum umherschwirrten. Glühwürmchen? „Wer bist du?“, fragte er entgeistert.

Einer ihrer Mundwinkel hob sich leicht, als sie ihn nachdenklich betrachtete. „Dasselbe könnte ich dich fragen“, sagte sie nach einer Weile leise.

Offensichtlich lebte sie in diesem höhlenartigen Raum. Womöglich dachte sie, er war ein Einbrecher? Es konnte nicht schaden, sich mit ihr gutzustellen. „Hab keine Angst“, sagte er versöhnlich. „Ich bin auf der Suche nach jemandem. Ich tu dir nichts.“

Da begann sie, stumm zu lachen. „Ich habe keine Angst. *Du* solltest Angst haben!“

Erschrocken bemerkte er, wie sie ein Diamantenschwert aus ihrem Fellmantel zog. Er keuchte auf. *Mist!* „Was willst du hier?“, fragte sie streng.

„Ich möchte zu einer gewissen Jane“, antwortete er wahrheitsgemäß.

Sie schmunzelte. „Jane? Was willst du von ihr?“

Die Glühwürmchen tanzten vor seine Augen, und er wich ihnen mit ungeschickten Kopfbewegungen aus.

„Lass dich nicht von den *Ljós* stören."

Er atmete tief aus. Was sollte er sagen? War sie Freundin oder Feindin von Jane? Er betrachtete sie genau. Sie wirkte geheimnisvoll, doch irgendetwas an ihr kam ihm seltsam bekannt vor. Sie war schön, und offenbar auch ehrlich. Seine Chancen standen bei fünfzig zu fünfzig.

Doch war nicht Schönheit genau das, was einen Mann verwirren sollte? Was, wenn sie eine Art Wächterin von Jane war? Du denkst zu viel, schalt ihn eine innere Stimme. Das war schon immer sein Problem gewesen: Die Gedanken waren seine ständigen Begleiter, deshalb war er Journalist geworden. Um seine überschüssigen Sorgen aufs Papier zu bringen.

Sie blickte ihn an. Moment mal – er kannte diesen Blick, diese tiefblauen Augen. Es war nicht ganz derselbe Ton, aber der Blick! Ihr Gesichtsausdruck war nicht neutral. Es war die gleiche Miene, mit der Fiona ihn gestraft hatte, als sie misstrauisch gewesen war.

„Amy?", fragte er vorsichtig. Es gab nur diese Möglichkeit. Er hatte Greta bereits kennengelernt. Amy war laut der Geschichte ab einem bestimmten Zeitpunkt ja nicht mehr gealtert.

Sie erhob drohend ihr Schwert und richtete es auf seine Brust.

„Was willst du von Jane?", fragte sie skeptisch, und die Messerspitze bohrte sich leicht in seine Haut. Keine Frage, *sie* wusste genau, wohin sie zielen musste.

❄

„Was hat dich am meisten geflasht?", fragte Olav.

Fiona brach in schallendes Gelächter aus. „Opa, wie kommst du denn auf das Wort?“

Er grinste sie an. „Hab ich irgendwo aufgeschnappt.“

„Ich dachte, ihr wart nie draußen.“

Gedankenverloren sah er sie an. „Ich habe mich immer auf den Tag vorbereitet, an dem ich meiner Tochter und deren Tochter begegnen würde. Ich wusste, dieser Tag wird kommen.“

Sie sah ihn an und spürte Tränen aufsteigen. Dann räusperte sie sich. „Was mich am meisten geflasht hat?“ Sie lächelte. „Stóbjörn. Ich hätte alles für möglich gehalten. Aber nicht, dass es Drachen wirklich gibt.“

Olav nickte. „Ja, sie haben mich auch immer am meisten fasziniert. Davon hast du sicherlich gehört.“ Er zeigte ihr seinen Stumpf an der Hand und grinste schief. „Die Drachen haben zusammen mit den Dinosauriern gelebt. Allerdings haben das die Wissenschaftler nie wirklich beweisen können, und somit wurden die Wesen als Mythos abgestempelt. Aber im Gegensatz zu den Dinosauriern haben die Drachen die Menschen noch erlebt. Und sie haben *über*lebt. Wenn auch nicht viele.“

„Die Wissenschaftler haben euch auch noch nie entdeckt.“

„Uns“, sagte er. „Du gehörst auch dazu. Hast du dich nie gewundert, warum es hier so viele Vulkane gibt?“

„Meinst du, die Drachen leben dort drin?“

Olav schwieg, bevor er leise sagte: „Sie können die Menschheit ausrotten, weißt du. Wenn sie es wirklich wollen.“

„Erzähl mir mehr über sie!“, forderte sie ihn auf.

Er schüttelte den Kopf. „Ich weiß nicht viel. Nur einiges aus den alten Sagas.“

„Die sind meisten wahr.“ Nun schmunzelte Fiona, verkniff sich aber das Lachen schnell wieder, da ihre Rippen noch immer so sehr schmerzten, als wäre ein Horde Rentiere darübergetrappelt.

„Vor langer Zeit lebten sie noch unter den Menschen, doch diese haben die Drachen stets gefürchtet und versucht, sie auszurotten. Sie haben es geschafft, viele zu töten. Also zogen sich die übrigen Feuerechsen dorthin zurück, wo es Vulkane gibt. Da wiegten sie sich in Sicherheit, man konnte nie sagen, ob es nun ein Vulkan war, der ausbrach, oder nur ein wütender Drache. Die Menschen versuchten, die Gegenden in der Nähe der Vulkane zu meiden, auch wenn das in Island natürlich schwierig ist. Irgendwann wurden die Drachen schließlich zu Legenden. Stóbjörn ist einer von jenen, die überlebt haben. Er hält sich versteckt und weiß nicht mehr, wo die anderen sind.

„Vielleicht könnten wir ihm helfen?"

Olav lachte. „Du hast so viel von deiner Großmutter."

„Ich hoffe, das ist ein Kompliment", murmelte Fiona.

„Was ist mit diesem Flóki? Taugt er was?", fragte Olav ernst.

Sie brach in schallendes Gelächter aus, verstummte dann aber wieder jäh, als ein stechender Schmerz durch ihren Brustkorb jagte. Während sie gemeinsam warteten, hatten sie sich an Arnas Küchentisch gesetzt, und ihr Großvater hatte ihnen Blaubeerwein zur Beruhigung eingegossen. Dann begann sie, ihm in kurzen Sätzen von der ganzen Misere zu berichten.

Als sie geendet hatte, schnaubte Olav auf. „Hört sich ja sehr vertrauenswürdig an."

„Meine anderen Großeltern lieben ihn. Ich vertraue sehr auf ihr Urteil."

„Deine anderen Großeltern … Dein Vater –"

„… ist gestorben", ergänzte Fiona knapp.

„Das tut mir leid. War er ein guter Mensch?“, fragte Olav neugierig.

Nun war es an Fiona, zu schnauben. „Ich hätte mir keinen besseren wünschen können. Keine Sorge, deine Tochter war gut versorgt. Sie hat die beste Wahl getroffen.“

„Es hat sie immer nach Island zurückgezogen“, stellte Olav fest. „Meine Mutter hat mir erzählt, wie sehr Greta nach dem Verlust ihrer Mutter gelitten hat.“

Fiona nickte. „Sie hat England gehasst. Ihre Heimat war immer Island. Deshalb ist sie nach der Schule auch hierhergezogen. Sie hat gehofft, Amy doch eines Tages zu finden. Und natürlich dich. Das hat sie ja jetzt auch.“

„Ja“, murmelte Olav gedankenverloren.

„Würdest du Stóbjörn nicht helfen?“, fragte sie, um auf das Drachenthema zurückzukommen.

Er zögerte. „Stóbjörn hat viel Macht. Ich glaube, mehr sollte man ihm nicht geben.“

„Wie meinst du das? Ich dachte, er ist der einzige Drache? Warum lebt er dann versteckt in einer Grotte mit kleinen Kobolden, die er hasst?“

Olav rieb sich die Stirn. „Du fragst ganz schön viel“, knurrte er. „Auch das hast du von deiner Oma.“

Fiona lächelte stolz und reckte die Brust. Dann runzelte sie die Stirn. Ihr fiel ein, dass Jane sich als Beraterin des *Hjartað í ljósinu* bezeichnet hatte. Als sie den Gedanken mit Olav teilte, schwieg er einen Moment.

„Stóbjörn spielt also doch ein doppeltes Spiel. Ich wusste, dass man ihm nicht vertrauen kann.“

Fee schüttelte den Kopf und nahm einen Schluck Blaubeerwein. „Jane meinte, dass Arna ihr eines Tages das Angebot machte. Sie hätte noch Kontakte zu Ältesten. Ihre Aufgabe sei es dann gewesen, Mitglieder des Verborgenen Volkes auszuspionieren und auszuhorchen, aber auch, Menschen zu beobachten, die eine Gefahr für uns darstellen."

„Davon wusste ich nichts." Olav sah mit einem Mal ganz blass aus.

„Alles in Ordnung?", fragte Fiona vorsichtig.

„Hast du Hunger? Ich hab im Schrank etwas Brot gesehen." Ohne eine Antwort abzuwarten, holte er es und legte es auf den Tisch.

Tatsächlich hatte Fiona seit Ewigkeiten nichts mehr gegessen, und so brach sie sich ein Stück ab und schmunzelte. Auf ihrem Speiseplan waren Kohlenhydrate sonst so gut wie verboten, aber irgendwie war ja nichts mehr wie zuvor.

Olav nippte gedankenverloren an seinem Becher. Dann sagte er plötzlich: „Es gab Gerüchte. Hayley – unsere Freundin und Wächterin des Zauberwalds – hat uns immer mit Informationen gefüttert, als wir verborgen vor Jane lebten. Eines Tages meinte sie, dass sie gehört hätte, es gäbe eine neue Anführerin des *Hjartað í ljósinu.* Wir dachten damals voller Schreck, es sei Jane. Aber Hayley durfte es uns nicht sagen, da sie ja den Ältesten unterstellt ist. Die *Ljós,* denen ich genau wie Stóbjörn immer nur halb vertraue, sagten, es sei jemand anderes, der nun über Leben und Tod jedes Einzelnen bestimmt. Jemand, der diese Rolle schon einmal innehatte."

„Aha, und wer soll das bitte sein?"

Olav zögerte. „Arna. Meine Mutter."

❄

„Woher weißt du, wer ich bin?", zischte sie, und ihre Lippen waren dicht an seinen.

„Dann bist du also wirklich Amy?“ Er wandte das Gesicht ab, doch sie drückte ihn zu Boden, und die Spitze ihres Messers bohrte sich fast schon in seine Brust.

„Ich will deinen Namen wissen“, fauchte sie.

Er gab sich geschlagen. Sie war eindeutig in der stärkeren Position. Sie hatte eine Waffe und kannte sich hier aus. „Mein Name ist Flóki.“ Er seufzte und kniff die Augen zusammen. Vermutlich würde sie ihm nun die Spitze in die Brust rammen, da ihr der Name nichts sagte. Oder sie war doch nicht Amy, und dann hatte er sowieso verloren.

„Flóki?“, fragte sie leise.

„Ja. Ich …“

Sie ließ die Messerspitze von seiner Brust sinken und packte ihn mit beiden Händen an der Gurgel. „Lüg nicht! Ich habe Flókis Leiche auf dem Feld gesehen. Jane hat ihn getötet.“

„Hat sie nicht“, keuchte er. „Ich lebe!“ Er überlegte fieberhaft, wie er Amy überzeugen konnte, bevor sie ihn erwürgte.

„Ich kenne deine Tochter.“ Er hoffte, dass dies half. Greta würde ihn wiedererkennen!

„Meine Tochter ist tot“, flüsterte sie plötzlich erschöpft.

Nein. Das durfte nicht wahr sein! Fionas Herz würde brechen, und Olav … er hatte sich nichts sehnlicher gewünscht, als sich seiner Tochter endlich persönlich vorzustellen. „Greta ist tot?“, flüsterte er erstickt.

Amy schluchzte auf. „Nein. Emily.“

Flóki atmete erleichtert aus und begriff dann erst, dass Emilys Tod Amy natürlich ebenfalls zutiefst belastete, sie war immerhin die Erstgeborene. Alles, was ihr von Charles geblieben war. „Bist du sicher?“, fragte er vorsichtig.

„Natürlich“, brüllte sie ihn an. „Jane hat ihr vor meinen Augen die Kehle aufgeschlitzt. Sie hat kein isländisches Blut in sich. Sie war verwundbar! Ich habe sie in Gefahr gebracht!“

Weinend ließ Amy endgültig von ihm ab und sank in sich zusammen. „Meine kleine Em. Ich habe alles dafür getan, dass sie gut aufwächst. Ich hatte es Charles doch versprochen.“

Flóki nutzte die Chance und rappelte sich auf. Er nahm Amy in den Arm und tröstete sie. Einerseits tat sie ihm leid, andererseits wollte er auf gar keinen Fall, dass sie ihn wieder bedrohte. Vorsichtig schob er mit dem Fuß ihr Schwert beiseite, dass sie achtlos zu Boden fallen gelassen hatte. „Das ist furchtbar“, murmelte er, und sie ließ zu, dass er sie kurz drückte. Dann fuhr er fort: „Weißt du, wo Jane jetzt ist?“

Amy hob den Blick und sah ihn aus verweinten Augen an. Dann berührte sie mit zitternden Händen sein Rentieramulett, das er seit Kurzem um den Hals trug.

„Er ist schon viel zu lange dort drinnen“, murmelte Fiona aufgeregt. Olav legte ihr beruhigend eine Hand auf den Arm.

„Wir müssen ihm hinterhergehen!“, rief sie und starrte in den Himmel. Sie waren hinausgegangen, um frische Luft zu schnappen. Die klare Luft und die Dunkelheit machten den Sternenhimmel zu einem unglaublichen Phänomen. „Ich sehe keine Nordlichter“, meinte sie dann trocken.

Da begann Olav zu schmunzeln. „Amy hat immer nach den Nordlichtern gesucht. Sie wollte sie unbedingt sehen. Doch sie kommen dann, wenn man es am wenigsten erwartet. Wenn man vom Weg abkommt. Die Aurora Boreales weisen uns den Weg.“

Fiona prustete. „Ich bin in Island aufgewachsen. Ich habe die Lichter sicherlich ein paar Mal gesehen."

„Bist du ihnen je gefolgt?"

Sie schüttelte den Kopf. „Nein."

„Dann hast du etwas verpasst", murmelte Olav. „Am Ende jedes Nordlichts findet man etwas Besonderes."

Fiona verdrehte die Augen. „So wie am Ende jedes Regenbogens?"

„Wo kommt nur diese Ungläubigkeit her?", gab er stirnrunzelnd zurück.

„Wir leben in einer modernen Welt. Man glaubt nicht an so einen Quatsch. Ich habe schon lange genug gebraucht, all das hier zu glauben." Sie zog einen Halbkreis durch die Luft.

„Versprichst du mir etwas?", fragte Olav leise.

Sie runzelte die Stirn. „Was denn?"

„Wenn das alles hier vorbei ist und wir heil aus der Sache herausgekommen sind – dann folge mit Flóki den Nordlichtern. Glaub mir, du wirst es nicht bereuen. Immerhin bist du die Hüterin der Rentiere. Du kannst ihnen folgen."

Ein Geräusch ließ sie aufhorchen. Ein lautes Rumsen, als wäre ein großer Lastwagen irgendwo hineingefahren, gefolgt von einer Art Donnergrollen.

„Was war das?", fragte Fiona nervös.

Olavs starrte angespannt in die Umgebung. Er sah aus wie ein Tier, das Witterung aufnahm.

„Sollten wir nicht zurück zum Gang gehen?"

Er hob eine Hand, um sie zum Schweigen zu bringen.

„Spürst du das?", fragte er nach einer Weile.

Fiona sah sich nun ebenfalls um. Die Dunkelheit umhüllte alles. „Ich sehe nichts", stellte sie fest.

„Ich rede vom Spüren. Hör tief in dich hinein. Schließ die Augen. Konzentrier dich nur auf deine innere Stimme.“

Fiona schloss die Augen und versuchte, alles andere auszublenden, doch es gelang ihr nicht. Die Gedanken an Flóki mischten sich ständig dazwischen, außerdem fand sie das Ganze gerade etwas lächerlich. „Ich merke nichts“, jammerte sie.

Olav stöhnte auf. „Du konzentrierst dich nicht richtig. Du lässt dich nicht darauf ein.“

„Was soll ich denn überhaupt wahrnehmen?“

„Atme tief aus, und probier es noch mal.“

Fiona seufzte.

„Was hast du schon zu verlieren?“, meinte er leise.

Doch sie konnte das, was er sagte, noch immer nicht ernst nehmen. „Ich würde dir den Kram vielleicht glauben, wenn du alt aussehen würdest. Du scheinst aber innerlich eher ein Junge, der nie erwachsen geworden ist.“

Olav lachte. „Nun, es war mir eigentlich auch nicht bestimmt, erwachsen zu werden.“

„Nicht?“ Sie blinzelte ihn an.

Er schüttelte den Kopf und strich sich stolz über den Bart.

„Das hab ich deiner Großmutter zu verdanken. Hätte ich mich nicht in Amy verliebt – was ja eigentlich verboten war –, hätte sich mein innerer Zauber nie gelöst. Ich wäre nie erwachsen geworden, sondern für immer ein kleiner Wicht geblieben.“

Fiona lächelte. „Dann bin ich ja froh, dass Oma dir den Kopf verdreht hat.“ Sie musste an Amy denken, und es erfüllte sie mit Stolz, dass sie von zwei so wunderbaren Wesen abstammte. Plötzlich fühlte sie, wie sie eins war mit ihrem Volk. Sie sah Farben, die sie sonst nie gesehen hatte, hörte Stimmen, die sie noch nie gehört hatte, und spürte Dinge, die sie an einen noch nie erlebten Urinstinkt erinnerten. „Was ist das?“, flüsterte sie aufgeregt und schloss die Augen.

Sie sah etwas vor sich. Schwarze Wolken türmten sich auf, verbargen die Sicht auf alles, was dahinterlag. Eine große dunkle Wand verhüllte die Zukunft. Ein ungeheurer Schauer durchfuhr sie, und sie spürte ein innerliches Beben. „Ein Erdbeben!“, rief sie und ließ einen Schrei los. Sie riss die Augen auf und bemerkte, dass Olav sie fest umklammert hielt.

„Ruhig, ganz ruhig“, murmelte er und drückte sie an sich.

„Ist es vorbei?“, rief Fiona angsterfüllt.

Er schüttelte den Kopf. „Es ist noch nicht einmal da.“

„Was war das?“

„Dein Instinkt. Die Menschen haben ihn verloren, aber wir sind den Tieren manchmal ähnlicher. Wir können Dinge erahnen, die in der Zukunft liegen. Sicherlich werden alle Tiere Islands gerade alarmiert sein. Sie spüren es auch.“ Erneut hielt er nach etwas Ausschau. Vermutlich nach seinen Rentieren und nach Fenris, die zum See getrottet waren.

„Wann kommt es? Wird es schlimm werden?“

„Das wissen nur die Götter. Aber wir müssen Flóki sofort aus dem Raum holen. Wenn es schlimm wird, und ich fürchte, das wird es, dann könnte der Gang versperrt werden.“

Fiona keuchte auf und wollte sofort losrennen.

„Langsam“, rief er und packte sie am Arm. „Wir müssen immer noch damit rechnen, dass Jane dort lauert. Vielleicht ist der Plan auch schiefgegangen.“ Olav zögerte. Dann griff er unter sein Hemd und holte eine Pfeife hervor, in die er hineinblies. Nach ein paar Sekunden hörten sie ein Winseln. Ungeschickt kam der dunkle Hund herangetrottet, begrüßte ihn überschwänglich und wedelte mit dem buschigen Schwanz, dann sah er Fiona unsicher an.

Sie streckte die Hand nach ihm aus, doch er versteckte sich sofort hinter seinem Herrchen. „Was für ein Angsthase!"

Olav lachte. „Ich möchte ihn aber mitnehmen, er kann uns zur Not ausgegraben."

Fiona zwang sich zu einem Lächeln. „Wie alt ist er eigentlich?"

„Unsterblich", gab Olav zurück. „Ich wünschte mir, meine Rentiere wären es auch."

Sie gingen eilig zurück.

Vorsichtig betraten sie den Gang und schärften ihre Sinne. Es war dunkel, man konnte nicht einmal die Hand vor Augen sehen. Fiona schloss deshalb die Augen und klammerte sich an Olav. Sie versuchte, instinktiv eine Gefahr zu erspüren, doch vor ihnen erstreckte sich nur die blanke Dunkelheit.

„Olav?", flüsterte sie nervös.

„Ich nehme Amy wahr. Sie ist in der Nähe", murmelte er.

Erstaunt riss sie die Augen auf, konnte aber nur seinen Schatten erkennen. „Du nimmst sie wahr? Geht es ihr gut? Spürst du Jane auch?"

Olav schwieg. Dann schlug er vor, sie solle Flóki erspüren.

„Er ist dir wichtig", sagte er. „Deswegen kann es funktionieren. Du musst nur auf deinen Instinkt vertrauen."

Fiona atmete laut aus und schloss erneut die Augen. Ein Klacken lenkte sie ab, und sofort starrte sie nach vorn ins Dunkel. Vor ihnen erschien ein kleiner Lichtschimmer. „Was ist das?", raunte sie.

„Das werden wir gleich sehen. Sieht allerdings aus wie einer von den *Ljós.*"

„Na toll. Direkt in die offene Falle gelaufen“, rutschte es Fiona heraus.

„Wie kommst du denn darauf, die *Ljós* sind unsere –“ Weiter kam Olav nicht, denn sie wurden beide gepackt und zu Boden gerissen.

„Hey!“, rief Fiona wütend. „Pfoten weg!“ Sie schlug aus wie ein wild gewordenes Pferd.

„Fiona?“, fragte die Stimme hinter ihr.

Flóki? Sie spürte, dass sie losgelassen wurde, und drehte sich um. Tatsächlich. Da vor ihr kniete er, mit einem leuchtenden Diamantenschwert und Fesseln in der Hand.

„Was soll das?“, fragte sie entsetzt und widerstand dem Impuls, ihm glücklich in die Arme zu fallen. Sie sah zu Olav, der ebenfalls verdattert dreinschaute. Auch er war von jemandem zu Boden gezerrt worden, doch Fiona konnte die Person nicht erkennen. Es schien ein Mann zu sein.

„Wir dachten, ihr seid Eindringlinge“, sagte eine Stimme hinter den beiden.

Das Licht war näher gekommen, und nun konnten sie erkennen, wer gesprochen hatte. Amy. Um sie herum schwirrten kleine leuchtende Gestalten, die die Umgebung erhellten.

„Oma!“, rief Fee erleichtert.

Olav rappelte sich auf und ging schnellen Schrittes auf Amy zu. Sie fiel ihm in die Arme, und sie küssten sich leidenschaftlich.

Fiona wandte verlegen den Blick ab und sah zu Flóki, der sie mit glasigen Augen anschaute.

„Wenn die das dürfen, dann dürfen wir das auch, oder?“, flüsterte er.

Sie grinste und ließ sich erschöpft an seine Brust fallen, bevor sie beide in einem innigen Kuss versanken.

„Klärt mich mal jemand auf?“, fragte Olav schließlich und sah Amy an. „Geht es dir gut?“

„Ja. Jane hat mich gefangen genommen, ich konnte sie aber überwältigen. Sie ist nun gefesselt, von ihr droht uns keine Gefahr mehr.“

„Wie konntest du sie überwältigen?“, fragte Fiona neugierig.

„Ich hatte Hilfe.“

Fionas Blick fiel auf den Mann, der eben noch ihren Großvater gepackt hatte. Er war sehr schlank und groß, sein Gesicht jedoch jungenhaft und bis auf die rosigen Wangen sehr blass. Er hatte dunkelblondes Haar und kristallblaue Augen, die Fiona in ihren Bann zogen. Sie kannte diesen Blick …

Auch er betrachtete sie neugierig. „Ich bin Frósti, Olavs Sohn.“

Und der Sohn der Gestörten, fügte Fiona in Gedanken hinzu.

„Frósti und Fjola waren plötzlich da und haben mir geholfen, Jane dingfest zu machen. Wir haben sie mit Kaninchenkraut betäubt, somit kann sie im Moment nicht mit ihrem Geist auf Wanderschaft gehen und uns wieder entwischen.“

„Wo ist Greta?“, fragte Fiona und bekam ein schlechtes Gewissen, weil sie sich zuerst Sorgen um Flóki gemacht hatte. Sie sah, wie Olav sich versteifte. Für ihn würde es ein besonderer Moment sein, seine Tochter wiederzusehen.

Amy schwieg eine halbe Ewigkeit. Dann sagte sie: „Greta bewacht mit Fjola diese Wahnsinnige.“

Olav atmete hörbar aus, und auch Fiona fiel ein Stein vom Herzen. Ihrer Mutter ging es gut! „Und Tante Em?“, fiel ihr ein. Sie bemerkte, wie sich Flóki, an den sie sich angekuschelt hatte, von ihr löste. Amy schluchzte auf und schüttelte stumm den

Kopf, Olav nahm sie in den Arm. Fiona spürte, wie ihr ein eiskalter Schauer über den Rücken lief. Nein, das durfte nicht wahr sein! Sie sprang auf. „Das ist nicht wahr“, flüsterte sie, doch Amys Reaktion ließ keine Hoffnung zu.

Fiona spürte, wie ein Stück ihres Herzens brach. Fast dasselbe Gefühl hatte der Tod ihres Vaters in ihr ausgelöst. Etwas Friedvolles, Kindliches ging verloren, und man bewegte sich einen weiteren Schritt in Richtung Erwachsensein, ob man wollte oder nicht. Es würde nie aufhören, dachte sie bitter. Dies war erst der Anfang. Irgendwann wäre sie alt und verbittert, dachte sie entsetzt. Aber vielleicht würde die Geburt eines eigenen Kindes diesen schmerzvollen Verlust wieder aufwiegen, war der nächste, diesmal hoffnungsvolle Gedanke.

Amy trat nach vorn, berührte Fiona am Arm, und ihre Blicke trafen sich. In diesem Moment ahnte Fiona, wie schrecklich es sein musste, ein Kind zu verlieren. Amy hatte ihren Mann vor vielen Jahren verloren, und nun konnte sich Fee in ihren Schmerz hineinversetzen. Doch gleichzeitig waren diese tieftraurigen Augen, die ihr nun entgegenblickten, so voller Kummer, dass sie glaubte, es nie genau so nachempfinden zu können. Auch wenn Amy bereits eine alte Frau und auch Emily nicht mehr so jung gewesen war. Traurig dachte sie, dass Amy mit ihrer Unsterblichkeit schon immer damit hatte leben müssen, dass ihre Tochter vor ihr gehen würde. Gleichzeitig begriff Fiona nun auch, welche Last diese Unsterblichkeit mit sich brachte. Sie streichelte den Arm ihrer Großmutter. Dann fiel ihr etwas ein. „Tante Emily hat aufgeschrieben, was ihr damals passiert ist. In der Nacht, als sie verschwand und du Olav wiedergetroffen hast.“

Ein Lächeln huschte über Amys Gesicht. Da begriff Fiona erst, dass ihre Oma ja nie mit Sicherheit gewusst hatte, ob ihre eigene Familie je ihre Geschichte lesen würde.

„Ich werde dir die Notizen bringen, sobald das hier vorbei ist", versicherte sie.

Amy nickte dankbar.

„Noch etwas", murmelte Fee. „Tante Em hatte Krebs. Sie hat es mir vor ein paar Tagen gestanden. Sie hatte ständig so ein Kratzen im Hals. Es wäre ein furchtbarer Leidensweg für sie gewesen … Es war bereits ein fortgeschrittenes Stadium."

„Danke", murmelte Amy.

Ein Rascheln ließ alle aufhorchen. Da stand sie. Greta. Im Licht der *Ljós*. Amy sah sie erstaunt an, doch sie winkte ab.

„Fjola passt auf Jane auf."

„Mamma!", rief Fiona erleichtert und fiel ihrer Mutter in die Arme. Selbst nach allen Strapazen und dem Tod ihrer Schwester sah Greta zufrieden aus. Fast sogar glücklich. „Du siehst besser aus. Trotz allem …"

Greta lächelte. „Ich bin zu Hause. Endlich." Dann fiel ihr Blick auf ihren Vater. „Ich wusste immer, dass es dich gibt."

Olav wirkte ernst, sehr unsicher. Verlegen schaute er sie an.

„Ich habe jeden Tag an dich gedacht. Du bist wunderschön", murmelte er.

Fiona sah, dass er Tränen in den Augen hatte. Sie spürte einen Kloß im Hals und ließ ihre Mutter los.

„Na los. Sag deinem *Pabbi* Hallo", sagte Amy zu ihrer Tochter.

Greta grinste schief, fast genau so, wie Olav immer grinste.

Er lächelte zurück und entblößte seine krummen Zähne. Dann ging sie vorsichtig auf ihn zu und umarmte ihn. Sie flüsterte ihm Worte ins Ohr, die nur er verstand. Amy weinte, und

Fiona spürte, dass auch ihr die Tränen herabkullerten. Nach einer Weile löste Greta sich wieder von ihrem Vater und lächelte ihn an.

„Darf ich dir deinen Bruder vorstellen", flüsterte Olav berührt und deutete auf Frósti, der sich still zurückgehalten hatte.

Die beiden begrüßten sich verlegen, und Fiona sah zu Flóki, der die Situation stumm beobachtete. Sie berührte ihn sanft an der Schulter.

Er schüttelte den Kopf. „Jetzt nicht. Später."

Also wandte sie sich an Amy. „Was machen wir nun mit Jane?"

Ihre Großmutter seufzte und sah von Olav zu Frósti. Allen war klar, hier ging es um seine Mutter.

„Wir müssen sie töten. Sie wird sonst nie Ruhe geben", flüsterte Frósti. Seine rosigen Wangen wurden noch röter. „Ich bin bei Adoptiveltern groß geworden. Ich erinnere mich kaum an Jane. Nur an eine Sache", sagte er dann und sah zu Amy. „Ich hab es dir nie gesagt. Ich wollte nicht alte Wunden aufwühlen. Es tut mir leid, Amy. Es tut mir auch leid, dass ich dir nun etwas sagen werde, was diesen Tag heute noch schmerzhafter für dich machen wird." Er hielt inne. „Ich habe nicht viele Erinnerungen an meine Kindheit – also an Jane und Olav, an die Zeit, bevor ich zu meinen Adoptiveltern kam. Aber es gab da einen Traum, den ich wieder und wieder hatte. Er handelt von einem Autounfall. Es ist kalt draußen, und der Schnee türmt sich am Straßenrand auf. Wir sind auf dem Weg zu einer Silvesterfeier. Ich habe geschlafen, doch als ich wach werde, steht unser Auto am Straßenrand, und ich bin allein. Ich habe Angst, also steige ich aus. Niemand ist zu sehen, der Wind ist eiskalt, es schneit. Ich will eigentlich nur ins Warme. Dann sehe ich die

Fußspuren. Die Schneeflocken überdecken sie bereits wieder, ich kann noch Reifenspuren entdecken, die einen Abhang hinunterführen. Ich folge ihnen, da sehe ich ein Auto auf der Seite liegen. Die Lichter sind aus. Es wirkt, als schläft es, Mum und Dad stehen davor. Ich gehe hin, stolpere aber ein paar Mal den Abhang hinunter und falle hin. Ich habe Angst, dass sie schimpfen werden, und so schleiche ich mich vorsichtig heran. Sie unterhalten sich lautstark über etwas – ich kann nicht verstehen, um was es geht. Plötzlich sehe ich, wie meine Mutter ein Wagenkreuz aus dem Auto nimmt und damit die Fensterscheibe des Wagens einschlägt. Ich denke, sie will dem Fahrer helfen, und komme näher. Ich erkenne einen Mann. Dann, ohne Vorwarnung, schlägt Mum mit dem Wagenkreuz zu. Ich sehe Blut an die Fensterscheibe spritzen, Dad ist sauer. Er wollte das alles nicht. Dann drehen sich beide um und sehen mich." Er stockt kurz, bevor er fortfährt. „Meine leibliche Mutter ist eine Mörderin. Sie hat dir und deiner Tochter einen wichtigen Menschen genommen, weil sie ihre Interessen durchsetzen und Dinge vertuschen wollte. Ihr sollte das gleiche Schicksal widerfahren."

Amy schüttelte den Kopf. „Das meinst du nicht so. Sie ist deine Mutter …"

„Ich hatte eine wunderbare Mutter, die mich adoptiert und großgezogen hat. Jane ist für mich nicht mehr als die Frau, die mich geboren hat." Er sah Amy fest an. „Du hast meine Unterstützung, Amy. Tu mit ihr, was du willst." Dann sah er zu Olav. „Dad – ich denke, deine Gefühle für diese Frau sind schon lange verblasst. Solltest du irgendwelche Einwände haben …"

Olav schüttelte stumm den Kopf. „Nein. Dennoch bin ich nicht dafür, sie zu töten. Wir sind keine Mörder. Wir sollten mit Stóbjörn versuchen, ihren Geist wieder zurück in ihren Körper zu schicken. So, wie wir es vor vielen Jahren versucht haben. Sie soll im Pflegeheim ihre letzte Lebenszeit verbringen."

„Dann müssen wir mit Stóbjörn reden", sagte Amy und schluckte.

Sie alle schwiegen einen Moment.

„Wen meintest du vorhin eigentlich, als du von Eindringlingen geredet hast, Oma? Als Opa und ich in die Höhle kamen und ihr uns erwartet hattet", fragte Fiona, einer plötzlichen Eingebung folgend.

Amys Augen weiteten sich, und sie warf einen Seitenblick auf Olav. Fiona runzelte die Stirn. Amy seufzte laut.

„Es ist nicht leicht zu sagen, aber –"

„... sie meinte mich", beendete eine fremde Stimme den Satz.

❄

Sie stand vor ihnen wie eine Göttin, mit stolzer Haltung, den Kopf in den Nacken geworfen. Das Haar lockte sich an den Seiten, was ihr den Anschein eines Engels gab. Amy spürte Wut in sich aufsteigen. Jahrelang hatte sie dieser Person vertraut, sie als herzlich und liebevoll empfunden. Doch es war alles nur eine einzige Lüge gewesen. Amy empfand einen derartigen Hass auf diese Person, dass sie am liebsten hingerannt wäre und sie an der Gurgel gepackt hätte. Doch mit einer großen Bitterkeit erkannte sie, dass die Gestalt nicht alleine war. Hinter ihr stand eine Horde aus *Hjartað í ljósinu*.

Amy schluckte. Sie wusste ja, wozu diese Eindringlinge imstande waren. Dann warf sie einen Blick auf Olav. Er war mehr als blass. „Ich verstehe nicht ganz", murmelte er.

Fenris begann, laut zu knurren.

Aus dem Schatten stolzierte eine große Katze mit glänzendem schwarzem Fell und langen Fangzähnen, die ihr den Anschein eines fiesen Grinsens gaben.

„Mein Sohn", erhob Arna ihre Stimme. Dann ging sie zu ihm und küsste ihn langsam auf beide Wangen.

Amy gab ein Würgegeräusch von sich. Dieses hinterhältige Stück! Arna wandte sich um und musterte sie herablassend. „Du Schlange", zischte sie. „Du hast uns all die Jahre etwas vorgespielt!"

Olav sah verdattert zu seiner Mutter und dann wieder zu Amy. „Kann mich mal einer aufklären, bitte?"

Fenris gab einen bellenden Laut von sich, Amy hatte ihn bisher noch nie bellen gehört. Er knurrte und winselte zugleich, dann stellte er sich schützend vor Olav.

„Sie hat mit Jane gemeinsame Sache gemacht. Sie hat diese Irre auf uns gehetzt."

„Glaub dieser Frau nicht, Olav. Sie ist eine Hexe, sie hat dich verzaubert. Ich habe dich immer vor den Amerikanern gewarnt. Sie kam und hat sich in dein Herz geschlichen. Nur du kannst diesen Fluch beenden. Du musst stark sein. Hör auf Mammi!"

„So ein Blödsinn", knurrte Amy und ballte die Fäuste. „Ich hab dir meine Kinder anvertraut. Ich habe *dir* vertraut. Doch du hast es nie verkraftet, dass er sich in mich verliebt hat." Tatsächlich hatte sie die Mutter von Olav damit beauftragt, über Greta und Emily zu wachen, bevor sie sich mit Olav unter das Schutzschild des Zauberwaldes begeben hatte.

Arna schüttelte den Kopf. „Er war mein kleiner Junge. Er wäre immer so klein geblieben, hättest du ihm nicht den Kopf verdreht!"

„Du gibst mir die Schuld an alledem?“ Amy lachte laut auf.

Olav sah sie eindringlich an. „Klärst du mich auf, was hier vor sich geht?“

Sie seufzte. „Als wir sie fesselten, habe ich Jane gefragt, warum sie immer noch so eine Wut hat. Wieso sie die Sache nicht endlich auf sich beruhen lässt und akzeptiert, dass wir glücklich sind. Da hat sie behauptet, dass Arna sie damit beauftragt hat, mich auszulöschen. Ich hätte dich um den Finger gewickelt. Ich hätte dich verändert. Wegen mir wärst du vom Kind zu einem erwachsenen Mann geworden.“

„Ist das wahr, Mutter?“

Arna verengte die Augen zu Schlitzen. „Nun, das ist nur die halbe Wahrheit. Jane hat es nie verwunden, dass du sie nicht so geliebt hast wie Amy. Somit war Jane einfach zu instrumentalisieren. Es war deine Bestimmung, ein kleiner Junge zu bleiben! Du wurdest so geboren! Du solltest dich nie verlieben. Dich niemals fortpflanzen …“

Olav rieb sich mit einer Hand über den Mund. „Wie konntest du nur so denken, Mutter! Ich liebe Amy. Und ich bin stolz, Greta als Tochter und Fiona als Enkeltochter zu haben! Und auch Frósti. Wie konntest du dich nur mit Jane verbünden?“

„Sie hat dich nicht umgekehrt. Sie hat dich als bereits veränderten, als Erwachsenen, kennengelernt. Und meinen Enkelkindern wollte ich nie etwas Böses.“ Sie sah Greta an. „Ich liebe dich. Ich habe die Zeit genossen, in der du und deine Schwester mich besuchen kamt. Emilys Tod ist Janes Verschulden, euch sollte nie etwas geschehen. Ihr seid mein Fleisch und Blut.“

Greta keuchte auf, doch Arna fuhr fort.

„Aber Amy … Sie ist ein Mensch! Sie hat es geschafft, mit List und Tücke eine vom Verborgenen Volk zu werden. Sie war schon immer hinterhältig. Damit hat sie die Todesstrafe verdient. Amy, als Kopf des *Hjartað í ljósinu* verurteile dich hiermit zum Tode. Du hast mit purer Absicht das *Huldufólk* in Gefahr gebracht und Gegebenheiten verändert, die seit Jahrhunderten bestanden. Es ist nicht erlaubt, Beziehungen zwischen Menschen und Verborgenen einzugehen und Kinder zu zeugen. Deine Kinder sind von diesem Urteil befreit, da sie Blut des Verborgenen Volkes in sich tragen, dieses soll geschützt werden, für alle Zeit." Sie hielt inne. „Des Weiteren verurteile ich Flóki Fróstisson zum Tode. Als Mensch, der kein Blut des *Huldufólks* in sich trägt, ist er nicht befugt, um das Verborgene Volk und seine Geheimnisse zu wissen und sie weiter nach außen zu tragen und sie womöglich der Menschheit zu verkünden. Die Urteile werden mit sofortiger Wirkung vollstreckt."

Sie nickte den schwarzen Gestalten zu, die sich im Hintergrund gehalten hatten.

„Nein", schrie Fiona verzweifelt und klammerte sich an Flóki fest.

Amy schluckte. „Das hast du dir ja fein ausgedacht", sagte sie und lächelte emotionslos. „Glaubst du, du tust deiner Urenkelin einen Gefallen, wenn du ihren Liebsten tötest?"

Olavs Mutter schüttelte den Kopf. „Du verstehst nichts. Es ist Menschen und Verborgenen nicht gestattet, Beziehungen einzugehen."

„Da hat wohl jemand schlecht recherchiert."

Amy sah überrascht auf. Frósti war vorgetreten und fixierte Arna.

Arna versuchte, dem Blick standzuhalten, und lächelte Frósti süffisant an. „Mein lieber Enkelsohn, wie meinst du das?"

Amy spürte Hoffnung in sich aufkeimen. Sie hatte ihre Tochter und Enkeltochter wiedergefunden, und auch wenn Emilys Tod sie ihre Unsterblichkeit hatte verfluchen lassen, so wünschte sie sich nun nicht, dass Arna die Macht bekam, Flóki zu töten. Er bedeutete ihrer Enkeltochter alles. Sie sah ihn mit denselben Emotionen im Blick an, die Olav und sie teilten.

Das *Hjartað í ljósinu* war allerdings wie auch die Diamantenschwerter eine der wenigen Optionen, die Unsterblichkeit aufzuheben. Auch wenn Flóki das Amulett der Rentierhüter trug, so konnte das in den Augen des Rates als unwirksam gesehen werden, wenn die Gründe triftig genug waren. Und die Gründe waren ihnen in dem Fall egal. Arna war die Anführerin, und somit war ihr Wort das letzte.

„Er ist aber kein Mensch." Frósti sah Flóki durchdringend an. Etwas an seinem Blick veränderte sich, plötzlich lag etwas Weiches darin. Seine rosigen Wangen schimmerten. „Er ist mein Sohn."

Amy starrte erst Frósti, dann Flóki an. Dann wanderte ihr Blick zu Olav. Dieser schien nicht minder überrascht.

„Fjola und ich haben dich zu deiner eigenen Sicherheit weggegeben", sagte Frósti liebevoll und starrte dann Arna tadelnd an. „Wir hatten Angst, sie könnten dir etwas antun."

Flóki hüstelte. „Ich habe immer nach meinen wahren Eltern gesucht. Das war der Grund, warum ich überhaupt auf die Geschichte des Verborgenen Volkes gestoßen bin."

Arna starrte Amy wütend an. „Wusstest du davon?"

Amy begann, breit zu grinsen. „Frag doch deinen lieben Sohn", sagte sie provokant.

„Olav?", rief Arna verzweifelt.

Der schüttelte den Kopf. „Deshalb wart ihr oft so lange fort – um Fjolas Schwangerschaft zu verbergen. Ihr hättet es uns doch sagen können!“

Fróstí nickte. „Ich weiß. Aber es war sicherer, es nicht zu tun.“

Amy sah Flóki bewundernd an. „Das Amulett“, murmelte sie.

„Wir haben es ihm hinterlassen. Für den Fall, dass er irgendwann auf seine Wurzeln stoßen sollte.“ Fróstis Wangen glühten nun förmlich. Er wandte sich wieder an seinen Sohn. „Wir wollten dich nie hergeben. Es hat uns das Herz gebrochen, aber deine Sicherheit war uns das Wichtigste.“

Flóki nickte tapfer, Fiona hielt seine Hand fest umklammert. „Ich hatte wunderbare Adoptiveltern.“

Fróstí schmunzelte. „Ich weiß.“

Arnas Gesicht war puterrot. Sie wandte sich an die dunklen Gestalten. „Tut es jetzt! Tötet sie!“, rief sie schrill.

Ein seltsames Jaulen erfüllte den Raum, und Fenris sprang auf Arna zu.

„Fenris, nein!“, brüllte Olav.

Doch es war zu spät. Jóla hüpfte vor ihre Herrin, fuhr die langen Krallen aus und verpasste Fenris einen Schlag ins Gesicht. Der Schafshund winselte, ließ sich aber nicht beirren. Er knurrte laut auf und verbiss sich in Jólas Nacken. Wie zwei Raubtiere kämpften die beiden und warfen sich zu Boden. Jóla schaffte es, Fenris in die Kehle zu beißen. Sie drückte den Hund zu Boden und triumphierte über ihn. Stolz sah sie zu Arna.

Doch der Schafswolf nutzte diesen kurzen Augenblick und verpasste ihr einen starken Hieb mit der Tatze. Die Katze taumelte, er sprang auf sie, verbiss sich in ihrem Ohr und versuchte, es ihr abzureißen.

Plötzlich spürte Amy einen inneren Ruf. Sie sah zu Olav und erkannte, dass er ebenfalls so empfand. Es war zu spät, sie konnten nicht mehr handeln. Ein Ruck ging durch den Raum, dann begann der Untergrund zu beben. Instinktiv warf Amy sich zu Boden. Das Beben wurde stärker.

„Wir müssen hier raus", hörte sie Olav brüllen. Steine bröckelten.

Er hatte recht, sie würden hier lebendig begraben werden! Für alle Ewigkeit. Amy sah auf und erkannte Olav, der auf schwankendem Boden auf sie zukam und sie packte.

„Amy, wir müssen hier raus", brüllte er erneut.

„Emily!"

„Was?", rief Olav. Das Beben wurde stärker.

Amy rappelte sich auf, sie schwankten zur Seite, und stürzte erneut. „Ich will Emilys Körper nicht hier lassen, sie liegt noch bei Fjola!"

Olav schüttelte den Kopf. „Dafür ist keine Zeit. Komm mit, bitte."

Verzweifelt schaute Amy in die Richtung, wo sich der Ausgang befand. Dann zur anderen, wo der Raum tiefer wurde. Sie wusste, dass Fjola dort hinten sowohl Janes betäubten Geist als auch Emilys toten Körper hütete. Kurz nickte sie Olav zu, dann lief sie los.

„Herrje, du verrücktes Weib", knurrte er und folgte ihr.

❄

Fiona ergriff Flókis Hand. „Ein Erdbeben", murmelte sie nur.

„Ich dachte, wir sind jetzt so was wie unsterblich?" Flóki grinste sie schelmisch an.

„Bist du bescheuert?", keifte sie. „Erstens sind wir Halblinge sowieso viel verwundbarer, außerdem – willst du bis in alle Ewigkeit unter Steinen begraben sein?"

Flóki lächelte und küsste sie. „Wenn du bei mir bist …"

„Du spinnst!"

Sie fielen sich in die Arme, und Fiona musste plötzlich lächeln.

„Ich dachte, wirklich sie köpfen dich."

Er lachte auf. „Da siehst du mal. Island hat immer ein Veto in petto. Ich bin ihnen selber auf die Schliche gekommen, und es wusste tatsächlich niemand von meiner Existenz. Jane hat es ihnen nicht verraten. Sie wollte mich schützen, trotz allem."

Das Schwanken wurde stärker, der Gang drohte einzustürzen, sie begannen zu rennen. Fiona wurde von einem kleinen Felsbrocken am Ellbogen getroffen. „Aua", jaulte sie. „Nichts wie raus!"

„Warte. Meine Mutter ist doch noch dort drinnen." Floki hielt sie zurück.

„Fjola?" Fiona konnte es nicht glauben: Er wollte unter diesen Bedingungen tatsächlich noch seine Mutter sehen? „Wir müssen hier raus!", brüllte sie. Der Boden schwankte, und sie wankte zur Seite. Ängstlich klammerte sie sich an die steinernen Wände. „Ich hab Angst", rief sie.

Flóki umschlang ihre Taille. „Hab keine Angst. Ich bring uns hier raus."

Das Grollen wurde stärker, und der Boden vibrierte, dass Fiona befürchtete, sie würden hier niemals rauskommen.

Immer mehr Steine fielen zu Boden. Plötzlich erloschen die *Ljós,* und es herrschte Schwärze.

„Was ist los?“, rief Fiona angsterfüllt. Sie erhielt keine Antwort mehr. Flóki berührte sie nicht mehr, er war fort.

Ein lauter Schlag ertönte, und sie spürte einen unglaublichen Schmerz durch ihren Körper jagen. Die Höhle brach zusammen und begrub alles unter sich.

❄

„Wir sollten es so akzeptieren, wie es ist.“

Hekla seufzte. „Das Erdbeben hat vieles zerstört. Dennoch können wir froh sein, dass nur ein kleiner Vulkan dabei ausgebrochen ist.“ Sie erinnerte sich mit großer Bitterkeit an den Abend. Es war ruhiges, heiteres Wetter gewesen. Dann – wie aus dem Nichts – war hinter den Bergen ein Blizzard aus dem nördlichen Eismeer auf sie zu gerast. Eine Mischung aus Eis und schwarzem Sand hatte sich ausgebreitet und die Welt unter sich begraben, nur noch finsterer Nebel war zu sehen gewesen. Dann hatte ein dunkelrotes Feuer die Dunkelheit erhellt. Es war in die Höhe geschossen und hatte einen Augenblick lang ein Bild von dem Unheil ermöglicht. Ihr Haus war nur aus dem oberen Stockwerk zugänglich.

Nun bot sich ihnen ein düsterer Anblick. Die Welt war von schwarzer Asche bedeckt, es gab kein Anzeichen von Leben mehr. Der Ascheregen hatte alles unter sich begraben. Zurückgeblieben war schummriger Rauch, der alles einhüllte und das ganze Ausmaß verschleierte.

Mathías schüttelte den Kopf. „Ich weiß, dass sie hier noch irgendwo sind.“ Er streichelte Emil, den goldweißen Islandhund. Dieser bellte laut auf. Unsicher ließ er den Blick über die karge Landschaft um sich herum schweifen. Die wenigen Sonnenstunden, die während der Polarnacht zur Verfügung standen, waren angebrochen. Nun war die beste Zeit, um nach ihnen zu suchen. Nach dem Erdbeben war er mit Emilys Mann Martin und Hekla aufgebrochen, um nach Fiona sowie Emily und Greta Ausschau zu halten. Emilys Mann war nach Island gereist und hatte sich Hilfe suchend an sie gewandt, da seine Frau, ebenso wie ihre Schwester und deren Tochter, auf mysteriöse Weise verschwunden waren. Alles war sehr merkwürdig. Mathías hatte sich daraufhin entschieden, die Nummer anzurufen, die nur für den äußersten Notfall gedacht war. Seiner Meinung nach war dieser nun eingetreten.

Er blickte zu Sara und Frosti, die mit modernen Apps versuchten, auf ihren Handys nach Lebenszeichen der Vermissten zu suchen.

„Fee muss einfach ein Smartphone mit so einer App haben." Sara seufzte und fuhr mit ihrem Handy den Boden ab. Ächzend bückte sie sich. Man merkte ihr das Alter deutlich an.

„Sie ist Isländerin. Erdbeben und Vulkanausbrüche gehören bei euch doch dazu. Wir haben in Amerika dafür eine Terror-App."

„Was ist denn eine Terror-App?", fragte Hekla verwirrt.

„Wenn irgendwo ein Anschlag stattfindet, bekommen wir sofort eine Meldung aufs Handy, sodass wir dieses Gebiet meiden."

„Ihr Amerikaner …" Mathías lächelte.

Frosti runzelte die Stirn und rieb sich über den ausladenden Bauch. „Das hat doch nichts mit –"

„Ich hab sie!", rief Sara aufgeregt. „Fionas GPS-Daten. Sie war zuletzt etwa 2,7 Meilen von hier!"

„Seit wann sprechen wir hier denn in Meilen?", grummelte Mathías. „Ab in den Wagen!", befahl er dann.

Der Wind war stark, man spürte noch die Ausläufer des Blizzards, doch er war es gewohnt, bei dem Wetter zu fahren. Emilys Mann war bei ihnen zu Hause geblieben. Er war zu alt, um sich auf die anstrengende Suche in der isländischen Wildnis zu begeben, hatte er behauptet. Doch Sara und Frosti hatten sich nicht abbringen lassen.

„Wie lange ist es her, dass ihr zuletzt hier wart?“, fragte Mathías, um die anderen etwas abzulenken.

Sara seufzte. „Fast zwanzig Jahre.“

„Das muss doch euer Herz bluten lassen.“ Er sah im Rückspiegel, wie Sara nickte.

„Ja. Wir waren immer gern hier. Aber es war sicherer in den USA, dort konnte uns niemand etwas anhaben. Und die Besuche in Island – nachdem Fjola sich hier niedergelassen hatte, fürchteten wir, dass wir entdeckt und sie bestraft werden würde. Wir hatten Angst um sie.“

„Habt ihr sie je wiedergesehen?“, fragte Hekla schüchtern.

Frosti schüttelte den Kopf. „Wir haben Fjola in die Obhut des kleinen Fròsti gegeben, Olavs Sohn. Damit wussten wir, dass es ihnen gut gehen würde.“

„Verstehe.“

Plötzlich bremste Mathías abrupt ab. Vor ihnen stand ein Auto. Der Fahrer war wohl von der Straße abgekommen.

„Ein Mietwagen“, stellte Hekla fest.

„Ich kenne den Wagen“, murmelte Mathías, war aber schon ausgestiegen. Er ging hastig auf das Auto zu. Es war nicht vom Erdbeben verschoben worden. Das hier sah stark nach einem Unfall aus. Entweder hatte ein Tier die Straße gekreuzt, oder aber der Fahrer war bei dem hiesigen Wetter zu flott gefahren, hatte die Böen unterschätzt und war ins Schleudern geraten. Er ging zur Fahrertür und sah das, was er befürchtet hatte.

Der Mann, oder besser gesagt, dessen Körper, hing vornübergebeugt über dem Lenkrad. Der Verwesungsprozess hatte bereits eingesetzt. Ein übler Geruch drang Mathías in die Nase, er wandte sich ab. Als er Frosti zu Hilfe kommen sah, winkte er ab. „Wir können nichts mehr tun", murmelte er, warf einen letzten Blick auf Roger und bekreuzigte sich. Dann ging er zurück zu seinem Wagen.

Schweigend fuhren sie zu dem Standort, den Sara über ihr Handy ausgemacht hatte. Mathías hatte ihr zuvor Fionas Handynummer gegeben, damit sie das letzte Signal orten konnte. Er war begeistert, wie fit Sara geblieben war. Nicht nur, dass sie sich auf die weite Reise von den USA gemacht und stundenlang im Flugzeug gesessen hatte, sondern er staunte nicht schlecht darüber, wie normal der Umgang mit den neuen Medien für sie war. Sie hatte sich offenbar immer geistig und körperlich fit gehalten.

„Wir sind da!", rief sie, und alle stiegen aus.

Ein Trümmerfeld bot sich ihnen. „Das Erdbeben hat ganz schön viel zerstört", stellte Sara fest.

„Hier herrscht die Natur", erklärte Mathías. „Wir sind nur ihr Gast. Sie akzeptiert uns als Bewohner, aber jederzeit können wir hinausgeworfen werden."

„Wir sind genau an der Stelle, wo es zuletzt ein Funksignal gab." Sara lächelte, als hätte sie seine Worte gar nicht gehört. „Wir finden sie!"

Sie sahen sich um und entdeckten gar nicht weit entfernt ein eingestürztes Gebäude. Die alte Hütte direkt vor dem felsigen Gebirge war in Schutt und Asche gelegt.

Mathías schluckte. Hatten sie dort Schutz gesucht? Flóki und Fiona mussten doch wissen, wie man sich bei einem Erdbeben verhielt. Immerhin lernte man in Island bereits als Kind, die Naturgewalten richtig einzuschätzen. Er liebte seine kleine Fiona. Sie war das Einzige, was sein toter Sohn hinterlassen hatte. Wenn ihr etwas passiert sein sollte … Er wollte es sich nicht ausmalen.

„Wenn sie dort drunter liegt", flüsterte Hekla entsetzt, als sie begannen, über das Geröll zu klettern, „wie sollen wir sie denn bitte ausgraben?"

Mathías warf einen Blick auf Sara und Frosti, die fassungslos zu den Trümmerhaufen starrten.

„Selbst wenn sie hier begraben liegen: Das überlebt keiner", murmelte Hekla.

Er seufzte auf und berührte ihren Arm. „Sie sind etwas ganz Besonderes."

Sara schüttelte den Kopf und weinte: „Hekla hat recht. Es ist zwei Tage her. Das überlebt man nicht."

„Hey, seid mal still!", rief Hekla, als sie vor der Hütte standen.

Plötzlich hörten sie ein Wimmern. Sie lauschten. Tatsächlich. Hekla begann bereits, Steine umzuwälzen. Mathías eilte ihr zu Hilfe. Emil kläffte und grub mit den Pfoten das Geröll beiseite. Auch Frosti und Sara beteiligten sich an dem sinnlosen Unterfangen.

„Ich höre eine Stimme. Dort ist jemand", murmelte Hekla.

Sie gruben weiter und keuchten angesichts der Schwere der Gesteine. Nach einer Weile war das Wimmern verstummt, doch Emil bellte unentwegt.

„Emil, still", herrschte Mathías.

Der Hund winselte und war dann sofort ruhig.

„Da ist doch was", flüsterte Mathías. „Ein anderer Hund?"

Frosti schob sich an ihm vorbei. „Dieses Winseln kenn ich! Dass ich daran nicht gedacht habe!“, jauchzte er, zog eine Pfeife hervor und blies hinein.

„Was ...?“

„Das ist eine Wolfspfeife“, erklärte er. „Von Olav. Wenn ich das jämmerliche Winseln richtig einschätze, gehört es zu einem gewissen Fenris.“

„Einem Fenriswolf“, keuchte Hekla und wurde blass.

Frosti winkte ab. „Keine Sorge. Fenris ist Olavs Schafshund. Er hat mehr Angst vor euch als ihr vor ihm.“ Erneut blies er in die Pfeife. Ein kaum hörbarer Ton durchriss die Stille. Dann hörten sie ein Scharren. Emil kläffte wieder.

Mathías grub weiter und hievte einen Stein nach dem anderen hoch. Dann entdeckte er plötzlich eine leblose Hand. Sein Atem ging schneller. „Da ist jemand“, murmelte er.

„Sag ich doch“, fuhr Hekla ihn an, winkte die anderen zu sich, und sie halfen ihm beim Graben.

Der Arm wurde zu einer Schulter, eindeutig einer weiblichen. Nach einer Weile waren der Hals und der Kopf freigelegt.

„Fiona“, flüsterte Mathías tränenerstickt. Ihr Gesicht war grau, und ihre Augen waren geschlossen. Ihr helles Haar war geschwärzt von der Vulkanerde und hing in Strähnen an ihrem Kopf herab.

Hekla begann, hysterisch zu schluchzen. „Sag, ist sie tot?“

Er schüttelte den Kopf und wusste nicht, ob es seiner oder ihrer Beruhigung diente.

„Sie ist Amys und Olavs Enkelin“, sagte Frosti plötzlich und stand vor ihnen. „So schnell passiert ihr nichts.“ Er packte mit an, und gemeinsam hoben sie Fiona aus ihrem Grab.

„Christians Tochter darf nichts geschehen. Ich hab es ihm versprochen", flüsterte Hekla tränenerstickt. „Ich hab ihm versprochen, dass seinem kleinen Mädchen nichts zustoßen wird. Dass ich immer ein Auge auf sie haben werde."

Sara streichelte ihr beruhigend über den Rücken. „Wie Frosti bereits sagte: Fee ist zäh. Und ihre Gene sind es auch."

Mathías hielt den leblosen Körper im Arm und wiegte sie hin und her. „Wach auf, Mädchen!"

Ein lautes Winseln ertönte, und aus den Trümmern stob ein großer, schwarzer Hund. Hekla schrie erschrocken auf, und Emil versteckte sich winselnd hinter Mathías.

„Was zum –", keuchte dieser.

„Fenris", rief Frosti begeistert.

Der übergroße Hund stürmte auf den dicken Mann zu und sprang ihm in die Arme.

„Hey, da bist du ja", flüsterte Frosti und schmiegte das Gesicht an das schwarze Fell. „Wo ist dein Herrchen?"

Fenris bellte laut auf und begann dann, ein paar Meter weiter zu graben – genau dort, wo der Wohnraum gewesen sein musste. Emil lugte schüchtern hinter Mathías' Beinen hervor.

„Na, komm. Hilf dem großen Hund".

Emil trippelte vorsichtig zu Fenris. Als dieser ihn sah, hielt er beim Graben inne und winkelte eine Pfote an. Die beiden Hunde beäugten sich unsicher, dann stieß Fenris einen seltsamen Laut aus und buddelte weiter. Emil ließ ein lautes „Wuff" ertönen, und gemeinsam trugen sie Stein für Stein ab.

„Wenn Fiona hier ist, dann ist Flóki vielleicht ganz in der Nähe", rief Sara erwartungsvoll.

„Sucht weiter", wies Mathías sie an und streichelte Fionas Wange. „Wach auf", wiederholte er lauter.

„Hier ist noch was!“, rief Hekla aufgeregt und hievte einen blauen Wandteppich zur Seite.

Mathías sah auf. Es würde bald schon wieder dunkeln. Sie mussten sich beeilen.

Seine Frau stöhnte entsetzt auf. Sie zog ein langes weißes Hemd aus den Trümmern.

„Meinst du, das liegt länger dort?“, fragte Sara.

Hekla schüttelte den Kopf. „Es ist etwas Vulkanerde drauf, aber es scheint noch nicht lange hier zu liegen.“ Sie fuhr mit den Händen über das Kleid. „Seltsamer Stoff. Hab ich noch nie gesehen.“

Ein bizarres Trappeln ließ alle aufschauen.

„Oh mein Gott“, entfuhr es Hekla, und sie ließ das Kleid fallen.

Mathías schluckte und musste sich zusammenreißen, dass er Fiona nicht losließ. Er bettete sie sanft in seinen Schoß. Schützend deckte er die Hände über sie und beäugte das, was sich nun abspielte. Vor ihnen reihten sich rund zwei Dutzend kleine Gnome auf. Sie trugen spitze Schuhe und Hüte und schauten griesgrämig drein. Dass Gnome in Island existierten, war zwar auch nur eine Saga, doch sollte man ihnen je begegnen, dann hier – wo sonst? Ihr Anblick erschreckte Mathías nicht annähernd so wie der des Drachens.

Ein roter, mindestens zwei Meter großer Riese stand inmitten der Gnome. Seine Klauen waren übergroß, und sein Kopf ragte mehrere Meter gen Himmel. Nun aber beugte er sich herab und betrachtete das Geschehen aus schwarzen, schlitzartigen Augen.

„Seid gegrüßt“, murmelte das Riesentier.

Hekla stieß einen spitzen Schrei aus. „Nun macht doch was!“, rief sie hysterisch. „Tötet ihn.“

Der Drache stieß schmunzelnd ein paar Rauchwölkchen aus. „Das ist der Grund, warum ich mich von euch Menschen fernhalte. Sobald ihr etwas seht, was ihr nicht kennt und was euch Angst macht, wollt ihr es töten." Sein Blick wanderte zu Frosti und Sara. „Ich sehe, ihr habt jemanden vom Verborgenen Volk bei euch. Vielleicht kann er euch sagen, wer ich bin." Dann sah er zu Mathías, und sein Ausdruck veränderte sich plötzlich. Ein lautes Grollen entwich seiner Kehle, und er ging auf ihn zu, dass der Boden erneut bebte.

Hekla schrie entsetzt auf.

„Was ist mit ihr?", flüsterte der Drache.

Mathías brauchte einen Moment, bis er begriff, dass Fiona gemeint war. Er drückte sie näher an sich und beugte sich schützend über sie. „Lass sie. Sie ist die Tochter meines Sohnes. Nimm mich!"

Eine rußartige Rauchwolke entwich den Nüstern des Drachens. „Idiotenmensch. Dich will ich nicht. Gib mir die Kleine. Diese garstigen Biester sollen etwas Diamantenstaub über sie rieseln lassen. Ich hoffe, es hilft. Sie trägt ihr Amulett, das ist gut. Wir müssen sie nur aus dem komatösen Zustand befreien. Unsterblich heißt nicht unverwundbar. Armes, unschuldiges Mädchen. Sie hätte niemals in diese Situation kommen dürfen." Er atmete tief aus, und erneut stiegen kleine Rauchwolken auf.

Hekla keuchte erneut hysterisch.

Der Drache warf ihr einen wütenden Blick zu. „Sei ruhig, Menschenfrau. Ich hätte euch schon längst getötet, wenn es angebracht gewesen wäre." Er sah Mathías durchdringend an. „Mein Name ist Stóbjörn, übrigens."

Mathías atmete hörbar aus und stellte sich, Hekla und Sara und Frosti vor.

Der Drache nickte ihnen zu. „Leg die Kleine hin. Die *Démantars* kümmern sich um sie." Er warf einen Blick auf den Schafshund. „Fenris, du Bastard. Wir könnten auch deine Hilfe gebrauchen."

Der Hund jaulte auf und schlich verängstigt auf Fiona zu. Um den Drachen machte er einen großen Bogen.

„Los jetzt, Hund. Nur weil ich Olav nicht leiden kann, heißt es nicht, dass ich dir etwas tue. Du bist viel zu wertvoll", fügte Stóbjörn hinzu. Als er Mathías' zögerlichen Blick sah, verdrehte er genervt die Augen. „Nun mach schon, bevor ich's mir anders überlege." Er warf einen Blick auf die Gnome. „Los, berieselt sie, und der Rest kann anfangen mit Graben. Wenn ich recht haben sollte, befinden sich hier nämlich sowohl Arna Stefansdóttir als auch Olav Johansson. Beide werden eher nicht erfreut sein, mich zu sehen."

Widerwillig gab Mathías seine Enkeltochter aus den Händen und sah dabei zu, wie die hässlichen kleinen Gnome mit den Klingen stumpfer Diamantenschwerter über Fionas Körper fuhren, immer wieder etwas von den Klingen abrieben und es auf sie rieseln ließen. Nach einer Weile begann Fionas Körper leicht zu beben. Er trat näher, beugte sich vor und wollte sie sanft berühren, als sie schlagartig auffuhr und ihn mit großen Augen ansah. Die Gnome fuhren zurück. Fee schnappte hysterisch nach Luft und brabbelte unverständliches Zeug.

„Fiona", rief er und tätschelte vorsichtig ihren Arm.

„Wo ist Flóki?", rief sie und umkrallte seinen Arm. Er versuchte, sich aus dem Klammergriff zu befreien, aber sie packte nur noch stärker zu. Er hatte seine Enkeltochter noch nie so wild gesehen.

„Wir suchen nach ihm", flüsterte er beschämt.

Sie wandte sich hektisch um. „Wir?“, flüsterte sie hysterisch.

„Fee, beruhig dich“, murmelte er. Nach allem, was er in den letzten paar Minuten gesehen hatte, war Mathías sich sicher, dass er nun alles glaubte. Alle Sagas, alle Geschichten und Legenden. Und ihn überkam deshalb sogar Angst, dass Fiona vielleicht von einem Dämon besessen sei.

Plötzlich hellte sich ihre Miene auf. „Oder habt ihr Flóki schon gefunden? Geht es ihm gut? Ihr müsst ihn verstecken, das *Hjartað í ljósinu* ist hinter ihm her!“

„Das was?“ Mathías seufzte laut auf. “Bitte beruhig dich. Ich habe keine Ahnung, wovon du redest.“

Fiona schrie wütend auf, sodass alle in ihre Richtung sahen.

„Er war gerade noch bei mir, wir hielten uns fest. Dann ist die Höhle zusammengebrochen, er ist mir einfach entglitten. Ich konnte ihn nicht mal mehr spüren“, heulte sie. „Arna hat ihn zum Tode verurteilt, und sie werden es tun.“

Als sie laut aufschluchzte, traute sich Mathías endlich, sie in den Arm zu nehmen. „Alles wird gut, Kleine. Ich bin da“, flüsterte er ihr beruhigend zu und strich ihr über den Kopf.

Fiona nickte und vergrub das Gesicht an seiner Brust. „Hab ich dir eigentlich je gesagt, dass du immer nach Lavendel riechst, *Afi?*“

Mathías räusperte sich. „Nun … nein.“

„Diesen Geruch werde ich immer mit dir in Verbindung bringen. Bis in alle Ewigkeit.“

„Das ist aber eine lange Zeit.“

„Das glaub ich auch“, flüsterte Fiona. Nach einer Weile löste sie sich von ihm und sah sich um. „Wer sind diese Leute bei Oma?“

Mathías lachte laut auf. „Du fragst nach den Leuten? Der Drache und die Gnome kümmern dich nicht?“

„Der Drache heißt Stóbjörn, und die Gnome sind keine Gnome, sondern *Démantars*. Tapfere kleine Gestalten.“

Mathías lachte überrascht auf. „Woher weißt du das? Kamen die in deinen Kindergeschichten vor?“

Plötzlich huschte ein Lächeln über Fionas Gesicht. „Ja. Allerdings.“

Sie kicherte, und Mathías sah sie überrascht an. Ihre Augen leuchteten.

„Sieh sie dir genau an. Sie sind der lebende Beweis dafür, dass in jeder Geschichte ein Fünkchen Wahrheit steckt.“

„Hier ist jemand!“, rief Stóbjörn.

Fiona sprang abrupt auf und rannte ohne Furcht zu dem Drachen. Erstaunt sah Mathías zu, wie sie auf die Knie fiel und zu weinen begann. Er sah einen menschlichen Körper, auf Steine gebettet. War es Flóki? Hastig raffte er sich auf und ging vorsichtig näher, auch wenn er immer noch Respekt vor dem roten Monster hatte. Stóbjörn paffte ein paar Rauchwolken aus und wandte sich zu ihm um.

„Wir haben noch andere gefunden“, murmelte der Drache. „Wenn du sie dir ansehen möchtest – folge mir.“

Mathías schluckte und warf einen Blick auf Fiona, die sich über Flóki beugte und ihm etwas zuflüsterte.

„Der Junge ist okay, muss wahrscheinlich noch etwas von den garstigen Biestern aufgepäppelt werden, aber er wird es schon durchstehen.“

Fenris tapste zurückhaltend herbei und warf Stóbjörn einen fragenden Blick zu. Als der Drache nickte, begann der Hund, das Gesicht des jungen Mannes abzulecken.

„Gott sei Dank“, murmelte Mathías. Nachdem er Rogers Leiche entdeckt hatte und Fiona offensichtlich mehr als verliebt in Flóki war, wünschte er ihr nichts sehnlicher, als dass sie mit ihrem Schatz alt werden konnte, um die Berg- und Talfahrten einer ewig bestehenden Liebe zu erfahren.

„Diese Kollegen hier hatten allerdings weniger Glück“, fuhr Stóbjörn fort und schwenkte den Kopf.

Mathías blickte auf den nackten Körper einer Frau – ihr Kopf war abgetrennt und lag ein paar Meter neben dem Körper. Außerdem lagen mehrere in Schwarz gehüllte Person ringsum verteilt. Auch sie wirkten leblos.

„War das … das Erdbeben?“, fragte Mathías entsetzt.

„Das wird nichts bringen“, sagte Stóbjörn und ignorierte ihn. „Bitte geh einen großen Schritt zur Seite.“

Mathías stieß ein lautes Geräusch aus, tat aber trotzdem, wie ihm geheißen. „Wie meinst du das?“

Bevor er sich versah, stieß der Drache einen riesigen Feuerschwall aus und bedeckte damit die Leiber der dunklen Gestalten. Mathías schrie entsetzt auf und fragte sich kurioserweise, wann er, ein alter, bodenständiger Mann, das letzte Mal geschrien hatte wie ein kleines Mädchen.

Stóbjörns Feuerwut hielt ein paar Sekunden an. Dann verloderten die Flammen, und zurück blieb ein Aschehaufen.

❄

„Asche zu Asche, Staub zu Staub“, flüsterten die *Démantars* rührig und wedelten glitzernden Staub über Flókis leblosen Körper.

„Bitte“, wimmerte Fiona. Einer von ihnen kam zu ihr und rüttelte sie an den Schultern.

„Du bist Alvars Freundin, hab ich recht?“, quietschte er fast vergnügt.

Sie sah ihn erstaunt an.

„Alvar ist leider tot. Die *Klumpur Skrímli* haben die Macht, uns zu töten. Diese bösartige Jane hat sie darauf programmiert. Sie hat vom Meister gelernt und ihn übertroffen. Mein Name ist Grímsli. Ich passe auf deinen Freund auf, Fiona, hab keine Angst.“

Und tatsächlich: Nach einer Weile begann Flóki zu husten und richtete sich schlagartig auf. Sein Blick war wild und gehetzt. Als er jedoch Fiona erblickte, begannen seine Augen zu leuchten.

„Du bist einer von uns“, schmunzelte sie. Dann küsste sie ihn leidenschaftlich.

„Dass ich mir so etwas ansehen muss“, ertönte eine schrille Stimme.

Erschrocken wichen die beiden auseinander. Vor ihnen stand Amy und grinste bis über beide Ohren.

„Oma“, murmelte Fiona und sprang auf. Sie fiel Amy in die Arme, denn obwohl sie die Frau nie kennengelernt hatte, so war sie doch immer ein Teil ihres Lebens gewesen.

Neben ihr stand Olav und – grinste schief. „Ich habe hier jemanden für dich, Flóki“, sagte er schmunzelnd.

Hinter ihm traten Fjola und Frósti hervor. Schüchtern, aber liebevoll, nahmen sie ihren Sohn in die Arme. Bevor sie etwas sagen konnten, fielen auch Sara und der ältere Frosti in die Umarmung mit ein. Olav stemmte die Hände in die Hüften und lachte, und auch Amy begann plötzlich zu kichern.

„Sara!“, rief sie erfreut.

„Du hast dich ziemlich gut gehalten“, prustete Sara.

Die beiden alten Freundinnen fielen sich in die Arme, und auch Frosti und Olav klopften sich überglücklich auf die Schultern. Fenris und Emil tollten derweil umher und bellten ausgelassen.

Fiona beobachtete die Szene lächelnd und wandte sich dann um. Wo waren Mathías und Hekla? Ihr *Afi* war in ein offenbar sehr ernstes Gespräch mit Stóbjörn vertieft. Sie schmunzelte. Er hatte immer an das Verborgene Volk geglaubt. Er hatte diesen Beweis nicht gebraucht, aber es tat ihm unendlich gut. Dann entdeckte sie Hekla, die etwas unsicher am Rande des Geschehens stand und versuchte, ein paar neugierige *Démantars* loszuwerden.

Als sie Fionas Blick auffing, lächelte sie und kam näher.

„Dein Vater wäre stolz auf dich“, flüsterte sie.

„Oh ja. Das wäre er“, ertönte Gretas Stimme.

„Da bist du ja“, rief Fiona erleichtert und fiel ihrer Mutter in die Arme. Sie blickte über Gretas Schulter und sah Flóki, der umgeben von seiner neuen Familie zu ihr herübersah. Er warf ihr eine Kusshand zu. Sie schenkte ihm ihr schönstes Lächeln und vergrub dann das Gesicht im weißblonden Haar ihrer Mutter. „Dann können wir ja jetzt endlich Weihnachten feiern“, murmelte sie.

„In Island“, murmelte Greta lächelnd.

„In Island.“

❄

Sie saßen in gemütlicher Runde an einem großen Küchentisch, auf dem einige leere Blaubeerweinflaschen standen. Ihre Gesichter waren gerötet von der Wärme des Kaminfeuers und vom Alkohol, das traditionelle Alpenschneehuhn war beinahe aufgegessen. Flóki berührte Fionas Arm, und sie drehte sich lächelnd zu ihm um. Dann küssten sich die beiden. Das Fenster war leicht beschlagen, sodass keine Sicht nach außen möglich war. Aber das war heute auch nicht nötig. Das, was sich drinnen abspielte, war wichtig.

Amy und Olav saßen den beiden gegenüber. Olav sah seine Enkeltochter liebevoll an. Er wirkte glücklich.

Sie alle waren da. Fiona und Flóki, Greta, Amy und Olav, Mathías und Hekla, Fjola und Frósti, Sara und Frosti. Emilys Mann samt Nachfahren. Flókis Freund Mads. Hayley. Selbst die Rentiere standen im Vorgarten. Alle waren da. Fast alle.

„Nur wir nicht, Jóla." Sie strich ihrer Katze über das dunkle, weiche Fell. Wortlos starrte diese sie aus grünen, schlitzartigen Augen an. Ein Maunzen entwich der Riesenkatze.

„Ich weiß. Es wird Zeit. Die Nordlichter werden sich gleich zeigen. Nur in ihrem Glanz werden wir sicher sein."

Ein weiteres Maunzen war die Antwort.

„Komm, Jóla", flüsterte Arna und warf einen letzten Blick auf ihren Sohn. „Lass uns gehen, solange die Erde noch unter dem Schnee der Wahrheit schläft und nichts mitbekommt. Die Lichter werden uns führen."

# *Epilog*

Die Dunkelheit war über das Land gezogen, erste Sterne standen am Nachthimmel und tauchten die Landschaft in ein diffuses Licht. Ungeschickt stolperte er über einen vereisten Felsbrocken und geriet ins Straucheln. Instinktiv griff Fiona nach seinem Arm, um Flóki zu stützen, auch wenn sie ihn vermutlich nicht aus eigener Kraft hätte auffangen können.

„Warum machen wir das hier eigentlich?", fluchte er.

„Ich hab's Olav versprochen. Er hat damals gemeint, wenn wir das alles heil überstehen, sollen wir beide den Nordlichtern folgen." Sie berührte ihr Amulett.

Flóki stemmte ungeduldig die Hände in die Seiten, warf den Kopf in den Nacken und sah zum Himmel. „Ich seh keine Nordlichter."

„Die kommen ja auch erst, *Bjáni*", schimpfte Fiona. Dann sah sie ihn entschuldigend an. „Tut mir leid."

Er grinste. „Keine Sorge. An deine Gefühlsausbrüche gewöhn ich mich schon noch." Er hielt erstaunt inne. „Sieh nur!", raunte er.

Mit einem Mal verwandelten bunte Farben in allen Nuancen die Ruhe des dunkelblauen Nachthimmels in ein schimmerndes Spektakel. Spiralförmig breiteten sich die Linien über den gesamten Horizont aus und durchzogen den nächtlichen Dunst.

„Wie wundervoll", murmelte Fiona. Egal wie oft sie es schon gesehen hatte, es war immer wieder faszinierend.

„Komm", flüsterte sie und nahm Flóki beim Arm. „Folge mir."

Sie liefen eine gefühlte Ewigkeit durch die Wildnis Islands. Frostiger Boden wurde zu moosartigem Untergrund, Lavageröll erschwerte ihnen den Weg. Plötzlich wurden die Lichter wieder schwächer, und vor ihnen erstreckte sich eine Felsformation, die mit Eiskaskaden bestückt war. Das Farbenspiel wurde nun enger und beleuchtete nur noch ein Stück des Pfades. Der schmale Weg führte an einer Felswand entlang, vor der ein rauschender Wasserfall in einen schiefergrauen See donnerte. Die Lichtlinien am Himmel brachen an der Felswand ab, sodass es wirkte, als führten die Nordlichter hinter den Wasserfall. Sie gingen vorsichtig weiter, immer darauf bedacht, nicht auszurutschen, da die Steine glitschig waren. Als sie hinter dem Wasserfall auf dem schmalen Weg standen, staunten sie nicht schlecht. Nach wie vor spendeten die Nordlichter genügend Licht, ihnen bot sich ein wunderschönes Spektakel.

„Schau nur", murmelte Flóki. Hinter ihnen an der Felswand loderten kleine blaue Flammen empor.

„Sieht aus wie ein Tor", murmelte Fiona.

„Das muss eins der Tore zur Verborgenen Welt sein." Er lächelte.

„Willst du hindurch?" Sie sah ihn fragend an.

Er zögerte, dann schüttelte er den Kopf. „Lass uns erst kurz den Augenblick genießen. Da sind Steine mitten im Fluss – schau, neben der Stelle, wo der Wasserfall anfängt. Meinst du nicht, es muss ein fabelhafter Blick von dort aus sein?" Er hielt ihr eine Hand hin, und sie ergriff sie lachend.

Das Rauschen des Wasserfalls nahm zu und das aufgewühlte Wasser sprudelte auf den Felsplateaus entlang. Sie kletterten auf eine der vielen Klippen inmitten des Flusses. Vor ihnen stürzte der Wasserfall herab, weiter hinten verengte sich der Fluss und verschwand hinter einer Biegung.

Fiona streichelte über Flókis Wangen. „Ich liebe dich", murmelte sie und küsste ihn.

„Ich dich auch." Flóki zwinkerte. „Cousinchen."

„Hör auf", maulte sie und drohte spielerisch, ihn von der Klippe zu stürzen. „Ich find das nicht lustig."

„Es ist aber so. Wir sind Cousin und Cousine."

„Daran muss ich mich erst gewöhnen." Verlegen blickte sie in die Wasserfluten.

„Wie geht's nun weiter?", fragte Flóki nach einer Weile.

Ernst sah sie ihn an. „Ich werd erst mal hier in Island bleiben. Zeit mit meiner Familie verbringen." Nun war es an ihr, schelmisch dreinzuschauen. „Ja, dazu gehörst auch du." Sie kicherte. „Und dann – ich weiß noch nicht. Das Modeln war mein Traum, aber nun bleibt mir dafür eine halbe Ewigkeit Zeit. Es verändert den Blickwinkel, wenn man plötzlich weiß, wie viel man im Leben noch alles ausprobieren kann. Was ist mit dir?"

„Ich werde weiterhin schreiben. Das ist mein Leben. Nur will ich keine spontanen Artikel über Supermodels mehr veröffentlichen." Er lachte, als sie ihn kitzelte. „Und ich werd nicht mehr so voreingenommen über das Verborgene Volk schreiben. Aber vielleicht schreib ich ein Buch."

„Über das Verborgene Volk?"

„Über die vergessene Welt der Drachen." Er hielt inne. „Olav hat mich um etwas gebeten." Flóki zögerte. „Er möchte das Kriegsbeil mit Stóbjörn begraben – und ihm helfen, die verlorenen Drachen zu finden."

Fiona nickte andächtig. „Und du möchtest ihn dabei unterstützen?"

„Ich denke schon.“ Als sie ihn bewundernd ansah, lächelte er. „Aber eins nach dem anderen. Erst mal will ich so viel Zeit mit dir verbringen, wie ich kann.“ Er küsste sie leidenschaftlich.

„Vielleicht findest du ja Inspiration in Charles’ Buch“, schlug sie vor.

„Hast du es gelesen?“

Sie nickte. „Er hat unglaublich viel rausgefunden. Ich denke, es ist das Beste, wenn es nie ein Mensch zu Gesicht bekommt.“

„Es wird immer jemanden geben, der nach der Wahrheit sucht …“

Sie schwiegen eine Weile und lauschten dem Rauschen des Wasserfalls.

„Denkst du, Olav möchte auch nach seiner Mutter suchen?“, fragte Fiona neugierig.

Arna war nach dem Erdbeben verschollen geblieben, ebenso wie etwa die Hälfte des *Hjartað í ljósinu*. Hayley hatte angenommen, dass sie geflüchtet waren, doch niemand konnte es mit Gewissheit sagen. Vor Jane waren sie aber ein für alle Mal sicher. Da Stóbjörn ihren wandernden Geist verbrannt hatte, war ihre Fähigkeit, sich zu teleportieren, verloren gegangen. Jane Seaford würde nun bis zu ihrem Tode im Pflegeheim in England liegen.

„Arna ist immerhin seine Mutter“, gab Flóki zu bedenken. Fiona nickte. „Aber sie hat viel Unheil über seine Familie gebracht.“

„Und dennoch …“ Er rieb sich nachdenklich das Kinn. „Ich hab meine Eltern nie kennengelernt, trotzdem hab ich die Verbindung zu ihnen gespürt. Ich könnte Olav sogar ein wenig verstehen, wenn er seiner Mutter verzeihen würde.“

Fiona nickte, aber zögerlich. „Irgendwie kann einem Arna auch leidtun. Ich glaube, es ist immer schwer für eine Mutter, ihr Kind loszulassen."

„Wie schwierig das ist, versteht man wohl erst, wenn man selbst eins hat." Er schaute Fiona liebevoll an. „Wie geht's mit uns weiter?", fragte er leise.

Fiona blinzelte. „Darüber müssen wir heute nicht grübeln. Wir haben noch so viel Zeit zum Nachdenken, lass uns diesen Tag nicht verschwenden."

Sie sahen noch eine Weile auf das Wasser, dann durchbrach Flóki die Stille.

„Wie sehr schmerzt dich Rogers Tod?"

Fiona zog eine Grimasse. „Wow, du stellst Fragen."

Sie seufzte. „Es macht mich traurig. Er war nicht der Partner, der mir bestimmt war, und er hatte seine negativen Seiten. Doch das ist noch lange kein Grund für einen so frühen Tod." Sie hielt inne. „Aber wenn mich all das hier eins gelehrt hat, dann, dass es mehr da draußen gibt, als wir wahrnehmen können."

❄

Der erste Schnee schmolz bereits. Amy neigte sich hinab und berührte sacht eine kleine Blume, die sich schon nach dem Frühling reckte. Auch sie spürte ihn lange, bevor er sich zeigte.

„Wie geht es dir?", fragte Olav.

Sie wandte sich um. Seine Haare standen wie immer wild vom Kopf ab, und wenn er so spitzbübisch lächelte, entblößte er seine krummen Zähne. Sie schmunzelte. „Gut. Seit wir uns alle wiedergetroffen haben, geht es mir gut." Nachdenklicher fügte sie hinzu: „Ich muss meine Geschichte fortsetzen, damit meine Urenkel sie irgendwann lesen können. Das bereitet mir

Kopfzerbrechen." Sie seufzte leise und wandte sich schulterzuckend ab.

„Wirst du Emilys Part mit einfließen lassen?"

Amy seufzte erneut, diesmal lauter. „Wenn ich bereit dafür bin." Sie spürte Olavs Hand auf ihrer Schulter. Nach einer Weile sagte sie: „Ich wusste ja, dass Em eines Tages sterben wird. Doch etwas zu wissen, es dann aber mit eigenen Augen, mit der eigenen Seele sehen zu müssen –"

„... ist etwas ganz anderes", murmelte Olav und hauchte ihr einen Kuss auf den Kopf.

„Sie ist bei Charles. Ich spüre es." Amy wandte sich um und zog etwas aus ihrer Manteltasche. „Ich habe mir etwas von Fiona mitbringen lassen." Lächelnd streckte sie ihm etwas entgegen.

„Was zum Teufel ist das?"

Amy begann laut zu lachen. „Etwas, das ich dir schon seit Jahren schuldig bin. Ein Kartenspiel."

Olav brach in schallendes Gelächter aus. „Ein Kadenspiel? Du bist unverbesserlich, May."

„Kann ich dich etwas fragen, was ich dich in den all den Jahren nie zu fragen gewagt habe?" Olav sah sie an. Eine Weile hatten sie lachend Karten gespielt, wobei er Amy komischerweise immer wieder besiegt hatte. Sie nickte stumm und ordnete das Kartenset. „Warum bist du damals, nach Charles' Tod, eigentlich wieder nach Island gekommen?"

Amy sah ihn eine Weile ausdruckslos an. Dann schmunzelte sie. „Weil diesem wunderbaren Land ein ganz besonderer Zauber innewohnt. Nie war meine Sehnsucht stärker, die Polarlichter endlich zu sehen. Vermutlich, weil ich immer gespürt habe, dass ich dich wiederfinden werde – hier, am anderen Ende des Nordlichts."

## *Danksagung*

Lieben Dank allen, die mich auf diesem kurvigen, langen, aber auch wundervollen Weg bis zur Erfüllung meines Traums begleitet haben. Endlich ist dieses Buch draußen!

Vor allem danke ich meinem Luki, du hast trotz aller Verzögerungen und Stimmungsschwankungen immer an mich geglaubt, zu mir gehalten und mich in allen „ups and downs“ unterstützt– ich weiß, es war nicht immer einfach!

Danke auch meiner Familie und meinen Freunden für eure Unterstützung und Motivation.

Meiner Lektorin Christine danke ich für diese erste gute Zusammenarbeit - du musstest dir oft die Haare raufen wegen der vielen Verwirrung, die ich gestiftet habe, doch du hast tapfer durchgehalten und als wir fertig waren, war das Kopfzerbrechen vergessen und das Buch bekam durch dich den perfekten letzten Schliff.

Danke auch an Laura für deine Geduld und vor allem dieses wundervolle, magische Cover.

Und natürlich danke ich allen LeserInnen, die sich mit mir ans andere Ende des Nordlichts begeben haben!

## *Über die Autorin*

Hi, ich bin Emma Elsie,
Autorin von *Am anderen Ende des Nordlichts.*

Schon als kleines Kind hab ich Blöcke mit Geschichten vollgekritzelt, Bilder dazu gemalt und allen von den Ideen erzählt, die in meinem Kopf rumspukten, auch wenn sie vielleicht nicht jeder hören wollte.
Da sich nach der Schule der Traum vom Schriftstellerdasein allerdings nur schwer in die Tat umsetzen lässt, bin ich nun Krankenpflegerin. Das kann aber auch ganz schön inspirierend sein :-).
Meistens geht die Fantasie mit mir beim Reisen durch, insbesondere in die nördlichen Länder. Wenn die früh eintretende Dunkelheit sich um die Landschaft zieht, genieße ich die wohlige Wärme mit einem Rotwein oder Tee am Kamin, blicke nach draußen und fange sofort mit dem Plotten an.
Meine persönliche Liebesgeschichte entstand im November 2016 in Island, als ich mit meinem Mann auf Nordlichterjagd war. Am legendären Wasserfall „Gullfoss“ bekam ich einen Heiratsantrag und zwei Jahre später haben wir in Schottland geheiratet.
In meinen Schubladen stapeln sich bereits weitere Geschichten rund um Island, den dampfenden, sagenumwobenen Blaubeerwein und magischen Figuren, die nur darauf warten, von euch gelesen zu werden. Seid gespannt!

Gerne freue ich mich über Eure Unterstützung in Form einer Rezension.

Lust auf mehr…
…fantastische Geschichten…
…klirrende Kälte…
…und ein Hauch Liebe in der Luft…?

Dann schau vorbei, wirf einen Blick hinter die Kulissen und bleib auf dem Laufenden:

*Facebook*: EmmaElsieAutorin
*Instagram*: emmaelsieautorin

mail@emma-elsie.com

www.emma-elsie.com

*Hier gibt's übrigens auch den Stammbaum von Amy sowie den der Rentiere zum Nachlesen!*